来日可追

LAI RI KE ZHUI

上卷

张广天 著

四川文艺出版社

图书在版编目（CIP）数据

来日可追 / 张广天著. — 成都：四川文艺出版社，2023.11（2025.9重印）
ISBN 978-7-5411-6779-9

Ⅰ.①来… Ⅱ.①张… Ⅲ.①长篇小说—中国—当代 Ⅳ.①I247.5

中国国家版本馆CIP数据核字（2023）第183784号

LAI RI KE ZHUI

来日可追

张广天 著

出品人　冯　静
策划组稿　张庆宁
责任编辑　周　轶
封面设计　刘一郎　杨家凯
内文设计　史小燕
责任印制　桑　蓉
责任校对　段　敏

出版发行　四川文艺出版社（成都市锦江区三色路 238 号）
网　　址　www.scwys.com
电　　话　028-86361802（发行部）　028-86361781（编辑部）

排　　版　四川胜翔数码印务设计有限公司
印　　刷　四川机投印务有限公司
成品尺寸　148mm × 210mm　开　本　32 开
印　　张　28.5　字　数　715 千
版　　次　2023 年 11 月第一版　印　次　2025 年 9 月第二次印刷
书　　号　ISBN 978-7-5411-6779-9
定　　价　108.00 元

序　言

来日，就是将来的日子，未来的日子，也有说是来过的日子，来到的日子。这些时日，无论是来到的还是未来的，都不是现在。普希金说："过去的都是美好"，又说，"心总要向着未来"。那些来日，因向着未来的心，总是美好的。我这书里记叙的人事，都是我所向往的，于我而言，或者来而即逝，或者久违而不曾来到。他的，她的，你的，还有我的，既不在当下，也就无所谓是谁的，都是眼下不在的，总盼望将来实现。所以，看客们不必在乎是谁的，总要在乎是盼望的还是忽略的，热爱的还是冷淡的。

人怎可只知进而不知退呢？人在进的路上寻了许多便利，终于将杖替代了腿，将眼镜遮蔽了眼睛。我们的工具成为我们的围困，层层将我们紧缩，已然久矣。如果我们转身退回去，竟是向着希望的突围，竟是新生。上天不喜欢力大之马、快腿之人，上天喜欢敬畏他盼望他慈爱之人；灵魂和肉体双双贫困的人有福了，因为唯善败者不亡。

我是一个失败的人，软弱的人，而我所得到的却是成功者的百倍。我的唯一的敌手是时间。我将时日倒转来过，凭我一己之力是难以做到的，然而常有诗意临到我，我将现实作为承载诗意的舟楫，现实竟屈服于我，由我扬帆、转舵、推水而行。诗意啊，它令我上升、净化！唯自知残缺的人才配与它照面。聪敏人以诗为装点，为奋力后的缀饰，殊不知诗是生的动力，衣食之源。聪敏人是平庸的，他们却答道，那是因为内心谦卑。他们真的谦卑吗？他们向势利谦卑，畏惧强力，他们总不相信仁爱的力量，那早已胜出、曾在今在永在的至力。那倒下的，不曾站起的，极难站起的人有福了，因为仁爱是为他们预备的。仁爱为苦痛的人生负轭，是智慧的源头，而聪敏人孤力前行，自负盈亏。我不要这般独立与自尊，不惮人的讥嘲和奚落，我既由仁爱扶持，我总只在乎仁爱的评判。命运厘定了尊卑秩序，万劫不复的和愚顽不化的，哪有什么独善其身的和完美无缺的？仁爱果然在你心里，你却做不成仁爱本身。天地为不仁者而设，岂有不仁者自成天地？那信奉仁爱的，不要拿仁爱去要求他，同是不仁之辈，只差着认与不认的尺寸。

或者仁爱遗弃了你，可你挣扎着有什么用呢？不知己之不仁者，失于仁的盼望而贫乏单薄，对盼望的丰富谓变态，自称纯洁良善，而纯洁终究不是空虚，良善到底不是幼稚。

我向往美好，我却不是美好。

我美丽的旧时光，来日可追！

目录

第三辑　这些影儿都挡了一下时光

第四辑　你

第一辑

中心区

第一章　亨利路上的薇拉阿姨

一

每到星期四下午，他总要来襄阳公园的梧桐大道下坐一会儿。那些高大的梧桐树下有两排木条制的长椅，因为树高，叶子浓密，偏西的太阳照不透，树影斑驳，显得很暗。其实，他非常不喜欢这种不明朗的光色，只是他想坐在那里好好吃一个苹果。苹果是偷来的，在公园门口报刊亭边上的水果摊上偷来的，不经意地掠过，擦着箩筐站不稳的样子，顺手就滑进衣袖。每个星期四他都偷一个，每次都没有失手。他从瑞金路的毕禄中学出来，要回永嘉路的家，这里就成了中站。星期四下午是音乐课，学唱一些外国民歌，他与教唱的合唱指挥关系不错，指挥总是睁一只眼闭一只眼，放他早退。其实，早退有什么好呢？别人都不走，唯独他走，一个人孤零零地在街上飘。为了证明早退有些好处，他便偷一个苹果来安慰自己。这是九月刚开学不久的日子，苹果初熟而新鲜，果味闻起来比吃起来香。他喜欢这香味，与秋天将要逝去的花叶的气味交织在一起。这是植物将死又圆满的味道，算不上口舌的享受，更多是一种气氛的渲染。

他慢慢吃一只苹果，沉浸在情绪漫射到野外的舒畅中。在城市里久居的人盼望着野外，而在野外耕作的农人其实是憎恶土地的。农人好比花鸟鱼虫，是野外真实的一部分；野外对于城里人，是风景，是裕足的空间，是承载遐思的意象。啊，这处幽暗而不太明朗的境地，对他来说真的不算什么称心的遐思境地，他更喜欢复兴公园，那里明丽而娇艳，有满园的玫瑰和月季；如果仅仅是为了坐着吃苹果，他或者下星期就准备换地方了，可是这天，他遇见一个人，令他稀奇。

这是一个老妇人，满头白发，长着外国人的面貌，却穿着上海人的衣衫，刚入秋，她就将绸缎面子的棉袄紧紧裹在身上。她眼睛布满血丝，神情恼怒，对她身边的年轻女子不断抱怨。她说的是外国话，语速很快，很难辨析是哪国语言。他伸长耳朵听，似乎听见воскресенье，едете几个词，这个他多少知道一点，这是俄语，因为他们学校有俄语班，坐在他一旁的女生就是俄语班的。他曾经因为俄语字母书写漂亮而向那个女生学了一点。眼下这个老妇人对一个上海女子说着俄语，那女子尽管话不多，但回答时也能很流利地说俄语。这是一番什么景象？这显然不是什么游客，看起来是久居上海的人，也不像是俄语出版社的编辑，更不像是外语学院的教师。她们看起来是一家人，长辈和晚辈。她们说话间的神气，与上海人家的婆媳或者母女没有什么两样。他想，他似乎听到她们在抱怨物价、居住条件、退休金之类的。其实他听不懂语词，却熟悉那样的语境。

这对他来说是一件新鲜事。一个俄国老太太住在上海，有一个上海女儿。不，这会儿他确信这个女子不是她的女儿，因为女子的容貌一点都没有外国人的特征，是典型的上海女人，丹凤眼，厚厚的小嘴唇，与他邻居阿姨长得有几分像。他想，如果老太太又是抱怨，又是数落，恐怕更像是儿媳妇。

这时候有个四五岁的小男孩跑过去，一个踉跄摔倒在地，母亲追上来扶起男孩。外国老太太忽然用上海话斥责母亲，说：“侬勿看看牢小人，跌坏面孔乃么尴尬了！”

老太太与女子坐在他对面的长椅上，隔着一条宽阔的大道，那么远，声音却很大，他明明听清这是上海话，而且是地道的老式上海话，原先法租界的人才会说的那种腔调。这至少说明，老太太在上海生活几十年了，怕是旧社会就过来了。

这是多么稀奇的一件事！第二天一早，他就将这事去与邻座的女孩说，那女孩哂笑他，说这有什么稀奇的，上海曾经有许多白俄，都住在新乐路和皋兰路一带，离学校并不远。

新乐路就在襄阳公园后面，难道那个老妇人就是住在新乐路上的白俄？

他又去找翟隽逸，告诉他老妇人的事。翟隽逸也是俄语班的，与他相处极好。隽逸并不知道白俄的事，也好奇，于是相约一起去看一看。

二

下一个星期四下午，他们双双逃离音乐课，一起到襄阳公园的梧桐大道下，择定原先那个座位坐下。然而，对面的长椅上是空的，那个俄国老妇人并没有来。他们从一点钟一直等到三点钟，依然不见她来。于是，他们往公园里四处去寻觅，期望老妇人会在别处出现。可是，他们走了三圈，连月桂树和冬青树后面的窄道都去看过了，还是没有寻到。他们走累了，便到公园北门附近的一片草地上躺下。这座公园并不大，南面正门对着淮海路，稍稍偏向襄阳路，北门开在新乐路上。他们躺下后，面朝西边的斜阳，正逆光对着墙外那穹隆状的蓝色圆顶，他们觉得稀奇，猜测那圆顶下的建筑物是教堂，可是又生疑，衡山路和西藏路那边的教堂并不是这样格式的。这时候，从墙边树丛里钻出一个男孩，年纪与他们相仿。男孩朝他们走来，一屁股就躺在他们边上，问他们借火柴要燃一支香烟。他们还没有学会抽烟，自然没有火柴借给男孩。男孩起身走了，去别处寻火柴，一会儿燃上烟又回来了，依然躺在他们边上，还紧靠着翟隽逸贴过来。

“不吃烟吗？”男孩问。

“不会。”隽逸回他。

“看你们真是戆徒，连香烟都不会吃。买票进来的吧？我是从墙根那里进来的。看，那边，砖墙边上有栏杆，有一根弯了，头侧一下，身子就过来了。”男孩指给他们看那处弯曲的栏杆。

他起身走过去试试，果然进出无碍。

他回来问男孩：“你是哪个中学的？”

“我不读书。”男孩道，“一天到夜白相。”

“你家长不管你？”他又追问。

“这么大了，还要家长管？”男孩朝向隽逸，说，“去，出去帮我买个包子来，再弄一瓶橘子水。”

隽逸迟疑，看不懂这是什么账。

“去呀！还指望我把你钱吗？”男孩逼迫隽逸，又转头对他说，“你别动，就躺在这里。他要是去了不回转，我就打你。”

隽逸于是起身，从那处弯曲的栏杆钻出去。

待隽逸走远，男孩问：“你们到这里来做什么？逃学吗？”

他想男孩怎么一眼就看出他们是逃学呢？或者他果然有几分厉害的。

“我们过来寻一个人。”他说。他本想骗男孩的，不知怎就说了真话。

“寻啥人？”男孩问。

“一个老阿婆。一个外国人，会说上海话。”

“寻啥老太婆，不寻小妹妹？老太婆哪里吸引你们了？连老太婆你们都戏？”

他一时语塞，不知怎么回答才好。他是一个羞涩的学生，常常被美貌吸引，却还没有勇气跟女孩子约会。可是，这个男孩竟然劈头说出这么粗鲁的话，叫他害怕，他甚至想寻一个地洞钻进去，将自己藏起来。那时，他还不懂，人的悲悯是连在一起的，人的恶毒也是连在一起的。人中间大凡有恶念生出来，那恶念不仅仅是那个生出来的人的，也往往其实在任何人的心底。

“你问对人了。你寻的那个老太婆叫薇拉，我跟她牢熟，但从来没有讲过话。”男孩深深吸了一口烟，舒适地将脑袋仰坠在草地上，“她是个妖精，老妖精！她就住在后门正对的那排房子里，在弄堂拐角第二栋房子的亭子间里。我常常进她屋里，趁她不在的时候。她出去不关门的，我不用撬锁就进去了。我用过她的抽水马桶。马桶间里放着交关旧画报，我在画报里翻到一张她年纪轻时候的照片。她穿着舞衣，半透明的那种，薄纱的，裙边翘起来高高的，下面是三角裤，好像包不牢屁股的样子。后来，我在五斗橱里寻到那件舞衣，我拿回去玩了。我闻闻上面的味道，团起来夹在大腿中间，这就像跟一个舞娘睡在一起一样。不过，这样东西不好出手，当然我也不愿意卖掉的。五斗橱里还有一只银表和一只银香烟盒子。银表我卖把淮国旧了，银烟盒我留下了。我可以给你看看。”

男孩果然掏出银烟盒，打开给他看。这是一只很大的烟盒，有两张扑克牌那么大，波浪形的花纹，里面印着很小的一个女神的头像，因为年岁久了，有点模糊；还有两个俄语字母 Я 和Р，另外还铸有数字84。他看不懂这些标识，但他似乎瞥见一些老东西的神气，他相信烟盒是真的旧货。

舞衣和烟盒再度燃起他浪漫的遐想，似乎恶念是代价。难道粗俗是直达美好事物的捷径吗？他极为讨厌男孩，可是不觉更讨厌自己。自己对美好是无能的，连美好的踪迹都与己无缘，然而自己的无缘并不因为自己的无邪。男孩是一个彻头彻尾的贼！而他就没有偷窃过吗？苹果不是偷来的吗？偷苹果和偷舞衣不在一处犯罪吗？他为什么要偷苹果呢？这时候他忽然想起，第一个偷苹果的是一个女人。一切罪错都是从偷苹果开始的！这是多么不好的一个隐喻啊！

隽逸回来了，拿了一个纸袋子，里面装着十二个发面的小包子，又买了三瓶汽水，两瓶装在裤兜里，一瓶装在衣兜里。

“你真是一个聪明人！”男孩起身去夺过纸袋子，“你买了六两狗不理。我其实要一个大肉包子就够了。你这是请客吃饭，这样你就体面多了。否则你们今天就被我诈了。”

男孩说的大肉包子，是淮扬口味的水晶包，隽逸买来的是公园南门对面那家狗不理铺子的小包子，两个一两，十二个就是六两。现在这架势就是三个人分着吃，一人二两各加一瓶汽水。

男孩吃得快，狼吞虎咽的，一会儿四个就吃完了。他边咽着边说：“我不会多吃你们的份的，这是规矩。你们懂道理，请我吃点心，看得起我。不要以为我是穷人，做我这行营生的，路子宽着呢！我们是过路人，我向你们讨吃，你们以礼相待，这就够义气。我也不能白吃白喝，小家败气，这只银烟盒就送把你们了，当是点心钱。你们看起来是好人家的小囡，将来无所谓有没有我这个朋友，但一时交情也是交情。”

说罢，男孩真的就将银烟盒扔过去给了他。

“敢问兄弟称呼？”隽逸不知前话，云里雾里的，只恭敬地问。

“叫我阿四好了。我是杨树浦那边的，具体地址不好告诉你们。这位兄弟懂的。”男孩指着他对隽逸说，“一歇他会讲把你听的。”

阿四说话带着苏北口音，所有“给”字都说成“把”。

“想跟我玩，就到襄阳公园来。没有定期的，碰到就碰到了，碰不到就算了。不晓得哪天我就进宫了。”男孩起身，拍拍灰，朝那处弯曲的栏杆走去。

进宫是黑话，意思是下监。

三

他们出了公园，一路狂奔，到复兴路一处花园弄堂的僻静处，急急拿出那只银烟盒翻看。

隽逸是学俄语的，看清Я和P两个字母，猜测是烟盒主人和工匠的姓氏开头字母，但他们不认识那个女神头像，也看不懂数字84的意思。正好弄堂对面有一家旧货店，似是寄售西洋古董的，于是，他们走进去。有一个戴塑料边框眼镜的老头掌柜，他的一条眼镜腿断了，拿橡皮膏缠绕着。他从眼镜片上方透出视线来看两个进店的少年。

他接过烟盒，用手掂量一下，又翻覆里外察看，最后摘下眼镜，换上那种有橡皮筋箍着脑袋的高倍放大镜，看起来像是独眼龙的眼罩。他细看了良久，看得少年人心里发慌，一会儿担心东西是假的，一会儿又担心东西太真了会不会人家疑心他们是贼。

“好物件！好物件！”老头子终于说话了，“可以肯定，是1861年前后的老货色。P是鉴定师的姓氏开头字母，Я是姓‘牙’的托管人。”

“那么那个84是啥意思？”他急迫地问。

“罗宋人有一种重量单位叫索拉尼，84是索拉尼含银纯度，相当于千分之875.4。一个索拉尼相当于1/96俄磅。”

“只有八成多，不算纯银。能值多少钱？”他问。

“古董的价值不能以银两来核算，年份和做工很重要。这样的含银量已经算很高了。做银器需要硬度，不掺一点其他金属太软，容易损坏。按质地和年份来看，这件估计值……”老头说着，忽然抬头细细打量少年人，“你们哪里弄来的？你们手里怎么会有这样宝贝？”

“我爷爷的宝物。”隽逸抢先说道，“我过生日，他从箱底找出来给我做礼物的。”

“送这么贵重的礼物？那你怎么舍得卖掉？”老头子将信将疑，“怕不是偷出来的？……”

他趁老头话未说完，一把将烟盒抢过来，夺门而出。隽逸随后跟出来。

两人沿着复兴路往东快跑到汾阳路，又从汾阳路折到太原路，穿过台拉别墅后面的几条弄堂，又转到永康路，穿到襄阳路，这才惊魂稍定。

“才才！”他道，“太可怕了！老头子再问下去，要扭送我们去派出所了。他是把我们当小偷呢！”

“还好逃出来了，不过也没有白去，至少晓得这件东西是真的，阿四没有骗我们。看来他真是从罗宋女人那里弄来的。”

“说什么‘弄’，分明是偷。这是赃物！”

“那怎么办？缴公？缴给谁去？缴到派出所，说不明来历，抓不到小偷，反倒怀疑我们是贼骨头。最多算你自首。自首了，不就是犯人嘛！只有犯人才自首。”

“还不如刚才就扔在店里。”

“滑稽！两个人莫名其妙跑到店里，让人家鉴定一样东西，然后跑了，不要了。天下哪有这等事体？”

他想了想，说：“我不能做一个小偷。我今天看见阿四，我懂了。小偷要过他那样的日子，表面上看起来不读书，一天到夜白相，实际上朝不保夕，随时要下监的。人怎么可以飘零得像树叶一样呢？不如你拿去算了。”

“我拿去，我来做小偷吗？他是送给你的。”

“也送给你了。是你出钱买包子和汽水的，应该给你。”

“这话听起来，像是他销赃给我了。千万不要这么理解哦，我只是请客吃点心，我没有想要这只银烟盒。”

“现在倒是麻烦了。好东西没人要了。那么我们扔掉算了，扔到草堆里，垃圾桶里。”

“十三点！珍宝怎么好随便扔掉呢？”

“送不出去，捐不出去；藏也不是，扔也不是。倒成了烫手山芋！”

“珍宝总是有主人的……”

“对啊，物归原主！我们应该送还那个外国阿婆。”

“这个主意不错。”

于是，两个少年人决定将烟盒送归薇拉阿姨。这只烟盒终于成为他们结识薇拉阿姨的正当理由。

四

美人，你令这时代暗淡无光……

不要窥探昏暗和污秽，

不要追寻雷电和雾水，
不要让希望早早地破灭，
以免你那明眸转而暗灰。

这是薇拉阿姨常常挂在嘴上的几句诗。她用圣彼得堡的口音诵读，又用旧俄语体写在菜单上。隽逸学的是苏联的俄语，根本看不懂阿姨所写的。阿姨不会说普通话，只会说俄语和上海话，于是便用上海话解释。他，将上海话翻译成上面的诗句。他，薇拉阿姨给了他一个名字，叫他列夫。列夫来自希腊语，意思是狮子。

“列夫，侬是天才，覅跟马路上迭些小赤佬白相。虽说迭只香烟盒子是白相来额，侬要看清爽，是上帝要侬靠近我。”薇拉阿姨坐在红房子西菜馆的木格子窗下，西下的阳光透进来，照在她瘦削的脸庞上，“侬一歇拉梵阿林，一歇弹匹厄诺，还会弄弄给式，零零碎碎，三脚猫。人家听听蛮好，阿姨听起来作孽，勿对额，音乐勿是迭能额。侬懂伐？侬之后放学就来寻我，我教侬弹匹厄诺。野狮子要训额，训好了侬是皇太子。阿姨勿会看错额，侬有皇太子相。”

这天傍晚，薇拉阿姨在亚尔培路的喜乐意饭店请两个少年人吃饭。她仍然叫陕西路作亚尔培路，叫红房子西菜馆作喜乐意饭店。这是20世纪三四十年代的叫法，二战结束以前，上海的许多街道都是按西洋名字命名的。法租界有法国的名字，比如新乐路以前叫亨利路，襄阳路叫劳尔登路，淮海路叫霞飞路，法语念作Avenue Joffre，以纪念法军总参谋长约瑟夫·雅克·塞泽尔·霞飞。

这天是几个星期以后的某个星期三。他们每星期四下午去等阿姨，始终没有等到。他们接近灰心的时候，某个星期三，学校要进行防疫大消毒，于是全体放假，他们便又到襄阳公园，居然就碰见了阿姨。阿姨见到那只烟盒，眼泪一瞬就涌出来了。她看着那只烟盒，叫道：“Алёша, Алёша，Ты вернулся！（阿廖沙，阿廖沙，你总算回来了！）”

Алёша（阿廖沙）其实就是Алексей（阿列克谢），上面那些诗句的作者，阿姨的故旧。薇拉阿姨说，这是诗人阿列克谢送给她的，阿列克谢这会儿在阿根廷，好像回不来上海了。他想回俄国，也想回上海。

这天，阿姨没有人陪伴，是一个人来公园的。她根本不怀疑两个少年人，完全相信他们关于烟盒来历的叙述。她称他们是“正派人家额好小囡”，“嘎好，嘎乖”，她盛情领他们去她家喝茶，还弹钢琴给他们听。阿姨家有许多乐器，小提琴，吉他，几支破旧的铜管，他都试着玩了。他弹了拉赫玛尼诺夫《第二钢琴协奏曲》降E大调的第二主题，又拉了柴可夫斯基的小提琴协奏曲第一乐章开始的片段。他们度过一个愉快的下午，阿姨很喜欢他，因为他读过许多俄国的小说和诗歌，他与阿姨用上海话谈了很久普希金。阿姨告诉他毕勋路上有普希金塑像，以前是俄国侨民塑的，后来毁坏许多次，新近又修好了。毕勋路就是现在的汾阳路。阿姨名叫薇拉·安德烈耶夫娜，她让他们叫她薇拉就可以了。安德烈是她的父名，俄国人将父名归给女孩，都要加上女性化后缀，安德烈就成了安德烈耶夫娜。他们家祖上是科列诺地方的人，科列诺是她祖上的封邑，她父亲姓氏是科列诺夫斯基，“斯基”表示那地方，这名字里暗藏着她祖先的贵族身份。革命后，俄国人很少名字里带有“斯基”，其实就是再无封邑的继承了。旧时上海的罗宋人，男人有一大半叫“斯基”的，女人多有叫“斯卡娅”的，斯卡娅就是斯基的女人。

薇拉特别给他的名字列夫，这也是托尔斯泰的名字。薇拉说：“列夫，还有侬额朋友，天色勿早了，总要吃止夜饭再回转。阿姨请侬两额人到喜乐意饭店吃西菜。”

于是，他们三人便到了红房子西菜馆来吃晚餐。

薇拉说，原先亨利路是一条大河浜，叫白洋河，河上有桥，叫沈家木桥，桥的南头就是那个蓝色圆顶的教堂，这是圣母大堂，1936年落成的，当地人不懂，叫它“五只洋葱头”，因为它中间是一个大圆顶，周围环绕四个小圆顶。最早的时候，亨利路一带都是菜地和坟场，霞飞路伸到海格路（华山路）东面，后来罗宋人来了才热闹起来。罗宋人将圣彼得堡的生活带到霞飞路，让这条路看起来像涅瓦大街。有学堂、图书馆、剧院、舞厅、银行、邮局、裁缝店、特卡琴科糖果店、特卡琴科两兄弟咖啡馆、克来孟冰激凌公司、科涅夫男子用品商店、信谊大药房、欧罗巴绸缎店，还有一些莫斯科式样的花坛，玫瑰花在五月里四处飘香。

薇拉管俄国人叫罗宋人，罗宋是旧时上海人对俄罗斯的译音。

两个少年人听这些往事，有些糊涂。明明是法租界，为什么在薇拉阿姨的口中却像是俄租界？他们不明白，那些划作公共租界和法租界的地盘上，来的多是生意人和流浪汉，没有多少文化的人，只有俄国人成群结队地将整个旧社会搬来了，有贵族、仆人、艺术家、教授、将军和聪明的厨师、制造匠，那是一种文化的迁徙，是西洋人奢侈的生活方式的大移动。也就是说，真正将西洋文明带到上海的恰是这些过往时代的罗宋人，他们还有一个经常在文献中被提到的名字，叫作“白俄”。上海人喜欢念西洋经，其实念的不是英国法国和美国的，念的大多都是白俄的。如果说上海受了外来文化的影响，那影响必是俄国的，却不是西欧和美洲的。20世纪初，唯有俄国皇室还保留着古典主义时期的正统做派，这一点，英国人是明细的，他们见识过沙俄逃亡贵族的财富，那些没落英国贵族的一点遗物与之比起来，简直是小巫见大巫。人一叶障目，闭塞不闻，知其一而不知其二，总将今日的俄罗斯来说事，以为英美法德强盛，竟不知旧时的俄国拥有最顶尖的珍宝，仅那批遗失在远东的皇室金卢布都不是可以数字计量的。

20世纪30年代世界经济危机，似乎只有上海躲过了，而上海的繁荣核心就是霞飞路。霞飞路的金主是罗宋人，他们的财富是几百年农奴制的积累，其中有本国盘剥来的，近代战争掠夺来的，也有蒙古人远征遗留下来的，那些秘不可宣的资财，有多少都铺在洋房的大理石地面下？又有多少埋藏在花园、水池和密室的地底下？那些死去的人永远缄口了，那些埋伏下来活着的人守口如瓶，许多未知的秘密也许彻底被尘封了，就好像柏油马路将泥土的大地严丝无缝地覆盖了。

而薇拉是一朵雏菊，被人忽略的碎花，从柏油马路的缝隙里钻出来，为两个少年人启扉，领他们进到那沉睡的迷人花园。

五

安德烈终于等到了中国医生上船，医生诊断，女人是难产，船上医疗器械和药物都严重匮乏，难以救治，必须去陆地上的大医院抢救，斯塔尔克将军于是立即命令派一艘快艇将贝拉和中国医生一起送往苏州河的码头。

到夜里十一点左右，有消息传来，说贝拉脱险了，在广慈医院生下一个女婴。将军从战舰那边过来，登上运输船，亲自来通报好消息。将军说，中国方面同意，让安德烈船上的几名病人和老人登岸，说贝拉临盆难产这事救了大家，目前经过交涉，中国方面还准许七百名少年孤儿士官生进入上海。如此，十四条船上只剩下两千多人了。他们从符拉迪沃斯托克出来时共有九千人，在元山港，有五千三百人被准许上岸，加上这次被接受的人，大部分都有了着落。

斯塔尔克将军说："安德烈·尤里耶维奇·科列诺斯基中校，你在水蛰号运输船上的工作结束了。我宣布你已经终止皇家海军的现役职任，你现在是自由民了，当然你的爵位是世袭的，你和尤苏波娃的个人财产可以悉数带离，你们在岸上会有新的生活。我们要继续远行了，到南边的岛国去碰碰运气。再见，恭喜你和你的家庭获得新生！"

尤苏波娃是安德烈的妻子，贝拉·尤苏波娃，漂亮的芭蕾舞演员。他们是在圣彼得堡意大利大街上的维拉·特雷弗洛娃剧院认识的。那是1917年的夏天，安德烈·尤里耶维奇·科列诺斯基中校被水兵委员会从太子号装甲舰上赶下来，那时，波罗的海舰队几乎被布尔什维克全面控制了，那些效忠沙皇的军官被冷落、被孤立，他们已经没有什么事可做，不如离开军队赋闲在家。他回到圣彼得堡，从临时政府的海军总部领到调令，将前往远东太平洋舰队续役。出发前的日子里，因百无聊赖，他便去剧院打发时间。当时，意大利大街那边的维拉·特雷弗洛娃剧院正在上演《浮士德》，传闻新来的女演员演甘泪卿演得很好，他于是也凑热闹去捧场。

那家剧院并不大，夏天时候，演出中间休息的间歇，常常后台的演员也三三两两地到过道上透气。过道上的大窗户大敞着，让芬兰湾的海风吹进来。

那天，安德烈从意大利大街上的流动冷饮摊位上买来冰激凌，忽然背后有个声音说："我也想吃冰激凌了，有稠李蜂蜜味的蛋筒吗？"

安德烈答道："我这个就是。我替您去买吧。"安德烈看见说话的人就是贝拉，她带妆站在窗户前。

"就要你这支。"贝拉几乎是从安德烈手中抢过冰激凌，急不可待地吃起来，"啊，我太热了，这里为什么这么热呢？"

安德烈呆呆地看着贝拉舔尽冰激凌，因为这副吃相看懂了甘泪卿，因为甘泪卿而爱上了芭蕾舞，当然，没有贝拉的芭蕾舞还叫芭蕾舞吗？

尤苏波娃家的贝拉不久就叫作贝拉·尤苏波娃·科列诺斯卡娅，成为科列诺斯基伯爵的夫人。尤苏波娃家族也是圣彼得堡有名的望族，只是到了她祖父一辈开始衰落，祖父让她父亲去学音乐，后来贝拉的父亲就成为钢琴家，在马林斯基剧院弹伴奏。贝拉从小跟父亲学钢琴，但是她身材美丽，跳脱敏捷，居然另有舞蹈的天分。她进入女皇陛下舞蹈中学学习，毕业后被维拉·特雷弗洛娃剧院的经理看中，她演的第一个角色是《阴谋与爱情》中的露易丝，由此一举成名。安德烈是科列诺斯基家族尤里的儿子，少年时期进入海军武备学校学习，毕业后到波罗的海舰队服役。他们家是显赫的大家族，住在莫伊卡河堤路附近。据说，普希金也在这条路上住过。

秋天，他们的婚礼在城南郊外皇村举办，之后一对新人就前往巴黎度蜜月。蜜月归来，已是十二月，革命席卷了圣彼得堡，剧院被贴上了封条，莫伊卡河堤路的房子被区革命委员会征用。于是，他们与许多旧时的贵族、士官一道投奔了高尔察克。安德烈怀揣着临时政府海军总部的调令，带着三十多名海军武备学校的学员一起登上逃亡的列车。从圣彼得堡一直到叶卡捷琳娜堡，再到雅库茨克，最后到达符拉迪沃斯托克。从1918年到1922年，四年流亡时间，一会儿随着白军撤离，一会儿落入红军包围，间或投靠日本人，直至最后滨海地区被苏维埃全面控制，他们不得已又随着斯塔尔克将军组成的难民舰队出海。舰队拥有战舰、炮艇、军用运输船、客轮、货轮、破冰船、军用驳船、军用通信船、扫雷舰、海关缉私舰、快艇等，大大小小三十多条船，安德烈负责水螯号运输船，船上有随他出来的海军武备学校的学员，还有他的妻子贝拉。

他们到达元山港后，舍弃了一部分船，剩余的十五条船终于在1922年冬抵达吴淞口，遇飓风而沉没一艘，最后剩下十四条船，但北洋政府不准许俄国难民登陆，于是十四艘船只能漂流在太平洋和长江出海口之间。贝拉在年初怀孕了，此时正值分娩期，不想难产危机，性命攸关，这事触动了中国人，当局于是派医生上船抢救。中国人看重生死之事，贝拉牵动了人们的悲悯心，上帝之手打开了禁锢，上海人终于看懂，那些外国人不是之前来过的殖民者，而是遇难的天涯沦落人。

那些苛刻、矜持而又精明的上海人，并不总是拒人于千里之外，这次他们拿出一份特别有分寸的同情心，将僻静的菜地、河浜遍布的闲置近郊给了落难的白俄。然而，他们没有想到的是，那些“留下来看看再说”的白俄，把西洋帝国最后的晚景带到了霞飞路，管弦乐、戏剧、芭蕾、绘画、诗歌，普希金、古米廖夫、列宾和里姆斯基–科萨科夫一起来了。苏联消灭了旧文化，但上海接纳了沙皇的遗产，圣彼得堡的余晖栖息在霞飞路，直至这时，两个少年人尚沐浴其间。上海之与别处不同，并不是英国的洋行，花旗国的货轮，竟是罗宋皇孙们的脉裔。这个世界的财富总是要均匀流动的，好比水注罅穴，洼则盈，盈则溢，高处流向低处，浓稠的填补稀疏的，曾经蒙古人夺了基辅公国的，后来沙俄帝国夺了清朝皇室的，这会儿多少都要偿回一点到南家人的地面上。

六

安德烈给她的女儿取名薇拉，意思是信念。薇拉在上海长大，在教会为罗宋人开办的奥尔加女大公学校读书。她的恋人是圣母大堂的助祭，就是那个叫阿列克谢的诗人。阿列克谢在解放军进上海前出走了，第二年，薇拉生下他的儿子，给儿子取了中国名字，叫柯卫，柯是祖姓科列诺斯基的开头，卫是应着母名薇拉。

柯卫的媳妇叫李霁雪，她家住在东湖路上。柯卫和她是小学里的同班同学。后来李霁雪到外语学院学俄语，毕业后分配在音乐学院当翻译。薇拉叫李霁雪为“雪李”，听上去像雪梨。她长得白白嫩嫩的，看上去真的好似一只雪梨。那年，柯卫三十岁，雪李二十八岁。雪李看着比实际岁数小得多，对于列夫和隽逸来说，像是一个大姐姐。两个少年人下课后常来找薇拉阿姨，这下雪李轻松许多，婆婆有人陪了，她终于觅得些许空闲。雪李与柯卫结婚后住到泰康路，那是柯卫单位分的房子。柯卫从第二医科大学毕业，分在瑞金医院烧伤科当医生。这个瑞金医院，就是当年的广慈医院，贝拉在那里生下了薇拉。

从泰康路到新乐路，步行需要半个多小时，坐车要换两趟，一趟41路，从瑞金路出来到淮海路，第二趟是电车26路，沿淮海路往西到襄阳公园。这是不短的路程，对于两个在职的人来说，下班后常常这么跑来跑去，也不轻松。好在雪李单位在汾阳路上，每天下班过到新乐路才几步路，有时她下午学院没有太多事，就溜出来去看婆婆。那次星期四下午，他在公园里遇见薇拉阿姨，正是雪李接到婆婆电话后，从办公室溜出来。

雪李对列夫说：“我婆婆始终对我不满意呢。她埋怨我办不好她退休金的事。她原先在国立音专教书，就是现在的上音，1960年舞蹈学校成立，又聘请她去教芭蕾舞，后来关系就调到舞蹈学校了，只是上音那边还上着课，拿两份工资。三年前，她退休了，去年舞蹈学校并入芭蕾舞团，她的退休金就由剧团发放。但她始终坚持她有两份退休金，要上音也给她发一份。我在上音工作，她以为我说得上话，就不停让我去与院领导谈这件事。可是政策不是这样的呀，政策只能发一份退休金，从哪里退的就在哪里拿。人怎么可以有两个单位关系呢？我们院领导最后决定，说可以继续聘她教钢琴，拿一些补助，她依然不满意。”

薇拉对列夫说：“两只单位我侪做过贡献，从民国到现在，我一直交关用心，哪能算我只对芭蕾舞做过贡献，不算我对音乐做过贡献呢？”

列夫对薇拉说：“阿姨，侬牢结棍，会弹钢琴，还会跳舞。可惜我不是女小顽，要是，就跟侬学跳舞了。”

薇拉道：“啥人讲单单女小人可以跳舞呢？侬呒没看到舞剧里嘎许多男小顽跳舞伐？呒没男人，只有女人，哪能凑得齐一台戏？以为舞蹈是作花花草草额，侪是外行。讲到音乐，一般人也只认为是吹吹打打，拼凑热闹，格侪是невежество（无知）。阿姨讲拨侬听舞蹈跟音乐额秘密，其实只不过一句闲话，就是рассказ（叙述），一者用身体讲，一者用звук（声音）讲。既要讲，就要遵照讲额规矩。要有情绪，要有语气，情绪与语气就是节奏，节奏来自呼吸。晓得格点，舞就跳好了，钢琴也弹好了。”

薇拉用上海话夹杂俄语教导少年人音乐与舞蹈的秘籍。薇拉说，速度、力度和手法都是技能，中国孩子学音乐过多关心这些东西，结果学出来像是杂技团的，反而将音乐的目的弄丢了。

“列夫，侬额мастерство（技巧）已经牢结棍了，可惜侬一点也勿懂音乐。”薇拉说，“音乐是感情，是размышлять（思考），是выражение（表达）。侬应该谈恋爱了。侬勿曾跟女小顽一道白相啊？”

列夫脑门心被轰了一下。是啊，他不曾与女孩子一起玩过么？他竟一直看她们是花花草草么？她们仅仅是生活中漂亮的装点么？

七

下雪了。雪李从单位拿来两张电影票送给列夫和隽逸，是《水晶鞋与玫瑰花》，隽逸那天要随父母去苏州老家，只好放弃。列夫说，那就他也不去看了，让雪李带着薇拉去看，或者与柯卫去看。雪李说，柯卫医院里有手术走不开，薇拉讨厌看英美的片子。于是，最后就只好雪李与列夫去看。

他们坐在影院里，只有放映机的光，座位上暗暗的，列夫觉得自己不是一个小孩子了，他是一名少年，他第一次这么认真地将自己当作少年，那全是因为身边坐着一个白皙的姐姐，别人的女人。他想将她看作一个日常生活中的姐姐，可是她看上去多少与班上的同学或者邻居的姐姐不一样，她是一个女人了，别人家的女人，一个外国男人的女人。那么，她的身份是否令她老成了，是大人一族的？或者有一个说法，叫作“少妇”，那是外国文学作品中经常用到的说辞。他怎么就想到“少妇”一词呢？他希望她有些风情吗？风情能证明什么？又什么是风情呢？这样，雪李既是大人，也是少女，至少有一点点理由与他同伴。反正，雪李就是一名少妇，新婚的人儿，还带着未婚的余温。然而，他那个年纪想到结婚的婚字就头脑发昏，怪怪的，身子莫名地热乎乎的。一个少年人与一个别人家新婚的少妇去看电影，没有人告诉他这有什么不妥，但他觉得一丝怪诞，间杂着另一丝兴奋。而且，他们坐在一起看一部浪漫的电影，剧情全是关于爱情的。

他不经意碰到雪李的手，那手没有挪开。他抬起手故意摸一下自己的鼻子，好像挠痒痒，又重重地放下，依然触到姐姐的手。姐姐依旧不动，目不转睛地看影片。忽然，那少妇用全掌捏紧他的手。他的手指很长，他这个年纪的手不能算小手了。那少妇随着剧情的起伏，忽紧忽松地攥他的手，他由她握着，屏住呼吸，他不知道接下去会发生什么，但特别期待会有什么。可是，什么也没有，姐姐放开手，将手挪到别的地方去了。过了一会儿，他也学着随剧情的变化伸手去握姐姐的手，不，是少妇的手。他一想到是少妇的手，心都跳到嗓子眼儿了。那少妇忽然回头看他，莞尔轻语："你的手怎么那么多汗？把我弄湿了。"于是，少妇递过来一方帕子，塞到他手里。他接过帕子擦了擦手，又擦了擦脸，他发现他简直是满头大汗。然后，他不敢再去动姐姐的手，只是借着余光不断看姐姐。他没有将帕子还给姐姐，他忘记还给她了。

电影散场了，他们走在雪地里，这是永康路。雪李说一起走走，不急着回家。这景象叫他想起他四年级时候与同桌的女孩走在这条路上。也是看电影散场，那是学校集体看电影。那女孩住在岳阳路与永嘉路交叉口的那座红房子里。那时，他们两人并不多说话，女孩只是说他与其他孩子不一样，说他不应该与那些捣蛋的孩子为伍。他似乎很听得进去。他与外祖母生活在一起，父母在远方。他忽然觉得那个女孩高贵而典雅，他想，那恐怕是她与爸爸妈妈一起生活的缘故。外祖母能告诉他什么呢？那些有爸爸妈妈在身边的孩子会听到更多的新事物。于是，那天之后，他就给爸爸写信，要爸爸来接他。这会儿他与雪李走在一起，忽然就重现当年的情景。也是雪夜，雪是暖的，是从骨子里释放出来的花朵，时间仿佛倒流了。他再看那少妇，并不觉得她年岁比他大，或者他已然感觉到只是心理上的差异。那年同桌的女孩与他年纪相仿，可是，那夜，他也将女孩看作姐姐，她有他达不到的高度。"人少则慕父母，知好色则慕少艾"。那时他正在"少"与"好色"之间的地带徘徊。色是什么呢？是妹妹姐姐漂亮吗？好像不全是。他是因着那年的妹妹的典雅而思慕父母，这间又因着少妇的风情而别有思慕吗？

原来，他是与女小顽玩过的。这种感觉被锁在了功课和练琴的乏味日子底下，如今又翻腾出来。这是一种什么感觉呢？那是对他够不着的某处的向往。哪里是他够不着的地方呢？那一定是漂亮女小顽后面的东西。典雅？浪漫？高贵？够不着就要追求，不及则慕。原来，追求是向着高处和缺失的。那就是远方。远方并不是地上的异乡，那从地球这一端跑向那一端的，注定一无所获。远方是叫人典雅高贵的某些方式。“那就是升华吧！”他默默对自己说。雪李后面是柯卫，柯卫后面是薇拉，薇拉后面是霞飞路，霞飞路后面是从圣彼得堡搬过来的涅瓦大街。而涅瓦大街有什么特别呢？因为普希金和果戈里吗？将来人们会不会因为他而将上海看作远方呢？

他这么想着，渐渐从永康路步入恋爱与文艺的街道。

“地上滑，你走路要看好，不要总是盯着一个地方看。”雪李回避他火热的目光。

他原本一直盯着雪李看。他不是忘乎所以，而是那些文学书上的描写突然都翻涌出来，什么“迷人的眼睛”，什么“勾魂的注视”，他要试试自己的目光是否能撩动女人的心魂。

雪李这话平淡地将他的眼光驳回去，就像那方帕子一样。

他想起那方帕子，想提那方帕子——这是一种急切，急切以某些迹象来追问结果；他又不敢提那方帕子——这是一种胆怯，害怕失去带着美丽女小顽氤氲之气的亵物。

他选择了后者。

其实他不懂，那些性情中的女子，在上海好人家长大的，都有许多伦理的边界。或者她因剧情而激动了，她并不是对你有意。如果她一时唐突了，她自有千万种办法修正先前的举止。所以，当雪李送他到永嘉路家门口时，回转身道：“记得将那帕子洗干净了，擦过汗要洗的。”

这话并没有说要讨还那方帕子，却是提请他晓得那是她的东西。

什么也没发生，只是擦了擦汗。于是，列夫洗净那帕子，当着薇拉的面还给雪李，还加一句道：“姐姐真好，借给我帕子擦汗。我都擦脏了，这下洗干净了。”

而对于雪李来说，什么也没丢失，既依旧做着良家的少妇，又借着伦理微妙的转折守住了任凭天真流露的性情。

八

他们起先住在虹口，后来特卡琴科两兄弟在霞飞路和马斯南路拐角处的花园别墅里开了一家餐厅，名叫皮卡迪里。马斯南路就是现在的思南路。这家餐厅夜里有表演，为了生计，贝拉去跳舞，也去弹钢琴。这是1930年，薇拉快要八岁了。安德烈·尤里耶维奇·科列诺斯基伯爵不得不放下架子去英国人的消防队做管理，那时伯爵算什么，霞飞路整条大街上名门望族满天飞，积蓄吃光了，首饰卖完了，有点才艺的给富人家做私人教师，没有本事的只好流浪乞讨。幸好那些罗宋饭馆的老板有心照不宣的规矩，每遇故国来的浪人，只消花五个铜板就端给你一碗红菜汤，汤里有一片着实的牛肉，另外，列巴、黄油可以随意要，任你吃饱。

安德烈为了贝拉上下班方便，于是租了马斯南路的房子住。那是一处三层砖房，外带一点狭窄的花园。他们住在底楼伸出的一角，有两间卧室和一个小厅。那时，他们的收入还算丰裕，安德烈月薪有八十个银圆，贝拉每夜按节目计酬，一个节目一块银圆，一般一天有两个节目，外带客人偶尔给两个角子小费，加起来往往一夜可挣两三块钱，这样一个月下来也不少于八十块。一百六十块银圆，在旧时的上海，已经算是高收入了。当时一个教授也就两百元工钱。他们刚到上海时，本有从船上带下来的一份财产：一枚五克拉的钻石戒指，两只金表，一条祖母绿项链，一对蓝宝石耳坠，一只镶满碎钻和大克拉蓝宝石的金烟盒，另外还有一盒子金卢布，都是五卢布面值的旧卢布，有一千多枚；最最值钱的是一枚法贝热彩蛋，当时法贝热为尼古拉二世做了五十枚，给亚历山大·克尔奇家族做了七枚，克尔奇家与科列诺斯基家是世交，安德烈的姐姐嫁给了远在莫斯科的克尔奇的侄子，于是得了一枚，姐姐将这枚彩蛋作为定亲礼物赠给了贝拉。那可不是一般的彩蛋，上面镶嵌了最珍贵的海螺珠、西伯利亚碧玉、粉红钻石和缅甸的翡翠，这只彩蛋按今天的估价，应值上亿元。然而，贝拉生下薇拉后，不幸得了肺结核，为了给她治病，安德烈通过一个上海的掮客，将彩蛋和大部分珠宝都贱卖给了在纽约做通运公司的C.F.Yau，才卖得三千块银圆。似是命运有精准的安排，这笔钱刚刚够给贝拉治病、吃营养，以及到福建的教会医院疗养。

贝拉病好以后，身体虚弱，再也无法跳舞，也吃不住每夜去弹钢琴，安德烈于是决定索性也不在英国人手下干了，他们拿出那盒子金卢布，在迈尔西爱路开了一家皮货店，专营貂皮、熊皮、虎皮和水獭皮一类服装。迈尔西爱路就是现在的茂名南路。其实，那些皮革材料都是从哈尔滨转运来的，为了广告效应和增添异域风情，安德烈便说是从苏俄弄来的。所以，那家店名叫“西西伯利亚裘皮行”。他的生意头脑，也就这么一点机灵，再多一些曲绕，对他来说，就是堕落。那时，上海的富豪家女眷、政要夫人以及官太太们都时兴买一件貂皮大衣穿，以招摇过市，但是，被称作“小罗宋”的霞飞路上有许多五花八门的皮草店，生意竞争很激烈。有的店铺甚至出钱雇佣“皮草托”，就是让一些破落的罗宋家庭的女儿们去勾引当地的花花公子和欧美游客，一夜狂欢，翻云覆雨，翌日将客人带到皮草店求购一件最昂贵的大衣，转身又将大衣拿回来给店主，索取托金。安德烈是一个正直的人，不会去干这样的事，加上他不好与当地人打交道，结果生意越做越稀淡，到1940年时，店里已经入不敷出，只好靠贝拉给人教钢琴、教芭蕾勉强度日。

那时，薇拉已经十八岁，出落得姣美修皙，身条比母亲还要标致，她脚尖猛一踮起，似若立在一朵玉兰花上。薇拉从小跟贝拉学习钢琴和舞蹈，有很好的音乐天赋和表演气质。她在上海长大，说得一口流利的上海话，这便结识许多活跃的当地青年，有人介绍她去国立音专教钢琴，也有人将她引到片场去做形体指导，大凡影片中有舞蹈场面的，一般都会邀她去帮忙。终于，家里的开销靠着薇拉出道有了保障。

安德烈因为生意赔本，成天闷闷不乐，开始酗酒，喝得烂醉，常常醉卧街头。一日，在街上淋着雨了，得了伤寒，又牵发出以前的旧伤，那是在日俄战争时期挨的炮弹，在髋骨深处，弹片取不出来，这下化脓感染，用了许多盘尼西林都不管事，最后并发败血症，器官衰竭而亡。他死的时候才五十七岁。

那年日本人已经进入租界，薇拉的上海青年朋友大部分都去了重庆，薇拉留下来陪母亲。此时，国立音专已更名为国立上海音乐院，在亲日的人管理下。

安德烈去世后，贝拉心情一直不好，不久便病卧不起。两年后，她抑郁离世，葬在高乃依路上的圣尼古拉斯堂墓地。贝拉·尤苏波娃与那个在维拉·特雷弗洛娃剧院长廊上递给他冰激凌的海军中校安德烈·尤里耶维奇·科列诺斯基伯爵永远长眠在一起了。她姓科列诺斯卡娅，归在科列诺封邑的家族名下。然而，他们形销骨立的遗骸再归不到科列诺，也归不到圣彼得堡，只在江南的冲击层淤泥下沉陷，沉陷。他们那海洋和乐舞的幽灵是作为客居异乡的游魂还是作为这座城市的某种精神而长存呢?

贝拉留下一条祖母绿项链和一箱舞衣给薇拉。当年为给贝拉治病，安德烈几乎卖光了所有首饰，唯独这项链贝拉不舍得卖。这是几十颗上好的乌拉尔祖母绿，与现今注油的祖母绿全然不同，它们闪耀着广袤的西伯利亚森林的颜色，有远古鲜卑人与斯基泰人的记忆，仿佛凝结着诗神与珊蛮忧伤的目光。这是尤苏波娃家族的遗物，来自起初创造天地之手，人只见它们显露的光色，并不可窥其中深藏的隐秘。宝物总是这样的，拥有人只不过是创世者的托管人，从一个人到下一个人，需要才情和威力去守护，如果你累了，托不动它们了，它们就转向另一个人。罗宋的贵族们已经背不动了，谁会是它们之后的承载人?

所以，当阿列克谢要离开时，薇拉说："这项链给你吧！我知道你不愿意做它的主人，但你可以为它寻到主人。为此，你可以活下去，我好等你回来。"

阿列克谢将他的银表和银烟盒回赠薇拉，他是作为信物留下的。

薇拉卸下了重担，而阿列克谢却背负起承诺。

人的使命是天定的，安德烈与贝拉作为俄国最后的贵族走到了末路尽头，他们连最后一条祖母绿项链都背不动了。薇拉交出去项链后，如释重负。她成为一介平民，肩无荷重的上海阿姨。她没有封号，也没有承继，她只以劳作偿付性命中的错失。为此，她坚持要两份退休金。

九

20世纪50年代，苏联同意让侨居上海的白俄回国，上音派人来问薇拉，薇拉说："回到苏联，蹲勒中国，有啥两样？侪是建设社会主义。我勿去，我是上海人，到外国去做啥？再讲我生下来国籍就是中国，我爷娘国籍也是中国。"

是的，薇拉说的是实情。安德烈和贝拉是当时北洋政府特许进入中国的，上岸后就登记了户口，按中国国民身份入籍的，不像许多以其他曲折的方式进入上海的俄侨，大多是无国籍的。

"苏维埃就是工农兵委员会，我是音乐学院额老员工，我也是工农兵一员。"薇拉说，"新政权是为工农兵服务额，我也是伊拉服务额对象。"

薇拉幸亏没有回苏联，那批兴致勃勃回去的，后来都被拉到西伯利亚去掘冻土了，在那边填补原先索尔仁尼琴那代流放者的空缺呢。上海的新政权确实非常讲政策，薇拉受到善待，上音的领导和师生们一直很尊敬她，甚至60年代大运动时期都特别照顾她，使她免遭冲击。

"列夫，侬晓得伐？北京有舞蹈学院，上海有芭蕾舞学堂，两个地方跳芭蕾舞邪气勿一样额。一者群舞跳得好，一者独舞有水平。侬晓得啥额道理伐？侪是因为迭得我去教额缘故，我娘教我额身手我侪传拨伊拉了。侬看过《白毛女》伐？里头小妹妹漂亮伐？跳得好伐？老早伊拉搞样板戏，请我去帮衬过额。后来《白毛女》剧组跟学堂合并，现在叫芭蕾舞剧团。我现在算是芭蕾舞剧团额退休人员。我是一级职称。"薇拉又说，"我退休工资拿全薪额，钞票一年比一年多，用勿忒额。我要两份退休金，勿是为了钞票，我是讨一点讲法，忒自家算算账。人做事体是为了还债，还清爽再好回去。"

列夫并听不懂什么劳作以还债的意思。他受的教育中，劳动被视作神圣。而薇拉从教会里得来的认识是，人是有原罪的，是罪欠而生，一生须流尽汗水而得食。

薇拉得来钱，也不打算给儿子媳妇，因为他们收入丰足，也不需要。她认为，她的一份所得是偿还原罪，而另一份所得可以用来赎买奢望。她等阿列克谢回来，她晓得爱情是可遇而不可求的，老天开恩才有。她要用另一份所得为社会做点事，做到一定份额，阿列克谢就会回来的。她是懂得感恩的，她常常说，她父母能上岸，能携带一些财产在上海度日，又给她良好的教育，都是上帝眷顾他们家。她亲眼见过图哈切夫斯基大叔，那位斯摩棱斯克省来的小公爵。他是那位著名的米哈伊尔·尼古拉耶维奇·图哈切夫斯基元帅的远房亲戚。米哈伊尔参加了红军，他参加了白军。他是随远东哥萨克军团首领格列博夫的军舰在1923年来上海的。他与几名士兵乘小艇偷渡上岸，用财物买通海关人员，躲进浦东闲置的验疫所破屋，之后又流落到虹口、杨树浦一带。图哈切夫斯基大叔推着一辆装有转轮的小车，唱着带苏北口音的“削刀磨剪刀”的吆喝调来到了马斯南路。他住在外白渡桥以北的下海滩贫民窟，跟那里的苏北苦工学了一口苏北话。这类白俄，上海人叫他们罗宋瘪三。大叔坐在街角磨刀，贝拉送去切牛肉的刀让他磨，他见贝拉就说俄语，贝拉回转来告诉安德烈，安德烈于是请他到家中吃饭，给他做Борщ（红菜汤），又开格鲁吉亚的红酒斟上。过些时日，图哈切夫斯基大叔又上门来，带来一个女人和一个小女孩。女人是他在杨树浦娶的新妇，是镇江人，小女孩是他们的女儿。那小女孩与薇拉一起玩，都说着同样的俄语，却说着不一样的中国话。薇拉说的是法租界的老上海话，那女孩说的是带苏北口音的下海滩话。“不吃不吃一大碗，够了够了一大碗，饱了饱了又是一大碗。”图哈切夫斯基大叔一边自嘲，一边向主人告别。他们吃饱喝足玩高兴了，还借走一些银圆。嘴上说是借的，但始终没有还过。安德烈说：“能来玩玩就很好了。不管怎么说，他也是公爵，是陛下的亲戚。”

人的命运天差地别，得了好的，要有感恩心。漂亮和才情都是天赋免费的，缺了的人才要去做工争取来填补。

薇拉阿姨在街上走着，是一个典型的本地老阿婆，举手投足间，节奏、线条和腔调都是本地的，连影子都是上海的。她与本地人不同的唯有一样，那就是她的智慧来源是她的信仰，她的音乐是信仰的音乐，她的舞蹈是信仰的舞蹈。

梧桐树叶剪碎的不是阳光，
是我的歌唱；
她的双瞳捣碎的不是秋水，
是我的肝肠。

阿列克谢的诗中写道。

“实际上Борщ不是番茄烧出来额，是红菜，一种乌克兰额菜头。罗宋人交关讲究吃，比法国人会吃，现在上海地面上额法国菜，实际上侪是罗宋菜。罗宋菜主要三个来源，一种是乌克兰菜，一种是东方风味，另一种是格鲁吉亚菜，就是高加索山伊边额菜。老底子上海人不晓得格鲁吉亚，有晓得高加索额，淮海路上搁落打高加索额牌子。高加索菜主要是烤肉好吃，烤羊肉、牛肉、猪肉，还有各样飞禽肉。东方风味菜，有受通古斯影响额，也有受中亚影响额，主要是鱼子酱，黑额比红额好。正宗黑鱼子，是里海里厢额鲟鱼子，只有超过六十岁以上额老鲟鱼额鱼子才好做地道鱼子酱。迭样么叱现在吃不到了，红房子西菜馆连红鱼子酱也呒没。红鱼子酱是大马哈鱼额鱼子，不灵额，腥气额。不过阿列克谢有辰光会寄点拨我。下次我收到，请侬来吃。”薇拉阿姨说。

她又说起罗宋汤：“正宗Борщ摆红菜头，摆牛肉，摆洋葱，还要摆酸奶，上海人吃勿消嘎酸，叫罗宋嗲，讲：‘侬迭额人交关小家败气额，发罗宋嗲！’侬阿晓得啥额是罗宋嗲伐？就是酸呀，酸得来像罗宋汤里额酸奶，吃不到葡萄讲葡萄酸。”

“罗宋人鱼烧勒好，猪排煎勒好，鸡也烧勒可以额，牛羊肉一般。”薇拉阿姨道，“还有冷菜，色拉，酸黄瓜。酸黄瓜是跟蒙古人学来额，蒙古人是跟通古斯人学来额。吃罗宋菜，先是冷盘，再是Борщ跟列巴，之后再吃主菜，主菜最好是吃鱼，最后吃点心、冷饮。冰激凌最好吃，只有罗宋冰激凌是世界上最好额冰激凌。侬晓得伐？是罗宋人发明华夫冰激凌额，摆勒蛋筒里，或者两头压紧冰激凌。还有冰砖，上海光明牌冰砖就是学罗宋样子额。”

列夫叹羡阿姨那么会吃。列夫也喜欢冰激凌与冰砖，他想起贝拉在剧院长廊里馋冰激凌的故事，他又联想到雪李的白净，他将女孩儿的气味与奶油的气味联系起来。啊，女孩儿要奶白奶白的才美——奶白的双颊，水乳交融的颈项，香一记她们的嘴应该是冰激凌的味道吧！美丽的女人应该一生都是一株冰激凌，不消不释的冰激凌，任吮舐而不减分毫。难道玉不是这般光泽吗？奶香是一种有归宿感的气味，令男孩儿投怀送抱，眷恋而缠绵。藏在有奶香的袜子里、亵衣下的肌肤间，是多么宁和而舒坦啊！

“我也不算懂吃额，侪是阿列克谢教我额。伊是只吃货。”薇拉阿姨道，“迭只死货色，一天到夜只晓得吃，蹲勒教会里忒清苦，就不去了，跑出来混文艺圈子，到处骗女人，骗小妹妹，倒是对我不错额，不过我一眼工资也不够伊吃，为拉牢伊，不叫伊去搞女人，我拼命做事体，除忒学堂里教书，还要去做人家家庭教师，最苦额辰光我一天要去四家人家！后来我额同事，我伊额辰光不晓得伊是地下党，伊介绍阿列克谢到塔斯社去做事体，当翻译，阿列克谢总算有了着落，一额号头好拿一百多块大洋。”

列夫疑惑，既做翻译能拿那么多钱，阿姨何故不去兼职当翻译，而要辛苦做家庭教师呢？

阿姨说：“侬勿晓得额，中国闲话好讲，中国字学勿会额，写起来难煞忒！阿姨蹲勒上海一辈子，只学会讲，学勿会写额。我要写点啥，还是写俄语。填表格，交文书，侪靠雪李代我翻译。雪李真是牢来赛，中文写得好，俄语还来得额流利。伽小朋友学外语，单字背了再多也呒没用场额，思维交关勿一样。西洋闲话难讲，中国字难写。中国闲话思维勿难额，侪靠语气、动作、表情，只要情绪对头了，问题勿大额。写，真是比登天还难！伊个辰光，交关本地老先生到外国读书，从小就去了，回转来文凭牢高额，还是一口上海闲话，一笔外国字，写勿来中文额，跟阿姨一样。格么，伊真正叫苦煞忒，伊身边又呒没雪李姐姐，啥人忒伊翻译代笔啊？搁落讲，阿列克谢不得了，伊会得写中文，格点本事阿姨我服气额。”

阿列克谢是俄侨中最著名的诗人，他的诗眷恋旧时代旧生活，他甚至与古米廖夫那批阿克梅派都不对付。他坚持韵文，格律，坚持浪漫主义的情怀和趣味。为此，他天生害怕新事物，在新政权接管上海的前夜就逃去美国了。不想，他在塔斯社工作的经历阻碍了他，美国方面在他上岸时拒绝了他入境。他只好又去到香港，从香港转道去了南美。他长久住在阿根廷，俄罗斯回不去了，上海也来不了。

“迭只死货色，老棺材，死勒外头拉倒了！”薇拉阿姨叹道，“伊额辰光勿走，新中国会得接受伊额，继续写诗，做文章，当翻译，多少好！乃么，现在蹲勒玻璃木梳哀立死（布宜诺斯艾利斯），西班牙语也讲勿来，两只眼睛墨墨瞎，戆忒了！侬以为玻璃木梳哀立死是啥好地方？乡下头呀！”

老上海人以为，上海以外的地方都是乡下。在这方面，薇拉阿姨也跟着他们一般见识。

列夫说，阿姨啊，你真是地道老上海人呢，一点也不肯改，这都什么年月了！

阿姨说：“阿姨老了，现在名目变得嘎快，跟勿上小囡了。连马路名字也搞勿清爽了！”

列夫听阿姨讲旧上海的事久了，多少也对应得上霞飞路、亨利路、高乃依路的位置，但好奇怎就现在的上海道路将整个中国的地方都搬来命名呢。

阿姨说：“实在名字是民国三十二年改额，一夜天就改过来了，交关勿方便。伊额辰光租界收回来了，上海地方本来也呒没嘎许多街道，侪是后来造额，格么只好取新名字，结果中国地图就铺到上海地面上来了，大同、桂林、长宁、溧阳、华山、衡山侪来了。伊拉讲，迭额叫‘收复失地’。”

十

“列夫，侬明朝放学回来，路过鹊格利，忒我买瓶掼奶油；乃么，索嘎再到哈尔滨食品店买两只蝴蝶酥。”薇拉嘱咐列夫道。

列夫不晓得薇拉说的这个“鹊格利”在哪里，薇拉解释说：“就是老大昌，老底子阿拉罗宋人侪叫伊鹊格利，是亚美尼亚人开额，做罗宋点心额。侬总还吃过老大昌额么叱额。взбитые сливки，上海人叫掼奶油，就是奶油搗搗伊，机器里拷拷伊，让伊发出来。我手工也会拷额，我弄出来比伊拉好吃。老底子伊拉弄出来交关好吃额，现在小年轻师傅做，勿来赛了，味道相差勿是一点点。”

这种掼奶油，吃着不腻，滑润的口味，看上去也很雅致，鹅黄的色泽。不过，列夫怕这种颜色，他老有一些生理的联想，在这个年龄上会侵袭他心理上的洁癖。

“哈尔滨食品店老早叫福利食品店，是杨老板开额。伊是北方人，年轻辰光来勒符拉迪沃斯托克学做点心，格点手段伊侪带到上海来了。伊额辰光罗宋人多，上海人还喜欢轧闹忙，跟风西洋名堂，搁落生意来得额兴旺，后来新社会么公私合营改名字就叫哈尔滨食品店。”

他们常常下午吃点心，隽逸和列夫跟着阿姨吃吃喝喝。阿姨说这不仅是个人图享受，这是给列夫上音乐课的必备，是对社会做贡献。是啊，列夫听课也不缴学费，跟着一流的钢琴师学琴艺，哪来的这么好机缘！

列夫的父亲是个有眼光的智慧人，在运动时期家里得了儿子，父亲就想让这儿子学点本事。人家都在外头忙，只列夫在家里关起门来学琴，听唱片，读英语和古书。等列夫有了孩子，父亲做成爷爷的时候，爷爷竟说，不要让小孩子读那么多书，眼前家家都给孩子补习，连保安都筹划着让孩子去英国拿文凭，读书还有什么特别的呢？天下的道理，人弃我取，人人都围上去了，准不是什么好事。

列夫的老师是他的父亲，当然，英语和音乐又是请来那些当时靠边站的教授们教的。但这样的音乐教学，在薇拉看来简直是笑话。薇拉是在贵族家庭长大的，她受到的是珠玉般的光照。西洋文化实际上并不是后来平民解放得的成果，俄国繁荣于叶卡捷琳娜之后，英国繁荣于君主立宪的盛时维多利亚时代，德国繁荣于神圣罗马帝国和普鲁士王国时期，而法国，从第三共和国建立起就衰落了。现在上海开了许多西餐店，全世界各地的所谓正宗的吃法都来了，甚至大部分是当地的厨师来做的，可惜，那些味道与薇拉阿姨那个时代的上海西菜大相径庭。有的人说是薇拉那个时候西餐上海化了，实际上差的不是洋化汉化，差的是级别的高低。又好比现在柏林的大教堂大多是新造的，因为二战大部都毁于战火，年纪还比不上上海的西式建筑。那北京佟麟阁路上的安立甘宗会堂是1907年建的，西什库北堂是1703年开堂的，宣武门南堂是1605年起的地基，资格就更老了。帝制下的西洋与平民的西洋，能是一件事吗？那边的工人农民与这里的工人农民其实是一样的，都是工人农民的诗歌、音乐和舞蹈，审美趣味都朝着一个方向去的。帝制的中原与帝制的西洋，风俗差着地理的阻隔，档次却在一个水平上。所以，列夫之后的那些青年们再次接触到西洋，竟是另一个西洋，另一番气象。如今巴黎和伦敦的饮食还比不上老上海遗留下来的几道西菜地道，就好比你可能在香港和美国的唐人街找到光绪年的满汉全席，那口味并不走样。也好比你在香港买金子，一两是按37克兑的，不同于50公克一两，也不同于31.25克的缺斤短两的民国市两，37克合一两是从唐宋以来一直没变过的千年秤制，说一两，那才是满重，标重。显然，旧制在本土荡然无影了，却在维护旧制的流亡者那里存留。问题不是东方西方，问题是高的矮的，位置不一般齐。

所以，列夫是幸运的，他在亨利路圣母大堂尖顶的余晖下沐浴艺术的圣光，听到那些在公学学堂里闻所未闻的另一个西方。公学有文凭，有职称，有千篇一律的文艺概论，有自以为是的考核标准，有普世祛魅的通用技法，但是，那里没有艺术女神的青睐，没有游吟诗人和宫廷乐师的秘技。是啊，帝制以后的欧洲教育普及了，但是教育的去神秘化、公共化也去除了艺术的灵魂。他们唱一首歌，叫作“Imagine”，想象没有天堂也没有地狱，没有国家也没有宗教，甚至没有财富，人就可以为当下而活……他们相信自己的力量，重新为艺术定义——那出自人之想象的艺术。然而，那还叫艺术吗？从尼采之后，艺术朝着这个方向一路下坠，下到凡间。啊，多么动听的说辞！“下到凡间”！仿佛众神们也贪慕人间烟火，其实不就是落俗吗？在公学的教科书里，说到文艺复兴，一直将世俗生活与缪斯绑架在一道，仿佛只有世俗生活才令缪斯们复活了。肉林酒池，酒神与日神，被他们庸俗化为醉鬼和说明书。如果说明书能解决问题，还需要智慧干什么呢？如果喝醉酒能释放想象力，为什么不用酒精弥合人类所有的冲突呢？酒和说明书，是人生苦海中的两根救命稻草吗？

薇拉说，你书里看来的罗马不是真的罗马，罗马在君士坦丁堡，后来德国人叫它拜占庭，是用了一个旧名字，那个名字是希腊区域的外省，好像是说这是在边远省份建立的罗马，是不正统的。其实自从罗马迁都以后，正统的罗马精神一直常驻在君士坦丁堡。一个帝国，存在了将近一千五百年，从前27年到1453年，1453年是蒙古帝国也先大可汗称帝之年，也是中原地方明朝强盛的年代，而前27年是汉成帝在位的时候。从西汉到明，中国历经了无数朝代，政权更迭如走马观花，而罗马帝国万世一系，千年不倒。你在哪里见过一个帝国这么长久的？又是什么力量让这个帝国如此长久呢？而且之后，这个帝国并没有灭亡，俄国接过了它的衣钵，成为罗马精神的传承。这样的历史，英美的教科书是不会说的，是要遮蔽的。而所谓西学东渐，是受日耳曼人和美国人的影响，美国人是英国人的后裔，也就是西日耳曼人的血统，归根结底都是日耳曼。只听日耳曼一家之辞，能有多少真实呢？再说，这里的知识分子从民国初一路走来，知其一不知其二，反复打折，一厢情愿，以偏概全，剩下的必是想象大于事实的西洋。

“学西洋，源头在罗马希腊。格么侬听来额罗马是假额罗马，还有啥额讲头呢？”薇拉阿姨说，“我是最后额罗马人，讲上海闲话额罗马人。侬想学西洋艺术，要从我迭得开始，从头来过，脑子要重新汏一遍。”

从拉丁语到俄语再到上海话，罗马精神是借着方言长存的吗？列夫被阿姨搞糊涂了，他也无处去求证阿姨说的这些是否可靠。不过，他的确因为金帐汗国、罗斯受洗、彼得大帝、叶卡捷琳娜和君士坦丁堡的索菲亚教堂这些故事而深入俄罗斯的音乐，或者说，他渐渐懂了阿姨说的，音乐不单单是为了好听，女小顽也不仅仅是为了装点。

“侬为啥认勿出心里头额声音呢？侬为啥要轧闹忙到街路上去跟了别人家唱呢？”薇拉阿姨认为，前者是久违的熟悉，而后者是一种习惯势力。究竟是哪一种声音更熟悉呢？人跟心，还是跟风，是两个截然不同的方向。她或许受阿列克谢的影响，讨厌阿克梅派以来一切现当代的实验。她不认为他们所做的是艺术，她认为这一切都是低矮化。艺术不是社会福利的平均主义，低的拔高一点，高的拉低一点，艺术是金字塔，天生的材料。如今引车卖浆的在弹琴，那金柯玉叶的在守门，上土下日，乾坤颠倒。多少人不是这块料，弹了一辈子琴，只有音符、拍子、速度，却没有音乐。音乐是声音的诗，诗是语言的音乐。

列夫拿来一盒翻录的披头士的磁带，雪李有一台两个喇叭的立体声播音机放在阿姨那边，他们播放那盒磁带，阿姨听了半首歌就摇头，道：“迭额就是标准瘪三朗里格调，覅听，邪气龌龊额！一眼水准也呒没！”

列夫说，阿姨你跟不上形势，这叫摇滚乐，现在很风行的。

列夫说，摇滚是一种精神，关键不是听音乐，是追求那般精神。

“精神？的确是一种精神。”薇拉说，“矮子也有精神额。伊拉为丑货色寻位置，为小人物立牌坊，伊拉看到漂亮额么叱心里厢吓煞了！”

不过，阿姨对勋伯格、韦伯恩和斯特拉文斯基却网开一面。她认为，不管以何种声音材料来叙述，典雅、周正和浪漫是不能丢弃的。

那么，艺术究竟是什么呢？那些年月，社会上对为艺术而艺术、为生活而艺术、为主义而艺术等艺术目的论争得不可开交。

薇拉说，这个世界只有两件事，劳苦与安慰。有劳苦必有安慰。劳苦既是本质，安慰显然不是装点，安慰是劳苦得以承受的动力。而艺术就是上帝恩赐的安慰，慰我苦身，慰我贫瘠的魂灵，这还不重要吗？除了美好可以安慰人，难道还有怪戾可以安慰人吗？所以，艺术必然是美好的，那些漂亮的女小顽，哪一个不是为了美好而生的呢？至于现实中的财富，有哪一样财富比美好珍贵呢？谁不愿将最昂贵的钞票去赎买美好呢？她不愿意列夫从她那里只学到艺术的假清高，她说她正是要教会列夫算清这笔实际账。买卖是一种公平，贪不得，欠不得，多一点，少一点，锱铢必较，但美好却最终打动人，令人情愿付出一切，千金难买我愿意。这就是艺术无价的秘密。无价是算清所有账后才抵达的，或者先前就注定的，上天白白给人的。

薇拉阿姨也是漂亮的，虽年近古稀，依然看着像一炷青烟，阿列克谢是她的安慰。

阿列克谢写道：

你路过花坛，百花凋零；
你穿过人群，喧嚣寂静。
你老了，难道褪色是为了显露光芒？
肌肤失润原来是为了青烟透明！

多年后，列夫想起薇拉阿姨，为她写了一支歌：

你来到这里，
只不过为了意中人。
他的一笑一颦，
让枯草也变绿茵。

你等他的心，
比分秒还精准。
你想他的笑，
总是挂着咸的泪痕。

恨他也是爱他，
渐渐地忘了自己的年岁。
岁月盗走你容颜，
露出你真心更加纯粹。

如果不是爱他，
你早就不堪这世界的重量。
你的要求多么的简单，
为了你对他好，
他也一样。

爱没有生离死别，
来了去了从不停歇，
寂静得伤心毁灭，
寂静得令人气绝。

阿列克谢最终还是没有活着回来，他死在薇拉说的那个玻璃木梳哀立死了。他的骨灰有一半回到俄国，另一半被带回上海。薇拉一直活到2008年，终年八十六岁，她的骨灰和着阿列克谢一半的骨灰葬在青浦的墓地里。在没有阿列克谢的余生中，列夫是薇拉阿姨的安慰。列夫后来成为一个薇拉心中的音乐家，他只为浪漫和美好歌唱，他一直给薇拉阿姨写信，投递到邮筒的那种信，常常夹带着几小节总谱和一两页诗。

薇拉是在安德烈和贝拉离世后搬到亨利路来住的，从那时起，她就一直住在襄阳公园后门对面的亭子间里。如今，圣母大堂依然攫吮着晨曦与晚霞而生光，依然是新乐路上最壮观的建筑，然而，对于大部分路过的上海人来说，它还是顶着五个洋葱头，埋没在他们的菜篮子里。哦，对了，那边有一条服装街，香港和台湾的明星常常光顾……哦，周围新开了几家西西里酒吧……还有，那里的街边划出几个停车位，去逛City Super可以泊车在那里。

第二章　尤佳

尤佳站在阳台上，她替她妈妈去晾几两丝绸，新买来的料子刚过水，有妃红的、月白的、绿沈的和秋香的，都是客户预订的颜色，非常挑剔的间色或者复色。她妈妈是远近有名的裁缝，丝绸、呢子的衣服都做得很好。这正是午间时分，庆福里弄堂里飘着煎鱼和炖肉骨头的香味，太阳花迎着日光绽放，红的、紫的、白的和黄的，大开张扬的花瓣将饱含汁液的短小叶子全然压埋。有几朵云渐渐移过来，重重地要垂落的样子，忽然，花儿便收拢起来。尤佳的心情也好比花儿，遇阳则放，见阴便收。这弄堂里交错的电线、生锈的路灯罩、下水道的浊流、镬子里洋溢出来的蒸物的稠馨，还有妇人嚼舌根的窃窃私语，都是层层沉鎏，成为化育她的肥物。这俗喧和碌乱年久而沉滞，层层积压，亦渗出腴沃的油润，竟催生出人间的尤物。所谓尤物，足以移人。尤佳是一件尤物，从庸常生活中拔出的亮光。

那是一道霹雳般的光，稍纵即逝，随着太阳花的开合而显隐，明时如震雷，暗时则沉默归寂，与周遭浑然一体。

她乳白乳白的，一块凝结的奶酪。深色的须眉，光下略长的汗毛，令肌肤更显酥皙。奶酪初视纯美，深尝则入癖。

如果平庸的生活是腐臭的，怎就养成精彩的女子？里弄深深，人挤人，梦挤梦，生挤死，魂挤肉，这是俗世的林子，腐殖层厚厚的，那死绝的地方忽有尖叫，是无声而胜有声的几朵春花，隆隆的鲜活，挣扎出瞬间的非礼。慕花者怎可连根拔起？谁拔得动连着死亡的底本？倘挥剑斩断，或者未出林子便已枯败。

尤佳是不能出离庆福里的，除非命运有特别的安排。她是绝望者的啸鸣，是闷夏的一道闪电，是卑贱者对高贵者的嫉恨与嘲弄。

起风了。啊，她抬手想护一下那条妃红的绸缎，刚才她忘记用夹子夹住这条了。她一侧身，有鸽群从头顶飞过，云也斜了，楼也斜了，云鬓也斜了，发丝抖落下来，拂过脸庞，缭绕腰身，不知触动了谁家房里的吉他，一个挂留和弦散碎到街上。那年她十五岁，她对自己一无所知，那些瞥见她的人，也对她的美貌将信将疑。

一

那时候的功课并没有那么多，假期对少年们来说是漫长的。如果家在远方的，一般会回家；如果是本城的，那只好在城里四处转。要么约一些要好的朋友看电影、游泳，聚在一起喝汽水，要么最多郊游一下，也只不过去几个公园转转。

这年夏天，假期为什么显得这么长？叶栩生在家里闷得慌。他的假期作业早早完成了，课外书读得他心烦。他已经看了莎士比亚四个剧本、托尔斯泰三本小说，另外还把霍桑的《红字》中文英语对照着读完了；他从《外国文学》杂志上看到法国新小说的介绍，但是全市的新华书店都买不到任何新小说的译著。他百无聊赖，坐在屋里厌气得很，于是，一个人骑车去淀山湖一带闲逛。

他来到一处石桥下，那里有一座土地庙，还有一座大的寺院，古旧的石头围起的堤岸，湖水拍打过来，碎了的时候看着像一些白嫩的指头，一遍一遍挑衅顽石，石恨而无可还手，怒角渐消，已然平滑。一些女孩儿穿着泳装倚岸嬉水，有下水的，也有靠着石阶扑腾水的，她们露出的身子都很白，她们在一株大柳树下聚集，她们的裙裳和鞋袜都挂在柳树的枝杈上。他一脚踮地，让自行车停住，抬手遮阳往远处看，似在寻路辨认方向；他远远瞥见她们入水的手脚，水深而澈，树荫下苍蓝不见底，与玄石融为一体，将一道道白光远远衬射过来。他被白光击晕，心里升起犯罪感。他像偷看了别人家的私藏，又像不慎闯入床帷，一时不知进退。他听见她们忽惊忽定中说笑不断，那声言带着乡气，似是这边镇上的口音。他判定她们是当地郊县中学里的女孩儿，有的与他年龄相仿，有的比他还少些。他是走好呢，还是留下看她们？他怎好无端看她们呢？这显得太不礼貌了。他正这么想着，女孩儿发现了他。她们指指点点，并不回避，放低声音互相说几句话，又哄然大笑。于是，他只好硬着头皮放下自行车，摆出观景探水的样子。他蹲下身子，左也不是，右也不是。他总不会是来摸鱼的吧，他两手空空，既无钓具，亦无网罗，他羞死了，无处藏身，索性一跃入水，结果手脚沉滞，无处着力，快要淹下去了。原来他一时兴起，竟忘记除去鞋袜、外衣，一头就栽进湖水中。他这是被自己羞倒惊乱了。

有个小姑娘游过来，将他托起，问：“不要紧吧？”

他咽下去半口水，上气不接下气地答：“没事，我没事……”

众女孩都靠拢过来，他几乎是被推着、抬着上了岸。他搭着她们的肩，抓着她们的手，靠着她们的身体，终于抓到一块石头，结果太滑，又掉下去。有个女孩在岸上，递给他手，他抓牢，很费劲地终于爬上去。他大口喘气，又竭力将呛着的水咳出来，这才惊魂稍定。

“你是来摸鱼的？”

“这像是寻死呢！”

“你会游泳吗？”

“你从哪里来的？市里人吧！到我们这里来做什么？”

“我看他是市里人，到淀山湖来旅游吗？”

“市里人想不开，来寻死呢！”

那些女孩儿也不避他，有拉着他手的，有给他捶背催吐的，也有拿干毛巾给他擦头发的，还有干脆就上手给他脱衣服的。

“衣裳都湿了，快脱掉，受冷要感冒的。”

他任她们剥光他的衬衣、鞋袜，只剩条裤头。他觉得被她们看成是要来寻死的，很没有面子。他只好说是来摸鱼的，不慎滑跌，掉入水中。有女孩儿从远处买来冰镇汽水给他喝，他大口大口喝下去，人渐渐精神起来。女孩儿们告诉他，这边是摸不到鱼的，鱼都在小河汊里，或者在水塘里，大多都是养殖的，撒一下网，就可以收罗许多。她们是水乡的女孩儿，天生水性就好，也知道许多鱼虾鳖蟹的秘密。他觉得自己除了裤头在身，已毫无优势，他的才情和尊严都被扒光了，连裤头都是旧的，平角的，皱巴巴的，一点嬉水的腔调都没有。在城里，穿这样的裤头去游泳池是会被大家笑话的。可是，在这里似乎不一样，她们并不关注他穿什么，以什么样的派头和噱头露脸。只要没有人继续怀疑他是来寻死的，他哪怕没有优势，也不再尴尬。他体会到她们的热情，是那种城里姑娘没有的热情。他已经拉过她们的手，靠过她们的肩，甚至入过她们的怀……啊，这怎么可能？在城里，从四目对视到牵手触摸，是多么遥远的千山万水！在这里，现在，他简直就是醉卧花丛，任她们摆布，照料，呵护。他注意到，倘他没有优势，反倒被人重视。这里的女孩儿珍贵那些纤弱的事物，他也许在她们眼中是弱不禁风的一个。他发现，他倒在她们中间，皮肤实际上比她们的要白。会不会她们把他当作白面书生，像古书里的那样？是啊，她们抢着与他说话，抢着与他靠近，那神色分明带着些许羡慕，而不单是怜悯。他找回一点孩童时候在祖母身边的感受，娇气而调皮的男孩，一面瘦弱而文雅，另一面鬼头鬼脑。他找回这个感觉，倚仗着天赋的性情徜徉。这样，他就近距离地、真切地看清女孩儿的美。

他的目光凝聚在一个比他少的女孩儿身上，停留在她的臀下纹：一道浅浅的纹路，分开了臀与股，白润间的阴黑，将他的视线缠住，像鱼儿咬钩一样，线儿被拖住，慢慢收紧。那天，那阴黑的纹路与他眼目间的线何以绷得那么紧呢？

他太想知道女孩儿的各种名堂了！他向来吃不透女人，觉得性别的差异实在是天壤之别。他不晓得如何与女孩子接触，他极羡慕班上那些与女孩子处得如鱼得水的男孩。他有时甚至想自己变成一个女孩儿，来获得所有女性的秘密。那些时日，女孩儿于他而言，就像是外国文学，不是被神化了，就是被鬼化了。她们究竟是远方的事物，还是事物的远方？

这些郊县的女孩儿，真的让他得到一些宽慰。她们待他那么好，交往起来那么直接，仿佛他出于救命的感激上前去抱抱其中一个，就会一步跨入恋爱。结果，他真的这么做了，他起身去抱一下那个比他少的女孩儿，就是第一个游向他的女孩儿，第一个托起他的人，那泳衣没有包住臀下纹的女孩儿。

他是因为太激动了。

他对她说："谢谢你救我……"

女孩躲开拥抱，却没有挪步离开。霎时，众女孩儿间爆出一阵笑声，她们起哄着就一齐入水游远了。

"菱儿叫城里郎抱走了……"从游远的人中传来这样的话音。

原来是这样的！她们不是他想的那么不知羞臊不顾亲疏的，她们害羞起来，比城中的女子有过之而无不及。她们将私情与义气隔得远远的，就像现在这样，她们毫无商量地一致回避了。要么一起玩，要么只有你们两人要好，他人无缘无分，不得觊觎；没有中间地带，没有暧昧和便宜的空间。这样的事如果发生在城里，那一定是一出复杂而微妙的大戏，什么可能都会有，什么账目都要拿来兑现。那正是他不知所措、常常弄不好要失败的局面。这下可好，私情被触动了，就真的被触动了，喜爱就是喜爱，中间并无各样社会的盘算间隔着，就好像两个少年人，除了一丝遮蔽羞处的贴身布，并无更多的阻拦。他们抱一下，纯粹的肉与肉紧贴在一道，连杂念都无隙插足。

他晓得不好了。这不是与城里女人的勾三搭四，不是擦肩而过的眉来眼去，这是人家要与你相好了，是难以辜负的痴情。他忽然想起了古书上的女子，但凡庙会上见一眼公子，日后回到深闺，望眼欲穿，苦等一人，至死不渝。他闻到了这样的杀气。

他晓得大好了。他得到一片唯独他准入而他人不得闯入的禁地。

他本该扭头就走，可是他太想知道女孩儿的秘密了。

于是，他留下来。他说："我只是想谢谢你。"他退后一步，又说："我并不想唐突……"

"你真的太唐突，一下就跳到水里。"菱儿说。

"我小学时候在少年跳水队训练过，我的水性很好的。不想，今天洋相出足。"

"哪有和衣跳水的！穿着衣裳入水好比叫水草缠牢，不得解脱的。"

"原来教练没告诉我们。你们水性太好了，是这边专业学游泳的吗？"

"你们在水池子里游泳，我们水乡村连水，镇通湖，我们从小在水里长大的，像鱼儿一般的，游水正好比走路那么轻松。"

"跳水队真该到这里来选拔。"

"海军陆战队倒是从我们这边选走许多人。去当女兵的也不少。”

“你也要去当兵吗？”

“我还小，暑假结束才上高一。”

“那我比你大些，我开学就读高二了……”

栩生正要往下说，菱儿打断他，道：“你怎不谢我了呢？”

他怔一下，忽然懂了，这是菱儿要他抱抱。于是，他上前抱菱儿。他一抱，菱儿眼睛一闭，就瘫软了。他不知所措，只好将菱儿整个托起，抱在怀中，也不知下面该如何，是寻地方坐下，还是寻地方将女孩儿放下。

他原是听不懂女孩的弦外之音的，与她们相处，总要追根刨底，直问到然否才罢休。这便招女孩儿讨厌，嫌他不解风情。如是蠢蠢木讷，不知丢了多少好事。今日情到深处，自然而然就顺通到妙处，才解了“怎不谢我”一句。

好在大柳树下正有一块断碑，平平的，滑滑的，怕是坐的人多了，光可鉴人。栩生将菱儿放倒在碑上，俯身去亲她。他们唇贴唇，碰一碰就闪开。又亲脸蛋子，亲头发、睫毛、耳鬓，亲到脖颈时，菱儿伸手将他抱住。他们交臂又亲一下嘴，然后交股翻做一团。少男少女忘乎所以，本是过路陌生人，不到几刻，就成了命中人，如胶似漆。栩生翻过菱儿身子，去亲她臀下那浅纹，菱儿将手伸到背后去抓牢他头发，忽然又坐起，推开他。他紧追不舍，索性伸手去摸那里。菱儿嗔怒，打他一记耳光。

菱儿坐端正，道：“你还没有告诉我你叫什么名字。你这样不是谢我呢，你是欺负我！”

“我叫叶栩生，就是栩栩如生那个栩生。栩是树上的鸟儿，软软的，柔柔的，怎有气力欺负你？你刚才救我的时候，气力可大了，没有你托起我，我今天就淹死了。我将来要靠你保护我呢！”

“骗人！就会甜言蜜语呢！‘栩栩然蝴蝶也’，是蝴蝶，哪是什么鸟儿！你以为我不懂吗？”

“那你救我是扑蝶，在水里扑一只蝴蝶。我这只蝴蝶这下被你抓牢了。”

“我才不要呢！你飞走吧！”

“飞去被别的姐姐扑吗？”

“我先踩死它！”

啊，果然，栩生又闻到了那杀气，那股至死不渝的杀气。然而，此刻，他的情欲直追着臀下纹而去，尚有那么多幽秘未解开，哪里管它生生死死，直巴不得做菱儿的刀下鬼才畅快。

可是，菱儿死活不肯让他再抱了。她去树杈上寻出自己的衣衫，钻到芦苇丛里换上，那是一条米黄的短裙和褪色的绿背心，还有一双厚底的皮凉鞋。这样穿扮，在城里都是过时的，既没有他想象的郊县人的质朴，也根本没有一丝亮眼的风骚。那是过时的时尚！优雅也好，规矩也好，质朴也好，但总不要是过时的时尚呀！她怎么能穿这么一身衣服呢？栩生于是接着又发现，这些姐姐妹妹的裙裳基本都是这个方向的。原来土并不接近土地，土是追了人家弃下的式样。

她不穿衣服多好啊！她为什么偏要穿衣服呢？穿这样倒胃口、煞风景的城不城乡不乡的衣服！然而，此刻他是被打动的人，被解救的善意、被痴情的恋羡、被臀下纹的幽秘打动的人。他真切地晓得，少女的身子是美妙的，刚才拥吻交股间的热络是难却的。有瑾瑜坠瓦你不捡吗？她真正是一个美人呢！只可惜是乡间的美味，就像她的名字一样，菱儿，那顽石一样的带着铁刺的皮壳，剥开却是脆嫩白鲜的肉。不管怎样，菱儿为他开启了女人的秘密，他为什么要站在城里的街道上隔着繁华的虚伪去面对那些苦苦求索而不得的沽名钓誉的趾高气扬的女孩儿呢？或者由此单刀直入斩获的战利品日后可以令他身手不凡看透一切傲视群芳呢！

“你是常常会下到淀山湖来玩的吗？”菱儿问。

“第一次来。不过认识你以后，就要常常来了。”栩生这么说，倒不是心计。他这会儿唯恐不能得手，他的心念全部挂在菱儿身上，他晓得女孩儿喜欢他，但门才开了一道缝，尚须用力才挤得进去。里面有什么？他急不可耐地想知道。这是人生和生命的重大关头。

“你想到市里去玩吗？我带你去上海玩。”栩生说。

“市里有什么好玩的？人多得要死，人心也冷淡，不比我们这边人热情。”

“你来吧，我会带你去许多好玩的地方，请你吃很多好吃的东西。”

“才不要呢！我要是去了，就是去踩死你！”

菱儿不肯去上海，栩生于是只好约了再来淀山湖。

这时，众女孩儿都游回来了，纷纷上岸拣自己的衣裳穿好。天色已晚，栩生的衣服也干得差不多了，他穿好衣服，扶起自行车，与姐姐妹妹一一道别，诚恳地谢过所有人，并盛邀她们一起到上海做客，定下了时日，约好了地点。

菱儿将栩生送到大路口，塞给他一个字条，上面写着通信地址，又忽然亲他一下耳畔，然后头也不回，一路跑进岸边的芦苇丛里去了。

二

她既是裁缝的女儿，断然就比别人穿得好。她个头已经高挑出众了，在班上被分在最后一排坐。她妈妈觉得她穿得出样子了，就从杂志上照样化裁，为她做了许多裙子。那女孩儿穿裙子是有讲究的，个子不高不行，腿脚不顺不行，臀腰比例不恰当不行，踝膝的骨节不好看不行，这些都长齐长标致了，穿起来才有韵致。那始终不见她穿裙子的，必是腿脚有毛病的，用各样裤子来遮盖缺陷；那穿垂垂飘逸大褂子的，总是拿宽松来藏掖衣衫底下的腰圆膀粗。

夏天来到以前，尤佳还是一个小孩儿，贪图多吃一点，多玩一会儿。尽管她的身子在暗中有潮汐来袭，那河滩的砾石被冲淘成细沙，然而，并没有脚印留在沙滩上，月下，那里仍是一片宁静，一望无际的平坦。直到妈妈给她穿上一身连衣裙，事情才有突然的变化。她在街上遭遇异样的目光，烟纸店与她熟悉的老板娘开始冷淡她，那些过路的同龄女孩子纷纷低头靠边而行。她与人打招呼，对方愣愣的，回应半句，噎回去半句。她觉得背后有芒刺射来，头顶有追光笼罩，她从弄堂里穿过，就像一名出尽洋相的演员从台口走过。倘若遇见男孩，她分明就听见粗重的喘息和心跳的暂停，她不知怎就钻进那些男孩心里去的，怎就像X光机器一样透视得到他们的心肺。有上了年纪的邻居爷叔，平常总爱一本正经教训人的，这下也停住手上的活计，不怀好意上下打量她个遍。她是犯了什么错吧！难道那潮汐将她的身子冲歪了？或者她面上长出什么恶痣疮疖来？要不就是这条裙子出了毛病，哪个地方缝错边了？破洞了？

她回到自己房里对着镜子看，侧身看，回头看，掀起每一个边角看——哪里都寻不出毛病，这是格外合身的裙子，多么洁净漂亮啊！但是，她发现她穿这裙子，看上去有点像大人了。大女孩儿固然不是原先的样子了，她们周围总是有男人陪着，然后就谈恋爱结婚，被男人香脸香嘴，还要抱在一道。天哪！如果生下小囡，还要奶孩子，用自己的胸去喂一个小孩儿。她看见过二楼的阿姨露出上半个身子在楼道里奶小囡，胸那里那么大，她将来也会那么大吗？她又照镜子，果然看见自己的胸大出许多，像是要从领口钻出来的样子，有些包不住了。妈妈为什么要把领口做得那么低？许是在街上走的时候，不小心露出来了？难怪人家看她眼神不一样了，八成都是在暗地里笑话她吧！

她脱下裙子，收起来，装到五斗橱里，又穿回工装裤和短袖汗衫。她不要做大人，那实在令人太难为情了。那是熟熟的女人，炖熟炖烂的肉，肥肥的，油腻的，被人叫作阿姨。她想，哪怕到五十岁时，也不能让人叫作阿姨。

开学了，她还是穿着一身旧衣服去学校。然而，她看见第七排有人穿裙子了。几乎所有人都对穿裙子的女孩指指点点，课上交头接耳，议论纷纷。班主任老师憋不住了，下午教导课上将那女孩儿叫出去谈话。那女孩儿回来时，阴沉着脸，说不让穿裙子，理由是体育课上不利于运动。第二天，三班、二班又有人穿裙子，这天没有体育课，老师也寻不到别的理由禁止。接着，三三两两的，好几个班都有人穿裙子，于是，尤佳也穿起她那条新裙子。裙子固然是漂亮的，但你不能第一个穿，也不能最后一个穿。第一个穿是出头鸟，最后一个穿或许你没有，买不起，也或许你是跟风。裙子要在适当的时候穿，在许可与不许可的暗示下，在大家嫉妒又羡慕、嘲笑又惊叹的热度中，在有三分之一人渐渐成势法不责众的最佳时刻，当然，既是跟进的，必须还要有所突破，往深水区再挪一步，闯一下红线试试。为此，尤佳要妈妈给她买一双高跟鞋，让裙子的风头高出别人一格。她妈妈觉得有道理，便放下活计，星期天一整天陪她在淮海路上兜，从重庆路往西，一直走到陕西路，终于在第二百货商店找到尤佳心仪的款式。在这方面，尤佳有天生的敏锐。她不止简单要新颖的样式，她要新颖又不会过时的样式。她不喜欢黑色的，又不能大红大紫，她要藏一点明艳，又露出一点光彩；她不要羊皮的，又嫌牛皮太硬，她选了小牛皮的，又找到那修鞋的师傅拿榔头逐寸锤软，以服帖她那没有一丁茧子的嫩滑软足；她讨厌方头的，又看圆头的太蠢，至于尖头的她以为太轻浮，于是为了鞋头的弧度，她们又看了不下十几双；还有鞋底，纳线的还是胶合的；还有鞋面，搭扣的，还是拴鞋带的，什么样的鞋带，圆径的还是扁条的，都要称心才行。啊，她心中早有一双鞋，一双理想的鞋。理想原来是这样的，不是肤浅人的梦想，不是向外的追求，而是向着内心本有的求索。所谓时尚，有两种方向，一种是随着外界变换跟着别人走的标签崇拜，而另一种是天生的本来就藏在心底的个性标准。后者是长久的力量，志不可夺的美好。

“你不是不肯穿裙子吗？嫌我做得不好？”妈妈终于坐定在餐馆的桌前，她们走到黄昏时分才停歇，“怎么今天讲究起来，左挑右选的。不过是一双高跟鞋子嘛！”

“要么不穿，穿裙子哪有配球鞋的？”尤佳道，“你看看那些外地人，裙子配旅游鞋，旅游鞋配丝袜，涕涕沓沓的，像啥样子！”

“读书不用脑筋，一门心思只想打扮，不用人教就会。”

“这样事体教不会的，心里老早有的。心里不晓得的人，教也教不会的。你那个客户，叫你做大衣的，就是《文汇报》那个记者姐姐，你看到了吗？什么流行买什么，自己心里没主张，眼痒别人。不穿还好，越穿越难看。她以为红的绿的、亮的闪的终归是好，结果穿得像个媒婆一样。”

“人家是大学生，复旦毕业的。你考得进复旦吗？你连个重点中学都没有考进，在毕禄中学读书，那是拉三学堂，妈妈都没有脸见人！”

“大学生又怎样？读书读到越来越难看，我才不要。”

“人家是乡下考上来的，不容易的，白相人那套不懂的。”

“索性心思都在学问上才好，何必也追时髦！时髦也是学问，没有那么便宜做得到的。”

“爱美之心，人皆有之。”

“爱美不等于美，往往爱美之人并不美。”

妈妈觉得尤佳说得在理，也便不再辩驳。

“学堂里能允许穿高跟鞋吗？”菜端上来了，妈妈边吃边问，有点不放心。

“高跟鞋又不是阿姨妈妈专用的，小姑娘穿才出色。我不要那细高跟的，走起路来不方便；也不要厚跟的，那么夸张，像讲笑话的喜剧里的人。有一点点跟，垫高一点，人挺得起来就可以，这样裙子飘得起来，你的手艺才不埋没。”尤佳故意绕开话题。

“你还为我着想呢！你个小鬼头！妈妈看来还要跟你学呢，你的那双鞋选得真正好！”

“我不穿裙子是怕人家都看我，怪怪的。现在学堂里同学都穿了，一夜天大家都长大了，也就没什么稀奇了。不过，我要再突出一点，谁叫我比她们好看呢！”

人家都看她，她害怕；人家不看她，她又着急。尤佳的裙子未必是最好看的，但蹬上一双精心挑选的高跟鞋，的确一下子就不同凡响了。她也不忘记多带一双白球鞋和一套运动衫在书包里，不到上体育课就先换一次亮相，这样老师有面子，她也不至于被当面教训禁止。好像她定了一个规矩，凡不上体育课就可以穿裙子穿高跟鞋，大家如果想出风头，就自备两套。时尚是怎么引领的？大概像尤佳这样的心思才是有资格的。时尚是归于制订规则的人的，哪怕是一项潜规则。

所以，尤佳是厉害的，不能小看她的。那些生理的变化，对于乡僻的人来说，是头等大事，而对于尤佳来说，是一件正常的事，起初是未知，怕是错了，但等晓得了，就要学会控制和利用。初潮和发育，是生命的一部分，何必夸大强调呢？哪个女人不是这么过来的？所以，城中的女孩儿见多识广，尴尬而不惊惶，小时候怎么面对顽皮的，这会儿也就如何去面对风情。风情又怎样？风情和不风情，不都是要过完这一生吗？所以，尤佳是不会仗着自己漂亮而乱来的，那些狂妄无耻的以触动风骚和滥情的底线去出头的事，她是不会去做的。这就是分寸，也是所谓伦理。她原本收起裙子时，是不知发生了什么，是怕有什么地方错了，如今既大家都穿上裙子了，大家都长大了，那么，她就没有什么错处了。在对的地方，她必要出人一头。她的个性就是这样的，在伦理中有所特别而已。

三

栩生在葵之中学读书。葵之也在瑞金路上，与毕禄中学一墙之隔。“葵之”二字取自“乐只君子，天子葵之”。名字取得好，学堂也果然好。葵之是重点学校，不同于毕禄。以教学而言，毕禄的水平远不及葵之，但毕禄是全市出名的拉三学堂，市中心最美的少女齐聚此间，有最美的服裳、最美的形貌和最美的时尚，又因为时髦风情，学生们英语都讲得不错。不过，这并不是教学的成果，而是环境使然。旧时霞飞路一带的居民大多在洋行和外国公司做事，虽说这边不见得人人会讲英语，但至少都有英语思维，讲话多少夹杂一些英语单词，或者一口洋泾浜英语。而时髦，当然既有本地的传统，也少不了吸收西洋的风范。为此，谁个都要沾点英语。尤佳也是这样，哪样功课都不灵，唯独英语不用教就讲得流利。

所谓拉三，本是西词lassie，也有说出自斯拉夫语“拉莎儿”。前者来自中古时期的苏格兰语，意思是小女孩儿，少女，情人，恋人，即未嫁的姑娘，重点是“未嫁”或者“不嫁”。这个词儿不同于girl，girl只含年龄与性别，要中性一些。拉莎儿是俄国人给女孩儿取的名字，估计受芬兰语的影响。不嫁，给人以无穷的想象，然而不嫁对于有严谨伦理的旧上海人来说，是一件不正经的事。于是，拉三既美好，又邪恶，渐渐成为一个骂人的词儿。说这个女孩儿是拉三，那意思就是她的男朋友很多，相处也随便，不过，女孩子听人这么骂，一边脸红，一边欣喜。做拉三是要有本钿的，不漂亮的女孩儿是绝不会被称作拉三的。外人说毕禄中学是拉三学堂，至少说明那里是美少女云集的。人们羡慕又嫉恨，索性不论作风正派与否，统统叫作拉三。按现在的说法，这就是“污名化”。

起先，到上海来做事的苏格兰人很多，上层的有汇丰银行的大班麦克莱恩、尚贤堂的宣教人李佳白，下层的有许多混迹于外滩和公共租界码头上的水手。那些贵人和穷人，一并在威士忌的酒精熏灼下瘫软如泥，遥想乡间独身出没于水泉边、野径上的少女，那不是谁家的孩子跑出来，而是青春跑出来，可以跟踪，可以嬉戏，可以一晌贪欢，那是一刻脱去社会人衣衫做赤裸的自然人的自由，这般浪漫不是远方的事物，而正是事物的远方。对于客居异乡的浪人们来说，多么希望在醉醺醺中遇见陌生人家的女子，当然要年轻漂亮，当然最好懵懂而难抑情欲的波动，触一下就分开，掉头又各奔东西回到日常的忙碌中去，似乎什么也没发生，但肉体和心灵都得到了安慰。于是，这个古词就在暗中兴起，像是一种集体无意识，倒成为切口和时尚。古训说，那倒下的麦穗不要收，那遗落的葡萄不要捡，都留给孤儿寡妇和寄居的人。天伦要比人伦宽慈，总留给在世的苦身些许空隙。那从西洋跑来的男子和从本地家族中走出来的女子，是否也谋求类似的空隙，在人伦视线不及的空地寻一番天允的存恤呢？这意思并不是石沉大海、带到坟墓里去，而是天知地知你知我知，只不让社会知，除非命中你我再遇，倘无缘再遇，就吞吃了，谁也不负谁，领了天恩，也得着赦免了。贵人和穷人都受绑，男人和女人也都受绑，松一下绑，偷一口吃，这时谁都一样，犹如光身子入水，分不出贵贱高低，在这一点上倒是显出平等来。所以，人不要轻言平等，平等的代价是苦重，是认作可怜求救的人。

做一次也罢，做多了，免不了让牧羊人看见了，让拉洋车的车夫看见了，这就不是天伦下的救济了，这便成为人伦中贪便宜的营生，人就不乐意了。野汉子走了，专找野汉找上瘾的姑娘痒痒了，说你拉三，含义就变味了。不过，即便拉三用来骂人，那意思也不是妓女。拉三是一只蛋，还没有孵成鸡。一直不破壳，也不因此坏掉腐败掉，是多么难的一件事啊！

栩生在教学楼的顶上观望墙隔壁那边的校区，那些拉三们热闹嬉笑的操场。她们的身形果然好，体育课上穿的臃肿的运动服也遮掩不了鲜活的胴体，有时似乎越肥大越衬出内里的瘦骨。往往一个倩影、一个不经意的回头就牵动他一个下午的遐思。他想，她们这是怎么了，何以举手投足间就是与这边校区里的女生不同？她们的曲线、身姿总能渗透出一段抒情的旋律，一句撩人的诗句；风本是看不见的，不知从哪里来，却由着她们的发梢和衣袂而显影；她们的脸庞常常白得寻不着边际，埋进正午的阳光中，如果不追踪衣裳的轮廓，简直就要融化了；她们的声音，嘹亮之下有深沉的隐秘，高处有裂帛的犀利，低处有入骨的牵力。他真想转学到毕禄去，他何苦为了一份好的成绩在这里面对一群蜡人呢？

他又想起菱儿。菱儿是美的，如果不穿那身衣裳该多好啊！

他想起与郊县的女孩儿们的约会，他曾答应在上海接待她们。可是，他在哪里接待她们呢？他家的房子那么小，与父母、祖母住在一道，一共两间，大的父母住，小的他住，祖母只好在厨房过道上搭一张床。他那间小的，除了放下床和书桌，只剩一张椅子的空间。他想到了重庆南路上太和里的房子，那是后楼底层的一间灶壁间，是伯父的房子，伯父去外地工作了，托付给他父亲管理，眼下四壁空空，并没有人住。他上高中以来，就打这间房屋的主意，因太和里离葵之中学近，他若住在那里，上下学要方便得多，还可以避开父母与同学们往来。如今他与父母住在静安寺一带，按户口所在地区分派，他本该在静安区上学，可是他成绩好，考进了葵之，这是一所市重点中学，是全市招生的，只要分数到了，不论哪个区的学生都可以收。

他急切地想去太和里，他编造了许多理由，直说到晚间学校要加英语课，一直要上到九点钟才放，父亲方动心，允准了他。其实，那英语课不是必修的，是应着十一月份全市英语比赛而临时设的。父亲也没多想，也并未与葵之的老师沟通来确证，因为孩子哪有主动要求加课的，谁不想早点放学回家玩呢！

九月份开学，十月份他就搬到太和里自己一个人住了。这时，他已是高中二年级的学生。父亲想，让他独立生活，也是有必要的。

他每日早晨从太和里的后弄堂穿出来，就来到长乐路上，顺着长乐路一直往西去，不久就到瑞金路。他再不用挤公共汽车，再不用拼命赶路了。如今他溜达着，慢悠悠地左右旁顾，路边寻个店从容吃个点心，也不至于迟到。

长乐路对他来说是陌生的，尽管葵之有些同学住在这街上，他却并没有去过他们家。他行走在这街上，多么希望遇见几个熟悉的人，好结伴一起去上学。他见庆福里有学生模样的少男少女进进出出，便过去探望。他又见弄堂里有个流动的卖柴爿馄饨的摊位，炉灶边还搭起一张桌子，有人买了馄饨坐在那里吃。他便凑前也去买一碗。但等他付过钱，摊主说要等一会儿，前面包好的都下完了，要新包一些才够。于是他站在炉灶前等。一会儿就来了不少人，鱼贯排队等在他身后。

“让我插队行吗？我快来不及了。我们今天上午加了早读课。”有人轻拍他一下，与他说话。

他回头瞥见一个少女，与他差不多年纪，手里拿着一只钢精锅，和颜悦色的样子。他像是被阳光轰了一下，头脑一晕，身子一歪，差点就倒了。那少女用另一只手极轻微地扶了他一下，是的，感觉上是轻推一下，实际上是扶。这一瞬的靠近，他闻到一股温软的味道，那少女的气息落到他鼻尖。他怎么可以与她靠得那么近！近得比投怀还紧些，他分明触到她的发丝，差一点就碰到脸蛋了。这是怎样一张脸蛋啊！正是一朵太阳花朝着他张开。他确信她是隔壁中学的，只有那里才会有这么好看的女生。

“你们学校要加早读课？”他问。

“是啊，讨厌死了。”

“那你就在这里吃了就走，还装到锅里拿回去吃吗？”

“我给爸爸妈妈买呢。”

这时，馄饨好了，栩生闪身让少女过到前面去盛，也不好继续说话，也实在没时机再问何以急着去学校还要替父母张罗早点。

少女盛完馄饨，向他莞尔道谢，便匆匆拐向弄堂的支巷。他的目光最后落在那少女的红屐上，他的视线被她酥润的脚后跟重重拽了一下。他想她在人前包裹好的样子，又想他是在人后见过她赤裸脚后跟的人。

他想，他一定是见过她，也许是在教学楼顶上向隔壁中学操场张望时见过。她那么标致，却看起来面熟，好像早就认识的一般。这分明是初遇，怎就心里觉着是故旧重逢？他们说话间坦荡荡，相互对视神情友善，他们可以一有机会就聊下去，一直在一起也不觉得烦，好像天然是朋友的那种。他转而又有些不自信，他注意到少女比他高出半头，是那种迎风挺立的身材，那样的女孩多半是骄傲的，不大会把他放在眼里。人家不过要插队占个便宜，给他点好脸色罢了。他这么想，便吃不到半碗馄饨就匆匆逃离，害怕那少女从支巷里出来，再次见着。

四

他从淀山湖回来的第二天就给菱儿寄去信。他婉转地告诉菱儿，他要争取到一处个人独立的空间，这样他接到她的信才不至于被父母发现。

如今他得到了自己的空间，他有了收信地址，他急切地告诉了菱儿。

每天早晚两次，邮递员会例行派送邮件，他放学回家都会在邮箱里找一找，看有没有菱儿的信来。

他的信写道："现在我自由了，你可以来上海玩。是我去接你，还是给你地址你自己来寻？"

菱儿复道："我不会来的。你过来吧。不过，如果功课忙，也不急的。"

于是，栩生请了半天假，那半天是体育课和美术课，如果说身体不适，一般老师都会准假。他不能周末去，因为他与父亲约定，每周末都要回静安寺家过。

他与菱儿还是约在古岸边柳树下。为了快一点见着菱儿，他没有骑自行车，而是坐长途汽车去的。汽车停在大路上，他一下车，差不多是跑着来到约会的地点，可是他没有见到菱儿，他只见茫茫秋水潋潋浩渺。他想，那是多么愉快而惊险的一个下午，而眼前那么多姐姐妹妹忽然就消失得无影无踪了，这会儿只余下空景环绕。

有水柱从湖中跃起，那是冒水的鱼儿吧！又有一柱冒起，一柱比一柱接得紧……莫非群鱼还认得他，游过来问候吗？突然有笑声，菱儿站在他背后。

菱儿说："呆子，我就是要看你着急的样子！"

原来是菱儿在投石，一颗一颗小石子扔进湖里才跃起水柱。

"我以为你不来了。鱼儿倒是有情，还记得我，要跳上岸招呼我呢！"

"傻子！你们市里人是不是都有些傻呢，好像什么都不懂似的。"

"真的傻，就是不懂呢。"

"不懂知恩图报么？不懂要谢谢救过你的人么？"

栩生就等着这一刻呢，他一下就将菱儿搂住，去亲她的脸蛋子。他们再次躺卧在那截断碑上，可是，栩生觉得陌生了。他不知道该亲哪里好，他一时陷入困惑，不像第一次那样，拥抱着一起水乳交融，不用提示，不用启发，直就绞股，唯恐不够紧密。这会儿他想，他究竟要得到什么呢？该亲她的唇吧！而亲吻究竟是件什么事？唇要贴紧到什么程度呢？他伸手去解开菱儿的衣扣，并没有受到阻拦；又解开所有衣扣，手触到前胸。菱儿忽然坐起，推开他。

"你是市里的小流氓，我不会是遇着坏人了吧！"菱儿用警觉的眼神打量他。

"是你要我谢你的。"

"你怎好动手动脚的！"

"那，再抱抱。"

菱儿如何也不肯让抱了。

他们就这么枯坐着，一歇寻话说，一歇沉默，直到凉风起来，日头将要落下去。

"你我就像这块断碑，那半截怕是沉到水下去了。"栩生说，"我就是那半截，我不如沉下去，看你来不来救！"

栩生那一刻真想再跳下去。他真就站起身，朝湖边走去。

"不好随便瞎说的。我们这里说话要辟邪的，不吉利的话说出来要应验的。"菱儿上前一把拦腰抱住他，说，"都是我不好。你那么远跑来看我，我还不开心。我们开心一点吧！你饿了吗？要吃夜饭了。"

栩生一阵酸楚，悲伤直涌上心头。他抚着菱儿手道："我们这算是相好了吗？相好的人才又悲又喜。我怎么那么难过，又难过不起来？"

菱儿也垂泪了，她掏出帕子，一边给栩生拭，一边给自己擦。

他们就这样互相抱头哭了一阵，又缱绻在一道。

"你也饿了吧，我请你到镇上去吃饭。"栩生说。

"不呢，你是客人，当是我请你吃。去我家吧，今天我爷抓了大鳖呢！"

"我怎去得？"栩生突然想起女婿上门的旧俗，里外觉得好奇怪，不肯去。

"你是我春游时候认识的，上海那边过来与我们联欢的，这次又下来看看，不期遇见了。我就这么说。"

菱儿非要拉栩生去她家，这便只好去了。

五

第二天，他紧赶慢赶到上海，进校的时候还是错过了一节课。他只能编造说奶奶发病，一早送去急诊。前一天晚上，他在菱儿家里吃饭，过了末班车的点，菱儿的爸爸留他宿夜。他们一家人对他都很客气，像接待城里来的贵人一样，一丝都没有往儿女情长的事上想。夜间，他睡到楼上，紧贴着菱儿的房，与她弟弟睡在一间屋。那是令他想入非非的一夜，菱儿的弟弟熟睡后，几次他都想跑到隔壁一头钻进女孩儿的被窝。他起身去小便，农村的卧室没有厕所，都放一个便桶在楼下。他下去一次，上来徘徊一次，他一共下去三次。有一次上来，他想假装走错门，直就去推菱儿房间的门，没有推开，里边上了锁。他便知道，乡里的女孩儿也是谨慎的，对男女的事也不能随随便便。她们与你相见、相谈、相处要比城里人容易得多，甚至出于友好的肌肤相触也并无尴尬，唯带上私情之念的举动却突然划开鸿沟；或者朦胧间，一切都不说破，骨肉自行相连在一道，也就顺势而为，完毕各奔东西，谁也不认得谁；这倒像是西洋人与lassie的偶遇，互占一份便宜，扭头就走。栩生那晚也想这么闯一番，然而，人家女孩儿已然有了托付的心，他这是异想天开呢！

课间，他灰心懒散，又来到楼顶往隔壁校园看。那边，体育课老师总爱拖课，又增加自编的体操让学生们练。他一个个人头看，也未看见庆福里插队的女孩儿。他便不服气，拿寻她当作一件认真的事，每日一有机会就去看。半月下来，几乎看遍了隔壁学堂所有的女生，仍没有看见她。

他又到校门口去蹲点。葵之边上正好有一家冷饮店，他放学后就买一瓶汽水，极慢地喝，撑时间，站在店门口看毕禄那边出门离校的人，还是没有寻见。又择几天早早先来，一个个数进毕禄门的女生，数到最后一个，还是未见人影。为此，他明明早来，反倒常常迟到。他于是想，那女孩儿并不在毕禄中学，那天也并没有问人家在哪所学校，只是自己瞎猜。

栩生很想再见到她。与其说是为了看一眼她的容貌，不如说是为了寻回那故旧重逢的感觉。女孩儿与他说话，像是早就认识的一般。这种感觉太好了！尽管他现在有了相好的人，难道不可以再有说说话的知心女朋友吗？那个插队买馄饨的女孩儿，一定会成为和他谈得来的人。那日晨曦中的邂逅，身后是上海的旧弄堂，在他记忆中，却好比美泉宫铺满玫瑰的长廊，文学和音乐的辉芒挂满那女孩儿的发丝。他想，倘再有机缘见到她，至少可以将心中的苦闷告诉她，令浑身的饥渴得以吐露。她的笑和回眸是多么善解人意，她或者也能与他一道分担少年维特的烦恼。

秋天踉踉跄跄地走到深处，一阵风雨一阵凉，他穿上父亲的旧风衣，他发觉自己长高了，那风衣的下摆再不遮鞋，走起路来也再不显拖沓。他有点得意地走在人群中，任雨滴洒落在头上，凭凉风吹拂，最好掀起衣角，好叫自己看起来有那带着几行诗句闯进俗世的样子。他又发现，人们的眼光在避让他，有羡慕，也有陌生的惊惧。他正在成为一个有点特别的人。这叫他很欣喜。

然而，这是一种孤独的欣喜。最后的花朵都落败了，满城都是枯叶飘零，植茎裸露出来，秃秃的，仿佛一切都走远了，留下的都是被遗弃的。在遗弃中与众不同，笑傲众生吗？他其实需要一些鼓舞，至少可以证明他不是被遗弃的，也有自甘寂寞的，根本上是自甘隔绝的。那，这就更需要知己者的掌声了。而他，连菱儿的回应都没有，那么乡僻处的肯定也得不到。

十一月底，他不得不去外语学院参加全市的英语比赛。他既报名上了加课的班，就只好硬着头皮与一干人去拼奖。结果出人意料，他无心插柳柳成荫，居然拿了第二名。颁奖的时候，他与第一名同台受奖。那站在他身边的女生，正是那日早晨庆福里插队的那个女孩儿。主持人报出她的姓名，她叫尤佳。众里寻她千百度，蓦然回首，那人却在身旁咫尺间。他们一道站在台上，靠得很近。这时候，不知怎的，他竟不敢看她一眼，他装作不认识的样子目视前方。尤佳向他笑，他没有反应；尤佳故意轻触他一下，他竟慌忙躲开。

他拿上奖牌和奖状后，匆匆下场，逃离到会堂外面的空地。他择一处花坛的边沿坐下，让一棵大树挡住他的身影。他心跳加速，他慌得快散乱了身形。学校派了大客车来接送他们，这时车要开了，他分明听见有人在喊他的名字，声音越来越远，他不接应。又有人喊他名字，声音越来越近，他头也不回，想侥幸埋没进落叶里。

“叶栩生，叶栩生……”这分明是女声，“你不认得我了吗？”

他肩上受了一记轻拍，不得不回头。那是尤佳。

“又碰见你了。”尤佳说，“还记得我吗？”

“哦，是你。”栩生假装平静地回道，“你怎么来了？哦，是的，你得了第一名。恭喜你！”

他简直是胡言乱语。

“没什么的。我与你只相差一分。其实我口语很乱的，是评委觉得我发音不错。”

“你当然比我好，我英语一向说不流利，尤其听力有问题。”栩生这时真的平静下来许多。

“你的风衣真好看呀，远远看着，与叶子的颜色穿插在一起，蛮有这季节的味道。”

果然，她说话不一般，栩生想，这是一个有文气的女孩儿。他受她一记轻拍，多么熟悉的触觉；又听她说话，她的声音那么好听，叫人放心。他如何能拒绝尤佳呢？如何拒绝得了那前世就认得的感觉呢？

“这是我爸爸的旧风衣，我随便拿来穿。”栩生道，“你真的觉得好看吗？”

“看起来像是大设计师的作品，不过走近看，款式和裁剪都很一般，倒是穿到你身上蛮挺括。”

尤佳靠着他坐下，贴他很近，他又一次触到她的发丝，心里感觉很亲近。

“上次你真不该让我插队。这不，好像成了命运，这次我又在你前头了。”尤佳说。

“你是哪个中学的？”

“你没听开奖吗？他们都报获奖人学校了呀？我是毕禄学堂的。”

“难怪呀！毕禄人英语就是好过其他学堂的。不过，我从没看见过你呀！”

栩生这么说，尤佳脸红了。尤佳是多么伶俐的女孩儿啊！她听栩生这么说，就知道男孩儿平常在寻她。

“难不成你平时在寻我吗？”尤佳不知怎的，这么想也就这么说出来了。

这下轮到栩生脸红了。

“我真是在寻你呢，我在我们教学楼顶上看你们上体育课，没看见你。”

“那还装死，刚才在台上不认得我一样！”尤佳假嗔道，“我还以为你忘记了呢！”

“怎么忘记得了？”栩生轻松了许多，说话也开始随便。

“怎就忘记不得？”

“你那么出色，人家是不敢看你。”

“哪里出色了？”

“你第一名，我只能第二名呀！”

“那是看出来的吗？你在楼顶偷看到名次了？”

“你长得好看，人又聪明，说话老嘎，我不敢认你呢！”尤佳要逼栩生说她漂亮，硬是给逼出来了。

尤佳心满意足了，道：“我是毕禄学堂高二四班的，我们分四个班，成绩最差的分在四班。”

“这下你得了全市第一名，回去不得了了！”

“就不得了了，让他们看看！以后我们上学一道走，我在庆福里弄堂口等你。”

他们这便约好一起上学，可是，究竟还要多久，他们约好放学一起回家呢？

毕禄学堂没有派车来，葵之的车栩生错过了，两人于是结伴一起乘电车回转。车上，很拥挤，两人没得着座位，一起紧贴着站着。栩生发现自己果然长高了，原先庆福里排队时差着尤佳半个头，如今一边齐了。如果长高了，不比人家女孩儿短了，栩生就自信了，渐渐活跃起来，本就是才子，这下说话里里外外就都是他的戏了。

第二天早晨，栩生刚过长乐路成都路交叉口，就远远看见庆福里弄堂口尤佳站在那里。

他心里敞亮起来，身后的阳光一下子就将他推到女孩儿跟前。

尤佳问他：“吃过早饭了吗？”

“吃过了，在前面点心店买粢饭吃了。”栩生怕是还有米粒粘在手上，说这话时将一只手藏到裤兜里，“你吃过了吗？还是吃馄饨吗？”

“哪有天天吃馄饨的！那天是有人约好上午来取衣服，我妈妈没时间弄早餐，我又要赶课，就下来买馄饨。”尤佳怕他没听懂，又道，“我妈妈是裁缝，在自己家里开铺子，不在工厂里做，找她做衣服的人可多了，常常忙得没时间吃饭。”

“难怪你那么懂服装的事，看一眼我的风衣就知道深浅。”

“那也不定的。我爸爸在供电所做事，我就搞不懂电，看见插线板和电线烦死了，物理课电学学得最差。主要是喜欢，女孩子哪有不喜欢打扮的，心里想要，什么都学得会。”

尤佳果然是穿扮有一套的。那些毕禄学堂的拉三们都是自有一套的，而尤佳家里本就是做服装的，当然就比人更胜一筹。她们倘是与你并行在一起，一定是你的穿着入流了，否则有一种天然的力生出来就要排斥你。那天栩生翻出一件布的罩衫，他实在找不到什么神气的衣服穿，只想无过则好。他想对了。如果他寻一件扎眼又不入时的，别人会斜眼看他们的。这会儿他们走在一起，那么自然妥帖，像是邻里熟识的朋友，也像是同班同学偶遇在一道的样子。尤佳穿一双暗红的皮鞋，皮子软软的，其实是一双新鞋，但在鞋匠那里锤软过，看上去趾跖间有细细的捐痕；她的外衫是棉布的，里衬是翻毛的，从颈口露出来，松松的，略显宽大，主要是颜色很考究，透白的灰底，缀着一些淡蓝，既不是花样，也不算镶边，只是一些暗藏的线条和色点；她的斜纹布工装裤直直的，只在臀腰处紧致一些，后面一个坡度略略撑起来，并不将股胯全包住，这反倒诱人往那处看，像是拴牢视线的碇石一般。反正一切都不是崭新的，也不能是暗旧的，必须是一种熟润，暗示别人是一种常态——这么穿漂亮，却是习以为常。人们不经意粗看，也就略过了，但容不得细看，细看就要看进去，就难以释怀。

尤佳就是这样，和那群毕禄学堂的女孩们从附近的道路穿过，令这几条街道蓬荜生辉，人们却不知何以走到这里光线都亮些。他们不晓得这既不是夜间的照明，也不是白昼的采光，是少女们用心的打扮换了天地，成为这个城市这片街道明丽的日月。

栩生穿得朴素，此间与尤佳行在一道，尤佳将他点亮，也将远近照亮，却不像明星那样故意要夺人眼目。他们的亮堂，是一种日常生活，日日如是，一个大调的和弦，一种基本情绪，却不愿意凸显为昭示他人的光源。那些时日，明星般的招摇过市，会被当作不明事理的乡气。

他们每天定点会面，一起上学，好像钟表一样准时，到点就亮起来。人们并不期待遇见他们，人们只是不可或缺。如果周日不上学，两个少男少女不并肩而行，这条街道上就好像少了什么。

尤佳有一种本事，就是她穿得考究，却不压栩生，令栩生的不修边幅容进来，也借着一点光，只要栩生不横生斜出地支棱就好。这并不仅仅停留在外观层面，尤佳为了与栩生融到一起，又多费一份心思，直到栩生觉得安全、自在，心理上生出自信。

“我为什么寻不见你呢？”栩生问，“那些天你既不在操场上，也没在上学放学的人群里。”

“你真的在偷看我！我那些天身体难受，免了体育课，早读也免了，下午自修课也不必上，就早回家了。我们学堂管得松，老师对功课要求不严，倒是成天管风纪。”

“难怪我看不见你，我还以为你不在毕禄呢。”

“我倒是让你蛮上心的，你总是这样子吗？”

“不呢，我只是觉得好像早就认识你似的，在哪里见过。”

“是不上心，还是不总是这样子？”尤佳不放过他。

“是不总是这样子。”

“其实你也没寻几天。我一共才免了一周。这么说来，你就寻了一周，一周后就没有耐心了。”

栩生听这话，害羞起来。又想，啊，那些拉三学堂的女孩子就是不一样，说话那么主动，不会是调戏他吧。

但栩生觉得他们走在一起，已经是朋友了。朋友应该友好，便讨好尤佳，说：“我以后每天都到楼顶去看你。O, she doth teach the torches to burn bright!”

“你说什么？”

“我没说什么。”

“那句英语是什么意思？”

“那是莎士比亚说的，‘啊！是她教会火炬发光！’我写给你看。”

栩生停下来，从书包中拿出本子，写下那句话，交给尤佳。

“你真会甜言蜜语，跟你在一起牢开心了。就愿意听你说话呢！”尤佳把那句话装进自己的书包。

栩生想，她真是懂的，什么都懂，懂吃穿，也懂人心思，是个好的伴侣。

于是他冒险发出邀请：“我那里还有许多甜言蜜语的书，你想来看看吗？我一个人住，不跟父母在一起，住在太和里。”

栩生将住址告知尤佳。尤佳没有回答他去否。尤佳得体地不让他初次的冒险遭遇尴尬。

“你是个聪明的人。你将来能考上好的大学。”尤佳岔开话题，“要是读书人都能像你这样就好了！”

雨，下下停停。前日中午停歇了，栩生回转时就未携雨伞，这会儿又下起来，他寻伞不见，只好等等雨停再出门。这雨越下越大，将近一点十分了，还没有弱下来的意思。他从自行车上扯下罩布，披戴在头上，决定这么冲进雨中。正开门，与尤佳撞个满怀。尤佳来接他，给他送伞来。

“我晓得你没伞呢。昨天放学你就没带伞，说放在学堂里了。我提醒你今天还会下雨的。”尤佳说着闪进屋。

他们这些天走得很近，相处也频繁，常常放学还一起回家。有时是尤佳慢一点出来，故意巧遇他，也有时他在冷饮店踌躇一阵，看尤佳从学堂出来就追过去。

栩生没有想到尤佳会寻上门来。他未必每日中午都回家，多数时候他是在学堂里的食堂吃饭的。今天嫌伙食不好，才回转来自己炒一个菜吃。幸好食堂菜不好吃，倘不是这样，便是让尤佳白跑了。

屋里有一张床，两把椅子，一台书桌，一个书架，还有一条长长的三人座的旧沙发；自行车靠门边放着，灶头、餐具一类都在门外水龙头边；屋里装了一间简易的厕所，有抽水马桶和盥洗池，但放不下浴缸，只好弄一个大铅桶，用来盛水洗浴。

尤佳既进屋，栩生便让她在沙发上坐。尤佳扫视一遍屋子，又开门看看灶头，又进厕所张望一下，说："叶栩生，你住得不差呀！个人空间，还有独立厨卫，难怪你鬼头鬼脑的，鬼心思都是在这里酿的吧。"

"哪里！一个人住在这里也厌气得很。"

"你可以邀请同学来聚餐呀。"

"咳，我们学堂里都是些木头人，谈得拢的人少。"栩生不停看表，"下回你请一些同学过来，我们一起做饭吃。"

"你不要看手表，我一路跑过来的，气还没定呢。让我坐一歇再走。迟到一次也没什么的。"

栩生恨不得她一直坐在这里呢！只可惜下午有课，再不走怕是要迟到了。是啊，迟到了又怎样？他转念想，不如拖一拖，今天就迟到了！

尤佳也没有走的意思，还向栩生讨水喝。栩生倒一杯汽水给她，她咕咚咕咚喝掉大半瓶，背靠到沙发深处，好一副惬意的样子。栩生坐到她身边，递给她一块帕子拭嘴。她并不接，又稍坐起凝视栩生。她从来没这样看过他，叫他不好意思。她看着看着，又微微凑近，忽然就闭上眼睛，下巴颏渐渐抬起来。栩生觉着一股热流从下到上袭来，也不用教好像就懂了，俯身去亲尤佳。尤佳伸出舌头，划过栩生的唇。

外面的雨越下越大了，雨滴紧打在窗户上，催涌着两个少年人。

他们亲了一遍又一遍，又相互捏紧手，又团团拥抱在一起，好像怎么都不够亲密似的。有难抑的力量要冲出来，又有极饥渴的空虚要吞物下去。女孩儿吸附着他，要把他咽下去。一遍一遍深吸，只有这样才牢靠一些，才安心。

她为什么要伸出舌头呢？为什么还要苦苦呻吟？她明明应该是幸福的呀！她难道心痛吗？是我污亵她了吗？栩生这么疑虑，又不知怎的，想平日里那么洁净、高贵的少女如今在他身下姿态扭曲，他把她弄丑了，可是，越乖离为什么越有冲动？

栩生将尤佳抱起，又放下到床上。他不知道如何是好，只屈膝趴伏在女孩儿身上。

女孩儿为甚如此瘫软？为甚又抱他，抓他头发，按捺不住又捏他胸前。

他们甜蜜死了，怎么也分不开。他们还不懂释放，只越抱越搂越难舍，越狂乱。

这不是他心中的尤佳呀！这是任他欺侮、捉弄、折磨的尤佳呀！他顿生愧意，将要抽身起来，尤佳却抱紧他："不要，不要走！"

"你难受吗？我弄痛你了吧！"栩生惴惴不安。

她又伸出舌头，比之前伸出更长，看着好奇怪的样子。栩生不敢看，又特别想看，只好咬住不放。

不知不觉已经过去了两个小时，雨停了，有自行车铃儿响起，一个阿婆在窗下摆弄什么，这惊动了两个少年人。他们害怕有人偷听，担心有人发现他们的事。

两人小心翼翼地坐起，坐端正，然后尤佳把凌乱的衣服扯平，把头发捋整齐。

外面又安静了。

这时栩生才发现已经到下课的钟点："这下怎么才好，编什么理由解释呢？我第一次逃课呢！”

“你只是第一次逃课吗？”尤佳问，眼光有点犀利。

栩生没有懂，不知尤佳又在逼他。

“是啊，真的是第一次逃课。”

“不是第一次干坏事吧！”

“你小声点，人家都听见了。”

“敢做还不敢说。”

“不是的。第一次干坏事，魂好像丢了。”

尤佳这便笑了，说：“你还挺会的。谁教你的？打开司不用教就老练，你个风流鬼！”

栩生心里一阵冷，原来这话让他想起菱儿。他现在不是怕窗下的阿婆，他怕菱儿突然出现在门口。

这便看尤佳也不美好了，想菱儿也暗旧了。

“你怎么阴阴的？不开心啊？我对你不够好啊？”尤佳追问。

“不是的，不是的……”

“你得到我了。”尤佳又轻拍他一记。

这句肯定加重了栩生的忧虑，他更不好了。尤佳侧躺下，这叫栩生愈发坐立不安了。他这下直怕她不走了，还要再打开司香香。

真有人敲门。栩生快要立不住了。

六

尤佳听到敲门声，不慌不忙地坐到窗台上。这窗是向着北的，建得很高，像是为了挡北风，墙很厚，窗子伸到外边，余出的台子便很宽大。

尤佳择了窗台上的一本皮壳装帧的书，放在膝头，又伸手去系鞋带，逆光中只见其身形，并看不清楚脸廓。

栩生问是谁，敲门人不应。再问，亦不应。他不得不去开门，原来是同班的姚明儿，这男孩儿头生得小，班上学生就呼其为“小头”。

小头径直走进屋，栩生根本拦不住他。他道：“我就晓得你躲在房里不干好事！”

“你来做什么？”栩生问。

“不要紧张，我不是自己要来的，是老师派我过来看看，说你从不旷课，怕你遇见什么事。”

姚明儿也住在太和里，与叶栩生差着两排房子。太和里都是石库门房子，一排一排的，一个小院紧接着一个小院。学堂里老师知道姚明儿与叶栩生住得近，又晓得叶栩生独自住，有点不放心，便派姚明儿过来看一看。

“你们在排戏吗？这窗台看着像是戏中的景儿。”小头道。

“是在排戏呢。我在辅导她读莎士比亚。”栩生顺着小头的话胡诌，“她是我堂妹，毕禄中学的。”

“我见过她。每天早晨与你一道去上学。原来是你们家亲戚，哦，得罪了！我想差了。”小头左右侧脸，想借点光将女孩儿面孔看清楚，可就是没有看清，“难怪呢！我想你哪里勾搭来的漂亮妹妹！你哪有这艳福！”

尤佳静坐在窗台上，仔仔细细系完鞋带后就翻阅那本厚书，既没一句回应，也不正眼看一下小头。

小头当着女孩儿面不敢太唐突，话说不下去了，只好笑嘻嘻退出去：“没事就好，没事就好。我走了，不打搅你们做功课了。”

姚明儿走了。栩生听着他脚步走远，又听见天井的大木门沉沉地合上，才放心。

“我应该说我病了，你来照顾我。”栩生后悔刚才脱口而出回应小头的话。

“这人贼兮兮的，他才不信你的话。凭你怎么说，他自有他的想法。”

“哪有与堂妹相好的？”

“他才不信你说的！”尤佳从窗台上要下来，伸手给栩生，乞他搀一下，“弄不好他还造谣中伤我们呢！说你关系混乱。”

栩生走过去，将尤佳从窗台上抱下来：“怎见得他要胡说？”

“你没听见他说‘你哪有这艳福’？这分明是嫉妒你。”

“那我们索性就堂堂正正要好呗，让别人都知道！”栩生冲动起来，拉着尤佳就往外走。

“你疯了？”

“疯了又怎样？我跟你在一起，谁管得着？”

栩生便拉着尤佳的手在附近街上走了一圈，又走一圈。可是那天因为下过雨后起风了，街上人很少，根本也没遇见熟人。他们甚至在街口拥抱了一阵，只有过路的大叔和阿姨回头张望一下，也不敢停步，匆匆甩过他们走了。

他们抱在一起，感觉昏昏的，世界不存在了，只剩下两个少年人的甜美。

啊，因为冲动么？冲动令叶栩生决断么？菱儿不再暗旧，而是彻底暗了，障目看不见了。栩生全部忘记这一节，向着他心底的愿望靠近。他告诉自己，他真正喜欢的人就是尤佳，尤佳就是他心中追求的女孩儿，他就是要女孩儿长成尤佳这般模样才称心。

七

他们既要好了，倒不大走在一道去上学了。栩生是个急性子，又得着尤佳了心里舒畅，总想着到处去张扬，让人看看他的佳人有多美。这是一个带得出去的女孩儿，哪里都没毛病，长相、吃相、穿着时髦风流，举手投足都卡在缝里，都经得住一城人挑剔的眼光寻刺儿。然而，尤佳要谨慎得多，她得着栩生了，反而愿意关起门来享受。

"你不懂享受呢！你带着我在街上走，招摇过市，遭人嫉恨！好东西要藏起来，不要叫人看见。"尤佳那日邀栩生去庆福里家，两人躲在她屋里说话。

书桌上铺着作业本和文具，两人却靠在一旁缱绻。栩生上楼的时候路过尤佳妈妈的裁缝间，正要打招呼，尤佳拽了一下他的手，示意快点走过。

母亲似乎瞥见了，也似乎并没留意到有来人。她喊道："今天放学早啊？"

"我今天要做功课，习题太多了。"尤佳应付道，拉着栩生匆匆上楼。

"谁与你一道来了？走楼梯那么重！"

"没有谁。你不要管我，我来不及了。"

这便上楼，赶紧合上门，两人急不可耐抱在一起香面孔。

他们美美地相互享受着，女孩儿越来越瘫软，男孩儿越来越僵硬。尤佳拉栩生往她的小床上倒，栩生不敢贴近她，怕她触到什么生硬的部位，这叫他很不好意思。他知道这是男孩儿生理的反应，却不想让女孩儿发现。他那时还不晓得女孩儿是什么感受，生怕会讨嫌。但他架不住尤佳咬紧他，一失手整个身体就歪倒在女孩儿身上。她整个儿触到了他，反而更紧地抱住他。他感觉到她的身子反而凑上来，好像要抓牢不放的样子。

他开始涌动起来，她顺势迎凑上来。一波浪，一阵拍岸。那衣衫就这样被冲开了。当陌生的肌肤碰到一起，当两家被精心养熟的宝宝长成少男少女时探到对方的秘密，他们惊讶不止，亲密无间。

他们差不多是胡乱冲到顶，又胡乱从顶上滚落。他们根本不会做这件事，却被这件事带到沟里去了。

栩生喘着粗气，顿时不敢面对人生。尤佳却翻身起来，专注地凝视栩生。

栩生觉得自己这会儿很丑陋，不仅污亵了女孩儿，连自己也被污亵了。

他们没有准备，找不见东西来洁净身体。尤佳将她头上的发巾揭下来，递给栩生，栩生不解其意，尤佳只好趴伏在他身上，任发丝将他脸埋住，一手就伸下去。

栩生几乎是惨叫着跳起，又无奈地坠下，直至任尤佳摆布。

那种紧致的无处奔突的冲动被释放了，然而人生却失败了。栩生这么想这事。又回想刚才尤佳的扭曲和狰狞，啊，这么漂亮的女小顽也会失败的！两个人相亲，难道就是为了直奔这样丑陋的结局吗？然而，一刻钟以后，男孩竟生出别样的心思，竟抑不住翻覆回味女小顽呻吟时的难堪面貌。他想，这件事原是要将她弄败，挫她摔到谷底，让她那人前高傲不可一世的样子摔碎。于是，他又去弄她。这次是有预谋有目的的。女孩儿也有了觉悟，求着栩生将她推下悬崖。从这时起，栩生看尤佳已不是原来的尤佳，看自己也不是原来的自己，看世界也不再是原来的世界。

近夜饭时分，栩生要走了。尤佳偷了她爸爸的一身内衣借给栩生穿。

栩生走后，尤佳将发巾、枕巾、内裤、床单都收集到一个桶里，躲到楼下水房里洗了很久。她不敢将这些拿到晒台上去晾，直拉起一根晒衣绳在自己房中展开。然后将房门锁上，将钥匙藏在工装裤的屁股兜里。她夜里将脸蛋贴在那些晾晒的衣物上，又惊又喜，一会儿怕东西干得慢，一会儿又怕东西干了，什么也闻不到了。

八

尤佳是她妈妈一针一线缝出来的。一个针脚、一条走线都不能错，错了就不是这个样子了。

那时候，像尤佳妈妈这样的阿姐、阿姨并不少，多半都聚集在卢湾区一带。她们天生喜爱裁缝，年轻时候爱穿爱打扮，结婚以后就自己摆弄服装，看杂志，看电影，展开想象，做一点试试，女人间又相互比对，渐成风气，又渐成气候。她们的设计都是因人而异的，她们的做工有代代传承的，也有四处借鉴来的。做得出色的，便有人登门订制；做出名声的，也有在街上开店的。那时，新乐路、长乐路和瑞金路一带有很多时尚的服装店，衣服做成了，贴一块独特的标记，有的是外语字母的，有的是线勾图案的，反正哪里也没有第二块，但看着每一块都颇有来历。这些衣衫的款式，是深合女孩儿心意的，深知各样女子的长短缺溢，将长处显出来，将短处掩住遮盖住。如果拿本土的品牌与外面真正站得住脚的大品牌比，是根本放不到一个台面上的，但这些阿姐阿姨精心设计专门订制的，不知比大品牌要好多少！如今，这些店都零落了，衰败了，阿姨们也学会贴水货的牌子，山寨起来。原因是外地人来得多了，不懂经。像尤佳那么成长，是需要悉心用心专心的，是一步都不能走错的。但外地人喜欢简单，最好做什么事都有指南，容易钻进消费引导一类的宣传，目的是想一夜之间炼做城里人。那些乡下考学进来的女孩子，寻到一份外资企业的工作，就急切想一步登天地做时髦女郎，她们除了买个贴在包上和鞋上的蠢蠢的logo还能做什么？好料子没见过，精妙的款式看不懂，只晓得牌子牌子。这便阿姐阿姨的市场被粗俗夺了去，尤佳这样浪漫、风情、标致的小拉三也出不来了。

尤佳那般出水芙蓉的光气，正是时尚的本义。时尚首先是一种传统，是本地的秘巷中绝处的呼啸，是无声而胜有声的一道春光。时尚并不是外来的无根的塑料花。倘外来的花粉飘入，总要有本地的土壤接住，方能生根嫁接。客居者为谋生而葬送掉本地的传统，客居本身便沦为更苦重的泥土，要到哪一代才又生出尤佳那样的尤物呢？

有些客居者乱了纲常，而又有些客居者声称“城市套路深，我回农村去”，那是懒人的却步。所谓深谙套路，即是“懂经”一说。经者，伦也，经伦就是伦理。伦理是向着人的，而道德是向着自己的。农村人见世面少，与人接触的机会也不多，面朝黄土，修地复修地，放羊再放羊，往往过分讲究道德，对自己刻薄，却不知遇事怎么办；而城市是贸易的聚落，什么样稀奇古怪的人事都有，人生下来就要学如何打交道，故此便多出好些伦理来。如今做学问的，终究连伦理与道德都分不清，只一味喜欢刷面子、立牌坊；不懂伦理也不肯深究伦理的，最好面子，因为面子看起来便宜易得，涂一张面子就赖掉人生的亏账，快速登天，快餐求成，将一生也吃成一碗快速面。满嘴仁义道德的，往往是一点本事都没有的，一点账也付不起，一生最终求一张面具。伦理是细致而精妙的，是罪身认缺者的立身之本，学懂此道的，哪怕挫败连连仍有路走，简而言之，人可以犯错，只能犯错，却要懂经赎账，肯付账的，允许犯错；而道德只忍辱负重，削己退让，不许犯错，不断为难自身，翻覆逼迫自己。街上偶遇陌生人夸你漂亮怎么办？女孩儿走夜路遭流氓欺侮，父兄们该如何面对？窘塞人寻不到工作做，有人可怜你，正有机缘把一份别人看不起的职位介绍给你，你如何回应？中国的读书人是没有哲学的，这并不意味着他们不智慧。做哲学的，根本上是想做上帝。中国人晓得人是做不成上帝的，于是他们将智慧用来做人，做社会聚集地城镇生活中的人，于是热衷于君君臣臣父父子子，却也不忘师法天道，依着江江河河花花草草的规矩来。他们是上帝的徒弟，他们不是哲学家的徒弟。江湖本有道，甚至是根本之道，但江湖人士替换庙堂并不是靠着邻居家哲学的义理，没有义人！鱼蟹之道可以再造君臣之道，圣人之道却不可。所以，中国历史上最大的笑话是，有人说了这样荒唐的台词："为天地立心，为生民立命，为往圣继绝学，为万世开太平。"的确有过一个圣人，那是因为这人放低身段，匍匐在俗人的门槛前唠叨不息，教你懂经。他没有本体论可做，他说"述而不作"；他也没有方法论可寻，他不语"乱力怪神"；他甚至也不迷恋认识论，只说"知之为知之，不知为不知，是知也"。一本生活经，解你套路深，领你进城做懂经人，而已，而已。可是，你不就是为了进城吗？何苦第一代当炮灰，第二代填土坑，第三代充消费，至今难以立足呢？哲学是帮不上你的，道学文章也是自虐的，唯有算清账，与人按着经纶的套路做生意的，才有生生不息之意。人活着都是可怜的，何苦为难他人也为难自己呢？又何苦强硬出头与老天爷过不去呢？那么多人挤在一起，拿十倍百倍的放羊的辛苦来辟路是走不通的，这就是肤浅！人世阔深，学学如何处世，已然足够深刻。唯处世深刻，岂有他样深刻？弱者顺命，入世处世；强者抗争，自负盈亏。倘求伦理之外别的出路，倒有信仰一途，有无偿的大便宜，那是老天为我们绝境中人预备的恩典。自人文主义以来，人不认输，便失掉这恩典。

伦理是不干净的，做到平衡则已；道德是干净的，干净得血气全无，只剩一副面具罢了。

临近升学考试了，栩生也不大在意，仍旧陪尤佳在淮海路上逛商店。他们常常从一家走到另一家，未必买什么东西，只是看一看闻一闻动向，或者记住哪些中意的，日后攒到钱了再买。他们还是学生，并没有太多钱。栩生将每月买课外书的零钱积起来，到初春的时候给尤佳买了一件羊绒衫。为了挑准颜色，他们从淮海路兜到南京路，又兜到北四川路，最后在复兴东路附近的一家不起眼的小店买到了。那是一种复杂的杜鹃红，既有紫的色调，又带着些许粉色，关键是明亮而不跳跃。这类间色很难选到好的，稍偏出去一点就显得乡气。可是，尤佳要铤而走险，栩生要知难而上。少男少女这便趣味相投，玩到了一处。

“我反正也考不好，顺势而为吧！你这样成天陪我荡马路，你胆子倒蛮大的哦。”尤佳得着中意的羊绒衫，转念又想到栩生的功课。

“这也许会是缘分。你稍微提高一点，我稍微荒疏一些，弄不好考进同一所学校。那时，我们好做同学，一起听课，一起住校园。”栩生真是这么盘算的。

“读书读到你这个样子，真是可心。”

“我也并不容易呢。”栩生说起儿时往事，“我小时候在静安区开福小学读书，我们那里的小孩规矩可多了。你早晨空手去学堂，他们要笑话你，嫌你买不起早点，只作你在家吃泡饭；你要是拿着早点去，一半粢饭，或者半付大饼油条，那也不好过关，总要将余下的分给众人吃一口，算是义气；你或者只剩下一口，既让大家看见你有早点吃，又顺势一口吞下去，说吃得匆忙，分不出多余的给大家，这才既证明你有得吃，也坏不了交情。吃泡饭也不是那么简单的，最次的是吃隔夜菜，吃大头菜，好一点吃什锦菜、切片酱瓜、大酱瓜，讲究一点吃小酱瓜、宝塔菜、玫瑰腐乳，更好的要有油条、煎饼、肉馒头、皮蛋、咸蛋，都藏着许多名堂呢。中午还要闻口气，就是让你张嘴哈气，闻你吃什么了，有没有吃大蒜、韭菜，要是每次都闻到带鱼味，也要遭人嫌弃，说你家只买得起带鱼做荤菜，一连三天都是带鱼腥。连续吃蔬菜也藏不住，总有人到公用厕所看见，那青色的就是蔬菜便，黄色的才上等，要明黄明黄、成形成条的，才是吃了好肉食。女孩儿更可怜，香膏、花露水、香水不能乱涂，腻了不行，刺鼻了不行，要凑近闻不到，远远若有似无。穿衣服也大有讲究，不能赤刮蜡新，要做旧一点穿，太新了是提刀头，太旧了还一直穿着不换是瘪三。一天要换一套，一个礼拜六套，礼拜天在家不出去无所谓，可以不换。这样六套轮着穿，然后循环。如果下个礼拜又换新的六套，也要被人讥笑，算你家有钱么？钱没有地方花么？这是暴发户！另外，穿新的行头，也要摆出洒脱的样子，好像随随便便就有得穿，不好专意于此，要满不在乎，要家常便饭。那回去体育场参加合唱比赛，我们校三年级有个女小顽当指挥，穿一双漂亮的新皮鞋，不料唱着唱着下起雨来，她来回将鞋子到腿后擦一下，就是贴着裤管抹掉雨滴，这便成了把柄，老师同学都埋怨她，说她吝啬，这么重大的活动上，连一双皮鞋都舍不起，肯定是没鞋穿，装门面。那是她的滑铁卢，第二天我就上位了，替代她接着指挥比赛。”

“难怪你跟葵之的那班呆鹅们不同。你是懂经的学堂出来的。”

“咳，这套你比我要晓得，我这点经咒只是皮毛。不过，懂经是把刀，修理人，也杀人不眨眼。”栩生接着又说起一个故事，

“四年级上半学期，我们班级来了一个北京学生，高高的，胖乎乎的，总是笑眯眯的。论气力，谁也打不过他；论学习，他脑筋转得快，每门功课都不差。他待人大方和气，有什么好东西都分给大家。玩具借给人玩，零食一起分享。好好的，结果有一天，课上到一半，他忽然从座位上站起，将书包重重地往桌子上一摔，号啕大哭，说：‘太欺负人了，没有这么欺负人的，我不干了！’说着就冲出课堂，老师同学直望着他离开，也没有追出去的。他就这样走了，再没有回来过。说起来北京也是个大地方，人家世面不比我们见得少，可就是容不得他，这么大模子，硬生生就被气走了。谁也不承认欺负过他，谁也说不出与他有什么冲突，学校问下来，查来查去，都是些鸡毛蒜皮的事。向他了解，也寻不出具体原因。反正，他就是气伤心了，再也不肯住在上海，回北京去了。事后，大家在一起闲话，才说出一些缘故，不过就是不该开口的时候他开口了，不该穿的他穿了，该守口如瓶的他脱口而出，该视而不见的他刨根究底，反正，就是不识相，不得体。现在回想起来，错在我们。人家也许有人家的识相与得体，我们井底之蛙，不晓得天地之大，没有器量。”

“他也不懂入境随俗，我们自有我们的规矩。到我们这里来混，要遵照我们的套路。我妈妈讲过，懂经不懂经，不在人好人坏，也不在贫富贵贱，宁要懂经穷，不要不懂经富。你看看那些台巴子，以为有点钱就可以趾高气扬，对我们说三道四，指手画脚，实际上他们是乡下人，粢饭里厢包榨菜雪菜，馄饨碗盏摆虾皮香菜，寿头！洋盘！”

“你晓得那么多规矩，懂得那么多名堂，怎就与我见面熟呢？那日在庆福里排队买馄饨，你与我说话，就像早先前认识一般的。你向来与陌生男小顽这么说话吗？”

“我见你站不稳，像是要晕倒了，又不好直接去扶你，就轻推你一下，想提醒你。”

“不呢，你先是轻拍我一记，然后再推我一下。”

“你倒不含糊，记得蛮牢的。”

“我是问你怎就见面熟，你们毕禄的女小顽都这样吗？与生人打交道一丝不害羞的吗？”

“什么鬼话！我鼓足多大勇气才敢开口说话！借着事情急，又借着你一时间站不稳，这好像是机缘。”

“说实话，我真的站不稳了，我从来没看见过那么漂亮大方的女小顽。我是叫你给晕着了，我当时看见一道光。”

“读书真好，话说得比人生得还要漂亮。”尤佳脸红了，低头快走几步，又突然回首道，“我也是看见一个男小顽生得好，心里活络起来。哪有什么见面熟，我又不认得你。我只好装着与熟人说话的样子，免得尴尬，说不出话。”

“哦，原来是这样。我好像懂了。”栩生顿时开窍，“女孩儿害羞还有这样的，反倒见面熟。这是你的手段呢，我就这么被你俘获了。”

“我还以为你真的站不稳呢，原来你是色心，是个大色鬼！”

栩生追上去，抱住尤佳，也不避行人，直香她面孔。

或者他们真的是先前就认得的一般，但起头上前主动去认的那一个定是使了手段。有女孩儿看上你，对你有好感，竟是借着某事与你见面熟。这是一种套路，栩生想，曾经不晓得，错过了多少良缘。不过，他又想，幸好不晓得，没有被其他女小顽带走，尤佳才是他真正中意的人。

女孩子欢喜一个男生，本质上都是一样的，就是托付给你。托付，便是随着你过了，好也随着你，不好也随着你。因为欢喜而托付，哪有什么不好的？都是好的，你就是好的。然而，拉三们是讲究吃喝玩乐的经道的，穿要有款式，爱也要有款式。为了打造这份款式，绕出去很远很长的路。浪漫，在西语中的意思是传奇，与异域风情和怪诞神秘有关，于是这边的人借着“罗曼司”这词，就将诗意诗情都寄托在远方。远方，有远方的事物和事物的远方两种。前者就是出离，远去再远去，甚至客居异乡也未必寻着；而后者便是在原处将现实推远，净化，升华，甚至还原出现实背后的真实。爱的款式应该是后者，但也有绕远绕不明白的，最后跌到沟里，描了别人的标签，做了别人场面上的垫背。

爱的款式有经典的，也有特色的，总要应着自己的料性，不是这块料，做不成这款器。所以，一路寻着，应着，摩着，是一趟非常辛苦艰深的跋涉。尤佳不怕，反而津津乐道；菱儿却不是这样，她本着乡间的做法，大概只有一途，率真地就交付男儿，一眼看中便相思一生，得遇则喜，不遇则辗转反侧，夜不能寐，直至病卧不起，一命呜呼。

尤佳这款是经典型的，叫作见面熟。

另有一款，叫作追到底，也是经典的，意思就是女孩儿不说话，总好像拒人千里之外，谁也看起来得不着，总要奋力追啊追啊，一追三却，三却复追，纵你千金散尽，身心疲竭，那人竟渐行渐远，仿若化入云端。其实，她的心早跳到嗓子眼了，她总令你与她不期而遇，一点看不出是她的精心设计，直以为偶然碰到，擦肩而过。遇着这样的，可真是要小心了，你须拿出十万分决心，要么干脆一上来就直捣黄龙，逼她就范，要么就此生茫茫此路漫漫，无惧时空阻拦，生生死死都豁出去做给她看。她的意思不过想问，吾心既托付，怎见得汝心亦托付？倘你下手狠，拿出杀心逼我就范，要记住，我都是被你逼的，将来你要多多偿付。不过，不是什么人一追到底就会成功的，人家本来对你无意，你反复追逐，追也白追，反倒成了纠缠，这叫麻烦，拎不清。

固然，不在经典中的，还有更多款型，猛回头，下马威，隔水蒸，生米煮成熟饭……不一而足。比如这猛回头，就是上来先热络，忽然冷却，久久冷却，直至无望时，又回马枪，一枪命中要害，撩得你原本无意的也非有意不可，利用得宠复弃的落差勾起征服心。不过，不论哪一款，都要照本顺演，序幕、正戏、幕间戏，场次不能混乱不能或缺，可以粗演，可以细赋，但绝不可省略混剪，跳过一截是万万不可的，剪错一刀也前功尽弃，错失则败，绝无生机，绝难复演。

这是懂经人的做法，爱情的伦理。同样是托付，懂经和不懂经，差着十万八千里。乡里人和城里不懂经的人，为着男女之事，出于图简便，结果绕出去更远的道，赚钱，做官，读书，考学，留洋，谋地位，沽名钓誉，建功立业，不过都是为了做成这件事情。本来只是性情投缘的事，结果弄出白骨成堆，弄出金山银山，不但一无所得，到底还成为无底洞的负资产。人一生并无哲学本体的所谓意义，食五谷而生血气的罪身，唯风头与风情的一点光焰，何苦面目狰狞说东道西、言不由衷呢？这就是尤佳欢喜栩生那般读书人的缘故。佳人爱才子。没有不爱才子的，只要是人类社会，大凡女子最爱的都是才子，爱不上才子才退而求其次。所以才子之才，又谓才情。没有女人是真心爱钱爱地位的，哪怕爱情的款式那么繁复，哪怕上海小拉三那么刁钻，底色都脱不开才子佳人的根本。丑人多作怪，美人君子好逑，丑人不匹，是故弄出许多主义的名堂，结果那些美的丑的女人也都信进去了，人们丧失了原本的匹配原则。匹配之道，就是爱的款式。既要匹配，岂止公的母的那么简单？雌有春花秋月，雄有梅兰竹菊，岂可一道永逸？

钱是有用的，是用来换时间钻那事物的远方的，不是用来换虚荣与认同的。

聪明和学识也是有用的，是用来与生得美丽相匹配的。美丽而愚蠢，大煞风景！人若生得难看一点，倒也轻松，就怕生得隽逸，那就要悉心护养，步履维艰了。丑人真不必学那么多，学多了，都是负担，终究找不到与自己可以匹配的地方。人们是喜欢英雄来做君子的。文化须化作文明才能彰显，而文明实在就是懂经。

九

姚明儿被尤佳说中了，果然把不住嘴，到处去声张。他未必是出于太多的嫉妒，倒是因着窥见了秘密而炫耀知情的特殊。

姚明儿添油加醋地对同班的人说他看见叶栩生与毕禄的女孩儿香面孔了，这话传到整个葵之校园就变成两个少年人暗中幽会、私订终身，再传到毕禄中学，则变成交股而眠、捉奸在床，最后传到花三姐那里，俨然已是肚子搞大，将要丢人现眼了。

花三姐在长乐路茂名路口的艺术剧场门口拦住叶栩生。花三姐与几个有江湖气的女生在那里设几张矮座，剖开几只西瓜，叉开腿蹲坐着饕餮。

“叶栩生，你是葵之的叶栩生吗？”花三姐边上一女生问。

“是。你怎么认得我？”栩生道。

“你把尤佳的肚子搞大，天下人都知道。”花三姐放下吃到一半的西瓜，用帕子擦了擦手，“你们葵之的男生过来欺负我们毕禄的女生，这事我要管一管！”

“你是谁？凭什么你管？”栩生问。

又一女生上前道：“她是大名鼎鼎的花三姐，远近没有人不认识她，你有眼无珠，小子太狂妄！”

“你也是毕禄的？”栩生觉得稀奇，哪里冒出这么一个花三姐，管天管地管闲事；又生出疑窦，她怎知他与尤佳的事，又妄言什么怀胎。

花三姐没有正面回答他，直说：“你要小心了，这可不是随随便便的事。你算大丈夫吗？自己做事自己当，想混过去，绝对不行！有我三姐在，我不能让姐妹们吃亏。”

“谁告诉你的？尤佳亲口对你说的？”栩生被花三姐说得有点心虚，他和尤佳真的交好多次了，他记得每一次都是排到体外的，但难免某一次遗留些微在女孩儿体内。

他被吓住了，忽然惴惴不安起来。

“尤佳说不说不重要，哪有三姐不晓得的事？谁瞒得过三姐？”一女生插进来说。

“我们并不想为难你，今天只是警告你，希望你处理好这件事，对尤佳好一些。她是我们的姐妹，她的事就是我们的事。尤佳肚子里有小囡了，你要么做好思想准备当爸爸，要么带她到医院去打胎，你休想两脚一蹬做负心郎！”花三姐正告栩生，那样子像是她怀了栩生的小囡。

三姐丑得神憎鬼厌，眼睛眯成一条缝，眼珠子却浮在外面，在面孔前面游弋。看一眼她，就足以胆丧，更何况她大打出手！

栩生真的怕了，心里也不知怎的忽然难受起来，那是一种被人辜负了的难受。尤佳怎将他们的事到处去说呢？如果真的怀上小囡，怎么不告诉他，而去对这么一个凶残的毒妇说呢？她们是合伙起来谋害他么？要拿这事置他于死地么？

“你先不要去找尤佳了，好好闭门思过。”花三姐又拿起西瓜，用钢精勺子掏着吃了几口，西瓜汁顺着她垂挂的嘴角掉在地上，栩生似乎闻到了血水的味道，“我们会派人盯着你，你每日里要小心了！尤佳是我们的姐妹，我们自会修理她。我们怎么可以让她挺着大肚子去学堂呢？这真是丢尽了我们的脸！至于你们两个将来的事，等有了结论再说吧！”

栩生怔住了，一时不知说什么好。

“你可以滚了，我的话说完了，你好自为之。”花三姐将钢精勺子往西瓜壳里一扔，拿帕子擦擦手，道，“你还立在那里做啥？你还不走么？你看着我做啥？有什么好看的？我好看吗？难看吗？算你威风吗？你再看，再看……”

花三姐说着嗖地站起来，上前就给栩生一记头拡。栩生还没反应过来，众女生一拥齐上，拳打脚踢，给他一顿暴揍。

因为是女生打男生，社会上的人总以为是弱者对强者的惩罚，于是过路的也没有上去劝架的，最多也就斜眼看看，当作一场热闹敷衍过去。

花三姐一班人打歇了，又将吃完的和没吃完的西瓜统通砸在栩生头上，然后扬长而去。

栩生慢慢站起来，浑身疼痛，却也没有感觉肌肤欲裂，他晓得女生毕竟是女生，再怎么也出手狠不到哪里去，只是立起来后，借着剧场广告橱窗的反光，他看见自己一副血淋淋的落魄模样，难以置信这突如其来的劫难，不禁伤心地哭了。

拉三学堂里也不尽都是美人，所谓美人云集，意思是美人很多，那些不美的，有时甚至比一般学堂里相貌平平的要丑。花三姐就是这样的丑姑娘。丑姑娘混迹于美人中间，必要寻找立足手段，那便是拉起小团伙，维持秩序，收保护费。花三姐拉了毕禄学堂的十几个丑态各异的姑娘，有事无事也要寻出事来，那些花朵般漂亮的女孩儿要拜她们为姐姐，出现恋爱纠纷要第一时间告诉她们，由她们决断，由她们解决。一般情况下，她们是按义气原则办事的，最简单的就是有男小顽欺负女孩儿，那就直接冲上去拳脚相加；遇见复杂情况，类似三角恋爱、女孩儿要脱身等，她们总是站在女孩儿这边，出谋划策，软硬兼施，直把那男小顽弄怕为止。这听起来简直就是一个女权组织。然而，也有出于嫉妒心的，如今对于尤佳，她们并无多少公义可言。尤佳过于出众，平时在学堂里也傲气得很，并不把她们放在眼里，这便得罪了她们，既听说肚子都被搞大了，那就有她的好戏看。她们的目的，是叫尤佳丢尽脸面，或者吓住栩生，令栩生畏难而退，或者将打胎的事搞大，坐实显明，令人尽皆知，好教训尤佳一下，让她从此低头。

栩生发现果然有人盯他，每日上学放学，身后总有人尾随。他寻不见那人，却被一道目光勾住，那光铁链般地牵牢他，直到他进屋关上门才松一下。他给尤佳写信，得不到回音，石沉大海。其实，尤佳和他的信箱也被监视了。他直接去庆福里寻尤佳，刚走到弄堂口，就忽然出现五六个比他壮的男生将他围住。那些男生是别校的，与花三姐是一伙的。拉三学堂的女流氓常与流氓学堂的男流氓结盟，以面对重大棘手的事情。这次，花三姐掼出血本，誓把尤佳的文章做大。尤佳被花三姐一伙劫持到市南靠近黄浦江的一个旧工厂的废弃仓库里，先是被强行剥光衣服，又遭一通毒打，然后被剪了阴阳头，裤管被剪散，内裤被没收，令她光屁股穿裙子回家。花三姐没有逼出任何材料，尤佳一口否定怀孕一事。大概又过了三四个月光景，花三姐强行领着尤佳去医院做检查，结果尿检血检都无孕，这令花三姐很失望。她本来想等三四个月时间让尤佳的肚子挺出来，可是偏就看不到肚子有变化，于是就想到去医院化验。这时已过了升学考试，各大学已经发榜。尤佳自然是没有考上，栩生却按照他的愿望考进一所不高不低的学堂，只是学堂在南京，他要离开上海去上学。

花三姐尽管是黑道上的人，但盗亦有道，她折腾了半天是这么个结果，无脸面对尤佳，居然给尤佳下跪请罪了。这桩事体，她并不能逃脱，为了弥补前罪，她带上一帮姐妹直奔南京，去寻栩生说明原委，想让栩生和尤佳再续良缘。

她在一条林荫道上看见有一男一女手牵手走过来，人家告诉她，叶栩生去饭堂打饭了，从饭堂到宿舍，这条林荫道是必经之路。

男女说笑着走近，花三姐迎上去招呼："还记得我吗？"

那男的正是叶栩生，他停步凝视招呼他的人，见是花三姐，不由一惊，道："你来做什么？"

于是，花三姐拉叶栩生到一旁，将事情前前后后说了一遍。

"你又寻到新人了？你忘记尤佳了？"花三姐问。

"说实话，我先认识她的，之后才遇见尤佳。"栩生并不想细说，想快快摆脱眼前这些女流氓。

那与他手牵手走过来的女孩儿正是菱儿。命运在这个夏秋做了新的安排，菱儿竟与栩生考上同一所大学。他们先前并没有约定，他们在志愿表中有一栏填的是一样的。他们现在是同校、同系、同专业、同级、同班的同学。栩生曾经对尤佳说："你稍微提高一点，我稍微荒疏一些，弄不好考进同一所学校。那时，我们好做同学，一起听课，一起住校园。"这话应验了，只是换了他人。

"你拆散我一次，还想再拆散我一次吗？"栩生压低嗓子说出狠话，花三姐被怔住了，长久无语。

菱儿从那帮女生的簇拥中挣脱出来，与栩生牵牢手，一道走开。花三姐一帮人立在原地，木然看他们走远。

第一学期的假期到了，栩生回到上海。一日，路过淮海路思南路口，见有人从一家店门口牵着一辆黄鱼车出来，车上斜置着五六片厚厚的大玻璃板子，用麻绳捆牢。那人是尤佳，分明是尤佳。她将车拉到马路上，跨上骑座，慢悠悠地朝东头骑去。她穿着淡蓝色的帆布西装短裤，她的大腿较以前粗壮了；她披挂着一身白色背心，她的膀子也比之前多出一些肌肉。但她卖相依旧挺括，眼神依旧风流，举止依旧得体，即使骑着黄鱼车，也丰姿绰约，路上不断有人回头看她。

栩生一路跟着，从淮海路到重庆路——啊，他曾经住在这条路上，那里是他们初尝禁果的地方，就是跟眼前这个骑黄鱼车的女小顽寻欢的地方，这个骑黄鱼车的女小顽是他的意中人，他的女人——又越过肇嘉浜路，到制造局路。路上，黄鱼车还停靠过几家店，每停一家就少去一块玻璃板。原来，她是在给店家配送玻璃。到江边码头的时候，车子空了，栩生为他曾经的爱人松一口气——那个在晒台上与太阳花一道迎光而放的女孩儿，那个轻拍他一记、又轻拍他一记的老嘎少女，他一整天随着这个女小顽走，身子在后面紧跟，心也紧跟。他们乘坐轮渡越过黄浦江，来到浦东，又走浦东的马路，一直到耀华玻璃厂。栩生远远看见厂门口有一个男人在等，当黄鱼车靠近时，那男的跑上前去扶住龙头，又递给尤佳一条毛巾，又拿来一茶缸冷饮。那个男人比他高，比他壮，浓眉大眼的，并没有什么非凡的气宇，看着倒也面善，又有一点羞怯。

他看了一会儿，等他们一起进厂。他看见尤佳走进了玻璃厂的熔炉，融为一块玻璃，亮了这城窗明几净的厅堂，令世间的伪善看起来光鲜体面。

他想，他们曾经见面熟，如今已成陌路人。

他曾经想到过剪子。尤佳是剪子的这半边，菱儿是剪子的那半边，命运是锁牢剪子的螺丝扣。他会一直被这剪子绞痛吗？有人苦于错失，又有人痛于交错。那后者是时时的绞杀，失则尽失，得者岂有一半的剪子？你见过半把剪刀么？郊县的女孩儿看中你，是生生的托付；城中的良人爱慕你，是要经过许多曲折的街巷的。结果是一样的，路径却差着千山万水。城中的良人需要许许多多的来回，需要千百次试水，让不善都先预演一番，之后才渐渐放心。这样做，并不只是担心，更多的是为对方分担，共负这人生的重轭。

现在，他们负过的重轭都白负了。现在，命运的螺丝扣松掉了，剪子消失了。

那爱情的款式，属于绝望的花朵，或者真的不如爱情的珍珠。珍珠要么野来野去，要么归在云堂，都是起初的高点，有殊恩的贵重。不要取了锦匣，丢了珍珠。菱儿啊菱儿，她真是一只菱角就好了。

第三章 玫瑰屋

这里是太原路A-68弄伯努瓦别墅1号甲。

涂家第七十三年，我七十二岁，嫣儿三十二岁。

房子住久了，许多设施不好用了，嫣儿说该修缮一下，我同意了。

一

骏怡从船上下来，带来玫瑰花，有酒红的、纯白的、缃黄的，花气蜿蝉，仿佛画在眼前，看得见缭绕弥漫。

“这么醉的花朵哪里弄来的？”我问骏怡，“我好久没见玫瑰花了。”

嫣儿将玫瑰花插进一只水晶酒瓶，依着颜色的错落排好，道：“你是玫瑰簇拥中长大的，你怎能没有玫瑰环绕呢？”

“我长久眼前只看见海棠，竟忘记玫瑰的样子了。”我感叹。

海棠是嫣儿，自她来到伯努瓦，玫瑰就消失了。是海棠令玫瑰羞闭吗？还是海棠茂盛，玫瑰稀疏呢？我的生命好像花谱，起于玫瑰，历玉兰、槐花、海棠，又复归玫瑰吗？

“我随便在街上买的。路过复兴路一家花店，见花儿开得盛，开得要跳脱出来，就想到为你们买一点。”骏怡说，“花季到了，上海弄堂里许多玫瑰都开了，探头探脑的，像是一群叽叽喳喳的女小顽想出来玩。”

那个属于玫瑰的女人我已经记不清她的面貌了，但是爱情的气味留在毕勋路普希金塑像那里，留在成都路长乐路口，留在北京海淀黄庄，留在那些舞台的过道和化妆间……如今似乎愈老愈浓烈，也团聚在伯努瓦别墅的园子里。我记得园中最后一朵玫瑰在夏日里凋谢的模样，这之后，我便去了北京。在北京，我又看见了玫瑰的颜色，那是“翡翠王朝”的岁月，那时，我写道：

离开了玫瑰盛开的花园，
那最后的玫瑰也已经凋零。
在异乡有一种玫瑰酿造的酒，
那是你们的身体还是你们的魂灵？
长夜漫漫我们都走过来了，
难道却要摔倒沉沦在黎明？
我看见玫瑰的颜色滚滚向我涌来，
我不相信那是鲜血，我看见了爱情！

啊，玫瑰就是爱情，却并不是爱情的符号，恰是爱情的灵魂。你被那些粗俗的广告、婚庆典礼以及无数卡通画弄得扭曲了。那些玫瑰是你的玫瑰么？他们喜欢玫瑰和你喜欢玫瑰是一件事吗？我曾经在这个城市的春天走街串巷，与弄堂里花坛间的玫瑰身心合一，玫瑰是我，我就是玫瑰。玫瑰不是小娘、女小顽、风情女子，玫瑰或许是她们中间的一种，一件极致的爱的杰作，因爱而呈现玫瑰的芳容、玫瑰的气味，而你是爱神，你令那玫瑰的灵魂临到玫瑰的外形。我这么想去，渐渐清醒起来。

我说：“我最喜欢玫瑰。其实，我只喜欢玫瑰。我不管他人怎么说，唯独玫瑰，在我看来，是真的花朵。”

我首先是被玫瑰的样子吸引了。并不用人告诉我Rose来自爱神Eros的读音，我初见这花时，心中的爱意就陡然升起。我去摘它，有人警告我它的茎上有刺。我第一次注意到这种刺，三角形的，头上尖尖的，也有像钩子的，饱含汁液的，与花卉活在一起的，原来刺在它身上是那么美的，那么经典，我于是也喜欢上刺，并将遇见的一切刺都从这种刺上去想，去化裁，去变形。我也闻到玫瑰的香气是刺型的，尖尖地入鼻，入胸，令你逃不开。“在我里面，有虎嗅取玫瑰。”（In me the tiger sniffs the rose.）这是西格夫里·萨松（Siegfried Sassoon）的诗句。我觉得贴切，我一见这花，虽年少，亦壮心勃勃，有猛力要往外扑。我自然就想到要将玫瑰赠予所爱之人，也想那少艾乃玫瑰身体。古人说玫瑰，豪者也，就是刺啊，刺客一般。这是多么美妙的比喻，月黑风高，登堂入室，见血封喉，毙命呜呼！爱情难道不是一场刺杀吗？没有那生死夺魂的感觉，还叫爱情吗？秘密中的情事，禁忌的冒险，难怪也有人将玫瑰刻画在拱门、几案之上，当作守口如瓶的警示。一切真的爱情总是偷情，当偷盗被宣示出来时，已然成为公约，那公约是人的维护，岂有神的垂顾？

阿多尼斯被野猪咬死，阿佛洛狄忒去寻他，他已倒下化为一片白玫瑰。阿佛洛狄忒冲向花丛，刺儿勾住她的胸腹腿脚，一路奔跑，一路滴血，血将白玫瑰染红，于是有了红玫瑰。我喜欢这个说法，也由此信那玫瑰唯色红为正。

玫瑰是万花之花，所有的花都依着玫瑰的样子长。作为刺客的玫瑰，自己杀出一条血路。

西洋的玫瑰，与中国的玫瑰，是两种玫瑰。早先前，西洋的玫瑰从大马士革传来，有人便叫它突厥花，见其媚如梅，香如桂，谓梅桂，又借用“玫瑰”来命名。玫瑰是一种赤玉，又叫火齐珠，古时赞处子私处“阴沟渥丹，火齐欲吐”。玫瑰芬氤袅袅不绝，令人徘徊难去，故又有人称其为“徘徊”；最忌人溺，浇之即萎，又得名“怕羞”“女儿花”；每抽新枝，老本易枯，须栽新别移，则老本复茂，故人称“离娘”。

厄洛斯，突厥花，徘徊，离娘，怕羞，都不及玫瑰与刺客好听。我愿意做一丛白花，叫爱神的脚步将我践踏，用刺儿勾紧她的双脚，流她的血，染红自身，做那红玫瑰。我愿意被刺，由着那满园的玫瑰夜夜暗中刺我，叫玫瑰刺伤，那伤口胀胀的，愈后痒痒的，新处疼，旧处痒，复愈复伤，痛爱不休。

野一些的叫蔷薇，月月开花的叫月季，只有玫瑰最好。蔷薇单薄，不解风情，好比女儿；月季撒开了坍在那里，如半老徐娘。唯独玫瑰紧致挺拔，以深情作腰带，以芳韵阵阵袭人，是女人，少艾，情种。人将蔷薇、月季都归在玫瑰一属，实在粗疏昏乱。

我喜欢事物的远方，不喜欢远方的事物。人以为玫瑰看多了，难免流俗，要去寻别的名目的花，或清客、幽客、妖客、狂客，仿佛花样多一些，活着更有意义。天圆地方，那意思是天是无际的，地是有限的。人比地还要局促，哪能远足再远足？你向着南面走，结果从北面回来了，这个意思不是环绕成圆，这个意思是你走不出去的，你是被命运框限的。框限就是方。所以，地，归根结蒂是方的。作诗的人说词语被用旧了，被俗人污亵了，今已无词可用，欲造生词而求新。玫瑰也被你们看旧了，看一朵脏一朵，然而，玫瑰明年不开了吗？新放的终究不是去年那一朵。人们追逐远方，有两个方向。一个是直线的，由南而北；另一个是曲线的，由外及里。我始终走后面那一个方向。深处更远，深处所见所发，不会被污亵。这叫作还原。还原是窄门，寻着的人少，却走向万物之本，那就是永生。人共往那宽门，宽门向着万千坦途，竟通向灭亡。因为本来是一切，一切本已造就，何必追逐后来？有限的后来终究难以大于无限的本来。后来看起来似乎已可上九天揽月，可下五洋捉鳖，而本来早就高于九天深于五洋了。

我起于玫瑰，倘有生之年可以抵达玫瑰，哪有比这更高贵的呢？

我的园子不算大，三四百个平方，在屋子前面，受阳而展。大部分地面原先植了草，但有些地面光秃了。屋子西墙边有个通道，我儿时那里就铺了木板，一直通到屋后，在后门的阶梯下还有一点窄道，零落种了一些石楠。我父亲在前面种了橘子树、青梅树、紫薇、一棵大的水杉和两棵金栗，在西墙边的通道上种了樱树、茶树，在后面还种了榉树和栎树。如今这些树都已长大，树冠峨举，远看如凝滞的青云。园子的边围是以冬青树与邻家隔开的，邻家的玉兰花从上头纷纷伸进来。园门是铁的，门下一条石径直通到屋前。屋门两边有石砌的花坛，一边有杜鹃，另一边有黄杨。房屋是一座小楼。底层是大厅、厨房和一间北屋；楼下是半地下室，有小庭院、厅堂、两间小卧室、水房和厕所；二楼是两间带卫生间的卧室，大的朝南，小的向北，都有阳台；三楼是阁楼，正房有老虎窗，打开窗户可以看见红瓦的房顶和楼下的园子，还有储藏间和盥洗室。

我和嫣儿住到这里以来，一直没有修缮，这下既要整理，不如彻底翻新。

嫣儿请来园丁，先就把园子里的土都掘一遍，然后撒上新的草种。园丁说，须不断撒种，耐寒的耐暑的都要撒，几番下来，四季就都绿了。又在四围贴边植一层蔷薇、一层玫瑰和一层月季。园丁说，蔷薇可以做花墙，月季点缀那些无花的日子，玫瑰作为花丛，是主体。于是，我便让步，许他种蔷薇和月季。这样，差不多从三月到十月，满园子里都有玫瑰花香。入冬尚有月季补充，给一点联想，像是曲子的尾声或引子，连接着下一场开局。

我又从花市上买来一些玫瑰植在栽杜鹃的石花坛一旁，在大窗户下，我从厅堂里就可以看见；又种一些铺满后门窄道间的空地，西墙木过道边上。这样，整座楼都沉浸在玫瑰花中，花的墙，花的路，花的场地。涂家的门牌号是1号甲，这下索性就叫玫瑰屋了。人们说伯努瓦别墅的玫瑰屋，就可以找见了。

以后园丁不需要常来，只帮着刈草即可。我和嫣儿管理园子，我们买来修枝的剪刀，一把小锄头和一把大铁锹，另外还有一架活动的梯子，便于我们逢季摘取果子。

我喜欢坐在屋门口的台阶上，在静谧的夜里。草坪上装了矮杆状的地灯，屋墙上安了壁灯，园子门柱上也有圆罩子罩着的门灯。所有光线都是奶黄色的，愔愔而温煦。

春夜，我坐在这园子里，嫣儿是如期而约的花神，时间被挡在园门外。我燃烟，她也燃烟。烟草的气味与玫瑰的芬芳、青草的馨香融在一道，所有一生中恬静的片段都被剪辑在一起，缓缓地放映。这是静候的空地，等故人和将来的人来到，也等乐与诗的神临到，等他们齐了，即是盛满福恩的蜜乳之地。来者都是见证者，见证最后的来者，也是起初的来者。他像是绸缎，将我们捆牢，紧紧保守，不遗落一株，成为收获的穗子。

秋夜，我行在这园子里，有时也在西墙的木过道边的木阶上坐，那木阶是厅堂西门的台梯，级级伸向门边。门是钢的，有大玻璃嵌在上面。屋里的灯透过玻璃射到过道上，映着落叶和板缝间的紫花地丁。秋虫儿鸣声里，思想的溪泉汩汩而涌。我是一盏玉杯，嫣儿是银铎儿，当杯中盛满语词，银铎儿响起，诸神再次降临，他们比肩在草坪上铎舞。那是饮酒的季节，盛一碗清酒，要见底的那种薄酒，无糖无醇香，只有粮食的气味，那跃在五谷尖上的气味，稍不留意没逮住就逸去的谷香。我们此间要感谢所得，恩爱，挫折，优裕，贫乏，失意，得意，都要感恩。被造的要感恩原创者，一切的源头和终点。

啊，园子本不是只用来观赏的。所谓观赏，皆是未入园者，是门外踟蹰张望的人。来到园中的人，是领受恩宠的人。人倘建一个园子来莳草，都是为了邀迎神灵，看花神喜爱什么，诗神喜欢什么，门神树神爱神喜欢什么，直至众神是不是讨上天欢喜。你悉心选择种子，挑那些良种来培植，如果有蝴蝶和蜜蜂来了，这是一个好的兆头，接着松鼠和画眉鸟也来了，那么日子就近了。画眉，又叫化美，就是化美人的意思。我的园子里，是松鼠和飞鸟栖息的好地方。秋日里橘子填满树冠空隙的时候，摘一些下来，也留一些在树上；上帝赐人瓜果，也予飞鸟吃食。哪一样果腹的，不是来自天赐的呢？如果你没有建仓，也没有箩筐，你拿什么去领受恩赐呢？贫穷来自吝啬，来自不做预备。一切美的事物都是预备，关注饥饿而忽略美好的人，就是舍弃种子和储仓。美好是财富之源。花园是一所大仓廪，也是一所宴客的神坛。你留给自己吃，也接待远道而来的生物和众神，为此，你发现造物主始终与你在一起。他在你们中间，从来就没有离开过。生命是遇见真理的途径，你无法独行，也难以无视，你的痛苦全部来自闭塞。闭塞，哪是什么看不见外面的事物！往往只看外面的事物，才渐渐闭塞。园子的门关起来比开着好，造物给每一个园子的福恩是不一样的。“幸福的家庭都是相似的，不幸的家庭各有各的不幸。”这是一句妄言。不幸都是一样的，向着死；而幸福却是千差万别的，因为生命的形态是丰盛的。列夫被痛苦纠缠，太过迷恋痛苦，以为痛苦强大，他害怕痛苦。其实，幸福早早就得胜了。

二

大厅里的钢琴旧得都快散架了，然而声音却特别，一键下去，除了常规的基音与泛音，还涌出许多意想不到的声气，或尖如风啸，或沉若龙吟，也有夏虫的啁啾，鱼尾甩水、火药擦石的动静。这便舍不得换新的，又叫来调音师校音。我喜欢432Hz，眼下人们调音越来越高，标准是440Hz，为了明亮，为了在大庭广众下演奏振奋人心，甚至有调到442Hz、445Hz的。那么明亮的声音是一种灾难和强迫，是先声夺人。音乐是共鸣，是呼应，我中没有，你再怎么灌输，也进不到心里。432Hz非常温暖，将团着基音之外的泛音全然释放出来。

那个调音师是从南京来的，手很快，耳朵也灵敏，只是迷恋信息，喜欢跟风。

他说："啊，我给音乐学院和歌剧院的老师都调过琴，他们都主张440的，你真是稀奇，那432都是猴年马月的事了，你确定吗？你确定要432吗？"

"我确定。"我说，"我又不与人合作，我只是自己弹，他们愿意哪个赫兹是他们的事情。"

"这年月哪有不与人合作的？合作是共赢！你这里这么大厅堂，不举办一些沙龙活动吗？你只弹给自己听？音乐是为了传播的，自娱自乐多没意思。"

"你这是教训我吗？如果我也拿我的一套教训你，你什么感受？”

“这不是教训不教训的问题，这是世界潮流，国际标准，我们怎么能脱离国际大环境呢？”

“难道需要我给你一些额外小费吗？”

“君子有所受，有所不受。标准的事容不得马虎。”

天哪，我说什么好！难道我要告诉他我是音乐家吗？如今的人只奉一个标准，就是强势的标准，你要动那个标准比登天还难。钱当然难以诱惑他，因为他所依赖的标准是他的衣食之源，他怎能为了你而舍弃饭碗呢？

我老了，花不起嘴舌的成本与他理论，只好接受他的440。当然，我可以赶他走，可是我既请人来，我不想羞辱人。

结果，等他走了，我只好自己重新调音，找回到432Hz。

早先前我们这一带房屋的事情都由区片的房管所管理，如今改成小区物业了，有事情给物业打电话。太原路A-68弄属于伯努瓦小区。

我给小区物业打电话，他们派来了一位张姓的工程师，居民们都叫他张工。

我向张工请教冬季取暖的事。

我说：“以前我在北京住过，说实话，我长久住在北京，有一大半原因是为了暖气，那边的市政供暖太好了。那些年月偶尔回上海，遇着冬天，忽然就不习惯了。尤其是数九天，冻得人什么都不想干，恨不得将橱柜里的衣服都背在身上，坐着冷，走着也冷，阴寒阴寒的。北方人屋里烧暖气，穿一身单衣就够了；暖气烧得再热一点，甚至可以穿短裤汗衫，把冬天当夏天过。这会儿回上海来住，最头疼的就是没有暖气。我想将我的屋子装上暖气，你看怎么弄好？”

“其实，江南地方最适合烧暖气，冬天寒湿，烧一下还干爽，不比北方，那里干燥，一个冬天一直烧着，空气里几乎没有水分，人很不舒服。”张工道，“像伯努瓦这类洋房，以前都有供暖的，要么装锅炉烧热水汀，要么在壁炉里烧木炭。你这间房子以前是烧壁炉的。”

厅堂的西墙果真有壁炉，但我们家从来就没有烧过。我父亲那个年代，物资紧缺，到哪里去寻木炭来烧呢！

“我帮你检查一下，看看壁炉还可以烧吗。”张工说着，就启开壁炉的矮门，侧身钻进去，“我去拿梯子来，爬到烟囱上去看看。”

张工又转身出来，接着说：“你这个墙是双面的，很厚的，按理来说，里面是四通八达的，通到整个楼的各个区域，下面厅里炉子里烧火，烟气从烟囱出去，热气可以贯穿所有房间。”

“这么古老的设施，安全吗？”我有点疑虑。

“2号和16号两家去年都试着烧过，应该没有问题。”张工说着就走出门。

嫣儿说：“烧什么暖气，多麻烦的事！我们冬天都用汤捂子，热水袋，后来用电热毯，现在改用暖空调。你前几年不是刚装了冷暖空调吗？”

“你不懂，那空调取暖怎可与暖气比。”嫣儿在上海长大，自是从未享受过暖气的美妙，“等弄好了，你感受一下，那简直是温暖如春的感觉。你那些漂亮裙子、单衫和时装就可以穿起来，人再也没有被冻着的紧张感，会很放松自在的。再说，我们既大修一番，何不彻底翻腾一下！”

“几千年来，江南总不烧暖气，自有道理的。怎就我们偏要烧呢！”

“你以为古人傻吗？旧时人们过冬，也是要在厅堂里烧炭炉的，或者摆一个大的火盆，一家人围坐在一道。火盆日夜不歇，一个冬天烧下来，屋子里每个角落都热了。”

“北方也这样吗？”

“北方以前是烧炕的，跟壁炉的原理差不多，也是双层墙，热流在夹层里满屋子窜。”

“南方怎不烧炕？”

“南方冬天短，春夏湿热时间长，房子造得透气一点，人可以到处行走，廊前屋檐下，与外面接应着，不比北方人一半时间都窝在家里，只好歇在炕上。所以，洋人这个发明是不错的，造一个壁炉，既适合北方，也适合我们这边。”

“我听说现在装地暖很不错，冬天赤脚在家里走也不冻，坐在地上、睡在地上也安逸。”

“如果你喜欢，我们也可以装地暖。”

正说着，张工回来了，带着绳梯，还带来一个纤瘦的小伙儿。

“他瘦小，挂起绳梯，让他钻进烟囱爬上去检查一下。”张工指着小伙儿说。

小伙儿果然很轻松就钻进去了，去了久久不出来，怕是又钻进夹墙空隙去探查了。

“这片洋房的壁炉装置，与西洋设计不同，是结合炕道原理的。西洋的壁炉，主要就是将烟囱弄好，保证烟道通畅，烟气不回流即可，靠的是烧火热辐射，就是直接向居住空间辐射。但炕道原理是壁内传热，以前大户人家和皇家宫殿都用这种办法。这样比较温和，比较自然。”张工解释道。

“那地下也有夹层吗？”嫣儿问，“房子是不是悬空的？”

“不是的。因为这房子下面有半地下室，不宜建取暖通道。如果当初不设计地下室，倒是可以加上夹层，只要将壁炉造得深一点，就是一半陷下去，在下面开一个口来容纳热气即可。以前宫殿的房子都是悬空的，一般没有地下室，是直接贴地的。”张工说。

“那我们还是做地暖吧，我喜欢地暖。”嫣儿有点担心壁炉烧不暖地，“地上没热，冰冰凉的，好不舒服。”

“其实，除了底层大厅地不暖，楼上的地是暖的，因为热气上扬，地面不会凉。但这和地暖还是不一样的。人其实不好像食物一样放在炉上烤的，容易脱水，容易衰老。”张工对目前流行的地暖很反感，“很多人家装地暖，结果地下管子冻住了，又翻开地板修管子，麻烦大了！”

“上海人不懂用暖气，在家时开一下，出门就关掉。其实，暖气入冬后要一直开着，如果不开，遇着零下气温，水管就会冻结。北京人一般从十一月供暖，到次年三月中旬停暖，家里有人没人都烧着。市政不停，自家安装地暖的也不停。暖气不是一开就暖的，要靠积聚，存留。”我告诉嫣儿道，“而且用惯了暖气，突然停下那几天特别难受，特别冷，不管外面什么温度，总是冷冰冰的。我在北京住时，就买几台电暖气补充，慢慢降温才好。这下我们自控暖气了，爱烧多久烧多久。”

张工建议我们今年过冬先试试壁炉效果，倘执意要改，明年他亲自来帮改装。

嫣儿又问：“这么烧炉子，要烧去多少炭？我们入冬前要准备许多炭吗？放在哪里呢？”

“西墙外的过道不常走，后院那边也基本空闲，我看足够放置木炭的。”我说。

张工说这不必担心，他那个部门负责各样供暖事项，就好比以前宫里的惜薪司，买炭、运炭、存炭都归他管，他会安排好人专门服务的，费用从物业费里扣。他这么说，我才又想起物业费，果然我们每年要上缴可观的物业费，原来应该多方面用起来，否则缴了也是白缴。

那个小伙儿出来了，满面污垢，满头灰尘，手里拿着半张折断的德沃夏克的交响曲唱片，一把榔头和几枚银币。我仔细看了，见唱片是1930年英国哥伦比亚唱片公司发行的，那银币是二角的袁洋辅币，比一圆的那种小很多，上面写着“每五枚当一圆”。天哪，这说明，这些东西至少是20世纪30年代丢进去的！谁会将唱片折断？又将唱片与银币放在火墙里？小伙儿说，这些东西是在靠近二楼的一个转角处发现的，那里稍稍宽敞一点，人身子将将可以转过来，有一个伸出的梯台。

这显然是一个小孩子放进去的，或者作为他个人的宝藏存在那里。

那个小孩不可能是我的父亲，因为这房子是20世纪40年代我祖父从白俄手里买的。那小孩应该是白俄的孩子。但半张胶木唱片意味着什么呢？这不可能是财产。我又仔细看了一下曲目，是三幕歌剧《水仙女》。啊，这是一个悲伤的故事，水仙女与王子的恋爱不果而终。柴可夫斯基写过同样的故事，只是结局不一样，就是那部著名的舞剧《天鹅湖》。片芯上面还有签名。第一行似乎是Виктор（维克多），但少了两个字母o和p，应该是写到另半张上去了；第二行是Аде，剩下的也应该在另半张上，我猜想应是Аделина（阿杰莉娜）。显然，有一种可能性，另半张唱片，在另一个小孩手里。他们是恋人吗？或者那一半远去了，这折断的唱片成为他们日后重逢时的凭证。榔头是工具，是武器，银币是财宝，而《水仙女》的半张唱片是爱情。

可是，为什么主人家的孩子在离开这里时不带走这些呢？他不可能是忘记了，他一定是遇到了什么事，令他无暇去取出他的宝藏。

张工和那小伙儿走了。

我对嫣儿说：“以前的人将花椒研碎，和在泥里，涂到砖墙上，有很好的保暖作用。这种涂花椒泥的房子叫作椒房，最初是给皇后住的，椒房殿就是暖阁，后妃之殿。你是我的皇后，美妃，我也给你建一处椒房。花椒温中，祛湿，杀虫，而且气味馨香。我们不如也让张工搞一些花椒泥来做涂层，再置办一些地毯，这样上下包住暖气，必然不会外泄。地毯必须是纯羊毛的，铺在地上软软的，这样你就可以光脚了。”

于是，我们费心在网上找了许多家地毯店，有伊朗波斯风格的，有国产青藏风格的，还有印度巴基斯坦风格的。波斯的商业气太浓，青藏的图案太简单，最后我们买了巴基斯坦的，看着比较古朴淡雅，而且价格还相对便宜。

大厅里几乎铺满了，楼上卧室基本都铺在床下和有座椅桌子的地方，三层阁里也铺了一张。

当然，在铺地毯以前，我们先重新做了地板。嫣儿喜欢淡色的板材，这便选了加拿大的枫木来做，颜色灰白的那种，木纹很细腻，用尽量宽的芯材。许多讲究的舞蹈排练厅也常选这类木材。木板必须与门垂直，就是横着排，这样显得宽大而雅正。如今人都喜欢竖着排，斜着排，也有喜欢用窄木条拼凑花样的，这都太扎眼，没有稳定感。地板倘不稳定，整个房子几乎都要旋转起来了，如何住得安生？楼梯也改了以前的样子，全换成厚厚的柚木来做，一级一块，整条的，走起来很令人放心。几处转角方方的，很有留人席梯坐下的感觉。我真的就常常在一楼通向二楼、二楼通向三层阁的转角处坐一歇，拿一个烟缸、放一盏茶杯在身边，或独自静思，或也拉着嫣儿来促膝说说话。人有时会耽恋紧窄的空间，那样会有紧密感，温暖感，获得一种平缓的宁静，凭屋外寒风四起、绵雨不断，我自安然惬意，不受侵扰。

我记得我小的时候，楼梯常是我逃逸的空间，从父母的视线中逃离，蜷缩在中断的一隅，最好那时有客人来，大人们在楼下厅内交谈，我独自来到此间，推开转角处的木窗，放阳光涌进来，又趴在窗台上张望邻家。有时冒出奇想，看是否能翻窗出去，沿墙爬到地面，然后消失，令他们寻不见。果然，我就收集到许多粗细不一的麻绳，用麻绳结了一条软梯，一头捆绑在窗台下拴窗帘的铜钩子上，一头放下去，直达西墙的过道上。这个试验成功了，我可以不由门而进出，获得一条专属于自己的秘密通道。夜间，楼梯是由几盏带着绿色大灯罩的白炽灯照明的，那灯因罩子的关系，光被聚在圈内，转角处看着就像舞台的一个高点，我便进入故事，做一名武士守候在那里，做一名王者居高临下，或者受伤仆倒，鲜血随着想象顺梯而下……如今我拆下那些白炽灯，换了壁灯，有在墙壁高处的，有贴着梯缘在低处的，将线路归在一个微型灯控台上，装到楼下机电盒内，这样便可以随意择灯而亮，使整架楼梯的光源都在控制中，要哪盏亮，哪盏就亮。如是，楼梯就真的成了舞台，可以被任意切割或组合成许多空间。我愿意在低处的梯缘灯的晦照下睡去，然后嫣儿拿来一张毛毯将我覆上，然后她凝视我睡中的样子，然后她踮脚轻步离去。我也愿意看她俯身趴在窗台上，穿一袭长裙，那壁上的侧灯将她裸出的背脊照亮，我并不拥她，只是在她身后说些荒唐的话令她笑，她一笑，那背脊的柔骨翕振，像是要长出天使的肉翅。

当玫瑰盛开的季节，嫣儿常靠在窗前，或者单膝跪在贵妃椅上，脸朝着园子，背对着我。那硕大的窗子都换成木质的窗框，铜的把手，并不上色，涂一点清漆，保持原色。窗帘是天鹅绒的，为与家具和地板映衬，我们选了艾绿色的，又加一层牙色的纱帘。屋门边有两个大窗户，每个窗户下都摆放了躺椅，铺设了地毯。东边是贵妃椅，西边是鸳鸯椅。那贵妃椅是霜白的扶手，包着缥色的牛皮；那鸳鸯椅是雕花的桃花心木的架子，覆着刺绣的面子，边上还配套小圆桌和两把皮垫椅。这是两个区域，一边明亮，一边沉醉。

江南是适合开窗的，所以，窗子很重要，须邀阳光、花色与煦风进来，它们不是北方严苛的不速之客，它们在这里是温良的伴侣。人每日随着与它们相处，也落得五色的变幻。今日嫣红，晚间又在玻璃窗格的影子下露出酡颜；明日泛出丁香色，午时日光下又转为荼白。怎么说呢？说是情景交融似乎太概观。这实在是一幅幅画儿，人不过是入画的花鸟鱼虫之一介。

常有雀儿驻留窗台，衔来花叶、残果或者松球的一瓣。我们难道不是被那创造者携来的么？我们被安置在暂栖处，生时与花鸟共鸣，死时如枯叶，那命运之手扫除我们只消一瞬。你如何晓得死期？或在春日雨夜子时前一刻，或于隆冬年庆的欢娱声中。你是花鸟的景，花鸟是你的景。这都是色相，你本身并没有意义。你们的意义唯在显现那古来就做工的手，上帝之手。你是木上之屑，被削取，落地，清除，复深埋。于是当被削之时，你当敬畏，当顺从，当感恩生的疼痛。

美丽是疼痛的，就如嫣儿，她那么年轻，光气逼人，那都是她的骨血在支付，在燃烧。生是疼痛，死是寂灭，唯有灵魂是长存的，因那是神的话，人活着是凭借神的话。

神的话在窗前是声色，这音乐和景致入耳入目，是为了唤醒肉中魂灵。你在肉中是活的，你弃下这肉还是活的，只是你的灵要借助他物而存活。

那窗台上的花叶、残果和松球的一瓣，不要轻视它们，不要忽略它们，说不定谁的活的魂灵正借着它们来到你跟前。

花园里有女声歌唱："Po světe bloudíš širokém, díváš se v příbytky lidí."（你漫步全世界，看每一户人家。）

那是《水仙女》中的唱词，是对月亮的吟诵。

又有声音回应道："Nocí, nocí."（晚安，晚安。）

厅里我们摆了橡木的家具。橡木的木纹清晰湛然，橡木是真正的树木。有一张长的三人沙发，一张短的两人沙发和一张单人沙发，这些都是橡木的底座，包上牛皮的靠垫和坐垫。这些沙发中间有一张宽厚的矮桌，一半桌板可以掀起，随着机关运动可以抬高，成为另一张高桌，我常将总谱铺开，在上面填写音符。桌板合起来，就将桌下的空间掩住，其实这空间大如一只箱子，可以藏许多让人意想不到的东西。

厅的另一头放了餐桌和六把椅子，也都是橡木的，厚重的，抬起来有点累；另一张相同的餐桌和其余的椅子我们放在地下室，以便来客人的时候可以抬上来布置成大餐局。餐桌边上有餐边柜，一样的木质，上面陈设了玻璃和陶制的零食罐茶叶罐，银的烛台，茶具和各样的酒杯酒瓶；抽屉里有桌布和餐巾，下面柜箱里藏一些备用的药品。

有时候夜间我们将电灯熄灭，在厅堂四周布满烛台；窗台上，沙发间的矮桌上，鸳鸯椅那边的小圆桌上，以及餐桌上，都摆放烛台，并点燃蜡烛；地上也零星放几柱，还有壁上的烛架上也放上去。这样，整个厅堂的亮度一丝也不比电能照明逊色。燃烛并不是什么情调，而是换传统的照明与黑夜共处。夜是指令，而灯火是恩赐。人在电光中渐渐傲娇起来，倘有时机回到火光的安慰中，得见火苗发自烛油和灯芯，便靠近了生灭的至理，遂存谦逊和感恩之心。

冬里，我们靠在壁炉边，我听她诵诗，或她听我讲一些细碎的往事。也静静地看炭火，那火苗苍白时，预告着雨水降临；倘火苗摇曳，燃烧时木炭爆裂，或者就要起风；当火势迅猛，越燃越烈，必会有霜冻。外头的天气变化连到屋里，我们并不是与天地隔绝的。既如此，天地也必获得我和她的信息。我们的祈愿和私念，借着壁炉的烟火也上达天听。人其实是裸露的，从被造之始至今，一直裸露着，将来也这样。我们拿锦被丽裳、高屋深阁以及文章诗词掩盖的肉身，在至圣者眼中，并无遮挡。头上三尺有神明，这话的意思并不是让你有更多伪善的遮蔽，而是索性裸露出来，罪的，恶的，胆怯的，卑污的，一丝都藏不住。

我身如夜，但受明照。我哪来的光？我是受光之体，因光照而存在，而显现。

三

二楼有两间卧室。一间大的向南，一间小的朝北。大的我和嫣儿住，小的给骏怡住。

我的卧室里有大的卫生间，里面装了许多镜子，一旦光亮起来，镜子互相折射反射，居然看起来大而幽深。我有点害怕这样的场景，但嫣儿有好的身形，当她站在镜子前，美得不可方物，为了看她，便索性顶着胆怯，生生地大胆起来。她的臀腿胸脊，一览无遗，好比真人真相投射出万千幻相。这里一抬手，那里镜子里就抬起一千只手；这里一抬足，那里返照中便探伸出无数的金莲。玉体受光竟与凡物迥异，玉体是许多极细碎的镜面的组合，从各个不同角度折光，光与光又密密地交错，向外向里都放射。光学上，这叫作漫射。人要怎么长，才有这般漫射的效果呢？所谓美人，不在脸蛋标致，也不止身形姣好，美人必是底子精良，肌骨如酥。古话说，隔窗见骨。隔窗如何看得见？非要五内六舍存着精气不可。

嫣儿是不老的身坯，自她少女时候来到这里，细数已经十三年过去了，如今依然纯稚。

于是，为了漫射这纯稚，卧房内也放了镜子。有梳妆台的镜子，有长椭圆形的全身立式镜子。不过，平时我将那梳妆台的镜子用罩子罩起来，将立式的镜子翻转过去。我始终有点怕，怕那镜子里有人走出来，也怕那镜子将我的魂魄摄了去。又忍不住要看，就只好在欢爱的时候看。说是发春时阳气旺，阳升则阴去，鬼魂不敢靠近。

全部的家具都是橡木的，橡木的大柜子、五斗橱，橡木的大床，橡木的梳妆台和书桌，橡木的包牛皮大躺椅、靠脚，以及橡木的春凳。我常常看着这些布满木纹的橡木家具感叹："多好啊！我太欢喜了！我真是称心，有这样完美的家具！"

橡木也叫栎木，柞木，汉代有五柞宫，其柞树有冠，荫庇数亩。人处橡树下，得着遮盖。橡实亦可充饥，磨粉做成饼，谓橡子饼。凯尔特人奉橡实为圣果，其祭师一众称德鲁伊，就是拜橡树教。橡树本身就是德鲁伊的寺庙，凯尔特人以为神灵就寄居在橡树中。橡叶塔形，又如平面的松球，边缘柔滑，无锋刃。我喜欢橡树的叶子，常摘来做书签。那长满橡叶的橡枝拿来放在石头的祭台上，果然有一种神圣的气氛，先就闻到不一样的气味，又见绿沈而肥厚，诗意盎然其中。天造橡树，又令人感觉是自己的收获，反过来再当作献物，人由此得着加倍的恩赏。

如果我将来升华为一介精灵，我也会寄居在橡树里。我想，那些生前喜欢橡树的灵魂，都纷纷预订了橡树做归宿。是故，橡树里必定居住着许多生灵，只是做灵的众神，也要仰赖造物的眷顾。将灵魂看作生命的另一种形式并无罪过，只是生者往往忘记这是一种秩序，灵魂之高于气血，就如同气血中圣人高于凡人，而并不是灵魂主宰一切。活人和死后的魂灵，都是本乎灵，而灵是来自造物的气息。人归根结蒂是属灵的，而不是属肉的。

这么想去，我又担心嫣儿了。她这么精纯，气血已然接近精灵，仿佛内中之灵呼之欲出。她是高级的，而人由气而精而神，就是从低到高的过程。我不能让她涣散羽化，我要用我垂老卑污的身子拖住她，常常将她弄脏，好让她多得污浊的血气而多少沉滞一些。

我们活着的时候用尽橡木，熟悉那些木纹就好像熟悉通道，以便我们将来灵魂出离肉体后可以一道归向橡树，在橡树的枝叶间熟门熟路。

“涂浚生，去，拉手风琴给我听！”嫣儿这么说着，几近快要将我从床上踢下去。

平日里，她很少叫我涂浚生，她总是给我取些诨名，诸如叼叼、棉花糖、五花肉、教皇、小豆苗之类的，今天这么叫，必是有什么事发生——她心里生气了，或者她突发奇想急着要达到什么目的。

我也不多问什么，直接到三层阁里取了我的手风琴来，一屁股坐在地上，就推拉起风箱。那些音符，好比玩具箱里的各种玩具，劈头盖脸地滚滚倾泻在地板上。但是，我是音乐家呀，我怕什么凌乱和无序呢？我把不稳自行车龙头，我拎不起一桶水，但是我于乐音和噪音中是自由的，我很快就用我的方式将那些倒出的玩具一个个摆齐，摆成我需要的秩序。

“你听见什么了？”嫣儿煞有介事地问。

我听见什么了？都是我的手风琴拉出的声音！

“你没有听见外头的声音吗？”嫣儿忽然从床上坐起，去打开阳台的落地窗，去打开卧房的每一扇窗户，又转身跑到楼下大厅里。她一会儿上楼，一会儿下楼，急跑着，将整所房子的所有窗户都打开了。我听到风摔打门窗乒乒乓乓的响声，我看见满屋子里纸片飞扬，花瓣飞扬，垃圾什物飞扬。有一只袜子贴到我脸上，将我的鼻孔堵住，我怎么吹怎么甩头想抵开它都无用，我差一点就要窒息，于是停下按贝司纽的手，去抓那袜子，另一只手还继续摁着黑白键，推拉着风箱，不让音乐止住。

“你这疯娘儿们，你要干什么！”我嚷起来。

这是夏季，台风肆虐的日子。台风，据说来历是泰丰（Typhoon），是神谱中的风神。他被战败后，身上生出一股股阵风，专门袭击海上的船只和海岸上的城镇。每年夏秋季节，泰丰都要登陆，向着东中国海的沿岸西进，遇山林楼宇则势头渐弱，层层递衰，直至消散。

这是台风来了，风是一切病痛的起源，所以我说她疯了没有错。疯，就是因风而起的病症。她这是要干什么！让这么迅猛的风冲进屋子，在楼上楼下盘旋。她准备让风把房子连根拔起吗？准备我们乘风而上，被风抛到千里之外么？

“听！听！你听到巨响的音乐吗？”她冲进卧房，朝着我大嚷，“有合唱，有管风琴，这是风在演奏，我们的房子是一架大风琴。”

我停下拉琴，侧耳倾听。我的耳朵被急遽的风声震荡，耳膜都快要震裂了。可是，我听不到音乐。哪有什么音乐！

“你不要停，不要停！你拉起来，拉起来就听到了。”

于是，我又拉起来，埋头用劲拉，使出全身力气只拉强音。

果然我听见了，那声音隆隆的，好比风琴声的外围。我拉一声，就有千百声回响，又有万人合唱的轰鸣。

啊，这到底发生了什么？竟然还有歌词，这定不是我加进去的。我没有唱，她也没有唱。

“Hou hou hou, stojí měsíc nad vodou...”（喔，月在水上……）

那是女声的三重唱与合唱的背景。

风更狂烈了。这边窗户开了，那边又闭了。一开一合，那是泰丰的手指在揿键吗？让气流进来，又挡住气流，整个房子成了共鸣箱，由狂风震动而发声。

我以为我是按照自己的意图在演奏，可是我却不由自主随着风势在改换指法。明明是有人在指挥我又牵扯我的手！我在演奏一首别人的曲子。我没有乐谱，我却知道下一行是什么，我与乐队合在一起，我是芯子，乐队听起来是镶边。然而，乐队在哪里呢？重唱与合唱的女人在哪里呢？难道这房屋是巨大的发声体吗？

我停不下来，只顾朝着曲子的发展奏下去；嫣儿也停不下来，她满屋子跑，上上下下，蹈足不息。

然后，天色阴沉下来，有电光闪过天空。随后，雷声起来了，一个霹雳将音乐埋没了。

我的手开始痉挛，手风琴从我肩上滑脱，雨水冲进屋子，窗帘飞扬。我不知道嫣儿倒在何处，但我晓得她也倒了。天降大雨，将所有声音都遮住了。

雨下了整整一夜，当我们醒来时，一切都是宁和的。各种雀儿在枝头鸣叫，玫瑰花伸进窗内，窗帘服帖地垂在窗前。有阳光照进来，由窗框切割成方块投射在我的身上。嫣儿躺在一旁，光着脚，她的手抓牢我的衣角。这是夏日里明媚的早晨，雨过天晴，虹亘中天。《以西结书》中说："下雨的日子，云中虹的形状怎样，周围光辉的形状也是怎样。"啊，这是天神驻足玫瑰屋！

房里原先的东西并没有少。一些瓶子罐子倒了，纸张飞散在各处，裙衫巾帛悬挂在各样突角上。

啊，我看见那半张唱片被抛在阳台立窗下的大理石底座上，我记得我明明是放在五斗橱第三个抽屉里的，这会儿怎就也飞出来落在这边？莫非风暴偷偷打开了抽屉？我起身摸过来看，竟不是原先壁炉里寻见的那半张。我急急去从抽屉里寻出那半张，不想与这张新来的合上了。那少去的字母正是o和p，Аде后面也正是лина。

我没有猜错，是两个少年人，一个叫Виктор（维克多），一个叫Аделина（阿杰莉娜）。

四

那天下午，近傍晚时分，我在三层阁，忽听得嫣儿在下面喊我，说来客人了，要我快下去。

我从楼上下来，见是珏铭，甚是惊讶，道："你怎么从外国回来了呢？是回来探望父母吗？"

"父母前些年相继过世了。我是回转来，再不去了。"珏铭道。

"夫人、小孩也随你回来了？"

"夫人也回来了。小孩去了苏黎世，在那里工作。如今也不小了，都成家生孩子了，她的孩子都与骏怡一般大了。我比你早生小囡许多年，你不会不记得吧？"

"裘菲也回来了？你怎么没带她过来？"

裘菲是我家邻居，原先就住在1号乙。我们两家是联排别墅，中间只隔着一道稀疏的黄杨。如今1号乙住着一家高丽人。

"我们住在旅店。我先过来探探。"珏铭说，"事情是这样的。我们在澳洲破产了，这次回来想把房子卖掉，然后安度晚年。"

"这房子还在裘家名下？"

"是的。我们出国前将房子租给高丽人了。他们给我们付房租也不太定时，有时还拖欠一年半载的。索性卖掉，还可以一笔进账。"

"卖给谁？找到主顾了吗？"

“还没有。”

话说到这里，我便不谈房子的事，将话题岔开。

“这是我夫人。”我将嫣儿介绍给珏铭，“你走后，我也变故颇多。今非昔比啊！”

“看着这里房子也与以前大不同了。我刚才到门口，差一点没认出来。草坪和花卉都不是以前的样子了，墙也刷成了别的颜色。那些科学家呢？”

珏铭问的是2号甲乙的引跃如、大不韪和卑厥黎。

“卑姨他们回雅库茨克去了。”我答道，“他们的房子科学院收回去了。现在空着没人住。”

“那辆气派的吉斯轿车呢？”

“那车归我了。我整理草坪，想开阔点，就把车停到花园里广场那边去了。”

“那车给我的印象太深了！想当年，卑姨到东平路附中来接我们，那顶窗一开，她穿着光背的吊带向我们招手，就跟电影里大牌出场一样。”

“一会儿我把车开出来，带你去兜兜风，到东平路那边去转一圈。”

“好啊，好啊！你索性再拉我去浦东那家海鲜店吃海鲜，就是卑姨请我们吃的那一家。”

“不知道那家还在不在，反正我们先开过去再说。”

“我想吃上海的海鲜了。许多年都没有吃到了。”

我和珏铭是音乐学院附中的同学，有人曾为我写过一本书，叫作《既生魄》，里面事体真真假假，不乏道听途说之辞，不过，看客倘寻来多方比对考究，也读得出一些来龙去脉。

珏铭移民去澳洲已多年，我与他长久未有往来，也未有通信。

他突然回转，我有点恍若隔世。尤其是他将裘菲也带回来了，我要面对裘菲。裘菲以前与我好过，后来嫁给他，中间与他离婚又复婚。他们终成眷属，想来令人唏嘘。

我那辆吉斯轿车不知是哪年从苏联出产的，卑姨留下给我，用了许多年。发动机一直很好，很稳定，其他地方修修补补，也无大碍。如今满街都是4S店，都是欧美的品牌，根本寻不到苏联的修理厂，凡遇到问题，我只好去找那些老修理工开的小铺子。其实，这汽车质量极佳，只是不合潮流。潮流眼下正趋于势利，而势利只关注无知愚昧的消费人群。按嫣儿这代人的说法，叫作“割韭菜”。于是，韭菜喜欢什么，主势的强人就生产什么。这是一种下坠的倾向，蔽人耳目的妖术。强人们造出火柴盒一样的房子卖给你，自己却买来伯努瓦别墅这样的旧房子住，韭菜们怎么懂得个中奥妙？黄金自然好过纸币，可是纸币的信用是真善美的谎言，不能坍塌，坍塌了就不能吸金。一个谎言越说越大，居然成为信用！

庸众们是沙子，里面的沙金逐年被人淘走，剩下的都是概念。概念是什么？概念是虚无，甚至连一个空洞都不如。有个诗人写道：“天空一无所有，为何给我安慰。”是啊，所谓当代文化，它主要的任务就是赋予概念满满的价值，好让韭菜们得到安慰。黄金藏在强人们的洞穴里，而概念必须被说成比黄金更有价值。一个概念叫汽车，你买了；另有一个概念叫房子，你也买了；再有其他概念叫教育，叫养老，叫旅游，我相信，你都会买的，买到油尽灯枯，直到最后一个概念叫墓地，死也是一笔买卖！你试试你能将这些卖出去吗？你最后的安慰词是：这是人生必需，叫作刚需，我买来生活，无此何以生活？我怎可将这些卖掉？我是不卖的！

可是，生活怎么可能是这一种模式呢？你去买一种教育产品，大家都买，还会有什么特别吗？你儿子有英国文凭，可是大街上送快递的、当保安的，他们的儿子也都有，这还有什么价值呢？这个世界上，但当你有别人没有时，才有价值。你不如获得一张印度的文凭，你或者真的学到一点什么。但是，我知道，我知道，你其实并不关心价值，你关心的是强人说你有价值。你依傍的是强人，你不晓得强人依傍谁。这对你来说太过艰深，是困惑，是秘密，是无解。

这就是命运啊！也就是你一辈子注定受穷的原因。

其实财富就是一匹快马，你纵缰弛之即可得。然而那些驭马者并不是自己有能力执辔。是谁将嚼子、缰绳和马镫交到他手里的呢？你拜伏在财神爷足下，你让财富将你作为一匹快马骑了。你真当拜伏谁呢？从前，你砍一根树杈，削一枝烤火，削一枝煮饭，剩下一枝刻一具偶像，你拜伏偶像；如今你被忽悠到城里来，也没有树杈可以让你砍了，你就买一本指南，上篇指导你取暖，下篇指导你果腹，剩下的结语成为主义，你拜伏概念。那生火做饭的，那人云亦云的，你竟低下头来奉若神明，你的常识呢？现在他们都会说常识，常识难道会是一些妄言么？

人是软弱小信的，走的人多了就当作路，讲的人多了就当作经。路是本来就有的，无须你去生走出一条来。门是本来就在的，何须你去撞得头破血流？你固由着命运领路便好，曾几何时你变得那么面目可憎地要扼住命运的咽喉呢？那造你的，何曾由你添加、帮助、偿付而得力呢？

你信大君，大君信那万君之君。你何不直接就信开天辟地的伟力呢？启蒙以来，众说纷纭，归结起来不过是自主。所谓自主，就是越过大君自主命运，不要由着他人来主宰。而自主并非乱来。你要静心倾听。你刚开始学着听，并不习惯打开心扉听。你听到四季的话语了吗？你听到橡树的声音了吗？你听到万物之始之末的定律了吗？你自己与上天沟通，自得专属你自己的命运指示，并不要议会和皇室来做决定，自然也不需要好为人师的圣者指南。你这么听着，觉得太难太难，听到了又好像没有听到，刚触到又忽然丢了，你便索性又回到原先的地步，托那些强势的人来帮你代祷。你托了偶像，托了大君，这下你又托了概念。你要警醒啊！战战兢兢，如履薄冰。所谓勤苦，本是在这桩事情上，怎就勤苦到背负概念上去了呢？生下来入世的，天然就没有安逸。反正是劳作，何必背道而徒劳？

我们开车去寻浦东那家海鲜店，店还在，换了好几个老板了，如今已改做烧烤。为了那个地方和场景，我们便也不改去处，就索性坐下来吃烧烤。

席间，嫣儿说："眼下街上的店家越来越少，大家都在互联网上买东西，连做餐饮的也有许多不设门面了，都是微信叫餐，再闪送。这家实体店还在，居然在这么偏僻的浦东，也属少见呢！"

"都快成文物了。"我说，"当初那金碧辉煌的样子——你看看这壁灯、吊灯，这会儿都蒙着灰，新装上的时候真是亮瞎眼！"

"现在在哪里不一样啊！地球人都快散伙了！"珏铭叹道，"原先村庄是农人聚集管理田亩的，城市是商人服务业聚集交流贸易的，都是聚集生活，只有聚集才有人气和市场。现在虚拟时代，都可以在网络上穿梭，何必费力到一个固定的地点拥挤呢？只要有厂家，有运输即可，哪怕深入到大兴安岭，只要东西运得出来便好。所以，未来应该是一个散居时代。有一片地，植一点花卉树木，住在人烟稀少的僻静处，多好啊！我这次回来，就是打算卖掉裘菲的房子，拿这笔钱还掉些债，然后去富春江那边造一所砖房来住。"

"是啊，是啊，都没有朋友上门了。手机上说说话，贴贴图，传一个视频，难得串门，老死不相往来。城市大概就真的不必要了。你看那高楼大厦，一座座曾经灯火通明，用来办公、会客、展览，如今都宅居做生意，谁会花那么多钱租用呢？一年凉，两年失修，三年就掉墙皮烂水管了，不到五年就爬满杂草，墙体开裂，坍塌了。”我说着，又唱一段《桃花扇》给他们听，“俺曾见，金陵玉树莺声晓，秦淮水榭花开早，谁知道容易冰消！眼看他起朱楼，眼看他宴宾客，眼看他楼塌了。这青苔碧瓦堆，俺曾睡过风流觉，把五十年兴亡看饱。那乌衣巷，不姓王；莫愁湖，鬼夜哭；凤凰台，栖枭鸟！残山梦最真，旧境丢难掉。不信这舆图换稿，诌一套哀江南，放悲声唱到老。”

“都要换景的，住哪里不是住！不住是不行的，住了也并不能永久，讨一片乌瓦，遮挡一阵风雨。”珏铭道。

“既如此，挡时挡得严密些，取自己的份，好生住息。”我说，“其实要说住，西洋的房子好住呢！像伯努瓦别墅，花岗岩和大理石的龙骨，双层的砖墙，上面覆着斜坡的红瓦，风吹不倒，雨淋不烂，用它几百年，住上几十代，稳稳妥妥。不像那些木结构的建筑，住一世两世，也就废了。我顶不喜欢亭台楼阁那套，依水也罢，靠山也罢，什么玲珑别致，什么曲院回廊，缥缈得像纸，端不如一卷蒲席。现如今的钢筋水泥楼就更不用说了，火柴盒子一样，牢固然是牢了，但那哪是人住的？尤其高层的，远离植被，空气稀薄，人在上面行走，总像是失重的样子；甚或遇灾，不幸断电，电梯开不动时，如何下来，如何上去？”

嫣儿也说喜欢伯努瓦，并劝珏铭不要将房子卖掉，说我们两家做邻居，实在是美事：“先生带我去欧洲旅行，看那里的古建筑也日益衰旧，许多城堡都无人住，年久失修，都断了墙垣。兵燹战火，整城整镇被炸成废墟。后来新建的，要么是些火柴盒，要么丢了神气，徒余空壳。真不如上海的洋房，拜占庭的，文艺复兴的，巴洛克的，洛可可的，古典主义的，罗曼的，维多利亚的，应有尽有，都完好保留下来了，好比一本建筑史摊开在黄浦江西岸。难怪上海人说，出了静安、徐汇、卢湾这三个区，还叫上海吗？到闸北杨树浦去看看，到长宁、普陀去看看，跟承德、河池、长沙，有什么区别？那些外地城市，原先至少有当地老建筑，为了建火柴盒，结果都拆了。最惨的是长沙，文夕大火，一炬化为焦土。”

“嫣儿说得在理。我此生就是喜欢洋房，我以为唯洋房是值得买的。反正居住也是换景，非要一个景，我宁肯要西洋景。那些有洋房的街道，在四季不同的光色下，无一不美，无一不令人遐思，走一走看一看都心神飞扬，人看着升腾起来，人的苦痛便轻淡许多，伤痕渐渐被抚平。房屋的真谛，在于安慰。安慰大于遮挡。这方面，洋人颇有心得。像伯努瓦这样的房子，是美中之美，太难得，那不是多少钱的问题，那是居住的典范。”我对珏铭说，“你真想卖掉，不如卖给我吧！”

“你还嫌你住得不够大？你买下来做什么？改成旅馆么？”珏铭以为我在开玩笑。

“不呢，我真的想买。”其实，当时珏铭提到卖房时，我就有了这个念头。

“你很有钱吗？”珏铭将信将疑。

“钱是一匹快马，你纵缰执策，它就跑起来。”这是我驾驭钱财的秘密，我透露给他听。

五

我在三层阁瞌睡，嫣儿上来给我盖一袭毯子。她刚要转身走，我却醒来。

我叫住她，说：“你把梯子搬来可好？我想爬到老虎窗上去，看看下面四周。”

嫣儿于是将屋角的木梯子推过来，合在窗缘上。我和她坐在最上一级的木板上，一半身子也坐在窗台上。这梯子是我小时候就造好的，专为老虎窗的高度订制的。我总是喜欢爬在上面看下面，总是发呆，总是遐想；有时也倚窗写作，收纳那些飞过的鸟儿的鸣叫和飘零花叶的气息；我就是在这里看见2号花园里的卑姨从吉斯轿车的顶窗露出她光洁的上半身。

“你昨天说到安慰，我一直在想。”嫣儿道。

“房子要密闭、坚实才好。从外面看起来牢固沉着，在里头住着坦然安适。没有人会来打扰你，你却可以借着各种窗户去探视外界。这是不容侵犯的领地，私密的空间。”我说，“那些庭院式建筑，即便设了影壁来挡邪，依然没有安全感；还有那些乌瓦白墙的深园，虽说墙头很高，也终究潦草简陋；换成楼阁宫殿的模样，也还是飘摇欲坠的态势。建筑其实是一种语言，述说着居住者的愿望。一者御外，一者防内。我和你住在这屋里，难不成还要相互防备么？”

“人家说四合院是封闭的，花园洋房是开放的。”

“这说法是知其一而不知其二。四合院围起来，翻墙进去并不难；洋房不设围墙，你却连窗子都很难撬开。”

“进不去而已，怎就联系到安慰呢？”

“人的第一个居处是子宫，房子是子宫的延续。子宫怎么能随便进去呢？连精子游向它，都要经过严格选择。谁能闯入一个女人？女人的子宫是与她的心连在一起的。母亲得了子息，深藏在子宫里；大地之母恩育我们，便生出林木泥石来供我们建屋。我们当按照子宫的样子来造房藏身。这是藏身之地，并不是简单遮风挡雨、仅在夜间憩眠之所。”

“有的人可能是羽族的，他们巢居而安；也有的人可能是虫类的，他们穴居隐伏。鸟儿用枝条搭巢，所以变成人后也用木梁木柱；虫儿在泥石中筑穴，那么演变成人之后就喜欢用砖石造房子。”

“人性中也有鸟性虫性么？这个我不知道。倘真像你说的，鸟儿是蛋壳里孵化的，没有子宫生化的过程，恐怕求一点单薄的外壳就姑且了。然而不论从哪里来的，毕竟最后成为人。造物造人之始，难道用了羽毛和虫鳞吗？”

“我想到栖息的栖，这个字原本写作‘棲’，就是带着女人住在树上。南京有个栖霞寺，晚霞栖息之处。晚霞落在树林里，或者晚霞落在寺庙中，挽留霞光的地方。”

“我带着你住在树上？天哪！我不喜欢这种感觉！或者你我做一片晚霞，去寺中讨一席睡卧？这实在是一种居无定所的飘零。我这个人最不喜欢飘零，不喜欢流落无归的生活。我们来到世上，既已是苦痛和过客，哪怕得到一点安慰不好么？我向上天乞讨安慰，赐我暂居中最牢靠的房屋。我们既是大地的孩子，怎可没有宫室的安宁？我不要做那流产的婴孩儿！你看，那日没之地的人一辈子没吃饱，这日出之地的百姓一辈子没睡好。他们不讲究吃，食物粗制滥造；我们不懂得居住，每所房子都像一把伞。看那些岸边谷中的楼宇平房，哪一处不是过道长廊？哪一处不是放大了伞骨的插在地上的华盖？都是避风歇脚的驿站，仿佛用来停一停，喘口气，就又要去忙碌，总不是长久安定的落处。栖息，是暂居中的暂居，那必是谋房产的心怀，也或者存着狂妄的野心。求安慰的人得寓所，求财产和功名的人宁可飘零。凡将房屋当财产的，必不得安身归宿。”

“上海人真是有福了！住着牢靠的洋房，又吃着世间上等的佳肴，哪里都不想去，哪里也不必去。”

“这么好，多少要与懂经的朋友分享啊！”

“所以，你真的想买下裘菲的房子。我猜，你买下来不是为我们，而是送给他们夫妇住。”

“是啊。他们飘零一生，总该得着些安慰才好。那女人曾经是我的恋人，那男人曾经是我的至好。我们既得着安慰，也要分一些给他们。”

“他们不是打算要去富春江吗？”

“去那里干什么？刀耕火种吗？伐木搭棚子吗？伯努瓦这样的洋房，凭他个人之力是建不起来的。”

“他们会接受吗？”

“我们收取一点租金吧。我想，这样会好些。再说，我了解珏铭，也知道裘菲的心思，他们是很愿意与我们结伴的。”

三层的阁楼，有一间做书房，一间做盥洗室，还有一点小空间做储藏屋。

书房里摆了一只两人座的沙发，灰白的斜纹呢子蒙的靠背，有外翻卷曲的扶手，垫子是棕红小牛皮的；沙发前有桃花心木雕花的茶几，两边是绣花的文艺复兴风格的矮椅，椅面的锦缎上花的图样雍容而祥和，那锦缎的底色泛着青黄古雅的光晕。这些都安放在一张褪色的有南亚风格图案的薄地毯上。地毯是纯羊毛的。

整个屋顶顺着房顶的坡面倾斜互撑着，四周墙壁做了橱柜，空余的地方掏出罗马式的矩形、正方形的壁龛，龛中设了定点灯，有的安在壁缘顶上，有的安在壁缘底部。我在壁龛里存放手稿、总谱和一些出版了的样书。

老虎窗靠近东墙，开窗在阳面，从窗口看下去，整个伯努瓦别墅尽收眼底。窗顶是一道拱弧，木窗棂深嵌在窗框里。窗台很大，可以坐人，可以伸开腿。我在上面放过啤酒瓶、烟缸和女人。

窗台下是我的橡木书桌，并不很大，有两个抽屉，抽屉有花式流线的铜把手；桌面是整块无拼接的橡木板，与桌脚是通过榫卯接合的；桌脚有雕刻的凹颈，颈下由粗到细一直通下去，整张桌子没有一个钉子，看起来厚实而规整。我依然是最喜欢那木纹，云线的、波线的、火焰状的，多少纤维紧致地纠在一起，这才成为木头。我与木头在一起，与外界的林木并没有分开，森林的诗句伸进我的屋，也积存在木桌椅中，取之不竭。多好啊！我不知为何，见着这木头就感叹，就感恩，就知足。

桌上有一盏台灯，必须是有草绿色灯罩的那种，必须是铜的底座和支架，也必须是手拉灯绳来开关。

顶着东墙是收音台子、电子琴键盘和做音乐的电脑设备，唯独这一处用的是现今办公室的合成板台桌，外加两把廉价的转椅。每当我要收音时，嫣儿会将线接到储藏屋，那里做了隔音墙，音质很干，反射也很短。如果录制大的场面，线就接到地下室的大厅里去。我有两支麦克风，一支是AKG C414，用来收录乐器；另一支是U87，用来收录人声或者整体乐队。

书房中间摆着一把摇椅，也是桃花心木的，靠背、坐垫是包皮的，扶手上那支撑胳膊肘的位置也包了皮。朝前的两个椅腿上雕刻着雅利安人的力士和狮鹫。我踮一下地，椅子便摇起来，仿佛是那力士和狮鹫在工作；摇一会儿停了，再踮一下，好像他们乏了困了被我踮醒，又开始摇。这么来回几下，我就睡着了。一般坐到这张椅子上，我会拿一本书读。读着读着，眼皮就耷拉下来，书卷就掉落在地上。

墙上空处，我挂了两幅画，都是照相底片放大印刷后改制过的。一张是嫣儿背转身贴着墙的样子，她的皮裙裤和长腿被凸显出来。另一张是晾衣竿上嫣儿的各色丝袜和墨绿条纹的西装短裤，有一只鸟儿从上面飞过，竿的一头有水流出来，下面有一个盆接着。这晾衣竿、盆子、鸟儿是在相片的底子上又手绘添进去的。

盥洗室在三层楼的北侧，墙的高处开了一个拱形小窗，外面看不到里头，从里面只看得到天。窗下隔出一间洗浴房，装有冷热水喷头。洗手的水池是罗马式的，宽大而厚重。顶着东墙安了一个坐便马桶，一个Bidet。Bidet的原义是“小马”，汉语译为坐浴盆，是让人骑在上面洗下身用的。我喜欢在下午两三点钟的时候坐一下马桶，顺手捡起马桶边上几本时髦杂志看看，燃一支烟，这时候不知为什么能彻底吸到烟草的底味，与应季的植物总是气味相投：云杉和松针的味道，落花的味道，蜂蜜的味道，多少都含有一点酒气，袭人陶陶然，草木莽莽，烟馨莽莽。（这个时候，世界是安静的，人们从早上躁动到现在，已经没有气力翻覆折腾。）坐便不能急，要定下心来，要无聊，要全身心放松下来，任天塌地陷。无聊多重要啊！人倘若在这个时候还有一张面子罩着，其实就是死尽了。活着，意味着不堪；顺其不堪，则得活力滋长。如果你排透彻了，又骑着小马将污秽洗干净，你定会轻盈一点，多少又从生活的泥浆中升腾几公分，你会觉得一下子身材比别人高了。所以，盥洗室里一定要装Bidet，只有这亲爱的小马会可怜你的倒霉和肮脏。“噢，你怎么能脏成这样？怎么能倒霉到这个地步？”当Bidet的喷水器往外射水时，仿佛流淌出这样的话。

六

“涂浚生，给你五分钟时间。五分钟一到，我就开始找你。”嫣儿在楼下厅里对我说。

她话音一落，我便迅速朝楼上跑。

这是我们约定的捉迷藏。范围是厅以上一切空间，不许开窗越到屋外，只限房屋以内。

我第一次藏身就成功了，因为这是我的房子，我从小在这里长大，我熟知各处机关暗道，没有人比我更了解这房屋的肯綮幽秘了。

我藏在储藏屋的密室里。储藏屋的斜顶下有一扇小门，只容得半个身子进去。门与墙板合在一起，并没有把手，外观看上去是一样的木纹，只有晓得的人推一下才会开。那密室很小很矮，三个平方米左右，人站不起来，不过里面装了一盏白炽灯，只是打开灯会漏光出去。于是，我便开灯先寻好一个位置坐下，马上又将灯关掉。这个空间，估计以前的主人用它来藏箱子，保存一些贵重物品或合同档案；我父亲曾经将他的日志、笔记以及与我母亲的书信、旧时的照片等秘不宣人的东西藏在这里，他并不知道我很小的时候就寻到这里，他的所谓秘密我早就都看过了。

捉迷藏的功夫在于憋得住，不论外边找你的人如何引诱你都不要出声，哪怕那找你的人情绪失控，也要坚持住。

那天，嫣儿从二楼找到三楼，每一个角落和缝隙都找遍了，甚至打开了所有的箱笼、抽屉和橱柜门，钻到棉被和床单底下，摸过了壁龛，看过了洗浴房，连水桶和马桶都没有放过，可是她根本连我的一丝踪影都觅不到。为此，她先是试探性地喊叫，然后大喊大叫，直至疯狂地哭喊。我直是不出一声，挺住，看她接下去怎么办。我听到她开始踢东西、摔东西，好像花瓶被摔碎了——啊，那是景德镇订制的青花瓷——没关系，要玩就玩狠的，我就是不出来！她最后坐到储藏室门口楼梯边，其实她已经离我很近了，我听得到她抽泣，真的极为伤心的抽泣。我想，那一刻她体会到与我分开是什么滋味，她呼吸里显然带着绝望的节奏。

“我在这儿呢！”这时我终于在密室里发声，却依然没挪动身子，还在卖关子寻点开心。

可是她不应，对最后能否找到我已经无所谓。她不再认为这是一次捉迷藏，她认为这是一次我狠心肠抛弃她的经历。

我不得不走出来，去搂住她，安慰她：“这不是出来了吗？你怎么那么玩不起！”

“已经四个小时了，”她冷冷地看着我，说，“有这样玩法吗？你这分明是遗弃我。一次遗弃，就可以一直遗弃，最后彻底遗弃。”

“你也可以做一次遗弃我的实验嘛，看看我究竟会怎样。”

“不，我不是你这样的人，我一点狠心都没有。为什么要用狠心换狠心呢？这样会变成爱心吗？”

我被她问哑了。

啊，我听到二楼卧室里有钟琴般的声响！那是某个播放器传来的声音吗？我仔细辨认了一下。好像不是。难道……难道是那架破旧的机械音乐盒？是啊，我们家一直有这东西，不知是哪里来的，以前放在地下室的。小时候我玩过，因为太重，也因为滚筒上的凸刺变形了，音乐不甚美妙，我玩着玩着，厌弃它，就不玩了。怎么这东西会在二楼卧室里呢？是嫣儿搬上去的么？我循音而上，果然在大卧室里看见那架机械音乐盒。它很大，有大半张书桌的宽高，这会儿它靠着西窗立着，盒盖打开了，滚筒正在匀速转动，筒上的凸刺正拨动着音梳。盒子播放的是一首凯尔特谣曲，叫作《黎熙·波敦》（*Lizzie Borden*），我想起它原来的歌词：“黎熙·波敦执斧，劈父四十记。迨己有所觉，复劈母四十一记。”（Lizzie Borden took an axe, hit her father forty whacks. When she saw what she had done, she hit her mother forty-one. ）我知道这首曲子很久了，可是我以前似乎没有在音乐盒中听到过它。是我粗心略过了？还是我始终没有耐心听到结尾？我看了一下贴在盒盖里面的曲目单，一共十首，果然有这个曲子，是第八首。太奇怪了，怎么我会没有记忆呢？

这曲子反复循环，于是我注意到滚筒右侧的按钮被调拨到单曲循环一格上了。这肯定是嫣儿干的。她将音乐盒搬到卧室，然后上好发条，选定这首曲子。她喜欢这首么？

她去哪里了？我在卧室中喊她，并没有回应。盥洗室里也没有她。我又上到三层阁去寻，也不见人影。这不会是捉迷藏吧！难道她的方式是打开音乐盒来通知我她已藏身好了？如果是捉迷藏，那我非得将整座房子翻个底朝天也要寻出她来。

我上下跑，将我知道的屋内所有空间都寻了一遍。当然，储藏屋的密室我也去了。但是，没有她！

我又跑到园子里去找，墙角、过道、树丛都找了，几棵树的树冠也查看了，甚至我还捅下一棵树上的鸟巢……但是，没有她！

我去了隔壁高丽人家，又去前后门问过保安，到广场上的吉斯轿车里找，后备厢也开了，但是，仍然没有找到！

好吧，你到街上去转悠，去喝一杯咖啡，故意延宕时间，或者还看一部电影，想慢吞吞回转……这，并不是捉迷藏，这是犯规，不算数！

我寻得有些烦了，便回到家里，斜躺在大厅的沙发上，盖好毯子，蒙着脸，堵住耳朵，我不想听见那音乐盒叮咚作响。它还在响么？我突然意识到有什么不对。已经两个小时过去了，它怎么还能出声呢？发条难道一直紧着吗？谁又给上紧的呢？

我翻身跃起，急急就闯进了卧室。

我又去看音乐盒。天哪，我竟在滚筒上发现有几缕头发丝！还有一根淡粉色的丝绒，那是Chloé一件背心的料子，这背心是上周我刚买给她的。我强烈地预感到某种不祥，但是我不敢深想。我看着音乐盒的滚筒不停地转动，不知道如何是好。我不敢掰动按钮让机器停下来，也害怕一直听这首曲子。我更不敢离开卧室。我只好一直守在机器旁，心里越来越害怕。我像一个无助的孩子，失败，懊恼，下沉。我的眼泪掉下来了，我心里难过至极，悲伤将我笼罩。我渐渐晕厥过去。

待等我醒来，已经是第二天上午。阳光冷静地洒在枫木地板上，我发现我和衣睡在地上，房里空无一人。我不能想嫣儿，一想就哭。我觉得我是被她遗弃了。还不如她真的被掳走了，掳走的嫣儿还是好嫣儿，她仍然想我爱我可怜我。她是被那架音乐盒掳走的吗？我这么一想，就开始打电话，给以前附中的同学老师打电话，问有谁会摆弄机械音乐盒的。结果，我还真问到一个信息，说是雁荡路上有家古董店，兼修钟表，老板叫斯蒂文，也精通一些旧机械。我这便起身，吃力地抱起音乐盒，小心翼翼地不让音乐停下来，一路走到广场上，将机器抱到车里，卡在后座与前座之间固定牢，然后迅即往雁荡路驶去。

七

古董店老板名叫刘思文，曾游学英美法德，为方便西洋人称呼，便顺着中文名字取一个英语的接近音，叫斯蒂文。

斯蒂文在爱丁堡大学、曼彻斯特大学和密歇根大学的人类学专业研究欧洲中世纪巫术，并热衷于炼金术和早期机械学。他因为爱人在上海，便于2011年回国。他今年五十八岁。他开这家古董店纯粹是为了兴趣，以店为聚所，汇集钟表匠、机械工程师、哲学家、艺术家和社会学家前来交流。

我到他店时，他正在修理一部听筒和传声筒分离的老式电话机。一个伙计在协助他，一个服务员立在柜台前无所事事。

我语无伦次地叙述发生的事。我心急火燎，他平静淡定。

他一言不发，耐心听完我的话，才问："那么，东西呢？"

我这才想起音乐盒，便跑出店门，到车上去搬。那个伙计眼明手快，早就轧出苗头，这时也一起出来帮着抬。斯蒂文隔窗一见到这重物件，便也出来搭手。三人协助，不一会儿，音乐盒就安放在店里的工作间了。

音乐持续响着，一直没有停。

斯蒂文夸奖我，说我做得对，不能让它停下来。

他来回打量机器，我又指给他看发丝和背心的丝绒。他一言不发，搬来一架高大的木梯子，靠到巨大的书柜前，拾级朝上去寻书。

那伙计压低嗓音对我说："问题严重了！老板一般信手拈来，这下要按图索骥，必是一桩大工程呢！"

果然，斯蒂文翻阅了许多书，翻一本，扔一本，伙计在下面接着。有时他还问伙计："尤卡吉尔人那本呢？马克·布洛赫的《国王神迹》在第几排？普林尼的《自然史》借出去还回来没有？到底借给谁了？"

伙计一一明细回答他，并一边将他扔下来的书在地上堆放好。

忽然，斯蒂文停手不再寻找，拿着翻开的一本书细看，似有所悟，道："对了，就是它！我记得没错。"

他从梯子上下来，执一凸镜朝音乐盒的滚筒上寻觅，又放下凸镜，身子朝后挪几步，眯眼看一会儿，对我说："你没有发现这滚筒是反向转动的吗？"

我定睛细看，果然是内卷反向的。这令我吃惊不小。既反向，怎会有正常的乐句奏出来？

"另外，发条似乎一直是紧的，机器从昨天一直到现在没有停过。"我说。

"那就对了。"斯蒂文似乎很满意的样子，"我没判断错的话，这是菲恩黑魔法机械盒。你是从哪里得来的？据我所知，这个世界上一共只有两台。一台一直在发明者手里，就是著名的机械师安托·法布尔，他也是那个时期最重要的魔法师之一。另一台被约翰逊爵士花重金买走了，据说他要借助滚筒反向的力量寻回他的爱人。约翰逊爵士的故事与亚罗斯拉夫·克瓦皮尔写的《水仙女》一样。”

“那就是说他死了，终于与他的爱人一起殒命了？你等一等！你刚才说什么？你提到《水仙女》？”

“正是《水仙女》。王子爱上了外国公主，鲁莎卡绝望地沉入湖底。就是这部歌剧。”

“我好像明白了点什么。”于是，我将那半张唱片和雷电交加中听到歌唱的事都说与斯蒂文听。

“那么，被滚筒卷走的不止一人。那个叫Аделина的，也中了魔法。解除这个魔法的方式其实有很多，其中之一就是将掰断的唱片在以7为基数最多的日子里凑合，比如7777年7月28日，就有九个7，理论上是最多的，但我们谁等得到这一天？那么靠近我们的应是2021年 7 月28日，这样有八个7，依此类推。你那天听见歌唱应是2020年7月28日。只要骑缝写着两人名字的唱片合上了，那么，滚筒就会顺转。前提是，时间必须在那两个人的寿数中。显然，Виктор和Аделина这一对情人都寿数已尽。”

“他们在之前的日子里难道没有机缘重逢吗？”

“按理是有的。但施咒的人可能下了更复杂的咒语。要知道，魔法博大精深，不是谁都可以全知的。其实，最简单的办法就是将滚筒调过来，那么，即使反转也会是正常的音乐。正常的音乐是可以彻底破除咒语的。”

“难道现在播放的这首*Lizzie Borden*不是正常的音乐吗？”

“听起来正常，实际上这旋律指向的歌词就是咒语。”

我正想联系那歌词，忽然觉得可怖，便强制打消了念头。

我战战兢兢地请求："那么，请您……请您将滚筒调转过来……"

斯蒂文二话没说，就熟练地拆卸了滚筒，并且迅速调转过来，再装上去。其间，发条并没有停止。我几乎没有看清他的动作，也几乎没觉得音乐停止，就听到了另一首曲子，那是柴可夫斯基的《天鹅湖》的终曲。

斯蒂文听着这曲子，面上露出微笑，说："这就对了！真正破除一切魔法的力量，是爱！尽管这是悲愁的终曲，但并不是痛苦，而是悲悯。奥杰塔和齐格弗里德不是被爱情拯救的，而是被悲悯拯救的。悲悯之爱远胜于爱情之爱，因它来自苍穹之巅。许多人改编过王子与女精灵的故事，最终都落入爱情的窠臼，其实爱情正是一个圈套，把俗世与灵界的心灵都套进去了。人们追逐爱情，以至于失去了爱情的根底。殊不知，爱情发乎悲悯，是悲悯赐予生灵的特别礼物。"

我流下了眼泪，泪流满面。我知道这不是我的眼泪。我顿时想起那次捉迷藏时嫣儿说的话："我一点狠心都没有。为什么要用狠心换狠心呢？"

"你可以回去了。你的女人应该完好地回来了。如果不介意，请将这台机器留在我这里。"斯蒂文说。

"您的意思是说……"我狐疑而又几近惊诧地望着斯蒂文。

他点点头，在音乐中满脸笑容，沉着而又底定。

过了几天，我带着嫣儿又去雁荡路见斯蒂文。我将掼断的唱片和壁炉中寻来的其他遗物一并都带去交给了他。

"这些对我都无用了。"我说，"我并不是害怕，只是我不想逾越界限。"

“语言的界限就是世界的界限。”斯蒂文放下手中正在忙碌的活计，抬头看我们，“既有咒语，必有咒语涉及的世界。”

“鱼儿归水，鸟儿归天空。俗人的世界里，不如敬鬼神而远之。您获得了一种凡人不具备的能力，可以与神灵打交道。”

“请问先生是从事哪样职业的？”

“我是音乐家。”

“哦，原来是这样。我记得先生的前辈说过这样的话，‘音乐最高的用途就是赞美上帝。’祝福你，你是被拣选的幸运的人。”

那个服务员走过来，正要给我们倒水，我谢却道：“不用了，谢谢。我们要走了。我们以后会常来的。认识斯蒂文先生是一件幸事，我晓得我下一个乐章该怎么写了。另外，其实，我更喜欢我的旧屋了。我离不开我的房子。欢迎你们来伯努瓦玫瑰屋做客。”

我正要推开店门走出去，斯蒂文叫住我，递给我一个亚克力的圆盒，里面放着嫣儿的发丝和Chloé背心的丝绒，那是他用镊子从滚筒上小心翼翼摘下的。他说：“这个交给你们带回去，女人头发和贴身的衣物不好随意落下的。”

我明白他的意思，接过圆盒放进衣兜。

他是一个有职业操守的尊贵的人。

秋天，我和嫣儿将1号乙收拾干净，摆放上与我们1号甲这边类似的家具，然后打电话告诉珏铭，请他们夫妇搬过来住。

两处花园中间的黄杨树植得更密了。这边就是这边，那边就是那边，不可越界。只是我付了钱。钱是我的快马，过去、现在和将来都是这样。

《既生魄》的开头，那个作家写我醉后趴在裘家的窗台偷窥，那是杜撰的，不要相信。特此说明！

第四章　每一条归途都通向未来

一

上海人管那些懂经的人叫作“老克勒”。这个说法实际上来源于英语 classical，意思是典范的；也有说法是源自 colour 一词，表示有色彩，亮眼，延伸为有风头。从人们交流会意的实际层面看，其实更接近第一种说法。懂经，就是懂门道，讲究正宗和地道，因此，classical 更为确切。

隽逸就是这样一个被人称为老克勒的人。今年他五十七岁了，是属龙的。三年前，他因尿毒症病倒在床，一时晕死过去，身边没有一个人，是邻居家小孩发现，打了急救电话，及时送医院才抢救回来的。隽逸的朋友都是他少年时期结交的，他醒过来后给他们拨打电话。一个叫作匹利扬的去看他，给他送去三万块钱；另一个叫列夫的，他的手机给儿子用了，儿子当时没在意，就没接电话，直到三年后与父亲随便聊起，列夫才知道这件事情。列夫也汇过去三万块钱。

实际上，情况更糟，隽逸不但病了，而且还穷困潦倒。他的信用卡全部刷爆，他晕死过去还没醒来的时候，银行的讨债队伍已经追到医院。他姐姐指着他的病体说："你们自己看看，人都这样了，还说什么？"

隽逸一个人走在法国公园的林荫道上，择一条长椅坐下。这椅子怕是仍用着光绪末年的铁架子。那年，法租界公董局工务处请园艺师柏勃（Papot）设计园子，按古典主义的风格造，花墙、喷泉和水池，都与凡尔赛宫的幽秘憩处相似。因公董局买了顾家村的土地，这公园便叫作顾家宅公园，当地人俗呼法国公园。日本人来时改称大兴公园，战后又改名叫复兴公园，取民族复兴之义。法租界的老人还记得，旧时进这园子门券要半个洋钿，当时里面还有一个动物园，另收门券一个二角的银角子。这价钱真的不小，一个袁大头洋钿可以摆一桌丰盛的酒席，一个女佣的月薪也就三块洋钿。革命后，门券只收五分钱，远近的居民和外来的游客于是都来看看。现如今不收钱了，随便进出，倒是不大有人光顾了。

隽逸想他上中学时候的光景。那时，他与列夫常来这里。他们也去襄阳公园，但最喜欢的是复兴公园。公园里的喷水池是砂岩砌造的，正午阳光下洁白如雪，黄昏时染上夕阳的醉晕，与周边玫瑰的颜色融在一起，仿佛石上也冒出诱人的气味。他常常深呼吸，想要闻透时光的味道。那是古典主义音乐中才有的味道，连接着花裙、发绳、葡萄酒和烤苹果的香韵。他每每择椅而坐，要坐西头第二条长椅。他说，东头靠园墙太近，直就贴在街边，西头才真正在园内，而第一条像是看守的仆人坐的，要过来一点坐第二条才稳妥。这会儿他就坐在第二条，那上面承接过他熟悉的阳光、风霜和落叶。有一片叶子卡在木条间，他拾起来拿在手中翻看。他不禁问，这是曾经那一叶么？曾经的那一叶，他拿来与身边的阿钟的那一叶茎绞茎牵拉，看谁的叶茎牢些，牢的茎不断，嫩的茎就被扯断了。他们一直这么玩，可以玩个把钟头，那牢的茎断了所有嫩的茎，直到露出纤维，一丝一丝也断了，最后不支而裂。其实这个游戏未必靠叶茎的牢固，而是靠牵扯的巧劲，掐茎中一段短些，用力迅猛些，或者手势快些。阿钟总是输的那一个，玩着玩着，终不能赢，便泄气不玩了。阿钟是他在毕禄中学毕业后认识的女孩儿，那时他们在同一所技校上学。中学时，列夫常与他坐这条长椅，中学毕业后，他与阿钟坐这条长椅。

喷水池的南面有一片大草坪，草坪南缘有一个亭子。那亭子里没有凳子，几根直直的柱子撑起一个圆顶，是意大利风格的穹窿。这里也是隽逸喜欢的地方，尤其下雨的时候，站在亭子里吸烟，听亭外淅淅沥沥的雨水打在菩提树叶上。这并不是对异域情调的向往，而是对陌生的建筑与熟悉的气候交织在一起的流连。熟悉好比立足，而陌生令人升华。只图陌生的人，因不见立足之地而飘摇，魂渐渐就被牵走了，实在说不上什么升华，不过是虚梦而已。人在虚梦中以为圣洁了，却不知足下的债孽越来越深重，直不如日日做工以偿付，举首眺望得些安慰。升华是一种安慰，净化苦身，却摆脱不掉苦身。

列夫说："阳光真好！"

隽逸说："我讨厌阳光普照！我宁可阴雨绵绵。"

列夫说："你不是喜欢阳光照在喷水池的砂岩上么？"

隽逸说："那边有树叶遮蔽，光线被过滤得不那么耀眼了。"

"请说出全部真理，但不要太直接。"隽逸的话令人想起狄金森的诗句。

可是阿钟啊阿钟，她要去东京寻找全部的真理！

隽逸到汾阳路音乐学院来找列夫。那时，列夫大学二年级了，正在作曲系跟威客教授学习和声。威客教授姓刘，自然有一个正常的中文名字，只是他老是对学生嚷嚷道："醒来吧，醒来吧！和声的意义在于唤醒节奏。"于是，大家按wake的读音唤他威客。当时，隽逸进了一个学修钟表的技校，在靠近七宝的一片荒地里，终于因为相隔遥远，进城不易，便与列夫疏于往来了。他们从毕禄中学毕业后，最近一次见面离这会儿已经有一年半了。一年半里发生了许多事，两人再次相对而坐，竟尴尬起来，一时找不到话说。

他们来到复兴公园的茶室，隽逸说他请客，叫来当年新下的碧螺春茶，又叫来几样话梅、桃板、盐津枣、南瓜子和长生果。南瓜子和长生果都是剥好的，原味炒熟的。他们两人东拉西扯，并没有什么正题。吃一会儿茶，隽逸又打发店里当差的去跑腿，到雁荡路与南昌路拐角口的点心店去要来两笼小圆肉馒头和两碗小馄饨。

"你这是怎么的？发财了吗？你们技校里难不成上学还发工钱么？还是有求于我，讨好我？"列夫问。

"你废话恁多！尽管吃就是了。"隽逸用筷子先夹一个馒头到列夫面前的醋盏里，"小笼馒头要发面的好吃，不发面的所谓汤包是欺人的，都是厨子们懒得发面搞出来的名堂。更气人的是，说汤包，一口咬下去是一包油，那是肉芯子里夹杂了许多肥肉。"

列夫细想起学校食堂早餐的汤包，果然油腥油腥的，吃两个就吃不下了。

"你以为这小笼馒头好做吗？"隽逸也开始吃起来，"肉芯子是根本，要先煮好高汤，用肉皮和带筋的骨头熬，等汤冷了，就结成肉冻，挑出肉冻来拌到芯子里才成。屉上一蒸，肉冻化了，咬下去才有一口鲜汤。那些北方人来上海做馒头看个样子，不得要领，只会往芯子里加肥肉，那真是灾祸呀！他们不懂肉还要解腥的，解不好一股肉夹气。不能放葱姜，也不能随便朝芯子里倒酒，弄得一股酒糟味道，怎么吃？你想想，这是啥技术？你自己屋里做得来么？反正，那些混杂葱姜、蔬菜的芯子我是不吃的。要吃就吃纯肉馒头，还不能腥，不能有酒气，不能油腻。”

列夫吃一个，又吃一个，居然胃口大开，停不下来。一是肉香，再是汤鲜，外加发面有劲道。一连三四个下去，才想起喝口馄饨汤。吃第一个时，飙出一泡汤水；于是留神谨慎起来，将大半个馒头塞到嘴里再咬；这样又嫌烫，不得已放缓节奏，只好慢慢嚼，等馒头稍凉却一点，然后一口一个，一口气扫尽。有些东西是慢品细咀的，有些东西要一口气追逐下去，不能打断，方得饱足享受。小笼馒头，是一口气点心。

“如今这南翔小笼店做的馒头，都快赶上西安灌汤包了！”隽逸此刻坐在复兴公园的长椅上想。他望着远处曾经是茶室的那个地方。

在那个地方，他们吃过多少小笼馒头和馄饨呢？

“那柴爿馄饨不好吃，汤碗里放恁多杂料，什么蛋皮、紫菜、虾皮的。我不喜欢，我喜欢质地好的吃口。好东西都单纯，看起来清雅，实则威猛，都是硬货。”隽逸开始吃馄饨，边吃边道，“小馄饨分两种。一种是苏式的，皮子厚，肉芯子鲜美，跟生煎、小笼的芯子是一个路数；还有一种是闽系的，薄皮，肉包一点点，不够塞牙缝的，稍微多煮一会儿就会烂，煮不透肉不熟，不晓得是吃馄饨皮呢还是吃夹生肉。苏式的好，煮久也不烂，端出来放久也不塌，汤也讲究，清一色无杂料，要么是鸡汤，要么是骨头汤，摆一点小葱在里头，跟阳春面的底一般，清清爽爽。”

那柴爿馄饨是徽州地面上传过来的。以前，弄堂口、街角、夜场门口，常见挑夫挑来一副担子，有烧柴爿的炉子、食柜、铺板，一般都是夫妻合伙做，当面做，当面下。男的包馄饨、下馄饨，手势极快，往馄饨皮上粘点肉末，一捏一个，一把推进汤锅，一瞬笊篱捞起来，朝汤碗里一覆就得了；女的张罗客人，端碗送碟，排凳擦桌，维持秩序，又负责收钱。这是流动的小摊位，直接送到客人面前。尤其是那些混夜场的爱吃，刚听完戏、跳完舞，饥肠辘辘，隔手来一碗，寒风中急急吸溜，囫囵吞枣，也算得上是一副有点野气的派头。有人就好这一口，吃的不是滋味，吃的是一个气氛，垫一下肚子，撑个水饱。徽州地面连着金华丽水，翻过山去就是闽西，这一路风俗习惯都比较接近。小馄饨也都是一个样子，淡黄的皮子掩不住透出来的肉馅儿的红润，看着新鲜，蛮有噱头；汤里放许多花样，激发香气，图个口味。

其实上海人吃馄饨是另一个派系的。面点讲究的，都是苏系的。苏系的小馄饨皮子不厚也不薄，肉馅儿很扎实，像半个小小的纯肉丸子，无葱姜混杂在内，但绝无肉膻。骨汤或鸡汤做底，极清澈，看着寡淡，实则味醇，青葱碧绿，一盏春色。往往味厚的，容易做得浑浊黏糊；又往往清冽的，其实真的内涵稀少。唯苏沪人做得出清口而质重的佳肴。这小馄饨也算一样代表，炎凉寒暑，春秋冬夏，无论何时都吃得下，无论老少都入口不拒。饱足后可当点心垫补，纳呆时啜之啖之以开胃，食量少者直就拿它当正餐，吃干货硬货时亦可佐充润口之液。上海大小餐馆、各种食铺点心店都端得出一碗像样的小馄饨，色相口味几近一致，经年不失根本，大可稳妥放心地买来吃。好东西大凡如是，一生一味到底，他乡客望而大惑，本地人不改其乐。

“柴爿馄饨，苏式小馄饨，只要是小馄饨，我都不大感冒。要说吃馄饨，我直就爱吃大馄饨。”列夫吃罢，将瓷勺往碗里一扔，“我这个人，一向生煎、小笼第一，小馄饨是作汤吃的。那天我们学院组织去中山公园玩，回转时从后门出来，看许多人排队在一个摊位前买锅贴，我也轧闹忙去买二两，装在纸袋里，一路走一路用手抓着吃，不想皮子咬劲那么好，芯子汤水特别足，黏黏的，两只锅贴分开时都拉得出丝，没想到胶质感那么强。吃罢又想再吃，这便回去又买二两。从那天起，我也爱吃锅贴。”

“你结棍的！一两四只，四两十六只。我一般顶多也就三两。小姑娘二两，男小顽三两，是标准格式。”

上海点心店分重也不是靠秤，似乎习惯上就是纯肉芯子的一两四只，荤素搭配芯子的一两六只。那些做白菜猪肉芯子的北方水饺店，一两就是按六只算的。

列夫继续说道：“学院排练、演出常常弄到半夜。上年冬天有天夜里，我们从音乐厅回转，食堂关门了，路上点心店都打烊了，独独汾阳路复兴路口有摆摊卖大馄饨的，只好将就去吃一碗，菜肉芯子的，看着水淋淋的，想是吃不饱，多要一碗么又撑肚皮。吃两口倒是也不差，再摆点辣糊浆拌一拌，竟也吃出另一番天地。原来大馄饨也是可以当饭吃的。后来就学聪敏了，一碗十只十二只，索性要二十只，付两碗的钱，装在一只大碗里，汤水适中即好。所以，大馄饨是第二，比小馄饨好吃。”

大馄饨好像是古来已久的吃食，极匀称厚道的皮子，放足芯子，手执两端，端尖头上蘸一点水，那么转过来一绞一捏紧，就成了。是故，称谓“交子”，后来写作“饺子”。这才是饺子真正的模样。金人过来，看汉人包饺子，也跟着学，不会切皮子，直就将面团擀扁一些，往里头塞点芯子，转不过来，只好囫囵提一下，于是成了混沌不清的一件东西，故被叫作“馄饨”。金人得势后，反过来将南人的饺子诬为馄饨，将自己那混沌玩意儿誉为饺子。此后，真正的饺子怎么包，大多都忘记了，只余上海本地地面上还记得古法。那是因为南宋康王过来时，所谓浙右的北面仍是荒野，松江的南面叫上海滩，北面叫下海滩，还不及开发；等稻谷广种起来，米粮剩余出来又酿出黄酒，这片土地便成了太湖之外第二个粮仓；既为粮仓，朝廷便重视起来，不可令其逸于化外，渐渐归入中原风俗；迨及蒙元入主华夏，终因地偏行蹇而忽略经营，此地倒是免遭涂炭，遗存为富积汉人传统的大江南。其实，晚清以来，虽上海埠头高楼林立、市井繁忙，然即便当今时代，出城数十里，仍见多处鸥鹭穿芦、林湫寂寥。

大馄饨是上海本地人的拿手好戏，川沙、南汇、青浦、松江，这几个郊县是正宗出处。肉泥和以青菜，就是北人呼为油菜的那种，叶黛茎肥，胖屁股青菜，切碎，挤掉汁水，略施葱星姜末，拌入黄酒、蛋清、细盐，芯子即成。每个包出来有小馒头那么大，因皮是精面制成，有弹力，还厚实，入锅便经得起煮，放三过凉水都不烂，亦可覆盖焖炖片刻，使肉泥熟透。汤底放一点盐，也须有酱油、素油与猪油并用，撒葱花，烫水灌之。吃前可撒点白胡椒粉，或摆一点辣糊浆。辣糊浆不同于辣酱，是糊状带水的，纯辛辣咸口，专与大馄饨口味相和。白胡椒与辣糊浆，不专为调口味，实在的用意在于去除青菜的寒凉，为了吃多了不伤脾胃。这样的馄饨端上来放得起，不坨不粘；凉了用筷子夹出来，一个是一个，毫不含糊；倘用来油煎，叫作煎馄饨，也是一样美味；或者用来凉拌，放调好的花生酱、稀释酱油、一点醋、一点糖，外加一勺辣油，随一盏白开水吃下去，也是欲罢不能。上海街上丰裕连锁点心店，都有煎馄饨和冷馄饨卖的，常常卖得一只不剩，令排队在后面的贪羡垂涎的吃客们捶胸顿足。

“说实在的，有碗牛肉汤和鸡鸭血汤就更给劲了。”列夫道，“我不大喜欢用小馄饨送馒头吃，一边是肉芯子，一边还是肉芯子。”

“牛肉汤不也是吃肉吗？”

“那意思大大不一样。牛肉汤那几片牛肉是垫汤底的，是汤渣滓，营养和味道都聚在汤里。再说，一是猪肉，一是牛肉，能一样么？”

这牛肉汤像是兰州人熬的那种，里面要摆荽菜的，汤味浓厚，汤色比水还清澈。一般牛肉汤与锅贴是一套。锅贴是北方饺子的形状，不发面，只是用精白面擀皮，肉馅儿与小笼馒头生煎馒头是一种。有记得往事的老人说，这类面点都是淮扬传来的，怕是女真人造的馄饨过到江南后变样的。他们说，苏沪一带，皆商周遗民的性情，点心当饭吃，饭当点心吃，一味图饱实，图硬气，一顿下去，要纵马一天的，还是远古武士的做派。所以，北人孔武的一面，江南人悉数收揽过来，只是留着贵族气，去掉金宋时汉化的女真贫民的穷酸，将素馅儿改换成纯肉。牛肉汤固然是清真的，也恐怕先民本就只吃牛羊肉的，倒是之后的通古斯人带来了食猪的习惯。看如今七宝镇上，亦到处有羊羔肉出售。上海本地人虽不喜葱爆羊肉、火锅羊肉之类，却专嗜焖煮牛羊肉。有一种五香牛肉也做得极好，每宴凉盘不可或缺。

从饮食方面考究，终也看得清老汉人的一点风俗。先民大多北来，通古斯人在勒拿河以东的地面上狩猎，野兽追杀光了，顺着第三阶梯一路下来，定居在东南一带。第二、三阶梯下来的是蒙古人，逐水草而居，吃牛羊肉是根本，渐与通古斯人合一，融了血，渐渐开始农耕，又耕又读，成为新的一族，叫作华夏。炎黄战和，大抵说的就是这件事。东土先民，部族繁多，狄匈胡戎，猃狁荤粥，名异而实同，都是鲜卑血脉，只是差着渔猎、畜牧和农耕的方式。炎黄最先交融，这一族富裕起来，历三代统合为秦汉，便自称汉人。又有北民来侵扰，五胡乱华，金宋元分势，直至满人入主中原，才有五族共和。都来抢饭吃，牛羊不够吃，遂改吃猪肉以填补。苏沪由春申国而姑苏，又南渡开辟上、下海滩，因着地僻而道塞，多少幸存一些古风；其声言渐软，内里却裹着刚硬性情。上海人与人争执，一般退让再退让，逼迫急了，一刀下去，竟敢夺命。

是故，外人看江南人，都以为懦弱好欺负，实则知其一不知其二。

鸡鸭血汤别处不多见，唯上海人做得好。西哈努克亲王曾游城隍庙，万人空巷，专为迎他来吃鸡鸭血汤，说是吃了一碗又要一碗，来过一次，念念不忘，又来一次。那鸡鸭血汤，凝血切成一块一块，方糖般大小，口感与豆腐无异，吃起来却是滑润有弹性，深藏着禽类的鲜美，也一点不腥气。汤里也摆小葱与白胡椒粉，为彻底去掉腥气。

上海人极爱吃荤菜，相较北人，有过之而无不及。只是荤必忌腥，去腥杀膻是头等大事。所谓原味存鲜，上海人是不信这套的。鲜是鲜，腥是腥，不能搅和在一道。

“你绕来绕去做什么呢？你一定有什么大事了！你害怕告诉我，还是害怕面对呢？”列夫追问道。

“说实在话，真的发生大事了。”隽逸神情凝重，不知如何说好，“往后每日我都请你吃点心，作为学费，你教我英语。”

“怎就好学到这个地步呢？好学到中文不学要学英语呢？”

“我有一口恶气咽不下去。我的女人跑了，去东京了。”

“等一等，等一等！你哪来什么女人？又怎么女人跑到东京去了？我被你说糊涂了。”

“是这样的。我与我们技校的一个女小顽谈恋爱，她叫阿钟，我们本是好好的，忽然，今年开春，她姑妈从日本来上海，约她到锦江饭店碰头。她去过回来就变了，成为另外一个人。她姑妈在东京有点生意，没有小囡，要带她去继承。”

“这不是好事吗？凭空得财富，她的终究是你的。她去日本，你也跟去……对啊，这该是要学日语，怎么学英语呢？”

“她已经走了。退学不上了，去日本上大学。”

“这不是很好么？”

“不好。她见过姑妈后就变心了，她不喜欢我们的生活了。以前令她高兴的事情都令她没有兴致了，衣服、食品、我们出入的地方，她都再也打不起精神，与我一道时，一门心思只讲日本好，外面的世界有多精彩。后来再要去见姑妈，我就拦着她，不让她去，直到给她下跪，哀求，都没有用。”

“这就闹翻了？”

“我打她了。”

“男小顽怎么可以打女小顽呢？你不是粗鲁的人呀！”

“她太气人了，说宁可到东京撷垃圾，不愿在上海做公主。她姑妈不过给了她一块时装表，送给她两条裙子，带她吃一顿什么料理。她回来翻覆跟我讲这些，心早就飞到牢远，拉也拉不回来。她还说，她过去落脚牢靠了，再来接我去。”

“这不是很有情义么？还要怎样？人家不是甩掉你去攀高枝，是要带你一道去享福。”

“她会有什么福好享！那块时装表是塑料壳子石英的，她见过老克勒的PP金表么？那两条裙子是化纤的，只不过式样古怪而已。东洋货怎么会好呢？我爷娘年轻的时候，都是抵制东洋货的。东洋货实际上就是劣质的代名词。现在她人也要变成东洋货了，我怎么看得下去？让我陪她一道去做东洋货？她们家棚户区出来的，没有吃过好的、穿过好的，没有见过世面，外头世界一点小花样就头脑热昏掉，难怪以前要加强政治思想教育，要抵挡资本主义毒素！现在事体落在自己头上，想想蛮有道理的。”

“那么学英语做什么呢？”

“学英语我可以去闯世界。外面各个国家都讲英语，英语是世界普通话。”

“难不成你要到更远的地方去，用英美资本主义跟她日本资本主义较量吗？”

“有点这个意思。”

“十三点！”（上海人说十三点，是十二点过头的意思，过犹不及。其实这个说法来源于society，社交的意思。晚清刚开埠时，沪上市民尚守旧伦道，看不起那些在洋行、沙龙抛头露面的人，认为这些人热衷于社交，脚高脚低，轻浮而莽撞，终归不正经。）列夫数落他，也想劝他，道，“天涯何处无芳草。她既要去，就让她去好了。你还想捆起她手脚，不让她动？”

“我还真的就将她绑在椅子上。我出去买点东西，回来后就不见她人影。她挣脱绳子，翻窗逃走了。之后就联系不上，打电话也不接，上门去找，她爷娘给我吃闭门羹，说要报警。”

“我看是要报警的。你啥样子，人家看你打他们女儿，当你是流氓阿飞呢！”

“你也这么不理解我吗？咳！反正你也是热衷于洋名堂的，什么交响乐、芭蕾舞、外国名著，还有摇滚乐、现代派，稀奇古怪的东西你也钻头觅缝要去轧闹忙的。所以讲，我没有猜错，我就晓得你要讲男女平等那套，要埋怨我大男子主义。女人嫁鸡随鸡，嫁狗随狗，还能让她主张么？”

“那么她不称你心，你不要她好了。乐得让她自己走，省得还要你当面断绝。”

“没有办法，我就是喜欢她。”

“她有啥好？天仙么？有照片吗？拿出来我看看！”

隽逸于是便拿出一沓照片让列夫看，都是他们一道去游玩时照的，有在姑苏盘门的，有在杭州断桥的，都是那些红男绿女挤破脑袋的地方，都是一副借个背景到此一游的造型。那女子，玲珑的身材，脸圆圆的，月牙儿眼，笑起来不失可爱。列夫想，这也太普通了，一个长不大的女孩儿，一转身就变成老阿姨的那种，连小家碧玉都算不上，怎就将隽逸的魂给摄走了？隽逸修长俊美，派头十足，有电影里男角儿的风采。他怎么会喜欢上这么一个不起眼的女小顽？

列夫一张一张照片看，道：“不解。”

“什么意思？”

“就是不解。”

隽逸伤心了，一头狮子被刺猬挫败了。往日高傲的头耷拉下来，风暴卷走他的金光和华彩。那中学时代的浪漫和英气，说没就没了。大凡一个优秀的少年人，先天的禀赋后天失养，用着用着用光了，端的不如凡夫俗子。列夫仿佛看到了他中年发胖的模样。

二

隽逸想，他生这场大病，怕是一种惩罚。病前，他体态臃肿，起卧时间颠倒，饮食忽饥忽饱，一桌麻将接一桌麻将，还掷金赌马，没日没夜地放纵自己。病后，他瘦削了，形态似乎回到年轻时候的样子，可是，目光浑浊，精神涣散。难道神遗弃了他么？他聪明，机智，为人周正，办事牢靠，他哪一点都不比人差，何以如今落魄到这般地步？那些比他短的缺的，起点比他低的，来路不明的，如今都飞黄腾达了，怎就命运嫌弃他，令他枯萎、凋零呢？如果说，列夫有什么成就，他是心服口服的，因为列夫本就有才情，加上用功不弃，还有胆量勇气。但是那些人呢？那些人好像什么都不是，好像什么都没做，凭什么得好得利呢？是世道不公，还是命运不公呢？

阿钟如今怎样，他自是早已不想。他原先是与那女人较真，后来是苦等她，期她走到头再回心转意，再后来，不是阿钟不回转了，而是他看见他生活的岸成了船，也渐渐漂移出去，驶入不归的航线，唯独他被抛下，反倒落在水里。他是在保守他的生活么？可是，连生活都出海了，他还有什么可以保守的？他在书上读到这样的句子："他们各人转奔己路，如马直闯战场。空中的鹳鸟，知道来去的定期；斑鸠燕子与白鹤，也守候当来的时令。"如果那时，人们只是为了去看一看外面的世界，也情有可原；只是如今半世已过，怎就未见得有人回归呢？列夫汇钱给他，可是列夫在伦敦。伦敦那鬼地方有什么好的呢？他住得惯吃得惯吗？他不想吃大馄饨了吗？春天到了，不想尝尝腌笃鲜吗？伦敦那鬼地方有什么好吃的！那些半生的牛肉，那些生草生树皮，血淋淋，水哒哒，就入口，还不及这边的泔脚呢！或者列夫自有苦衷。如果列夫有苦衷，难道阿钟就没有吗？"我怎么就没有苦衷呢？"隽逸想，"没有苦衷的，便落魄；苦衷越多的，越发畅达。世道难不成是这样一种道理吗？"

这边有生煎、小笼、锅贴、牛肉汤、鸡鸭血汤、油豆腐粉丝汤、大小馄饨，到季节了还有别致的刀鱼馄饨，还有春卷、油墩子、葱油饼、炒面、蟹壳黄、纯肉汤团、排骨年糕、各色素的荤的包子，这些不过是点心；馋嘴的零食有话梅、话李、桃板、盐津枣、拷扁橄榄、五香豆、梨膏糖、鸭肫肝、方糕、云片糕、绿豆糕、青团、粢毛团、粽子糖、薄荷糖、冬瓜糖；早餐有咸豆浆、粢饭糕、粢饭夹油条、大饼油条；中午倘吃面，面的花头更多，最佳的是三虾面，普通的经典是辣酱面，色彩面有大排面、鳝糊面、葱油拌面、焖肉面、辣肉面、素鸡面等；小菜有清蒸小黄鱼、炸小黄鱼、拌马兰头、萝卜丝拌海蜇头、白切肚尖、凤尾鱼、酒酿糟肉、五香熏鱼、八宝酱、蟹苗、鳗苗、醉蟹、醉虾、烫毛蚶、浦东三黄鸡、酱鸭、扎肉、水晶肴肉；大菜更是道不尽说不完，有清炒河虾仁、生炒腰花、生炒甲鱼、炒蹄筋、银鱼炒蛋、百叶结包肉、油面筋塞肉、红烧大排、红烧小排、烤鳗鱼、清蒸鲥鱼、清蒸白丝鱼、蟹粉烩鱼翅、面拖蟹、红烧烤麸、红烧面筋……到季节了还有阳澄湖大闸蟹、崇明大闸蟹吃。

这只是随便想想，想一点吃的。一些上台面，一些不上台面，更有花头经浓的，奇思异想，恨不得将天上的星星月亮摘下来。上海人保有一种文明，那是武力刀枪都夺不去的，难怪得着疆土的通古斯皇帝要几番下江南来寻乐子。隽逸曾经与列夫讨论过这个问题——最早是天下万邦，各有珍馐，之后是夏商周合万邦为一，成为万邦之邦，佳肴便聚到皇城里，从朝歌带到镐京，再到洛阳、开封，从开封南下入到行在临安后，就不再北去，一直蜷缩在江南一线。所谓江南，是有严格区划的：北不越江，南不入闽；西不过苏锡常，连镇江都不算；东至长江口杭州湾，崇明岛也不在其内。当年康王将皇朝的精华带到这里，康王接下的是隋唐、秦汉和三代的文明，于是国中最精致的生活就落脚在江南，江南最精华的如今又都浓缩在上海。上海简直不是一个城市，上海是一个巨大的吸盘，将四方的好处都吸走了。上海一桌饭，圆台面也好，长条桌也好，凭你怎样的大桌，都不够摆。满汉全席算什么？那只是名目而已！上海的桌上，生生放的是硬家伙，把国中一切的美食都聚拢过来了。是故，上海人视上海为市，其余地方都是乡；更有甚者，视上海为国，其余田土都是蛮荒。有上海人说："那些地方要它做甚？哪里不一样？成都、郑州、昆明，哪一处不是不毛之地！"又有上海人说："你可以有新加坡户口、澳洲户口、美国户口，甚至月球户口，但你永远别想有上海户口！"

得一张上海户口，本也不是太难的事，游居，迁居，投亲靠友，出入往来，只要登记即可。然而，自从1958年最后一张迁入户口被限制以来，上海好像加了一道门，外地人不是想来就可以来了。几千年之久，中国的文明结构是以耕养读，所以，即便到了现在，人们的意识中似乎只有两类人，农与非农，非农即意味着享受资源。这是一种抬轿子方式，十个农民抬一个读书人，抬着抬着，抬出李白杜甫，抬出唐伯虎祝枝山，抬出肥马轻裘、钟鸣鼎食。这样的锦绣山河，被一堵堵高墙围起来，农人踮脚架梯亦难以张望墙内风景，即便晚清通商租地，洋人来了，也不得窥秘，所谓华洋不得杂居。那些醉心于中国诗画、迷恋东方绮梦的外国人，倾毕生努力，挖空心思，钻头觅缝，终不得越雷池一步。在上海人看来，外国人和外地人都是乡下人。那些早年来华的宣教士、商人、政客、记者、游民，往往足不可逾南岭，言不得入字纸，他们几乎总是与僻野山民、娼妓乞丐为伍，所闻所见，所摄所录，不过是凋敝破败的断垣、污亵腌臜的村落、充军远徙的囚人、孤苦伶仃的奴婢。他们对中国爱恨交加，五内俱焚，正应着那古诗："羌笛何须怨杨柳，春风不度玉门关。"那国人中投奔洋人的，走洋行吃洋饭的，都是于国中落魄失意的半吊子读书人、贩夫走卒、漏网贼人、弃儿贱氓，好好的人家岂与鬼子毛子结党呢？这好比落草为寇。草是草，花是花。草地就是荒野，不成邦国；花园就是人间，良境美池。仿佛有两个中国，一个是卖苦力的中国，一个是坐享其成的中国；一边是凄风苦雨，一边是梁园落雪。难道仅仅是一张户口隔绝了两个世界么？问题没有那么简单。那个梦境一般仙幻的中国，虽垂垂老矣，亦紧固坚执，不肯放手，所谓禁中，宫苑的禁中，思想的禁中。如果中国是轿夫的，那么那抬轿子的恨不得引狼入室也要凿开禁墙；如果中国是坐轿人的，那么，其实很多很多身处这繁荣之外的人都没有见过中国。而繁荣，最后凝聚到上海。是故，上海人又说："从昌明的角度看，想了解中国，了解上海就够了。"

隽逸这么想来，竟然释怀。阿钟啊阿钟，她的苦衷在于禁外。是啊，城中也未必都是坐轿人，城中也有落轿的，也有抬轿不力将要被驱走的。享有者怎知无有者的苦痛呢？这城的围墙不仅是地界的，不仅是物质的，根本上是岁月的。他本不该爱上棚户区的女孩儿，他怎就偏偏爱上棚户区的女孩儿？爱啊，爱啊，它真的本不发乎人！

隽逸起身，从长椅上离开，直往公园西头那儿童乐园去。那里有一架旧的滑梯，他伸手摸一下，又推一下，确定是稳固的。这令他突发爬上去再滑一下的念头。这显然是可笑的。他如今恁大的身体，怕是滑道口都容不下，即便大病初愈，身子瘦下来一些，也瘦不到孩童时的骨骼，或者不计宽窄，强要将身子塞进去，怕是腿脚不灵便，也爬不上去了。这梯子是他孩提时候常爬上滑下的。那时他娘带他来，他每每攀而俯冲，一连几十次不歇。娘替他守着梯口，不让其他小孩儿上去，独霸着让他玩。不想来一个男小顽，精怪活络，一头钻过去，夺路而上，直就顺滑道冲下来，双脚顶到他背上。他便不干了，与那男小顽扭打到一起。他娘上前扯开他们，阻拦那男小顽再攀梯。结果，一个老妇人从远处急急跑来，与他娘论理，说滑梯是公用的，不由他家独占。那老妇人是那男小顽的外婆，说话夹着乡音，尽管不善言辞，却毫不退让。吊诡的是，那男小顽就是列夫。多年以后，隽逸与列夫做了同学，偶然行至此处，两人的回忆居然合上了。列夫说："我那时以为那老太太是你外婆，想不到竟是你娘。你娘与你差着那么多岁数！"可不是吗？隽逸是家里最小一个，上面有五个姐姐，他娘是将近五十的时候才生下他的。他是家中的宝贝。老来得子，实属非易，爷娘作他宝中之宝。

隽逸与列夫说得来，玩得来，这下既又回忆到这么一个前情，简直快乐得都要载歌载舞了。列夫回家告诉外婆这事，外婆稀奇，便邀隽逸来吃饭，说正是时节，春笋上来了，可以做腌笃鲜吃。

这腌笃鲜，要拿腌好的咸肉切块，加上鲜肉块，再放新上的春笋，一并熬汤。讲究的还要放火腿肉。三种肉一起炖。咸肉要泡好，至少泡半天，泡中不断换水，以至去咸，清洁。火腿肉要水煮二十分钟，去咸去油腥。鲜肉也要焯水，以洗脏并去掉肉夹气。春笋切块，开水煮过，以去涩口。这时起一鼎汤镬，里边放葱姜，直至将葱姜煮到翻滚，出一点颜色，然后将上面处理过的三种肉和春笋块放入，及沸，再倒进半碗黄酒，不盖锅，大火猛攻，令酒气散尽，这才加盖文火焖炖。无须加盐和味精，只借着咸肉和火腿肉的鲜咸即可。

煮毕，看起来只不过是一碗清汤，不懂的人以为寡淡，实在不知道这是味厚劲道足的硬菜。一碗复一碗，生生地就是吃肉。其中，火腿的味道滋养了咸肉，咸肉的味道滋养了鲜肉，咸肉又反过来执火腿与鲜肉之两端而居其中，结果咸肉的味道最诱人。说江南人吃得清淡，那真正只是表面；就好像江南的妹妹，看着娟逸哆嫣，你以为她是吃着清果儿长起来的仙女，谁晓得她们一个个都是肉老虎，一个个都是追慕精紧荤血的肉食者。这便是一块美玉的道理，温润莹洁而剔透，却是钟灵毓秀，其间不少生命与牺牲作为填充，外观脆弱，内里坚硬胜钢。若翡翠，多少春色秋波凝结，直吞噬产地四围植被，令缅甸成为不毛之地；若瑾瑜，多少冰雪云霞栖落其中，令昆仑脱尽五色，唯余巉岩砾石。

腌笃鲜的秘诀在于春笋。南人所谓“食肉佐笋”，一块肉一块笋，放开吃，放心吃，甘肥不积，偏偏只纳聚许多精气。笋这样东西，专为消肉气而生。光吃笋，生发毒气；光吃肉，沉滞壅阻。肉和着笋吃，散越而畅，令身形美好，不虚不胖。

外婆还做了几样小菜，有新韭炒河蚌肉、雪菜墨鱼丝、青椒鸡腿丁和荠菜蘑菇粒。外婆深知那些长身体时期的男孩儿的口味：顿顿要吃肉，但肉要翻花样，口味要别致；其余小菜不能太过清肃，哪怕往素了去，也得里头紧跟着小荤鲜；譬如这切成蚕豆大小的河蚌肉，打理成筷子粗细的墨鱼丝；鸡丁不能用鸡胸脯肉，外婆说那有啥吃头，抹布一样，都是死肉纤维，必须用鸡腿肉，下方还不成，只用上方，贴着屁股那一截，在腿骨腿关节之上的那部分；至于纯素的那碗，虽不见肉，却要拣那赛过肉味的菜蔬，正如这新采的荠菜和奶油般酥白的小蘑菇。

外婆盛菜，用的是大瓷碗，她说盘子装菜是穷酸相，中看不中吃，气味都摊在那里散掉了，只有碗才聚得拢香味，团得住余温。外婆说，那些跑单帮的，饿死鬼投胎，从小家里娘没喂饱他们，直想着下馆子，见馆子里盘子盛菜，就以为盘子菜贵，盘子菜富，做梦是盘子，醒来是盘子。

下馆子有什么好的呢？老上海人是很少下馆子的，因为家家会做许多佳肴，何须去馆子里让别人挣钱？上海的馆子生意难做，倘没有几样撒手锏是开不出门面的。上海人相信不可取代的力量，做什么都要独一无二。泛泛然，一般般，是没有人正眼瞧你的。拿"下馆子"充脸面，人会讪笑你的，说你寿头。当然，他们也不是不下馆子。下馆子须在婚丧嫁娶的大礼日子，平素下馆子也须寻着理由，做寿，庆贺，接风，送客，会友，逢迎之类，或者你是白相人，终日吃花酒，吃夜宵，或者你真的足够有钱，三日一小宴、五日一大宴地招待天下门客。也有三天两头外出吃一局的，要几样精致炒菜，独酌一番，亦可邀投机投缘的搭档一道打牙祭，这类被叫作"小乐惠"。总之，下馆子是要讲究名目的，单就想着这事有脸面有排场会被看作肤浅的。

外婆见隽逸筷子不夹新韭与雪菜，便问："这两样做得不好吃么？"

"不是的。是我从小不吃韭菜和雪菜。韭菜怕吃了有口气，雪菜吃了胃里嘈。"隽逸大大方方答道。

"蒜他也不吃呢。"列夫说，"你看那鸡丁里的蒜，他的筷子都让过去。他连葱姜都回避呢，专吃纯肉，蔬菜也吃得少。"

"这新韭是不一样的，不同那老韭菜，老的我也不吃。雪菜吃多了，果然胃嘈。只是我这雪菜将叶子都除尽，只留茎秆，那便不是一般的雪菜了。我们乡里人腌雪菜，要处子洁净的脚去踩，脚上不得有疮疖皮疹，踩的时辰也有讲究的。”外婆劝隽逸尝尝。

外婆是浙西的大户人家出来的，她的吃法做法自是与沪上人家有一些不同。

“我们家里是不让用人掌勺的。用人只管洗菜，择菜，切菜，泡发，焖炖时守炉。我爷娘说，人穷，不单是口袋穷，脑子也穷，四肢也穷。精细的活计下人是做不来的……”

“你这是旧思想，看不起人。外婆，现在是新社会了，你不要在我同学面前讲这一套，我会没有面子的。”列夫打断外婆的话。

“大蒜么，吃了口气真的重。一直吃大蒜的，走过路过都闻着刺鼻，人都成为一头蒜了。只是做海鲜，做鸡鸭，做鳅鳝，不得不摆大蒜，否则难解大腥。蒜要煮熟，不可生吃。熟蒜端的与生蒜不同，不辣口不留口过。你不信尝尝。”外婆又劝隽逸吃鸡腿丁里的熟蒜，“所以啊，炒鳝糊我也先将蒜泥炸一炸，放在一边，待鳝炒好了，再盖上去。下次来请你吃炒鳝糊。我的炒鳝糊与馆子里的真正不一样呢！”

隽逸很给面子，新韭、雪菜和熟蒜那天他都吃了。吃后说果然好。从那天起，他也开始寻新韭和择掉叶子的雪菜吃，并熟蒜和葱姜也渐渐不拒了。

外婆转身去看米饭焖好没有，趁此空隙，列夫说：“我也怕吃大蒜，吃过大蒜，哪个女小顽肯与你香面孔！”

“那女的吃过大蒜才叫可怕呢。刚与你说着莱蒙托夫，一脸嗲气，一头栽倒在你怀中，你竟闻见蒜气，大煞风景，大煞风景啊！”

“北边的姐姐人高马大的，走起路来虎虎生风，条顺盘靓的也很多。谁知哪天遇上这么一位，也是艳福。只是她每日里都吃蒜，与她亲近时怎么受得住。”

“你也吃蒜，多多地吃，两相吃蒜，蒜蒜无蒜，正好比负负得正，便闻不到了。难不成北边的人不过日子了？那些外国人也都吃，电影中不是也好好的，看起来挺优雅的么？我们这边不吃，才计较这一桩。”

这边卢湾、徐汇的女生是不敢吃大蒜的，也不好吃大蒜，家境几乎与隽逸家差不多，以前都是有老底子的，吃饭穿着行事都很有一套，很难越雷池半步。是故，外地人和外国人进来时，很少有这边中心区的女孩儿嫁出去的。别看外国人做她们老板，她们心里也极为向往异国情调，但当直面那外国人的蒜味，女小顽们掉头就走。正应着外婆的话，那是一瓣蒜头，清清爽爽的闺女，怎可嫁给一瓣蒜头？你再有名，再有钱，你的那套活法终究与嗲妹妹拧着，她们在乎你的钱，实在是在乎你有没有钱去改掉她们看不惯的生活习惯。“宁要浦西一张床，不要浦东一套房。”这话的意思，是嫌浦东的洋楼和概念股还不够有钱。钱这样东西，是要由文明彰显出来的，而在上海妹妹的眼中，文明并不是书写、集居与祭祀场所这几样的公式化表达，文明必须是精妙的伦理的总和，就是懂经。换句话说，倘圆明园烧掉了，这并不可怕，可怕的是丢了圆明园的门道，只要还守着门道，不怕建不起更多几座圆明园。

隽逸从儿童乐园出来，穿过草坪，直往那意大利式的穹亭走去。他再次闻到他熟悉的饭香。啊，这是近午时分了，家家都忙着炒菜做饭。有新笋与咸肉交织的香气，有新韭挑起蚌肉的鲜甜。他忽然想吃腌笃鲜了。他已经很久没吃这样东西了。鲜，引诱着肺，又钻到胃里生癖，胃里痒痒的。就好比嗲，是女孩儿口中喊着爹爹，口角水汪汪的，眼目也水汪汪的，整个人都水汪汪的。他查过一本汉英字典，看洋人怎么解释“嗲”。字典上用了三个词来解释：一个是saliva，就是口水，唾液；一个是coquettish，就是卖弄风情；还有一个，竟直接就是称呼，daddy。他跟列夫学英语，列夫讲不清这个嗲字在英语中怎么表达。如今，他似乎有些明白了，鲜而癣，爹而嗲，这是一种深深的门道，掩着罪恶与病态。人由着粗鄙的慌乱进入精微的边界，老子说，无观其妙，有观其徼，人是由着罪过才能抵达极限于是窥见真理的吗？幼稚的堕落叫作粗俗，那么复杂的升华就是归真吗？上帝赐人想象力，而想象力的驰骋，无处不去，无微不至，这过程比堕落还要可怕！但是，先验不移，明明早已胜出。这就好比孙悟空翻筋斗，一个十万八千里，再一个十万八千里，终究翻不出如来佛的手掌心。他似乎懂了，幼稚不等于纯洁，而繁芜胜不出唯一。

他是繁芜，他转头迷恋幼稚，他竟与唯一渐行渐远。

他原本是这个中心区的克勒男小顽，他的女人应该是这边的嗲妹妹。然而，他怎么去结了棚户区的阿钟？阿钟可是吃生蒜的，吃带叶子的雪菜的！多少挺括的小拉三和小家碧玉做过他的同学，他怎就偏偏最后爱上一瓣蒜头呢？他以往不敢这么想，觉得在爱情面前这样想是亵渎。可是，今天他又偏偏这么想！他将青春时代的往事与这些年经历的事一路想来，居然生出被遗弃的感觉。那些他看过、走过、吃过、玩过的日子，怎就再也回不来了呢？那些人在哪里呢？那些并没有随阿钟远去的人，难道一个都不剩了吗？可是，他分明闻到了熟悉的饭香，与那日在列夫家外婆端上来的菜肴一样的味道。这说明，那些老克勒和挺括小娘们还在，只是单单遗落了他，将他抛在文明之外。他现在好比围着城墙打转的乞丐，这里闻闻，那里翻翻，愣是找不到入口进去。而原本，他是这个城中风流倜傥的佼佼者！他还嘲笑列夫呢，嫌列夫书读头。书读头的意思，就是不是头脑用来读书，而是书将你的头脑读了。

三

这里的风是煦风，不是别地的生风。隽逸想着远在伦敦的列夫，他竟无煦风吹，不论何时都没有，哪怕那边迟至五月开春，一瞬间热起来，风还是生生的，硬刮刮的。吃生肉，喝冷水，燥热干渴，寻一阵生风晾一下身子。难怪他们要拍电影呢，用前后左右的强光将脸上的橘皮纹遮掩，令每一个粗老娘儿们看着白净得像大理石。她们的女人都细看不得，那皮肤比这里拉车的车夫还坎坷些。煦风是不一样的，煦煦为仁，是爱抚的恩惠。老天特别地对江南人好些么？用日光将从阴处生出的风先煨暖了才送来么？他想起阿钟与他好的时候，要抱抱，再抱抱。他问这是什么感觉，阿钟说是小女婴儿睡在襁褓里的感觉，暖洋洋的，人酥掉了，昏过去了，一切都交予别人了。他将女孩儿的感受说给列夫听，列夫择了一个词来描绘，叫作“煦愉”。列夫说，只有女人在那个时候才有煦愉的享受，暖暖的，是暖，不是烫，也不是潮热，又欢欢的，开心得寻不到自己了。

这会儿，阵阵煦风吹来，隽逸也感受到几分煦愉。人被生下来多好啊！人被生在中国的上海是好上加好啊！生那样一场大病竟没有死，活着还受到这般煦风蒸养。隽逸的心情渐渐好起来，似乎没有那么失落了。做一个乞丐为什么就不好呢？觅食之余，哪怕躺在垃圾桶旁，也能受着光照与风拂；此刻拾一截烟屁——烟屁不是烟么？燃这烟屁也是燃烟草，不论整烟还是半截，反正燃起来——这是在上帝的怀抱中煦愉呢！他想，他倘再见到列夫，或者列夫要用伦敦的那套来善待他，他也不会跟去伦敦的。他要劝列夫回来，为了一阵充满殊恩的风，也必须做一个上海人。

薇拉阿姨问列夫："侬勿曾跟女小顽一道白相啊？"列夫说，当时他脑门心被轰了一下。

是啊，他不曾与女孩子一起玩过么？他竟一直看她们是花花草草么？她们仅仅是生活中漂亮的装点么？

自那时起，列夫就开始寻女小顽。他看到了女小顽身上他曾经没有看到的东西。果然，她们不只是漂亮的装点，她们像是从他身体中逃逸出去的部分，他的一半血肉，他的坏脾气，他的好品德，他的多愁善感，他的极具魅力的外表，以及他贪婪狡黠锲而不舍的情欲。他变得离不开她们。他不能想象没有女人的世界，没有女人就没有生命，就是残缺的半具骨骸，而得到女人，与女人从眼神和言语的勾连到情爱的缱绻，直到与女人结为一体，他的生命才完善，才得力以飞翔。啊，他飞起来了！他何曾飞扬在上看过这些街道、树木与河流？这是造化多么神奇的设计和安排！没有女人是半死不活，有了女人是全须全尾。

列夫在经历了最初的接欢后来告诉隽逸，说多么美妙，他这时才真正诞生。隽逸说他初尝禁果，热昏头而已。

"什么是禁果？人可以将一个生命生生截开吗？男女本为一体，一切禁止生命结合的行为都是犯罪。"列夫正告道，"将女孩儿说成是禁果，这里面有阴谋。"

"问题是你所初尝的，一定是你的另一半吗？你怎么证明？"隽逸问。

"这需要证明吗？我们在同一时刻同一个节点上升腾了。"

"只要是人类雌雄，都可以在那个时刻那个节点与你升腾。这是正常生理现象，不等于重生。恋爱是深远的契阔，属于你的人，一生只有一个。"

"我正寻到了那一个。"

“我敢打赌，你会不断地换人。那时，你不会说，她们是你丢失在外面的许多部分吧？心肝脾肺肾，骨头、血液、头发，一截手臂，一段腰身，一个表情，一滴眼泪……花心的男人不是在寻那另一半，而是将他朝三暮四的不忠散落成许多影子。那些女人不过是你的影子，邪恶欲望的影子，而不是性命的紧要。”

“你空谈妄言，纸上谈兵，你全无亲身的经历！”

“有些事情是不需要经历的，心里早早就知道的。”

“你都快成先知先觉了。”列夫嘲笑他，“不如你先知先觉着，我去尝你不要的禁果。你高尚着，我实惠着。”

“蓉儿这样的女小顽，我是不会喜欢的。风风火火的，那么主动，像吉卜赛女郎似的。看她抬臀突胸的，相书上说，那是贫贱相。”

“你不许侮辱我的女朋友！”

“我没有侮辱她，我是客观描述。你们不是都喜欢这样的身条吗？高挑，纤瘦，豆芽腿。”

“你不觉得她的卖相也生得标致么？”

“列夫啊，怎么跟你讲呢？恋爱是与卖相无关的。恋爱是这样一种感觉：你看她到心里，她也看你到心里。你想尽办法想跟她说上话，可是总是找不到机会。你们错过许多时空，却偶然在某一天某一地相遇，像新识的邂逅，并没有谁刻意安排，也早已经将往事忘记得干干净净。就在这时候，爱情流露出来了，是流露出来的，而不是追慕、挣扎、努力出来的。她是含羞草，触一下就卷起来了；你是一方美玉，将光芒收敛在内部。‘言念君子，温其如玉。’只有风过树梢，叶儿在阳光下相互翻覆，影儿如赞美诗写在地上，斑驳隐现。你们不知不觉走在一起，心里盛满要说的话，却一句也说不出。你们心里不知道有多么欢喜，脸上禁不住挂满笑容，手也不知怎的就牵在了一起。至于谁长得什么样，几乎不重要。心里欢喜的，就是长得最好的。”

“就牵一下手，没有进一步的狂热吗？”

“你只晓得狂热么？牵一牵手，或者走到前面树荫底下就抱一抱了。抱是发乎倚靠，她想倚靠你，你感受到了，你必要做床和椅让她靠一歇。如果这时候有亲爱的感觉生出来了，你就可以吻她，她也会迎上来。这是无话的坦白。当然，我不喜欢‘吻’这个字，‘吻’是嘴角的意思，让我想到掉口水，烂嘴角。应该是亲，亲一下，香一下。因为发乎亲爱，比血缘还要亲，是暖洋洋、软绵绵的，放心做一家人。”

“然后呢？”

“这就恋爱了，成亲了，做一家人了。结婚多难听，因为亲爱，所以成亲。”

“她身体的秘密你还不知道呢！”

“亲爱如同一人，还有什么秘密需要知道？她是我的亲人，我有什么她也有什么。”

“扯淡！她的器官跟你长得一样吗？阴阳雌雄是有分别的。分别才带来好奇，好奇才要进深，探到底才是大白。那些秀丽的面貌和花白的身形，是上帝给男人的礼物。”

“不，是撒旦给人的诱惑。”

“你这是糊里糊涂成亲，没准遇上一个石女，或者别人早睡过的，也没准金玉其外，败絮其中。”

“我心里早有的，这时遇见了，怎会败坏？”

“天哪，兄弟，我觉得你不是在恋爱，你是在写小说。你的文学天赋了得，你将来应该去做一名诗人或者作家，你会很成功的。至于女人，我终究还是没有听明白你喜欢什么样的面貌和身形。你心中的女人是混沌的，五官和四肢是不成形的。”

“这是意境啊！意境怎么量化呢？意境甚至不是味道。人常说女人要长得有味道，什么味道不是臭气呢？大凡所谓味道，都是一股臭臭的味道。意境是超越听觉视觉和味觉的，是发乎内心的。由着心引领，由着心从万众中为你找到的女子，一定已被心的精密数过了。是超越量化，而无须量化。”

“明白了。就是说，你看上的，比天仙还美，不管别人怎么说。”

“列夫，我觉得你不懂古典主义。古典主义就是经典，理想地先就存在了。你是个现代派，你喜欢无端变幻，所以，我相信我没说错，你一定会换很多女朋友。”

列夫心中黯然，他始终问不出蓉儿在隽逸眼中的价值。他本是将他的罗曼史拿来与隽逸分享的，谁想隽逸无感。隽逸也承认蓉儿标致、风流，可是这些在隽逸的眼中又算什么呢？

列夫问薇薇呢，隽逸说薇薇嶙峋了些。

列夫问林志夕呢，隽逸说林志夕寡淡。

那么贝毓龄呢，隽逸说贝毓龄做作。

那么乔珊珊又怎样？乔珊珊苦相。

汪云萱呢？隽逸瞥他一眼，道：“汪云萱这样的，野蛮得像个村妇！”

列夫又说，其实陈悦好精致的，静若水中之月。隽逸笑笑，说：“其实她是纸包不住火，最不守本分那种，谁摊上她谁倒霉。”

这些女孩子都是毕禄中学的，有的与他们同班，有的同级不同班，也有的比他们小一个年级。她们都算得上是有姿色的那种，因为这是卢湾区出了名的拉三学堂，专出靓女的地方。

列夫虽少年老成，但原本只专注于他的童趣，这下忽然醒来看见女小顽的缤纷天地，竟一发不可收拾，顿时坠入花丛。其实那些女小顽，个个都将他当作香饽饽。他才情横溢，调皮捣蛋，长得白净精秀，笑起来坏坏的，生就一副专撞女孩儿心的模样。他先是怯生生地看她们，寻一个中上长相的去凑近，殊不知那一般的女孩儿反而谈不成，因女孩儿都晓得他的好处，想他怎会看上平平的，但当他热情一点，却总以为他不怀好意，反倒心生恨意。他是漂亮姐妹共同的克星，专杀绝色，差那么几分还真不行。这一点，他是很后来才知道的。他被花丛淹没，什么也看不见，只等他侥幸钻出来，定下神气，才回过味来。隽逸却不同，那时间他的情爱种子还包在完美的外壳下，虽修美无瑕，却纹丝不动，若阔河无声，若冰川不化，人看他总记不住他，生生就将他忽略了。

隽逸是真的美男子，而列夫是男神。美人拜倒在美男子足下，却统统死在男神手里。

蓉儿就是那中上水平的女孩儿，列夫牛刀初试，结果反倒败下阵来。他不幸被隽逸言中，在他毕业前，他差不多将微微、珊珊那一众都经历了，虽算不上遭尽蹂躏涂炭，但至少情钩乱撒，暧昧纠缠，叫那一众半生岁月都要死要活。

她们怎么看隽逸先不说，但隽逸真的一个也没看上她们。为此，列夫由衷佩服隽逸。为此，列夫也大跌眼镜，他如何想得通隽逸最后会选中阿钟！挑肥的拣瘦的，最后找了个没肉的。

隽逸跟列夫学英语，拿出浑身的力气和专注，只是他不是学西洋语言的料，他有文学天赋，有形象思维能力，独独就缺数字思维。这一学好几个礼拜，时态还没搞清楚。列夫教烦了，吃那几样点心也吃烦了，便说："别总是吃点心，寻点别的乐子。我听说东安新村那边新开了一个浴室，我们不如去洗浴，将课堂搬到浴室里去。"

隽逸不反对，于是两人往浴室去。

四

这东安的浴室是新建的，在一座类似研究所的小楼里。里面一楼是接待处，二楼是浴池与休息室。浴池分大浴池与小浴池，差着许多价钱。隽逸出钱请客，他们进了小浴池。小浴池没有别的客人，只他们两个，边上有一位搓澡的师傅陪侍。懂得去浴室洗澡的人都知道，要尽早去，刚放水的时候就去，一般是下午一二点钟的时候。这时水池里的水碧莹莹的，没有浸过浴客，干净，无异味。浸泡的人多了，就有一股肉夹气，跟猪肉的味道相似。老浴客叫浑汤，浑汤之池，故亦名浑堂。浑汤也有人下，所谓脏脏得净。浑堂令人流连忘返，其间门道一言难尽。

他们这天是最早到的，整个浴室像是为他们二人预备的。

这浴池是新的大理石砌的，泛着玻璃光泽，与水滴辉映，有水晶宫的氛围。

搓澡的师傅问他们要不要搓澡，隽逸说搓一下吧，两人都搓。师傅于是外出去准备毛巾，并嘱咐他们多泡一会儿，尽量泡透。泡透了，油秽松动，搓起来省力。

这搓澡是一样奇绝功夫，用极大的力气来回搓，凭你再粉嫩的皮肤，也搓不坏，实在是力气都用在要紧地方；又一样妙处，是凭你再干净的身子，今日洗明日洗日日洗的身子，也生生给你搓出陈年老垢，上海人叫作“老坑”。老坑有黑白灰三种，黑的是真龌龊，灰的是邋遢，白的是一层油脂。老坑人皆有之，不啻粗老爷们，就是处子小娘身上，一搓也有好几两。女浴室中也有搓澡的，那些肌骨酥滑的女子也挺露出纤背让女师傅使劲搓。好师傅上手，三下两下，粉屑悉悉索索落地，叫你看得分明，看出自己污秽，看出自己浑浊。人肉风吹日晒、雨淋尘拂的，一日下来就被蒙蔽。搓澡不仅是搓脏，关键是要将堵塞毛孔的死物去尽。搓干净只是表面，卸下一层壳才是根本。凡搓透了，行路生风，身子轻快许多，好像体重都减去一半。

列夫躺在木架子上，背朝上，脸朝下，一边任师傅推脊入腋顺势捺擦，一边与隽逸说话："这身子去蒙蔽，靠搓澡。心怎么去蒙蔽呢？有谁帮我们将心也搓一遍？"

隽逸已经搓罢，复入池中，感觉热汤从每一个毛孔钻入体内，顿时畅快，禁不住大呼小叫："哦，哇，适意！适意！"

"听听歌，看看戏，哭哭笑笑，心里透亮。"搓澡师傅搭进来一句，说得两个后生面面相觑。

这是大道啊！这话点化了列夫，他瞬间开悟，瞥见了艺术的真谛。原来威客老师没说错，"和声的意义在于唤醒节奏"。节奏是什么？节奏是心律，心动的缓急。艺术是用来唤醒心灵的，是心灵的净化与升华。那么，所谓音乐家，不过是心灵的搓澡师傅。人的身心须日日更新，一日不更，便沉滞下坠。人生最重要的两个去处，一处是浴室，一处是音乐厅。日后，列夫凡作不出曲子，就先去洗浴，先令身子轻松了，以提醒自己心的厚茧亦须剥离。心也要泡一泡呢！或许爱情和女色就是心浴的热汤。你是随便在街上瞥见一袭美裙的么？你是无故在泊埠掬住一弯娇笑的么？那不是上帝降下的一场甘霖么？你需要感恩。天予弗取，必受其咎。你在庸碌中受到亮丽的提醒，你应该醒来了！老天预备下那些花儿果儿那些云蒸霞蔚那些妙音奇文那些绸肤玉骨，都是先泡一泡你，松一松心壳的包围。你为此心动了吗？你由此心动而流露，这就是化识为智，又化智为悲的过程。悲悯的人执掌艺术的权柄，为众生司浴洗心。

"我说隽逸，你要听听音乐了，让音乐为你搓澡。你久不听音乐，心里怕是蒙了大油，严重堵塞了。"列夫忽然说。

隽逸茫然，不知如何作答。

洗毕，外出休息。要么在厅堂大通铺上躺着，要么开小间享受。那日，隽逸请客，开一间小屋。

上海人洗浴，泡水池，洗淋浴，只是前奏，重头戏在浴后躺卧。无论在大通铺，还是在小间，名堂甚多，名目颇繁。有敲背，捏脊，推拿，扦脚，采耳，刺目，兴嚏一套路数；又有茶点伺候，一杯新茶，外加高档香烟、鲜果、干果、坚果、蜜饯、花样零食等；这些之外，还可以要点心。大一点的浴室自有厨房厨子，小一点的浴室没有餐饮部也可以找跑腿听差的去外面买，也有点心铺子就开在浴室楼下的，放一个吊篮下去，下面将馄饨、生煎和面装在篮子里，再吊上去。

一般敲背师傅，皆可兼做捏脊、采耳、推拿一类，只是扦脚是独立一行，要有外科医生的身手，明晃晃执刀，哗哗地削脚皮，趾缝肉隙，转弯处，逼仄处，都给你挑干净了。扦脚有一套工具，犀利的大小钢刀，长柄直刃，另有各样针锥、刮片。这些东西哪里都买不到，唯苏北扬州地面有卖。扦脚师傅通常也是苏北人，高手眼明手快，落刀若抚琴，勾剔滚拂，转指索铃，张弛中唯觉足趾弦动，一双铁锈脚须臾换作两具鲜笋。扦脚有三样好处，一是去胼胝肉刺，二是活络祛瘀，三是美白净肤。凡经高手扦过，凭你多老多乖张的丑态，都变得像婴孩儿的粉嫩模样。旧时女人缠足，足间湿毒丛生，趾甲嵌肉，鸡眼遍布，所谓三寸金莲，常落得一副拗捩佶屈的恶貌，谁还乐意摆弄摇摩？于是乎女人最爱扦脚，要扦脚师傅将她一双病足琢理出玉把件的剔透，好入男人一握，成为心头好。这是晚清和民国初年的风俗，大户人家妻妾婕婢，无一不请扦脚师傅上门，三日一小修，五日一大整，只为常葆柔润。是故，人称扦脚师傅为“画皮的”，意思是生生将脚画美了。

隽逸和列夫换上睡衣，躺下在软榻上。凡入浴室者，必先褪下穿来的衣衫，放在贮存箱里，锁上，拿一把钥匙穿在绳圈里，再套在腕上。浴毕出来，有服务生赶紧上前为你擦干身子，并拿来大中小号的睡衣任你拣一套合体的穿上。这便可以步入大堂，出入公共场合。这规矩是为男女同处休憩，那在女浴室洗毕的女眷，亦可坐歇此间。贮存箱里的衣衫财物是安全的，大可不必为之操心。这是有浴场生活的都市文明的公约，谁都不敢轻易违背。大约罗马、希腊和土耳其的浴场也执守惯例，不越雷池。城市文明的特征，主要在公约，又重在一个“公”字上。背私为公。私原先写作“厶”。古人注释道，厶者，奸邪也。公共的街道，公共的集市，公共的警力，公共的学校……许多公共的资源合为城市的平台。一切公共的，都是巨大的财富累积，都是通过城市个体的纳税完成的。而其中最昂贵的，是公共的理念和精神，譬如浴室的贮存箱，男女出入的禁讳。没有人轻易去触犯这样的底线，谁破坏了，必遭众磔。所以，相对游牧、狩猎与散耕，城市是高价的，即便城中一个乞丐，也是躺在千万人财税上的。上海人说，宁要浦西一张床，不要浦东一套房，大抵也联系着这样的盘算。因为，在老上海人眼中，任你浦东如何开发，终究是偏野僻乡。如今谁都可以到大城市来，然而，那明面上的公车、厕所、街道秩序、砂滤水、公园长椅大家都看得到，那暗藏在老克勒生活中的，类似浴室享受、上下关系、博物馆游泳池沙龙俱乐部的门道、文件政策中注明过又少有人问津的个人待遇等，又有多少外来人能刨问出来呢？城乡的隔绝看似地理，实际上却差着年代。相隔几个朝代的人，忽然一夜之间同处一市，这算是穿越么？如果不在公共平台上，人是否只能靠着私力存活呢？而私，竟然被古人注释为“奸邪”！

一个从首都来的外地青年演奏员，在歌剧院的排练厅完成排练后突然走到上海的街上，看见荫庇琼楼、阆苑琳琅的市面，不禁感叹："中国居然还有这样的城市！"震惊的不是他，而是听这话的列夫。

列夫与隽逸躺在软榻上，与其说是覆盖着毛巾毯，不如说是覆盖着惬意，一阵惬意覆盖又一阵惬意。列夫心中直呼："这么好，怎么没有人晓得，没人来追抢？"因没有人来追抢而怀疑惬意的真实性。

这就是公共性，公共系统中的安逸啊！那时国中民众尚未觉知公共之妙，人各处其位，自然不见纷抢。

等各样茶点端上来，摆放好，两人又啜饮几口，燃上一支香烟后，隽逸便叫来两位敲背的师傅，一边一位，同时敲起来。师傅将两人的背当作两面皮鼓在敲，那节奏忽如雨点，忽如疾步，俨然手舞不息，譬如乐章。列夫是学音乐的，自然就听出切分的、三连的、后十六的、复合的各类节拍，心里说："妙啊！妙啊！原来节奏的出处在庙堂，在江湖，也在床笫。杭育杭育，哦啊哦啊……"后来他以敲背的节奏果然写了一曲弦乐四重奏，叫作《上海浴室》，到伦敦和柏林去演出。

隽逸直就哦啊哦啊大呼小叫地喊出声来，列夫嫌他没出息，怎就将肉酸肉痒的私欢宣示在人前呢？这叫作肉麻！多不好意思！自己忍不住，也不顾忌听到的人的感受么？这与荡妇奸夫当众宣淫何异？他真想为隽逸寻个地洞钻进去。给他敲背的师傅倒也不介意，他越叫喊越起劲，反倒拿出看家本领，手势眼花缭乱，犁庭扫穴，直捣黄龙。列夫架不住这气氛，不得已也哼唧起来，师傅闻声便追逐上去，甚至腿脚也用上，膝盖直顶到腰椎上一个结节。师傅说："你平常坐久了，这里有瘀血。"不想，这一顶，仿佛千斤重锤来袭，列夫丢失了自己，这种感觉他从未有过，就是意识清醒着，但身子被抛出去，不是自己的了。顶罢，人竟焕然一新，那素日里莫名的惆怅、沉郁的不适感顿消，一下子回到儿时的清爽。"哇，真是太厉害了！一股暖流从腰椎放射到全身。刚才像要死了，这下浑身都通透了！”

敲背固然有治疗的作用，但实际上真的不算一件好事。人见着生人来动你的肢体，先是拘谨的，不得不露出一截来由人推摩，一些穴道被打开了，外力加持下，身子内部开始涌动，形成了被动运动，渐渐地，下意识中产生了信任和倚靠，甚至受着受着变得意犹未尽，心理上哀求起来，求推摩得更重一些，更深一些。这时候，至少筋骨肌肉都瘫软下来。那年月，浴室中做敲背的，既有实在手段，也极为用心，非到客人瘦爽，绝不罢手。其实，每一样名堂都不是白做的。兴嚏的，定要叫你打出平素打不出的喷嚏；采耳的，必要令你看见你自掏掏不出的耵聍；还有刺目的，择一根发丝，插进你眼皮里泪腺的出孔旋转，仿似通到你心窍，让积泪涌泄，再强硬的心肠都叫你软了，悲从中来。大凡你花钱了，总不能白花，每一样都做到极处，长吁而释然。释然复释然，做过敲背又做扦脚，一路下来，五脏六腑，各样经络骨节都摊铺在床第，你还有什么意志呢？先放开，再沉陷，最后不要脸起来，你成为一个任人摆布的人。及至回转时，你要将各样器官骨肉收拾回躯壳，再一件一件衣裳穿戴好，重整河山，回归忙碌。这个过程，你总想慢一歇，再慢一歇，你实在不想离开浴室。这是多么惬意的地方啊！于是，有人又打道回府，索性择床睡一晚，混沌稀松着，迨天明再寻分晓。更有甚者，干脆在浴室里住几天，吃喝拉撒都在里头，只要肯付钱，反正样样有人伺候，不亦乐乎！

浴室就是这样，一道风景一道风景地诱你深入，抽掉你的筋，剥掉你的皮，涣散你，蒸你肉麻骨酥，磨你成糜。

隽逸要扦脚，列夫不肯做。

隽逸说：“我见你大脚趾关节那里有块硬皮，是穿皮鞋磨出来的吧。叫师傅帮你削掉，你走路都会轻捷些。”

“我不弄呢。那明晃晃的刀子，看着心惊肉跳的。”列夫下意识地抽回他的脚。

扦脚师傅道：“削起来简单，但削过后长得更快，以后常常就要修。这小弟弟看着还嫩，先不修的好，等以后脚壳硬了再来修。”

列夫心想，你隽逸是脚壳老了，你原先从毕禄中学出去的时候也是嫩嫩的，怎就一下子老了呢？这是坏习惯，我断不能随你的。这是要做老男人的势头，你隽逸怎一夜之间老气横秋的，青年要有朝气，你何时变得暮气沉沉的呢？

列夫看见削刀下脚皮落了一地，那可不是霜雪一般美好的东西，那是尸体啊！死掉的皮，死掉的肉，死掉的骨头，整具尸体不过是这些的总和，死得多一些死得少一些，都是死。列夫在隽逸那里看到了死亡。原来灵魂离开了，人的肉体就是这样一些碎渣。列夫忍不住凑近去看一下碎皮。天哪，一丝血色都没有，干干的，透着阴冷的绿色，有一片大的上面还带着趾纹，跟身上还活着的趾纹一样。这下来的一片是死的隽逸，那尚未下来的整张是活的隽逸，都是隽逸，死活都是隽逸。啊，早几天还是活的呢，这便说死就死了！原来生与死是那么靠近的，谁知道我们什么时候会死呢！如果脚壳硬了，就是青春逝去了，有一部分开始死亡。隽逸难道开始朝死亡迈步了吗？死亡就是这样渐渐包围进深的。有什么力量可以逆转抵制回去呢？列夫不敢深想，怕想多了也要殃及自身。

“啊，我痒得不行，怕是有湿气了。”隽逸来回搓摩足趾。

“你不要瞎动，我正在下刀，你这样很危险的。”扦脚师傅提醒他，又道：“一会儿扦罢，我替你再做一个刮脚，有些地方有水疱，我也替你挑破，把毒水再挤掉，你就不痒了，会舒服许多。旧社会浴室里有花娘进出，拿一根布条缠住客人脚趾，来回拉扯，重一点轻一点，快一点慢一点，全在她手势，那个才叫享受呢！现在浴室是卫生场所，洁堂，不好有这些龌龊事情的。”

“这意思是说，以前还可以叫人来陪睡？”

“以前名堂多了。大间，小间，套间，摆筵席，吃花酒，听评弹，叫一众花娘来做伴，昏天黑地，烟花巷子里做不出的事，浑堂里都做得。只是银两要足，身体要好。啥叫身体好，家什要结棍。大小不是关键，关键是要饱满，伸出来头上要像生煎馒头一样，咄咄逼人。这才讨女人欢喜。”

隽逸刨根问底，恨不得要将扦脚师傅肚里的名堂经全部套出来。列夫厌倦了，不想听他们的对话。他觉得他的朋友一年多不见，显然是变坏了。他告诉自己，说那是低级趣味，可是心里却生出重重的失落感，就是他所好的那套在这里没有市场，而他们津津乐道的他却一无所知。他和隽逸再玩不到一起了吗？他们曾经可是有说不完的话的，那个浪漫纯净、挑三拣四的隽逸到哪里去了？

列夫此时也觉得脚趾痒，他的中趾与大趾间其实生了一点癣，那是夏天穿皮鞋没及时换凉鞋焐出来的。他犹豫着要不要也扦脚，他不是犹豫之后也摊上这修脚的恶瘾，他盘算的是他不能成为不懂这套的白丁。他想，他本来所好的并不会丢，他或者真的看不上隽逸的低级趣味，但他不能做一个门外汉去取笑门道里的事。探足一下坏事，终究不是向坏事低头。

“那么，替他做完以后，也替我修一下。”列夫伸出脚，对扦脚师傅说。

“你肯定吗？小兄弟。”师傅轻看他一眼，“以后上瘾了，想不做都不行。”

“做一下吧。”列夫肯定。他是一个善于认输的青年，他相信实在的账目。

于是，列夫有了第一次修脚的体验。

五

两人修罢脚，觉着有些肚饥，想着试一试这边的点心。服务生说，这边浴室不提供餐饮，可以去弄堂里一家点心铺子买来，说那铺子面是做得精彩的，尤其是几样浇头做得灵光。

隽逸要辣酱面，列夫有所犹豫，想面有啥好吃的，不如还是要硬一点的。他想起了生煎，重点在生煎上想了想，想起扦脚师傅适才说的话，他想再次用新的眼光好好打量一下生煎。

他们差服务生去跑腿，当然小费是必要给的。

给小费是一门学问，要晓得所有酷规严矩都是对应着不同价格的小费的。哪里有压迫，未必哪里就有反抗，却一定哪里必有小费。这是城市人的门道，乡里人过来，往往多年领会不到，生愣就要拍案而起。你可以做，我怎就做不得？是啊，我可以做，我怎么做到的，我怎会做到桌面上给你看呢！你要细心、耐心、用心地去体味，才有心得。把小费说成是腐败，并不妥当。人心是肉长的，人身子更是肉长的，谁在社会上行走，没有窝心尴尬的难言之隐呢？什么事情都暴露在阳光下，你是造物主吗？你真的那么纯洁无瑕吗？人有罪过，那是共罪。道德是一件便宜的寿衣，看着光鲜，乃是送你去死；而伦理是认罪的实在交易，谈妥了，就都有生路。这就是懂经。

服务生刚要出门，列夫又叫回他，道："要不我也再要一碗辣肉面。"

"吃辣肉面洋盘，正宗的要吃辣酱面。看起来两样浇头差不多，实际上差着十万八千里。你历来是吃辣肉面的吗？"隽逸问列夫。

“我是不喜欢吃面的，这不是陪你吃一碗嘛！”列夫回隽逸话说。

“辣酱面有笋、豆腐干和肉丁，辣肉面纯粹是肉，几团死肉，吃着腻。”隽逸又对服务生说，“给他改辣酱面！”

上海的面与北方的不同，大多是苏系的，用的是碱面，不易煮坨，底子就是阳春面和辣酱面，在这基础上可以随意再添其他浇头，或者加一个荷包蛋，一块素鸡，一块大排。自然三虾面是最好的，但小河虾一只一只剥，颇费手工，要太湖虾，不类今日所谓河虾乃泰国大河虾，只只死肉不筋道。一般面店里三虾面一上来就抢光了，早上还买得到，中午晚上就没有了。

辣酱面是重口，那辣酱与川贵系不同，还是本地辣糊浆体系，用油炒过，浇在面上看起来色面醉人，笋丁豆腐干丁解肉丁的腻，吃起来开胃也不乏后劲。上海会吃面的老克勒喜重口的，一准几十年如一日，进面店先要辣酱面。上海的点心有一样好，就是吃上了，吃不厌的。大凡精良的东西都这样，不是靠翻花头，而是靠信实，遇上了，便缺不得，离不开。又有人说，上海人花样经透，更可怕的是，每一样花头都实实在在，那不是花头多，腔势浓，而是做一样是一样，样样信实。你能想象世界其他地方，哪一处有那么信实的花头呢？所以啊，上海人活得过于顶真，就比其他地方的人累，他们凡事把得太牢，肉是紧紧的，眼神是紧紧的，思维也是紧紧的。这么紧的人生，试想松下来有多可怕！

趁着服务生去拿点心的空隙，隽逸又叫来修面的师傅。如果说修脚的刀可怕，那你必是没见过修面的刀。这修面的刀，薄如蝉翼，吹毛断发。那修面的师傅，就执这样的刀在你面上来回刮，从面庞刮到眼睑，刮到额角头，刮到耳鬓，刮到下巴颏，刮到脖颈，刮到上下唇边，直又刮到鼻尖。先用极烫的毛巾敷脸，像是要把肉烫熟，再涂上剃须膏，然后开始刮胡子，刮绒毛，一切光下可见的长须短毫都给你刮净了，令你看起来面透红光，神采奕奕的。据说高手只刮三十六刀半，起于左脸颊，收于鼻梁上，最后半刀纯粹是打点，抖腕提臂，收势潇洒。

列夫在路边的剃头店里见过，不曾想浴室里也有。

隽逸躺在榻上，那修面的师傅搬一张凳子坐到他脑后，几番拿来刚蒸好的热毛巾，一敷二敷三敷，隽逸被敷得头脑发昏，一副醉醺醺的样子，这才开始动刀。列夫在一旁看着，心惊胆战的，怕那师傅一晃手，刀片就拉到隽逸喉管。这时要是想杀人，手起刀落，一秒的工夫就没命了。他不会失手么？他若失手哪会有人寻他刮脸，他若失手哪会有这样行当。可是，列夫还是不放心，眼珠子紧随着刀刃转，每个细节都不放过，唯恐有破皮见血。一轮刮下来，大概一刻钟光景。一刻钟里，列夫提着心肝堵在嗓子眼，与其说隽逸在任人宰割，不如说是他自己鱼肉卧俎，一寸一丝地被切碎了。

“这是光天化日下作恶，也是光天化日下纵恶！”列夫心里骂道，“你修吧，修吧，修完了毛长得更快，看你将来没人修时长成一个毛孩！”

理发这个行当，原先叫待诏，好比理发师傅随时等待客人诏命，纯属借个好听的名目。也有叫净发的，宋时临安有净发社。南梁时贵胄子弟流行修面和净发，百姓跟风，人对于头面修饰便讲究起来。以至于后来叫作镊工，意思是“摘须毛”，这才花样多起来，整张面孔、一圈脑壳都须收拾打理，所谓人之首，诸阳之会，百脉之宗，昼夜热气上蒸，秽物积聚，不得不时时清除。到了满人来，要结辫子，要将额前头发都剃掉，于汉人而言，身体发肤受之父母，大有割掉脑袋的意思，于是痛心疾首，呼曰“剃头”。待诏之谓，改为剃头匠。剃头剃头，是一句恨言，实则承继千年奇技淫巧，手法更毒，名堂愈甚矣。及至清帝逊位，民国风气旋变，头上的辫子剪掉了，这下国人的面貌也与千年传统大异，从前披发、结髻、蓄辫，重在净与修，这下主在剪短，不令疯长而蓬头垢面，遂又唤作剪发，与西洋理发终归一途。

西洋理发也颇有门道，男子与女子是分开的。男子去的地方，叫作barber，除剪发外，也有洗头、剃须和修面，大丈夫们常常据此高谈阔论，成为演讲的会堂；女子去的地方，叫作salon，修剪，吹烫，染色，做头型，专意为着打扮漂亮，好吸引男生，太太们小姐们会聚此间，攀比虚荣。上海的理发店，集结了南梁以来的传统和西洋的作风，形成海派一脉，为他处所不及。如今靠着一片吉列剃须刀的快餐自修和格式化过的千篇一律的美容美发，怎比当年摘须待诏的曲径幽深，甚至连barber和salon的浪漫也丢失了。

旧的生活方式是有代价的，常常城市凌驾在乡村之上。那海派的理发经，也不是所有国中百姓都享受得到的。新的生活方式，主张人人平等，高的削短，低的拉长，难道不需要更大的支付吗？一部分人好过，大部分人难过，抑或没有一个人好过？

点心终于来了，放在一个铝合金的大盘子里端来的。面装在蓝边瓷碗里，生煎馒头装在洋铁皮盘子里，外加小瓶醋、酱油、辣糊浆和白胡椒粉，还有醋碟、筷子、调羹。

隽逸吃两口，觉得不得劲，又叫来服务生，要他速去添一块焖肉来。服务生速去速回，一会儿便拿来一块焖肉。这焖肉看着一半肥一半瘦，肥的白生生的，贴着肉皮。

隽逸道：“这肉看着肥，却肥而不腻，先就将油水都焖走了，肉香留下了。不知怎么了，刚才突然就想吃一口，不吃过不去了。”

“我尝一口。”列夫筷子伸过去，“凭你肥而不腻，我断不吃肥肉的，只夹一丝瘦肉尝尝味道。这类焖肉，我从来看着就发抖，还带着肉皮。”

“你又洋盘了。怎好没有肉皮？红烧肉、焖肉、走油肉，都要带皮的。没猪皮在上面，你晓得是什么肉？是人肉剥掉皮也没准。”

“瞎说八道！”

“北京西单北大街人肉包子案，听说过吗？”

“你小说看多了吧！”列夫嘴里这么说着，肚里居然恶心起来，吃到一半的焖肉吐到痰盂里，道：“我说呢，这焖肉就是不可口，一股肉夹气。”

两人吃一会儿，停下筷子，叫服务生收拾了碗盏碟盘去。房间里终于只剩下两人。

六

五一节假期里，匹利扬拉隽逸去杭州玩。他们坐火车到杭州东站下车，找了人力车夫拉他们去汪庄。

匹利扬说：“我带你去的地方，你从来都没有去过。你看西湖是一番景，我看却是另一番景。你跟我出来是不会后悔的。”

这汪庄其实就是西子宾馆，坐落在雷峰塔下。原先民国时候，这地面是一个汪姓徽商开的汪裕泰茶庄，故名汪庄。隽逸虽随父母去过杭州多次，但从来没有听说过有这么个地方。隽逸父亲一系是苏州人，旧时是开纺织厂的。厂开在杨树浦，家住在贝勒路上。新中国成立后，隽逸父亲积极响应公私合营，成为卢湾区商界的进步领袖。他将厂子交给新政权，并组织工商联合会，还当了区政协委员。隽逸家是吃定息的，就是私产归公后，政府不论盈亏，都按股份比例支付给原业主的现金。定息可不是一个小数目，一般息率达一厘到六厘，少则几百，多则几千，而那时普通百姓只拿三十几块工资。三十几块也不是今天的概念，一个洋钿可以在人民银行换三块钱，三十几块就是三四个袁大头洋钿，这钱在民国时可供一家一个月吃饱。隽逸生下来还吃过两年定息，后来停了，但家中积蓄不少，足够养尊处优的。另外，贝勒路上的整套石库门房子一直归他们家住，并没有充公。这般好的条件，在整个上海，也算冒尖的。然而，这般好的条件，也未必去杭州旅游，可以住进汪庄。

“你看看这西湖，就在你身旁。浪头为你拍岸，岸就是你的床。”匹利扬躺在靠椅中，指着窗外几乎就贴着墙根的湖水对隽逸说，“西湖是你的西湖，不是别人的。没有谁可以随便走到这里来，你也不用在游人如织的断桥上被结到景色中。结绒线你懂吗？绒线是被绒线针结的。现在你是绒线针了。”

匹利扬打通汪庄接待处的一个熟人的电话，那人就派一名服务员到宾馆大门口来接他们，随后就安排他们住进一幢矮楼的一个套间。这楼就紧贴着西湖边，这一边岸全圈在西子宾馆里，有小码头，可以泛舟去湖中任何一处；园中四季花团锦簇，既有开阔的草坪，又有林中秘径通幽。

“你路子蛮广的，关系都通到这里了。”隽逸试探道。

“这是我爹的部下，转业后分到这里，过年过节总会到上海来看我爹，好几次邀请我们一家到汪庄玩。我爹不得已，觉得也是他一片心意，就带我来过一次，才住了一夜。”

“这是腐败呀！”

“我恨不得腐败呢！你真叫不认得我爹。他吃一杯水都要付钱的，公家的一针一线从不敢拿回家。那次住一夜，他回去后，按规定将住宿和吃饭的钱一分不少寄给接待处了。”

匹利扬的父亲是南下干部，进城后组建舰队时派到海军部队任职。老头子是山东人，节俭刻板，对小孩的管教，完全采用军队的一套。这反倒令匹利扬生出逆反心。只要是他爹主张的，他一定反对；凡是他爹不中意的，他必推崇。这次来杭州，他是偷看了他爹的通讯录，背着老子私底下与接待处的人联系的。

同来的还有孙越，他们三人是同班同学，个头齐刷刷的，体育课打篮球分队分在一起，人见了，都夸赞他们挺拔美俊，这便出入一道，起居一道，成为一伙。

这三个男生分开了看未必起眼，但撮合在一起，或闲坐于高树下的花坛栏杆上，或于小卖部门口结伴买汽水喝，或于春秋起风的日子穿着风衣并肩从校园的干道上走过，总让那些女生莫名慌张，总生出软锤一样的家什重重击到她们心怀。女孩儿的脚步慢了，思绪也慢了，身子软塌下来。哪个少年不多情！哪个少女不怀春！只是那多情的也好，怀春的也好，终不是春情本身。

三个男孩儿在一起有什么话说？无非是在女孩儿背后指指画画，无非是一派妄想狂言，无非是无中生有地编排一些男女私欢的谎言。他们已经十七岁了，快要十八岁了。三人同龄。然而，他们竟都没有与女小顽相好过。列夫与他们不同，列夫被薇拉阿姨点醒后，纵缰驰马，一头栽进花丛中。啊，那些多情风流的拉三们，你隽逸错过了，错过了就不会再有了。那些书本里的浪漫与生活里的浪漫结合到艺术生涯的成长你也错过了！读书不读成书读头太难了，而不读书一生坚守恋爱恐怕更难。做一个拉三，其实就是爱人。那爱人既不是你，也不是我，爱人是一个动词，叫做爱。做一个爱，没有位格，好比雨露，沾到谁谁就被打湿。男子中也有情郎，但是男子主权的社会，并不能始终保持没有位格，要么在宾格中被人嘲笑，要么成为主格而背负劳作的债偿。做一个爱，只好投靠缪斯，或者对她们起杀心，杀掉她们去依傍至高至真。列夫至少在那个时候寻见了缪斯，而大多数英俊的男孩儿都没有这个缘分，他们落入寻常市井，等着做主格与宾格。那倚着花坛栏杆的小青年，那望见青年腿脚发软的女小顽，你们咫尺之近，却因为中间没有爱的桥梁，竟相距天涯之遥。他们并不知，因不曾拼力拒绝主宾，他们彼此早早失去了做一个爱的力量，往后的毕生努力，不过是去拼凑主格与宾格。种田辛苦要唱歌，青春寂寞要结伴。倘主宾间失了爱的通途，一般人又如何走到一起呢？这之间还有别的秘径与渡船么？

爱是你本身，撑满了，还是只剩一点？剩一点的反而饥渴，饥不择食。

他们惬意地坐在套房的大厅里看西湖山水。一会儿云卷过来了，阴霾重重，一记响雷打破宁静，湖中白浪滔天，那浪头几乎要打到窗户上，这叫他们一瞬间进到同舟患难的境地。随后就是暴雨倾盆，又激起男小顽们冲杀的血气。他们冲入雨中，跑到岸边淋雨，狂笑，追逐，扭打，直至褪去衣衫，一头猛扎进湖中击水。等日头高照，光线射在脊背上时，三人便上岸，拎着湿漉漉的外套回房。匹利扬给餐厅打电话，要来一瓶威士忌。一瓶很快就饮尽，三人又凑钱叫服务员跑腿，去城中烟纸店买两坛加饭酒来。这便喝得昏天黑地，辨不出你我。

“为什么不带几个女小顽来？”孙越抱怨道，“这么好景，这么好酒，独缺美色！”

“送威士忌来的女生，我敢打赌，她喜欢隽逸。”匹利扬说，“隽逸是只呆鹅呢，有女人喜欢他，他自己不晓得。”

“不要拿我开玩笑，你们喜欢，你们直去抱她就行。”隽逸道。

“你打电话，给餐厅打电话，要一桌菜来。”匹利扬怂恿隽逸。

“我们还有钱吗？别回转的车票都买不起。”隽逸来回翻口袋。

“你只要把那女生叫来，我有的是办法付账。我可以记账。你别管了，快打电话。”匹利扬说着已经抓起电话，并拨了餐厅的号码。

电话那边果然传来女人的声音，他们听出就是那个女生。隽逸直发抖，不敢靠近电话机。匹利扬一脚踢过去，正踢在隽逸屁股上。隽逸一个趔趄，身子俯倒在电话旁。他忍不住叫痛，电话那边似乎听见了。

“先生有什么问题吗？”那边问。

“呃……呃，是这样，我们……我们想点餐……”隽逸不得不接话。

“那么我将菜单送过来让您点，还是您现在直接告诉我？”

“快说送过来，送过来！”孙越压低嗓音在一旁鼓动着，匹利扬一把掐住隽逸的脖子，瞪眼威吓。

“那就麻烦送过来……”隽逸话未完就把电话挂下，吓得直喘气，怕那个女生会从电话里钻出来轻蔑他。

“话都说不全，说不全，你有啥用！你个娘娘腔的废物！”匹利扬恨不得扇他一个嘴巴。

三人你推我搡，又扭打到一起，倒在地上翻滚。电话线不晓得怎么缠住了一个人的手，一扯，又将酒坛子弄翻了，从桌子上掉下来，正砸在隽逸头上，血汩汩地流出来。

正此时，门铃响了。三人怔住，一时不知如何是好。门铃又响，响了又响。孙越和匹利扬这时才回过味儿来，也顾不得隽逸头上还在出血，使劲推他去开门。隽逸不肯去，匹利扬将他挤到门边，用膝盖顶着他，孙越侧身躲着开门，门一开，那俩往后一撤，只晾着隽逸站在门口。

那女孩儿莞尔将菜单递给隽逸。隽逸拿过来，在手里来回摆弄，翻过来，转过去，似乎纸张粘住了，打不开。

“您翻开来，看看喜欢吃什么。”女服务员提醒他。

他这才翻开。

“您拿倒了，是这样。”那女的从他手里又拿回菜单，正过来，翻开给他看。看时，他也不晓得看什么，直就是翻，一页一页翻过去，又从头翻一遍。

“这里光线太暗，看不清。”门边的廊灯坏了，没有足够的光线。

“进来，进来，到里边来看。”匹利扬突然过来，一把抓过菜单，将菜单扔到厅里的长沙发上，又拉起孙越，说，“我们先出去散步，你们商量着，等菜送来，我们再回转。”

隽逸僵僵地站在原地发呆，女孩儿闪一下身子，让匹利扬和孙越出去。

“你们进去谈，慢慢谈。”孙越顺势关门，隽逸与女孩儿不得不退到门内。

门关上了，那两位走到外面，并不远去，而是趴在屋外墙根躲着，看里边动静。

那女的去沙发上捡起菜单，递给隽逸，又凑近他，脸上挂着笑，俨然与刚才不同，高兴得合不拢嘴。隽逸站在那里，像根木头，恨不得天顶上掉下一个锤子将他打桩那样打到地底下去。那女的不弃，越这样越欢喜似的，一条胳膊已然偎着隽逸身子。隽逸受到推力，不得不挪动，这便挪着挪着，挪到沙发边。两人终于坐下，背对着窗口。外面的人看不清他们的表情，但看见隽逸的手势，他开始滔滔不绝。一份菜单犯得着滔滔不绝吗？在说唐诗宋词吗？女孩儿笑得前后摇晃，终于站起身，拿着菜单要走。她是退着走出房间的，这令外面偷看的人看见她的表情。她那么害羞，眼睛却直愣愣盯着隽逸看。她走了，屋里只剩下隽逸。隽逸燃一支烟，站起身来回走动，走到窗前，一把推开窗子，做出远眺的样子，诵一句诗道："看远山，画眉勾山长！"匹利扬与孙越蹲下，互相摇摇头，简直恨他恨不得碎尸万段。

那女的一会儿又回转，揿了门铃，隽逸去开门。她推来一部小车，翻起两边的桌板，成为一张餐桌。她又从车内抽屉里拿出鲜花、蜡烛摆上，除此，并没有菜送来。

匹利扬对孙越说："菜没做好，先推来车，哪有这等事体！分明是勾引男生。"

"这便趁机把事情做了，多好！怎还不动手呢？"孙越比谁都急，他真想翻窗台进去。

"你以为他不想？还'画眉勾山长'呢，长到哪里去？磨洋工，黏糊糊，他这人是个软蛋。说句难听的，人道是，有女不戏，枪毙犯！"

"他也不想想，那女的有多难熬。千刀剐的，真的在说唐诗宋词呢！"

屋里边，蜡烛快烧掉一半了，女服务员被隽逸说得越来越懵懂，打了一个哈欠。正此时，有两个男服务员进来，拎着竹编的几个餐盒，将菜送来。迨菜摆上，人正要退出，匹利扬说："快，来不及了，这下他们都要走了。"

机不旋踵，两人快步就跑回房里。

匹利扬指着隽逸，对那两个男服务员说："你们看看这位先生，脑瓜破了，还在流血，快陪他到医务室包扎一下。"

那两个服务员便领隽逸出门，孙越紧随在后。匹利扬又跟孙越做了一个鬼脸。

这便一干人统统被支开，只剩下那女孩儿与匹利扬。

匹利扬关上门，又转身走到窗前，关上窗，一把将窗帘合上。

那边，孙越陪着隽逸在医务室包扎完，出来经过一棵老乌桕树，树下有石桌石凳，孙越拉隽逸坐下，道：“先别回去。你的画眉长，人家裁短几分，用不了多长时间。”

“那菜不就凉了吗？”隽逸居然这么问。

孙越瞪他一眼，他便不再言语。

大约二刻光景后，孙越见矮楼那边女孩儿走出大门，步子蹦跳着，嘴里还哼着歌儿，便起身拉着隽逸回转。

两人进屋，见桌上菜一筷子未动，蜡烛熄了，花瓣散落一地。

三人落座。匹利扬先动筷子，道：“有吃不吃，寿头！休怪兄弟不客气，先下手为强。”

“善举，善举！”孙越在一旁迎合。

隽逸走过去，到窗边一把拉开窗帘，推开窗，向外大声叫喊：“我喜欢光明！”

他们乘星期日傍晚的一趟列车回上海。车上，匹利扬与隽逸到车厢连接处抽烟。

匹利扬说：“知道你为什么不得手吗？你是光明啊，把我们都照黑了。你看那丫头一脸灿烂，谁晓得那光是引你进暗处的。我手一把下去，她扇我一记耳光。但这时你要是走了，她会恨你一辈子的。当然，不是所有女人都这样，那些花头经牢浓，翻过来翻过去翻不完的，就跟你一样，永远不切主题。说你们笨，是笨，其实也不笨，是贪心，要的太多。人都是有命的。属于你的，要快下手；不属于你的，不要想入非非。我爹做官，你爹有钱，你以为我们这样的人家就有一切吗？你也不想想，权和钱是用来做什么的！都是用来填缺口的。生来就富足的人，是不需要追逐势力的。我们家原来有个阿姨，一直跟着我们的，是我爹山东老乡，我从小由她帮着洗澡，一直洗到我身体有变化了，我都不好意思再让她洗。她强脱下我裤子，头就钻到下面去了。后来，我夜里常常钻进她房间，有时睡到天亮，家里人开始走动了，还没起床。有一次，我逃出来时，在过道上撞见我爹，这事便爆发了。我被吊在树上打，剥光衣服。那阿姨被赶走了。她大我十几岁，曾经有过男人。我从她那里晓得许多男女的秘密。怎么跟你这头呆鹅说呢？去到女人身体中，有很多路可走，我走最快的那一道。你要看得出谁比你更急。哪像你，非要绕道走远！”

“你那么厉害，我们班上那些女小顽，你怎么一个也没勾搭上？”隽逸嘲讽道。

“我早就看准几个了。但是她们还有杂念。”

“什么杂念？”

“对你有杂念。既然这样，我总要讲点义气，不好抢朋友的果子。不过，你要是看不上，我就下手了，就跟这回一样。”匹利扬掐灭烟头，往车厢过道里走，走一半又回来，补上两句，“你还是挺有用的，你是我们的幌子。你招摇，我们赚钱。”

这些都是隽逸在浴室包房里对列夫讲的。

隽逸说：“我后来才知道，他要告诉我的是，身上的衣服要脱，心里的衣服也要脱。我那些唐诗宋词，就是隔在心里的衣服。”

“这便没了风情，味同嚼蜡，老大粗啊！还有啥意思？”列夫不解。

“你有过老大粗迷恋唐诗宋词的经验么？你才不晓得厂里那些阿姨妈妈围着你转的热络，那种感觉你就好像明星似的。我们下到厂里去实习，这个送热水，那个端来冷饮，问长问短的，递送秋波的，直接上手拍你大腿，你躲都躲不及。那些周末，我们三人每人都带一个去开房，下次不带去，她在厂里遇见你，跪在地上求你，头磕得捣蒜一般。这场面你见过吗？”

“我太嫩了，真的被你说怕了。你这听上去有点像书生京城落难、下到部落里做太子的意思。”

“人是肉长的，除了风情，还有欲望。偶尔脱掉心里的衣服也是不得已，那快活是真金实银的。她的心里本就没有衣服，你先穿着，哪怕只穿一件，猛地又扯掉，你想想，她怎么架得住？你没享受过彻底的肉欲，一就是一，二就是二，非常纯粹的。就像刚才修脚敲背的快活，要唐诗宋词夹进来不多余吗？列夫啊，你不晓得，你还是个少年，我已经是男人了。那种做男人的劲道，实实在在的，攻城略池的硬仗。那些背着她们男人出来寻乐的姐姐们，一个个平日里粗声大气的，与你处过后，心里直就把你当爷供着，望你的样子软得跟面团似的。你叫她做啥，她就做啥，那样子看得人都不忍心。她的筋叫你抽掉了。”

列夫想说他堕落了，竟说不出口。他被惊到了。

“那阿钟你怎就摆不平？”列夫终于找到突破口。

“那是爱情啊！我毕竟跟匹利扬他们不同，我需要爱情。”

“原来这样。可是，有些东西便宜赎出去，恐怕就再也要不回来了。赤裸的，就是赤裸的，你妄想让她穿上吗？你管不住自己，守不牢你原先的那份，现在来报应了。”

“你说话怎这么狠毒呢！我告诉你，是向你求救，你竟见死不救！”

“上天总是按人所做的付酬，我怎么救你？我说出来，你清醒一些，或者将来不再重蹈覆辙。”

“没有将来了，只有阿钟。”隽逸说着，眼泪扑簌簌落下来。

列夫不知如何劝他，只任他落泪，索性流干净眼泪，好释放掉苦痛。列夫想，人生或遇许多便宜，不该占的占了，贵重的便不再临到你。

七

隽逸从法国公园的后门出来，走到雁荡路上，他寻不见以前的那些小餐馆和点心店了，但他分明闻到熟悉的菜香。他拐到南昌路上，朝着西头走去。以前这条路上有许多古董店，许多白相人来来往往，拿些他们稀奇古怪的珍藏进出交易。可是，如今这条街变了面貌。街的南侧划出停车位，停满了私家车；街的北侧都是台湾风格的奶茶店、咖啡屋。小的们崇洋，竟以为往昔的欧陆风格是老土，错将跟着欧陆混的日韩港台当作时尚。他瞥见一众染发小青年，红的绿的黄的紫的头发，听着似乎在说上海话，发音却是歪的，既不像中心区人的口音，也不类苏州河北棚户区的腔调。他们或者是移民的第二代，或者真的是本地人的后裔。还好，他没有结婚生子，他想，倘他生一个孩子出来，也红的绿的染一头，又说着这样不伦不类的上海话，他真是跳黄浦江的心都有。

这是仲春时节，地上的一切都在升腾中。他大病初愈，体内有一些青春时活络的因子又跃跃欲试，然而机体沉滞了，虚空了，无力了，难以上举。他想，他必是饿了。感受到饥饿，显然不是坏事，多少年进餐已索然无味，当然，传统农业被荒置后，新的那些以化肥激素被催生出来的食物失了本色，可是，他终究是病人，他多少有些担心，是否病的口味也吃不出好歹来。他决意找一家可靠的食铺去尝一尝，这便来到南昌路瑞金路交叉口上的丰裕店，坐进去要了一碗辣酱面，外加一块素鸡和一块大排。只是那素鸡八角味辛烈，吃口甜得令他反胃，又那块大排老得像抹布，肉夹气似乎没有，却味同嚼蜡。他故意放声抱怨，让邻座那些与他年纪相仿的客人听见，看他们做甚反应。不想，他们也应着他的抱怨骂骂咧咧，说猪肉坏掉了，岂是饲料不对，连猪种都不对了。他得到印证，显然不是生病口味坏了，而是真的食物败坏了。民以食为天，民以食为天啊！天败坏了么？大家都来做城里人，田园荒芜，殊不知原先这美好之城恰是以传统农业为支撑的！人皆趋利避害，而利害是罪偿的计价，哪能单遂人的一厢情愿？有受害的，才有得利的。人必不服，问凭什么。凭什么？人间的秩序全是由着人力摆布的么？你们就一心按照你们的意图摆布吧！可不？大排和素鸡就来报应你了。

他吃罢出来，往西头去，到襄阳路再转弯，就看见五个洋葱头。这是列夫与他遇见薇拉阿姨的地方。想那些往事，似乎都隔着历史的尘烟，像是记在书册中的掌故。这去了多少年呢？四十年光景，仿若五六百年。白驹过隙，他这代人怎要如此快速地度日呢？什么样的身体、心理和储备才能承受得起风驰电掣呢？洞中一日，世间千年。如果他在洞中，那世间在哪里呢？难道薇拉阿姨和他们都不是世间之人，而是洞中神仙么？亨利路早已不是原先的样子，他走到东湖路口，看见原先他与列夫来过的咖啡屋已改成一家便利店。他记得那咖啡屋里有一个女小顽，是老板娘的女儿，常常亲自做端来端去的服务生工作，当时只有十六岁。列夫喜欢她，为了多望她一眼，便一杯一杯地续咖啡。

那咖啡屋叫“草茵之梦”，据说是老板娘临产前做过一个梦，梦见绿草如茵，整整一大片厚厚的草坪。后来生下一个女孩儿，就取名茵瑞，小名呼茵茵。女孩儿的父亲是个浪荡子，老板娘怀孕时，他就跑了，之后一直杳无音信，这便让女孩儿随了母亲的姓，叫陈茵瑞。

草茵之梦离音乐学院不远，列夫出校园散步偶尔路过，见屋子整洁，来人不多，便进去喝一杯。那时，咖啡屋流行播放一点音乐，列夫没有想到这里居然时常放一些海顿的四重奏和巴赫的大提琴作品。他后来了解到，老板娘青春时学过大提琴，是音乐爱好者。他问那些音乐是从哪里弄来的，老板娘说，家里有旧唱片，是茵茵外祖父的遗物，然后她找人从唱片翻录成卡带，就拿到咖啡屋来播放。

这时已是冬日，隽逸的英语学到半途就学不下去了，但那些丢了阿钟的日子，他没有列夫已经不行，便依然每周都来找列夫，列夫便带他来草茵之梦。那日下着雪，木格子的窗外雪花与雨水交互落下；临近黄昏，回家的行人匆匆过往；地有余温，脚步也携着热气，一行积雪，一行车辙，泥浆之黑将纯白染脏。人走在路上，会有一种寒风透不进肉体的暖意，从血管里渐渐升腾，要膨胀出来。坐在屋里看外面，心安理得，雪大一点，再大一点，屋里的人由此对比出不同，较往常更懂得温暖的珍贵。列夫要了两杯咖啡，又觉得缺口气，便再要来一种鸡尾酒，是店里自调的，掺着薄荷。那女小顽端来酒，放下酒杯时，手不慎触到列夫的脸。列夫惊一下，回头看她，她一笑，整支玻璃杯便在列夫心中碎了，酒洒了一地。这是他们第一次碰撞。啊，肌肤是懂的，冷暖，善意恶意，只消一瞬。列夫闻到了酒香，那不是酒，是女孩儿的气味；女孩儿看见他软了，那眼里高傲的心气转为孩童的顽皮。

女孩儿转身下去。

隽逸道："这女小顽有样子。身材挺括，卖相灵光。高到好处，瘦到恰当。一分不能减，一丝不能添。"

"她叫茵茵，这店的名字就是为她取的。这么漂亮，你不动心么？"列夫抿一口酒，心满意足的样子，像是为隽逸展示了他的一个作品。

"她欢喜你呢。我又不是匹利扬，我不动朋友之妻的念头。"

"你这说的是什么胡话！"

"说你书读头吧！这么分明的事体你竟看不懂。我们进来时，她的头发是乱的，围裙上全是斑斑点点的咖啡渍，一会儿给你端酒上来都戴上发卡了，围裙也换了一条新的，还是粉红绒布的。你没注意到？"

"你说话轻一点，什么妻不妻的，她娘就坐在柜台上，正朝我们这里看呢。"

"阿姨也蛮欢喜你的。她一直在对我们笑呢。"

阿姨果然在那边朝这里看，列夫害怕，故意转过头，像是做了坏事要躲避。

"翟隽逸。"隽逸忽然听到身后有人喊他。

他回头看，看到一个女人，手里捧着一个大纸袋子，里面装满了水果，手里拖着折叠拖车，里面盛着各样蔬菜、鱼肉。

"你不认得我了吗？"那女人像是早认得他的，可是他看女人面貌，却记不起来她是谁。

"我是茵瑞呀。"

茵瑞，这也太巧了！隽逸多年不走新乐路，怎么今日一走就遇见她呢！

那年，所谓"妻不妻的"，正被隽逸说中，一言成谶。陈茵瑞后来嫁给了列夫，成为列夫第一任妻子。那是列夫从音乐学院毕业后第二年，列夫二十二岁，茵瑞二十岁。他们郎才女貌，是人们心目中典范的一对。那年在咖啡屋，隽逸第一次见到茵瑞时，她才十六岁，列夫十八岁。陈阿姨说："列夫格额小囡，牢文雅，修养好，还会得作曲，我交关欢喜伊。阿拉茵茵岁数小点，啥额事体也侪懂了。旧社会十六岁做娘的女小顽多了，现在婚姻法勿允许，等年纪到了，伊拉愿意结婚，就早点结婚。"遂一到法定年龄，这两人便急急办了婚事。

啊，那个浑身是眼睛，风一吹身体就奏响乐句的女孩儿，眼前怎么就暗了呢？那就好像一把提琴，琴箱里塞满了实物，原本挖出来的木头又重填回去了。她模样没有太多变化，可能肌肤失水了，脸上也有了皱纹，可是涂一点脂粉，描眉画唇的，看着相貌依然端丽大方。那是年岁长了人衰了吗？抑或明珠失去光彩落尘了吗？列夫曾经为了她去学通吉他，在咖啡屋里竖起两杆麦克风，一唱一弹。茵茵天生会唱歌，一唱起来，风情难抑，仿佛周围有一群男子在宠她。要晓得，女人受宠时，那嗲意如口水泪水一样洪泄，一旁的人谁也躲不过，多少都要被溅到。人家唱歌，不是娱神，就是媚人，茵茵唱歌，却博得看客的娱媚。没有人看时，也是受宠的样子；只要一开喉，就宠到了。列夫为她作了很多歌，每一支她都抄在歌本上，用牛皮做封面，用粉红丝带扣紧。隽逸趁她不留意时，偷偷打开看过。他喜欢偷看女人笔迹，他以为一个女人根底上美不美，全在一笔字上。字歪人歪，字胖人也会发胖的。唯茵茵的字，是让他看不清抓不住的，令他迷惑，令他如坠五里云雾。茵茵的字不是写出来的，而是画上去的，一个苹果，一只松球，一星发缀，一条腰带。那不是通常的记谱，也不是常规的文字，那些都是她自创的独特的意象。而当她唱出来时，真是一丝不差，一毫不偏。那不是量化的准确，而是视觉与听觉的体验合一。隽逸想，这个女小顽真的是与列夫般配的，她的质地细腻，肪肤与骨血都是干净的。他愿意替列夫看着，替列夫做评判，就好比列夫为他审察阿钟一般。那是因为他们互相默契地把握着一种标准，谁要是不达标准失去标准，就没有朋友做了。

他明明达到了标准，可是为什么还要折腾呢？隽逸不解。

隽逸随茵瑞掉头往回走。茵瑞邀他去她家坐坐，说就在前面不远。他们走到新乐路靠近陕西路那头，那里有几栋英国人安诺德兄弟的洋行设计的联排别墅，茵瑞推开一扇铁门，他们顺园中草坪间的小径走进去。这是底层的三间屋子，楼上住的是房东，茵瑞和陈阿姨租住在楼下。

“正好要吃中饭了，你与我们一起吃罢。”茵瑞端一杯茶给隽逸。

“侬跟啥人讲闲话？”屋里传来一个老人的声音。

“那是陈阿姨吗？”隽逸问，“她还健好？”

“旧年中风了，现在只好坐轮椅。”茵瑞说着，进屋去将陈阿姨推出来。

“翟隽逸来了。”茵瑞提高嗓门对陈阿姨说。

“啥人？”陈阿姨听不清，也看不清。

茵瑞推隽逸靠近陈阿姨，道：“列夫的朋友，翟隽逸。”

列夫的名字陈阿姨听清楚了，又端详隽逸，却看不清：“瞎三话四，格哪能会是列夫呢！列夫阿会嘎老呢！”

“是我呀，我不是列夫，我是隽逸呀！侬记不得我了么？”

茵瑞进厨房去备餐，撇下阿姨与隽逸在一道说话。

“列夫来赛额，我吪没看错伊。伊在外国拿了嘎许多奖，成为音乐家。真正牢有本事额！阿拉茵茵配不上伊。伊额辰光，茵茵要小囡，列夫不肯要，讲再做几年事体，等伊成就了，再生小囡。实际上，我也是格能想额。茵茵偏偏不同意，小姑娘讲，日节哪能好不过呢？格么，后来离婚了，伊也不嫁人，一家头独守空房，格额叫啥日节！明明心里欢喜列夫，为啥体嘎犟呢？”阿姨只顾自己唠叨，说一通，才想起问，“格么列夫现在还好伐？伊在伦敦有新家庭了伐？”

“我也很久没有与他联系了。最近我情况不太好，他支助我一下，才简单联络两次。他很好。他儿子已经很大了，估计大学也快毕业了。”

“阿姨吪啥勿开心。格额侪是命！啥人叫阿拉茵茵嘎勿欢喜读书，一天到夜要白相，跟不牢男人。人家是才子，茵茵是小女人。”

茵瑞端出来三碗小馄饨，隽逸坚辞不吃，她便将剩下的那碗与陈阿姨分了。

茵瑞说：“不要听她唠唠叨叨，这番闲话讲了多少年了。我跟列夫的事情，我自晓得冷暖，她怎知深浅。”

吃罢馄饨，茵瑞收拾净桌面，又推陈阿姨进屋，哄她睡午觉，这才出来与隽逸一起到花园坐下。

“你还记得那个威客教授吗？”茵瑞眯眼看着偏西的阳光。

“就是音乐学院作曲系的那个威客教授吗？列夫的老师？”

“正是他。他有个女儿，是学大提琴的，与列夫同届，在管弦系，叫尔嘉。列夫与她毕业后都分在歌剧院。他们一起上班，一起下班。威客教授家就住在东湖路上，与我们原先的咖啡屋很近。其实，我早就认识尔嘉，列夫还在上学的时候就带她来过咖啡屋，有时，她还为我伴奏。尔嘉与列夫同岁，她叫我妹妹。我和列夫好，还是她促成的呢。她大大咧咧的，总是在人前人后故意挑明那层暧昧。那时我还是个小女孩，挺害羞的。在我看来，尔嘉大方，热情，体贴人，像个情场老手。可是，她既促成我们好，为什么又对列夫比以前更热络呢？我一转身，这两人在一起玩，都能玩到勾肩搭背。进进出出，都是列夫为她背那把大提琴，看上去列夫像她的助理。我起先想，毕竟她是教授的女儿，列夫要拍老师马屁。可是，后来威客教授也来过咖啡屋，我见到他了，他不是那种喜欢学生拍他马屁的人。他晓得我和列夫的关系，他是一个懂经的人。他一看见尔嘉靠近列夫，就会干预。他真正是叫醒他女儿的人。我有时想，他女儿成天都醉着，昏着，不醒似的。尔嘉才需要叫醒。他爸爸叫醒了那么多人，偏偏叫不醒她。我跟列夫结婚后，有一段时间她消失了。不过，后来列夫写了一部大提琴协奏曲，她担任独奏，他们一起排练，常常弄到深夜。有一次夜半列夫领她回咖啡屋，我早已经睡沉。列夫将我叫起，说让她与我同睡，他自己睡在咖啡屋的椅子上。要知道，那时我们的家就是咖啡屋，下面做生意，上面两间睡人，妈妈睡一间小的，我和列夫睡在稍大的一间。我有什么办法呢？只好为尔嘉找来被子，让她躺在我边上。这以后，她就常来，吃在我家，睡在我家。这也太不正常了！你说，我该怎么办呢？我赶也赶不走她，与列夫一说这事，他就岔开到别的话题上去。我忍无可忍，只好发作。我发作，要寻我妈妈不在的时候，我不想叫她伤心。他们对我的发作，只是稍稍吃惊一下，并没觉得有什么错，然后一起来安慰我，好像我得了精神病。我想到了威客教授，我去找他，希望他能帮到我。啊，威客真是一个不一般的人。他对尔嘉说，我叫不醒你，索性就打断你的腿。他甚至通过关系去歌剧院将指挥换了，他亲自去指挥那部协奏曲。这样，他就好分分秒秒盯住尔嘉和列夫。结果，这件事让列夫对我生厌了。他将门一摔，拎着个手提袋就离开了。这以后，他就没有回来过。协奏曲演出很成功，我从电视里看见记者采访乐团。尔嘉紧紧靠着列夫坐，说她怎样怎样照顾列夫，她是他创作背后的支柱。这话听起来，她才是列夫的女人。谁看了这样的节目，会不认为尔嘉是列夫的贤妻呢？我就去歌剧院门口站着，从早上一直站到夜里，直等列夫出来。我等到他走过来，告诉他我们离婚吧。他一脸无辜的样子，像受了委屈。”

“你们这就分开了？他也没来求你？道歉？忏悔？”

“你还不了解他吗？他是只书读头！他真的以为他没有错。”

一段姻缘就这样断了。隽逸百思不得其解。那个万般得宠的茵茵，连太阳照着她都要调整光比的女孩儿，那个江南的煦风吹着她都倍增煦愉的女小顽，怎就一夜天里失宠了呢？你不是能自宠的吗？你倘一直自宠，谁夺得去你的风头呢？那个尔嘉有什么好！她不过是块橡皮膏黏人而已。你不去撕它，它自会脱落的；你在意它，害怕它，结果它贴得更牢。隽逸忽然想起薇拉阿姨挂在嘴上的诗："美人，你令这时代暗淡无光……不要窥探昏暗和污秽，不要追寻雷电和雾水，不要让希望早早地破灭，以免你那明眸转而暗灰。"薇拉阿姨曾经也住在新乐路上，离茵瑞的花园不过百米之遥。一个时代都未曾丢失的光色，有时只消走过去一百米就丢失了。

隽逸心中难以抹去那些时日，他驾车带着两个热恋中的人逛苏州、杭州、淀山湖、崇明岛。那时，在阿钟离开后许久，他在钟表厂上班又下岗，然后当了一名出租车司机。他的车几乎成了列夫和茵茵的专车。那是多么完美而明丽的日子啊！他与他们在一起，成全了他少年青春时期的爱情理想。那是成人之美的君子向往，看一看就满足了，别人实现了就好比自己胜利了。他难忘列夫与茵茵缱绻在后座的甜蜜，他在前面驾驶座上专注开车，偶尔不经意从后视镜瞥见他们相拥而眠，并没有过分的狎媟之举，只是搂着一起入梦，在颠簸中合上摇篮的节奏。

如果列夫与茵茵也失败了，那哪还有神圣的爱情？他为他们痛惜，也为自己死心，阿钟以后他是悲苦的，悲苦的人祝福他人，依旧可以得安慰。然而，别人的福气也断送了，这便心死。哀莫大于心死。悲哀啊悲哀！隽逸泪如泉涌，坐在新乐路安诺德兄弟洋行设计的洋房的花园里泣不成声。茵瑞不知道发生了什么，一个苦痛人未必就知道另一个苦痛人的苦痛。她递给他帕子、绸巾有什么用呢？这个世间的帕子和绸巾都太薄了，它们除了遮一遮羞、盖一盖丑，怎挡得住全部而真实的悲苦？悲苦是人生的原貌，幸福只来自恩典。威客教授曾经告诉列夫："以人的力量是无法表现善的。所以，音乐作品只分两类，一是依人力的痛苦，一是歌颂造化的幸福。贝多芬全部的作品只为赞美上帝。"假如列夫选择了人道，那么，他除了释放自己的罪恶，还能做别的什么吗？

隽逸是个软蛋，这下彻底软下来，成为一摊泪水。列夫一路强硬下去，他强得过高于诸天的至力么？人只有不断强硬不断释放罪恶才获得人的能量。音乐实在是需要能量的，可是获得能量的方法却分为两途。隽逸呼唤道："回转吧，回转吧！我的老朋友。"他此时朝着列夫身处的方向呼唤，却也不知列夫正在回转的途中，他又遇见一个女小顽。有的人的归途是寂寥，而又有的人的归途是美色。出离于美色，归返也在美色。

茵瑞说："你不知道，尔嘉后来追到伦敦，列夫现在的妻子就是尔嘉。"

隽逸这时想起，他曾给列夫发去求助信息，而那个用着列夫手机的孩子，原来是尔嘉生下的。

八

隽逸从茵瑞家的花园出来时，已经下午四点钟了。他不愿再朝着西面走去，因为那里一直有阳光照着。他不喜欢阳光普照，他喜欢阴雨绵绵。这时候并没有阴雨，但可以背对阳光，寻阴头去躲避。上午朝着东是暖和的，下午向着东温度是低的，越往东越凉。

他走到新乐路东面的尽头，走上了陕西路，向北又拐到长乐路，再顺此向东，便走到毕禄中学。学校边上有一家烟纸店，楼上有人家居住。那就是孙越的家。以前，他在毕禄上学的时候，并不认识孙越。孙越虽说在这片地面上长大，中学却并不在毕禄读，他们是在学修钟表的技校认识的。孙越已经离开上海很久了，这家如今还有人住吗？他朝住家的窗口看看，那窗外晾衣竿上空无一物。或者这里租给开烟纸店的外地人住了吧。这烟纸店也不是曾经的老板了，曾经最早的时候是国营的，后来承包给弄堂里的待业青年做了，现在掌柜的显然不是上海人。

那时候，隽逸、匹利扬、孙越，三个少年人常做一个游戏，就是看哪家烟纸店有年轻女孩站柜台的，上去买一包凭烟票供应的高档烟，看手中无烟票，人家肯不肯卖。有一段时间，物资供应受控，买许多东西都要凭票，吃点心要粮票，买食用油要油票，买香烟要烟票。没有烟票，是买不到香烟的。香烟分好几个档次，最上等的是牡丹牌无过滤嘴的短枝烟，四角九分一包。他们第一次玩这个游戏，就在孙越家楼下的烟纸店。那店里有一个相貌怪异的女孩看店，那日，三人烟抽完了，也无烟票，又想再抽一包，匹利扬便差隽逸去买。隽逸下楼，不一会儿就弄来一包牡丹。匹利扬说，这瘪三靠着色相蛮吃得开，以后抽烟有着落了。

他们要看隽逸是如何得这便宜的，隔天又差他去。这次，他们二人远远躲在街对面朝烟纸店看。他们看见隽逸双肘支撑在柜台上，与那个女孩说话。那女孩满脸雀斑，隔那么远，都历历在目。匹利扬道："不知他怎么开的胃口，这副长相都聊得开，真是作孽，难为他了。"更令他们大跌眼镜的是，隽逸居然拿起那女孩的一只手来回翻看，像是在为她看手相。一会儿，两人聊得开心，忘乎所以，有顾客过来都没注意，顾客生气，扭头走开了。那女的又伸出另一只手，隽逸放下原先握着的那只，换这只又盘摩。这次可不像是看手相，这次是公然盘摩，用指尖从她手背撩过。撩一横，又画一圈，结果恨不得头顶头，扎到一起。

"出卖色相，出卖色相！这只赤佬学坏了！学好三年，学坏半天。"匹利扬大感失落，"这么下去，以后幌子、买卖就都是他的了。"

隽逸成功买到香烟，走过来，拆开包装，抽出三支，一人一支点上。他们斜倚街头，叼着烟，一副不良少年的样子。那女的还在朝这边看，对隽逸笑。隽逸小挥拿烟的手，抛过去一个秋波。

“侬只赤佬，覅面孔！”匹利扬骂道。

“覅面孔，侬香烟覅吃呀！”隽逸回道。

那二人显然心中不服，之后便也学着隽逸的办法四处寻烟纸店，看有女的站柜台的，就自告奋勇地上去撩骚。他们几乎一次都没成，只孙越成过一次，那是一个肥胖的中年老阿姨，还戴着一副断腿贴橡皮膏的秀朗架眼镜。这叫二人极度沮丧，心中生出妒意。是故，后来三人下厂后，凡隽逸与哪个大姐小妹亲密些，他二人都要插一脚。没有办法，每次他们都不得手，悻悻然回转。要说卖相，隽逸第一，孙越第二，匹利扬最末。隽逸没的话说，明星派头，典型的倜傥公子相；而孙越有面盘，眼睛却放着贼光，总有一丝猥琐；匹利扬只剩下身条了，五尺躯干，山东大汉的模样，但下巴上扬，脸长长的，隽逸讪讽道：“五孔朝天，天子相啊！”三人不能分开，分开隽逸没胆儿，那二位竟露败相。隽逸是靠着那二人壮壮声势，那二人是靠着隽逸借光贴金。

阿钟与隽逸好以后，隽逸不再玩三人组，脱离出来，深居简出，直到阿钟的姑妈将她带去东京。阿钟并不是一个无情无义的女孩儿，她说过立稳脚跟后要带隽逸去日本的。果然，五年过后，她回来了，但她无论如何联系不上隽逸，电话不接，书信不回，上门吃闭门羹。她便只好去寻孙越，她并不去寻匹利扬，她怕匹利扬那副吃相，本就不敢跟他说话。孙越与阿钟见面，得了信息，去转说给隽逸听。隽逸警告他，说不要与那女人来往。孙越口中答应，私底下却另有盘算。阿钟既见不到隽逸，便离沪回日本去了。此后，孙越与阿钟常有通信。孙越心中想，这等好事，你隽逸不要，我试试看能不能要。不想，阿钟又给隽逸去一封信，说日本那里的大学要开学了，如果他不来，她准备让孙越来。这本是激将法，想气气隽逸，逼他露头。谁想隽逸认真了，断定孙越在他们二人之间插一脚，于是恨上孙越，要拿孙越出气。

隽逸去找匹利扬，拿出阿钟给他的书信，道："你看看，白纸黑字，明明白白！天下哪有这样玩法的，朋友妻不可欺，这是兄弟之间的规矩。你说说，孙越这赤佬这么搞，该怎么办？"

"你想怎么办？"匹利扬问，"请伊吃什伙？做忒伊？"

"你要替我做主。我如今除了靠你，还能靠谁？你都不替我做主，我还有啥路走？你忍心看兄弟下半辈子以泪洗面么？"

匹利扬听这话，忽然找到做老大的感觉，一股血气冲上头，拍案而起，道："太不像话！是要摆摆规矩了！"

二人缩在匹利扬的小房间里，今日图谋这般，明日筹划那样，日夜铺排手段，直将一切聪明都用在暗算孙越上。终于，他们想出一套周密的计划，誓要做得滴水不漏。

匹利扬给孙越打电话，说浦东德州路一带新开了一家餐馆，约他过去，在德州新村某弄堂见。孙越不疑，便直接过去。原先阿钟家在棚户区，旧房子市政改造拆掉了，换到浦东新工房。隽逸已经打听好阿钟家新住址，决意在阿钟家把问题解决，这便将孙越引到德州新村。

孙越远远看见匹利扬在一幢工房的楼道下等他，便径直迎过去。不想，楼道下忽然窜出两个大汉，二话不说，上前就朝他脸上揎拳，一个下马威将他拿下。这时，隽逸出现，说："让你尝一尝轻重，自己做啥事体自己心里明细。今天要你当着阿钟爷娘面，讲讲清楚。"

两个大汉是匹利扬找来的，是他小学同学，身强力壮，那时正在职业武术队当运动员。他们一前一后，督着孙越就往楼上去。

隽逸敲门，来开门的是一位老妇人，是阿钟的奶奶。一群人闪进屋内，一个大汉堵门，另一个迅速寻到电话机，将线头拔掉，又转身跟紧孙越。匹利扬甜言蜜语，与耳背的奶奶说话，将老人哄到厨房，一起择菜，一起收拾灶头。那边客厅里，隽逸直面阿钟爷。阿钟娘正好不在，否则多一个妇人，事情要麻烦得多。

隽逸对阿钟爷说："爹爹你好，今朝没有别的事体，只是想与你说说清楚阿钟的事。有些事体你不晓得，我以为，有必要告诉你。"

"你们这是做啥？关门，拔电话线，要杀人越货么？"老头子镇定自如，坐在沙发上，跷起二郎腿。

"你认得他吗？"隽逸指着孙越问阿钟爷。

"孙越嘛，你们老同学了，我怎么不认得？"

"他与阿钟的事你晓得吗？"

"他与阿钟有啥事？阿钟在日本，他在上海。他们会有啥事？"

"阿钟转来过吗？"

"阿钟在日本读书，用功得很，多少年不回转。"

"爹爹你不讲实话。阿钟刚来过一趟，你隐瞒我，看来真有必要讲讲清楚。"

隽逸呵斥孙越，让他老实交代。孙越吃不准形势，还想遮掩，说几句含糊话。隽逸使一个眼色，那跟着他的大汉上前一个扫堂腿将孙越撂倒，又拎他脖颈将他抓起，狠揎他一掌。这下孙越被打怕了，阿钟爷也受到震撼。隽逸拿来一张矮凳，叫孙越坐下，让他双手抱头，像犯人那样。

"今天叫你来，是要你把与阿钟通信的事详细说透。信的内容，实际见面接触的情况，思想动机，以及阿钟的意思。你讲不清楚，休想从这里出去。"隽逸道。

孙越这便开始讲，一五一十，不敢遗漏。讲罢事实，再讲动机；讲罢动机，隽逸仍不满意，还要他讲阿钟的态度、想法。不讲，或稍有迟疑，那大汉便瞪眼。隽逸或者是从电影电视剧里看来的，或者学了一些刑侦技术，每个细节都不放过，直问到见面时穿着打扮，钟点气候，眼神语气。

“每个细节都要讲清楚！”隽逸像是主审官，他的第一目的是让阿钟爷晓得孙越是个道德败坏的人。

细节是关键。常人述说细节常常自相矛盾，抓住一点，紧追不舍，必有破绽。这是刑侦审讯的重要秘技。隽逸看来真有办案的天赋。

“孙越，看不出来，你平时人模人样，原来你坏主意蛮多的。”阿钟爷听罢，终于表态。

“爹爹，你不觉得这桩事情上，阿钟也有责任吗？她这算啥意思呢？她与我不好就算了，怎又去找我的同学搞名堂？我当初是不同意她去日本的，她如今自己去了，为什么要拿留学读书这件事来逼迫我？好像我很罪过，要向她讨饭吃。”隽逸觉得恶气总算出了一些。他需要表白，需要直面人生。这或许是他第一次直面他的痛苦。

孙越被要求将事实经过笔录下来。写完要让隽逸和阿钟爷过目，通过了还要签字画押。事实写好后还要写动机、认识以及永不往来互通的保证书，这些一并须签字画押。

等这些办完后，隽逸说：“这些文书的原件我会永久保留，复印件给爹爹一份，寄阿钟一份，交给匹利扬一份。孙越你假如从今以后老老实实，这事就算过去了，我们还是兄弟。如果还有非分之想，那么，不要怪我不客气，我就要拿出你签字画押的文书让天下人看。你现在最后表个态，你是卑鄙的人么？你是不是动过念头要勾引阿钟？”

孙越全盘认下，不敢有丝毫违拗。

这时，老太太从厨房出来，对阿钟爷说：“小青年交关孝顺，陪我讲闲话，嘎会哄我开心。格么吃止夜饭再回去，我烧只酱鸭拨伊吃。”

老太太这是在夸奖匹利扬。阿钟爷不知如何应付这话，呆在那里沉默。想一想，忽然开口：“小翟啊，你结棍的！你这套手段是阿拉老早运动的辰光用过的。没有想到，你也会来这手。我也是过来人，过去搞人家，不想今朝落在自己头上，也算见世面了。”

“我并不想为难爹爹。我只是心中一口恶气，不吐不快。”隽逸果真舒出一口气。

“那么，小翟啊，孙越也让你出气了，阿钟也不好，爹爹也糊涂，只有你是清白的。光清白又有啥用场？爹爹讲一句，这事体实际上是你与阿钟的事。你们好就好，不好就拉倒。以后桥归桥，路归路，你有你的前途，不要再惦记阿钟了。你也要寻新的女朋友，寻到了，你就忘记阿钟了。爹爹懂你的苦楚。”

他们放走了孙越。隽逸、匹利扬与阿钟爷和老太太鞠躬，装好电话线，打开门，退出。

“格么下趟来吃酱鸭。”老太太一直送到门口，望着下楼梯的匹利扬说。

隽逸出钱，在德州路附近寻一家餐馆，请匹利扬和两个武术运动员吃饭。

席间，隽逸说：“这才叫兄弟！兄弟在一起，就要这样玩！日后血浓于水，义薄云天！”

隽逸终于得到他的清白。清白是什么呢？人怎会清白无污？人是食五谷的血气之身，但凡寻清白的，实际上是追着死路去。

他真的清白么？日后，匹利扬与隽逸心情一不舒畅，就调孙越出来，找一间酒吧，或寻一处浴室洗浴，拿他出气，讹他出钱。孙越绝不敢有半点不顺之意。他怕那些文书中的细节，怕他龌龊的念头和行为被晒到光天化日之下。他于夜间卧床时，每一想文书中的每一字每一句都颤抖，他越想越猥琐，直至外出都不敢直着走道，以为全城的人都已晓得他卑鄙，以为每一道不经意扫过他的眼光都含着讥嘲。后来，他去了云南，到外地发展。传言他与那边一家烟厂老板的女儿结婚了，渐渐做出样子，发达起来。他再也没有跨进上海一步。

而后来，隽逸下岗落魄了，始终一个人过，孤苦伶仃；匹利扬也落魄了，落魄又翻身了，自己开一家贸易公司，做做贸易积了点钱，又做商业房地产生意。

九

匹利扬的公司开张了，在新华路上租了一套漂亮的洋房，开门临街，后面有园子，园子里可以停车。他买了三部车，一部德国轿车，一部合资轿车，还有一部国产的面包车。他按照自己的理解将洋房内部装修成西班牙风格的样式。一切停当后，他去找隽逸。

“你过来吧，到我这里做。你会写写弄弄，一身本事，这下终有用武之地。”匹利扬说。

“你是生意人，做大买卖，我半个文人，派得上什么用场？”隽逸狐疑，吃不准匹利扬葫芦里卖的什么药，“再说，你的性格那么强势，我到你手下做事，你颐指东西的，咽不下你这口气。”

“给你好，你还摆标劲了！你奶奶的开出租车，有什么出息！到我这里可以搞策划，做创意，还可以管行政。公司一大堆员工，没有思想指导怎么行？要洗脑！你这个家伙阴阴的，满肚子坏水，满脑子鬼主意，来管教员工最合适不过了。我翻覆想过了，这个角色非你莫属。老实说，我不是看兄弟情面，我还真的服气你那点才情。”

“我跟你做兄弟行，做事怕是不行。不过，你这么说，看得起我，我也拎得清。想当年惩治孙越，你够义气，光凭这件事，我就不该推脱。你说话吧，说什么我干什么！”

“奶奶的，我给你好，被你这张嘴皮子翻弄成你报答我了。话怎么说到这个份上的？我脑子转不过弯来，被你绕进去了。那就别废话，明天就来上班吧！”

匹利扬接着说了洋房的气派，说了单独给他一部汽车用，又任命他做公司副总经理，又描绘一番业务前途，直说到有朝一日飞黄腾达如何美女如云，如何气吞山河。

果然，招聘的时候，来了一个美人儿。她叫蜜云儿，潘蜜云。她家本是南市区人，爷娘早先前支援三线迁去四川，如今那边工业基地倒闭了，一家人正盘算着如何回来。蜜云儿先回来，带着女儿租住在宛平路上。蜜云儿原先嫁给四川当地人，既一心想回来，便与男人生出罅隙，久而久之成为隔阂，以致最后交恶，索性离婚。她二十六岁，女儿四岁。

隽逸与蜜云儿说几句，发现女人读过点书，肚里有几卷文章，已然不是少女情怀，里里外外，举手投足，究竟漾出的是一股诗情画意。匹利扬看了也很满意，便当时就录取，直接任命做总经理助理，给了她一份高额薪水。那蜜云儿别提有多高兴了，心里简直就炸开了花，可面上却静如止水，还左右提出一些条件，诸如不赔喝酒，不做公关，接送小囡要迟来早走，隽逸与匹利扬都一一应允。这便来上班，排给她一个单间，紧挨着总经理和副总经理办公室。

公司草创时期，外面应酬很多，匹利扬一周几乎半天都待不住，凡外出，必带着蜜云儿。蜜云儿随他吃尽各样筵席，也出入许多有气派的场合。女人伶俐聪敏，一个月下来，各类业务便得心应手。匹利扬很是有面子，无论甲方乙方，都羡慕他身边的女人。他也出手大方，经常给女人买些大品牌的衣服，珠宝也添了不少，渐渐的，那女人走路也摇晃起来，下巴颏抬得高高的，一副目中无人的样子。她初来时，温文尔雅的，不说话时，淡如雏菊，也不见光彩，一说话，双眸明澈，瞬间将周围点亮。只是，美人的底子，穿得出，摆得上台面，这些常人买来穿着俗气的服装，在她身上果然相映生彩。谁都看得懂，这是老板的女人。她本就是情爱底色，这下卓尔不群，即便无人追逐，也自觉风情要找个地方着落。

匹利扬周末带着蜜云儿与她女儿，驾车去淀山湖转悠。他们寻一处临湖的平房别墅，坐在躺椅上看日落。那两个武术队的同学，匹利扬也找来做他的保镖。这时，小孩子在屋里睡着了，保镖们被支开，只剩匹利扬与蜜云儿。

匹利扬说："我们两个一直这么处着多好啊！你愿意一直陪着我这么看落日吗？"

"好事情都不长久的，就像这落日，一会儿就沉到湖底了。花无百日红，我也就好看几年，日后不过是残花败柳。"蜜云儿直对着远处的夕照说话。

这是一句招引男子的话，弦外之音甚至有迫不及待的意思。可是，匹利扬却听不懂。他与女子，向来直奔主题，不知怎的，这回遇见蜜云儿倒是缩手缩脚起来。他爱得要死，竟情怯不敢移前一步，小心翼翼，如履薄冰。蜜云儿从第一天得了赏识，一路心花怒放，直到此刻烈火焚身。这男的万般好处都献上了，高高地将她供到坛台上，却一丝没有动静，说这些不着调的话。陪伴算什么？你当老板，我做花瓶，就一直放在边上让你看，让人看么？蜜云儿想，或者这男的真是个情场老手，要煨酥掉你才下筷子。

"我有点冷了。"蜜云儿望见匹利扬身上盖着毯子，她却没有，“还有毯子么？”

她的意思是让匹利扬把毯子给她，或者男人就凑近来。不想，匹利扬道：“天色不早了，不如进屋去。孩子说不定也醒来了。”

真是无趣啊！他也太残忍，非逼人自动就范吗？

“想夫人必是厉害的人。”蜜云儿试探他。

“我与她是形式主义。爷娘欢喜他，我也不能不做一个孝顺的人。”

这话是什么意思呢？分明暗示人有可乘之机。这不是一切在外面拈花惹草的男子最低级最不过脑的开场白么？

“你怎么就猜到她厉害呢？”

“你做事体那么规矩，一点没有那些俗男人的想入非非。你比柳下惠还君子些。一个君子，要么天生高洁，要么就是夫人看得紧。”

匹利扬并不知柳下惠是谁。但此间也不甘示弱，便学着隽逸的腔调也摆弄一些雅辞，他生硬地将视线从女人身上移开，望着远处长吁道：“看远山，画眉勾山长！”

他的意思是为了表明，他是前者，是那个天生高洁的君子。他想蜜云儿必是喜欢读书人的。

“这边哪里有山呢？”蜜云儿问。是啊，淀山湖水平如镜，处在一片平原中，哪来的远山？

“我不喜欢把眉毛画得太长的。平时基本不画。你不觉得我的眉毛天生好看吗？”蜜云儿又说。

匹利扬竟呆呆地审视女人眉毛，尴尬地笑，又僵住，不知如何回应。他搜肠刮肚，想再寻一句诗来作答，可是除了“画眉勾山长”，他再也寻不到第二句诗。

女人只好起身进屋，他紧紧尾随其后。

匹利扬既这么无趣，也不接球，蜜云儿便转向隽逸。她实在需要在公司里找一个靠山。老板倘无意，那便暂且搁置一旁，将他理解为善意、好感、惜才吧。她也不是看不透隽逸的实力，心里也明细隽逸是靠着老板吃饭的。但无论怎样，隽逸与老板是兄弟，靠上隽逸，也就一半靠上老板了。于是，她便寻机靠近隽逸。只要不外出谈事，便上隽逸办公室说话。开始是请教，大小问题都汇报，渐渐就诗情画意起来，谈文学，谈唐诗宋词。隽逸哪见过这个呀？自从毕禄中学出来后，他只在女工堆里混，不过是谈婚论嫁、吃穿玩乐那一套。蜜云儿果然与他说得来，两人意趣相投，举手投足，无不心领神会。

隽逸带她去博物馆。上海博物馆里的明清古玉是天下头等货色。但凡好色的，谁抵得过那美玉的光色？这城中与城外的人，差的不是地理与阶层的距离，两者实在是差着年月。而这博物馆，也是年月的产物。蜜云儿自小在生锈的机器旁长大，穿梭于马达的噪音与路边摊的喧闹间，星期天最多去公园或烈士陵园玩玩，哪里见过什么博物馆。外来的人总想城里是灯红酒绿、高厦林立的，有几个晓得城中财富是积在博物馆、游泳池与电影院中的。那些拼命渲染酒吧、夜总会和高速路的电影，多半是农村出来的导演拍的，城里长大的电影艺术家，往往会把故事的背景放在一截铁路旁的矮房，一间博物馆的走廊，或者电影院的票房过道上。蜜云儿与匹利扬在一道，不过去吃了生猛海鲜，去住了宾馆套房，感受一下价格的落差，并无机会体味那价值的高低。博物馆的遗产是什么呢？盛着这遗产的建筑是什么呢？在以这建筑为背景的落下黄叶的街道意味着什么呢？而她正与那谈吐非凡、行走生风的男子走在一道。如果他们家不去三线，或者这样的男子就是与她一起长大的邻家哥哥。他叫隽逸，听起来就是俊逸。这是一个俊逸的男子！谁个女孩儿不喜欢隽逸的身形、面貌和气度呢？蜜云儿想，她早先前本该认识这样的男子的，应该嫁一个这样的情郎。她原先为着生计的一切谋略，关于靠山的种种想法，此间顿时化为浮云。

“我要送给你一件小玩意儿。”隽逸与蜜云儿走在法国梧桐树下的街上，从腰上解下一方玉佩，说，“这个给你。我看你喜欢那些玉，看到眼里都拔不出来了。”

隽逸真的送给蜜云儿一方古玉。这是他爷留给他的祖传的宝贝，他一直当护身符贴身戴着的。蜜云儿有点不相信这事临到她头上，但她并不是一个一般的女子，她对于那她真切向往的东西，是可以舍掉性命的。她接过玉佩，就好像接过了这个男人。她几乎是夺过去的。

她说：“我太欢喜了。你只送给我吧？你以前没想过送给别人吗？”

她不想再因迟疑而丢掉什么了。命运中的蹉跎已经足够多。如果二十六岁还没有找到心仪的意中人，那么，以后遇见的男人就都只是搭伴、交易或者门面了。

隽逸被她的问话击中。是啊，难道以前没有想过送给谁吗？他怎就没有想过送给阿钟呢？他不是因为阿钟而发誓终身不娶吗？他怎就突发奇想送给蜜云儿呢？蜜云儿算什么？这个女人有什么魔力夺他的护身符？他莫不是真的遇见了爱情？

那女人凑上来，亲他一下耳畔。他觉得他们那么亲，就像他曾经跟列夫说的，“因为发乎亲爱，比血缘还要亲，是暖洋洋、软绵绵的，放心做一家人”。

他不敢再深想下去，那番话直指“成亲”二字。

上次是匹利扬情怯，这次是蜜云儿情怯。狠心的男子情怯而退，狠心的女子情怯而进。

接下来的几天，隽逸躲起来了。他请假回家，说手上犯腱鞘炎，要做个小手术。实际上，他心中翻江倒海，思想风暴骤起，头脑彻底沦陷了。

他不是爱情的忠诚卫士吗？他与阿钟的爱情理想破灭了，破灭也以死捍卫，你不信，我信，我做给你看，至死不渝。他想，他难道走在这路上吗？阿钟真的想看、真的会看吗？看到了又怎样？一切都是为了让她回头吗？她真回头还会要她吗？或者只为做给老天看，老天为他感动而令阿钟回心转意，还是令她悔恨交加直至毁灭？他的目的到底是报复还是证明纯粹呢？纯粹的回报是看阿钟死么？他忽然想起阿钟爷的话："你也要寻新的女朋友，寻到了，你就忘记阿钟了。"难道蜜云儿就是新的女朋友吗？是上天因他持守忠贞回报的礼物吗？他又问自己，蜜云儿好么？他答不上来。但他觉得蜜云儿是亲人，是懂他的人，他耳畔尚留着她唇的余温。他想起在遇见阿钟以前与厂里女工相处的那些日子，他似乎也可以做一个狂乱的人，他原本并不是非此即彼的人，他只是骄傲并试验着他的天赋，他见证到自己是美男子，也见证到美男子的力量。但他晓得自己是有罪过的，他曾经滥用过这种力量，于是命运拿阿钟惩罚他。那尊贵的想赚并不贵重的便宜，并未守牢自己，想多得一份，这就是他的坠处。如今蜜云儿来到，会是生命开启新的门户，命运与他了却旧账么？如果是这样，这次他必要把牢不放。啊，他原本也是多么轻浮而无知的少年人呢！

既这么想，他便不再顾忌匹利扬。"我做你幌子做得还不够长久么？"他心中抱怨道，"这次断然与以往任何一次都不一样了。这是我的人生呢！我要走的路，我迈出去的脚步，谁也别想阻拦！"他发下狠心。那么，人家的场子，人家的局面，请你来帮衬，你又如何可以喧宾夺主，占了人家心仪的女人呢？不是说，朋友妻不可欺么？呸！谁是他的妻呢？他的妻不是在家好好看着他么？蜜云儿并对他无意，与蜜云儿好，说不定还做了好事，保全了他的家庭。

隽逸这么翻过来，覆过去想，怎么都觉得他应该为自己着想了。他应该得到这个女人，这个女人是命运为他预备的。

那头脑的风暴终于平息了，这便又去上班，去见蜜云儿。他进到新华路上的别墅，也不去自己办公室，二话没说，就去蜜云儿那边拉着她直接上了他的车。

他说："天气这么热，去游泳吧！"

车子便往体育馆的游泳池开去。他们没带游泳衣，隽逸便为两人各买一套。

迨二人穿上游泳衣，在水池边站着时，蜜云儿说："我不会游的。从没有游过。"

"那正好我教你。"隽逸拉着蜜云儿，从浅水区下水。

他明白看见了女人的身体。她不是那种瘦高挑的女子，她的肌肤很白，像一团云，她的骨线藏在丰腴的肌肪下，那是一种生活化的匀称，没有舞者的升腾，也没有少女耸立的挺括。不过，隽逸爱这样的身材，云缎一样的柔软，是消磨意志的安逸。

那云儿入到水中竟硬了，成为僵直的白石。她太陌生了，对水陌生，对光天化日之下将胴体展露出来陌生。她放眼望去，那些体态臃肿的阿姨和那些轻妙飘逸的妹妹都是那么坦然，除了敏感的几点包住，其他肉身部位一览无遗。这是什么玩法呀！那么多爷叔壮汉众目睽睽下，露胳膊露腿露脚趾的，还有前后那些鼓出来的地方，叫他们都看去都扫一遍，她简直就要晕厥了。

"这运动不适合我。"她说话也僵硬了。

"这不一定就是运动，这是玩呢。"隽逸拉着她手，将她从水池边的金属扶手那里移开，渐渐导入池中，"谁一开始就会游呢？玩着玩着，就会了。这叫戏水。"

渐往中区时，蜜云儿身子一沉，尖叫起来。隽逸伸手一把将她托起。那手碰着了她小肚子，女人颤抖，触到一阵电流。啊，她害怕水池，害怕人前赤条条，竟这么尴尬中也难却男人的手指。于是，她总游一下，沉一下。她这时哪有心思诱引，她全然是寻找依靠，寻找兴奋。唯与隽逸贴在一道，才安全。安全而兴奋，这感觉令她灵魂出窍。

三线的女孩儿哪里懂得城中的居民是在游乐场和游泳池长大的。这泳池与她也隔着年月呢，就好比清朝的格格被拖来下水，被带到公共场所与市民嬉闹。本是日常，却因来者惊惶而成为风景。好在她是情种，碰不得的那种，反正能碰到男人，又是她心仪的人，她将陌生统统过滤掉，直纯粹沉陷于男女过电，反倒迷醉起来，不肯离去。这么飘着飘着，因渴望而生出冲动，她竟抱紧隽逸，双腿夹紧他，也不管不顾周围的人，唇齿打战着就贴到男人嘴上。她不晓得，这样是要遭白眼的，爷叔阿姨和小朋友们都看不下去，有好些人匆忙出水，纷纷回避。

水是凉的，身子和心是热的。有什么比痴男怨女相触而激发的力量大呢？这力量居然让初试池水的女子瞬间学会了游泳。她不能不学会，她感觉她学不会就要失去这个男人。

他们旁若无人地抱着，亲着，犯浑说着昏话，令馆中的救护教练也看不下去了。终于有人过来驱散他们，提醒他们要闭馆了，有事情回去做吧。

“好的好的，是要回转了。”隽逸这么一边说着，一边甜蜜地将蜜云儿举出水面，好像还感谢那因反感而提醒他们的人。

走出游泳馆，这便不好了，两人相拥而行，似乎路也走不好了，跌跌撞撞的，歪歪倒倒的。于是，车也不开，就找来出租车，一路直往隽逸的住处去。

进屋后，两人几乎是哆嗦着将衣服脱净，一头就钻进被窝，紧凑在一起不放。那女子唯恐还凑得不紧，张嘴咬住男人的肩膀。

“这是上海哥哥呀，真的上海哥哥……”蜜云儿呢喃着，哭喊着说出这话。

如果不是因为生理的快感陡然升起，这话必是要惊到隽逸的。他哪里晓得，上海哥哥对蜜云儿来说多么重要，她一直希望委身的本是隽逸这样的哥哥，可是多少个夜晚她是与一件外地的替代品睡在一起的。只有抱着上海哥哥，才是回到家里了呀！她本是无望的，再也不可能回转，而这下她是真的回来了，着着实实回来了！回家的感觉真好，躺在襁褓里，躺在摇篮中，躺在放心不着风雨的屋檐下。她快速就到了顶峰，她将一切胡话都喊出来，那是带着病痛、哀号和惊喜的闹嚷，喜极而泣，悲欢交织。她一次又一次，打算死掉算数。

隽逸深深感受到归向的决绝，那是一种躺倒的投靠。

蜜云儿是泡不上匹利扬才转向隽逸的。不论向着匹利扬，还是向着隽逸，都是投靠。前者是投靠势力，后者是投靠一个家。她原本是退而求其次，不想隽逸触动了她少女的情怀。一个少妇昏昏的，举手投足嗲声嗲气，那穿着名牌衣服挂着闪亮珠宝招摇炫人的架势突然变换成情怯的模样。匹利扬也情怯。可是美人情怯与粗汉子情怯是一回事吗？人看蜜云儿起初是一朵白云，这会儿看是一团酡红的醉霞；看匹利扬，好比硬汉穿女装，别提有多别扭了！然而，女人的心思已不在他身上。他再带她出去，她总是心不在焉，不是托辞不适，便是借口小孩子那边有事，寻着机会便开溜。匹利扬轧出苗头，晓得快到手的鱼儿要滑脱，会是谁呢？除了隽逸还会是谁？他终于早起到公司，逮住他们双双来上班，那女的分明是从隽逸的车上下来的。

他不用多想，也不用再多看了，他将隽逸叫到他办公室，劈头盖脸就吼："你个十足的贼骨头，吃我的，用我的，开我的车，偷我的女人，你太不地道了！"

隽逸对他笑笑，淡然道："谈恋爱这事，你情我愿的，扯得上什么地道不地道的么？"

"朋友妻不可欺！你忘了孙越的事了吗？"

"这是一回事吗？阿钟是我的女人，蜜云儿是你女人么？你有老婆孩子，我光棍一条，我谈恋爱触犯谁了？"

匹利扬被问得一时语塞，不知如何回应好。

"人家根本不看好你。你不要以为自己有几个臭钱就了不得了。再说，你那几个钱也算不上发财！"

这下气到匹利扬了，他一个茶杯摔过去，正摔到隽逸额头。又是额头开花。自那一次在汪庄额头开花，至今已二十年过去了。那时二九青葱，如今都已年近不惑。

隽逸真就也火了，上前就扼住匹利扬咽喉，兄弟反目，恶向胆边生，拳脚相加，大打出手。两人打得不可开交，直到秘书、保镖和保洁阿姨都进来劝架。谁也不知道发生了什么，保镖也不敢动手去揍副总经理。

匹利扬嘴角流着血，西装被撕开口子，一副狼狈的样子，气喘吁吁地说："滚！你现在就滚！我以老板的名义开除你！"又回头对进屋劝架的人说，"明天开始，绝不许这只瘪三踏进大门一步！"

"说话嘴巴干净点！不要忘记，是你叫我来的，谁稀罕你，我才不要到这里来做什么副总经理。人家开公司挣大钱，你以为你也配做什么像样生意？你也不拿镜子照照自己，看看自己究竟是五孔朝天，还是鞋拔子脸！"隽逸说罢，还未等匹利扬反应过来，就摔门出去了。

女人晓得，男人是为她打架的，心中不由一阵惊，一阵喜，又一阵担心。她担心隽逸吃亏，也担心自己是否薪职难保。

匹利扬既撕破脸皮，也就无所谓情怯情勇的，他开始耍无赖。

他强行将女人拉到他车上，一脚油门猛踩，直将车子开到崇明岛偏僻处。

车停在稻田里，将一大片稻子压倒。

“你跟那只瘪三有什么好？你不晓得他是只缩货么？他能给你什么？”匹利扬怒气冲冲地问道。

“他能给我一个家。”

“放屁！他自身难保。他爷死后，他下岗只能开出租车混饭吃，要不是我，他哪有今天！”

“开出租也挺好的。”

“他是个赌徒，赌博，欠债，最后把你也输掉抵债！还说什么家！你做梦吧！看你清清爽爽的人，原来脑子那么糊涂。你让那只瘪三骗了卖掉都还帮他数钱。我哪里亏待你了？你要夹进来坏我们兄弟情谊？你看上他漂亮对吗？那是银样镴枪头，空心汤团。说起来你也是离过婚的人，过来人，想不到你还像个中学生那么幼稚！女人寻男人，要身体好，有钞票，有本事，有花头。说什么对你好，我多出来才能分给你好。他自己都不够，讲什么对你好？拿什么对你好？”

“你什么也没对我讲。现在讲，我才晓得。”

“你轧不出苗头吗？我十三点吃饱了没事做要给你买礼物，要白白讨好你？”

“我以为你大度，赏识我。我哪里晓得你不怀好意。再说了，你有家有室，我怎好中间插一脚？隽逸是单身，他向我……”

“不许提他名字！瘪三，贼骨头！”

“那么我怎么办呢？我死掉算了！”蜜云儿只落泪，不晓得说什么好。

匹利扬单刀直入：“你要多少钱？多少钱才能解决你爷娘进上海？还有你们的住房，小囡读书，我都会给你。”

匹利扬真就狠狠给了蜜云儿一笔钱。

那钱就是一把刀子，放在那里，不拿是死，人家不放过你；拿了，是苟且，爷娘和孩子或得了活路。

蜜云儿回想起她来上海的初衷，如今见着帅气的上海哥哥将初衷忘了，她觉得自己有些自私。她还没想清楚，匹利扬就下手了，他也不再想第二句诗，原形毕露，一如既往的那套，不由分说地就在汽车里动起手脚。

匹利扬的身体比隽逸好三倍。没有唐诗宋词，却难说没有一个家。一个没有名义的坚实的家，与一个名正言顺却前途未卜的家。反正都是家。她是为着一个家来的呀！现在，匹利扬，她面前这个生猛如虎的男人答应给她，实际上已经给她了。她夫复何求？

至于爱情，那是命运白白给的，不是求得来的。她要过爱情么？她想，如果她从小在上海长大，起初就遇见隽逸，她会只要爱情的。

隽逸遭遇爱情了吗？其实，这件事到这里，看起来更多像是命运对隽逸的责问，而不是白白给予。他如何回应这责问呢？他曾经可以为阿钟终身不娶，他赢过；可是命运再出价时，他还能付出多少？蜜云儿做过别人的女人，生下别人的孩子，他支付了；蜜云儿又做了他兄弟的女人，拿了他兄弟的钱，他不再支付了。爱情有时候艰难，有时候只不过一念之差。这就是你的女人，白的黑的红的，她全沾上，你到底要不要？

蜜云儿又去找隽逸，她总要有个交代。她抱着隽逸，喉头发紧，哀号哭求："哥哥，哥哥，这是上海哥哥呀！"

起身穿上裤子，她才说出崇明岛稻田里的事。

隽逸也原形毕露了，说他阴，这次他真的阴毒一把，看谁得好，谁有好结果。他给匹利扬老婆打电话，说大嫂啊，我实在看不下去，为着你们一家好，我才说这事，这或许让兄弟难堪，但说了才是兄弟真情义，不说乃是狼心狗肺。

大嫂带着几个人，直冲到新华路别墅，一把将蜜云儿揪出，当街就扯了她衣衫，剪了她头发，并扬言再见她进公司，必灭之碎之。

蜜云儿果然消失无影。她被揪掉几缕头发，扯坏几件衣裳，或者还丢了面孔，不过，她得了匹利扬一半的财产，隐藏在这城中建一个家，初衷如愿以偿。而匹利扬，匹利扬老婆和隽逸，却丢了兄弟情谊和夫妻恩爱。

一朵云，下过雨，飘走了；而你们淋得破败不堪，雨打花残，凋叶狼藉。

十

前面说到，隽逸曾在见过茵瑞后朝着列夫的方向呼喊道，“回转吧，回转吧！我的老朋友”，却也不知列夫正在回转的途中，他又遇见一个女小顽。

在伦敦国王十字车站二楼的站台上，列夫因要去坎特伯雷教课，匆匆走过检票口，不慎挤撞到前面一个女孩儿，将她球鞋踩脏，还把她的鞋带踩散开。他满怀歉意，竟蹲下去为那个女孩儿把鞋带系上。那孩子惊怕，轻呼：“啊，不要，不要……”她吞下半句，又垂下目光看他认真的样子，不由转讶而笑，那笑和目光一道垂落，实在垂怜于他。列夫又掏出帕子为她擦脏。

“不要紧的，您别擦了。”那女孩儿是一个中国人，十八九岁的样子，说一口标准的普通话，年轻得像她的鞋子一样崭新，只是一双眼睛滚烫、热烈，看不得，一看就要燃烧。

两个故乡人，一个暗旧，一个新红，在异国的火车站台上，因为一条鞋带被拴停一刻。

“实在对不起。我要赶火车，有点心急。踩痛你了么？”列夫缓缓站起，心有歉疚。

“您的脚好重，有点痛呢。”

“我帮你拿行李。你要不要到长椅上坐一会儿？”

“我也赶车呢，没时间坐。”

“你要去哪里？”

“我去坎特伯雷。”

“那我们同路。车快要开了，我们上车吧！”

于是，列夫抢过女孩儿的行李，帮她提着，两人一起上车。

车上很空，没有多少旅客。他们随便择座位坐下。刚坐稳，车就开了。

列夫说：“那么互相认识一下。我叫列夫，这是我的俄国老师给我取的名字，用了几十年了。我是音乐家，坎特伯雷那边请我去上一节作曲课。”

女孩儿说：“我叫罗薇，妈妈叫我薇拉。我是出来玩儿的。我是法兰克福人。我听说那个坎特伯雷大教堂很有渊源，想过去看看。”

列夫心里一震。薇拉？他想起薇拉阿姨，那个给他名字又教他钢琴的说上海话的最后的罗马人。岁月盗走她容颜，难道给了面前这个女小顽？

“那么，你的母语是哪种？”列夫问。

“应该是德语，我是用德语开始学习的。”

“哦，刚才你说第一句话是汉语。你怎么就晓得我听得懂汉语？仅仅因为我长着亚洲面孔么？或者我也可能是越南人。”

“你的眼神里有我熟悉的味道。”她不再称呼“您”，她说她看见味道，“那种只有上海人才有的味道。我想你是上海人。”

“你熟悉上海人？”

“我妈妈是上海人。她老家住在铜仁路。我小时候我们常回家过春节，那时候外婆外公还健在。”显然，上海人很少说老家。这个说法暴露她肯定不是在上海社会中长大的。

“严格说起来，你只能算半个上海人。不过，你说的上海的味道是什么呢？”

“那种不想欠账的味道。谁也不占谁的，欠账必还。你踩了我，马上就还，不只是歉疚，而是实在就做出还账的行为。”

“一般人情急下，吐露的必是母语。我可能惊到你了，你说‘不要不要’竟是普通话，所以一开始我猜你是北方人。如果你张嘴说上海话，那惊到的就是我了。你猜得没错，我是上海人。”

“格么侬听听我讲上海闲话正宗伐？”薇拉突然说起上海话，“侬是老爷叔勒，侬讲正宗就正宗。”

“正宗额，小姑娘讲得交关好。”列夫听到一个年轻人在英伦地面上与他讲上海话，眼泪都快流下来了。尽管他在家与尔嘉说上海话，可是他儿子一句都不与他讲。他儿子能看汉字，却既不讲普通话，也不讲上海话。他能就着汉字说英语。那并不是翻译汉字，而是见字会意，得意便直接关联到英语表达。那是因为当初，他们是用英语教他汉字的。比方说，写“樱”，就解释给他听这字的意思是“cherry”；写“刀”，就说是“knife”。这种教法就跟大清第一批派去美国教中文的翰林一样，只教字，不教声言。罗薇正相反，只会说普通话和上海话，却不会写汉字，她的这种情形正与薇拉阿姨一样，是文盲，但可以用拉丁字母记音，记德语，记普通话，记上海话。

接下来，他们一会儿说上海话，一会儿说普通话，偶尔也说一点英语。对于在西方长大的新一代，哪怕母语是所在国的，讲点英语实在太小菜一碟了。

他们这趟车开得快，个把小时就抵达坎特伯雷。他们在车站简单话别，就各奔东西了。

要是事情就这样结束，也就不会有后面所谓“归途”“回转”的曲折；然而事情，并由不得人来主宰。

列夫曾因他的一些交响曲片段得过几次欧陆的作曲比赛奖，这便被西洋的几个乐团邀请去写作，渐渐成为驻团音乐家，后来TCM（圣三一音乐学院）聘他做作曲教授，他便定居伦敦。这学院原本在伦敦西区，如今搬到泰晤士河边上查尔斯王的宫殿里，列夫便靠近学院住，在威斯敏斯特城伊顿广场附近威尔顿地后面的吉拿敦街住。那是一条幽静的街道，离白金汉宫不远，街上住家窗口或墙根都摆满了四季的鲜花。列夫家是一栋红墙乌瓦带老虎窗的二层小楼，楼底下是车库，一面临着吉拿敦街。从威尔顿地转进来，街口有一家裁缝铺，对门是家咖啡馆，再沿街进深一点，又有一家小一点的酒吧，是一位爷爷和他的孙女照料的。按时下国内人的说法，这地面算是高尚住宅区。尔嘉是20世纪90年代追过去的，当时列夫还在汉堡，那个地方几乎都是些新建筑，列夫很讨厌那个城市。他们在汉堡结婚，生下孩子，终于百无聊赖，正下决心计划回国的时候，伦敦发来了聘书。去伦敦！这是列夫和尔嘉一直期望的，因为在那边有更宽阔的舞台与世界各地的艺术家合作。夫妻两人终于在他们喜欢的街区买到喜欢的房子。那房子与上海的味道接近。一路从东边出来，直走到地球的西端，怎么心里还牵挂着出生地的那些街道的气氛呢？实际上，国人外出，唯上海人不改其性，他们不论走到哪里，只不过是将上海搬过去了。他们不仅将国中上海之外的地方看作外地，他们也将世界上的外国看作外地。如果说他们喜欢伦敦，那是喜欢作为外地的伦敦的别样地道，而不是准备接受伦敦的活法。汉堡他们就看不上，因为那里没有他们理想中德国的地道，汉堡是乡下人住的地方，透着一股子无厘头的新兴气。德国的地道在柏林与慕尼黑，柏林甚至是东柏林才更地道。上海人是老克勒，要classical，喜欢经典的，钱要老钱，居要老屋，穿要老派，吃要老口味，在这基础上，再追一点时尚，却也要有来路的时尚，不能莫名其妙，没有说法，这就是所谓血统，好比玩宝石的讲究产地，那意味着宝石的出身。所以，上海人是不喜欢美国的，他们更喜欢英国。他们之所以坚守老克勒之道，全是因为他们的城市有牢靠的生活经、生意经、读书经、恋爱经，甚至贼盗也有贼盗经，禅修还有禅修经。当一个城市积聚了太多的门道和规格，那么它的伦理就密织如网，水道纵横，街路纵横，伦理也纵横，人牢牢地被限定在他的路上。文明就是这样，以伦理的纵横看管着思路与财路。而没有门道只有道德的地方就守不住自己的方式，一点新的信息就将居民的魂掳走了，出身与产地显得无所谓，对于器物来说只论理化成分，对于人来说，只剩好人坏人。试想，从小点心吃生煎馒头和排骨年糕的，如何将麦当劳的汉堡包入口呢？你要缺吃到什么程度，才会把生冷兔子草和牛排当作美食呢？这不是口味不同，也不是风俗差异，还是那句老话，这是差着年月，断裂了品序，夏虫不可语冰。

尔嘉喜欢列夫，是将列夫看作一件心爱的宝贝，倘略有瑕疵，不尽其意，没有达到她心目中理想的位置，便不满意，便要如切如琢，一味打磨。与其说列夫是她的男人，不如说是她的艺术品。她收藏列夫，时不时拿出来观赏、把玩，晒一晒，抖一抖。她在汉堡的时候就不再拉琴，而是一心包装丈夫，做他的经纪人。这个世界上可怕莫过于经纪人。经纪人是有要求有目标的，你达不到，是过不去的。列夫在尔嘉的计划中终于走向名利场，一切都以知名度、获奖含金量、出版物销售量为衡量标准，这好比将列夫赶上一座高山，成天只好爬坡，终日气喘吁吁，不得停步。

啊，他太想歇一会儿了。于是，那家裁缝铺子，那家咖啡馆和那家酒吧，就成了列夫躲避尔嘉的隐秘场所。他像一个害怕功课的逃学的学生，一有机会就要钻进那几个地方去盘桓片刻。那个裁缝铺的老板一开始为着他来而有生意眼泪都要涌出来了，后来因为他不断做同一款式的裤子，几乎做了有三十多条，竟生出怜悯心，怀疑他有裤子控，怕他病得不轻。他做裤子，只为有说话的人，有说话的题目。他不过想找人说说话。当然，他可以一直坐在咖啡馆，一杯接着一杯喝，与街坊邻居和过路人闲聊。然而，没有目的的聊天，没有成就的消耗，并不是列夫的口味，他受不了思绪和才情的浪费。那么，去那家更小一点的酒吧，与爷爷、孙女做伴，可惜那个爷爷不喜欢他，倒是他的孙女愿意与他谈音乐。只是那女孩儿爱听音乐，竟五音不全。这也好，列夫满足于跟一个年轻人说得上音乐的话题。学校里不是有许多学音乐的学生吗？不，那里的孩子也与他一样，在功名利禄的路上。他一个人爬已经够辛苦了，拉着他们爬，那简直是套上重轭前行。他讨厌他们。如果不是为了来伦敦，他才不愿意这样教音乐！好吧，他开始教那个女孩儿弹吉他，他希望她或者可以成为茵茵那样涨满风情月思的一湾水塘，然而，她是一个老实女孩儿，是一条直直的水泥路而已，并没有凹沟可以盛水。那么，他下雨，将路面打湿也好。他那么热衷教吉他，常常苛刻地要求女孩儿记住和弦，甚至为了帮助她按紧琴弦而手把手教，这便叫老头警觉，以为他心怀歹意，索性就大打出手，一拳将他赶出了酒吧。女孩儿尽管不谙风情，却是一个有感恩心的人，列夫不去酒吧了，她便时常放一个篮子在红墙的小门下，里面有一杯她自己调的鸡尾酒，一块蛋糕，还有一捧淡蓝的雏菊花。列夫每日清晨一开门，就会看见这个篮子。这叫他心里得着安慰，生命见着亮光。那些女小顽，那些美丽的花朵，难道是来装点这个世界的么？他想起薇拉阿姨的话。列夫为此写了一部独幕歌剧，叫《盛着芳魂的篮子》。这剧起初在圣三一学院作为教学作品试演，结果一演即红，一鸣惊人。许多地方剧团和学校都纷纷效仿，复制这部歌剧。这便有了坎特伯雷那边来邀请他去指导创作的事。其实，他岂止要去坎特伯雷，利物浦、诺里奇、曼彻斯特、伯明翰和贝尔法斯特，都请他去。这都是尔嘉给他安排的计划。

作曲原本是列夫的逍遥花园，如今成为负轭。当一切与作曲无关，他便有片刻宁静。

在坎特伯雷大教堂东南侧，有一条叫勃艮第的街道，他顺着朝前走，看见有一家叫护城河的茶室。那是一栋窄狭的木楼，被夹紧在两边的砖房中间，像是防止它倒下的样子。那是非常古旧的房子，店主说有七八百年了，他走进去发现地板松动，楼梯摇晃，走几步嘎吱作响，这种房子在国内是要被称作“危楼”的，乃是拆迁重点对象。在中国，哪里还有真正的五百年朝上的建筑？五十年的，都被拆干净了。他小心抓住扶手，挪着步子上楼，这又叫他想起上海的三层阁，那些拆迁运动之前的弄堂，可是即便弄堂住宅也至多一百年，怎比得上这会儿脚踩八百年的沉重？八百年前是什么时候？那时，安茹王朝刚覆没，窝阔台的西征军还未到欧洲，汉地临安城的居民于纸醉金迷中，乔叟还没有来。

他在楼上择一个座位坐下，靠着窗子。那窗子向着南边的居民楼，并不临街。他这样朝着窗外看，将思绪从别的客人那边移出来。虽说空间那么逼仄，转一下身都要打招呼，毕竟灵魂需要的位置并不太大，有一寸见方便可安憩。他从上海跑出来，年轻的时候想要驰骋世界，原来无论走到哪里，容身不过一席，驻魂只消一叶。有阳光射到他脸上，他觉得自己是一只鸟儿。做鸟儿多好啊！不种不收，上天尚且养活它！在坎特伯雷的余晖中，他甘愿做一只鸟儿，停一会儿，打盹一会儿，睡梦中无有搅扰。可是，偏偏有人搅扰他！

一个声音喊道：“列夫，列夫……”

他心里一激灵，醒来，见对座坐着一个女人。那是薇拉阿姨吗？

“阿姨，我累了，想睡一会儿，你为什么叫醒我？我再睡一会儿。”列夫心里说道。

“那你再睡一会儿。”阿姨的声息很软。

他于是又入睡。睡得不沉，舌头瘫软着又问：“阿姨你怎么来英国了？”

“我来看看，随便就走到这里。你不要讲闲话了，你睡吧。”

“我牢可怜，哪能嘎罪过！我呒没想到，我会嘎苦。”列夫呢喃着，眼泪纵横，因趴在桌上，脑袋歪着，泪水都流进耳朵里去了。

有帕子覆上来为他拭泪，他得着安慰，便哭得更伤心。

他哭醒了，将头埋得更深。他讨厌自己，又生出许多莫名的烦恼，像小孩子闹觉一般，心头燥燥的。

他又想，他没有这样跟薇拉阿姨说过话呀，也没有这么在母亲怀中哭过。啊，那些他经过的女人，他何曾这样向他们袒露过。可是，他真的难过啊，越来越难过。难过得不行了，不如不醒来，可以一直哭。要么就干脆醒来，在薇拉阿姨跟前哭够。

他抬起头，遇见那热烈滚烫的眼睛。这是生人呀！怎么又似曾相识？他回过神来，看清是那个女小顽，是罗薇。罗薇就是薇拉！

他害羞了。他一见罗薇就害羞了。他想起一句诗，“风情渐老见春羞”，不是为自己的失态而害羞，正是为眼前的春色而害羞。年少的人看见美色生出欲望，年纪大的人看见美色生出羞愧。他从未有过这样的体验，别人的美色竟是自己的羞色。罗薇坐在他对面，成为他的羞色。

那是一种怎样的羞呢？那是全然晓得美色意味着什么的羞。它从生理上会激起欲望，它在心理上会漾起恋慕，它在经济、政治、社会等各个层面会掀起轩然大波。人说有那么许多美丽的皮囊，却鲜见几点有趣的灵魂。那一定是丑货的偏见。天下哪有灵与肉的分割？哪一个魂灵不是肉之精微？天下又有哪具臭皮囊盛得下美？一切美都是生命的总结。美就是灵魂，就是肉身之极限。倘论到皮囊的好坏，那只是皮壳，是一种肤浅的不甚了了。年轻时候正是这样看人的，将皮肉与魂灵分开来，以为这皮肉上腐烂了并不腐蚀魂灵。列夫也是这样走过来的，那些薇薇、林志夕、贝毓龄、乔珊珊、汪云萱、陈悦们，他只看到了肌骨、卖相与风情。风情端的是好的，但风情是下流长出来的荷花，没有不下流的风情，所以，下流是一种悲哀。风情由升华而来，倘没有低处，何来升华？隽逸原本在稳当处，只是他没有上升，反而坠落，一个美少年坠入下流。所谓出淤泥而不染，那荷花并无百日鲜活，它终要老去，老来竟见春而羞。羞，本是一头羊，进于祭案上。美味本是献给神的，人也拿来吃，则生出羞耻心。风情所掳而不知其为羞，人本不该得的，得而无感恩心，那风情便渐渐改了，散了，成为无耻的亵玩。风情中的耻心乃是负罪感，列夫在这八百年的茶楼里变得渺小，他半生追逐美，临到了，方觉自己不配。人怎可肆无忌惮地拥有美呢？有哪一点美是属于人的呢？荣耀归于神，而美正是最大的荣耀啊！

你在人前争强么？你与尔嘉又有什么两样？她拿功名争强，你经历许多女子，以命运添加给你的风情去争强。你怎用了风情下流起来？你说过你下流一下，你须知道这些而可更好地抵御这些，可是你渐渐不知羞，用你的风情变得更下流！你要警醒了！人原是以风情与浪漫骄傲起来，试与天公比美。人把自己当上帝看。上天赐给他美色，他要感恩才行。

人老了，心软下来，强硬的颈项松下来。列夫这才回到他起初卑微、怯懦、残缺、不堪的样子。他想起母亲曾告诉他，他生下来才三斤七两。

谦逊的人知羞了！谦逊并不是一种品德，谦逊乃是虚空，空空如也。知己虚空，知事虚无，才俯伏仰望。他本是为美之女神俯伏系鞋带的人。他败下阵来，全然失败，这才终于得胜。因人的气力，不论大小，都归向失败，倘有胜处，必是来自上天的眷顾。神力只降临在虚空处。

罗薇说她要赶希思罗机场晚间九点五十五分起飞的飞机去北京。于是，他们从茶楼出来往火车站去。他们顺着勃艮第街向西走，从大教堂门口经过，然后插入一个岔口，结果走一程竟迷路了。他们向许多人打听车站的位置，都说向前向前。他们向前来到一条河边，有一座铁桥横跨河上。他们在桥上可以听到火车行驶的声音，以为离车站很近了，便靠着桥的栏杆歇息一会儿。这时已经下午四点。西下的太阳照着他们。

“你要去北京？继续你的旅行吗？”列夫问罗薇。

“我去看我的朋友，然后结伴去上海。实际上，我骗我妈妈，说在上海考进一所大学。”

“这么说来，你至少一去四年？”

“差不多。不过中间我可以回法兰克福，比方过年，节日。”

“你的朋友帮着你一起瞒着你父母？”

“他们不知道我有这个朋友。”

“那是你的男朋友？”

“算是吧。”罗薇看着远处的夕阳说，“爷叔，你也希望你的孩子考一所大学吗？”

“他妈妈希望这样。不过，我的孩子早早不上学了，我记得中学二年级他就不去学校。这令他母亲很难过，很焦躁。我是支持他的心愿的。只是有时我想，是不是我太忙了，没时间管教他，找一个支持年轻人的借口躲避着。”

“人生真是很奇怪。男人和女人并不是差着年纪，而是差着头脑。”

“我以为，也不是差着头脑，实际上是差着岁月。有些人始终活在蛮荒的时代。比方要去公学受所谓的教育，在我看来，就非常野蛮。”

“为什么呢？”

“因为自从有公学以来，教育的目的都是为了教人劳作。劳作需要学么？劳作是罪偿。这是薇拉阿姨告诉我的。我觉得她说得对。劳作本是向天地支付，教育却将债主转变成人自己。人如果需要学习，不过是为了找回他本来就知道的事情。比方，我本来就知道音乐的，我后来学那么多音乐，不过是令我晓得什么不适合来表达我的情感。”

“你找到你的方法了吗？”

“我想我今天早上遇见你时找到了。我说的是真的。其实，长久以来，我学坏了。我遇见过很多女人，她们都很漂亮很风情。我以为自己很浪漫，我把我的经历当作浪漫的资本。我从上海来到这里，走得很远，其实远方的事物还是原来的事物，我终究没有到过事物的远方。浪漫，是事物的远方。”

“我离你很远吗？”

“你像我最初认识的人。我错过了。我和她还没有开始，就分手了。原本我们可以在一道走很远很长的路。她是一座花园，秘径通幽，可我刚打开门看一看就又转头去寻别的花园。我很愚蠢，我曾经想做一个有仁爱心的人，我给自己留一块空地，说，啊这是我的地方，我恣意妄为一番，这不算罪过，这是一个有伟大人格却又风流倜傥的人，他的绯闻和秘史叫人争议不休。很多女人和很多高尚的作品捆绑在一起，这令我心醉神往。污秽的私人生活加圣洁的音乐作品，造就我精彩的一生。”

“如果你再遇到一座花园，你会永久停留在里面吗？”

“现在对我来说，回忆就足够了。如果我回心转意，还闻得出玫瑰的香味，还能被那玉中的精光感动，我就没有虚度此生。”

“你的意思是说，你懊悔了。”

“是的。我懊悔了。我要回到我起初的路上。爱的忠贞不是一句空话。想要风流的得风流，想要爱情的得爱情。上天是本着你的作为偿付人的。”

“那么，你没有爱过，你要从头再来？”

“我没有机会从头再来。我还有机会悔过。”

他们发现太阳已经西沉，就中止了这场谈话。他们又转了将近一个小时才寻到火车站。然而，去伦敦的火车刚开走，下一班要一个小时后才到。如果乘下一班，那么，到达国王十字车站的时间就要将近八点，再赶到希思罗机场怕是要误机了。列夫于是在车站外拦住一辆出租车，他们乘汽车直奔机场。

上车后，司机说：“不必担心，从这里去希思罗机场，不绕道伦敦城，可以直达。路上如果不堵车，估计一个半小时就到了。”

这样，晚上七点左右，他们应该可以到机场。两人这便心落下来。

他们刚才走累了，既无虞于误机，困顿感油然而生，开始瞌睡。先是罗薇垂下头，斜靠在列夫肩上。列夫不想惊动她，直端坐着，尽力挺住身子，让她靠稳。一会儿，列夫也睡着了，身子软下来，毫无知觉。

当车子跨过一座桥时，正与铁道交叉，有一列火车呼啸而过，将两人震醒。醒时，他们发现，他们正相拥而眠。罗薇倒在列夫怀中，列夫将她抱住。那女孩儿身子闪电一样躲开，脸面红红的，不知所措，眼睛依然滚烫热烈，并不躲闪，从列夫脸上扫过。列夫被她看得更羞了，直往他那边退缩，像要贴到车窗上去。

“刚才走得太累，不小心睡着了。我的睡相不好，叫爷叔看见了。”罗薇寻一句话说，来破除尴尬。

“我只看见你醒来。是你先醒的。”列夫不敢看女孩儿眼睛，转脸向车窗外探望，“快到了。那边好像就是机场。”

“你用手机吗？我们扫一下微信。”罗薇拿出她的手机。

他们互加微信。罗薇又将她的电子邮箱地址发给列夫。

车到机场，列夫付过车钱，两人一道下车。两人在机场门口的吸烟处话别。罗薇的鞋带又松了，似是刚才在车上睡着时，双腿无意间蜷缩起来，又被列夫的脚踩着的。

列夫蹲下去为她系鞋带。这次，罗薇没有推却，只垂首望着他那躬身俯伏的样子。她的滚烫的目光垂下来，实在是一种垂怜。

“实际上我在北京只是转机，只待一个多小时，不出机场。”说罢，她转身就往进口的玻璃门走去。

列夫呆呆地站在寒风中望她远去的背影。这已经是秋天。伦敦的秋天不比上海，冷得令人哆嗦。他看见那女小顽只穿着单衣，肩颈露在外头，有极细微的光束泛浮漫射，那是珍珠才有的光泽，不是折光的面，而是光线紧致而成为光的面，由视觉而转为嗅觉，远远地，生出香木的味道。他追上去，门却合上了。等门再开启，他进到大厅里，举目四望，竟再也寻不到薇拉。

他乘地铁回家。在车上，他收到薇拉的短信：“爷叔，再会。我已登机。假使侬到上海，就来寻我。”

列夫没有回这条信息，而是默默地看着伦敦的夜，希望夜色更沉，将他淹没，好叫他后悔到底。

第二辑

边缘与远方

第一章　下海滩

古人是将南面放在上位的，故而宋以来，大江下的这片淤泥积成的海滩因有松江横贯，便分作上海滩和下海滩。上海滩在南面，下海滩在北面。又后来黄浦夺松，浦江就宽阔起来，松江变成一条窄河，它起于苏州那边的太湖，于是又叫作苏州河。光绪三十四年，工部局在苏州河汇入黄浦江的河口建了一座钢架结构的桥，人称外白渡桥。桥的北面就是下海滩。下海滩那边依着江岸有许多码头、仓栈和贸易大楼，仍属上海滩这边的公共租界管辖，再往北去，就是北四川路到狄思威路一线，有许多日本商家在那里开店铺，日本领事馆也设在那里，有人便将那片当作日租界。实际上是没有所谓的日租界的，原本清政府将那里租给美国人，属美租界，后来美英租界合并称公共租界，只是日本人势力渐大，驻军驻警，实际控制了那个区域。北面还有杨浦、闸北和江湾。当时的国民政府就设在江湾。

下海滩提篮桥附近有下海庙，船民在庙中拜妈祖，所谓下海滩，此亦为一证。

既有上海、下海之分，那么，严格地说，下海滩便不属于上海。旧时上海居民心中就是这样区分的。那边，也被叫作“下只角”。你是上只角来的，还是下只角来的，这对上海人来说，很重要，非常重要。这关乎你的出身、地位、贫富、教养和质地。这当然只是旧时的偏见狭识，但这思维的影响一直到今天，成为一种难以磨灭的文化心理。上海人东西以黄浦江分野，所谓浦东浦西；南北以苏州河分界，所谓上海下海。东不过浦江，北不过外白渡桥，则是正宗上只角；当然，南面还有旧县城南市、南码头、城隍庙一带，这也是被遗落的土著区域，也要从上只角划出去的。如果让老克勒的上海爷叔选择，说你在上只角的房子变卖了，换到浦东还是换到下海，他宁愿选择浦东的。这便可见一斑，土一点不要紧，万不可落魄。住浦东意味着老土，住下海则归于贫穷。

下海究竟有多穷呢？上海一百多万产业工人住在那里，成千上万滚地龙、简易棚户在那里，旧社会的会道门贼盗娼门丐帮聚集那里，外国人也分三六九等，新兴的美日被圈在那里，老牌帝国主义英法不去那里，工厂、污染、垃圾、废料集中在那里，苦力、听差、打杂的苏北人寄居在那里。那个地方，在旧时，代表着混乱，因混乱，各类反社会力量也喜欢隐蔽其间。中国的良心和思想豫才先生也在那里。1928年，巴勃罗·聂鲁达被人力车夫拉到那里，被剥光衣服，抢光财物，赤条条站在夜雨中，他的感觉简直糟透了，他日后在传记中写道：“当时中国是个被残酷地殖民化的地方；是赌机、鸦片烟鬼、老鸨、夜间出没的盗贼、假俄国公爵夫人、海上和陆上的强盗等的天堂。”他在他的诗中将旧上海比作“居心不良的女人”，或“一个满脸皱纹的老太婆，穷得一无所有，端着一只空空的饭碗，站在一座庙宇的大门口”。

一

他睁眼醒来，已是早晨六点多。囚车开上了摆渡轮。他坐直身体，隔着布满栏杆的窗户向外看。他以为他看见了大海，那么阔的江面，他从来没有见过。离他住的地方不远有一条小河沟，对面就是复兴岛，跨越一座旧桥就可以过去；再远一点他见过黄浦江，在那些生锈的码头上眺望浦东——那对他来说已经很开阔了。可是，眼前这么阔的水面也被叫作江面吗？同车的其他囚犯都说是长江。长江黄河难怪是母亲河，原来阔到看不见对岸，这简直就是大海啊！又有人说，长江在这里要归入太平洋，大洋连着日本，连着美国。那么，这其实也算大海了，连接大海的水域也混杂着一些海水吧！

他们每个人都戴着铐子，一圈套在腕上，另一圈拴在座椅靠背的扶手上。押运是有风险的，途中不可预计的事情太多，万一有预谋逃跑的，或合伙作乱，或寻隙生事。索性全部锁住，与驾驶座隔开，窗户外加固防护铁栏，车门边添加警卫，中途停靠不准下车，方便就在车上，车内设了简易马桶。尽管这些犯人并不算江洋大盗、杀人夺命的，至多只是些偷鸡摸狗、骗钱劫色之徒，但作奸犯科的往往比循规蹈矩的想象力丰富。曾经有用铝合金饭盒割腕，弄得鲜血淋漓，吓住看守，趁救治混乱之际逃逸的；也有拍筷子进食管的，赌命做戏，好比如今的行为艺术，弄得满车的人惊惶失措，然后送去医院急救，从医院又化装溜走。世上没有防范胜过破禁的想象的，天下哪有万无一失，只见过逃脱的，未见有守死的。这便必须上铐子，虽说从上海到改造农场才三百公里路程，也不得不如临大敌，壁垒森严。

他们要去的那个地方叫大丰，在盐城附近，那里有上海劳改局下属的劳教农场。那时，劳动改造和劳动教养分作两个系统。前者属监狱服刑，后者算行政处罚。起初设立劳动教养，是用以管治那些罪不罪的顽劣之徒的，所谓从轻发落，所谓管教而已；然而，渐渐的，那些刑律未涉之干犯，也被圈囿进来，这便难弄，比明晰定罪的要复杂，法所未识，法眼若盲。如今讲依法治理，是故去了劳教一项，罪不罪的，一切以刑律为准绳，不触律则不定罪。法眼不及之处，便视作合法。

劳教说起来是管教，手段、设施与劳改并差不了多少。老百姓也好，局中人也好，一般也将这事看作吃官司，坐班房。其所历所遇，并不少吃苦头，只是档案上不做犯罪记录，叫作最高行政处罚。按规定，去劳教的，不算犯人，也不算人犯，是受教育去的，但按惯例习俗，两种改造对象，又都叫作两劳分子。俞平伯是两劳分子，许还山是两劳分子，他们都曾在劳教农场服役。

摆渡轮将囚车运到对岸。这里就是江北，苏之北。一江之隔，天差地别。那些叶子上泛浮五色光彩的樟树没有了，取而代之的是高耸林立的杨树，它们的叶子在阴天里绿到要发蓝，在晴天里绿得像蜡笔的军绿色，一点层次也没有，直往生活的泥浆处贴，仿佛哪里有它们，哪里更显荒芜。

汽车停靠在一座修理厂附近，那边的食堂送过来早餐，一盒子粥，一点酱菜。粥很烫，装在铝盒子里，大家都拿一叠草纸垫着，托在手里，等稍凉才吃。一会儿又送来一筐淡馒头，刀切的那种。一人一个。分发后，筐中还有剩余，他便自己凑过去再拿一个。管教瞪他一眼，也并不阻止，结果索性将多余的又分给那些不够的。他可不是第一次被劳教，他十三岁时就进少教所，之前还去过青浦农场两次，刑拘和收容审查那是家常便饭。但这时谁也不知他是老号子，看他矮小，面黑，便叫他小黑皮。他名叫陈志强，的确头皮很硬，性格乖戾。押运的警察比较有经验，一看他铁蛋似的，目光狠狠的，就知道他绝非善主。他们并不轻易得罪他，看他这副样子，知道必是老进宫，满肚子坏水，有的是办法陷害人。警察也不好当的，倘得罪阴狠之徒，那人记恨在心，找点麻烦让你吃不了兜着走，比如故意制造事端，寻衅打架，忽然往正要发放的食物中吐痰、撒尿，装死装病，反正在你值勤时生出事来，那警局的领导就要问罪下来，如何你在岗时就那么多情况？你没有能力制服歹徒吗？你的业务水平呢？扣奖金，扣工资，检讨，停职，直到行政处分。呵呵，你不也行政处分了吗？你与我劳教人员不也一边看齐吗？这太不好受了！谁愿意无事生事、小事化大、大事化凶呢？

小黑皮边上坐着一个小白脸，高高的个子，秀挺的鼻梁，哪怕头被剃光了，也无损他的俊朗。他十九岁刚过，还算一个少年，他是被一个老阿姨逼迫作奸不遂进来的。女人想得到他，爱而不得，生出恨来，就诬告他强奸。强奸罪名不成立，又告他诈骗，偷盗，他多少也是吃了人家、拿了人家的，于是不足量刑，便改送劳教复审委员会，判了一年半教养。他叫陆铭，爷是钢铁厂工人，早早去世了，娘带着他与妹妹过活。娘在纱厂做临时工，没有正式编制，收入微薄。陆铭是第一次吃官司，完全不知监里的情况，心里怕得要死。离开上海前，收容所安排过一次接见，让犯人见见亲属，算作告别。那天，妹妹一个人来看他，说母亲请不出假。他想到妹妹那可怜的样子，今后家里没有他，真不知会发生什么。他伤心至极，伤心已然大过害怕。他们是夜里三点多从殷高路收容所出发的。尖利的哨声，群体蹲地抱头，听管教申明纪律；当他上车后，终于可以抬头，他望见一轮圆月照着北城，那晚是中秋夜，人家团圆，他们家破散；那些烟花和酒席被甩在身后了，从熟悉的街巷到陌生的公路，他被带走了，他孤零零的，现在又渡过这么宽一条江，这可不是闹着玩的，这意味着要用这么宽一条江来阻隔他与自由生活的联系；前面究竟还有多远？每走一里就离家远一里，就要陷入更多的陌生，以至全然未知。他简直不敢想以后如何返还，还能不能返还。对于从来没有离家那么远的他，路途的远僻胜过岁月的漫长。路比刑期还长！“不要啊，我是那么弱弱的，我们家也是那么可怜，我们吃饱穿暖，能够聚在一起不分开就可以了。何以这样对我呢？你们拉走我，谁给妈妈搬重东西？谁替妹妹挡一挡各样为难？她那么胆小，还有些笨，她没有我该怎么办？妈妈没有我会伤心的，会撑不下去的。”陆铭心中暗泣。

“不要看了！小屁精。”小黑皮推搡他一下，“有啥看头？到乡下了，要去做乡下人，种大田，修地球！”

“还要多远才到？”陆铭问。

“我也不晓得。你没去过，难道我去过？我倒是听人讲过，有八百里路，现在才走了一半不到。前面要过如皋、海安、东台。”

“我们家原籍是如皋的。”

“那你回家了，应该高兴才是。”

“我爷爷与奶奶从如皋出来，到上海撷垃圾，原先住在肇嘉浜路滚地龙，后来爷爷到亚细亚压延工场做搬运工，公私合营后我爹爹进厂做炉前工。”

“那你们家是二钢的，住在黄兴路棚户区？”

他们说的二钢，就是上海第二钢铁厂，前身是日本人开的亚细亚钢业株式会社黄兴路压延工场。肇嘉浜路在南市，以前有一条臭水沟，两边住着许多拾荒者，他们随便拿枯树、茅草搭一个棚子，叫作滚地龙。

“黄兴北路那边。”陆铭道，“爷爷在日本人厂里做，旧社会工资不少，一月有十五块大洋。他积点钱，买一点水泥瓦片，自己造了三间房。后来，我爹爹又在房上加了二楼，爷爷奶奶住在楼下，爹爹姆妈与我们小人住在楼上。”

“条件蛮不错的嘛！”

“爹爹死得早，里弄里照顾我姆妈，介绍她到纱厂做临时工，工资很低的。”

“你上班了吗？”

“我中学里出来去读技校，刚刚毕业，分在真南路橡胶厂做炼胶机司机。”

“技术工种？工资应该蛮高的。”

“现在还讲这个，有啥意思。”

“小屁精，好好改造，弄不好单位勿会开除你的。劳教是行政处罚，按理出来后，可以回原单位的。”

“真的吗？没有人跟我讲过。”

“真的。老阿哥不骗你的。”

他们这么说着话，汽车已驶入如皋地面。陆铭看见路旁一望无际的田野，稻穗青青，尚未黄熟。他想起舅舅曾经来上海，带来乡下的新米，那口味香甘，至今叫他难忘。那么好的米，那么多田亩，祖上为什么弃而不作，要到上海来揻垃圾呢？他实在不知，江北如皋至盐城一片，古时虽开发较晚，也算饭稻羹鱼之地。昔贾国大夫逃到这里，尚未有人烟。贾大夫相貌生得丑，却得一美妇，妇终日愁苦，三年不言不笑，直至一日，大夫“御以如皋，射雉获之，其妻始笑而言”。如，就是往的意思；皋，即泽边高地。如皋由是得名。古书上说，这片地方扶江接海，多有麋鹿出没，千千为群，踏地为泥，人称“麋畯”，即感恩麋鹿赐良田，奉其为农神；人播种于此地，不耕而获，其收百倍。这样种法，谓散稻，不籽秧针，散布于田，听其自熟，米色红而味香。至咸丰五年，黄河改道，殃及鲁南苏北，这片地便连年水灾不息，又大运河废弃，漕运改为海运，曾经繁华地一夜间荒坠，农人遂纷纷逃荒外出，大部分来到上海谋生，因无技艺，不得不沦落拾荒、拉车、听差，或做一些收入微薄的剃头、搓背、扦脚之类的活计，于是上海人哂笑他们，呼曰江北人，更有辱言，呼“江北猪猡”，凡有儿女者，必告之，凭嫁娶恶鬼，万勿与江北猪猡交。上海人之蔑视江北人，旷古未有，举世罕见。有许多学问家研究这一现象，举人类学，比黑奴历史，拟犹太人不幸，寻殖民者歧视土著，论族群与阶级，终不解其中原委。上海人就是那么看不起江北人，似乎无缘无故，似乎又满腹道理。唯独江北人是逃荒而来的吗？其他外地逃荒来的怎不遭此白眼？说人品，江北人中讲义气的有的是；说贫穷，上海本地人中举债度日、落魄不保的，亦不少见；直说到声言，说江北人说话难听，“勒快勒快崩东东”，音鄙语贱，羞得人难为情，毛骨悚然，这个成立吗？或多半又是偏见狭识，竟不知江北声言多少还连着中州音韵的雅正。有唱淮剧的，好扮相的青衣，字正腔圆，足令人陶醉。反正，上海人瞧不起江北人，已然深入骨髓，甚至要隔开血水。

然而，有一桩事体，是人所不可抵挡。譬如陆铭之美，令人忘记他的出处。长得这么好，即便江北人也无所谓了。见利忘义，见色忘友，见色也忘本，忘忧，忘记一切阻隔。这也许可叫作色忘症。那个橡胶厂配料车间的阿姨就是这样，她见到陆铭，哪还管他江北江南，只贪羡少年人一身骨肉皮相。

“你什么事情进来的？”小黑皮问道。在拘留所，收容所，这样问话是犯忌的，人犯不得互相打听案情，但出来了，不算人犯了，问一问也不妨。

“一个老女人纠缠我，我不从，就告我强奸。”

“强奸？那是要判重刑的，怎就发落你劳教？”

“判我偷盗。强奸是诬告，她没有证据。”

“看你清清爽爽，手脚还不干净。”

"没有偷过她一件东西，只是平日里吃点用点，从她家里拿回去一架电风扇。"

"没有跟她困觉？"

"没有。"

车渐行渐远，过了海安，往东台去。将近正午，车又停，车上发中午饭。铝盒子里只有白米粒，压得紧紧的，一片菜都不见。陆铭不想吃，将盒子递给小黑皮。

小黑皮蔑看他一眼，道："寿头！这么好的饭不吃？到农场再也没得。我们老进宫一看见白米饭就高兴，这叫潜水艇。你往下挖一挖，看见什么了？"

陆铭用筷子往饭里挑一挑，一大块咸肉藏在底下。

"上隔笼蒸的时候，就先将肉埋在生米里头，半肥半瘦，蒸熟蒸透，油汪汪，香喷喷的。"小黑皮伸筷子到陆铭盒子里，佯装要夹走他的肉。陆铭并不阻拦。

"阿哥想吃，我给你。"陆铭真的将咸肉夹给小黑皮。

"覅戆来西，讲错忒闲话，死要面子活受罪。面皮厚厚，肚皮饱饱。"小黑皮又将肉夹回去给陆铭。

陆铭于是半推半就吃起来。味道实在太好了，他越吃越快，一会儿就扒到盒底。

管教又给他们添一勺冬瓜汤在空盒子里。口中留有咸肉的余香，再来一口清汤，瓜味馥郁，叫人流连。

"你以为改造单位待遇那么好？你到农场就晓得了。"小黑皮抹一抹嘴角的油，说，"收容所待遇最好。周一到周三吃三天素，周四有豆制品，周五有蛋，周六吃一次肉，周日吃鱼。你回想一下，殷高路是这样吗？但殷高路没有潜水艇，拘留所倒偶尔发一次。收容所前天要是发下白煮蛋，第二天准保送你去农场，这叫滚蛋。昨日夜里发蛋了吗？对呀，当时我就晓得要发配充军了。路上定规要吃好吃饱的，吃足就想困，困着了谁还逃跑？”

两人这么说着，一会儿果然犯困。一车的囚徒都困了，不久纷纷睡去。

迨醒来，窗外已是芦花遍地。远远望去，一层覆一层，像是白浪涌到天边。车行其间，若海上泛舟。醒来的人皆凝望无语，不知是叫这景象怔住了，还是心思飘远，乘桴出海，化入别样世界。间或可见几间茅屋。那是真正的土房，不比上海近郊那些白墙乌瓦的精舍。厚厚的茅草覆顶，土坯泥墙围成四方，与周遭野地浑然一色。人也是这般颜色，融在天地间，不细看看不出人样，好比穿芦之雁，要猎人的鹰眼才能辨出，捉牢。什么叫土？这才是真正落尘入土呢！人即土，土即人，分不出彼此。种地当农民原来是这样，做野人，成为任人踩踏的大地。泥鳅如何沉浮，鼹鼠如何出入，树上的鹧鸪如何与焦叶相互斑驳，你也如何与庄稼一道收种。城市呢？街道呢？店铺呢？透明的大玻璃窗和闪炫的灯光呢？啊，再会了，上海！日之夕矣，羊牛下来。你归入羊群，被放牧荒野。

一片一片空田出现了。田间没有作物，左一摊水洼，右一摊白渍。田间如何积霜积雪呢？有人问管教，管教答，这是盐碱地，凡田中积盐碱的，寸草不生。

日后要在盐碱地里劳作么？从这地讨粮食，索得出什么呢？此时，他们的心也析出盐碱，板结为一块一块。谁想心硬呢？渐行渐深，没入原野，心就这么硬起来。麋畯啊麋畯，千千为群的麋鹿啊，在哪里？心追寻你们的足迹，不如由你们再踏软若泥！

二

从上海到东台，再折东至大丰，一共八百里路，在修通长江大桥之前，那时也未有高速公路，一段柏油马路，一段石子路，这么开来，大约要十个小时，或者还多点。如今这一程，不过二三个小时，乘高速铁路，才一个半小时。

他们凌晨三点从下海滩殷高路出发，这会儿到达目的地已是下午三点。因中间摆渡等船，停靠吃饭，又多耗了一二个小时。

这一车人被送到大丰东南面的川东农场。这个农场隶属于上海农场，原称川东劳改支队，后改为上海市第二劳动教养管理所，对外称上海市川东农场。作为人，要有人格。如今下了监，也不好到处与人说自己是狱囚；倘与家人友人通信，要有一个说法，说你在上海市的一个单位，农场单位，具体在某个大队下的某个中队，外人看起来也算是农业工人；另外，不管怎么说，你也并未离开上海，这里名分上号称是上海市的一个辖区，你不算外地人，你还在上海呢。当然，政府也考虑到一般民众或对改造单位有歧视有恐惧，书信来往的地址冒出监狱的字样会引起不安，于是为了减少解释成本，也必须弄一个不显山露水的名目。犯人们常自嘲：“侬在啥单位上班？侬有单位伐？哦，侬在官司单位蹲两年！”人无单位，在那个年月是要被人看不起的，官司单位也是单位啊。

他们下车，进的是三大队。一下车，各领了自己的行李，站好在大队的操场上，又得分发下来的香烟，一人三支，是光荣牌的。这些人从进拘留所以来，差不多几个月都没吸过烟了，偶尔有幸吸到的，都是在审讯室里，承办员为了促进定案，一般会发一二支烟给人犯。啊，这会儿一下子发三支，在光天化日之下，堂堂正正吸烟。阳光多么好，空气多么好，此间吸一口，烟气通肺贯肠，醍醐灌顶，人生何时有这般快意！这哪是什么“人道主义”这个说法可以道尽的，这简直是把犯人当神仙供起来呢！

光荣牌香烟，包装上一面印着一朵大红牡丹花，另一面是五星金质奖章图案，当时要三角二分一包，比大前门差一点，比飞马贵一些，属于中档香烟。那些在外面混的，要拿出牡丹牌才有面子，日常最差要抽大前门，平日里光荣牌是拿不出手的。初进宫的以为进了鬼门关，老进宫的自识相已然放低身价，前者想都没有想有烟白白给你抽，后者哪里想到既发烟竟发的是光荣牌。好光荣啊！一时间，所有人都读懂了光荣的含义。三大队竟然发下的是光荣牌！多少人此刻一时决意，将来婚丧嫁娶一等大事，只抽光荣，只派发光荣。这是光荣的时刻，老子在监牢里，政府待我若上宾。由见面礼、迎客礼，众人猜想三大队不俗，有派头，有器量，将来的日子不会太难度。

有人道：“奶奶的，吃官司原来也不甚可怕。”

管教的说话：“开店有开店的派头，开牢监有开牢监的场面。这点都拿不出，好意思开牢监么？”

也没人吹哨子，也没人吆喝训斥，任你吸烟，足足吸罢三支。这是迎接新来乍到的规矩，仿佛暗示你，这地不比拘留所收容所，这地是宽阔的大地，人可以自由行走，不要你蹲地、枯坐、禁闭，这里没有坐班房的苦闷，这里需要劳作，以劳作偿罪。不对，那些讲政策的管教，一般说话非常审慎，劳教人员不叫犯罪，只说是犯错。劳作以思过，不比劳作以偿罪。那天，王姓的管教在众人吸罢烟后交代注意事项时就是这么说的。陆铭听进去了，他多么希望他不是囚犯，只是犯错的人，劳教人员。

王管教说话的时候，陆铭全神贯注地听，小黑皮用肘子拱他他都没分神。

“屁精，听啥？有啥好听的！全是空话。你还真以为自己是单位职工？”小黑皮低声道，“马上要修地球了，你这么嫩的皮都要磨成铁皮，将来回转去，还有啥本钿！”

说到嫩皮，陆铭醒过味来，这话令他担心，令他伤心。一年半啊，服一年半苦役，还有人样么？要是真的变成刚才路上看见的灰头土脸的人，那该如何是好。那灰土是掸不净的，生牢在皮肉里的。

陆铭鼻子一酸，落下泪来。

“屁精，哪能跟小姑娘似的，哭点啥？将来有老阿哥帮你撑船台，覅怕！”小黑皮见不得眼泪，动了恻隐之心。

然而陆铭心中感激，却想小黑皮才一米五六的身材，刚够到他肩膀，如何帮他。他将小黑皮的恻隐只当作落难人之间的温暖，并识不到他的实力。

他们分队后，散到各个中队。陆铭和小黑皮归在四中队，负责种植蔬菜。

农场的每个大队，都建成军营的样子。两排营房平行，后面是厕所，前面是铁门，中间是空地。这样一共有四个单元，分作一、二、三、四四个中队。东边三、四中队，西边一、二中队。二中队是学校，教师从劳教人员中选拔，由教研组管教管理。四个中队围住一片大空地，是大操场，有篮球架、单杠和沙坑。整座院子由大高墙围起来，墙上布满铁丝网。院北有一排矮房，是执勤管教的办公室，后面还有一排房，是伙房；伙房边上有大礼堂，用以开会、娱乐。院南是大门口，一边一间小房；西边那间是医务室，东边那间是岗亭；岗亭下有地下室，是禁闭间。大门平时不锁，铁门敞开着，外面有围河，若古时的护城河，有十米左右阔。围河外就是田地和道路，路通到场部。门口西侧有三层小楼，这是中队部和管教宿舍。门口东侧有二层小楼，是接见室和为来探视的家属设的招待所。中队部楼下有小卖部，供应饮料、罐头和一些日常用品。

这是秋天。静时杨树的叶子哗啦哗啦，翻弄着阳光，揉碎后播向各个牢房；喧闹时，要么风雨驾临，要么收工的人点名、吹哨、喊一些口令。晨起或午间，高音喇叭会播送新闻、歌曲，墙壁上用红漆刷着“服从管教”“洗心革面”“改造灵魂”之类的标语。

一排营房有八间，每间六十平方米，放六张双层床，满员可睡十二个人。小黑皮与陆铭有幸分在同一个小队，四中队下的三小队，住在北边一排营房靠大门的第三间。他们又正好被分在靠窗的同一张床，小黑皮在上铺，陆铭在下铺。陆铭将下铺让给小黑皮。

有人在一旁嘀咕道：“小小年纪，身手敏捷，睡什么下铺！你既让给别人，不如让给我。”

这人说着就将行李扔到陆铭的铺位上，分明过来强占。小黑皮见此情状，闻出火药味，知道定局在此一举，于是一把将这人的行李扔到地上，这人上前挥出一拳，将小黑皮击倒在地。

这人生得宽大厚实，一脸横肉，望着像日本的相扑力士，认得他的人管他叫斌哥，他是闸北彭浦新村一带的头面人物，吃不得任何亏。

不想小黑皮纵身跃起，抓起桌上一壶热水瓶，拔掉木塞，直就将烫水往自己头上淋，口中大呼：“谁敢过来，今天叫你生的烫成熟的。”

这一套路，江湖上叫作滚刀肉，就是自伤自残以吓退对方。

斌哥一愣，就这点恍惚的工夫，小黑皮又抓起两个热水瓶，开盖子一股脑浇到斌哥身上。斌哥被烫得直在地上打滚，众人闪到一旁，无一人敢上前。

小黑皮趁机抓起一切可抓的，凳子，椅子，一旁未装好的钢床架，劈头盖脸地就往斌哥脑袋上猛砸，又扑上去用嘴死死咬住他耳朵不放。

这突如其来的狠击和死缠烂打，令斌哥发出绝望的嘶叫：“不要咬了，松嘴，松嘴……”

小黑皮松嘴，耳朵已咬下半只，但他并未住手，而是趁势又揪住另一只耳朵，将斌哥脑袋拎起，直往地上撞。撞一记又一记，边撞边喊：“服不服？不服撞死你，你先死，我等枪毙！”

“服，服……”他的口齿已经不清，说着“服”，其实带着哭腔。

小黑皮穷追不舍，又道：“叫我爹爹！不叫就砸死你！”

斌哥不叫，小黑皮便不停手，将他头撞得血水四溅，人晕死过去，仍不罢休，又转身抓起两瓶热水浇上去：“让你醒醒，看熟透没有。”

斌哥被烫醒，求生欲忽起，一下瘫软，喉中发出含糊的哀求声：“爹，爹爹呀……”

他号啕不止，像是喊着亲爹求救。

此时，管教已闻讯赶到，将二人分开，急送医务室抢救。小黑皮被烫得头面肿胀，斌哥已然血肉模糊。

医务室处理不了烫伤，于是管教将二人送去场部医院。

管教见多了这种场面，凡新犯初到，必有争势夺强、大打出手一战，为的是坐稳牢头狱霸的位置。

二人治愈出院后，按惯例，各记大过一次，发回所在小队。

小黑皮躺在靠窗的下铺，慢条斯理地说话：“各位听好了，从今往后，安守本分，全中队有谁不服，都过来试试。我叫陈志强，人称小黑皮。不要因为我摆平大力士，就给我新的绰号。我喜欢小黑皮这个名字，人小不好欺，人不要势利眼，要深刻一点。你们强的，将来不要欺负弱的，在我这里，仗义行侠是唯一的通行证！至于他……”小黑皮坐直身子，指着睡在靠门下铺的斌哥道，“还是叫他斌哥。人家在外面也是一条好汉，不好因一时输赢揩干净从前。你们认我老大，就叫他老二。”

“黑哥做事光明正大，我心里懂的。是我当时唐突，做事体不在理，欺负小兄弟。我今日向小兄弟赔不是，也向黑哥赔不是，向全中队赔不是。”斌哥心怀惭意，由衷佩服小黑皮。

小黑皮这便坐稳了位置，斌哥与他同案一起来的几个打手也归服了他，成为他的得力左右。

傍晚收工回来，吃罢晚饭，有一段时间自由活动，众囚可在庭院中散步、闲坐，亦可相互串门，或者到东墙厕所边的水龙头那里洗涤秽物。这段时间一直延续到夜间九点吹熄灯号。此时，管教与消防（囚中选出的守门人）进各室点名，然后关上铁门，上锁。

小黑皮与陆铭坐在厕所前的花坛水池边，那正是自由活动时间。有倒水沏茶的，有跑腿听差的，也有按摩松肩的，五六个人侍立一旁。日头的余晖从西边照过来，还有些烫，在秋风的凉爽中添给人一些暖意。陆铭拿出药膏，往小黑皮头上涂抹，那里还有一线口子未合，有些许脓水溢出。小黑皮挥挥手，示意众人退下。那些侍立的便散去。

“你晓得男人应该怎样立足吗？”小黑皮单独与陆铭说话，“弱的小的，想反败为胜，狭路相逢勇者胜。打架没有秘密，一不靠力气，二不靠家什，而要拿出命去拼。今天不想活了，要有死的决心，那么，再狠的角色也会败倒。懂了伐？”

“阿哥来赛，真正是好汉，陆铭见识了。往后学阿哥的样子。可是，讲心里话，我就是怕呀！一见到打架就腿软。那天看到你们打起来，我浑身发抖，脑子里一片空白。”

“要死！做把你看都学不来，真是屁精！”

“只好跟紧阿哥。认识阿哥是我此生有幸。以后出去，我也有靠山了。”

“另外，还要讲义气，做事体要上路，不好骨头轻。义气这样么叱是根本，走四方都不会落单，朋友遍天下。”

“想阿哥在外面也必是风云人物，到哪里都吃得开的。我一直不懂，阿哥这样的好汉怎么会吃官司。既吃官司，怎么会吃这么小官司。想问问阿哥是因为啥事体进来的。”

小黑皮不语，侧过脸去，一丝阴影暗了一下他犀利的目光。

三

他回到定海路一百八十号甲，已是夜里两点。他家里只有两间房，一间阁楼，是铺油毛毡、刷石灰的青砖砌造的矮房，坐落在棚户区里。那街本就窄仄，又伸出的晾衣竿、添造的水龙头、搭建的简易厨房，还有随处摆放的自行车、黄鱼车，令其更加促狭、混乱。月光像刀片一样从屋顶划过，刻出这样一道缝隙，使街这边与那边隔开。这里老虎窗伸出一只手，那里晒台上的人就能接住。房子是那样矮小，那些钢铁厂的大汉走进去都困难，仿佛只有他矮小的体形才恰好容身。地鳖也要安歇，蛟龙夜宿暗穴。

“阿强啊，这么晚回转，又去吃酒么？”里屋传来爹爹的声音。

他正蹑手蹑脚要爬上阁楼，被这问话打住步子。

“不吃酒呢。几个朋友会会。四眼出工伤，翻砂机一只齿轮飞出来，正好落在他脚上，骨折了，我带人去照看一下。”他又从梯子上下来。

“四眼刚上班就出工伤，哪能嘎倒霉！”

“还好，伤得不重。医生讲个把月就会好的。”

“你肚皮饿吗？还有菜饭焐在砂锅里，我帮你热热骨头汤，你吃一点。”

他一听说有菜饭，就拉亮电灯，坐到饭桌前等着。说：“好额，那就吃一点。”

陈志强在家里小名叫阿强，在社会上人家叫他小黑皮。他爹爹是菜场踏黄鱼车送货的，他姆妈是刮带鱼的。他有两个兄弟，他排行老二，故又有人叫他阿二。如今家里只剩他一个，大的因组织群殴械斗犯故意伤害罪被判七年关在白茅岭农场，小的偷盗，在青浦农场服役。倘三个都在家，家里这点房子还真不够住。好在三兄弟自成人后常轮流吃官司，这个在，那个不在，总没有团圆过。姆妈中风瘫倒在床，全靠爹爹照顾，喂饭喂汤，把屎把尿，无微不至。爹爹一早去送货，傍晚再去一次，菜场知道他家里情况，特别给予调度，这便一天大部分时间可以在家里。小黑皮根本不去里屋，他讨厌姆妈，因姆妈只喜欢大的和小的，不喜欢他，这下瘫倒了，病卧在床，身上发出一股奇异的味道，小黑皮干脆躲得远远的。

爹爹到外边简易厨房里将煤炉拎进屋，开了炉门，将火苗引起来，把钢精镬子放到炉上，为他热骨头汤。

一会儿，镬子里就发出滋滋的响声。

这菜饭是用咸肉和猪油做的，是地道的江北做法。将咸肉泡在温水中半天时间，拿出来洗干净，切成粗粗的肉条，用猪油炒，炒到有一点焦黄，倒入黄酒解腥，待黄酒挥发尽，再放入青菜一起炒，炒到青菜软塌，盛出，倒入淘净的米中，最好是粳米，一起放到砂锅里焖煮。另外再煮一镬子猪骨头汤，要有棒骨、肩胛骨和脊椎骨，剁成块状，在滚水里焯一下，捞起来淋干净水，再起油锅，放入小葱和生姜一起炒，倒酒解腥，散酒气，注开水，放盐和味精，滚后小火焖一个半小时，添青菜，焖软青菜，即可。

砂锅一揭盖，用饭勺捣一捣，散掉点水分，肉香顿时扑鼻而来，直见米润如珠，粒粒分开，菜青转黄，得咸肉熏蒸而味厚；汤镬子端上来，浮油圈圈点点，汤色白若雪膏，青葱已暗，姜片沉底，绿叶湛然若翠玉。盛一碗汤放在边上，此时一口菜饭一口汤，胃口大开，有肉有菜有厚实的米饭，粳米遇上猪油不烂反倒更加有黏性，吃起来有咬劲，齿留余馨。这样的一餐，管饱管美，硬实得很。小黑皮最爱吃菜饭，每食之，必三大碗而后足。

不一会儿，骨头汤滚了，爹爹端一碗递给小黑皮。小黑皮从砂锅里自舀一碗菜饭，开始吃起来。

"你一天到夜在外头游荡，总不是办法。船厂的工作不去做，大伯介绍你学修电器也不学，看看人家四眼，在翻砂厂做，多少还有些收入。快过年了，家里买年货的钱都呒没，你姆妈困在床上吃药把我工资都吃光，你一点不补贴家用。"爹爹坐过来开始唠叨。

"我自在外头寻吃，又不吃你们两个。你啰唆什么！"小黑皮道。

"你哥哥弟弟都在里头，家里过年也捞不到团圆，我们这一家像什么样子！"

"我上个月刚去过青浦农场，给阿三送去十听罐头，三条香烟。他在里头牢好，混做消防，也不用下大田。"

"生出你们这些混世魔王，不晓得上辈子造了什么孽！"

"会好起来的，不要说丧气话。我几个兄弟与我商量，准备倒卖点钢材。启东那边有个老板愿意投资，四眼的爷叔在攀枝花做销售，说可以帮忙出货。"

"大话一箩筐一箩筐讲，吹牛不打草稿。一歇讲卖服装，一歇讲卖水产，这回又要倒钢材，你阿是说书的？不好好劳动，异想天开。你想的那些生意，以前都叫投机倒把。人穷一点不要紧，自食其力，就是吃力气饭。不要乌里麻里，讲话下巴托托牢。"

三个孩子中，爹爹与姆妈不同，特别欢喜阿二，眼下两兄弟不在，更是心意只在他身上。

小黑皮听多了爹爹的唠叨，一边吃饭，一边当他嘎胡琴伴奏。吃罢，也不多说什么，直就上楼睡觉。

他的阁楼，只中间一点地方站得直身体，两边都是坡顶，要弓着身子走动。兄弟不在，倒显得宽敞。他将铺位摆到老虎窗下，关了灯，让月光射进来。这时是下半夜，月儿已经偏斜，老虎窗角度略微朝西，正好接纳此刻的清辉。小黑皮很喜欢这般光线。阴历望日，月满而明，夜里自始至终都高悬天空。寒夜中的冷月，若魂魄离舍，人视月如见自己魂灵。啊，魂灵之光白胜霜雪，终没有染上一星污点。白天的世界喧嚣脏秽，夜间的天地纯净清朗。他生得黑紫黑紫的，与两个兄弟都不一样。曾经有个算命的对他说："小兄弟，你这是贵相。禽中有乌鸡白凤，人中有白脸黑头。常人以为乌黑不好，这实在是没有眼力看透。我视你皮薄处，露出骨头颜色发青，这叫骨青肉紫，乃蛟龙投胎。古书上讲：'虺生百年为蛟，蛟形各异，或潜深潭，或浮湍流。其色白者，骨青肉紫，其味极美。'你原本真身雪白，化作人形才见黑。蛟龙是条大鱼，看在什么池子里。在小河小塘，被人捉来吃，吃的人得龙威；在大江大洋，百年后变身为帝王。"小黑皮听进这话，害怕家里池子小，有一日被人捉去吃掉，便总想到江湖上闯荡，寻一片深海腾跃。是故，不愿意守在家里，恨不得浪迹天涯；又心软如饴，看不得家人凄惨，始终未下定决心离家出走。

说起那个四眼，也住在定海路，在路的顶西头。他们家也是棚户区居民。他爹爹在点心店做厨子，他姆妈在南货店当营业员。四眼读书好，不用人逼，也不必背书温习，天生爱扎书堆，过目不忘，只是偏科严重，文史的都好过常人，数理之类的一败涂地，这便高考落榜，进一所职业中专读行政管理。四眼与小黑皮中学同班，一早就要好，过从甚密。小黑皮喜欢行侠仗义的英雄，四眼跟着做他师爷，一文一武，绝配搭档。两人学着江湖故事拉起一帮兄弟，在定海路一带逞强显威，爱打抱不平，又常招惹是非。小黑皮成绩太差，没有考上学，又面黑身短，其貌不扬，哪里都不愿意招他做工。既无事可做，不如自寻事张罗。好在四眼毕业后不愿去分配单位，两人便气味相投，形影不离。

四眼好色，却无色胆，望见美妇人腿脚发软，满肚子诗文一句都憋不出，像根木桩似的。他家后面有个院子，里面有栋日式旧楼，独一好的住处，夹在棚户区里。那楼里出入的人都衣冠楚楚，相貌非凡，不与周围人往来相处，说是科学院的宿舍，也究竟无人知晓根底。有个小姑娘，生得白白净净，修长的身形，面容姣好，常骑一辆女式自行车进出。四眼有一天走在窄弄里，不期与之相遇，被她的清逸吸引，始终不能忘怀。

“寻一个美人儿做妻，像旧楼里那个小娘那般的，便心满意足。”四眼对小黑皮说。

“你个见色忘友的东西！有什么美娘好过兄弟情谊？”小黑皮不屑。

“你是粗人，自是不懂男女事体的奥妙。”

“你懂？怎么一见女人就哑掉呢？烟纸店那个女人，你每次去拷黄酒都多添加你二两，你竟不接球，人家后来看见你生厌了，再去拷酒倒是减去二两给你。你不想要她么？你多少次对我说，要是夜里有她抱住你睡，你多惬意。”

“这次不同以往。这次我神魂颠倒了，我想那个小娘想得睡不着。”

“何等仙人令你着迷？我倒是要见识见识。”

于是四眼约小黑皮下午放学时间一道守在弄堂口，等那个女孩儿过来。那是冬至过后，跨过新年，学堂快要放假的日子。天气阴冷，还飘着些许毛毛雨。那个女孩骑车过来了，身披一件淡黄色雨衣，拐进弄堂时，见有两人堵道，只好下车推着车走。小黑皮上前装作不慎绊她轮子一下，又说一句道歉的话，引得女孩儿不得不作答。

“不要紧的。弄龌龊衣裳伐？”女孩儿边问边摘下雨帽，好看清小黑皮蹭碰处。

这一摘帽亮相，小黑皮看清她面貌，果然姿容卓尔，不同一般颜色。

女孩儿复上车骑远，从后面望去，身姿轻盈，瘦削而婀娜，一缕烟飕然飘逝。

“真正有样子。讨转来做老婆勠忒哆！”小黑皮拍拍四眼肩膀道，“不过你这副样子弄不到手的。你只猪头三，刚刚多瞄一眼也不敢。”

“不要废话。关键辰光到了，兄弟要讲义气，你有啥办法帮我弄到手？”

“你江北人，人家爷娘看不起的，小姑娘更加不把你放在眼里。人家住洋楼，你住棚棚。脑子清爽点！癞蛤蟆想吃天鹅肉，做梦！”

小黑皮一边说着，一边朝弄堂外街边走，将四眼甩得远远的。

四眼见小黑皮低头不语、快步行走，便知道老大开始盘算，定是心中萌生计谋，便急急跟上去。

那女孩儿每日上学放学都有准点。上半天八点左右出弄堂，下半天四点前后回转来。

小黑皮说：“四眼，你文采那般好，不如写些情书予她，直就在弄堂口堵着，见她过来，便塞给她，往她自行车前筐里塞。”

“这成何体统？人家不要怎好？这么做法简直就是流氓，给一记耳光还有什么脸面！”四眼不敢。

“女人害羞，不论老少都一样。八十岁也害羞。懂伐？一直害羞，你一直不敢说破？隔着千年万年么？要下手快，生米煮成熟饭，不动真格不来赛。女人崇拜力量，自古美人爱英雄，她先是推却，之后半推半就，最后抓牢你不放。你书都读到哪里去了？竟连一句话都不敢对她讲？”

“除非你伴我一道去。”

“谈恋爱有作伴谈的么？”

“求你了！”四眼露出哀求的眼光。

这便小黑皮与他一道站在弄堂口堵美人。

小黑皮见女孩儿过来，上前一把抓住龙头，道：“小妹妹我给你介绍一个朋友。他文章写得牢好，你有时间看一看。”

说罢将一卷纸投进自行车筐中，并拉着四眼速速离去。

女孩儿还没有反应过来，两人已走远。她望着车筐里的那卷纸，不知所措。刚才她被惊着了，那小黑皮就像一把榔头猛然举到她眼前，黑亮黑亮的。她哪里见过这种世面，这是究竟发生了什么？她想起那个雨天她撞到过这个人，其实是那人故意绊她的，她并不晓得。她拿起那卷纸，展开看一看。噢，那是一些诗行：

我猛一抽吸，
你就成为一缕烟，
升腾起来，又飘散。
我抓不牢你，
也追不上你，
我只好吸，
一支一支地吸。
明明是吐烟，

怎就叫作吸烟？

他们生产，
成天忙碌，
出来饼干、糖果、罐头和钢铁，
他们并不见工厂里有烟升起，
飘浮到天上，与云霞结成发髻。
你是烟，这座城市的灵魂，
美化了污水、煤渣和日常生活。

妹妹啊，你是一缕烟，
我心的火焰将你升起。
我的热烈，你的清逸！
不要让我熄灭，
我的情思袅袅婷婷，
一缕一缕，
正好画出你现在的模样……

她读到这里，倒吸一口冷气。她从没读过这样的文字，但她觉出这是一种情书。她的脸霎时飞红，后面还有许多她不好意思看。她将这卷纸折起来，偷偷放进书包，骑着车一溜烟跑了。

那两人其实并未走远，而是躲在弄堂对面的点心店里朝这边看。

小黑皮拍拍四眼肩膀道：“不管怎样，小妹妹将你的诗藏起来了。她回家会躲在被窝里看，坐在马桶上看。哪个女人不享受男人的好话呢？”

“下一步怎么办？”

“你奶奶的！每一步都要我教么？衣服也要我帮你脱么？”小黑皮瞪他一眼，起身扬长而去。

四

四眼的外婆做了脊柱手术，需要照顾，于是，四眼姆妈带着爹爹一起回娘家去了。家里只剩下四眼一个人。四眼是独生子，没有兄弟姐妹。

四眼刚找到翻砂厂的工作不久就出了工伤，这会儿差不多好了，但伤假未满，正好闲在家里。他打算怎么也得拖过这个年再去上班。

这下好，小黑皮、老狐狸、掼浪头、蝴蝶花姐妹，几个人都聚到四眼家。那老狐狸是犯偷盗吃官司刚被释放回家的，人精瘦精瘦的，面孔白晃晃的，总像蒙着水汽；掼浪头块头很大，学过一点武术，虽不正宗，但有几下损招，在一般人中对付五六个不成问题，又喜说大话，故名掼浪头，就是抛出大浪头，声势很大，水花并不溅湿人；那蝴蝶花姐妹是弄堂里出名的浪女，夜间去上只角的宾馆饭店陪客人吃饭，赚一点零花钱。这些人都是四眼亲信，归在小黑皮手下。小黑皮人缘好，路子宽，大约定海路一带游手好闲的都与他结盟，听他号令。这几人不过是冰山一角，只这段时间来往甚密而已。

他们四个男人群宿在四眼家，昼伏夜行，每日基本上下午三点起床，抽烟闲聊一阵，又各自外出寻财觅食，晚间六七点钟复聚拢，将收罗来的吃食、散碎银子拼到一起，凑一顿夜饭饕餮。吃罢，正好围成一桌打麻将，输赢一些眼前财货。这么一直玩到子夜时分，蝴蝶花姐妹归来，带一些客人大筵席上剩下的山珍海味来与他们分享。这简直就是狂欢时刻，有女人，有美酒，还有珍馐。掼浪头说，这是贼盗、婊子、武侠与思想犯的大聚会，江湖盛事。所谓思想犯，是指四眼，因四眼好写写弄弄，满肚子叛逆牢骚，满嘴巴奇谈怪论。几乎一切刑法、安全法中的坏人都聚齐了，哪有这么巧妙的组合呢！

一开始，大家身上还有些钱粮，每人多少也有些财路，十天半月过去，囊中渐涩，化缘也化到尽头，伙食水平一日不如一日，这便夜饭减菜，今日少一盘，明日少一碟，直到一只葱油饼四个人分食。到得这个地步，只好眼巴巴盼望姐妹夜归，携来剩饭救命。那蝴蝶姑娘们也讲义气，看不得他们饿肚子，便分出点零钱周济几个老爷们。

说是贼窝，盗亦有道，娼亦不滥。那蝴蝶姐妹在外面任人摸，到这边并不乱性胡来。大家都是姐妹兄弟，男女有别，尊卑有序。姐妹们的姿色是用来挣饭的，不是用来轻薄的，大家处在一道，好比同志者同道人。此间唯净土，谈吐间天上地下，无话不说，无毒不怨，然过往中是一份纯净的情谊，虽热闹通宵达旦，姐妹也不宿男人被窝，天际泛白，必作鸟兽散，回转自家床铺睡觉。这也是一套缜密规矩，挣饭的归挣饭的，友情的归友情的，爱情的待等相爱的临到，一丝不得越轨。

姐姐对老狐狸说："看你白白净净的，何苦在这里做出一副讨饭相，不如随我们一起去陪客人。有那大娘偷腥的，也有那大爷欢喜小生的。"

"这是要让老狐狸去当屁精呢！"掼浪头奸笑，"我看行。老狐狸定是狐狸精投胎。其实狐狸精一早就是一个男的。"

"对。我们不白吃女人饭，我们捐出老狐狸，跟你们去学艺。"四眼也阴阴地说。

"其实四眼哥哥最适合去。"妹妹道，"四眼哥哥天南地北、古今中外没有不晓得的，像个说书人，长得也俊俏，旧社会戏台上小倌的卖相。”

“算了吧，他一见女人，脚发抖。他是废物。”小黑皮讪笑他。

“又不叫他陪女人，他去陪大爷才好。”妹妹又说。

“看起来妹妹欢喜四眼吧。还是将四眼留给妹妹吧。”掼浪头调侃道。

“他才看不上妹妹呢！他心里早有人了，他看上后面洋房里的小娘，给人家写牢长的诗求爱。”小黑皮忽然捅出这事，令众人哗然。

众人围住四眼，要他朗诵他的求爱诗。四眼说，写罢便给了那个女孩儿，一句这会儿都记不起来，没得朗诵。

众人纠缠一番，无果，便悻悻然散去，各坐其位。

这夜那么冷，外面飘起了小雪。大年临近，诸神的脚步纷沓不绝，像是已然贴近各家的门扉来讨祭食，又远远近近仿佛传来锣鼓铙钹的仓才声，夹杂着鞭炮砸裂的硝烟气味，隐藏在风中，直撞击并不严实的玻璃窗。这叫飘零人心境凄凉，终到了浪子风雪夜归的日子，怎就依然两手空空，拿什么去欢庆？拿什么去团圆？

“我们不能这么自甘堕落下去。我们这些好汉终要有些作为才好！”小黑皮站起，走到窗户前，沉沉而狠狠地说这话，“白吃白喝的，像头猪一样！眼下连自己的吃食都觅不来，连讨饭的乞丐都不如！我们窝在这里，死老虎一般。哪有天下英雄像我们这么落魄的？雄心呢？壮志呢？不是说好的要干一番大事业出人头地的么？”

无人应他这些话。

小黑皮转过身，箭步跨到四眼面前，一把抓住他领子，嚷道：“你倒是出个主意，为我们谋一件大事来做！成天只想着那个小娘，你有什么出息！人家要是晓得你这么窝囊，这么大油蒙心，怎还会看得上你！”

“今久不骑，髀里肉生。日月蹉跎，老将至矣，而功业不建，是以悲耳！”掼浪头做仰天长啸状。

“掼浪头，你讲点啥？我哪能听勿懂？”姐姐问。

四眼这时来劲，解释道：“他的意思是说，他大腿肉都鼓出来了，人也快老了，却一事无成。这是三国里刘备的话。”

“奶奶的，就你懂，就你懂，就你嘴皮子伶俐！”小黑皮边斥边敲四眼头挞。

四眼躲着小黑皮敲来的头挞，被一路追到木桌前，追到台面上，直追到餐盘里。他一脸贴到盘中剩下的一片风肉，那片肉紧紧贴在他颊上不落。这是姐妹打包带回来的夜宵，刚才众人分吃，还剩下的一片。

众人大笑。

“笑什么！笑什么！有甚好笑！”四眼一脸惶惑。

“四眼哥哥，面孔上贴花。”妹妹癫笑，不慎高跟鞋歪一下，人倒在地上。

四眼这才抓下脸上的一片肉，嗅一下，又嗅一下，忽然眼睛发亮，道：“有了，有了！我有个主意了！”

他拎着这片肉，环屋而行，让众人看，又凑到每个人鼻子前让他们嗅。

“闻到了吗？闻出什么味道来？……对了，这是风肉。这就有了。”四眼开心得蹦起来。

“怎就有了？”小黑皮问。

“风肉呀！风肉还不懂吗？”四眼兴奋地大笑，“哈哈，哈哈，这下什么都有了。还说我大油蒙心呢！这下轮到你们！想想啊，谁家腊月里不做风干束脩？一捆一捆挂在窗门外，任风吹，任日头晒。弄一捆来不过打打牙祭，将一条街的都弄来，岂不是岁末大获？”

“讲清楚点！什么束脩？什么大获？咬文嚼字的，翻弄嘴皮子，到底还是要落空！”老狐狸一直没说什么，这时也急迫起来。

于是，四眼向他们解释束脩、大获、腊月田猎之类的说法。

上海人有个习惯，一俟入冬，家家户户便杀鸡宰鹅，腌肉渍鱼，将上好的禽牲荤货挂到屋外风干，以备年中设宴所需。富裕的人家挂出十几串，什么鳗鱼干、鸭肫肝、腊肠、火膧、四五尺长的大青鱼；穷塞的人家至少也有一鸡一鸭、几条咸猪肉；真的没有什么可挂的，那必是兜底空的苦命贫户，或者欠债躲债去了，屋里连人都走干净了。上海的气候，过了冬至入九，也寒冷彻骨，一般气温在零度上下徘徊，比冰箱的冷藏冷一些，又比冷冻要暖一些，十分利于天然存贮荤腥。尤其是起了西北风，多余的水分快速就脱耗，又保有一些湿度，风物的油脂和润液不至于散尽，食用时摘下来稍略泡发，亦鲜美适口。

四眼因一片风肉想到季节习俗中的风物，又牵扯到腊月由于岁末田猎的古风，故所谓“大获”。

小黑皮一边听着四眼解释，一边心中快速翻腾起来。他在屋里踱步，越踱越急，眉头紧锁，目光凝重。

忽然，他停步呵止众人，拿出演说与号令的姿态道：“一不做二不休，索性大干一场。今夜行动，要稳准狠，组织要严密，手脚要麻利，出动要迅速，收手要不留痕迹。一聚则蜂拥齐上，一散则无影无踪。不是说岁末田猎吗？这是古代君子之举，我等今日也效仿古人，打猎就大打一场，猎他一条街，从头到尾都收罗干净，一条不留，一物不剩，统统给他们扫干净！”

“这可是劫掠啊！”老狐狸说。

“对！劫富济贫！”小黑皮的绿林豪情高涨，“劫一条富街，济一条穷街。大部分分给困难户，留一些我们自己带回，犒劳兄弟。”

蝴蝶花姐妹夜里一般是去上海滩黄浦区卢湾区一带混，对那里的街道有几分熟悉。既说到洗劫一条街，姐姐便想到斯泰恩饭店附近的大方路。那条路不长，从东头到西头，不足三百米，但住户条件都不错。当晚姐妹就是在这条街的一个餐馆与几位大爷一道吃饭的。她们从餐馆走出来时，看见过一路上家家户户窗外的风物，记忆中挂了不少，似是比别的地方多得多。于是，姐姐就建议去那里，这样人手也够，想所获必不少。

他们弄来三辆黄鱼车，由小黑皮骑一辆，掼浪头骑一辆，老狐狸骑一辆，姐姐妹妹和四眼各骑自行车过去。他们约好在黄爱路与河池南路交叉口的皇家游泳俱乐部门口会面。那里正对着斯泰恩饭店，到大方路才几步路。

此时已是十二点半，姐妹两人是十一点半左右由客人开车送过来的。从定海西路至斯泰恩饭店那边的皇家游泳俱乐部，有十一公里路，估计骑车要一个半小时。十二点半出发，到时应该是凌晨两点。小黑皮一算时间，觉得非常合适行动。那时夜深人静，是人们睡得最沉的时刻，甚至连巡逻的人都不愿意出来；加上下着小雪，必无人闲出，真是老天助我。

“机不可失，时不我待。诸位迅速出发，自寻最近的路线，以最快的速度到达目的地集合！”小黑皮发号施令，众人于是飞驰上海滩，准备夜袭大方路。

姐妹两人先到会合地点。两人将自行车斜靠在俱乐部门口的花坛前，人躲到罗马柱后面站着。一会儿小黑皮、老狐狸和掼浪头也先后到达，只未见四眼。大家等了约莫十五分钟，还不见他来，小黑皮便决定先往大方路去，免得拖着黄鱼车引起俱乐部岗亭里的人注意。正要走时，四眼气喘吁吁地赶到。于是，一并过去，不作停留。

姐妹两人望风，姐姐守住街西口，妹妹守在街东头。

四眼与小黑皮一组，掼浪头与老狐狸一组。一人做垫脚，另一人踩着那人肩背。下面的人渐渐上升，上面的人往高处够。两组分两头，一头从东往西，另一头从西往东。他们带着各样剪子，有剪绳子的剪刀，也有剪电线的钳刀。果然，家家户户窗前风物充足，最多的一家有二十几串。一刀剪下，便掷地；一路剪，一路掷。待两组碰头，才四人一道捡拾。三辆黄鱼车预先停好在路段中点，每人双手捧满、脖颈上挂满才往车那边走，将所获扔进车里。这样，来回几次，将猎物悉数收毕。他们屏住呼吸，大气不敢喘，心有灵犀，配合默契，无论剪掠、抛掷，抑或拾取、装车，都没有一丝误差。这简直就是一支训练有素的别动队，布置周密，身手敏捷，滴水不漏。那一夜，他们的动静，不过是大方路上多落下的几粒雪花，雪是如何落在窗前的，他们也是如何临到窗前的。不出半个时辰工夫，一条街上一楼的、二楼的风物尽皆扫空。他们装了整整三车，还多余出来半车。于是，几个人将多余的都缠到臂上、颈上和腰上，这便踩踏黄鱼车也困难。好在他们带来许多绳子，这时用来捆绑猎物。四眼终于派上用场，他跟他爹爹学习装卸南货店的货物，自有一套办法，三下五除二就将东西捆牢，虽车上堆积如山亦不倒。他们约好，打手电筒做信号，见这边手电亮了，姐妹就知事情已成。可是，姐姐过来了，却不见妹妹人影。一伙人于是朝东边悄悄挪移。

那边，妹妹原本借着一个邮筒藏身，只见有个男子过来，像是要往大方路回家，便当机立断，从邮筒后闪出。她当时尚未卸妆，还是上半夜陪大爷吃饭的装扮，浑身散着脂粉气，花枝招展的，好不炫目。她故意撞那个男子一下，又道歉，便说上话。那个男人睡不着，诸事不顺，正是苦闷年纪。这下好，深更半夜邂逅美人，怕是遇见狐狸精了。狐狸精多好啊！他宁可被狐狸精捉去。妹妹与他闲聊，将他引开到俱乐部那边。那里正有一处壁龛，深凹在墙里。妹妹实在是早已看见手电筒的暗号，苦于此时脱不得身，只好勉强敷衍缠绵。她勾搭那个男人，直哄得他背朝马路，脸贴在壁龛上，将他裤子卸下半截，又拍拍他露出的屁股蛋，说不许回头，一会儿就有好事。说罢趁机就跑了，到路口与众人会合。

那男的，就这样被晾在壁龛上，覆一层雪，又盖一层冰，那火热起来、滚烫到一半的地方，或者终于被冰雪冻得僵直了。

众人几乎是唱着歌凯旋。当过外白渡桥时，姐姐妹妹一手扶自行车一手帮着推黄鱼车上坡。早起的人们看着堆积如山的货物，以为他们是商店的配送员，又见两个女子浓妆艳抹，实在稀奇有这样的做工人。冬日黎明，天色昏曚不见曦光，桥上的路灯打在他们身上，将他们的影子拉得长长的，抛在后面。这正像是一幅木刻画，晓风残月下，黑的白的分明犀利，而货轮的汽笛声又将画面刺破，露出后面的高楼大厦。一边是这城市的上层，而另一边是蝼蚁求生，伸入另一个世界。

因猎物沉重，行车迟缓，他们到达定海西路四眼家时，已是上午七点。他们用了将近一个钟头时间，将所获在屋中分类罗列好。鸡鸭鹅归一处，风肉咸肉火腫归一处；另有鱼干、虾干、贝干、蹄筋、油炸肉皮一类，还有梅菜、笋干、蘑菇、木耳、红枣等干菜果脯；年糕也收罗来不少；其中有一条青鱼有七尺长。这些比一家南货店的东西还要多，将前屋后屋阁楼和厨房塞得满满的，人几乎寻不到走动的空间，家具上也摆满了，一处坐的地方都没有，只好都倚靠货物站着。

众人见战利品如此丰盛，不免生出贪心。老狐狸说，不如找来摆摊的兄弟，渐渐变卖掉换钱，估计有一大笔收入，够他们消耗挥霍一年的。不想小黑皮不答应，说，君子一言，驷马难追，既说到便做到，劫富济贫的事怎可变成中饱私囊的勾当？那是下三烂！

于是，众人各自回家先睡觉，四眼与小黑皮去到掼浪头家，打地铺将就一下，一干人等天黑再过来计议。

夜间，几人如约而至。经过周密安排，又分作两人一组，共三组。姐姐妹妹负责包装，另四个男人两人一部黄鱼车，分头去送货。猎物打包，每包有荤有素，搭配公平，按每家一包分发，留下五十包给兄弟，参与行动的六人每人两包，其他兄弟一人一包。他们从定海路西头送起，凡规定送出的都送掉，送完为止。

这样，他们从夜深人静家家熄灯时开始送，一直送到天色微明时才作罢。一共送了三夜，才终于将四眼家腾空。那条七尺的大青鱼留下了，切成六段，一人一段；那些年糕也留下了，正好当每天的口粮。

那些天，定海路的居民一早醒来，推门看见水龙头下的水泥池子里有一个旧报纸包好的包，打开来看全是上等的年货。那是老天眷顾穷人，派来天使降到凡间垂怜我们吗？啊，邻里每一家都有！会有这样的好事吗？分明真的就是这样的好事！那些天，定海路的居民得着了安慰。他们晓得，哪怕是一个好心人干的，也是得到上天的默示，受了神的差遣才做得出来的。他们由此在寒冬里感受到暖意，也觑见了光亮。那些天，定海路的阿姨妈妈们编造了许多神话，窄促的街路明显宽出几尺，久违的肉香满溢到房顶上，杯盘碰撞出的笑语玲珑而清脆。

临近小年夜，小黑皮带着他那一份回到家里，也偷偷放在门口的水池子里，然后进门，蹑手蹑脚爬上阁楼。不想，爹爹又听到他的动静，将他喊住。

“过年了，还在外头游荡。家里真的什么都呒没，这个年哪能过法？”爹爹从后屋走出来说。

“会有的，会有的。人家都有，怎偏我们家没有？”小黑皮道。

“从天上掉下来么？”

“从天上掉下来呢！”

过完这个年，又过了三个月，将近暮春时节，小黑皮就被警察带走了。然而，他并不是因这事进去的。

五

小黑皮从家里出来，又往四眼家去。那日，因临近大年了，蝴蝶花姐妹、掼浪头和老狐狸都已纷纷各回各家。四眼的父母仍未回转，他们来电话，要四眼去姆妈娘家过年。四眼懒得动身，一直赖着不走。

四眼赖在床上不起，小黑皮进去时，屋里黑黑的，一点声息都没有。小黑皮去到厨房烧一壶水。那厨房实际是在屋外搭的一个矮棚，属于违章建筑一类。门和窗朝着弄堂。这时，小黑皮发现窗户是半开着的，窗户底下似乎有东西落在地上。他细看，是一个信封。他拾起来，打开看，里面有一张贺卡。卡是圣诞节的款式，有一株美丽的圣诞树，一些银色的星星。卡上有字道：“你们都是坏人，我不要与你们好。以后不想再看见你们了。”落款是“尹一姣”。他虽然读不全这三个字，但立刻猜出这是那个洋房里的女孩，也立刻读懂这卡的意思。谁会用一张贺卡来拒绝坏人呢？这分明是春节的祝贺，欲拒还迎。至于为什么用圣诞卡而不用年卡呢？怕是她喜欢那棵树和银色的星星吧！她可能在那些画着红灯笼和鞭炮的民俗风的年卡中找不到浪漫的气氛，只好改用圣诞卡替代吧！

她含羞，友好，却步而又好奇。她先自报姓名，实在内心起了涟漪。果然，四眼的诗打动她了。

小黑皮急急跑到阁楼上，一把将四眼从被窝里攫起，道：“大好事来了！大好事来了！”

四眼睡眼惺忪，大脑被叫醒，五内尚未醒来，一股肝火直冲头顶，骂道：“房顶塌了么？你娘死了么？何等好事作践你！”

小黑皮拿贺卡到他眼前晃摇。那卡上的香气和银星的光刺激了四眼，他不得不定睛看。

他坐起，来回翻弄那张贺卡，读罢，又扔回给小黑皮，又躺下，侧过身去：“什么破烂玩意儿，一张卡，从垃圾桶捡来的吧！看把你喜的！能换铜钿么？”

“你个书读头！你阿晓得伊一姣何许人？”小黑皮将“尹”读成“伊”。

“猪头三！那个字念尹，不是伊。”

“你认得字，不认得人。”

“谁？”

“就是骑自行车那个小娘，后头洋楼里的。”

“她给你这张卡么？”

“她是偷偷塞进厨房的，估计你窗户没有关紧，是从窗口塞进来的。”

四眼这便又坐起，夺过贺卡再看。他沉吟良久，脸上终于露出笑容。

“这么说，有戏了？”四眼轻飘起来，“你说，这算不算邀约？”

“我看这起码是对你有好感了。她一定喜欢你的诗了。”

“那我怎么办？难不成再到弄堂口去堵她？”

“现在放假了，小娘不去学堂，你猜不准她几时进出。”

“快快想点办法，要急死我了。这可怎么好！”

“我倒有个主意。我记得你这里还有一只火膧，我们拿到摊位上便宜出手，最少可以卖一百块钱。拿钱叫银匠师傅打十颗真的银子做的小星星，再去公园里弄一棵小雪松，把星星挂到树上，做成真的圣诞树，摆放到她屋里厢。你看她挑选圣诞卡送来，许是欢喜圣诞树呢！”

“你只猪头倒也不戆，这个主意出得好。只是你怎就进得去她家门呢？又怎晓得她住几楼几号呢？”

“难怪你当不得老大。做老大的，要人尽其用，知人识材。老狐狸这个现成的惯偷你不用他么？他什么锁撬不开？另外，你不能到后面洋楼花园里去蹲点么？从早到夜，我不信她不出门。她出来就要回转，回转时你不会跟踪么？跟上去到底就会晓得哪一家。晓得哪一家，就张望到家里有什么人。等他们一家都外出的时候，老狐狸去撬门，我们行动起来。”

于是，他们就按这个计划行。

小黑皮拿火膧到他手下在菜场摆摊的兄弟那里换钱。得钱后，又去自来水厂附近的广东人铺子里打银星。他们到古玩市场买来三块龙洋和一枚银毫子，一共打了十六颗银质星星，每颗都有五克多重，每颗都有一个女戒的分量，真正的银子做的星星，白闪闪的，拿在手里沉甸甸好压手的。他们夜里又翻墙到公园的花圃里偷来一株小雪松，带着大花盆的，拿回家正好养着，这样一直不会枯萎。

终于搞清楚尹家的楼层门户，也摸清一家人外出的规律。他们开始行动。家里一共三人，小姑娘是独生女。那时，临近过年单位也不休息，上班要到大年三十下午才放假。所以，每日父母一早都要上班，而女孩儿学堂已经放假，她一直在屋里，只是上半天九点半一准出门，到弄堂口对面的点心店去吃一碗馄饨。她一去一回大概要半个钟头。啊，这时间太充足了，完全够他们一伙将圣诞树搬上去，撬开门，安放好，再撤离。

老狐狸用一根细铁丝就轻松将尹家的门撬开，挂着纯白银星的圣诞树就这样放在了屋中央。他们还围着树点燃了十六根白烛，一烛对应一星，在白烛前也放了一张贺卡。卡上写道："我们真的是坏人，但有人独对你好。"落款是"宋玉"。四眼拿宋玉做他的笔名。宋玉是美男子，而四眼真的算不上俊俏，他长着一张刻板而苦闷的脸。

然而，事情并不按照他们的心愿发展。

翌日，九点半过一刻时，他们在点心店寻见尹一姣。二话不说，就围着她坐下。

"银星星喜欢吗？"四眼问道。

"猜就是你们干的好事！你们害苦我了。我爸爸妈妈回来看见一棵树，刨根究底问了好长时间。"一姣说。

"你怎么说的？"

"我说学校放假了，有一棵小树病了，园圃的工人回家过年，没人照管，就送来让我看护。那些蜡烛我都掐灭收起来藏好，银星星放在我的铅笔盒里。我明天拿来还给你们。你们以后不要纠缠我，好吗？我还是学生，要好好用功读书的。"

"认识一下，我就是宋玉，人家管我叫四眼。"

"他呢？"一姣望一眼小黑皮。

"他叫小黑皮。"

"你们都是社会上的人，都是小偷吧？你们是怎么把那棵树放进我家的？是撬门进来的吧？我怎么可以跟小偷在一起呢？你们究竟找我做什么？我不会与你们做朋友的。"

一姣起身，留下半碗馄饨也不吃，直往外走。

四眼与小黑皮望着她背影，也不知如何是好。

四眼转头看一看她留下的半碗馄饨，用调羹拨弄一下，又脸凑过去闻一闻，然后就吃下肚里去。

"我与她吃同一碗馄饨呢，香啊！"四眼边吃边感叹。

"贱货！十足的贱货！"小黑皮扔下他，径直朝店外走去。

一姣并未走远，在弄堂口烟纸店门口买一点泡泡糖。她本是被那些诗章打动的，这下知道是四眼写的，便倒了胃口。实际上，真令她感到刺激的，是那棵圣诞树，还有十六颗银星，十六支蜡烛。因为，这年她正好十六岁。她惊诧他们是怎么晓得她欢喜什么的，又惊诧他们怎么能弄来这些，又怎么放进她家中的，更不可思议的是，他们怎么会知道她的年龄？这太奇妙了！他们难道是江洋大盗？这么浪漫而有想象力的江洋大盗！

她见小黑皮过来，便从烟纸店离开，故意让小黑皮发现她。

"哦，你没走。你在等我们吗？"小黑皮走近她，用这话与她搭讪。

"我买些东西就回转。"

"你成天坐在家里做功课么？"

"还能做什么呢？我的同学住得离我都牢远的，来去一趟都不容易。"

"那你到我们这里来玩吧，一个人在家里多厌气。"

一姣既没说不，也没应承，只问道："你们有很多人吗？你们究竟是做什么的？”

“你来了就晓得了。”

“你们是怎么晓得我今年十六岁的？”

“我们不晓得你岁数。”小黑皮这么说着，忽然想到十六根蜡烛与十六颗星星，顿时心中就有数了，“哦，是这样的，我们的钱正好只够做十六颗星星，就拿十六根蜡烛对上。看来这是天意。”

这时，他们已走到四眼家门口。小黑皮邀一姣进屋。一姣嘴上说不进去，脚步不知怎的就挪进去了。

四眼回转，见一姣在屋里，顿时喜出望外，烧水沏茶，又不知从哪里翻弄出一些长生果来。

这个上午，一姣一直坐在四眼家，只是她偏与小黑皮说话，一句也不与四眼说。四眼就像一旁的电灯泡，人家说到哪里他照到哪里。不过，他也并不失落，他只要看见一姣就开心，毕竟他心仪的小娘活生生已经坐在他家里。

临近吃中饭的时间，四眼下到厨房去炒年糕，还炖了一锅骨头汤。一姣想，反正爷娘不回转，索性也就留在这里吃中饭。吃过饭，小黑皮借口要去看朋友，就将一姣打发走了。

“你怎就放她走呢？”四眼问。

“猪头啊，你只猪头三！你呒没看出小姑娘对你冷淡么？”

“她与你说得不是很上道吗？”

“与我上道有屁用！不是你欢喜她吗？”

“接下来怎么办？”

“我也愁呢。要想个办法，所以打发她走。”

“这事你要么不帮，要帮就帮到底。”

“奶奶的！真的裤子也要我帮你脱么？”

“不管怎么样，弄到手就好。”

“弄到手，那么容易么？人家才十六岁，花季少女，懂吗？你多少岁了？你是大龄青年，都二十四岁了！”

小黑皮与四眼同岁。四眼中专三年出来时二十一岁，在社会上晃荡三年才去做工。小黑皮从中学里出来一直晃荡，整整六年，差不多有四年是在官司单位里蹲着。眼下两人都二十四岁了，望着十六岁的女小顽，似乎又回到中学时代。一缕烟。一缕烟往往会净化人生，一缕烟也会叫人铤而走险。

“你告诉我，打开天窗说亮话，这只小狐狸真的欢喜么？”小黑皮脸一沉，压低嗓音问道。

“真的欢喜。朝欢爱，夕死无憾！”

“那就一路走到黑，生米煮成熟饭！凭她情愿不情愿，睡掉她再说！”

四眼躬身作揖。他晓得，但凡老大放言，定只有言语追不上行动的。

之后一两天里，一姣来过三次。最后一次来，是大年三十下午。

那天，她与小黑皮谈得很投机。小黑皮趁热就将女孩儿引到阁楼上，拿一本精心挑选的艳情录像放给她看。看时，将窗帘拉起，电灯熄灭。到紧要时，随着女孩儿呼吸急促，小黑皮将她搂住，温柔中把头颅沉沉地落进她怀中，渐进渐深，直至用嘴咬松了她的扣子，又将她托起，抱到床上。影片里男子粗重的喘气声叫一姣吃不消，小黑皮触到她湿润的地方。一缕烟已然化雨。他顺势就扒下她内裤，忽又在她耳边轻语：“我有些内急，稍等我一会儿。”

他急转下楼，对四眼说：“快上！机不可失。看你的了。”说罢，头也不回，就跑出屋去。

事毕，四眼起身，欲拉灯绳。女孩儿拦住他，道：“不要。我已经晓得你是谁。让我再骗骗自己。我将来会一直伤心的。”

她起初不晓得，做着做着就明白了。可是，她心里喜欢小黑皮，她在小黑皮推涌上去的高处已下不来，只好不管不顾，一路走到黑。是啊，她被说中了，她只好一路走到黑！

“我完了。我只好做你的人了。”一姣强忍住肉身与心头的新伤，也是最重的伤痛，她从未尝过的伤痛，一滴泪都不流。她就这样，光着下半身，一直在阁楼间的床铺上躺着，任四眼如何劝都劝不好。四眼以为她疯了，精神出了问题。

将近夜里七八点钟，弄堂里的各家都开始吃年夜饭。有人放鞭炮，有人觥筹交错中笑语阵阵，这一切，在一姣听来，都是地狱中的声音。四眼爹爹来寻他，催他去外婆家过年。四眼下楼，与爹爹说话。这时，一姣穿好衣裳，趁他们说话间走出屋去。爹爹见有女孩儿，道：“难怪叫不动你！小鬼头原来躲在家里搞这种名堂。看你平时木墩墩的，没想到你鬼心思蛮多的。”爹爹其实心里欢喜，他何曾想到过他儿子勾得上这么标致的女孩儿。

四眼不搭理他爹，直就往屋外走。

爹爹跟在后面嚷：“叫上小姑娘一道去吃年夜饭……”

四眼只记住一句话，就是一姣说的，“我只好做你的人了”。他不敢去后面洋楼里找一姣，也不敢再到弄堂口去堵她。他只是眼巴巴望着女孩儿进进出出。有一次，他终于忍不住跟她到洋楼里的楼梯口，伸手抓住女孩儿，问：“你不是说，你只好做我的人吗？”女孩儿回头看他，目光像两把刀子，吐一口吐沫在他脸上，又用手把吐沫在他脸上磨开，捡起地上的废报纸塞满他嘴巴，然后甩开他走了。

小黑皮自打那次走后，再没来过四眼家。他是躲起来了，他躲着一姣。他晓得，他摘下一朵花，又揉碎了这朵花。他怎做出这样事体？这是一条蛟龙做得出的么？他又好几次都想往墙上撞死自己。他不得不欺骗自己，说兄弟与女人谁重要，自古江湖重兄弟。他有沉重的负罪感，难以开释。他想，这回真该去坐牢，索性蹲在牢监里要好过在外面。

他这么想，命运果然就遂了他心愿。

自那日以后，小姑娘的身体发生很大变化，先是月经不来了，然后恶心，呕吐，吃不下饭，直到三月后，她的小肚子隆胀起来。她姆妈带她到医院检查，医生看过后，一切都掩藏不住了。她不得不将事情和盘托出，这叫她姆妈气得晕过去。她姆妈醒过来后，脑子清醒一些，想到女儿的学业和前程，遂下狠心要让一姣去堕胎。一姣不肯，她姆妈以为男女有情，就想要拆开他们，便将这事闹出来，寻到四眼父母，又报了案。四眼急急去告诉小黑皮，让小黑皮出主意。小黑皮可怜四眼和一姣，又背负沉重的罪恶，便对四眼说："谁问都咬住说是我做的。你本只想与一姣好，并没有睡她。想女孩儿也恨我，愿意我去吃官司。你不这么说，兄弟就白帮你了。你不要辜负我。大不了两年三年的。那地方我去惯了，好比度假。而你，会吓死的。你个胆小鬼，好好过生活。生米已经做成熟饭，不要罢手，追到她死心。等我出来，吃你们喜糖。"言罢，他让四眼去饭馆请他吃一顿，要吃大煮干丝。上海人有讲究，一般是不吃这道菜的。所谓干丝，上海话说出来与官司谐音；吃干丝，就意味着要吃官司。他们点了许多菜，还要了几瓶黄酒，都是四眼掏钱付账。吃罢，醉过，作别，按套路将程序都走过一遍，小黑皮便直往派出所去自首。

那办案的，本已在案情中绕糊涂了，实在不相信这么荒唐的事，这下正好有人自投罗网，言之凿凿，便迅速结案，将卷宗递送劳教复审委员会，给小黑皮定了个流氓诱奸的名目。

冤有头，债有主，找到负罪的，一姣妈妈便解恨不少。但一姣仍然不肯去堕胎，她一是害怕，二是想生下这个孩子。她是一个稚嫩而愚蠢的女孩儿，就像古书上写的那些闺中处女，第一眼望到心里的男人便拔不出来。她既走到这步，就打算一路走到黑。她想，既小黑皮把她转给四眼，她就跟着四眼，叫小黑皮一生过不好。这叫玉石俱焚。

她有一滴泪一直没有哭出来，她想有朝一日哭在小黑皮面前。她要讨个说法，哭罢就去死。

小黑皮入监的时候已是五月，六月就定案结束审查，被送到殷高路收容站，直等到一批人齐了，仲秋才被发往农场。

一姣死活不去医院做人流，拖到八月，实在拖不下去了，再不做，怕是连中期引产都做不得了。她挺着个大肚子，收拾了几件换洗衣衫，还有她的文具盒，十六枚银星，去找四眼，说："你要是想跟我好，就带我走。"

他们便趁夜去北火车站，择一趟去广州的列车坐上去，走了。

一姣最后在香港生下她的孩子。

六

十一月，小黑皮在农场收到四眼的信和一个邮包。信中说：

"我们已到香港。我有个大伯在九龙贩鱼，是早先前艰苦时候过去的。我帮他送货，赚一些吃饭钱。小囡生下来了，是一个男小顽。一姣与我在一起，谢谢兄弟帮忙帮到底，才有我们今天的生活。我晓得来之不易，会善待一姣的，纵做牛做马也心甘情愿。

“你在里头尽管放心，我会给你寄邮包。你出来后，我会报答你的。我也要报答一姣。我心里懂的，你们把幸福给了我一个人。

“你要好好改造，争取早日出来。”

那时给官司单位去信，都要嘱咐“好好改造”一句。这是套话，以期管教拆信检查时顺利过关，好保全信送达收件人手中；倘写些不利于改造的话，信是会被没收的。这也不全是出于监管，管教也是人，他要交代得过去，既符合规矩，又同情囚徒。

他们到达广州后，在越秀区一个工地的宿舍里住了一段时间。那是自来水厂附近广东银匠的关系，四眼从他那里得到一个地址，银匠的一个亲戚在工地做包工头。四眼晓得他带着一个大肚子的女孩儿不方便，工地不是久留之处，便给大伯写信，述说困境。大伯于是派人过来，花钱买通蛇头，把他们偷渡过去。

小黑皮拆开邮包，里面有两条暗红壳子的登喜路香烟，伦敦的老牌子那种，烤烟型的，还有四听火腿肉罐头，三瓶花旗参粉胶囊。

小黑皮立即拆开香烟，与同室一众人分享，道：“我香港的朋友寄来的，大家都尝一尝。这个可比光荣牌好抽。”又塞一盒给斌哥，塞一盒给陆铭；晚饭时间，又打开两听火腿肉罐头，请大家一起吃。

好派头！简直就像过节一般。有人从伙房的人那里搞来一瓶良酒。大丰那边，良酒这个牌子很出名，高度数的白酒，纯粮食酿制的，辣口穿心，一口下去，整个人都会升腾起来。在官司单位，钱未见得好用，烟与酒才是硬通货。烟是允许抽的，但酒是禁止的，家属探望也不得送进来。然而，话是这么说，改造苦闷谁能不喝几口呢？再说，当地的管教也多有好酒的，他值勤亦苦闷，喝一口还不得找几个人来陪？人情来往，总要有寄托，最好莫过酒水了。只要人情在，那渠道便不是条律可以堵塞的。情之一字，连着血脉，可以将牢门撬开，也可以将枷锁松动，总是疏通的潜力，是以，倘酒后不过头，不肇事，管教也睁只眼闭只眼，让你们私贩暗藏几瓶，偶尔查房时闻见酒气，也至多警告几句，或暗示提醒，寻一个台阶让彼此过得去。

“小黑皮啊，香港朋友寄邮包来，你场面不小啊！”那王姓的管教这日值班，见熄灯后他们燃着蜡烛仍不歇，便在窗外说话，“我记得拆包检查没看见有酒啊，这哪来的酒精味道？”

“有酒呢！”斌哥凑到窗前回话，“是糟门腔的味道。黑哥请大家吃罐头，我家里接见刚送来的熟食，我也拿出来凑数。”

“门腔酿酒，人家爱迪生，你斌迪生，搞发明阿是？”

“哪里，哪里。快吃完了，吃光就没气味了。我们懂的，保证收拾干净，保证空气清爽！”

“快点睡觉，明朝一早就要出工，到时间不要无精打采。”

王管教说着，识趣地离开。他不想扫了一众人的兴致。他晓得他们也是难得聚餐，总要让他们喝尽最后一滴酒。其实，看守监牢的，最晓得囚中人的苦痛。可怜的人们啊，这一点点乐子怎忍心打断你们呢？

里头的人也识相，王管教刚踱走不到五分钟，整屋便熄光乌黑。

翌日，他们出工去挖沟。小黑皮领头，走在前面。他那么矮小，队伍便照着从矮至高的顺序排列，远看好比一字坡形，从点起，一笔渐浓，收势在坡顶。管教警察骑着自行车在两边，像是这队人的护卫。他们沿着麦田向前，一路走到通往场部的那条路，在路边停下，开始作业。

有人替小黑皮拿来一张马扎，就是合起来是一片，打开是交叉立住的那种。他在田头坐下。又有人端来茶水，沏在一个雀巢咖啡大瓶子里。他不用下地做活，只受命看管四中队的劳力。四中队的主业是种植蔬菜，但整个大队的一些杂活也由他们负责。

陆铭的任务是穿梭于各小队与小黑皮之间，往来收集信息，传达指令。

管教警察因小黑皮得力，众人服他调度，便省心许多。一些人去场部办事，或者也顺便在那里会友，购物，只留下两三个警力维持秩序。

忽然，有人高呼，惊叫，人们围过去，秩序顿时混乱。一个警察有些担心，开始吹哨。乱一阵，有人从人群里出来，手里拎着个东西，直往小黑皮那里去。后面有跟过来的几个人，大部分人在后面张望，似是很羡慕的样子，脚停在原地，目光紧紧随着那人拎着的东西追上去。原来是有人捉到一只鳖，不算大，不到一斤的样子。陆铭寻来一个桶，将鳖放在里面。小黑皮很懂事，立即拿桶过去给管教警察看。警察看见鳖，便放下心来。

小黑皮道："交给伙房，做个清汤，给队长们中饭打牙祭。"

那警察笑笑，回答道："这还不够塞牙缝的。还是你自己留着吃吧。"于是，借自行车给陆铭，让他先拿到伙房去炖。

中午收工，一行人回转监房。陆铭已在屋里摆好饭菜：清炖甲鱼，一盘冬瓜，一听罐头烤麸，一碗炒豇豆，两盒子米饭；又用茶缸盛上三两良酒，缸上盖一片硬纸板，遮一下酒气。伙房一般在收工后会派餐车到各个中队。通常是每人四两白米饭，从方方的大蒸盘里用刀切下来，砖头大小的一块，切多切少全在分饭的人手里。对你好些，斜一下刀，就变成半斤；对你差些，收一下刀，才三两多点。菜规定是两个。一个蔬菜，一个杂炒，有时炒几片肉在里面，有时加进一点豆制品；还有一碗汤，装在大铝桶里，汤上面飘几星油花，几乎没有什么内容，菜叶皮子，或海带丝垫底。所谓蔬菜，就是夏天吃冬瓜，冬天吃土豆，几乎不变花样，红烧，油水很少，口感寡淡。这些改造的人，倘家里没有探视接见，外面没人寄来邮包，那就只好吃份饭，香辣甘鲜与你无缘。不过，还有一个补充，那就是记大账。农场按规定，只要劳教人员不犯错误，正常出工，每月可记入大账六元。六元可以在小卖部买两三个罐头，诸如烤麸、烤子鱼、番茄黄豆一类，也或者可以买二十包方便面。大账也可以赊账，欠着一些，等外面有汇款来补足即可；若补不足，那么释放那天要还款，还清才能走人。如果谁有接见，有邮包，笼络贿赂了伙房，加上大账收入，那么，这人在里头就是富翁；或者像小黑皮那样，有本事，讲义气，众人服他，也会得到不少上供，警察也会适当予以照顾，比如从家里拿一些食品糕点或者熟食冷菜来。最苦是那些家里人与你断绝关系的，加上人缘不佳，做人小气促狭，那就只好吃大账，偶尔还会被挤对。

陆铭与消防关系好。消防一般也看管收上来的农产品，过秤，装筐，负责交付管理收成的警察，其间多少可以自留一些好处。四中队是种蔬菜的，这时有新鲜的豇豆下来，消防便分一盘给陆铭。消防住在中队院门口，因要值夜班，一般允许他用煤油炉，下碗面，炒一个菜。当然，如果你与他投缘，自己弄来什么好东西，愿意与他分享，他也会为你偷偷开灶，帮你做熟。这天的豇豆炒得尤其好吃，因为有新榨的油下来，管教分了一瓶给消防，他便拿来炒，还放了几瓣蒜头在里面，撒一些粗盐，焖到刚好的程度，既不涩口，也不糊烂，带着田野清新的香气。小黑皮与陆铭边吃边赞叹，说从来没吃过这般鲜美的蔬菜，虽说在吃官司，也吃到外头没有的便宜：新的油，新的豇豆，新的蒜瓣。

酒到底是怎么进来的呢？警察是不会给你的，他们不会做违规的事。一般有三个途径。一是消防收点货物时，装卸的人藏在筐底；二是伙房的人随管教外出买菜，趁不注意向酒家买几瓶暗藏进来；或者就是接见时，管教检查不严格，家属送来的物品里夹杂着，比如一件棉大衣，里衬撕开口子，可以放进去两三瓶。然而，即便有酒运进来，也不是大庭广众下名分账可以敞开喝的。倘有节制知禁忌的，喝一点也无所谓；倘猜拳喝令、酒后寻衅，那就对你不客气了；再者上面下来检查，也要掘地三尺，将藏起来的酒寻出没收；必要时，抓个典型，那么，那些不知趣的，总也少不了要被提刀头。这些都是监房里的门道，也要学着懂经才好混。人在世上，都是辛苦客旅，说什么豪情万丈，说什么义薄云天，谁不是违逆公义的罪身？知己深浅，也知人冷暖，彼此不为难就很好了。其实，没有多少人会对法规较真，大家都只求过得去便好。你令我过得去，我也让你过得去。过不去的时候，纪法如山，家规王律都要拿出来压人；过得去的时候，何苦板起面孔大家一起不开心呢？西人自恃公义，喜欢论断人；国中自古以来民人有自知之明，属人的归人，属天的归天，不得僭越。世故老道并不是一件坏事，懂经的人坐监牢也是做的懂经的监牢，那些城中的伦理也被带到农场，虽无灯红酒绿，亦条理分明。荒蛮不在于地土贫瘠，荒蛮与文明，差的就是懂经与否。文明人心照不宣，荒蛮人总要刨根究底，结果把路都走走死。寻一个放之四海而皆准的真理，想一辈子无忧无虑，那是头脑木，心情也木，或者就是两者俱懒，不愿深想，不愿细细体味。人过一世，哪有那么简单？变化曲折终无休止，才是生命的秘密。“朝为田舍郎，暮登天子堂”，这样的诗句不知迷惑了多少庄稼汉，把读书考学当作改变命运的独木桥。首先命运由得着你改吗？再说经文律法都是人编造的，人假借神天的名义主持公正，这个主义，那个主义，都说自己是绝对的，是万无一失的，你能当真么？文化都是表面文章，门道才叫人相安无事。哲学是个什么东西？软弱而谦逊的人并不需要它，强硬而骄傲的人背着它已经走到终点。是故国中自古无哲学。但当哲学在西方已经死了，唯我们这里自以为狡黠实则稚拙的荒蛮人将尸体抱起，做一个公共知识分子的黄粱梦。人这一生，托着幻相，虚空的虚空。你准备在地上永生么？地上哪来的什么不朽不坏！直好比饮酒，饮之甘美，饮之大醉，醉而醒，醒而复醉，不如好好饮酒，饮命中属你的那份。

这便饮酒。在外面饮酒，在里面亦饮酒。小黑皮与陆铭就这样饮酒，好不快活！

这只鳖不算大，小黑皮故意只吃一点裙边，一只后足，其余都推给陆铭吃。陆铭年少血盛，正是胃口极好、贪吃馋嘴的年纪，夹一块肉，蘸点酱油，其味胜过鸡之浓郁、蛙之清醇、鱼之鲜甜，遂一口接一口，停不下来；一份饭，不够吃，小黑皮又划给他半块；又将豇豆连着汁倒一些到碗里，划拉几口塞满嘴，还未及咽下，又夹一块烤麸跟进。这样急吃暴饮，一瞬便将肚皮撑起来。然后，舒气，感叹，连连叫绝。

“好吃啊，好吃！甲鱼原来这么好吃，以前竟不晓得。”陆铭说，“以后出去，我要一星期吃一只，吃穷了也要吃。”

“吃多了当心跑马。”有人过来收拾碗碟筷勺。跑马的意思是夜间遗精。少年人若饱足有余，不行房事，一二周便精满自溢，亦好比妇人月水。

“明天我们要看陆铭晾内裤呢。鬼晓得上面画着哪国地图！”又有人调侃道。

“甲鱼壳不要扔。”小黑皮嘱咐那收拾的人说，“生鳖遭蚊叮必死，死鳖用蚊煮必烂，熏鳖甲可杀蚊虫。将壳洗干净，留下明年夏天杀蚊虫。”

“黑哥真是奇才，什么都晓得。”斌哥在一旁拍马屁。

吃饱喝足，骨松肉沉。陆铭在床上躺下，小黑皮倚在一边剔牙。陆铭面庞看着就像女孩儿一般嫩，这时午间阳光照着，又半睁着醉眼，实在令人心摇。有的男人天生丽质，身形挺拔，容貌俊朗，不辨雌雄，动是男子，静若女子。陆铭就是这一种。

“屁精，你看着像小姑娘一样。眼睛湿答答，一副可怜相。”小黑皮盯着陆铭看，不禁心生怜爱，又多少有些尴尬，遂软话也挺着硬的语气说出来。

“阿哥欢喜我这副长相，可惜我不是女儿身。我倒是有个妹妹，长得与我一样，好比一个模子里刻出来的。阿哥要是不嫌弃，我介绍你认识，你们一起处朋友。”

“臭美！谁欢喜你这副骚唧唧的样子！”小黑皮说这话时，视线从陆铭身上挪开，像是躲避什么似的。

有很多写监狱的故事，都说到男人与男人之间、女人与女人之间相好的事。这事不同于古书上说的龙阳之兴、磨镜之欢。坐监牢苦闷，往往互怜，聊藉抚慰。小黑皮人短志高，再苦再闷，也自己忍住，咽下去，是不稀得做这般事体的。有些牢头狱霸，不仅有随从跟班，亦宠幸俊男，号为“嫔妃”，往往三五成群，轮流侍寝。弄不到的，或者不喜此道的，也多少暗中自慰。自慰的方法五花八门，有夹枕头棉被的，有用肥皂摩擦的，更有甚者，在南瓜上掏一个洞进出。女监中更有想象力，用茄子黄瓜，拿丝袜填饭，不怕死的还有以铁钩子勾住黄鳝放进去的。监牢中传扬着这类信息，于是，男囚盼见女囚，女囚盼见男囚。男的总说，倘哪日路过女监，掳一个到田间，她憋闷多时，必狂荡无羁，快活煞爷！然而，男监女监是隔得老远的，从来没有发生过不慎令男女囚犯私处一间的事儿，虽海枯石烂，休想逾此鸿沟。想女监的女囚，那时多因风流事进来，往往形容俱佳，既年轻，又盛情，犯罪越重的，姿色也越好；真有国色天香的，并不在演艺界，不在高堂明处，倒是暗藏深牢，戴着重枷，判了极刑。那异想天开的男囚，又想如此曼妙娇嫩的玉体，也与他们一般受风经霜地修地球，那锦被一样的皮肤被磨成硬壳，那细如新笋的尖尖十指被锤成铁钉，不免无端心疼。这妄念中生出的怜惜，终究无处着落，成为无的之矢，成为监中躁戾之气。

终于有劳改监狱的艺术团来演出，都是女囚组的班子。节目有歌舞、戏剧、小品、器乐演奏。那些女小顽，没有一个不出众的。她们倒好，也不用下田修地球，也不在铁机旁磨损娇体，只专意做艺术，为传播洗心革面的改造思想服务。据说，吃得好，穿得好，除了没有自由，没有男人，在外面没有的，在里面都有。有一个拔高调唱流行歌曲的，生得骨骼清奇，发秀面粉，说是判了无期，为她男人吃官司，男的被枪毙了，她到头来都没有供出她男人。她面无表情，零度表演，反惹得下面掌声阵阵。有声音道："这才是真爱！我哪辈子投胎得这么一个女人，死也值了！"

洗心革面宣传得怎样不好说，但每个人都心疼她，心疼的怜惜再度成为无的之矢，成为监中躁戾之气。这一夜，这女人不知收获多少污亵的内裤！这一夜，巴山夜雨涨秋池！

这涨满的秋池如何洪泄？这躁戾之气究竟有多躁戾？

刘姓的管教在二中队教研组墙外的高坡上骂人："要死啊，猪狗不如的东西！看你做的什么事体！你还是人么？你当猪娘不会说话，天知地知你知它知么？我看管你我身子都脏了！"说罢，一阵噼里啪啦，一阵惨叫。那是黄昏时分，大队刚吃歇夜饭，众人都往教研组课堂来上夜课。有人搬来木梯子，架到高墙上往外看。

"狗日的，果然不做好事。看那猪娘牝肉直往外翻，红通通的，胀满血呢！"从梯子上下来的人说。

又有人接着上去看，一则不信，一则好奇。看过的纷纷被惊到，有人无言，直说：“你们自己去看。”

看见的说，那猪娘立在一棵枯树下，也不动，呆呆的，像是在喘粗气，后腿间还有东西往外流。

管教见秩序混乱，便吹哨，令人将梯子搬走，不许看。

“那猪娘身心遭受摧残，将来心理会有阴影阿是？”

“畜生也通人性的。”

“这事算不算犯法呢？”

“你问这做啥？难不成你也想弄？”

未看见的议论不休。

夜间，那猪倌被绑到操场上篮球架的柱子上，用水浸过的绳子绑。这是一种古老的刑罚，叫作“扎肉”，好比上海本地人用稻绳扎的红烧肉。人被扎起来，迨翌日太阳升起，直晒到正午，绳子晒干了就会紧缩，越干越缩，嵌进肉里。那时才叫疼，令你浑身血瘀，心都要蹦出来。猪倌就这样被绑到正午过后，然后放下来，任他躺在地上翻白眼。这猪倌名叫力伯，五十多岁了，是惯偷，也是赌徒，老婆早扔掉他走了，儿女也厌弃他。他从未有接见，也与队里的人处不来，管教照顾他，念他不合群可怜，送他到猪场里养猪。那养猪的，遇见宰杀，总可以得到点肉和下水，下水吃不掉可与人换钱粮，猪肉吃剩下的可以腌起来慢慢吃。这是一件肥差，人夜里也不收监，只管教白天过来巡视一番，问问情况，掌握猪的生养肥瘦一些事。这便活动有相当自由和空间，与场外老百姓也有往来，吃酒炒菜都随他去。这简直就是法外桃园，人羡慕都来不及。

这下好，犯此众人唾、管教弃的恶行，虽如何整治都不解气，主要是人都被他亵脏了，哪个中队都不收他，只好先投进大门边岗亭下的禁闭间待发落。

猪场的肥缺这下便空出来，大队部与各中队研究来研究去，最后竟派小黑皮、陆铭和斌哥过去管理。一是考虑到小黑皮为人强硬，不至于再发生这么丢人的事；二是需要有监督，配陆铭、斌哥与他在一起，遇事也多少有个见证。

七

陆铭的妹妹真的来探监了。探监在农场又叫作接见。在岗亭外有接见室和家属招待所。

陆铭的妹妹叫陆熠，她真的是熠熠生辉呢！

她来到三大队时，正值傍晚收工。她坐场部那边农民的自行车进来，车杠两边绑着行李，人斜坐在后座。那进来的路坑坑洼洼的，自行车一颠一颠，女孩儿在城里哪经过这样的路，怕得只好抱住车主的腰。那些收工的人看见她，一路起哄。她也从未见过这些人，剃了光头，头皮发青，面色如土。她先是震惊，之后便难过起来，想她的兄弟未准在这人群中，亦人不人、鬼不鬼的。她的兄弟可是肤如凝脂的美男子，倘落得这般境地，长成这般模样，她的心都要碎了。

有人在远处叫嚷，喊一些淫亵的话；又有人大胆逸出队伍，尽量靠近那自行车，想用身子去撞一下车。车主是个有经验的人，见人过来，便加速。这时，陆熠也不管颠簸了，只求车主快点，再快点。她细皮嫩肉的，臀骨都快被颠散了，忍住痛，大气不敢喘一声，就这样，头也不回，闭着眼睛，终于抵达中队部招待所。

这么靓的女小顽，农场的苦囚是未曾见过的。她年纪不到十七，那些要长的部位正往丰满的框架长去，齐腰的长发，黑芯子外泛着亚麻红的光晕，个子挺挺的，面庞与她兄弟一样，泪目转流光，这么看你像是含着秋波，那么看你竟也露出春色，好不动人。

所谓动人，就是令人心中荡一下。男子觑着，硬骨头也发软；长者瞥见，麻木不仁也唤醒了恻隐心；唯年纪相仿的女子看见，心里酸酸的，总要躲避，或者将那亮色用嫉恨去遮掩。好在接见处男人多，来人中有女的，也多是四五十岁的中年妇女。人见着美好，多少都会被照亮，哪怕一瞬，生活也获得一点意义。陆熠就是这样，在这天傍晚，叫泥泞和晦暗中的监牢收获到阳光。

接待处的管教登记了她的姓名、住址，让她填写接见表格，又检查她带来的东西，然后安排一间房间给她住，告诉她接见时间最多三天，每天上午九点到下午六点，六点以后劳教人员回监房，如果是夫妻，带着结婚证来，那么允许同房宿夜。农场有专门的夫妻接见房，她是来探兄弟的，所以被安排在普通亲属宿舍。她带来罐头、糖果、点心、香烟和一套冬衣，除了香烟有十条超规了，其他都在允许的范围内。农场规定，每次接见，只准送三条香烟，多出的必须带回去。她填写表格的时候，接待的警察看见她手掌上的血泡，问她是怎么回事，她道是下了长途车后，一时找不到带路的，自己瞎走一段，拎的东西太重，绳子嵌到肉里去了。警察怜惜她，叫来医务室的人给她包扎，又说，这次香烟就不必带回去了，多余的放在他那里，他按月逐条发下去给陆铭，以后便要记住探视规定。

“那女的是谁的马子？看她那屁股，脚踏车后座都不够她坐，都漕出来了。”

“衣裳穿得牢松，克罗克罗的，也藏不住里厢苗条。”

“眼睛湿答答的，馋得口水从眼睛里掉出来呢！”

“看着岁数还小，谁家的女儿或者妹妹也未准，名花无主呢！”

“覅小看现在女小顽，十几岁困男人额，多的是！”

“女拉三！小煤饼！”

这些收工回监的爷们叽叽咕咕，说个不停。陆熠成为众人一碟下饭菜，也成为他们夜间被窝里的女幻。

煤饼是一个亵词，谓妇人十三孔，较男人多一孔。因风流事进来的，狱中所谓“敲煤饼”。人家问小黑皮因啥事体进来的，他哪能说自己是敲煤饼进来的？他江湖中头面人物，为这事进来的，太丢人了。管档案的警察是晓得的，那日值勤时不慎说了几句，叫消防听见了，渐渐传开。小黑皮的身价于是一落千丈，人道是“有啥结棍？不过是敲煤饼的。我们都叫他骗了！”好在小黑皮调到养猪场，听不见这些扎心话。

这时陆铭已调出四中队，到墙外养猪，自是没看见陆熠怎么来的。夜间吃罢饭，刘管教到猪场巡视，特意告知陆铭，说他妹妹来看他。

猪场为夜里方便猪倌照看猪圈，并不锁门，陆铭这便可以绕围墙到岗亭那里，过围河桥就到招待所了。那岗亭的看守，只看牢中队监房里的人，对散在墙外的劳教人员睁眼闭眼的，一般并不管他们进出活动。

陆铭根本等不到天亮，这会儿就要去见妹妹。他对小黑皮说：“阿哥与我一道去，看我妹妹活脱漂亮呢！你一准会欢喜。”

斌哥于是翻出他的皮鞋给小黑皮穿上。那鞋太大，小黑皮穿着拖拉在地上，腿都抬不起来。陆铭又帮小黑皮梳头，用一点摩丝，搞出一个小风头。

陆铭怕猪圈的气味熏到妹妹，便用冷水洗澡。那正是深秋时节，苏北的深秋不比上海，洗冷水澡浑身刮刮抖。他进来时是夏天，并没有秋冬的衣装，那些老官司释放后留下的各类衣物都又破又脏，正好刘管教有一件脱下的七八式藏蓝色警服放在猪场的办公室里，陆铭便拿来穿。这款警服并没有肩章，只是棉布缝制的中山装，与旧时陆军的军装一样，街上老百姓也有不少人穿。不过，至少这件衣服还算干净朴素，穿起来看着不像入到地狱吃苦受罪的样子。

两人穿戴整齐，收拾妥当，又拿一些农场刚收摘下来的橘子、石榴装进一个篮子，体体面面地就往招待所去。

陆铭上到招待所二楼，一间一间寝室寻，在最东头那间寻到陆熠。兄妹相见，先是抱头痛哭，又相互安慰。小黑皮在一旁觉得自己多余，便走到门外走廊上吸烟。

“阿哥呀，姆妈从你走后，就心情勿好，一天到夜哭，现在哭出毛病来了。医生讲她贫血，胃下垂。她现在饭也吃不落，困在床上勿会动。”陆熠说。

“这可怎么好？”陆铭一下被怔住。

“还好我寻着一桩事体做，在四川路鞋帽店当营业员，一个月好拿四十块钱。我每天早上出去前将饭热好，夜里一回来就照顾她。但愿她早点好起来。”

“你上班了？”

“我反正中学出来什么学堂都考不进，不如干脆早点寻工作做。还好寻着了。这样我才有钱来看你。我看过你回去告诉姆妈，她心情好点，兴许毛病就会好的。现在看看你，好像还可以，没有我想的那么可怕。你在这里还有水果吃，面孔也白皙皙，勿像我进来辰光路上看见的那些人。你不出工种田么？”

“我在里头混得不要太好！人家下田，我不用下田。都是因为认得一位阿哥，他是外头有本事的人，在定海路那块有场面。他照顾我，没有人敢欺负我。他在里头带队，管束不听话的人，我是他帮手……”陆铭讲到这里，忽然想起小黑皮，便到室外去请他进来。

小黑皮早被陆熠的光彩照得愈发黑。女小顽这么漂亮，在外头也是一种场面。她站在谁身边，谁就是有头有脸的人。男人靠能力，女人靠相貌。有时相貌就是一种能量，它代表着噱头、气派和背后的实力。这么有噱头，什么样的大哥撑得动？然而，陆熠真的仅仅是漂亮而已，她还小，还没见过世面，并不像那些底下议论的话说的“十几岁困男人”的女小顽。与其说小黑皮被羞到了，不如说他被吓倒了。他倘有这样一个女子在身旁，不用多说什么，他就是发达了。谁也不晓得小黑皮心里想什么，他为了一姣的事生不如死，如果这会儿有一个女人与他相好，正好比他找到人生的避难所。他是真的想找一个女人将自己藏起来，藏到她身后，然而，难道是这个婉丽女子么？这么亮堂出众，这么咄咄逼人的样子，她好像不知道自己生得有多美，也不知道这美意味着什么。小黑皮倒没想人家是不是看得上他，他忧虑的是，自己这点力身究竟撑得起这副面貌么。

“谢谢阿哥照顾我兄弟。”陆熠一见小黑皮就鞠躬，并马上从烟盒里抽出一支烟递过去，还点上。

小黑皮有点不知所措，慌忙将两只手在衣服上蹭蹭，怕自己不干净似的，然后接过烟，让陆熠点火。

“覅客气。我应该做的。”小黑皮不知再说什么好，“那么，我先走了。你们谈……”

“你怎么拎不清呢？走啥？叫你过来就是让你认识我妹妹，这才说一句话就走，不给我面子。”陆铭急了。

小黑皮一看山水，忽觉有些不妥，便坐下。他晓得陆铭是一番好意，但他又想不便唐突，夹进兄妹间说话有些尴尬。

“阿哥对陆铭好，我不晓得该怎么谢谢你。陆铭吃苦头，我们家遭难了，幸亏碰见好人。”陆熠说。

这时，陆铭一本正经说道：“我阿妹叫陆熠，阿哥叫陈志强，人称小黑皮，你叫他黑哥就行。好了，这回你们认识了，将来好做朋友。”

“黑哥肚皮饿吗？我从接见管教那里借来一只火油炉，又从小卖部买了两卷挂面。我下面给你们吃。还有我带来的红烧肉罐头，开出来做浇头。”陆熠一边说着一边已去点火油炉。

小黑皮看女孩儿实在，一点虚荣都没有，心中便有数，晓得她还是好人家女儿，未曾霜染。那时候，苏州河南面上只角的人已经开始崇羡金钱，而河北的人依然老实，打打杀杀的，凭力气比高低。陆熠自是未到上只角学坏过，还吃下只角那套，信奉男人的力量、身体和义气。小黑皮于是放松一些，只是身陷囹圄，并不敢言行造次。

面做出来了，罐头也打开了，那猪油浸渍的红烧肉香喷喷的，又令两个男人想起外面夜宵的气氛。

席间，三人嘘寒问暖，只说一些日常生活的细节。妹妹看哥哥穿得单薄，便拿出冬衣让陆铭换上。又不好意思只照顾哥哥，便从包袱里拿出一件绒线衫递给小黑皮，道：“哥哥不要嫌弃，这是我穿的，反正是宽松式样，也看不出男女款，这么冷的天，你拿去穿吧。”

“这里不比上海，外面也冷得很。你要多添衣服。我不冷的，真的不冷。”小黑皮推却道。

“你平时大大方方，这会儿怎么娘娘腔？给你你就穿上，不要啰啰唆唆的。”陆铭非要小黑皮穿，小黑皮便穿上。

时候不早了，两人便离开房间往回走。

路上，陆铭问：“怎么样？看上我阿妹了吗？”

“谁会看不上这么好的女小顽？你不要害人，人家看不上我不算什么，被你这么强扭硬扯，才作孽。”

“我明早去问问。我看对你有好感呢。”

“不要瞎三话四！我现在还在吃官司，哪能想外面的好事体！”

“什么外面里面的，人心里满意了，何惧高墙万丈！”

“你只屁精，还做起诗来！你晓得点啥？你黑哥没有那么大力身，撑不动你姊妹。”

“她做得我妹妹，怎做不得你新妇？我自己的妹妹我了解，她是老实人。覅看她嚎头势浓，一副弓架牢嗲，伢是表面样子，心里厢牢戆。”

“她明星派头呢，生在你家里是凤凰落鸡窠。”

“你怎么讲话呢？她明星派头，我难道是跑龙套立壁角的零碎货？你不是讲我眼睛湿答答、骚唧唧，你牢欢喜我吗？”

“我说你湿答答、骚唧唧，什么时候讲过欢喜你？男人长你这副样子，要吃苦头的；女人长你阿妹那样，会有福气的。你不懂的，男人要身板好、能力强，要有才有势，女人要长到位，像你阿妹那样，叫作色抵毛瑟三千！女人色即才，摆在那里看看就看看了，真出去做事体，不做就先赢了。长相是一种力身。”

“嗷呦，那么我将来要靠她发财了！”

“那么，你看我像发财的样子么？”

“我懂了。阿哥你有压力了。为我阿妹你发奋，去捞世界，这样有啥不好？将来我们一众兄弟都靠你们。”

小黑皮不语。这话激起了他业已暗滞的雄心。

这时候已经是暮秋初冬，防风林里的落叶与野蕈的味道阵阵袭来，小黑皮晨起时走到围河的岸边，看见芦花在晨风中扬起，那一条围河，将监房圈起来，哪怕后面猪场也在其中。那河在晨光中泛出白光，天高云淡，白的月亮尚未沉落，还有一些白鹅在水中，世界一夜醒来那么白，腐殖的味道正在终结死亡，又提醒来日的空白。他头脑晕晕的，因周遭的晄白而轻飏。他升腾起来，看那延伸出去的围河，好似自己的一腔衷肠。他瞥见芦苇丛中一艘铁船，那是管教领着他们捞猪草用的，平时都系在对岸，今日却靠着此岸。他想起几天前刘管教带他们划船去过对岸，到前面梨花坞去换过苞米。那个地方只有三户人家，有一家在园圃里种植月季花，那花开得毫无理由，疯长乱爬，全然不像他在上海的公园里看见的优雅风格。他想，如果摘几朵月季花让陆铭带去给陆熠，也算一份还礼，来感谢昨夜的绒线衫。这便从仓库里的大陶缸子里取出一截腌猪腿，拿报纸包裹好几层，装进一个小麻袋里。他拿着这样东西来到岸边，解开系铁船的绳子，乘上船，就渡到对岸。结果，他用这猪腿，换来了不是几朵几束，而是满满一船的月季花，有粉的、黄的、白的和酒红的。那些花是藏不起来的，如果顺着围河将花运到招待所那里，岗亭的看守和路过的警察都会看见。于是，他想到了老山猫。老山猫就是那些释放后不回上海留场居住的人，他们有些是问题复杂被要求留场察看的，也有的是因为城中已无亲眷又不想回家的。三大队有一个老山猫，四十多岁了，叫胡历蛮，正住在猪场对岸的一所小砖房里，他是负责放羊的。小黑皮找到胡历蛮，送给他一条红盒子登喜路香烟，让他把这一船花儿运过去，就说是女孩儿托他从场部买的。

胡历蛮就这样光明正大地将一船月季花送过去。他摇着橹，晃晃悠悠地，还哼着小曲儿，众目睽睽下旁若无人。然而，这一线围河边的人都看见了，有管教、管教家属，还有来接见探亲的人；出工的人也看见了，他们自然联想到昨天看见的那个女孩儿，花儿成为这个秋季遇见人间美人的深刻意象，而他们却并不知道这花正是送给她的。

那时，陆铭已经来到陆熠的房间，胡历蛮利利落落将花儿一捆一捆地搬上来，塞满了整个屋子。众人这日都很愉悦，甚至没有人追问这花的来历，仿佛这女孩儿到了，这花自然归属在她的房间。她就是花呀！别人拥有那么多花是怪事，而她本该拥有的，现在果然就拥有了。这是所有瞥见她又倾慕她祝福她的人的共愿。

陆铭是个聪明人，他一看就知道那些花的来历。他出来时看见小黑皮躺在床上睡觉，当时有点纳闷，这会儿全明白了。

“黑哥对你好呢。这是他托人送过来的。”陆铭对陆熠说。

“从来没有人送花给我，也从来没有想到第一次送花会有这么多花。这花好漂亮！黑哥是怎么弄来的？”陆熠俨然将小黑皮的长相看作花的面貌，那夜间比得上夜色的骨青肉紫，这下都转变成朵朵明媚笑容。

“这个你就不用问了。我不是对你说过吗，黑哥是有场面的人，跟上他，保险不吃亏。他这么突发奇想，看来是欢喜你呢！你欢喜他么？”

阿妹并不回应这话，只是在窗前摆放那些花。

“人家在里面这么帮你，我们还没有谢谢人家，又一下子收到这么多花。我晓得的，这间不比外边，这间弄到这些花是有代价的。”陆熠并不看她兄弟，只是对着花说话，“要么，一会儿你叫他来吃中饭。我寻脚踏车，载我出去买点好菜回来。”

八

按规矩，那具体分管劳教人员的警察也须见过家属，与他们说一些场面上的话，诸如加强改造，共同促使洗心革面，好早日释放。虽说话是场面上的，但倘真有说得上台面的事迹，是可以提前释放的。刘管教为此，也与陆熠见了一面，在招待所宿舍坐一会儿。

一般家属都可怜兮兮的样子，将管教当神仙供着，好话说尽，求一点怜悯，好善待在里头的亲人，陆熠却不说这些废话，只是将管教当客人一样款待，也下一碗面给他吃，剥一个橘子，递一支烟。这便激起刘管教话头。他道：

“干我们这行，也不像外人想的那般轻松。他们三年两年，我们一辈子都守在这里，说不好听点，叫作无限期改造。谁不需要改造呢？我刚从警校毕业分到农场时，我怕死了。我在书上读过各种犯罪名目，却没有直接与犯人接触过。这下成天与他们在一起，并不晓得他们想什么，为啥要犯罪。看他们一个个头皮发青，当他们鬼怪似的。在他们身边，退避三舍，尽量保持距离，既怕他们对我下手，又怕他们身上有毒气。他们说笑，怕是有诈；他们沉默，怕是会突然蹿上来吃掉我。那时，我什么也不懂，也是刚刚从少年人过来，老实得很，哪晓得天下有那么许多坏心眼和坏门道。原来人看着体体面面的，其实什么事情都做得出来。他们来到农场受管教，看起来规规矩矩的，可发作起来，真的就往死里打人，真的就逃跑越界，也真的见着漂亮妹子就上手……设个计谋骗你，你想破脑袋都想不穿；故意撞你一下，你口袋里的香烟、打火机就寻不见了……现在好了，我也是过来人了，什么场面都见过，都吓不倒我。再说，在警校里学的散打、擒拿，关键时候还真管用，三下两下就摆平他们。他们在外面再凶，都是鸡鸣狗盗，怎敌得过我们专业身手！试一试就知道了，原来没有那么可怕。不怕便有了胆气，也放松与他们交往，渐渐就晓得流氓门道，跟他们学了不少套路。原来他们也是人，也有七情六欲。我现在不是那个一见犯人就浑身发抖的小青年，我已经学会知恶执法。俗话说，歹徒猾，善人更猾。我要是没有他们猾，怎制服他们？”

“你说说罢了，怎见得你有多猾？力伯猾，你不是被他吓住了吗？”陆铭插话道。

说到力伯，果然将刘管教恶心住了。

“你个不知羞臊的东西，你怎就在你阿妹面前提这件事？”刘管教显然还不敢直面力伯那件事，这对他来说，简直就是噩梦。

“力伯是谁？他怎么了？”陆熠问。

这时，谁也不说话，都低下头去。

人总是在美好面前扯上遮羞布，不论是行恶的，还是执法的，都要挡住人性的丑陋，显出温软纯净的样子。造化创作美，不仅是一种宽慰，更是一种引导。你看见花的样子，顿时就盛放了；你看见玉的光泽，多少也流露出仁爱。美何曾说话了？却化恶万千。或看似无力于恶行，却化了恶念。也有激发恶念的，那就是占有心，亵渎心。占有还好，占着了，也就由美俘获了。诸罪莫过亵渎，亵渎者不得赎救。因那亵渎的，是对美善的拒绝，要试试丑恶的力量，那就自绝希望，归到魔鬼一边去了。

小黑皮既求过胡历蛮办事，便渐与他往来。那胡历蛮常常偷带点酒，过来猪场换肉吃。猪场的猪，一般是到年终大批拖到东台的屠宰场，杀掉后供给肉联厂，以补充农场收入，而平时也会按期宰杀一二头，来改善大队警察的伙食。当然，近水楼台先得月，小黑皮他们每逢杀猪多少都会割下十来斤，刘管教拿走一些，他们自留一些。他们拿肉与伙房、蔬菜队和各路有其他物品的人交易，结果什么都不缺，成为大队里最富裕的人。

陆铭拿半块肝、三斤小排骨和一根门腔到一中队的人那里换得十块钱（钱也是不准有的，多是私藏），又拿这钱与正要释放离场的人换一把旧吉他。他突发奇想，要拨弄吉他。他是受了那日劳改艺术团的演出感染，看弹唱的女犯在台上洒脱，也想模仿那般风头。不想胡历蛮是一位唱家，曾经在彭浦新村一带斩琴，唱弹都很有一套，多少女小顽被他迷幻，他也正是乱搞男女关系，定了流氓罪名进来的。这便跟胡历蛮学弹琴，常常好菜好肉供着，摆出正经拜师学艺的恭敬态度。

胡历蛮找到价值，乐得常来。

陆铭问胡历蛮："阿哥为啥留场做场工？弹得这么一手好琴，到哪里寻不到生计？"

"你以为阿哥不想回家？阿哥是叫人盯上了，走不脱！"胡历蛮于是打开话匣子。

他在服役的第二年夏天，跟大队副去为他儿子办酒席，在酒席上认识了队副的女儿。一曲弹唱，惊倒四座，尤为女孩儿着迷。那苏北地面上偏僻乡野的女孩子哪里见过大上海的潇洒公子哥，虽身陷牢中，仍然派头十足，曲儿唱得浪漫骚情，弦子拨得优雅清朗。那女的主动找他说话，他也不避，也不因囚犯处境而害怕，当时就上手。那里的管教，在职位上，不得已以律法分别是非；在人生中，又往往以城乡看待高低。这乡里的女孩儿攀上城里的才子，固然就是一件好事，管它在押不在押；所谓在押也不过两三年，一俟释放，与百姓无异；又日后户口回转上海，俨然得了上海女婿，得空去上海玩，也是上海人的亲家。这是多美一桩事体，女儿嫁过去，也成为大城市的新妇。队副为此，暗中窃喜，只要女儿欢喜，他乐得撮合。

那胡历蛮并不想那么多，只为改造生活松快些，也为有女人解馋止渴，又依傍队副搞点特殊化，便甜话说尽，海誓山盟，轻诺不讳。

苏北地面上的汉子是较讲义气的，你既对我女儿好，又女儿心中真欢喜，那你已是自家人不容分说，队副便常私带胡历蛮回家，甚者直就在家宿夜，也不收监。这样处着，不觉日子飞快过去，转眼就到了释放的时候。胡历蛮说回转上海看看父母，向家里交代一下便来。这一去竟半年无音讯，搞得队副火冒三丈，一怒之下，带着人马就直奔上海，把这小子又捉来。这下送他进去也不是，放他回家更不是。所谓送他进去要走程序，劳教复审委员会判决下来，未准就送到别的农场，于是不如动用场部权限中法规，定他个留场察看。这留场察看可以无年限，什么时候认为你改造好了什么时候放你回家，不行再延期，一直延下去，全在队部一句话。胡历蛮由此便被投到三大队来放羊。他这回头脑清醒了，再不胡说八道，索性冷战，誓不与队副的女儿成婚，想凉透她心，遭她嫌而后弃。不想那女的，直就欢喜到死，绝不放手，早觑透他心思。你不许我，我亦不嫁，宁可玉石俱焚。这下，事体便僵住了，胡历蛮成为真正的老山猫。

胡历蛮说：

“你道是那些管教队长们有多可怕？他们多是当地农民，是正牌苏北地面上的人。上海城里的苏北人是半个苏北人，这边的苏北人是纯苏北人。要是上海人不来开农场造监狱，他们都是修大地翻土掘根、向大田讨吃的农民，祖祖辈辈改变不了命运。好在50年代孙夫人坐飞机从天空往下张望，在地图上一画，就圈了这地方，他们才穿上这张皮子，戴一顶大盖帽，人模人样地当了管教。最早这边是安顿那些四马路上抓来的妓女的，是妇教所，后来才改为劳教农场，关押男犯。你不信去围河外边看看，还有几个留场的老阿婆呢！她们都是以前上海滩上的风流名媛，青楼的大牌，人称先生的，什么厉害人物没见过，什么稀奇大场面没经过！大到周佛海这样的人物，小到青红帮里的打手，都是她们的胯下猎物，魂灵捏在她们手里像捏鸽子蛋一样，想捏碎就捏碎了。那是她们呼风唤雨的日节，如今都过去了，英雄不提当年勇，佳人不言旧日美。你看看她们现在一个个佝偻着背，与几棵老树卷在一道，分不出是人是树，你阿晓得她们说不定有更大的秘密咽在肚里，为求一点余生安宁，在这里装死老虎呢！

“没有上海的风光，没有上海的风云变幻，哪来这地方的戒备森严？你们被圈在里头，一套一套的规矩压下来，手脚被捆住，心思被拘禁，吓得不敢乱说乱动，阿晓得我们在外边再朝里边看，看出真正的门道。这里就是小上海，进到这个单位，人生就与苏北地面上的普通人拉开距离了，虽说户口还是本地的，但人吃的是上海饭，做的是上海官，说起来是在上海的单位上班，是上海机关里的正式干部。人问在哪里做事，他答在上海市第二劳动教养管理所，上海市川东农场，啧啧，你想想，这是什么感觉？这脸光彩得都挂花了！上辈子做啥好事体投胎投来的？真正叫作光宗耀祖呢，要到祖坟上烧高香的！所以，你不晓得他们怎么看你们。不要表面上看他们对你们板起面孔狠三狠四的，心底里覅讲有多羡慕你们。一帮上海流氓由着他们管，这是啥意思？流氓侪是克勒人，上海的流氓就是上海最懂经的人，这样的人对他们唯命是从，这感觉太好了！他们说出去太有面子了！你不晓得他们下班去见苏北地面上的兄弟有多风光，那头抬得高的，那言语说得夸张的，大话说尽，威风摆足。人侪当他们是大官，路道粗，力身大。本来戆兮兮，木墩墩，几年下来，向监牢里流氓阿飞学来白相经，覅太有腔势哦！待遇就更不用说了！你道是几十块上百块的工资不算什么，我也不讲农场福利便利油水什么的，你先看看当地人吃什么用什么，你掼一只淡槌头（监中人称白馒头为淡槌头，一谓淡无味，一谓硬实）出去试试，你说硬得可以敲死人，但他们多少人拥过来抢？这里人每天能吃上淡槌头就算殷实人家呢！你们没见梨花坞的人还在吃苞米粉吗？管教吃得比农民好，上海的小流氓吃得比管教好。讲得不好听点，你们就像以前犯事的王爷流放到边地，罚你们受野人管束，但王爷终究是王爷呀，落魄的王爷也是王爷。这叫命，凭什么都改不了的。”

陆铭听到这里，打断说：“刘管教说了，我们两年三年，他们无限期留场改造。”

“说的是，也不是。为啥？他们本来就是当地人，哪里也去不得，怎就无限期了呢？都是因着你们而身份不同以往，这才生出离去的念想。这里本是他们的家，怎就将上海当作家呢？他们也想有个期限可以转去上海么？”

“胡哥，我懂了。你作孽呀，你做了队副家的渡船，你又不肯渡人过江。你娶了人家姑娘算了，这样两相都好，何苦死撑着吃苦？”陆铭道。

“你个小把戏懂啥？江南江北隔着血水，而不是江水。”

“这个我就不同意了。你祖籍哪里的？你彭浦新村出来的，难不成祖上不是江北人？”小黑皮插进来道，“你娘你爷侪是江北人，你讨一个江北新妇回去怎么了？”

“他有一手好琴艺，想骗上只角妹妹呢！”斌哥说话，“队副女儿甩不掉，美梦泡汤！我看黑哥和陆铭倒无所谓，胡哥不如让与他们。”

“人家没有身价么？难道可以随便嫁嫁的？”陆铭接话。

“潘安璧人，这下又跟我学会斩琴，我看上只角妹妹将来在后面要跟一个排都不止。要有点志气才好！”胡历蛮拍一下陆铭头。

几人就这么说着，几杯酒下肚，几块肉撑饱，怂恿胡历蛮唱一段。

胡历蛮唱道：

他们抽烟喝酒没有菜，
和那女孩渐渐地熟悉起来。
那谈恋爱的日子飞快，
那不谈恋爱不能感觉出来。

第一次粗暴还没回味过来，

那女孩儿需要打胎！

春节过完，四中队的管教领导薛队长从上海回转，上班的第一天就大发雷霆，将整队的劳教人员聚集在队中内庭训话。先唱劳教人员守则歌《五要十不准》，再查节日期间违纪情况，抓几个重点关禁闭，又复演队列操，翻覆训练抓小板凳放小板凳，整整折腾一个上午。原来是他携一家人，兴冲冲到上海，带着腊鸡板鸭、鱼干海货做礼品，登门拜访刚释放的消防，不想，这消防的姆妈破口大骂，将薛队长送来的东西悉数扔到大街上，说儿子吃官司，在里面受尽苦，如今狱卒还有脸上门。殊不知，那薛队长与消防在农场处得比拜把子兄弟还亲热，平日里吃一锅饭，夜间值班时恨不得睡一床被；要说薛队长如何对待消防，真可谓情同手足，血浓于水，大家有目共睹。谁想会有这样反目不认账的事体呢？那姆妈不明就里也罢了，那消防怎就一言不发，任他娘撒泼骂街呢？那扔到大街上的岂是鸡鸭鱼肉？那分明是做人的良心，在那个本该感恩收获的节日里被掷弃污亵了！

抓小板凳，放小板凳。一而再，再而三，翻翻覆覆练下去，不论练多少遍，都难以洗刷薛队长心里遭受的羞辱。这哪里是发怒，这分明是挡不住的眼泪，擦干了又渗出，蒙住了又外泄。衷肠换冷脸，亲爱换薄鄙，冬雷阵阵夏雨雪，人间冷暖颠倒竟至此！

吃中饭的时候，大队长路过四中队，觑此一幕而默然，唤人传薛队长去他办公室。大队长将薛队长怒斥一顿。大队长毕竟是大队长，显然比中队长胜出一筹。他的意思大约是：竟至此，亦必至此。人在世上是客居的，各经其道，各守其位。做管教的怎可有妄念，对将要出去的劳教人员说“苟富贵勿相忘”呢？又怎可不珍贵你本职上的荣耀，去贪羡别地生活中的光彩和面子呢？他倘与你做兄弟，你的情义是寄在生命里，还是寄在世道门楣上？你去踏人家的门槛，看别人的脸色，你去讨要一些好处而已，却并不是成全义气，人这么待你，只不过吞没了你那点好处。要利的，在利上损益；求义的，在义上论断是非。

是呢！他在里面是客居的，你在世上难道是恒居的么？有祷辞求上天，不过这么说："我流泪，求你不要静默无声。因为我在你面前是客旅，是寄居的，像我列祖一般。求你宽容我，使我在去而不返之先，可以力量复原。"你失而或得"复原"的恩赏，这才是人该得的本分，已是莫大福气，你怎可又在不是你本分的事上多得呢？

九

陆铭跟胡历蛮学弹吉他，不到三四个月，已经可以弹唱。这时正值开春，大田里的麦芒齐刷刷上刺青天。

那时学习吉他，是没有专门的学校的，都是民间流传；再早一点的时候，弹吉他的人都被看作是坏人、流氓阿飞，要拉起帘子躲在小屋里弹，因为凡吉他的曲目多少都含着荷尔蒙，抒发男女求慕之情，被称作黄色音乐。好在吉他的音量小，一般控制一点，声音并不会传得太远。胡历蛮会的很多，弹唱的，古典的，弗拉明戈的，夏威夷的，爵士的，都会一些，还会电吉他，只是那时效果器还没有那么丰富，出不来许多奇妙的音色。胡历蛮的师父是歌剧院的提琴手，那提琴手跟他的叔叔学的，叔叔又是在旧社会跟工部局乐队的一个俄法混血儿学的。这就是吉他在上海的传承，从西洋浪人那里一直伸展到改造农场。那时弹吉他唱歌，歌者总是夏日坐在梧桐树下，或在城中的三角花园，远近会弹唱的都来，大家拿出一些经典曲目或自己编创的歌谣互相比试，所谓斩琴，就是像刀子一样斩，看谁把谁斩下去，成为这一带的主宰者。斩琴胜出的，不仅是音乐的领袖，还是江湖的领袖，一众兄弟都跟你混，一堆妹妹都由你选，吃的喝的都有人供，俨然风流才子，情场老手。那是一个迷恋英雄的时代。庙堂里的英雄都被塑成了雕像，装进了镜框，即便有活着的，也都七老八十了；江湖上的少年成长起来，正成为活的英雄，只是挤不进高处，也撕不开铁幕，他们沉湎于这样的吟咏——哪怕夜空缀满星星，也要拧开星的纽扣。这就是所谓朦胧诗。朦胧诗与胡同弄堂的歌子遥相呼应，与西风东渐的摇滚乐撞个满怀，茁壮而倔强，显得意气风发。这批人如今都老了，孩子们追在他们屁股后面问："是坏人都老了，还是老人都坏了？"是啊，他们坏坏的，至死不屈，头项比铁钎子还硬。所以，他们终究不会是老死的，病死的，他们终究是要倔死的。

当打打杀杀、翻天覆地、掘金挖银、风流倜傥的青春才俊云集监狱农场时，那纯情的女小顽直追到囚牢里来寻意中人又算得上什么稀奇事呢？那活生生神武的好汉，那活脱脱美丽的佳人，他们不在钉死的镜框里，他们在老实本分人的社会以外，他们随着生理和心理的生长而壮大，有什么力量可以挡住他们呢？像陆铭这样的，被一个怨毒的老妇人投到狱中来吃苦头的，在这个春天里为着看见麦芒直挺刺天而得着些许安慰的，怎就想到命运会翻转到哪里、带他到哪里呢？啊，不过是劳作之余学点吉他，出去斩琴还不知输赢，回去上班，从黄兴路到真南路，好远！

春夜月望时，月色溶溶，融入人血脉。

斌哥与陆铭搬一张小木桌到院中，摆上酒盅、碗筷和几盘小菜。有水芹炒的猪内脏，有春韭炒肉片，凉拌的萱菜，还有一碟黄泥螺。

花荫寂寂，树影斑驳，月明处照若白昼，陆铭的脸、颈和指腕都透着水苍玉的光气。那夜，轮到小黑皮外出碎苞米，为翌日拌猪饲料用，场中只剩下陆铭与斌哥。斌哥要陆铭弹一曲，说如此静夜，琴曲助兴，方可一醉方休。

陆铭弹《阿尔罕布拉宫的回忆》。那时的人谁知阿尔罕布拉宫在何处，又谁知西班牙与摩尔人的恩怨。人们不过将它当作一支远方的曲子来听，远到足不可及处，反正在外国，在西方，在浪漫的腹地。然而，胡历蛮从他师父那里听来，说这宫的柱子是用大理石粉和珍珠粉融合而砌造的，在月色里有珠光熠熠。珠光是什么呢？珠光总令人想到美人趾甲、颈脊肩背；那高冷的女人闪着珠光，那最俗的女人倘临到欢悦的深处也会溢出珠光。珠光好比爱情的极限。陆铭从他师父那里承接了珠光的解释。胡历蛮当时掏出一方砖红底子带白点的手帕给他看，说："嗲伐？小姑娘贴身的味道你闻到伐？不是香喷喷的，也不是看上去有多少挺括，是嗲，娇滴滴的，轻是娇，重也是娇，立不牢，坐不稳，魂灵都要跌倒了。侬上去扶伐？"

这样弹法，正好比大珠小珠落玉盘，闻声见光。

陆铭的头发长出来了，他从拘留在押到收容又加农场的日子，已一年三个月了，还有三个月就要释放回家，按农场的规定，释放前三个月可以蓄发，以免出去时一个大光头吓着外面人，又猪场略特殊，刘管教好说话，春节一过，就同意陆铭不再剃头，这便随意长。他这会儿头发已垂到额下耳边，有一个大卷此刻掬着月光，让他的脸庞看起来有一侧要化了，水乳交融的样子。酒啊，人啊，月啊，琴曲啊，花荫树影啊，这真是要叫人昏醉了！

那菜也叫人昏醉。水芹的味道是贴舌钻心的，新韭如肉，萱菜忘忧，黄泥螺小鲜入髓。这大丰东台地面上，要说最拿得出手的特产，唯这泥螺莫属。泥螺分桃花螺和桂花螺。桃花螺鲜嫩，黑泥排尽，螺肉明黄滋润；桂花螺厚实，紧致，然螺腹中有泥。泥螺生在滩涂中，黄海一带岸边不是人们想象的那种沙滩，却是淤泥沉积之地，专聚此物。春秋两季，人们将螺采来，以烈酒醉之，醉至昏昏，不死不活，入口尤滑顺，嚼之有劲道。传入上海的黄泥螺分两系，一为苏北泥螺，一为宁波泥螺。前者咸鲜，后者甘醇。此物虽不如虾蟹珍美，却也是贫寒人家桌上常见的荤腥，可补益肝肾，填精增髓。如今大小宴会，也渐入流，成为头盘佳馐，上品一碟价颇不菲。那时农场中人，凭记大账，随便可从小卖部购得，一瓶不过一块多，都是当季新鲜的，刚从农家腌熟送来的。

前头说到这片地方扶江接海，多有麋鹿出没，千千为群，踏地为泥，人称“麋畯”，这麋畯乃上古时候神兽，至近代便少有，直至绝迹。前些年，据说英国有个贵族保有一群，送还国中几头，如今放养于大丰海边滩涂中，传宗接代，渐成气候。不过，古时麋鹿是下凡司农的，这会儿只不过成为风景，圈囿在境中，落狱为囚。三月初，刘管教带小孩子去海边麋鹿保护区踏青，陆铭随着一道去，骑脚踏车个把小时可以到。他望着那些在林中栖息的柔弱动物，不禁联想到自己，怎么也联想不到上古神兽。囚中出没，画地为牢，然而这世界哪里不是一座监牢呢？里头是小监牢，外头是大监牢，生命总是被各样罪过囚禁，人离了罪方得自由，人倘不得殊恩，怎又离得了愆失？他于是想，其实在这里一直不回转也好，也是一世人生。从这里望着上海，叫作回转；从上海望着这里，也叫作回转。这里的人难道不婚不嫁么？为什么独独上海称为家呢？人长大了，是要离开父母去成家的；如果非要离开父母，离开上海又算什么？上海只因为有父母才成为家。以后，陆铭也要成为父亲，做他孩子的家长。

他们二人吃罢酒，醉醺醺的，歪倒在桌旁。斌哥拣一张小凳靠陆铭坐着，头倚在他腿上。陆铭渐渐打鼾，沉沉入睡。斌哥伸手摸他的脚趾，一个个摸，如捻玉珠。有一下捻重了，陆铭忽然醉醒，道：“斌哥手重，捻得我痛。我有什么好弄，脚也未曾洗，怕弄脏你手。你难忍，不如去寻梨花坞的小妹妹，那日她对你笑，看似对你有意呢。”这便提醒了斌哥，令他冲动难抑。待陆铭又睡去，斌哥便独自出院，在芦苇丛中寻船渡河。

要说那梨花坞人家，就是种月季花隔壁的屠姓一家，自小黑皮有一回带着斌哥陆铭去过后，日日盼望农场的光头来。小黑皮本是嫌监中苦闷，拿着腌猪肉去与他们换酒喝，换菜吃，他是按江湖那套来的，不多拿一针一线，不多占一瓢一箪，俨然绿林义军派头；又走时留下十块钱，补贴他们家用。那屠家有四口人，屠氏夫妇，祖母和一个十六七岁的女小顽。他们是种地人，种麦子、苞米和棉花，又在田埂上和后院边的薄地上种一些蔬菜，也养了一些鸡鸭鹅，除此并无其他收获来路，那晚得着点现钱，对他们来说，简直就是发了横财。那年月，苏北种地人很少经手现钱，油盐酱醋、衣物被服等日用必需品都是拿地里所得去换的，那些住在监房边上的农民甚至每日都差小孩子去围河堤岸上拾囚犯丢弃的东西，诸如半个冷馒头，吃剩的罐头，穿破的衣衫等。他们的衣食住行远不及城中的服役人，他们甚至愿意用野外的自由与监中的吃住交换。管教对着囚徒如临大敌，而农民对着这些光头则如久旱逢甘霖。小黑皮他们子夜去敲门，屠家人开门掌灯，排座看茶，又宰鹅杀鸡，劈薪燃釜，一家人里外进出，忙得不亦乐乎，好不殷勤。当家的掌勺，女主人洗菜切菜，老祖母烧火，女孩儿端盘送碟。一家人全无睡意，比大白天里还精神，恨不得张灯结彩当一天节日来过。女孩儿来添酒的时候，斌哥趁机摸她一下手，她竟露出甜笑。这一瞬陆铭看见了。吃饱喝足，一干人走的时候已经五点多，院子里的公鸡开始唱晓。斌哥故意拖拖拉拉，假装踉跄，那女孩儿去扶他时，他抬肘用力挤一下女孩儿胸，还对她坏笑。这些，陆铭都看在眼里。陆铭想，这女孩儿纤若羊羔，怎受得住斌哥相扑力士的身坯，要么被他弄死，要么开了花儿快活死，一分钟也不肯罢休。

斌哥果然又去，去过再去，几乎难以停歇。然而事情并没有陆铭想的那么简单，斌哥往梨花坞屠家去尝到甜头，便一发不可收拾，反正夜去晨归，也没有人晓得，便越发大胆，不但将梨花坞三家可以睡的妇人都睡了，还将更远处陶家村、鲁滓铺的妇人也睡了，魔爪一路伸到大丰镇上。他有一本书，是古龙的《情人箭》，里面夹着妇人私下须，每染一妇必摘一须，谓一箭，日久夹满整整一本。古人谓妇人私处须毫浓密者淫，不多不少者玲珑可心，墨客们誉女阴为“一块玉”，玉上三支箭，乃上品。自古有人好这口，拔箭以记取帐中功名。斌哥便是此道中人，为得妇人箭须，不依不饶。此事固然无人知晓，直到东窗事发。鲁滓铺有个寡妇喜欢他，约定的日子等不到他，听人说他在屠家宿夜，便去梨花坞捉他，真所谓奸亦捉奸，生生在被窝里将屠家的女儿拽出，光身子扔到草垛里，于是将斌哥告发到场部。那年正好严打，即严厉打击流氓淫乱活动，斌哥撞到枪口上，又监中犯罪，罪加一等，遂被逮捕，送到法庭上去。抓他的那日，全场吹响警哨，拉响警报，三大队全体集合，听大队长宣读处罚公告。这才从斌哥的箱子里搜出那本《情人箭》。本是美妇须箭，这下万箭穿心，夺命追魂。出了这类事情，在改造单位算是恶劣事故，不但犯法的人要遭严惩，大队也要受警告，甚至有的干部要丢乌纱帽，有的管教要被剥皮（所谓剥掉身上警服）。最后，刘管教被开除警籍，斌哥被处以极刑，乱洞枪决。小黑皮和陆铭的好日子也到了头，猪场被解散，两人重归牢房，被收监严管。为此，陆铭本来快要出去了，这下又严管多加两个月。

就这两个月里，事情发生了根本变化。

陆铭被安排在一中队种麦田，正值割麦时节，一天的劳动量大到他腿脚发软。那日，本是晒麦子，忽传午间将有雨，中队便调集青壮集中装包入仓。一包足有两百斤，扛在肩上，须疾步快走，与天公抢时间。陆铭一个上午扛下来，气短神慌，头晕目眩，仆倒在地沟里竟无人发现。收工时暴雨骤降，一众人急匆匆入监，也无人留意他。雨将他淋透，淋得清醒。他起身往回走，至大门口也不进去，转念就顺着围河外岸拐到胡历蛮的小砖房那里。那砖房里那日来了两个女人，一个就是大队副的女儿，另一个是与她做伴来的。胡历蛮用小火油炉子在那里炒菜，一点猪腰子，几条新鲜带鱼，还有蚕豆、茭白和鸡毛菜。这些菜都是那两个女人带来的。胡历蛮一向不愠不怒，也不热络主动，总是温吞水一样的，自打从上海被捉回以后，再也不触那女人肌肤分毫。那女的也不弃，你不抱不亲，终日躲避，那直就上门来照顾你，带吃的用的来，替你洗衣服打扫卫生。那女的名叫王施惠，当年二十一岁。

王施惠第一次见到陆铭。胡历蛮介绍道："这就是我徒弟，叫陆铭。被人冤枉进来的。看他漂亮么？整个大队里没有比他帅气的，我敢打赌，整个农场里都没有这样美的男子。你们何曾见过这样的男人？今天让你们见到，是眼福啊！"

她们真的没有见到过。

这是胡历蛮被留场察看后对女人说话最多的一次。

尽管陆铭被雨水打湿，头发都贴紧在额上，但一进屋，仍然亮了一下两个女人的心。

"你们出去出去！"胡历蛮将两个女人赶出屋子，窗门紧闭，"不要进来！人家要换衣裳。"

外面暴雨已歇，换作小雨淅沥。陆铭在里面脱光衣裳，拿干毛巾拭净身子，又换胡历蛮的新衫穿上。左左右右，搞了大约一刻钟还多点。

王施惠等不及，在外面敲门，道："他换干爽了，我们在外面又淋湿了。你有女人衣裳让我们换么？”

门开了，两个女的果然也淋湿了。她们也要擦身子，于是，又将两个男人赶出去。

这样来来回回搞了几番，一会儿男人出，一会儿女人出，一直搞到雨停。屋里只有一把伞，出去躲雨的只好紧凑着使，多少总还会湿一些。

那两个女的，终于只好裹着胡历蛮的毯子、被子，坐在床铺上。胡历蛮怕她们赖着不走，便拿出熨斗，拼命帮她们熨干衣服。

他尽力熨衣服，那三人起劲吃火油炉上做熟的菜。

“你既是师父的徒弟，想你弹唱也不差的。一会儿吃罢，能给我们姐妹唱一首吗？”施惠说。

陆铭羞涩，不知如何作答。胡历蛮这天倒大方，反正不是拿他去贴近女流，于是道：“小子，姐姐们要听，你就露一手，镇住她们！”

吃罢，陆铭拿胡历蛮的吉他先应景弹《雨滴》，那雨水好像真的就落进屋里来，令两个女人顿觉清新。施惠拉陆铭到床沿坐，好靠近她。她闻到陆铭身上少年人的气息，那个味道甜甜的，透着一丝奶香，与胡历蛮的烟酒味道不同。又要少年人唱歌。陆铭便唱一首自编的：

年少的我看不懂你，
他们说你多情多意，
我看你是画中的人儿，
当然很遥远，也很美丽。

你本来是挂在墙上的，
怎又忽然挂到我心上？

你就是命里的心上人么？
我真的看不懂，很迷茫。

你开口对我说你爱我，
爱我什么呢？我只会忧伤。
你看我薄如一张白纸，
啊，谁把你画在我身上？

姐姐姐姐，
有人将我撕碎，
却撕不开你和我，
撕碎的纸片在风中飞，
飞啊飞……

施惠竟听得眼圈发红，她伸手握住陆铭的手，道：“小弟弟，你真的不懂。不过，你真的讨姐姐欢喜。”她又对胡历蛮说，“你怎就藏着这么一个可心人呢！他看着像白纸一样干净，会不会跟你学坏呢？我晓得，谁跟着你都会学坏的。”

“不要瞎三话四，我可没有教他一点坏。”胡历蛮回道。

“我是被你害苦了！”

“谁害谁呢？我现在有家难回，是谁害的？我求求你放过我吧！”

“我见着这位小兄弟，才晓得你是坏人。”

“你那么怕我害了他，你不如把他带走。你有本事把他带走么？”

施惠又凑近一些陆铭，觑到他面庞、颈项和脊背的皮肤，这些地方那么白，凝脂一般，要化开似的。然而，他皮肤未化，看他的人的心却化了。那令枪毙鬼都要铤而走险的珠光，那爱的极限，那女孩儿每每临渊登高时才焕然的细芒，叫施惠看到眼里，扎入心中，而不能自拔。

“小兄弟，你愿意跟姐姐走么？”施惠直就问陆铭。

“我要回转了。这下要吹出工号了。如果我不回转，点名查不到我，要当逃跑处理呢。”陆铭忽然想起要归队。

“你就逃跑到我这里吧。我带你去见我爹爹，让他放你随我去。你带上你的琴就可以了，其他东西都不用带，姐姐为你扯布做新衣裳。”

“你说的可是真的？”陆铭愣神，望着施惠。

只见胡历蛮扑通一声跪下，朝陆铭磕头，道：“小屁精，我没有白教你。这下你救了哥哥。你代我去还债，我下一世定当还报你。”

陆铭这便随施惠去，到大队部见过队副，又回转中队去拿吉他。

大队部专门为陆铭一事开会。他的日期既已到，本是为了响应上面严打的气氛留场的，这下查他服役期未有劣迹，又有在教研组考试得着高分的记录，便按规定将他释放。

他随姐姐去到队副家，一住就是两个月，直到农场收薄荷炼油的大暑季节。施惠问他，怎不先回上海家里看看，一味就住在这里放心得下。他道，姐姐既对他有恩，看得上他，这里便是家，将来要住一辈子。施惠反倒觉得不妥，便撺掇他回上海。于是，大暑后第二天，陆铭便带着施惠一道去上海。

船又过长江，陆铭依然觉得江很宽。当初他从南岸渡到北岸，每走一里就离家远一里，就陷入更多的陌生。如今，他带着最亲密的女人回家，每走一里就离家近一里，而且两头都连着血水，这江终于只隔着江水，再不隔开血水。多好啊，不管往南去，还是往北去，都是回家。他想好了，这次他要带姆妈去农场，将来与他住在一起，也不用再去纱厂做临时工，只好好养病，或者他与施惠有了小囡，姆妈帮着带小囡。他还要将陆熠带去，去探望小黑皮；倘小黑皮与妹妹相好了，日后妹妹在上海就有靠山，他们就有一个美满的家。人家吃官司或者家破人亡，他陆铭吃官司倒吃出福气来。谁说漂亮男生都笨呢？陆铭竟那么聪敏，那么明白。施惠既待他好，给他莫大的尊重与爱慕，还有什么比这更好的？人在世上追求什么？如果寻不到意义，那么守住你那点本分，好好享用老天给你的那一份，不就很好了么？陆铭因着本分里的爱获得智慧，在上海滩没有爱不如在下海滩，在江南没有爱不如在江北。下海滩和江北的爱，胜过一切没有爱的上只角。没有爱的上只角与你何干呢？陆铭因寻着属于他的爱，任行到哪里，哪里都是上只角。

那胡历蛮将自己洗洗干净，换一套新衣服，除去身上的羊臊臭，去大队部见队副。

队副对他说："你还来寻我做甚？你还不快快回去上海么？"

"我就是来问一下，我可以走了吗？"胡历蛮战战兢兢地问道。

"你不晓得你早就是不受欢迎的人了么？我们大家都嫌弃你。"

"那么，我可以得到解除察看的文书么？"

"哦，文书嘛，那早就寄到你住的那片的街道去了。说白了，施惠不察看你，还有谁会愿意察看你？"

胡历蛮闻此，并未跳跃起来，而是俯首趴在地上，向队副磕头。队副鄙夷地转过身离去，将他抛在队部的长廊上。

胡历蛮回到彭浦新村，再也不露头去斩琴。他的琴艺好似被夺走一样，他唱不出一个音，也弹不响一根弦。有见过他认出他的人说，他娶了一个外来妹，靠那个女的卖鸡蛋养活他。女人生下一个孩子有残疾，是个痴傻。

十

陆铭带施惠在上海到处玩，城隍庙去吃了，外滩去照相了，十六铺码头、淮海路、南京路、四川路、跑马场、帕克饭店、锦江饭店都去了。施惠出手大方，请陆铭姆妈和陆熠吃酒席，三天一大宴，五日一小宴，又给姆妈买不少参茸补品，还给陆熠买呢子大衣、羊绒衫、皮夹克等硬货。直至入秋，四人又一齐去农场。姆妈将旧东西都翻出来，要带到苏北去，陆铭不肯让带那么多，说去新地方将来买新东西，这些沉滞拖沓，路上不便，施惠却帮姆妈，任她打包，一件不落下。姆妈正翻着，寻到一枚旧式的银戒指，说是陆铭爹爹曾经专门寻银匠打的，成亲时送给她的，她实在寻不出别的，就将这戒指送给施惠，也算做婆婆的一点心意。施惠说，姆妈其实找半天，就是为寻这样东西，她懂的。

从今往后，姆妈就跟着陆铭施惠过，小妹妹一个人在上海。小妹妹这下去农场探望小黑皮，看看男人意思，倘两人定下终身，她就决意将来接男人去黄兴路住，反正屋里厢房子空着，两个人住足够大，交关好。

这次陆熠来，陆铭叫上小卡车，一路从场部往三大队去，路上又遭遇收工的人，人从岔路口过，车不得不停下，人见着陆熠，只是回头、张望、凝视，并未喧哗。那么安静，静得有点可怕。实在是因为陆熠穿戴的衣裳、用的饰物都高档而严整，透露出一股有钱的味道。男人大凡见着女人穿得好，比他有力身，便不敢轻举妄动，总以为那女的名花有主了，背后有厉害的男人撑腰。那一众经过她的男人，居然认不出她来；那满溢脂肪的臀，那湿答答的眼睛，那宽大的衣衫罩不住的苗条胴体，他们都看不见了；人总是欺负人的，但当青春女孩儿将最珍贵的天赋展露的时候，人却以为便宜，可以随便沾一些，而但当她贴一点社会的标签在身上，人却害怕了，哪怕受她欺负也甘愿。

队副早就跟四中队的管教打过招呼，将小黑皮与陆熠的前情摆说了，中队于是按女友探望的规定允许小黑皮接见。小黑皮自严打以来，猪场解散后，就被分配到四中队，就是原先他刚到时待过的地方。

陆铭将陆熠和小黑皮安顿妥当，自就进到大队各处去看看。因着队副一层关系，也因着他自己曾经的人缘，管教都给他开绿灯，他要去哪里就去哪里，随他寻人，随他在里头玩耍。

陆铭听说力伯死了。力伯自禁闭出来后，被分派在四中队，与小黑皮在一道。入秋后天气凉，他的支气管炎发作，又哮喘，送他到场部医院治疗，也不见好。于是，队部决定让他保外就医，他家里儿女竟不接受，谓不如死在监里算了。结果，几个星期前，果然就死在医院。王管教领上几个人，从医院中提了他尸体出来，用大车运到东台的火葬场焚了。焚前，也在小厅设一个灵堂，说几句哀悼的话，买一些瓜果和云片糕，事后分给跟来的几个人吃。骨灰没人要，只好暂置火葬场贮灰室。这事给那几个同来的劳教人员刺激很大，他们回转时一路上议论不休，所谓看见自己的终点，倘无亲无故死在外头还不如死在里头，有亲有故尚且如此，更何况孑然一身！王管教看起来端的是善人，这事与他何干？他送去火化便罢，何必设灵堂哀悼，送力伯一程呢？那王管教，就是犯人们初来时派光荣牌香烟的那一位。这时，他们看着他越发亲切，像兄弟似的，便提议去场部吃一顿，他们请客，借着吃力伯羹饭的名义。

啊，人都是客居的，在地上哪有长久！力伯这么死了，这么火化，这么被就着吃羹饭，可怜！难道那些由儿女送归的就不可怜么？何以见得就不是死亡、不是暂居的永别呢？怎样不都是活一场，到头死作灰尘么？

这些人回转后，又在监里为力伯开追悼会。一开始是出于悲悯，弄着弄着就成为玩笑。各人将箱子里多余的床单被面拿出来悬挂起来，比着外头凑份子送礼的规格，又借口吃羹饭摆筵席，趁机开荤吃酒，吃得胡天黑地。这么一直搞了一个星期多点，管教也不开口阻拦，让众人发泄一下。只是这事到了后来，都成为闹剧，众人一提力伯居然像是笑话，实在不堪。陆铭去时，力伯已经凉了，只是茶余饭后有人又拿出来当节目玩，叫作“开一会儿追悼会”，走一遍程序，当娱乐节目装哭取笑，以消遣烦闷。死原来离活人那么近，又活人的心常常死了，就以为离己那么远。

陆铭听闻此事倒是被吓住了，翻转来想自己的处境，倍感幸运，生出许多感恩心来。他满满地知足，现在他无论在哪里，上海也好，苏北也好，监中也好，监外也好，他分明是活着的，吃穿不愁的，有女人，还将要有小囡，姆妈也健康起来，妹妹待字闺中，他在这暂居的世上正享受着属于自己的本分。

四眼没有违背承诺，一直给小黑皮寄包裹。小黑皮由是日子好过，也由是得知四眼在香港的情况。四眼先是贩鱼送货，赚着钱后开一家广告公司，这时已经有些起色，与一家明星公司合作，渐渐步入演艺界。陆铭带着陆熠来看小黑皮时已是下半年，他的官司快吃完一半，还有一年半多点就要出去了。他听说陆熠要来，便给四眼写信，说将来出去洗手不干了，要做点正当事情，恐怕要兄弟帮忙。四眼回信说，他的生命与黑哥连在一道，他的家业就是黑哥的家业，他每赚一笔钱都分出一半留好，将来都要予兄弟的。小黑皮于是便心里有点底，放心去见陆熠。

他对陆熠说："阿妹，你待阿哥好，萍水相逢却不嫌弃，还特意来看我。我不晓得出去后怎么报答你。我长得黑，但是可以在你门口搭一个煤炉，做炉中的煤球，日夜点燃，给你照明。"

陆熠说："阿哥在里边要保重，不要意气用事跟人打架，争取早一点出来。我会常来看你的。反正我现在一个人，他们都来这边过日子了。"

"我不值得阿妹在意，我是一个粗人。阿妹将来寻到好人家出嫁，我愿意给你抬轿子。"

"你这是说的什么话！我等你出来是为了让你抬我到别家去么？"

"我实在想不出我有什么配得上你的。"

"阿哥待我兄弟好，就是待我好。我和我兄弟是一副心肠，一根血脉。"

"既这样，我便当作你答应了。我是老法的人，生死相守，心里再无别人。"

他们这便约定了，要做夫妻。

陆熠果然不食言，一个月两个月就来一次。两人既约定，陆熠再来，就算是探望未婚夫，这在当时的规定里是可以的，是明面上的事，政策上鼓励家属亲人多来探望，以促进改造。这便传为佳话，管教、服役人都羡慕，都作贞爱不渝的典范看。陆熠成为人们理想的爱人，美丽、大方、勇敢、善良，与千古的佳人成为一族，是所有农场男人心目中的明星。

然而，小黑皮心中是有过不去的痛的。既与陆熠好了，反倒又为一姣放不下。他与四眼写信，也不敢提一姣，怕四眼多心，也怕听到一姣不好的信息。他是一个崇尚义气的人，他并不会障目自欺来躲避这事，他想寻机面对这事，忏悔，自虐，牺牲，都可以，他想听候命运的处罚。然而，命运的机制人是猜不透的。

临近小黑皮释放的日子，陆铭、陆熠说是要来接他回去，四眼也说要从香港过来，然而，小黑皮口里与他们约定，心里却有别的打算。他含糊其词，终于也没有告诉他们他准确释放的日子。他比判决服役的时间早十五天释放，那是因为他在后来的改造中得过几次表扬，换作优良积分，抵了服役天数。那时，凡释放的人都被允许在大礼堂的淋浴间里先洗个澡，然后去队部楼下的办公室取回入监前的所有没收物品，诸如衣物、手表、首饰等，还结算一点工钱给你，即大账上的剩余，另外有一点路费饭费，够从场部坐长途车回上海，也够一天的口粮，最后在释放文件上签字，得一张劳教人员释放证书。办事的管教会嘱咐说："拿释放证去派出所登记户籍，去街道报到，十五天内有效。"释放证只是一页纸，写着被释放人的姓名、性别、年龄以及释放日期，并盖了农场的公章。不要小看这薄薄的一页纸，服役的人终有到头的那天，都可以拿着它再做回上海人，而那些管教你的人却得不到这页纸，现如今即便考学发财移民结婚都难得这页纸。管教的视线跟着小黑皮的手指，看他如何折叠这页纸，如何收取放好，放在哪里，这样，他随着这页纸好像也去过一次上海了，至少成为与上海有关系的人，决定上海人命运的人。啊，他派发过多少这样的纸！如果有人不慎丢了，那么发这页纸的人，比丢掉的人还要懊恼，还要痛惜。

小黑皮换上他入监时的衣服，将释放证揣到外衣兜里，一切都正正好好，既没有可留恋的东西带出去，也没有曾经多余的东西要装行李，他就这样怎么来怎么去，两手空空的，像那天跟四眼喝完酒告别去自首时的样子，大踏步朝路上走去。

这时是四月底，小黑皮当年自首是五月，天气比他入监时冷许多，一是时节早了些，一是江北较江南转暖要晚半个月。这便冷飕飕的，浑身发抖。即便这样，小黑皮也不穿农场里的衣服，本来他是有一件陆熠给的绒线衫的，这下他扔掉了，坐牢的有规矩，凡里边的东西都晦气，一样也不带出。又倘释放时正赶上进餐，那么盘中米粒一定要吃干净，一粒不剩，剩下的，都是等你再回去吃的，不吉利。这日，小黑皮是吃尽早餐的粥和馒头才出来的，他用开水将碗底冲一下，喝了，连粥汁都不剩下。他决意起身时，便再不回头。回头也是不吉利的，于是，告别时也不说“再见”，而是说“走了”。

他走在大田中间杨树林下的大道上，直朝前，不向两边看，也更不回头，就这样徒步走到场部汽车站。

那时民间有个规矩，即狱中出来的人，吃住行用都免费，只要亮一下释放证，乘车售票员不要你买票，进饭店吃一餐也免单，住一宿旅店也可以白住。这是百姓的怜悯，似乎将服役的人看作替常人消业的人，他替大家吃苦受灾了，我们善待他，就好比善待自己，这就好像成全僧人化缘一般。

小黑皮于是上了长途汽车，就拿出释放证给售票员看。他们见多了，这车本是从农场发出的，一年要接待多少释放分子，当然按习俗惯例就得让免费乘坐。

到达上海西区车站已是夜里九点钟，小黑皮也不回家，先就在车站外的点心铺吃四两锅贴和一碗牛肉汤，吃饱了寻一趟电车上去，这些他都不付钱，都只亮一下他的释放证，至多说一句：“刚从里厢出来。”这样的说辞，话音一落，凡听见的必沉默，凡先已看见说话人的也必转移视线不看。啊，这好比与一个鬼同处一间！真的有人吃官司又吃罢出来的么？真的就有这样人不人鬼不鬼的生灵出没么？罪犯什么样子？罪犯与我们并无两样，不缺手足皮肉骨髅，活生生就在当前；我们正常的生活与犯罪的人生难道就与那个说话人那么近么？离他远一点，不要令他看出我移动了，哪怕并不移动，心也要离开他远一点！这样，我就保全了。

他坐电车到新闸路恒丰路桥下的红星旅社，在那里寻大通铺的一张床睡一晚。翌日起来，服务台结账的是一个十八九岁的女孩儿，小黑皮亮出释放证给她看一下，她没见过这样东西，但她即使年轻也有所耳闻，于是，上下打量一下这个男人，也不多问，就生硬地点点头让他走了。其实，也有人拎不清的，不晓得这个规矩，当面拒绝服役人，这时，常有懂经的人从一旁站出，说几句话，那些话有魔力似的，不懂的人听一两句就顿时开窍，大惊失色，翻覆赔礼道歉，再不提收钱的事。

从旅店出来，小黑皮又到门口点心店吃过早饭，然后步行到南京路上，寻到一家卖劳保用品的店要了一身工装裤和一双翻毛皮鞋，最后中饭时间在新雅饭店的大堂要了一荤一素两个菜，外加一瓶啤酒。这些他都白吃白喝白拿。然后，他在饭店的厕所洗净手，又洗白脸，自言自语道："这下，官司总算吃尽了。"

小黑皮两手插兜，抬起头，朝着外白渡桥方向扬长而去。监牢的阴影被他远远甩在身后，他的新路在脚下展开，美之女神引领他，引他上升。上升意味着什么呢？意味着不再堕入深渊，却未必抵偿你命中所欠。

四眼果然也不食言，一俟小黑皮办完户口，就汇给他一笔港币。小黑皮拿这些港币换了人民币，用作本钱，跟自来水厂附近的广东人学金银匠手艺，自己也开一个小铺子，逐渐开始做首饰加工。不多久，他就赚到钱，开始做珠宝生意。四年以后，他已是城隍庙、东台路、南昌路一带赫赫有名的大亨，凡收藏、古董、珠宝玉器都通，成为这时代第一批靠私营宝物而发达的人。正像他说的，他的力身要足够大，大到可以撑起那明星模样的陆熠，要与美妇人交相辉映才行。现在他有钱了，与美貌同值了，于是他们结婚，从大杨浦搬出来，在长乐路常熟路那边买了一幢旧的花园洋房。然而，他是明白人，他晓得，在美貌和金钱之上，有更贵重的价值，那就是软弱，软弱的心，没有什么比心软更能获得神力的，陆熠正是出于怜悯才与他走到一起，而怜悯却是因为那女人的心软才从天降临的。没有怜恤是发乎人的。钱其实不是赚来的，就好比美貌不是努力争取来的。心软的人得天助，得上天喜悦，得无尽赏赐。

然而，他是心硬过的。他是怎么待一姣的？不能对四眼心软，对一姣心硬，也算作心软吧！

那一日午间匆匆吃过饭，小黑皮夫妇俩去到二楼卧房午睡。阳光很好，直照得大理石的阳台发烫发白。这明明是仲春的正午时分，为什么刮起风来？窗帘四扬，似裹着雪花。小黑皮去关了钢窗，拧紧把手，又拉上窗帘。陆熠侧身躺在床上，除去寝衣，露出光背。这温软的脊背闪着珠光，令人却步，成为一种禁忌。可是，有什么比逾越禁忌令人兴奋呢？小黑皮常自言自语道："漂亮女人做老婆真是好啊！每日看都是新鲜的，每夜晚都好比初尝禁果，不厌弃，唯恐不到手。"这时，他心中又升起这话，他的日子由每一次欢爱填满，他珍撷分秒，似乎漏掉一秒就赔本了。他轻抚女人的肩颈，伸手到耳畔，到长发中，又到唇角。女孩儿呼吸急促起来，忽然转身，将小黑皮头颅拥住，沉沉地拥进她怀中。小黑皮顿觉陷入一团云烟，下坠，下坠，没有任何东西可以抓牢，直就坠入湿地泥沼。他触到她湿润的地方。一缕烟已然化雨。他顺势就越过亵衣，忽又在她耳边轻语："我有些内急，稍等我一会儿。"

他起床夺门而出，却寻不见厕所，只得顺梯而下。这梯比往日窄了许多，越下去越窄，简直就不是洋楼的木梯，走着走着竟成了棚户的阁楼梯。终于，他在梯下寻到一只马桶，那种上红漆、每日盛满秽物就要拎出去倒掉洗刷的老式马桶。他急急溲毕，掉头就往楼上去。一路狭窄，梯子摇摇晃晃；进屋伸手不见五指，空气沉闷。他摸到床沿，迫不及待就去搂一具胴体。温软，柔滑，从底部渐升，到险处，更险处，女人忽然弓起背，一口咬住他耳朵，先就飞凌绝顶，然后像是伸出援手一般，急速拽他至巅。随后，两人就滚下坡，男人快，女人慢。

“总算等到你。你一趟小便怎么那么长时间？”女人边滚边问，“我等你好几年的样子，我的身子都快凉了。”

这时男人回头，才瞥见那女人原是一姣。

他想去拉开窗帘，可是寻不到窗帘。他于是拉灯绳，电灯亮了。他清晰看见那光赤裸体的女小顽，一样的珠光，一样的云烟，却不是陆熠的脸庞。

他夺门而出，飞快下楼。外面风雪漫天，鞭炮声四起，空气里弥散着酒肉的味道……这分明是除夕夜，周围家家户户都沉浸在过年的气氛里。他跺脚，扯衣服，扇自己耳光。他没有睡着，这并不是梦境。他是清醒的，这里不是长乐路上的花园洋房，这里是定海西路，是四眼的家。

“四眼呢？四眼啊，你倒是出来啊，你怎么就不露头呢？你去哪里了？你在香港吗？你要我办的事我办成了自己的事！呵呵，这是什么事？这是好事啊！天予不取，反受其咎。”小黑皮在下海滩棚户区除夕的夜空下长啸。

第二章　没膝的卷耳令你昏醉

一

王之后的荒原，
荒芜。

我们，是没有命名过的。
生命与生活没有命名，
日常没有命名，
坐立行卧，喜怒哀乐，没有命名。
于一切都没有命名之前。

没有命名的大山，
日月，星辰；
虽列车呼啸而过，
也未被命名。
起点没有命名，
终点也没有命名。

男人和女人，
彼此混入肉体，
爱恨交织，
相逢与离弃，
都没有命名；
只是经过了，
好比梦境，
记不起什么事儿，
却留下了伤心、难过和莫名的惆怅。

孩子没有命名，
祖先的命名遗忘了，
花儿是由别人命名的，
嫩叶可食，
花香可闻，
却都未有命名。
“你看见古墙下那些白的点点么？
我要用它们淹死你，
就是你们称为卷耳的花。
卷耳花啊，
它有垂死的样子，
你们为什么只记住这个死样子？”

夜，没有命名，
昼，没有命名。
闭眼天黑，
睁眼天亮，

“你不要动我！
你敢动我？
你动了就动了，
你动得我快要碎了，
我这是死了么？”

没有命名，
分不清爱恨，
就这样死过去，又活过来。

“有东西在我里面动，
那还是你么？
你不是去了吗？
痛啊！痛得我生不如死！
啊，那东西掉下来了，
与你生得一样面貌，
叫他什么呢？
叫他动动。
哦，我的动动，
你会长大吗？
长大也动么？”

父亲没有命名，
母亲没有命名，
爱情没有命名，
抛弃没有命名，

伤害没有命名。
因没有命名，
我不拥有一切。
我是没有，
哪里只是没有财产！
我没有岁月，没有日子，
我就是没有。

二

我的一个明星女朋友（啊，这是太久以前的事）晓得我写这本书，就将她的一本自述交给我，说："放到你书里去，只要不提我的名字。"

她太有名了，家喻户晓。我不想坏她的名声，也不想讲我和她的隐私来博人眼球，满足虚荣，为此，下面我就叫她一个只有我知道的诨名，卷耳。这是我被她淹没时喊的名字，我一喊，她就晓得了，别人却不晓得。

她之所以让我记下来，是为了她的向往。她或者由于我和看客的收获而终于抵达。

下面分节的记叙，都是她的自述。（ ）里是她的补充，【 】是我的眉批。

三

那是杜鹃盛开的季节，卷耳还没有开花，卷耳的叶子被采来凉拌当菜吃。

当然，我那时既不知道什么杜鹃，也不知道什么卷耳。那是红的，那是吃的。

落山的太阳只剩最后一线，透过苍松照过来。在山的平顶上，我们一群男孩女孩跑过来跑过去，热得满头大汗，又汗湿了冷得浑身发抖，只好你追我逐，直到不再出汗，身子暖起来。松香，花香，仿佛云朵也洒下云香，将我们团裹着，我们钻进天与地的被窝里相互融化。一群融化的孩童的肉芝，骨头和神经都美妙地交织在一起。多年以后，因为身体衰弱，生了好多病，我才知道血脉流畅的道理。那时实际上是活血了，每根毛细血管都充盈着血，那种舒畅随着我到城里，在城里越来越繁忙而渐渐消失。人再也不轻灵了，再也没有过那天的爽快。

我就是在这样的疯跑中被叫停的。我们邻居家的三姐上山来寻我，说赶紧回家吧，有人来看我咧，是从很远的大城市来的先生，要带我走呢。

我当听见，也当没听见，我继续跑，奋力要爬上一棵树，我因为急躁又出了一身汗。但是我的魂灵听见这叫声了，那简直就像喊魂，有魔力似的。我想停下来，却停不下来。实在是五脏六腑都在笑，无来由的笑。我们这些小孩都喝醉了。说狗是虎的酒，虎食狗必醉。草是人的酒啊！仲春的草，人吃了要醉，人吃仲春的草不再醉倒，难不成就已不是人了么？

我醉醺醺的，已经很兴奋；又裹挟着那叫魂的声音，更加兴奋。我似乎知道，我的命运要改变了。我因这改变，故意拖长之前的岁月。我是故慢吞吞地随三姐下山。我觉得我就是那落日，慢慢地下山，很满足地下山。我醉着下山，我只不过将那天的疯癫顺手藏进口袋掖起来，先去看看别的好玩的再说，只要我愿意，我随时可以翻出来再接着疯。

这是一种幸福啊！我妥妥地在享福，我还没怎么样就觉得比那些小孩高出一头。人是有灵感的，我就晓得有一种至亲的爱意笼罩过来，并同时化入晚霞的迷醉。漫山的酒气团裹着我，渗透着我，我就是一滴美酒。外乡人说泪珠叫泪蛋蛋，那么酒滴就成了酒蛋蛋。这个傍晚，我是一枚酒蛋蛋。泪蛋蛋是那心上的油，酒蛋蛋就是女人的水。那年我九岁，按书上的说法叫幼妇，按我们山里的说法叫小女人。

那个男人四十多岁，穿一件浅灰色的外罩，个头纤长，面上有许多细细的皱纹，头发剪得很短，一笑起来人就缩掉半截，不笑的时候站得挺挺的。妈让我叫他爹，我顺口就叫了。尽管那么陌生，看起来他离我们很远，但我晓得一步跨过去就到了。到那边其实没有生疏，只是我好像只能在跨过去以前生疏着，要生疏好久。

我的爹是京城外贸局的一名采购员，十年前他曾为采购药材到我们这地方来，由人领着就到了我们村子里，然后认识我妈，在村里住下一阵子，然后就有了我。但他在城里有老婆，有孩子，他就是不本分，偷偷摸摸出来搞女人。我生下来后他就再没来过。可能妈与他有联系，他们通信。据妈说，他因得了我很开心。我记得我四五岁时，妈领我去县城照相馆拍照，将照片寄给他。妈说，他喜欢我，将来等我大些，要来接我去京城读书。别人家孩子到了年龄都上学了，妈却不让我去读书，说再等等，等你爹来接。他果然来了，我已经九岁，比人学年龄已大出两年。

但是他来了，总算来了，妈心里就很高兴，似乎妈与他好，就是为了他来接我，做一个结局。

他与县城的供销社关系好，所以，他下来的时候从他们那里借来一部军用吉普车，罩着军绿色帆布的那种。车就停在我们家院子门口。院子是石墙围的，门洞很小，无法容纳车身，车进不到院中，只好停在外面。小孩子们都来围观汽车。第一天绕着看，不敢靠近；第二天就开始摸车，爬到车上，扒着车窗向里看；直到我走的那天，爹带着我坐上汽车，人群就沸腾了，许多人来我家送东西，倒不是因为势利眼，不是想着我日后去京城荣耀了他们可以沾光，而是当下送点东西，仿佛就沾上汽车的光，因我拿着他们的东西、汽车载着他们的东西，他们就好像也搭乘汽车了。小孩子们将平日不愿意与我分享的玩物都拿来送给我（啊，那些东西只能叫玩物，都称不上玩具）。我从小孩子们那里收到一把桃木梳子，一颗玻璃球，三根头绳，一把小剪刀，一面没有边框的小方镜子……当然，大人送来的东西车都装不下。爹说："够了，可以了，我心领了。乡亲们回转吧，以后请你们到北京玩。"

汽车发动了，扬起厚厚的土尘，乡里人不论大人小孩都跟在后面跑，跑出村，跑到泥路上，一直跑到公路桥上。这里是边界，很少有人越过去，如果不是因为要交易或办大事，不会有人越过去，越过去就算出远门了。

我太高兴了，高兴得昂扬不起来，越高兴越压抑，压着兴奋，唯恐好命压不住就飞了。我闷声不响，眼睛直勾勾盯着爹，爹被我看毛了。我坐在后座，爹坐在副驾驶座，他回头伸手摸我的头，道："小妮子，不开心吗？跟爹去北京不开心吗？不想离开妈妈吗？"我说不出话，也不敢回头看车后面，只继续直勾勾看他。我觉得我的心脏不跳了，我仿佛是死在那个春天的村口，醉在那个春天的山顶，不断有松香、花香和云香袭来。我记得最真切的，就是那个春天的香气。我们乡下原是那么香的！那香在我闻起来就是我日后幸福的全部，这时在我的鼻孔里弥漫，预示，直钻入肺尖。将来的好事已然将我淹死。可是，将来不管有多么辉煌，现在想起来，都没有那个春天令我陶醉。其实，我真的淹死在那时该多好！

幸福是一个瓶子，我爹将瓶塞拔开了么？将酒或香水浇在我头上么？

爹是跟大娘说好了，要带我来。他在外面偷偷摸摸，大娘不是不知道。他说，他将这孩子带来，便与那个女人了断，也不再与别的女人往来。大娘不同意也得同意，同意也得同意。他这么与大娘说，不知是对大娘有愧，还是对我妈有愧，反正他是对我好，为了我他两头不是人。他真的就不再去找我妈了。

他与大娘住在单位分的房子里，在北太平庄附近。大娘与他膝下有两个男孩，就是说我有两个哥哥。他们都很大了，一个十九岁，一个十六岁。爹与大娘同岁，那年四十四岁。妈得我的那年，爹三十五岁。所有人见到我，眼睛先都是灰蒙蒙的，忽就亮了。那时我并不懂，以为他们见到乡下女孩儿就像见到蘑菇一样，觉得新鲜，后来才知道，那亮光是我发出的，我是一个特别漂亮的女孩儿，是平常生活中难得见到的。所谓漂亮，就是亮出来了，生出光来。人原本没有标准，对着镜子看，也不知道好看难看，镜子是没有反应的。但人的眼睛作为镜子，却是活的，见着好看的，就发亮，活在别人的眼睛里才懂得漂亮。所以，漂亮与否，首先要看懂别人的眼睛，由着别人的眼睛来甄别，择选，取一个最大公约数。所以，捕捉到所有眼睛都亮起来的那一刻，那一处，才是出名的秘诀。这个其实很难，但我有天赋，天赋予我抓住稍纵即逝的反应，又赐我当机立断。所以，我其实是个有相当判断力的人，也是抓得住机会的人。这样的人，适合做生意，也适合做官。看来我承继的的确是我爹的血脉，他到各地巡查，很快就能发现有价值的货物，也很快就能抓准市场机会。幸好我是一个女孩儿，又有莫名难抑的虚荣心，这些天赋助长我抛头露脸，得着众人的倾慕和崇羡；我难以想象，如果我是男的，我怎么做官做生意。当然，现在的我，根本上是一本生意，是比一般生意要大得多的生意，但这种生意不是我要去寻货物，我自己就是最上等的货物。我就是生意，我不在，就没有生意。

爹带一家人去照相馆照相，大娘搂着我，爹坐在一旁，后面是两个哥哥。这就算我们彼此认同做一家人了。不能说大娘没有嫉妒，但她一瞅见我，就恨不起来，眼睛就眯成一条缝。我那么娇小，身子骨单薄，人却伶俐，爱讨好人。伸手不打笑脸人。大娘看着我小小的样子，乖巧可怜，索性就把我当孙女养。我一见她就喊她大娘，爹在来的路上并没有教我怎样与她相处，我就是一种感觉，我知道今后我的命捏在她手里，她要是赶我走我就得走，她要是收留我容得下我我就有栖身之地。我进屋时分明看见大娘的脸是板着的，屋子里空气凝滞、冰冷，似乎天都要塌下来了。然而，我走过去扯大娘衣服，笑盈盈地喊她。她一回头见着我，事情就完全变了，就不再按她原先铺排好的意图发展了。她顿时笑开了花，说：“哪来的这么可人的小玩意儿！真正可怜得很，也精致得很呢！”她说着就将我抱起，来回逗我，头顶头摩挲我。

事情就是这么意外，这么可气，你不服都不行。人缘不是做出来的，也不是努力有结果的，人缘都是命定的，喜欢就是喜欢，讨厌就是讨厌，哪怕我是夺走她男人的女人生下的崽儿。这个世界有的是有本事的人，他们都没有我名气大身价高，难不成我是用心险恶、钻头觅缝的恶毒小人么？我是靠卑鄙手段和阴谋诡计上位的么？虽谁心里都明白肯定不是这样，但人们必须有一种道德审判，来维护自己的价值。如果辛苦一辈子一无所获，反而还欠债累累，不谴责别人是地狱，如何向自己交代？我就是可人的，人见人爱的，这不是我的本事，也不是我的对错，这是老天爷早先就预备好的。信命的人靠天吃饭，不信命的，只好由着自己亏赚了。就是那么气人！我好像是由命运安排好故意来气有些人的。命运之手拿我向人昭示他的强大无敌，为此，我的代价就是在荣耀中成为众矢之的。我的身上布满箭矢，鲜血淋漓。而如果我因此开心，甚至还以此为荣，故意拿射箭的人恶作剧，那么，这些箭矢和鲜血，其实都是瑰丽的首饰和穿戴。

我十岁那年，就是来到北京第二年，初春某一天，家里来了延庆的一位亲戚，是大娘舅舅家的。他带来一些玉米酒、两只母鸡、一大块现磨的豆腐，另外还有一根桃木棍。这棍说是给大娘辟邪的，鬼见愁的东西。他拿出桃木棍，又转脸对爹说，山上的果树花儿都开了，花海似的，甭提有多美了。他邀请爹去乡下看看，住几天，爹未置可否地敷衍点头，不想二哥竟听进去了。

二哥拽着大哥到我房里，道："我们去看桃花吧，我认识道儿，在马甸那边乘长途车，终点站就是延庆。"

"你有车钱吗？"大哥问。

"我见妈给过小妮钱，每星期都给，让她买零食的。小妮，你那些钱都花光了吗？没留点下来？"二哥打量着我，像是要钻到我的口袋里。小妮是他们俩给我起的绰号，后来在家里就叫开了。

"我没有钱呢。我每天放学都买一个煎饼果子吃，花完了。"其实这些钱我一分也没用，我都攒起来，放在枕头底下，盘算着寄给我那在乡下的可怜的妈。

"我不信。搜！"二哥说罢，就开始翻我口袋、书包，找不到，便开始搜屋子。

大哥也开始行动，从衣柜到箱子，到床上。我也没有藏得特别深，就是随意压在枕头下，大哥一翻，就让他找着了。

"我说呢！怎么会都用完，分明还有好些。"二哥去抓过钱来数，一数，共有二十多块。

“小妮，出去玩又不是坏事。你见过漫山遍野的桃花、梨花、杏花吗？黄黄绿绿、姹紫嫣红的，贼漂亮。”大哥在一旁忽悠我。

“我不想去。我们村后面山上，年年春天都开花。我都看腻了。我不去。钱还给我。”我生气了。

“傻妞，你见过皇宫吗？在地底下的皇宫，就是皇上皇后妃子们死了埋葬的坟墓。”大哥说。

“难不成我们能进到地底下去？”我的好奇心被激发了。

“有一处坟墓被考古队挖开了，做成展览馆，对外开放呢。爹带我们去过，我们现在想带你去见见世面。你从农村来，什么都不知道。要见世面才好。”二哥很恳切的样子。

其实，他们俩藏着别的心思，为要下去宰鸡杀鹅，跋山涉水，吃农民的便宜，到野外玩探险的游戏。当然，他们想带我去，一方面是想借我的钱做盘缠，一方面也是真心喜欢我，带着我觉得好玩也有面儿。

我同意随他们去了。我们选一天逃课，一早就搭上马甸发往延庆的长途车。这车要经过苇子坑、沙河、昌平、十三陵，然后转弯进山。他们买了到上口村的票，那里正好是上山途中，往前还要绕走很长的盘山公路才下山，下山就是延庆地面。我们都拿出学生证，按证买了半票，这便花不去多少钱，还有剩余。车上人并不多，我们三人于是并排坐到车尾。只是坐在后面好颠，一开始还不觉得，出了昌平路不好，就开始了。车过十三陵神道，大哥告诉我那些大石头人、石头瑞兽的讲究，又说到明朝十六帝、何以这里只有十三陵的典故，我表演听得很认真，实在心里也很想知道，可是我听不懂，他们实在不知道我缺得太多，连坟墓和陵墓都分不清，我只将远远近近的金黄屋顶和岩石建筑看作宫殿和城门楼子。其实，这已经够了，对我来说，从农村到京城，真就看见传说中皇帝后妃住的地儿了，哪管他们是住在地上还是地下。我脑子里的皇宫都是农民眼中的皇宫，虽说看过电视里的皇宫，但那也是农民出身的导演拍的。在我们这里，哪里有几个城里出身的人去到演艺界的？你看，我两个哥哥那么聪明，日后也就干那些跑跑腿的事儿，而我却成了电影明星。我知道什么呀？那些宫里的事儿，我从剧本上看来的与我兄弟告诉我的，根本就是两回事。

他们实在是憋着坏只想实现自己的愿望。在上口村下车后，哪里有什么皇宫？都是厂房，一片一片灰蒙蒙的。这也不是什么村呀！二哥说，到吃饭点儿了，先去吃饭，说这边厂里的饭菜别提有多香了。这里是轴承厂，原先为了军工的需要搬迁到山区的，好隐蔽，也好疏散。厂房高大，砖砌的，铁门铁窗，我一见这般气氛就犯困，好像灰蒙蒙的颜色蒙住了我的双眼。二哥使劲拽着我走，往厂区食堂去。那里有很多人排队。他们将我抛在一棵枯树下，似乎将马驹拴在树桩上，固定好了，然后二人就消失了。到这里以前，我从来没去过什么工厂，爹带我从乡里出来，又带我坐火车，一路上的电线杆、工厂、机械、货车，大凡遇见这类东西我就飘过，从不入眼，因为那是些没有色彩的乏味的东西，我天生不喜欢，在我心里是一种障碍，也是一种垃圾。至于汽车、火车和飞机，那速度和里面的空间是我喜欢的，这是移动的房屋，女孩儿对房屋是有偏好的，因为房屋可以坐歇，从坐歇的座椅延伸到卧榻，再延伸到睡床。啊，现在我站在枯树下，这树定是叫烟囱里冒出的毒烟给熏死的！我非要站在它一旁，一起受熏吗？他们终于回来了，拿来五块钱饭菜票——这可都是我的钱！他们告诉我，在这里钱不管使，要换成饭菜票才可以买东西吃。这么说着，听起来好像换成饭菜票就是另外一种钱了，而另外一种钱就不是我的钱了，是靠他们的能耐挣来的。但我真的饿了，我想不动，也计较不动了。我随着他们挤进人群，到前面去加塞，一会儿就轮到我们买了。我们买了豆腐烧鱼、青椒肉丁、摊黄菜、白菜粉丝煮肉丸子，还买了米饭、白馒头和馅儿饼。馅儿饼是新上的韭菜和着鸡蛋的馅儿，那简直太好吃了，他们买了四个，看我爱吃，就给了我两个；其余的也好吃，那么有咬劲的白面馒头，是白面馒头呀！在我们山里，只有会计家偶尔能吃上，爹来接我前，我只吃过半个，那是妈从集市上用蘑菇换来的，路上她吃了小半个，留下大半个给我吃。她说："你爹要是来接你去，你就天天吃白面馒头。"那时我以为，京城的皇上与草民最大的不同，就是他可以吃一个白面馒头，扔一个白面馒头。眼下，我到京城了，这岂止是白面馒头呀，他们的名堂多得我记不住，因记不住就不去奢想了。我吃罢韭菜鸡蛋馅儿饼，就吃白面馒头，夹着摊黄菜，甭说有多美味了！大哥一个劲儿地给我夹菜，夹给我青椒。我不知道这是啥玩意儿，也不敢吃。他道："小妮你真傻，这青椒炒肉才叫真棒呢！你不知道，以前北京城没几样蔬菜，土豆吃完吃白菜，白菜吃完吃豆腐，青椒什么的都是这几年才有的，我们城区都不大吃得上，这里是军工厂，有特殊待遇，怕是他们自己搞副业种的吧。那年家里过年，爹弄来两个青椒，用来炒肉，还预备一些别的熟食，将叔伯家的人请来一块儿吃，结果，就为了谁多吃了几块青椒，差点没打起来，差点坏了兄弟感情。吃！赶紧尝尝！"于是，我就皱着眉头小心翼翼吃一口，涩涩的，鲜鲜的，又醇香的，我不大习惯，或者说完全不明就里。这种滋味也能吃？吃着吃着，却大出我所料。好吃，没想到竟有那么好吃！难怪他们要打起来。大哥二哥看着我吃青椒的眼神，像是做科学实验，期待着发生什么，眼珠子都要掉进餐盘里去了。可是，我只是觉得好吃，我并说不出他们期待的话。不是我高冷，也不是我寡淡，是我真的不知道该怎么说，我没有说辞，好吃就是好吃，苹果好吃，肉好吃，青椒也好吃。好吃对我来说，是一件事情，一样东西。

他们是玩开心了，因为他们的目的就是为了到轴承厂吃一餐。

这似乎有种奥妙的意味，到轴承厂吃他们的食堂菜，既像一种规格，又像一场特殊化。我吃得很满足，饱得走不动路，可是我不是他们那种感觉。他们也许改日见着同学，可以拿今天这一顿说事，可以在人前炫耀。他们炫耀什么呢？说些什么可以达到炫耀的效果呢？这个我真是一点门道都没有。他们两个说得兴致勃勃，一路走一路高谈阔论，我竟一点都听不懂。我这时困了，眼皮直往下耷拉。大哥看我走不动，人蔫蔫的，就将我抱起，背在身上。

“你不是要去看皇宫吗……”我一贴上大哥的肩背，只听到半句，头一倒，就眯瞪了。

四

在梦中，我们深入一片树林，走着走着，看见前面有金顶在午间的阳光下反光；我们靠近跟前，见有穿皂衣的值班太监挡道。大哥塞给他两块钱，他笑眯眯就让我们进去了。那是我的钱！在梦中我依然数点清晰。入宫门，见美人列队，长袖飘飘，歌舞升平，像是欢迎我们似的。啊，我梦中的宫殿就是如此，其实都是我从电视剧里看来的……我们走上台阶，我忽然看见一个裂开的鸡蛋，蛋清溢出来了，我想喊住大哥，让他别踩上去，但我喊不出声，大哥偏偏就踩上去了，结果一个趔趄，他滑倒，我和他一起滚跌下来。

我一睁眼，果然我们三人都跌倒了，跌落在暗处的柴草中，四周黑漆漆一片。这是哪里啊？

原来他们带我上了往回走的公共汽车，只坐一站地，到下口村下车。他们原想晚饭去村里吃农民的土特产，顺便也找一座荒陵带我去看看。他们顺着公路下山，直走到裕陵附近，顺一条石子路拐弯向南，望着快要接近一个村子了，却稀里糊涂踏进一片松林，结果迷路了，不知道怎的就陷入草丛中，一脚踩空，便坠落深渊。原来这是一口暗井，不知道是守陵人挖的，还是原先建造陵墓开的，杂草正好掩埋了石砌的洞口，他们不幸踩到上面。幸好井底积满了野草和树枝，也许是日久枯死掉下去的，也许是村民为啥事故意填进去的，不然我们这么落下去，不死也得摔个脑崩骨裂的。

二哥脚崴了，大哥脸被树枝刮伤了，从脖颈到左脸颊，一大块皮被掀开，血渗出不止。还好我趴在大哥肩上，他掉下去时先替我受了那些枝杈的刮擦，我居然完好无恙。

落到黑井里，三人先是受惊，恐慌，然后他们发现受伤，开始感觉到疼痛。我们三人只好互相安慰，互相照顾。我替二哥揉脚，不停揉，他稍微好一点，安定下来。大哥将自己外套扯开，撕出一条布来，团起来摁住出血的地方。洞口很高，只容得下很微弱的光线照下来，我借着这弱光察看大哥的伤口。他问："小妮，这半边脸是不是都烂了？"我说："没呢，不严重的，就是有一块皮耷拉下来，血好像不流了。"大哥这才放心一点。

这么折腾了大概将近个把钟头，我们才想该怎么出去。洞壁都是平整的石头，没有突出来的地方，想爬上去根本没可能。二哥说，如果将衣服都撕了，捆成一股绳，绑一块石头抛上去，或许那石头在上面卡住哪个缝，我们就可以抓着绳子爬上去。显然，首先找不到有分量的石头，再说，找着了，也没有力气抛到那么高。于是，我们又合计让大哥站在最底下，二哥和我攀附着洞壁慢慢起高，让我先出去，再去找人来救。我们试了，大哥加二哥再加我，一个踩一个的肩膀，慢慢升起，最高只能升到洞深的一半。

"完了，我们出不去了，只好在下面等人来救。"大哥绝望地说。

"那我们大喊大叫吧，兴许过路的人能听见。"二哥道。

我们只好喊叫，把嗓子都喊哑了，也不见有人来。

“小妮，你唱山歌。你的嗓音一拔起来能传好远。那天你在屋里唱，我在大院门口都听得见。”二哥让我唱歌。

我就唱歌，把会唱的、最近来京城刚学的歌都唱了。唱完一遍，又从头再唱一遍。也许我的嗓音真的很亮很好听，外面的人没有听到，两个哥哥却听傻了，竟然不思不想眼下的处境。他们听得入迷，安静地坐在井底，愣愣地看着我发呆。我看见他们的两双眼睛，在暗中射出极亮的光。

“我们不能坐在这里等死。为了小妮这嗓子，我们也得出去。”大哥发狠说道。

洞口的光线暗了，我们推测已临近夜晚。我们顿觉肚子饿，好在从轴承厂食堂出来时，二哥将剩饭剩菜打包了，有两个白面馒头，豆腐和白菜粉丝，都是挑荤吃剩的素食，还有一壶水，那种军用水壶，大哥出门时带上的，在轴承厂食堂吃完饭后灌满的。

“真有先见之明啊！”二哥说，“要是那会儿不装水，这下我们非得渴死。”

“我听说，人能扛饿好久，但不能没有水。所以，我们省着点喝水。”大哥攥紧水壶，好像攥着我们三个人的命。

他们每人吃两口馒头，一口剩菜，外加喝一口水，这就算做晚餐。但他们让我多吃一口馒头，多喝一口水。

夜里很冷，我们三人搂抱在一起，蜷缩着睡。上面疾风吹过洞口，呜呜的，听起来好可怕，像是野兽的咆哮，像是有东西要钻下来把我们吞吃掉。

我比他们先醒来，抬头看见一线阳光照在洞壁上面，形成一个亮的方块。它慢慢向下移动。我想，如果到正午，它会落到井底，我们会受到光照，可以取暖。这一夜，冷得哆嗦，我第一次感觉到寒冷是可以打断睡眠的，人冻着睡，真是难熬！

我忽然听见上面有人说话的声音，两三个人向这边靠近，还有女人的笑声。我立马推醒两个哥哥，让他们听。当确信真是有人靠近时，大哥忽然喊救命。我和二哥也跟着喊，竭尽全力喊。那些说话人的声音越来越靠近我们，我甚至听到那个女人还唱了几句戏里的词，于是，我也扯开嗓子唱高调。

“有人唱歌呢，嗓音真亮。这大清早的，谁家小姑娘跑出来吊嗓子？”我分明听到上面的人说这话。

“走，我们去看看！”又有人接词道。

然后就听到脚步声，一点点靠近，快到了，怎么又远了？又靠近了，又远了，越来越远了，最后听不到了。

显然，他们没有发现声音是从洞底下发出的，他们以为在别处，于是往远处去。

我接着唱，恨不得跳起来唱。可是，不管我怎么唱，那些人再也没有回转。

“这说明，白天这片会有人出没。我们要保持体力，隔一个小时喊一次。没准有人会听见，会找到我们。”大哥处心积虑，又忧心忡忡。

正午的时候，果然那亮的方块就落到井底，我们三人紧紧靠拢，挤着，团在光底下暖身子。

大哥说：“不像在上面要走动，在下面没有什么运动，倒也不饿。一天改吃两顿，一顿两口馒头，这样撑三四天应该没问题，再饿两天，一共一个星期。我就不信一个星期没人路过发现我们。”

“要一个星期呀，这可怎么好！爹妈找不到我们，还不得急死？我们不能坐着等死啊！看小妮多可怜，她都蔫了。”二哥说着哭起来。

他哭，我也哭。我们抱在一起哭。大哥看不下去了，喊道：“行了！哭有屁用！哭死了都没人听见。”

“学校老师不见我们，会不会报警失踪？报警了，警察就会出动。他们会派人来搜山吗？”

“我说你个蠢猪，我们出来又没告诉别人我们去哪儿，即使他们出动找我们，也没有线索呀。”大哥此时头脑显然比二哥清醒。

“这下真玩完了。”二哥情绪低落，“我想爹妈了。”

“我不能死在这里，我死了，我乡下的妈怎么办？她孤苦伶仃的，可怎么好！”想到我亲妈，我眼泪止不住就往下流。刚才哭是害怕，这下哭是真的难过。

“小妮这么漂亮，还没多少人看见她呢，按说命不该绝。”大哥一直这么说，说了好几次，这已经成为他的信念。他认为，他们两兄弟借着我一定能脱险。

“我们要冷静。”大哥忽然心平气和地说，“我们该想想，这口井到底是怎么回事。你们看，井底有两种泥巴，一种是淤泥干后结成的块，还有一种是散土，颜色不那么深。”

我们借着那亮的方块看两种泥巴。

“这说明，原先这是一口出水的井，后来干了，又有人下来挖过土。为什么要挖土呢？从哪里挖出来的？你们看这井底还算平整，并没有很深的坑。这就说明有人挖过边上的什么地方。我们快找找。”大哥说着，就开始摸寻井壁各处。

我们也获得信心，开始找寻。先找到一把铁铲，是细细长长的那种；所谓铲，不过是半个剖开的铁管，而不是大面的铲，只是头上尖尖的。大哥说，这是洛阳铲，是盗墓贼的工具。那就说明这里曾经有盗墓贼光顾，必是有盗墓穴。我们兴奋起来，分头四下摸索。二哥摸到一个角落里的一团草，拿起后牵出更多的草。我们将草全掏出后，居然看见一个洞，洞口很小，几乎容不下一个大人的身体。大哥说，他从书里看到过，盗墓洞就是很小的，一般正好容得下一个大人的身子，只是这个洞时间久了，积土积尘收缩了。

“啊，看起来小妮的身子正好能进去。”二哥说。

"也不定是好事呢。如果小妮爬进去，最后到了墓里，反倒更出不来了。"大哥有点害怕的样子。

我说："不管死活，我进去吧。没准还有别的出口呢。不行我再爬回来。"

"要不这样。小妮试着往里探探，我们在这里用铲子铲石头，慢慢扒拉，把边上的石头一块一块掘下来，就可以挖出一道梯子。这就有救了。"大哥边说，边试着用那个洛阳铲去铲井壁的石头，居然挖松了。

他取下一块，就露出一个泥洞。这样一个一个洞接上去，就可以落脚。那么，到高处够不着了怎么办呢？

"我爬进去寻寻看，万一找到另一把铲子，没准还有别的木棍什么的，就好办了。"我的头脑也被开发转动起来，"有另外一根棍子，就可以两边挖，到上面再把棍子插到两头的洞里，人站在棍子上就可以继续朝上挖。"

"那你就爬进去吧。"大哥准许我爬盗墓洞了。

我于是钻进去。这宽度对我来说不是什么难事，我还可以在里面转动，胳膊还能少许伸展得开。就这样，我推着洞壁，借力一点一点挪移进去。好像才三五米远，我就从洞中掉下去了，掉在水里。那可是一个大坑，我在里面什么也看不见，只是蹚水。我感觉这是一个很大的房间，水没到我膝盖下面。我努力蹚到边缘，我必须摸到墙壁，只有摸到墙，才可能在墙上找别的洞。我摸了一阵，撞到一个硬东西。那显然不是墙，而是一个大石头方块。我离开它，又往前走。我脚下踩到一个小硬块，我捡起来，摸摸好像是个什么玩意儿，就揣到兜里。又往前走，大概十几步的样子，我摸到了墙。硬硬的，石头的墙。我心凉了一半。这么硬的石头，谁能在上面凿开洞呢？我顺墙继续摸。哐当一声，有东西被我撞倒了。于是我伸手到水底下捞，我捞到一根铁棍子。我想，打住吧，没准前面又有什么坑，我掉下去就再也上不来，不如捡起这根铁棍，顺原路摸回去。有这根铁棍就不怕了，哥哥们就可以搭着往上挖出洞梯。

我的感觉还是相当灵敏的，我完全可以摸着按原路回去。很快我就找到来时的洞口。我先把铁棍推出去，人跟在后面爬。当我把铁棍推出一段后，就有人接住抽走了。我一会儿就爬出来，又见到兄长。

“里面咋回事？”二哥迫不及待地问。

我一五一十地告诉他们。

大哥说：“我没猜错。这就是盗墓洞口。里面是墓室。你撞到的石头方块就是石棺，里头躺着皇上呢。这铁棍是一根铁扦子，盗墓贼落下的。”

“那么我们快干吧。”二哥说，“用铁扦子撬石头还快些。两边撬，等到上面，再把铲子插进两头。我抓紧一头，你踩着，再拿扦子往上挖。这铲子的把手结实，是钢的，踩不断。我看这么干行！”

他们就这么开干了，让我蜷缩在底下最边角，免得掉下的石头和泥土砸着我。

大约到黄昏的时候，洞底下已经暗无光线，大哥挖到了上面，终于伸手可以够到地面上。他先出去，然后二哥下来，让我先上，他在我下面护着，一点一点，极为小心地攀爬。

等我们上来时，天色只剩一点淡光，我借着这点光，看清了周围有一堵红墙，墙内树木茂密，有乌鸦停在树上，不停地叫。那红墙里显然就是陵墓了。我也算进过地宫，到皇上地底下的宫殿走过一遭。我还摸到皇上的石棺，与明朝的皇帝接触过。

二哥问：“小妮，地底下你没见着什么宝贝吗？”

“哪有什么宝贝，都是水。”我这么说着，忽然想起蹭到的那个小玩意儿，一摸，还在口袋里，便掏出来给二哥看，“我捡到一样东西，你看看是宝贝吗？”

二哥看不清，摆弄两下便还给我。大哥催促我们快走，说这会儿还有公交车，等天断黑了，就没有车下山了。

五

大娘再见到我时，紧紧搂着，怕是要失去的样子，眼泪扑扑往外流，说：“我的心肝哟，可回来了。要是真的丢了可怎么好！老天开眼，让大娘再见着你，这下碎一地的心全拾掇回来了。可怜你爹，一听你们失踪了，就中风倒下。你快去医院瞧瞧他吧！”

于是，我们兄妹三人去医院探望爹。说来也怪，他一见着我们仨，顿时就下床可以走了。你说奇不奇呢？难道中风也会是一种心病么？人相思成病、受惊倒下，说起来都是刺激太深，都是心病，可中风是血管坏掉了，从心病已经发展到身体损害，咋就可以由着心理回转，身体也逆转呢？我听大哥讲过一个故事，说一个叫李广的，外出打猎，见有虎，便一箭射出，结果走近一看是石头，箭已射进石头。原来人的心力是很大的，想着射虎，决心必杀那虎，连石头也抵挡不住。他以为是什么，信念坚定不移，那就是什么了。只是我们常常有念头，却并不坚信，告诉自己坚信而已；已经有一念之差了，再说什么坚信也没用，其实都是怀疑中的自强。人逼着自己信，等于不信。人真的信，其实并不由我们自己，好像冥冥中有大于我们的力量在驱使。

爹出院后，带着我从北太平庄电影厂门口经过，说，小妮你那么不爱读书，上学天天发愁，可你有文艺天赋，不如去拍电影。他认识电影厂的一个灯爷（我们这行管做灯光设计的大腕儿叫灯爷），赶明儿请灯爷到家里吃饭，让他断断我是不是这块料。我当时往电影厂大门一瞅，就知道那是我的地方。这也是心力，我想当明星，就让我当成了，得来全不费功夫。对别人来说那是火坑，在我就是稳当的宝座，这就好比那石头也在李广的定力下屈居为肉身之虎。可是，我的运气不总是这么好的，我后来许多事都想靠着认定的信心，却一败涂地。那是因为起初我实在不懂信心发自何处。发自自己的信心，如果对抗命运的安排，不如没有信心，甚至成为反信心。所以，信心也是命运叫你有，你才有的。人的意愿要与天的意愿合一，才是自由。天的意思，不是拧着你来，扳着你成为另一个样子；天赋予你六万个意愿，其中必有三万个令天人合一，你不选那合一的，偏选另三万个不应的，只好咎由自取。那么，有人又说了，天何必赐下三万个你愿他不应的呢？这道理实在是首先天高于你，他给你空间，让你自己愿意他所喜悦的。如果你上来就把天看作与你同辈同等的，就玩不下去了。你看不懂，老天又厌弃你，这会是什么结果呢？然而，其实那独属于你的三万个意愿，有时命运也会成全你，只是你必须懂得那是你的，不是天的；你在天之下，从下往上哀求，求老天可怜你，出自他的怜悯，你才如愿。不是你的强硬拼搏，不是你的积德行善，不是你的智谋机巧，全是他的丰盛怜悯。你必须清楚，你低于他，倚靠他。一切福德之路都是从这个起点开始的。

啊，起初，我也是荒唐透顶的，也总自以为是。也许我写这篇东西，才刚刚有了起点。

我终于在阳光底下看清我从墓室里带出的东西。那是一只玉蝉，白润晶莹的底子，叫沁色污染了，红的、绿的、黑褐色的浆液渗透到里面，外表看起来乌了巴突的，没有一点光彩。这是爹告诉我的。他东西见多了，在外贸局，他曾经也为工艺品和文物做过采购，跟旧社会玉行、陶器行和字画行的老师傅学过点古董方面的手艺。

爹说："这可是一件宝贝，虽说从明朝的墓里拾来，却不是明朝的玩意儿。这定是盗墓贼开了石棺，从棺材里翻腾出来又落下的，墓主人生前玩的东西。看形制是汉代的遗物，看工艺叫作'汉八刀'，不是说下了八刀就雕成了，而是每个局部都有八字型刀法。另外，八的意思是分开，是背离，意思是生死别离。至于蝉嘛，就是知了。古人认为蝉吸风饮露，吃得干净，身子也干净，佩蝉取其洁净之义，有点像现在预防免疫的意思。蝉从蛹出，叫作羽化，就是复活，获得第二次生命。墓葬里放玉蝉，就是借蝉的神力，希望死者能像蛹一样羽化成仙。民间的说法是，蝉一鸣惊人，腰间挂蝉叫作腰缠万贯，得名又得利。小妮你得藏好这件宝贝，将来对你可有好处了。不是谁都可以得这玩意儿，你得来是天意，没准你靠着它发达呢。再说玉也是神奇物品，女娲补天你可知道？娲娘就是拿着玉去补的天。这说明啥？说明天是玉造的，玉就是天的材料。拿玉做出的东西都可以通天、应天。那么，这枚玉蝉就是天蝉了。"

爹这么一说，我们几个都傻了。敢情真得了大宝贝，恨不得卖出去要发财了。我们凑在一起议论纷纷，浮想联翩。

爹突然打断警告说："可别再提你们进皇陵这事了。尤其不能让人知道咱有这么一件东西。小妮可以戴着，人问起来就说是地摊儿上买的，两块钱的东西，好玩，万万不能说它的来历。"

"这么贵重，我可不敢戴。放家里藏好吧。"我紧紧攥着那蝉，唯恐失手掉到地上。

"那你就不懂了。古玉出土，看着暗暗的，脏乎乎的，要玩，要佩戴，就是养。古玉不养，好比辜负了财宝。天予不取，反受其咎。养熟了，光彩照人，绝不是我们这会儿看见的样子。你捡着的，就由你养。俗话说，人养玉三年，玉养人一世。妙处在后头呢。不信你们将来看。”爹执意要我戴上。

他去寻了一个工匠，给玉蝉做了一个金扣，又配一条链子，就交给我贴身戴在脖子上。

这么些年过去了，果如爹所说，这玉蝉脱胎换骨，浮现出五色光彩，而且底子也通透起来，跟一般新玉不同。这复活的古玉有宝石的火焰，不论遭遇何种光，都盖不掉它的神气。一光一色，暗中亮，亮中闪，侧光入里，正光耀眼，无光时都自欲发光，内里藏着许多短小的辉芒。这些年我遇到许多玩玉玩收藏的，他们说起来头头是道，一套一套，但他们拿出来的东西都不是我这玉蝉那劲儿。什么古玩意儿从我跟前飘过，我一眼就能看准。这不是什么本事，而是我拥有真东西，见过真东西。凡与我的玉蝉不一样神情的，肯定就是赝品。这一行其实没有什么秘密，不过就是你得有真品。有几个人能像我这样钻进墓室，身临其境，生生从皇上枕头边拿出东西来的？

灯爷来了，他叫穆野彤，五短身材，脸黑黑的。爹是与他女人同事，便与他也有往来。那时间物资短缺，电影厂里那些有钱的人家都巴结外贸局的。那灯爷瞅我两眼，像逗普通小孩儿那样与我搭讪几句，就再不理我了。爹问他，我是不是这块料，他也答不上来，只是说可以帮我弄进电影厂的小明星班。爹没别的目的，只是为了给我找个前程，既能进小明星班，灯爷说什么便不重要。我看灯爷，心里觉得恶心，长得粗野，难怪名字里有野，可脸那么黑，根本配不上彤字。彤是红火，形容关公脸还行，他是包公脸，黑头！可是，你们想得到吗？我第一个男人竟是他！大奸似忠，我爹真是瞎了眼，将我托付给他！别看他粗俗，心思可诡诈了，想弄我到手的念头打第一回见我就埋下了，直等到我满十六岁那年才下手。我恨他，也感谢他。他为我开了两扇门，一扇是通向银幕的，一扇是通向男人的。

我这便退学了，才上到二年级，就换到明星班学习。那明星班美其名曰也有文化课，其实老师不正经教，学生混过场。在影视这个行当里，谁真心瞧得上文化呀！在公众媒体上，在各处台面上，没有哪个大腕儿不说多读书的重要性，也没有谁不摆弄所谓学养、涵养的，可是，在私底下，大家拼的是才艺和经验。天生硬件好的，上台露脸就闪亮，不思不想，干啥啥赢；哪里缺一点的，就跟着师父学经验，讨窍门。脑子机灵很重要。你看那轻松拿下戏码的，他一脸寡淡，只对你说没啥的，咱玩去，别死乞白赖的，你要是信了他，你准玩完。他是在人后躲在厕所里，对着镜子苦练，吃奶的力气都使过的，只是在人前假装得来全不费功夫，要派头而已，或者故意障你耳目，让你轻敌。至于苦练什么，其实也没什么，都是一些老演员教的套路，一点一滴的，颇为好用，不是什么正经表演艺术。为什么说头脑要机灵呢？一你得谦虚，见谁都得像孙子似的，谁就跟你讲一点，讲也不是为教你，是为了你哈腰的样子让他有脸，他炫技就露一手，你学到了，转脸不认人，就说是自己天生会的，顿时翻身做爷；二是要学会挪，就像搬个小凳子在门口坐着，一点一点往里挪，等人不行时再替上去，为能替上去，别人的戏都得看着记着，别没心没肺只想自己那点活儿；三是最关键的，就是别瞎学，只消学你做得会做得好的，那不合适你条件的千万别学，学了不但不得分，且都是负分。这些门道都是看来的，难怪旧戏班子说，要心明眼亮。我们这行不是靠学问知识，是靠观察力，要察言观色，看一回就得记住了。那靠分析的，靠文化的，不是说没有用，而是出活慢，黄花菜都凉了，还没入戏，谁要你！文化只是装点，混出来了才有用，不能当真家伙使。为什么没人瞧得上文化呢？文化顶到头了，只是一个艺术家，艺术家是一种职业，却不能发达。而我们出名了，必会获得资本和权力的青睐。试想，全社会的财富和势力向你靠拢，是一种什么感觉？你骂我戏子不要紧，我挥霍无度，指鹿为马，那拼命奋斗成功的人不都是为了与戏子玩吗？出头的戏子是成功的标识旗帜。换句话说，我们这行是金矿，挖着的，几辈子都用不完。有两种人最失败。一是学着学着做起研究来的，二是什么经验教训一揽子都当宝贝收进来，其结果就是毫无结果。

这行归根结底是老天赏饭吃。条件与机灵都是天给的，天不给，再努力，再挣扎，文凭职称再高，也是白费。一句话，你进去咋样，出来也咋样，他们教不会你，都得靠你的本钱。所有老师导演用你，无非你早就是利润了，如果还需要成长投资，谁会让你拉低自己呢？所谓成长，不过是利益最大化的过程。到后来我才明白这些。实在谁也不要嫉妒我，天要成全我，你有什么办法呢？或者天要灭我，我又有何不甘？天何时灭我呢？但当我目空一切、飞扬跋扈，连上天也不看在眼里时，他便惩治我。他怎样轻松给你的，也怎样轻松拿去。他拿去之前先惩治你，惩治是一种警告，你听得懂，就还有机会，听不懂，一路疯狂下去，就咎由自取。

当然，人也须努力的。只是努力要秉承天意，要听得见上面的意思。所谓机灵，就是合上天意。自以为是抖机灵的，不过是比愚昧更偏执的妄想。妄想的人崇拜权威和名声，却不晓得权重的人和名望高的人崇拜上帝。所以，他们不管多么努力多么聪明，只配给我拎鞋。

我在师父那里学到的，都是心灵启发我的，就是说，我忽然就晓得要学什么。比方说，一个管道具的老太太，摇一张蒲扇，端一个茶杯，坐在影棚外过道上，你不要小瞧她。她穿戴比胡同大妈还保守，外套都洗白了，发卡都是五毛钱一大堆的那种，鞋口上还落上一点灰尘，吃盒饭的时候从不多拿一份，来去只骑掉漆的老式单车。你以为她穷，她为每天一百块钱的劳务费耗在这里吗？广告活儿她派徒弟来，从不露面；教学活儿她屁颠屁颠，从不缺席；正经电影活儿更是非她莫属，怎么也得占着自己的位置不开小差，哪怕从头到尾只用一件道具，递个手电筒什么的，也一丝不苟，如临大敌。你乍一眼看她，平淡得像一个纸盒子；你细细再看，她的皮肤比珍珠还细洁。人当面不过称她王姐，私底下你去打听一下，连厂长见她都要先作一个揖。她夸人时说："这丫头懂规矩，下场没事不瞎跑，就站在黑里候场。"她骂人时说："阿斌有名气，戏也好，说好的在楼梯口取道具，到用时却跑到调音台那里去找。瞧瞧，多有个性！一出是一出的，难怪与众不同。"这话都是刺儿，却没有一个脏字儿。有明星到现场，前呼后拥的，颐指气使的，横眉竖眼，左挑右选，一遇事就咋呼："不是说好的给我宝剑吗？这剑卡在鞘里都抽不出来，什么破玩意儿！去，把那臭老妈子叫来，问问怎么回事。"王姐过来，一摁按钮，轻松就抽出剑来，笑脸相迎道："怕掉出来伤着你身子，所以安了机关。你用着不顺手，就再给你换一把。"这便一拿拿来六七把，任凭明星挑。不挑还好，挑就挑了一把沉的，结果在镜头前拔不顺溜，一场戏拍了二十多条都不过。得，众目睽睽下折了，丢死人！那星儿据说一天片酬一百多万，私带的化妆都得三四万，拎包的也给一万，老太太还是一天一百，从不起价。她这玩的是哪一出？师父指给我看，说："穷人抖富，文盲抖才学，小官摆排场，贱人争待遇。所有狠角色看着却冷淡，会叫的狗不咬人。那面儿上的名利来得快，去得也快；那深藏的财富，化作烟，化作云，化作他们家光线和微风，你是偷也偷不走，夺也夺不去。真有钱人家里见不着钱，银行里也没有存款，他随便打个电话就可调集十几个亿；真有权的人，不戴肩章，不佩绶带，也无有公章在手，也不见出行鸣锣开道，他要打仗，在城门楼子上弹琴退兵，在帐幕中吟诗凯旋。为什么？他的资源已经化为日常，全国掌柜的、掌权的都是他的徒弟。不要小看教书的，有人教你十八般武艺，有人教你运筹帷幄，那教你赚钱领兵的，何须自己存钱蓄力呢？他只存人，只蓄威望。古人说，小人骄而不泰，大人泰而不骄。什么是泰？泰就是安，就是最大，就是稳当。你看王姐，个头小小的，不急不慢，不怒自威。小妮啊，你学本领，要学这一门。”

师父是看得起我，才与我说道这些。我听懂听不懂就是我的造化了。

六

我们这些小明星班的学员都住在电影厂招待所的宿舍里，有一整个楼层是我们的。上课在电影学院教学楼，吃饭在电影学院食堂。那班儿的风气可真不怎么样。凡所谓混得好的，从不在食堂吃饭，好像一进食堂就是没钱；凡混得不好的，甚至一日三餐都吃不齐，一日两顿的，一日一顿的，吃了上顿没下顿。你外出得有车接送，你周末假期得有大宴派对。你后面得有人撑场面，要么大哥，要么富爸爸。我们班最小的九岁，最大的十七岁，那十二三岁的成天与四十多岁的大哥混在一起，这叫什么事儿？她叫他爹，还是叫他宝贝？我没有这些，我的两个哥哥是亲哥哥，顶多来帮我打架，穿得皱巴巴的，说话没板没眼的，谁看都不觉得他们有势力。我爹和大娘要是来一趟，大家都以为是摆地摊的。所以，我没有排场，没有场面，我看上去像灰姑娘。要真是灰姑娘倒也罢了，怎偏偏又生一张公主脸？这下事情就变得复杂起来。

我们班有个叫黄惠的，我不知怎就得罪了她。她是从东北沈阳来的，家里是大厂子里做工的，爹妈指着她发达，指着她有朝一日将他们接到北京来。

那天，形体课放学回来，我进宿舍一掀帐子，就见枕头上有一团屎，盘曲缠绕的，顶上还有个尖。这像是做出来的一件道具活儿，人拉屎哪有拉得那么标签化的。但是，我分明闻到屎臭，这是一团真正的人粪！我想，一定是有人爬进帐子，蹲在我枕头上拉的。我细心查看了一下被褥，我看见两个脚印，那是凉鞋的印子。那时，我们大部分人哪怕夏天也穿球鞋，只有黄惠有皮凉鞋，不知她哪个大哥送她的。

我也不言语，默默将被褥整个团裹起来，拎起扔到厕所的垃圾桶里。我换了新床单，一个人坐在帐子里哭，泪水止不住往下流，我觉得我受了欺负，受了侮辱。可是，我没做错什么？我没对黄惠不友好，做作业时，我还主动请她与我做搭档。这到底是怎么了？

第二天上表演课，师父检查作业，轮到我和黄惠上台，刚演不到一分钟，师父就喊停，道："我说黄惠，你哭丧着脸干吗呢？你不想演就别上！你嫉妒人家演得好，自己跟不上，就在台上使绊子，你这人太差！下来！"

我们的段子就这样被叫停了，但我终于知道黄惠心里嫉恨我。她的心思被师父揭开了。我不热情请她与我做搭档还好，请了，反倒得罪她了。我冷冷瞅她一眼，她也不回避，翘起下巴颏对着我，斜睨我。我当时就火了，摔门离开教室。我一路往宿舍去，心里想怎么整治她。我非要让她知道我的厉害不可，我不能就这样被她轻贱了。她拉一团屎在我枕头上，虽然我没掀开帐子给人看见，暗自吞下去了，但其实谁都知道这件事了。我不能吞她的屎，我要吐出来。

我来回翻覆想，觉得就一个作业，我比她强一些，也不至于让她如此待我。这简直是深仇大恨呀！假如我要反击，至少是同当量的，我一出手狠过她，我也得弄清楚原委，不能不明不白。于是我冷静下来细想，把进校第一天起所有与黄惠有关的事都想了。不想也罢，一想居然想起一件可怕的事。那是上个周末，她的那个开夜总会的大哥驾着车来接她，我和她还有几个要回家的本城孩子一道出校门，不想那男的看见我们，与我们搭讪起来，还请我与黄惠一起跟他去玩，说，到他那里大家一起喝酒唱歌，可以认识许多腰缠万贯的大哥，当场还发钱，一回一千块。我们几个都不说话，低头羞红了脸，转身扔下黄惠就走开了。难不成竟是这事？弄不好那男的对我起了邪念，在车上一个劲儿说道我如何如何。女孩子反目成仇，往往都是男人的缘故。

后来的事，证明我的猜测是对的。

这会儿我既想到这事，心里就透彻了。那就对不起了，反正不是我的错，你这么下三滥地对我，休怪我无情决绝。

我那天躲进帐子闷头大睡，到吃饭点也不起床，有人来喊我，也不搭理。就这样，一直睡到夜深人静时，我悄悄起来，拿一把剪子，进到黄惠帐子里。我趁她一个翻身时，轻轻抓住她的长发，一剪刀下去，全给剪了，将剪下的头发扔在桌子上，还立起剪刀，戳在上面。

晨起，忽听得黄惠急叫："我的头发，我的头发呢？快给我镜子，谁把我头发剃光了？我秃头了吗？这可怎么办？我怎么见人啊？"

大家围过去看，见她头面灰突，剩余的头发支棱着，一副丑态。要是全剃光倒还是回事，这般一些密一些稀疏的，人不人鬼不鬼的，不阴不阳。

"谁干的？也忒缺德……"有人刚要问，说着便自觉把嗓音压低下去。大家似乎心照不宣，谁不晓得是我的复仇？黄惠大喊之后就是哭，哭归哭，竟不敢提我半个字。

又有人说："这是鬼剃头。是生大病了。我们老家有秘方，说吃些芍药就会好。”

这也太乌龙了，我忍不住都快笑出声了。

我依然躺在帐子里不起，还故意出点鼾声，做呼呼大睡状。

“咱别太大声了，还有人没起呢。”这啥意思？怕了我不成？这下知道我厉害了吧，起先干什么去了？

果然，黄惠也不闹了，蜷缩在帐子发呆。

“替她向老师请假吧。”

“要不你陪陪她？”

“黄惠，咱上医院瞧瞧吧……”

就这么，她们言不由衷，你一句我一言地在那里不知是拿这些话压惊，还是压着心底的幸灾乐祸。

爱怎样怎样，反正我不管。我可舒了一口气！

黄惠没脸去课上，师父问话，也没人答得上来，大家支支吾吾、言东道西的，一笔糊涂账。越糊涂就越严重，师父似乎觉出什么，放下课不上，径自就往宿舍里去探黄惠。

师父回来了，给班上同学布置了一些功课，然后转身把我叫到办公室，合上门，对我说：“小妮啊，你这是拿土匪道对付流氓道。懂吗？什么是土匪？什么是流氓？大城市里出流氓，荒山野岭出土匪。流氓道就是恶心人，土匪道就是不要命。干我们这行的，要的就是一股狠劲，但别把狠劲往平常日子里使呀！狠劲用在台上，用在镜头前，才对。总以为拼命干体力活、发奋读书叫作狠，哪有将心里最软的东西在人前使劲揉碎狠！你既对黄惠下得去手，你想想给你戏演，你怎么对自己也下得去手。但凡镜头扫过来，要你入戏，要你坦白自己，你也一刀剪下去，算你狠！”

师父这几句话一下点醒我，想必同样的话他也对黄惠说了，我感觉黄惠也在这事之后换了个人似的。多少学表演的，就都在找壳，一层壳包一层壳，越包越严实。实际表演的秘密在于袒露，对最亲密的人都不敢袒露的，要拿去人前袒露，在光天化日之下，在大庭广众之下，露你的尴尬，露你的败相，露你的痛，露你的肉麻，谁愿意呢？谁不曾是为了水银灯下的光鲜才挤破脑袋进这扇门的呢？谁曾想结果是先要肝脑涂地、开膛剖肚呢？学到半截的说，这是不要脸、不害臊就行。哪有那么简单！就好像有人骂我，说小妮你是个婊子，我皮厚怼回去说我就是婊子怎么了，这不叫袒露，这是跟人较劲。这么皮厚，你太狰狞了，一下就跌到坑里，就成了茅坑里的顽石。不是这样的。有人骂你婊子，你得接这球，拿过来看看，是不是自己真的有婊子心肠，有没有都得往这上面想，心要感受得到痛，痛了要软下来。柿子的心肠金刚的身子骨——我们会演的都懂这理儿。都说解放天性是表演课最难过的关。怎就解放不了？你心肠硬了，做再多练习，吃再多苦也没用，不过是搞怪，做一点平常不做的事而已。有人不解放还好，一解放反而动了小聪明，把乖张诡异的外套一件件都借过来套在身上。你只见他身台形表样样都齐活了，可就是不动人，就是假。那是学了老演员的手段，却没学到筋骨神气。如果天然就是心软的人，不学也演得精彩。可是为什么还要学？学是为了长久地养着这份心软，也借着点外在的套路学会护着自己肉身的软弱。你不能傻到任人践踏你的肉身。心软是最刚硬的力量，是无敌的力量，按说是踩不倒的，却常因为起初遭踩而犹豫了一下，一动摇，就缩回去了，就是人性的软。我们在班上学的，都是护着人性软的身手，却不是学护着心软。以为心软要护着，一上来就错了，就走向了反面。哪一次伟大的表演不是因为心软而战胜刚硬的？你有战舰枪炮怎么了？你高科技怎么了？不都拜倒在我的石榴裙下么？那哪是布做的裙子呀！那是我心缝的裙子啊！

农村人狠的，就是有土匪的决心；城里人狠的，就是玩流氓的阴损。别看我九岁就来了京城，可我骨子里还是一个乡下人。流氓玩的是伎俩，土匪玩的是性命。都挺贵的，都是极大的付出，但后者是最贵的。有什么财富贵过人的性命？干我们这行的，就是烧钱，没钱别进这个门。你们说，小妮这话势利眼。势利眼么？你倒是好好算算账。一个亿，一千个亿，一万个亿，你得了许多钱财，却丢掉了性命，你还有什么意思？贱看命的，给他一百块钱让他火里夹起一个煤球，他毫不犹豫，这叫作奋不顾身，那样的人，果然命不值钱。但所有这样的人，是没有一个会发财的。得不到爱情的，就出卖肉身换享受，这不证明爱情比钱财贵重么？舍不起性命的，就铺排手段机关算尽，这不证明性命比手段贵重么？于是，这个世界按照性命、手段、钱财、知识、美貌分作三六九等。其中最愚蠢的，是相信说法的，比如什么存在主义、自由主义、女权主义等等。因为这些人相信真理高过生命。的确有真理高过生命，但那真理却不在人的手里，那真理唯在上天手里。如果人虚妄地拧巴出来的真理是虚空的，那么，不如按照世俗的秩序认命。我是乡下人，最最贫弱的人，却因为懂得命贵竟胜出你们中间的豪强。我们乡下人，如果只有性命是资本，却还以命讨食，就只好被城里人讪笑了。

在师父点通我以前，我是一个只认节俭的人，我梦想靠我多捞一点、多省一点让自己饱足。我没有想过发达，我只要立足这个城市就行。为此，我也没想过我进的这扇门会通向哪里。爹是可怜我读书读不进给我寻这么一个落脚处，我也是乐得轻松才心安理得。所谓节俭，是又节又俭，节省还要自约，其根源是依靠自己，想以己力来改变命运、对抗命运。然而，大凡节俭的人，都出身贫寒，人微言轻，那么弱小了还那么相信自己，这种思维一开始就完败了。其实，那些大人物总是依靠自身以外的力量行事的，这点草民们是不懂的，未入富贵圈以前闻所未闻。这里面藏着天机，就是命运的机密，即人的起点早就被设定好了，你之所以弱小，正是你先被设定了只相信己力的程序。这个程序可以更改么？我的读书人朋友，那个诗人告诉我“自由意志”一说【她在这里提到的那个诗人好像就是我，她之后文中一直以诗人指代我】，人降生以前也被设定了自由意志，靠着这个自由意志是可以更改程序的。至于我，其实是节俭一族中更不堪的人，我懒惰，贪婪，又抠门，却梦想得一大果子，就是说，我唯独信节俭，甚至连勤劳都舍弃了。大凡节俭的人，又都还比较勤劳。幸亏我不勤劳，就生出一点依赖心，总多少想仗势，靠爹，靠师父，靠穆野彤，靠那个诗人，靠权贵富豪，最后靠到那个至高无际的。我一路靠上去，竟得了最大的靠山。实在是那最大的靠山从我生下来就在关照我，只是以前懵懂无知，眼瞎耳聋地在暗中摸索前行，就好像我在地宫里——啊，即使在那里，我也得了令人叹羡的珍宝！

那么小，蚂蚁一样的人生，还守着不放，还非靠己力，又投降势力，学得很坏。可怜之人的可恨。然而人可怜这样的人，并非通天的悲悯，却是人的私怜。所以，那些可怜我的人，都没有好结果。我是他们的迷惑，他们因我而自立为神，一概跌倒。

有一些人靠上大哥就不再上升了，其实我比这些人还欠雄心，恐怕真的是因为自由意志，也因为命中保守，其结果，一是我傍不上大哥，二是我的自由意志促使我充满好奇心。

什么叫好奇心呢？就是总想涉足陌生领域。比方说，师父说我狠，下手决绝，说黄惠损，恶心人。那我就想知道什么是损。损，是不好学的。我们乡里人节俭，节俭得丢了幽默感。人不幽默，始终板起面孔，一本正经，只会自约以至于自虐，看谁都在欺负自己，看什么都是挑战尊严。一句话，玩不起，折不起，输不起。人家城里的流氓道，首先就特别无赖。无赖的人看破红尘，游戏人生，他无所谓得失，我们好不容易攒下的，他一个晚上就挥霍殆尽，第二天喝西北风，咽生水，照样开心。我得两个钢镚，还想得仨，他道是才两个钢镚，又堆不起金山，不如及时行乐。他也并不通达，只是过一天是一天。乡里人苦一生，城里人乐一时。如果一生都苦，真不如快活一时！乡里人走极端，从自约到自虐最终到玩命，就是苦到头，决绝了，或许苦尽甘来，在甘来之前是不会一丝放松的，一点幽默感都没有；城里流氓一晌贪欢，他走极端，就是耍无赖，设机关，无所不用其极地窃取利益，特别像吸毒，像得了肺痨索性日日逛窑子，苦死不如乐死。所以，土匪不到玩命这一步是玩不过流氓的；玩命有所得，又转向守势，必然会被流氓利用，欺负你没商量。那位诗人说："国人与洋人，正好比大乡村人与大城市人，人家跟我们耍流氓，我们看不透，总一脸严肃，结果人家在后面笑话我们，常常四两拨千斤地就得了便宜。对待流氓，不能当真。"他这话挺对。有人奚落你，摸一下你的头，你就拉下脸，对人对己都不开心，也不知道怎么还手，只在那里生闷气，那摸你的，就赢了。面对这样的场面，该怎么应付呢？其实很简单，你走过去拍拍他脸蛋子，说："哟，这么大岁数了，还婴儿肥呢！保养得真好！"他便知道你是狠货色，就收手了。

一个乡下人要学会城里流氓道，简直太难了。唯有放下节俭心，才有机缘。我这么想，又大大激发了我的好奇心。我就不信了，我非要等着发财的那一天搞一宿纸醉金迷，让自己迷途不返。我倒要看看我学得会学不会，学会了会死么！这是我不同于别的乡下人的地方，也许正因为我的城里爹，我只算得上半个乡下人。

再说我何以傍不上大哥呢。我不到急红眼时，总不会想铤而走险，总以自约守护自己，哪怕大哥凑上来，我也将信将疑，也怕那不是我的，终归得不到。所以，我不是不想依赖，是不信我靠得上。一切我靠上的，都是人家死乞白赖非罩在我身上的。除非好奇心使然，超越了我的节俭心。为此，我的主动总与那巴结别人的样子不同，我带有明显的侵犯性。但当你侵犯一个男人，你就激起了他的征服心，他绝不会轻视你。

黄惠的那个大哥对我念念不忘，下一个星期他又来了。

他见到黄惠，说："去，把那个小妮子叫来，大哥为你出气。"于是，黄惠傻不拉叽地就来叫我，骗我与她一起出去。我跟着到校门口，不想那大哥说："哎呀，小妮真行，给黄惠这头剪得够时髦的。上车吧，大哥带你们去歌厅唱歌，你们同学一场，不能反目成仇。我替你们化解了。"

黄惠也真信他的鬼话，就使劲拉我上车。这便不好推却，我就上了车。

那天，那大哥还真挺乖巧的，使出浑身殷勤手段来讨好我们，又是说笑话，又是寻出各样好词儿来夸奖我们两个，把我和黄惠逗乐，笑得都直不起腰。

他这一手心机可够深的，这样一来，就搭讪上我了，不说交情，下次见面至少也有了缘起。

下次见面在三个月以后。三个月里发生了一件大事。我参演的电影《永定河之别》（为了隐去许多易暴露的线索，电影我也瞎编一个名）得了牡丹奖，我一下子出名了，街头巷尾都挂着有我面孔的大海报，一夜间我就走红了。

那大哥派了一个车队来接我，非常夸张，让我坐红色的敞篷跑车，黄惠也一起接上。这令黄惠很有面子，当然不拒。我也盛情难却，这毕竟是追捧的粉丝，做电影明星，谁没几个粉丝呢？其实这样的时候，老师同学也不把与大哥的往来看作不正经，只当作我的场面看。

车把我们接到京郊靠近机场附近的一个大院，里面有一幢漂亮的别墅。这显然不是那大哥的家。我想，这出来玩玩的房子都那么气派，他家该有多豪华呢！我又问自己，这些有钱人为什么不干正经事，老追着小女孩玩呢？那年黄惠十六岁，我十四岁。我又想，这男人根本不入我眼，一个不入我眼的人都那么有钱，那么，如果有人入我眼，他该是什么档次呢？非常非常有钱？像书上说的富可敌国吗？这是一种什么人呢？我渐渐觉出自己的分量。可是，我毕竟是个小孩，在那个年龄上，获得不适合那个年龄该有的东西，其实很难把持。在资本尚未疯狂膨胀到不可收拾的年月里，年龄还在起着自然力的作用。

那大哥找来一大群男男女女，都是来为我捧场的。吃喝自然不消说，还跳舞唱歌，主要是让我独个表演节目，也让我和黄惠演小品。我们像是做小剧场演出一样，观众满满的，少说也有二三百人，他们一个劲儿地鼓掌，都是羡慕和崇拜的眼光，演出后还求签名，大家蜂拥而上，保安拉起人墙来护着我，这让我虚荣心得到极大的满足。玩累了，人渐渐散去。那大哥说："小妮，你今晚跟黄惠都别走了。我给你们安排好卧房，都是单间的，当然，如果你们想一起睡也自便。"他请人带我们去看各自的卧房。我的那间朝着一片林子，林子里有一个湖，湖水湛蓝湛蓝的，望去令人心旷神怡；主要是有私密的化妆间，里面琳琅满目的化妆品我从未见过。这些勾起我的好奇心，于是就答应住下。这天是星期六，学校没有返校归宿的要求，只是要跟爹说一声。我往家打电话，爹不在，二哥接的。二哥说，玩飞了吧，野得不想回家，赶明儿这样的好事别忘记也带上他，他至少可以为我做保镖。我听他话，心里美滋滋的，转念想起落难井下的日子，不免感伤，也真的想以后要报答两个哥哥。

深夜睡前，那大哥领我和黄惠到一间大屋子，有大屏幕，有手推餐车，有大榻那样的宽座，我们一起坐在上面看电影，喝饮料，吃夜宵。放电影时灯就暗了，只有壁灯和过道灯放出微弱的光。我记得我借着那光，还寻摸着去过一趟厕所。回来没多久我就困了，眼皮沉沉地耷拉下来。我想回去自己的卧房，可是一点力气也没有，懒懒地就入睡了。

当我醒来，见躺在一张大床上。黄惠在左边，我在右边，那大哥居然在我们中间。原来这榻有机关，一摁电钮就伸出来，成为一张可容多人的大床。我的外罩全被脱了，只剩下内裤和背心。大哥的手搭在我的小肚子上。我一下就火了，立马坐起，去找我的衣服。这时是凌晨，三点多钟的样子。

我知道我上当了，都是黄惠和他大哥设好的局。他们想生米做成熟饭。

“小妮你别走。我求你了。大哥错了，给你下跪。”那大哥嗖地从被窝里起来，一把拉着黄惠，两人一起朝我下跪，“黄惠你快说话呀，求求小妮。我们下辈子哪怕做牛做马，也要感恩小妮。”

黄惠扑通一下跪倒，还向我磕了一个响头，说：“小妮，帮帮我吧。你留下，大哥就要我了。不然，他嫌我烂了，都不想玩我前面了，后面也快被他玩松了。以后他对你好，我不嫉妒，我根本没资格嫉妒，我给你们做丫鬟都成，只要别扔掉我。我爹我娘还指着我接他们来呢。”

她说的这都是什么呀！我惊得差一点挪不动步子。但我不知哪来的信心和勇气，我一定要逃脱，马上离开这个地方。

“荒山野岭的，乌漆麻黑的，你怎么走？”那男的说。这是威胁吗？他想错了！我才不怕黑，也不怕走夜路，我是农村来的，想用这点手段吓住我，做梦！真黑的是你，你比夜黑多了！

他这么威胁我，反倒让我从惊到我的场景中醒来。我一句话也不应，头也不回就冲出门去。我顺梯下楼，一头就栽进黑夜里。

在山里迷路我怕过，与大哥二哥掉到井里我怕过，但与害我灭我的力量遭遇，我便不怕了。我穿过花园，一路朝这别墅外面的区域跑去。我根本不管大门在哪里，我一心只想出去。我从一堆玫瑰花丛里横行，蹚过一条小溪，就进到一片林子里。我确定这已不是别墅的范围，我终于逃离那个地方。我不走外面的大路，我担心他们开车来追。我选没路的地方走，只朝远处不明的方向去，走得远远的，只要远离这里就行。我一直这么奋力快走慢跑的，过野田，攀深沟，钻铁丝网……一步都不停，一刻也不歇息。我没有哭，心中也不难过，只有愤怒、仇恨和斗志。就这样，我累得快虚脱了，终于走到天亮。我看清前面的建筑，好像是一片平房，像是一个村落。

我看见一个大爷驾着驴车出村，便靠近问："大爷您早。这是哪儿呀？"

大爷看我一眼，也并未停下车，觉得我很稀奇，也许我已经蓬头垢面没有人样，不过，他迟疑一会儿，说："这是睢各村。丫头这么早出来找哪家呀？"

"我是路过。迷路了。请问这里离机场有多远？"

"机场？哦，那远了去了。这里是平谷。"

天哪！我大概走了有四十公里路，从三点到六点半，三个半小时，连跑带走，平均每小时十一公里多。这简直就是急行军。人的潜力太大了，如果遇到紧急危难，舍命奔跑，一个十四岁的女孩儿也可以突破极限。

"有公车回城吗？"

"你拐弯出村，顺那条白杨道走三里，就到大路了。那边有公交车。"大爷说罢，抽一鞭子在驴身上，赶紧跑了。

这个清早，在正经人眼里，我是鬼么？是啊，难道我不是从地狱中逃出来的吗？呵，地狱也不过如此，今生我不会害怕了。有话说，我不入地狱谁入地狱？我去过地宫，也去过地狱。我忽然想起我的玉蝉，我伸手找到它，攥紧它。爹说它通天，难不成上帝是通过它的路径来救我的吗？只要它在，上帝就找得到我。

七

出名是一件意想不到的好事，仿佛人生的一切烦恼都消失殆尽。其实出名是集体主义时代的盛宴，人们聚拢在一起，需要简单的一望便知的崇拜。这是一种偶像崇拜在那时的现象。那时候还没有互联网，一个人成为万众瞩目的焦点会不断吸引更多的眼球，好比滚雪球，越滚越大，所谓马太效应，就是出名了就更出名，不像现在，再火热的事情也就热三分钟。我们那时积下的名气在当今很重要，那是真正有含金量的，那时没抢着，现在再怎么努都是白搭，现在的名气那能叫名气吗？现在资源分散，人群圈层化，每一个亮点都好比流星，还没亮够就暗灭了，几乎没有机会兑现，拢不起巨大的财富。大财富有社会性，有数量上的绝对值。就像穆野彤说的：“小妮，你知道啥叫出名吗？你知道出名这事有多大吗？你出一次名，接下来什么都不干，就可以吃三辈子。所以，为了出名，人啥事都干了，黑到你不敢想象。”起初，我是听不懂他的话的，然而，随着越来越多的机会向我涌来，我不得不相信他的话，并躺在他的话上。

他突然出现，来找我爹谈，或者说，他捷足先登。

他说：“小妮已经不是小妮了。这接下来签约、包装、广告、代言、接戏、活动一大堆，没有代理没有经纪公司可不行。但我们不能将小妮拱手让出去，更不能跟人家签卖身契，把孩子卖掉。”

“那可怎么好？”爹问。

“那就我们自己张罗呗。这么大金矿在眼前，我们还自己挖不出金子？我看这丫头前程似锦，不用人教的，往镜头前一站就活分了。而且长得有星相，前部戏是准主角，下面一准是大主角。我看我们成立一家经纪公司，专门做她的业务，谁想用小妮，就得跟我们签合同，这样中间就没有扒皮的。”

“当初你也没看好她。我问你是这块料吗，你头也不点。这下我闺女冒头了，你屁颠屁颠，比谁都起劲。”

“话可不能这么说。当初我不表态，是不让你们期望太高，也怕你们事情临到时吓坏了，这不，小妮一步一步往前挪，即使一炮打响，也不至于冲昏头脑。”

他说的是真的，没有骗人。他一上来就看好我，心里沉着。

“那具体怎么弄？”爹不清楚这行与生意的关系，“这意思是要做一笔大买卖了？我们也没有投资。”

“小妮就是核心资本，我们只要弄一点基本的服务投资就行。你手头没活钱，我可以出一些。我那个灯光公司进账不错，先拿出一点来。”

“那敢情好。不过，将来怎么分账呢？”

“自然是你们家拿大头，我抽点好处就行了。”

“公司里谁做事呢？”

我在一边听着，这时不知哪来一个念头，非插话不可：“让大哥二哥为我做事。”

那会儿我的大哥大学已经毕业，在一家贸易公司跑腿，业绩平平，心中常郁闷。二哥什么学也没考上，一天到晚说是去应聘找工作，实际上就是借口，高不成低不就，先闲在家里晃着。

两个兄长听我这么说，顿时眼睛发亮，都以为这个主意不错。

爹毕竟是个生意人，虽不懂这行的业务，却一嗅就嗅出经纪公司的油水味，于是立马就顺我这话道：“野彤，我看行。我这大小子有文化，写写弄弄的，将来自是少不得；二小子手脚麻利，头脑机灵，哪怕给小妮当保镖也不差。你就把他们当徒弟带，日后你也有好帮手。”

“反正开公司总得雇人，雇谁不是雇呀！好在我们这行，得有情商，与明星打交道需要情感，吃的是感情饭，与别的买卖果真不一样。两个哥哥既喜欢小妮，做事情一定不含糊，我看行。”

穆野彤是明了这行深浅的，也自有他的门道管住人，所以，他是真心愿意大哥二哥来做事的。他道：“那明儿就来上班呗，先到我灯光公司来跟我转转，先得入行。接下来办照办证，租场地装修，一大堆事儿呢。来吧，说干就干！”

就这么着，我们家做起了我的生意。

这个穆野彤真的开始费心思打理我的事。他差不多每天都到学校来找我，领我去吃饭，带我去见人，或者捎我去远足，郊游。他俨然成为我的监护人，师父和学校同学也无异议，只要他来，大家都会以为是办正事。他与学院和电影厂的人都熟，他是厂里的子弟。所谓子弟，一般是指他们的前辈都是电影界的风云人物，比方说穆野彤，他娘是老电影中演老太太的第一块牌子，他爹从东北电影制片厂时期就是电影音乐家，那厂是没收伪满敌产重组的。我本是他介绍到小明星班的，他插手我的事名正言顺。再说，他在他的领域里是一线的，业务水平没的说，那道具老太太，我的师父，都要让他三分的。他因为我脸上有光，我的名气让他在业内高人一截，毕竟，说起来，我是他发现的。

我接了二十多条广告，做了化妆品和皮衣的代言人，又拍了两部电影，其中一部还是与知名法国导演合拍的大片，获得了意大利和荷兰的电影奖。我的收入与日俱增，那时不兴银行卡，还用存折，每每拿钱，都是穆野彤用军用挎包去装的，一捆一捆的，非常着实。大娘看见这些钱，眼睛眯成一条缝，她的后半辈子，除了笑，还是笑。我自然要想到我的亲娘，我现在有钱了，其实我还不太能支配这些钱，我只想支配一部分给到我妈。这事大娘和爹都没意见，他们愿意拿出一笔做丰厚的补偿。于是，我便提出回乡下看看，由穆野彤驾车带我下去。

在车上，他对我说："你不能再穿得像个学生一样，扎个马尾辫，剪个齐耳短发，光靠着一股嫩劲混。你要打扮起来。那些国际名牌服装，不是吃素的，人靠衣装马靠鞍，干我们这行的，没底气就得靠行头，行头拔高你三分，借势唬人。哪天到一定份儿上，才是人给行头添分了。这不，那些商家何苦找你做广告？那就是你给人家添分了。你说我小妮有本事，我才用不着这些外在的东西提升，你就大错特错了。你以为你师父教你的管用么？说是说技不压身，可是技艺与穿戴是同一样东西，是给没有天赋的人准备的。你能行，靠的是天赋，才不是他们教你的那些。我这么说来，你心里不免想，既靠着天分，既不用学技艺，何必又整行头呢？你也不想想，老天给你才能，能都给齐吗？咱业内的演员，演丑角行，演炕上唠嗑行，演打仗演干体力活儿行，演个知识分子看看？演个皇帝、宰相、王爷看看？他们演不出老大、军阀、才子、圣贤、艺术家，最最演不出那一份浪漫。你小妮演朵路边的小雏菊，演个烟摊上的穷孩子，演个村里来的大学生还凑合，那迷倒万人的公众情人你能演吗？你也就演一个丫鬟的本事！你看起来挺纯的，事实上也真的挺纯的。穿件城里人的白衬衫，小头一歪，观众眼睛就盯着你不放，在复杂的剧情中到处追你的踪影。你知道为什么吗？那是你没丢村里人那份幼稚。他们多么盼望他们村上的女孩儿考上大学，他们理解的纯洁就是片尾那无伴奏童声齐唱，还不是合唱，就是齐唱。知道齐唱跟合唱的差别吗？你不懂，肯定不懂！淡淡的，雏菊一样的脸蛋，加上无伴奏童声齐唱，那美的，直钻他们心底。可是，这不是纯洁，这是幼稚，是无知，是空白。错把空白当纯洁，一穷二白。"

"我现在有钱了，你还得靠我挣钱呢，怎就一穷二白呢？"我不服气。

“你吃的那叫穷饭，靠一穷二白当明星。但等将来世道变了，人们里外都富贵了，还有谁稀罕你现在这一份！再说，你现在还小，将来老了你还有啥本钱？女人当演员，吃的那叫青春饭。”

“你这么唠叨没完，到底要告诉我什么？想告诉我青春不老的秘密吗？”

“空白，一切都穿过你，像穿过风，穿过影子。”他这个老大粗不知从哪里学来的文词儿，竟拽起诗句来，“一穷二白的人，什么对他都无意义，因为空白，就看不见，听不到，闻不着，所有经历都白经历了，一丝也留不下。别看你小小年纪，因为空白，你倒挺保守，就是守着你那点空白吃老本。更糟糕的是，你还凭着空白得利了，你就啥都不入眼了，对你来说，没有新鲜事，什么也不令你好奇。人要先有一点儿，就像糯米团子，有那点儿才可以去粘更多的。”

“错！我是一个挺有好奇心的人。”

这点他真的说错了。他说的那种空白的纯洁我或许有，但我和那些人终究不一样，我就是有好奇心，不灭的好奇心。

“人既本事有限，不得不借势弥补缺口。你的形象不能那么单一，你要演各样可能的角色，要做大青衣。京戏里的大角儿，现在人都演不了。你甭说那是古代，现在人不那样。现在人做工辛苦，要点娱乐，村里人都进城了，打工人占到绝大多数，现在的电影都是演给他们看的，哪怕你与法国合拍，拍到巴黎去了，也是打工人眼里的巴黎。没有梅花那韵味，没有牡丹那雍容。可是，真正的国际大牌儿，骨子里跟京戏的大青衣是一回事。”

“你在给我上表演课吗？那我师父比你懂多了。”

“他的确有能耐，表演方面有研究，但技不压身是句错话。人还就是被演技压垮的。我干这行那么多年，从未见过靠演技发达的。演技那玩意儿是搞艺术，我们这行是造明星。明星不是艺术，明星是金矿。”

“照你这么说，梅兰芳他们都不算艺术家么？”

“京剧是艺术，但角儿不是艺术，角儿是财富。”

“那么艺术就不是财富吗？”

“哎，我说你听不进人话，倒挺爱抬杠的！你这是抬杠学玩意儿么？艺术当然是财富，那样的财富是国家财富，不是我们小民够得着的。”

“那我懂了。我师父不在道儿上，却揣着心思琢磨道上的事儿。这就是方向错了，脑子不灵清。”

“你看，果然不凡。你开窍了！我就没看错你。你这才叫机灵。”

“那就搞几身行头挖金矿呗！”

“傻妞！咋又糊涂了呢？我说的是借势。拿行头给你举例呢！要学会借势，就得钻研门道。咱不能在门外溜达张望几十年，愣就进不去门。什么是门道？我听说你跟黄惠那大哥的事了。这就是不明就里闹出来的麻烦。你不懂拒绝，给人错觉。知道为什么吗？你做人没界限。城里人挺讲究相处之道的，有时钱真的没那么重要，钱，取之有道，明白吗？这不是什么不义之财、有义之财的问题，这是叫人口服心服的问题。你做啥事都得有章法，在章法里可以打人，也可以揉人，不在章法里，即使你白送好给人家，人都瞧不起你。”

他这么一说，我还真的有点不好了。可不是吗？像我这样的，闻钱鼻子灵着呢，说不想依赖人也是假话，但真的见钱眼开却伸不出手，也不知怎么挪步，为啥？不晓得门道啊！走一步都怕错，心里还挺贪婪。这结局必是心里黑黑的，面上白白的，变得越来越虚伪。那一穷二白的纯洁，原本根底上是一种虚伪。又仗着天分的好处，越来越看不见天恩，因攥得紧，攥着攥着就以为是自己的，还孤傲起来，头皮硬起来，失掉感恩心，只剩下一脸狰狞，无知的丑态，招人嫌！

“你那俩兄弟，比你明细多了。按说你们一家子，成天泡在一起，泡都泡熟了，咋就你那么不通透呢？”

在他眼里，我是不是一副穷酸相？是不是特别老土，土得掉渣呢？我似乎有点明白了，城里人看乡里人土，并不是外貌谈吐，也不是行为举止，而是那种心态，那种死活不改还一本正经自以为是的心态。

“所以，你得学坏。我是个正经人，我跟小孩儿说话，从来不教人学坏，偏偏是你，我特想教你学坏。”我听不懂他什么意思，在我眼里，他只是个粗人。与他相处，好坏不是我关心的，粗细才是我在意的。

我们过县城，进山，驶过河上的桥，到达村里的时间已经是夜里十点。

车停在院门外。院门还是那么小，容不下车身。还是这个石砌的墙围起来的院子，但闻到动静来开门的是一个叔叔。他掌着一盏马灯，随便披一件薄棉袄，从屋子里出来，走到院中，将灯举到我们面前打量。我一瞅见这叔叔，就知道事情不好了，我妈八成是嫁人了。

更可怕的是，进屋后见到两个小男孩，一个八岁，一个六岁。我想，他们该是我的弟弟呢。也就是说，我离开后第七年，妈便有了新的男人。因为，我这时，就是来的这次，已经满十六岁了。

妈见到我就讨好我，我知道她不是因为我能耐了才这么做，她是因为她嫁人又生下弟弟的事。其实，我心里并不在意这事，甚至还欢喜这事，毕竟妈在我走后找到人陪她，还给家里添了人丁，我是为她这么些年都不告诉我，让我见了她猛就吓住了不知所措而责怪她。干啥要躲着我呢？这又不是坏事！难不成你心里排斥我，嫁人就不算我做这家人么？我心心念念，在京城的每一夜都可怜你，你却人走茶凉，一跺脚，一闭眼，半天就狠心忘掉我吗？你是我在世上割舍不掉的根，我却被你当作熟了的果儿丢弃在地吗？你是不是眼不见为净，有了新家就当没有过这个女儿呢？于是，那晚，不管她怎么介绍，怎么说明，怎么拉着我见过后爷、弟弟，我都不吭声，都别扭着生闷气。我只说，天色不早了，给我拾掇房间睡觉，也给我师父找地儿歇息。我管穆野彤叫师父。我很难向他们解释什么是经纪人一类的。他们琢磨着，按他们祖辈对唱戏的了解，或者就以为他是戏班子的承头。

家里后院砌了一间小屋，原本是给两个弟弟睡的卧房，这下妈将他们赶过来，让他们到老屋与他们爹睡，她打算陪我去睡新房。穆野彤就睡在老屋的东头炕上。睡前，穆野彤说要吃点什么，妈便烧火开灶，后爷拿一瓶酒出来陪穆野彤喝。我说我不饿，什么都不想吃，便独自去后院的屋子里躺下。

自我出道以来，我往家里寄过几次钱，也不多，三千两千的，但这足够我妈造后院那间新屋，养弟弟，改善生活的了。这回我可要给她大的，哪怕我进门时被她吓着了，也可怜她。毕竟她是我亲妈，在我亲爹来之前，我只认得她是我在世上唯一的亲人。眼下瞅见她有一大家子人要吃饭，我这个做大女儿的，在外面风生水起，没有人不知道我的，我的亲妈怎能还住在这个破院子里呢？我这次给她拿来一百万，都是现金，放在后备厢里的道具箱子里。一百万在当时的价值好比现在一个亿。她拿着一百万，我怕她都不知该怎么花，又怕她嘴不严，说给别人听，结果反倒弄出祸事来。于是，天刚蒙蒙亮，我就叫醒穆野彤，趁村里人还没太多走动，拉他去我小时候玩的那片山顶，商量着该怎么把这钱交给我妈，怎么教她管理妥当。

那松树下，原有一堵坍塌的城墙。听老人说，这里以前是个城堡，居高临下，为抵挡北面的游牧部落下来而建的。那是很古远的时代的事了，也许是明朝——啊，或许就是我拾走那枚玉蝉的那个墓室的主人掌权的年代——为什么明朝总与我有千丝万缕的瓜葛呢？

我们来到古城墙下，这会儿卷耳花开了，星星点点的，晨曦中好比天上的星星坠落在眼前。我走的时候，是杜鹃花盛开的时节，那时卷耳还没有开花。在我们这个地方，卷耳是四月底五月初开的，按农历应是三月底。三月的早晚还是很凉的。穆野彤见我冷得瑟瑟发抖，就把他的外罩给我裹上，还抱我在他怀中。起先是为了取暖，等身子渐暖后，我觉得不妥，却也没有推开他。他就嗅我的头发，嗅得我痒痒的。他说："小妮，这天还没亮透呢，你都没睡醒，不如再睡一会儿。我看着你，给你一点暖，你会睡得很香的。"他说着，就抱起我，向城墙边卷耳丛中走去。不知怎的，他这话我听进去了，果真就倚着他睡着了。

我醒来的时候，太阳放出一道光线射到城墙上，也射到我脸上。我是在梦里想找地方小便，没找着，急醒的。这时我感觉下身正要撒出来，又有火热的活物在涌动。我伸手一摸，天哪，我摸到一个头，那是穆野彤的头，他在做什么？我挺起腰，往下一看，原来我下身是光光的，那个老贼也脱得光光的，他的头埋在我两腿之间。我一惊，便站起，这一站起，就是光屁股杵着，我又不得不躺下。他那件外罩是长衫，我赶紧拽紧了遮身子。他可不管这些，他的头埋得更深了，他的嘴和舌头急遽吐弄。啊，这种感觉太复杂了，单凭这肉的感受，任何青春女孩都无法抵挡。我不敢出声，也不知该怎么好，心中居然就生出一个可恶的念头，我想，我趁势假装就再睡去吧，我装糊涂，等他弄完再醒过来。可是，我想简单了。他哪是舌头和嘴满足了就罢休，他趁我倒下，一不做二不休，干脆将我两腿高高举起，身子朝前努，一下就将我弄晕了。这以前我没有经过男人，也不晓得男人是什么滋味。他那么凶猛，令我羞愧难当，又令我几番晕死。我突然闻到离开此地那天的花香、云香，那是令我一生陶醉的气味，这下比曾经更猛烈，使我彻底昏醉。人在酒中，身不由己。下沉，下沉，又飞扬，飞扬！我完全成为碎片，居然想越碎越好。我抓紧他的头发，又情不自禁地去抓他的胸。他要抽身时，我竟然交织着腿脚不肯放。我当时是与自己的羞愧争战，以后我才明白，没有女人可以抵挡穆野彤的，他是非凡的体魄，任何男人都不及他的一半。我现在写出这些，其实是为了原谅自己。是的，看穆野彤是一回事，让他暴虐是另一回事。他是完全知道自己的能量的，任何女人只要接触到他的肉体，没有愿意放过他的。这件事，对一个少女来说，是大大的福气，也是大大的灾祸。我当时以为，男女之事原来这么快乐，根本不晓得，其实一般男人并做不到这些。所以，我还是挺感谢野彤的（之后我就叫他野彤了）。

完事后，他抓来一把卷耳塞在我下身，因为我淌血了，也撒尿了，他那件褂子被红白各种液体浸湿了，半截都湿透了。从梦里开始憋尿，终于撒出来，一通一通地撒，撒得身子爽利，无羞无臊的，全然不管了，一点人样都没有。接下来，就是漫长的收拾人样的过程，怎么把心肝脾肺肾捡回来，怎么把骨肉筋皮凑拢来，怎么再人模人样地抬起头，收拾好衣服坐起来，绾好乱发站起来。

“你不是好好的吗？还是那个小妮，一丝一毫都没损。你拍拍屁股下山，谁晓得你做过什么！人生苦痛，老天设局让男女寻欢，只要遮起衣服就又回到原样中。”野彤背对着我说，好像这时他要避开我穿衣服，又以君子之礼待我。

“会大肚子吗？”我只担心这件事，这会令我难堪，不再有美好的形象。

“不会的。紧急时我没有在你身子里。”

“以后都不要弄到里面，不许叫我肚子大。”我这话是不放过他了，“你既欺负我，就要一直待我好。”

“我做你一条狗。”他扑通跪下，又将头埋到我腿间。

我受不了他碰我那里，一碰就酥软，一下又倒了。

他穷追不舍，又来一回。这回好多了，也不那么疼，就开始时有一点灼热，一下子就让醉意淹没过去了。

等两人都筋疲力尽时，我突然想起他在车上说的话：“你不懂拒绝，给人错觉。知道为什么吗？你做人没界限。”

原来他是吃透我才下手的。好你个穆野彤！我非弄死你不可！你接下来就尝尝什么叫没有界限吧！

我不懂拒绝，我就不活吗？我自有我的活法。我也因为不懂拒绝才得了这便宜，受了这身坯的猛力，尝到女人最大的甜头。我遭此劫难，此生也没白来一趟。我遭此劫难，因祸得福。我在这行白白得了一条狗。我要他成为我最彻底的奴才。

既已血肉混为一体，相处也便口无遮拦。我说起给妈钱的担心，野彤道，不如都交给他，由他来打理，先砌一幢新楼，再办个厂子，让钱生钱。野彤说，他一路过来，见这地方大片高粱地，还有漫山的果树，收下来的粮食和果子好酿酒，不如开办一个酒厂，将酒卖到远近中小城市，生意一定好。我们一起谈酒厂的建设，连酒的名字都想好了，叫“千里香”，这名正中我下怀，我难忘那种特别的香气。我们决定让我后爷掌管产业，由野彤时不时下乡来监督，等两个弟弟长大了，慢慢全部交给他们。

谈罢这事，我突然问他：“你老婆怎么办？”

“你想怎么办？”他一愣，想不到我问这话。

“你得罪不起她，就得罪得起我么？我给你买包药，你药死她吧。”

“小妮你开玩笑，哪能呢！”

“我说真的，药死她，你跟我走，反正我们有的是钱，天涯海角浪去。”

他被我吓坏了，他没想到一个十六岁的女孩会说这样的话，也有这样的决心。

“我知道你心软，是个善良的女孩儿。”他想哄我。

“不呢。我心特别硬。我又无所谓，我不明不白是死，我明明白白也是死。叫你糟蹋了，反正都是死。”

“别说死呀死的，这话多不吉利。”

“死了就都吉利了。”

“你看这事是不巧发生的，咱俩都没准备。怎么也得深想一下，再好做出两边都妥帖的安排。”

你这挨千刀的，这事是不巧发生的吗？你处心积虑，明里暗里使坏，整整惦记盘算了七年！

“你还想两头好么？守着你老婆，还占着我便宜，另外还挣着我的钱。不对，这是三头好呢！”

说到钱，他怕了。我晓得他是爱钱的，何况我不是一般的钱，我是金矿。他有钱就可以摆平一切麻烦，没钱他里外不是人，我断了他财路，又张扬出去，他老婆能放过他？到底是得钱得罪他老婆，还是不得钱得罪他老婆，反正总要得罪他老婆了。他是想得好，一路瞄着我，等我熟了，法律不治他强奸罪了才下手。他机关算尽，却并未算到我的死心，也算不到我之前就发达了，就可以主宰他的命运。他原本想我顶多是个艺术生，不温不火的，没想到我成名了，千不该，万不该，最最不该对一个明星女孩耍流氓。一般女生为了前程要护面子，我早早成就了，这类面子对我还有啥用？人们顶多当绯闻听，说不定我由此被人嚼舌根嚼得更熟更红了。他睡了我，我顶多得一个坏名声，他却没得日子过了。

他忽然又跪下，号啕大哭，道："小妮你行行好，放过我吧。"

"我怎么放过你？你刚才管住你那烂东西，不就什么都好吗？"

他的头又来磨我。啊，这是我的软处，我真的受不了。我肉体软了，心却更坚。只因好这口，反而更放不过他。

我一边受着快活，一边嚷道："你这么弄，我还放得过你吗？"

男人大凡在这事上，只要稍稍吊他一点胃口，就什么都能答应下来。

"求你了，给我点时间，我肯定办好这事。"

"什么叫办好？"

"就是让你满意。"

"我怎么才满意呢？"

"休了她！"

"你肯定？"

"肯定。"

"发誓！"

"我发誓！我一定跟她分手，娶你。"

"鬼才要你娶！我还没看上你呢。"

"好，我这就让你看上！"他说着就用猛力，"我还没能耐让你求我么？你求我呀！叫叔叔，求叔叔别放过你……"

天哪，我只好求他，哀求他，几近哭出来求他拽紧我。

女人只要一放手，吊不住男人胃口，就全线崩塌了。天塌地陷呀！我成了他的狗。

可是，我是不一样的。只要这事完了，我的心就更硬。人说提裤子无情。我就是这样的。他总要停下来，一停下来，我就咒他老婆。不停下来时，我就什么话都顺着他说，甚至哭喊自己是他小老婆，是妓女，是最不要脸的东西。

不过，我打算好了，铁定了心，让他抛妻弃子，然后绝不嫁给他，还要让他一生鞍前马后地伺候我。

我们回转的时候，见院子内外人山人海，村里的，邻村的，甚至远到县城的人都跑过来看我。他们听说我回来了，都想眼见为实，想亲眼看看他们山窝子里飞出的凤凰。是那个小妮吗？真的是那个偷了城里男人的女人生下的小妮吗？

这下不好了。先是我根本就穿不过人群走进院子，当有人发现我时就嚷道："真的跟电影里一模一样。"人们围着我，伸手过来摸我，也有企图抱起我的。我吓得腿脚发软，浑身发抖。幸好野彤力气大，他护着我，竭力推开那些要靠近我的人。可是，人群把我们冲散了，我被人举到头顶，我几乎是站在人们的头上行走，他们任凭我踩踏，仿佛我踩他们一脚他们就得着点运气，得着点仙气。他们那羡慕和崇拜的眼光，简直就把我当成娘娘贵妃，可是，哪有娘娘和贵妃这么狼狈的，任人抛来拽去的！这时，我妈和后爷带着几个亲戚挤过来，与野彤会合，千辛万苦地，终于合成一道人墙，为我捋出一条窄道，我才站直在地上。我刚一站稳，发现一只鞋子丢了，我没法走路，野彤便将我抱起，小跑着就往院子里去。

我原本只想回乡里看妈，谁想妈让我吃惊，乡里人让我吃惊，野彤让我吃惊，一夜间人生拐了个大弯，我再也不是以前那个小妮了，我不得不按照他们认出的小妮去做明星，做女人。

按照我们乡里规矩，这些来看我的人都得算作客人，就是都得留他们吃饭，为他们办宴席。这可不得了，远远望去，门外院内的，少说也有几百人，到哪里去弄那么多吃的塞他们的口！这时，我后爷搬出一把梯子，拿一支从村支书办公室借来的喇叭朝人群喊话：“小四、盘子娘、秃莫子爹，还有娘家和族里的少壮、媳妇都过来帮忙呢！桌子、门板都借出来，猪找肥的杀几头，鸡鸭青菜都拿过来，咱在院里挖坑埋灶，摆上几十桌，里边摆不下就摆到大会堂，请大家吃大宴。钱的事甭想，那钱能整明白的这会儿都是小事。赶紧的，说干就干！”

就这么，这场乱局，后爷三下五除二就差不多摆平了。

这天中午，酒喝掉十几坛，供销社放在贮藏室里的两坛子酒三年都没卖完，这下搬过来都不够每人一碗的，于是那叫秃莫子爹的就赶大车去邻村供销社取，一来一往跑了六个村子，才集了十八坛玉茭酒。小四家是屠夫，几代都杀猪，从前我在村里的时候，每天见他在村口支起一个架子宰猪，我们家从来没去买过。这下他一气宰了七头猪，猪血把我家院子的地都染红了，剩下来的猪排条一捆一捆的，看着比柴禾棍还多。盘子娘有厨艺，村里红白喜事都是她掌勺，领一帮老妈子打下手。这天她和她的下手们一共埋了十个灶，每灶出了四大锅菜，分装了一千个盘子。最后，碗盏不够，都是去山后窑头里拿的，幸好村里有烧窑的，仓库里正屯着几千只新烧出来的碗盘还没有运出去。

我喝了一碗酒后，就撒开吃。没想到我们乡里的菜那么好吃，比京城的强多了。那新杀的猪跟土豆炖在一起，甭提有多香，一口接一口，瘦肉肥肉筋膜什么的，哪一个部位都顺口。那是真正的肉香啊！我吃着吃着就哭起来，眼泪止不住簌簌往下流。我们以前过的是啥日子呀！连白面都吃不上！原来我们乡下的肉是连着云香的味道，天的味道，钻进五脏六腑，天肉与人肉连在一起的；又有炖鸡、炖鹅，和着野蘑菇一起炖，那味道在没有出锅前就拖人后腿，叫你走不动路，胃肠一个劲儿地翻滚，浑身发软；还有新磨的豆腐和晒干的豆腐皮，跟豆芽煮在一起，用新启罐的酱油熬，豆芽熬豆腐是一个菜，豆腐熬豆芽又是一个菜，别看都是豆腐和豆芽，吃起来就是不一样，一个酥，一个嫩，入口时都不觉得怎样，可就是停不下筷子；盘子娘鱼做得最好，都是她差人即时去河边捞的，抓鱼的人抓到一些就送过来一些，他们用网兜，用钢叉子叉，都是活蹦乱跳的大鲤鱼，不剖不刮鳞，直接扔大油锅里炸，在沸油里还跃腾，叫作鲤鱼跳龙门。

我听妈说，乡里人有规矩，请人吃饭要管饱管足。什么叫饱足呢？就是桌上要吃剩下，恨不得吃一碗扔一碗。我问以前也这样吗？我在的时候怎么没见过这事？妈说我没赶上红白喜事，赶上了，什么时候都这样。天哪！原来我们饿肚子可以饿到没正经粮食吃，节俭可以节俭到只有卷耳拌盐，可是放开吃一顿，恨不得把半辈子的饭菜都装进肚里去。我想想难受，不开心，就憋闷气，说要吃卷耳，非吃不可。可是这季节到哪儿去摘卷耳叶子？卷耳都开花了，叶子早就老得发苦。群众见我不高兴，就有好事的来问，结果听说我要吃卷耳叶，就有几个青壮自告奋勇要去摘，说刘家屯那边羲宲峰上有嫩叶，那边山比这边高，顶上还冷，许多卷耳还没开花，他们说前几天刚上去过。他们说罢就去羲宲峰，好半天才回来，果真就带回来鲜嫩的卷耳叶，这时天色已近黄昏，人也渐渐散去，我过了那劲儿，等他们洗净，拌好，端到我面前时，我一口也吃不下。但是，我看着那几个小伙子巴结我的样子，硬着头皮，愣是将一大碗都吃个精光。当明星呢，不让人失望成为必要的操守。这个无须人教就会的。我看着他们坐也不敢坐，站也站不稳，哆哆嗦嗦，倒退着扭扭捏捏地出了院子，心里好不是滋味。我叫野彤赶紧打几个红包，一人两百，追上去给他们。

我坐在屋门口，后爷给我拾掇出一张小矮桌摆在我面前，又端来一碗米酒，盛在一个青瓷碗里。这酒不似那玉茭酒浑浊，是他酿好藏在地窖里，为给他自己治老寒腿的。我啜饮着甘冽的米酒，金黄的，在夕阳下与落日余晖的光色交织在一起；看远山如眉黛，闻着远近飘过来的松针和花蜜的味道。花香、云香，还有这人间的酒香。原先那最令我畅怀的气味，如今由着这美酒做了新的注解。我深入到这气味的深处、细处。我们乡下也自有一套的，何必去管京城的那一套呢？只是热钱涌向了都市，如果热钱还像古时那样聚在乡里，不见得乡里就没有城里好。如果在那个躺在墓室里的君主掌管天下的日子里，我宁愿靠着矮桌，喝着米酒，沉浸在家乡的晚霞中。我将来要回来的。那天，我心里这么决定。

这天，我终于做全一个乡下人，也做全一个明星。乡下人的苦我曾经吃了，乡下人的甜这会儿才尝到。明星不是富贵人的偶像，明星原是穷苦人的明星。只有最底层的人才需要明星，所以，那些流行歌，那些电影电视剧，大多是冲着贫民窟和闭塞的农村去的。试想一下，明星的身份地位固然高过平民，可是哪有明星追明星的？

啊，我也做全了一个女人，从小孩子顿时成年。生命太奇妙了，痛乐参半；生活太残酷了，贫苦的脚步在身后紧追不舍。

八

已经两天没有见到野彤了。他失踪了么？我给他打电话，他也不接，总是关机状态；问认识他的人，也不知下落；直接把电话打到他老婆那里，他老婆更是六神无主，一问三不知，急得团团转。在这点上，我终于与他老婆有了共同点。为此，我不想揭穿我和野彤的事，怎么也得先找到野彤。

那么，只好报警？我与两个兄弟商量。他们神情恍惚，言不由衷。我感觉出一些不对，难不成这事与他们有关？他们知道野彤的下落？他们跟野彤之间有什么不可告人的秘密？

我做了一个梦，梦见乡亲举着火把从四面八方来看我。其实这梦境是真的，那些天在乡下，真的有举着火把的男女老少在夜里到我家门口，怎么软硬兼施他们都不走，非要见我一面才肯离去。亏得野彤和我后爷出面连哄带骗，才把人弄走。我梦里见野彤被人踩在脚下，伸手向我求救。他喊道："小妮呀小妮，救救我吧，我被人快踩死了。他们要踢我下井……"这是什么意思呢？我醒来琢磨着这话，踩就踩了，跟井有什么关联呢？我又想起那天我们回转，大哥与二哥来接我们，他们在卸东西（都是乡里人送的土产）的时候，看见野彤那件外罩。我当时就惊了一下，怕他们看见上面的血迹和尿渍。他们卸完东西后，就拽野彤到墙根，不知他们与他说些什么，但野彤回转时眼圈发青，嘴角好像破了。我问野彤，他也不言语，只又上车载我去学校宿舍。车上他说，还有两个月我就结业了，不能在学校继续住，不如在外头租房住，也别回家了。我不懂他的意思，心想他盘算着跟我同居吧。我也没想好，我想拖拖再说，当时在古城墙下发生的事，还来不及回想，至少要给我一些时间惊诧一下，再抚平惊魂吧！

既然梦里乡亲举着火把来看我这事是真的，那野彤求救恐怕也是真的。这梦境与回转那天的事凑在一起，我不得不怀疑两个哥哥。

"说吧，你们俩说实话，你们把野彤怎么了？"我问两个哥哥。

"他与我们有什么相干？你找不见他，为什么来责怪我们？"二哥道。

"反正我知道是你们干的。那天我回来时，你们还打他。"我现在很确定那天他们打他了，"我看见他眼圈发青，嘴角流血。"

"我们为什么要打他？他又没得罪我们。再说，他是老板，哪有员工没事揍老板的？”大哥始终不言语，二哥死活不承认。

“他在井里。”我试着将梦境当事实说出，想诈一下他们。

不想，这话起作用了，两个哥哥脸色顿时铁青。

大哥开口道：“小妮，你受了欺负，我们为你做主呢。我们还没问你究竟是咋回事，他到底对你怎么了？”

“怎么了？没怎么。”我说，“他能对我怎样？”

“我们见到那件外罩就十有八九有数了。他是个强奸犯！”二哥道。

我看他们吃准这事，一点也不怀疑，而且弄不好那天他们揍野彤时，野彤自己也承认了，于是索性就告诉他们，一不做二不休：“怎的？我喜欢，我愿意，你们管得着吗？”

“这癞蛤蟆想吃天鹅肉，你还说愿意？我都替你害臊！你不怕丢脸，我们还怕呢！爹娘的脸往哪儿搁？你想过没有？我们这一大家子，以后还怎么做人？”二哥从桌上抄起一个酒瓶，戳着我脖子道，“你那么轻贱的事都做得出来，我打断你的腿，信么？”

我抓过瓶子，朝自己脑袋砸下去，血立马就涌出来了。这是我从野彤那里学来的，他所谓的流氓道，用自残来吓唬人。

两个哥哥见状吓坏了，乱了手脚，一时不知如何是好。

我说：“你们快说吧，不然我拿玻璃戳死自己。”

他们见我头上血流不止，心便软下来。二哥去找来纱布和白药给我止血包扎，大哥道：“既然这样，好吧，你随我们来。”

他们带我上车，我们仨一起往城外去。

谁竟想得到呢？我们又寻到裕陵附近的那口井。原来我梦中被预示的那口井，就是这口井。那曾是我们兄妹三人一起落难的地方，如今野彤就在下面，是两个哥哥把他抛下去的。这是要置他于死地，要杀灭他，让他在井底活活饿死。

“你们怎能做出这样愚蠢的事呢？”我向井底张望一下，转身对兄弟说，“这是要人命呢！”

“谁会发现呢？当初我们掉下去，喊天喊地都不应，如果没有那把洛阳铲，我们现在已经是三具枯骨了。”二哥说。

“你们把他扔下去，什么也没给他留吗？没有给他水和馒头吗？”

“我们铁了心要他死，还会给他水和馒头？小妮你真逗，你想什么呢？”

“这下死了也没准，都几天了？”

“才两天。一般人不吃饭七天会死，不喝水三天会死。”大哥这时开口说话，“野彤身体壮，估计不喝水四五天都没事。要是起先扔下去没摔死，我估摸着，他应该还没断气呢。”

“要是死了，我跟你们俩没完！快下去把他弄上来！你们都动起来呀，愣在这里干吗呢！”我急了。

于是，两个哥哥拿着从车里带过来的尼龙绳放下去，二哥抓着绳子下去，将野彤捆好，又先抓住绳子上来，然后，两人一齐合力将野彤拽上来。

他们是将他捆牢，又在他嘴里塞上袜子，然后抛下去的。他们先下去，将那洛阳铲和铁扦子都拾上来，又清理了井底的枯枝，狠狠地把他扔下去，希望扔就先扔死他，扔不死也饿死他。他命大，没有摔死，只是小腿骨断了，这会儿拽上来，还剩一口气。我立马给他灌水，他翻着白眼道：“小妮，你捡回我一条命，你是我亲娘……”

经过这件事，野彤没的说，死心塌地跟定我，私下公开就都直呼我娘。他在医院里养好腿伤，出来就对老婆摊牌，说过不下去了，要离婚。他老婆哪放得过他，要跟他打官司。他扔下话说：“你爱怎么折腾就怎么折腾，反正这个家我不住了。你不折腾，给你一百万；你折腾，人财两空。”

他说罢就摔门出来，在亚运村租下一套公寓房，独自一个人住在那里。七月份，我从学校结业，收拾好行李，也搬过去与他一起住。我对两个哥哥说，爹和大娘那里就靠你们去摆平，作为我原谅你们的条件，否则你们谋害野彤的事我与你们没完。其实，这是我的借口，用来给自己台阶下。我心里感激两个哥哥还来不及，要不是他们出这一损招，野彤与他老婆可没那么简单就分开。

那口井，我们一起落难，又一起用它结下更深厚的情义。我的兄长，我和他们有一半的血是同脉的，另一半，因为患难与共，也有了同样的颜色。

我和野彤的事闹得满城风雨，既然都这样了，爹和大娘还能说什么？野彤的老婆最后也索性放过他，我们没有食言，给她一百万。这都是我的钱，我花一百万买来一个忠心的奴仆。我现在想起来，我那个年纪，忽然蹿到那么高，如果没有一个懂行的人扶持，真的寸步难行。野彤有精力，懂经营，在业内有人缘，什么大小场面都经过，还疼我，百般依顺我，到哪里去找这么贴心这么尽心的经纪人呢？如果没有他的打理，我断难走到今天的地步。

其实，那时的我还很懵懂，我根本不懂男女之间的感情，我只是身体苏醒了，生理上有旺盛的欲求。我开始多了一个胃口，在吃饭以外又要吃男人。那么，野彤真的是好男人，类似餐桌上的一道硬菜。我能揪着他耳朵、牵着他鼻子，指东他不敢往西，说黑他不敢道白。他图什么呢？他图我漂亮，年轻，在那个年纪上有井喷的欲望。话说好看的女人多的是，尤其在我们这行里，然而，你们怎知我的漂亮不是随处可遇的那种，我漂亮得让人口服心服，也正是因为这点，野彤的老婆输在我手里她心甘情愿，她说出去不丢人，她比着我还抬高了身价，毕竟我与她放在一起，她的对手是我这样的人。我是人见人爱的那种，几乎同性都很少嫉妒我。所以，黄惠是找死，黄惠的大哥是妄想。可是，我又想了，我没栽在黄惠那大哥手里怎就栽在野彤手里？啊，那个大哥一副暴发户的嘴脸，他走到头了也不过是土匪。玩土匪谁玩得过我？可是，野彤是流氓，我那时还敌不过流氓道。一个老流氓垂涎青春美丽的女土匪，这里也有一份浪漫，好像我们出离了现实，置身于每天平庸的日常事务以外。野彤说："小妮，我见多了，要说美，你才是书上说的美人。要是在过去，你是要被藏到皇宫里去的。现在，人人都可以看看你，却只有我可以得到你。我能得到你，听你带着哭腔央求我，我这辈子值了！我喊你娘，是真心的。"

男人最怕的是想着门当户对。自己不怎么样，总想得一个好出身、有说头的女人，比如门楣啊，比如身份啊，你这么寻去，还会有什么漂亮女人得手呢？漂亮就是漂亮，只纯粹为了漂亮而去的，才能得着漂亮。那些有才情的诗人，他们钟情于旷野中的牧羊女；那些坐在高殿上的君王，他们到草民中采秀。他们都比你们傻吗？一个暴发户，回乡在村口遇见一个养蚕的清丽女子，他竟瞧不起她，以为那女子要靠着他的钱财混口饭吃，他的心思全在城里大学生身上。那个坐在大学课堂里相貌平平一脸嫉妒的女人好过那个养蚕女子么？那个暴发户看见他的朋友风流倜傥、周围美女如云，转而又感叹自己不如朋友，心里憋屈，说自己哪怕挣再多钱也得不到美色。你也不想想，你究竟是专意于美色，还是贪羡名目呢？那美的就是美的，那作的就是作的。你奔脸面说法去，你就得脸面说法；你奔美色形貌去，你就得美色形貌。你得不着美人，那是活该！你以为美人与你是钱色交易，作女与你是真诚恋爱么？作女没有身体条件才弄出名目、说法、主义来抬高身价的。色之于虚名虚情来说，其实更接近相好的真实。

女人怕的是做梦。女人既活在男人做主的社会，就要依靠男人。那些有权柄的、有财富的、有能力的男人你不靠，你难道要靠吃女人饭的小白脸吗？大凡女孩儿情窦初开，总会被小白脸拐骗。幸好我不是做梦的女孩儿，我天生不喜欢小白脸，总觉得他们薄薄的，片状的，一张脸皮底下掩着酸臭，我老远就能闻到这种男人的脚臭，不管他洒多少名贵的香水遮盖。所谓有能力的男人，野彤就是。当然，会唱歌的，会舞文弄墨的，哪怕会种地做工的，都是。你首先得靠上一个人，然后才有好与不好的比量。那时，我还不懂爱情，甚至连情欲都没有萌生，我只知道好与不好。这倒帮了我，使我不至于在稚嫩的情爱需求中落入虚梦。一个想靠上你吃你饭的小白脸，和一个你们今天所谓的“渣男”，我宁愿要后者。渣男总能让你靠上一时一刻，三天靠得上也好过一辈子靠不上。所以，女孩儿早涉世、身体早熟，一定好过情思早熟。这个世界的不公平，并不在于男上女下，而在于顺服的得不到该得的。君子有君子德，女子有女子德。但凡君子不守其德时，女子才须反击。所以，女权主义在这个时候是非常必要的。

我的鼻子好，远远闻得出臭味儿，也远远闻得到钱味儿。我是真爱钱的，钱的味道令我陶醉，令我性欲旺盛。任何一次挥霍，对于我，都真的令我高潮迭起，常常甚于床头的纠缠。真的钱财与钱财的名分是两回事，就是说，人家认为你有钱和你有钱是两回事。黄惠那个大哥不行，我知道他是打肿脸充胖子，他行，他能要黄惠这枚苦瓜吗？我自己就是钱本身，你不想想，你要多有钱才能买到钱？

然而，像我这样算得清账的女孩儿，但等买卖做亏了，却遇上情爱的缘分。就是说，突然伤心了，情爱才降临。如果，那时候来袭的是真爱，倒也不失为一种成全；或者那时候因急需情爱而坠入虚梦，那还真不如一上来就遭遇小白脸。感谢上帝，我再一次受到命运的眷顾。我先痛失，结果白白得了莫大的恩赏。你哪晓得上帝掰开你的手，掰得你手指骨裂，疼痛难忍，夺走你攥紧的苹果，却要给你钻石！

那个畜生，我反复说不要让我肚子大，他偏偏就让我肚子大。那次，我过分了，他也过分了，他在我害怕时竟然说没事的，就一次能怎样，结果偏偏就怎样了。这是我搬过去与他同住的第一晚，第一晚就中招了。下一个月，例假停了，再过一个月还没来，一直到第三个月没动静，我们才紧张起来。他带我去找一个熟人医生，在那个医生的私人诊所的密室里检查，医生说肯定怀孕了。人长得身形好，其实也有代价，就像我，怀孕时外表并看不出，肚子其实没有隆起。那个医生说，有的人，肚子只朝里面大，不朝外面突出，甚至到第七个月都没多少变化，我就是这种，这是千万人中的凤毛麟角。从那个医生那里回来的路上，这个畜生说，他并没有让我肚子大，肚子跟之前是一样的。我怒了，拿起个矿泉水瓶就朝他脑袋上砸，砸着砸着就哭了。

他说："这也没有多大事，咱做了不就得了嘛。你别怕，就找我朋友做，在他诊所做，谁也不知道。神不知鬼不觉的，就像啥事都没有。"

我说："我不去，那地方冰冷冰冷的，我害怕。"

"那叫他到咱家来做，我在一旁护着你。"

天哪，他还在一旁看着，这太恶心了。

他哪里晓得，这时女人谁还怕丢面子，是实实在在身体的害怕。

然后，他向我普及药流、吸宫和刮宫三种办法。我说那就吃药得了。可是，再去问医生时，他说药流成功机会这会儿已不大，可能下不干净，日后留下瘀血在肚子里，更受罪。他建议吸宫。当我听说吸宫刮宫都要将一个铁器插进下面去张开口子，然后伸管子或钳子去捣，我死的心都有，我的肉体先就碎了。

我到处去买医学书来看，看到吃麝香之类的活血化瘀药可以下月水，就偷偷买很多活血的大力丸来吃；又看见书上说如何保胎之类的手段，包括不要剧烈运动那些话，就故意反着来，去长跑，跳高，跳远。我真想把肚里的肉给震下来。可是，不管我吃多少药，做多少跳跃运动，那东西就是不下来。野彤催我赶紧做手术，我总是拖啊拖的，直到四个月时，那医生来电话，警告说再不做连刮宫都刮不得了，弄不好要做中期引产的。这中期引产，就是往肚子里塞东西，灌水，人为地把肚子撑大到婴儿熟成的重量，然后促使子宫收缩，会疼得死去活来，跟真的生小孩一样受罪。我听听都晕死过去，怎能当真去遭这样的罪？于是，我勉强答应了，请医生上门来做刮宫手术。那可是用铁器伸进我最柔软的地方，在里面摸索，捣肉，刮肉，那可不是男人的肉的硬物在里面捣。这就是代价呀！你要舒服的东西进去，就有不舒服的东西来索回舒服。可是野彤说："掏耳朵是耳朵舒服还是挖耳勺舒服？肯定是女人比男人更快活。所以，女人罪性大，得咽下这苦痛。苦尽甘来。"

这个流氓，无耻的流氓，十足的流氓！

那个医生来了，带来一个小护士。他们预先请搬家公司运过来一些设备，有氧气瓶，有输血的工具等。他们将我的腿绑在一个躺椅上，打开灯，照着我下体。我瞧见那医生抖落出一个布包，里面全是我看不懂的铁器。他们是准备要拿这些东西去刮我肚子里的肉。他们是在客厅里做这手术，野彤被我赶出去了，他独自待在卧室。那个小护士看起来是一个实习生，始终冷若冰霜，不问不答，只会给那个医生递工具。

"会痛吗？"我问。

"会有一点，如果放松会好点。如果紧张，可能引起宫缩，就会很痛。”医生道。

“给点麻药好吗？”

“不能使麻药，要靠子宫收缩，排出脏物。”

天哪，不是说宫缩会痛吗？

“我一点痛都不要。”

“你看起来是挺厉害的人，这点痛不算什么。”他一边这么说着，一边让护士给我注射一剂止痛针。

然后，他开始哼曲儿，那种十三不靠的曲调，像是故意逗我笑。可是，他越是这样，我心里越紧张。只是他哼着哼着，节奏渐渐合上那些器械的碰撞，叮叮当当的，我便有些分神。他越哼越快，手脚也动得越来越快。我现在回忆起来，只记得他扩开我下身那一瞬，有个冰冷的东西突入，让我着实惊一下，倒吸一口冷气，然后就是一些似有似无的瘙痒，最后有东西往外出的时候，我闷住了，但很快就松下来，感觉身子被塞满了，甚至还有些快感淹没疼痛的初次破身时的兴奋。这让我在陌生人面前不能自持，我怕他们窥到我的表情。正这么忧心难解之时，他说好了。我听到铁器落入盘子的声响。

那护士将盘子端到我跟前，叫我看死胎。这是一个女婴，几乎全碎了。那护士用钳子一截一截夹起来给我看，说这是手脚，这是躯干，说到脑壳时我想呕吐，因为那脑壳上有个破洞，显然是那医生掏出来时弄裂的。

“全出来了，一须一尾不少。”医生一边说，一边摘下手套，“绝不是吹牛，全京城，没有谁有我麻利，也没有谁像我这样刮得干干净净。你都亲眼看到了。所以，你放心吧，绝不留后患，养几天就好了。”

他背转身去，接着哼那个小调，只是这会儿悠扬起来，滑头滑脑的，洋洋得意的。我从开始时被他带入，这会儿已经习惯他主控气氛，我听着听着甚至也得意起来。这不，一眨眼工夫不就闯过来了吗？那讨厌的东西没有了（直到这时我都以为那东西是一桩麻烦），我只消养伤即可，剩下的只是皮肉要收合，那跟蹭破皮、一根手指出点儿血有什么两样呢？我这么想着，居然劈着腿就入睡了。那护士帮我清理了下身，野彤进来用毯子将我裹起，然后抱我进卧房入帐。

说起来就这么简单，我不去医院做是对的，否则会令我经历更多复杂的心理过程，而在家里的客厅，就像拉上窗帘数钱、藏钱、心脏蹦蹦跳而已，冒险的兴奋大于受难。然而，之后的日子里，我总是挥之不去那个破洞的脑壳，它那么小，半个拳头的样子，可它是我女儿的脑壳呀！有一种力量，不是我情愿的，渐渐大起来，渐渐笼罩我。我心口往下沉，我的眼泪不自觉淌下来，那不是痛，那是悲伤啊！我觉得我被欺侮了，我被冷淡，被忽视，被轻贱，我的女儿因为我死了。我太小吗？小得不能保护和照顾我的女儿吗？因此我的女儿叫别人随便杀掉了吗？别人想让她活她就活，想让她死她就死。可是，这是我答应的呀！我为什么会答应这么罪过的事呢？我一定是被欺骗了！这说明野彤对我很不好，他没事人似的，他不想这也是她的女儿吗？我问他看过那死婴吗，他说他没来得及看，他们用塑料袋包一包拿走了。啊，我的女儿，他们像收拾垃圾一样拿走了，不知扔到什么地方。这是我身上掉下的肉，如果人家可以把这肉当作垃圾，那我不也是垃圾吗？野彤让人把我作为垃圾随随便便拿走了！

我心里悲哀，我第一次尝到悲哀的滋味。我是一个心有漏洞的人。心缺一块难再补。

九

我的爱情是这样开始的吗？因为心里缺一块而需要弥补？

那是秋日的一个下午，我去军艺附近的一个机房配音。那边，一个军旅作家出身的导演正在制作一套电视连续剧，我在这片中担纲女一号。我做完当天的工作从楼上下来，正撞见一位青年人要上楼去。与他同行的是一个面色黑黢黢的小矮个，像是他的跟班儿。那青年人并没有注意我，他只是滔滔不绝地与那小矮个说话。我望见他时不知怎的腿脚一软，我有些迈不开步子了。他太特别了！他的肤色那么白，白得令人心软。那时我并不知这是因为他的皮肤细腻，细腻有一种惑力，可以抓捕人的视线，令人凝神深究。他戴一副玳瑁框架的眼镜，镜片难掩他如炬的目光——我从来没见过一个人的眼睛这么明亮有神，似乎任何遮蔽在这眼神下都会被击穿。他瘦瘦的，个子中等，却显得飘逸，那是因为他的身形比例好，匀称得难以裁剪。如果不是因为他举止的老成，仅仅看他的形貌，今天的孩子们定然要叫他“小鲜肉”。可是，他的味道就在于水灵灵的鲜嫩与老练定笃的交融。他身上有一股鲜美的少年的气味。少年的气味是什么？就是与少女相融的气味。少女的气味芬芳，可是总缺一点幽香，而他的气味正好填补这缺憾。

我几乎不是由着视线牵引而回头，我是由着香线的牵引而抬头。他走到上面时似乎感觉到什么，他转脸向下看我一眼。显然，他认出我来了。那年月，走在街上有谁不认得我呢？只是他的反应从容而友好，淡淡一笑以致意。他的笑那么甜，像个小男孩看见他熟识的同学。我还没来得及反应，他已别转脸上楼去了。

我的笑容僵在半空，我分明看见它因没有被接住而掉入楼底摔碎。我问我边上的助理："这人是谁？也是我们剧组的吗？"

"好像是的。不过我不知道他是做什么的，他昨天才来，导演和他谈了很长时间。"我的女助理也是野彤找来的，在我身边已经有一阵子。她机灵滑头，眼观六路，凡事躲不过她的眼睛。

"去打听一下，看他什么来头。"

她打听来了，说是一个上海人。他的名字尽管普通观众不知道，但业内人士都耳熟，说出来也敲山震虎的。他是一名作曲家，一名诗人，曾为许多国际大片儿配过乐，得过许多重要的音乐奖。作曲家是干什么的，我心里清楚，当然，那时我至多也就认识到歌曲的层面，比如主题歌，插曲；而诗人是干什么的，我有点懵，难道是李白杜甫那样的？如今还有这样的人么？宽袖长袍的，狂饮无休，飘飘然，拖着古音在那里摇头晃脑？哦，他的确够飘逸的，他那天走上楼去，就像一股风悠然上升。我没有想他是男人，我的男人成天与我在一起，成为我的口粮；我只想到少年，竟无意中回头看一个新的场景，在无数我参演的戏中呈现过的花前月下。我曾经怎就没有在那些场景中停留呢？如今回想起来，方才有些感触。花前月下，怎就弥漫着一种令人陶醉的气息呢？啊，那不会就是花香、云香和酒香交织的童年的味道吧！好像还不完全是，但顺着那童年的味道蔓延出去，似乎就接近了。

明明是秋天，我怎么犯春困呢？

"您睡一会儿吧，春困秋乏呢！"助理道，为我找来一片毯子。

我掀开毯子，摇摇晃晃站起来，执意要去剧组。我昏昏的，脚步却不含糊，似乎有一股牵力在引导。

我就这么浑浑噩噩地去，又浑浑噩噩地讲台词。导演居然为我竖大拇指，说今儿尤其精彩，难得那么入戏。他们回放给我看一遍，我才看清这是一段爱情戏。这是我说的吗？我何时有这般腔调去说台词？可是，我分明是无精打采的，丢了魂似的。

这时他走进来了。我不能说出他的名字，这是我们的约定。我下面就叫他诗人。我这一生也就碰到过一个配得上称诗人的人。

【但愿这诗人不是我。实话说，她下面的故事许多真的与我无关。】

那年我十七岁，诗人二十六岁，他比我大九岁。可是他看上去只有十九、二十的样子。

导演很尊重他，见他进来，就把机房里的主座让给他。他坦然坐下，但我看得出他不是傲慢的人，而是不在乎繁文缛节。

“这是电视剧，不登大雅之堂，老百姓只为看热闹，赚点眼泪卖点笑，您用不着大动干戈，弄几段酸曲儿迷幻一下便好。”导演目的性很强。

“所以，关键是主题歌，片头片尾，中间灌一点情绪、气氛即可。”诗人好像很明白导演的意思，“差不多了，我今天带来一段。不过，说实在话，要说写歌，真的比写器乐作品难。众口难调，又要众口一词地说好，这不是人干的活儿。”

“就您行呢。我听说您要么不出手，一出手必经典。大伙儿称您旋王呢！”

“什么是旋王？”我忽然插嘴问。

“就是写旋律第一把好手。”不知谁在一旁为我解释。

这时，诗人唱起他写的歌：

就在你回头的一刻，
我假装匆匆行色。
那只是擦肩而过，
为什么我突然羞涩？

我不敢多看一眼，
看一眼我魂不守舍。
都说我潇洒坚强，
谁知道那只是一层躯壳！

在夜里我把躯壳砸碎，
我哭出来，哭出一行眼泪，
让月光照我，照我，
实际上我最需要安慰。

谁说只是擦肩而过，
悲伤已牵出一线欢乐。
那是前生注定的分离，
在今生又注定聚合。

我只听见“安慰”。安慰，安慰，我忽然懂了我需要什么。我心中有个洞，感情就从这个洞口流出来了。原来感情是这样的，它深藏心底，我从来也没有动过它。我曾经在舞台上和银幕中呈现的，尽管都是原初本色，但那是血肉筋骨的本色，喜怒哀乐的反应，却不是真情流露。那些机智的、有手段的，自然演不过本色，可是，再怎样的本色也演不过真情动心。

我抑制不住眼泪，我透过泪水直盯着诗人看。他刚才唱的，分明是我与他邂逅的那个瞬间。难道他真的是为我写的吗？

“要谢谢主演呢！”诗人这次没有回避我，他紧盯着我看，好像看到心里去了；他笑盈盈地说话，也说给导演听，“那天我在楼梯遇见她，忽然就有了动机。”

啊，这证明我不是自作多情！

他起身靠近我，对我说："你演得真好。我回家看小样，只为看你出场。"

他彬彬有礼，是为安慰我。可是，安慰对我太重要了。他这么说，我索性不管不顾，泪水洪泄般滚下来。

助理拿来纸巾，想帮我揩泪，我推开她，一跃起身去抱诗人。诗人没有推开我，而是搂着我，用手轻轻拍我肩背。他那轻微绵柔的指尖滑动，其实边上的人根本看不清。

我就这么，靠着他身上哭了好久，哭得导演和剧组的人都不好意思了，走也不是，不走也不是。大家尴尬地沉默半晌，拉拉椅子，换换位置，又忙乱地往茶杯添水。

"啊，这样吧，既然你喜欢，你跟我走，我找有钢琴的地方再唱给你听一遍。"最后，还是诗人大方地打破了尴尬，"那么，导演，我先告辞了。等收音制作完成后再把作品送过来。"

大家见我这个样子，也乐得诗人赶紧把我弄走，他们好恢复正常工作。

于是，诗人带我下楼，助理在后面紧跟。

到停车场，诗人让我上他的车，我回头向助理挥挥手，让她别跟着我，先回转。助理只好转身走开，似乎不情愿的样子。

诗人对她说："你放心去吧，我一会儿送她回家。"

他太懂别人心思了，就连我的助理他也照顾到她的疑虑。

开车的是那个黑黢黢的小矮个，那天我特别愿意他在场。我支走我的助理，并不想诗人也支开他的跟班。一是他黑得煤炭似的，更衬出诗人的白净；二是他在我们之间，成为冲淡我们互有好意的凉水。我这个人大部分时间是冷静的，但忽然涌起热情，常常要冲昏头脑。况且，这一次并不是生理反应的热情，这一次是心中的柔软，软得像棉花一样。我想我是不是很傻，让人看笑话；我又想我此刻很惬意很轻飘，不如干脆再轻一些。

“老大，去哪里呢？”那个黑鬼问。

“你想去哪里？去排练厅？歌厅？还是去我家？反正找有钢琴的地方去。”诗人对我说。

他提到他的家。我真想去看看他住的地方，想知道他的事情，想知道他怎么生活。

自我成名以来，我一向说话谨慎，仿佛只有端着明星的架子才是那么回事。可是，这会儿我忘记自己是谁了，或者说，我又做回我本来的样子，做回我刚来京城刚进学校的样子。

我说：“就去你家。我想看你家。”

“也好。你那么有名，抛头露面的，到歌厅排练厅都不合适。没准引来人山人海，我们都招架不住。”他这么说着，又拍一下坐在前排驾驶座上的那跟班的肩膀，道：“去我那儿。”

他住的地方，真是一个特别的去处，在大都护城河边上的一片林子里。原来他与我住得那么近，穿过京城的中轴线，往东北走一点点就到我家了。

他的家是一所小房子，粉刷得很白，屋顶覆盖红色的瓦片，一间侧房连着主屋，主屋上有个阁楼。门口是他自己收拾出来的一片草坪，房子的周边种了许多花，有玫瑰、兰花、芙蓉花和一些各色鲜艳的我叫不出名字的花，还有几个石凳和一尊石槽，他说这些都是古物，是从爱好收藏的朋友那里淘来的。他的这片地并没有围墙，但周围遍布树木，一般人不知就里是寻不见道进来的。他说这是他从气象局房管所的人那里租来的，原先这里是一个气象观测站，后来废弃了，成为一处破房，他看着房屋结构牢固，便租来装修成居家模样。

我进到屋里，真是别有洞天。主屋里有两间，一间是客厅兼起居室，一间是卧室，他把底楼的卧室给他的跟班住，他自己住在阁楼上。那个侧房他改装成厨房，还修了烟囱，他不用天然气，也不用煤气，他烧火用煤块和干柴。我看见厨房外还有一个小锅炉，被圈在侧房外的一堵砖墙中，有一扇似合不合的小铁门掩着。原来他们冬天取暖是烧锅炉的，管子将蒸汽送到屋里，这情景我还真没见过，莫不是我们现在住的房子都是一个更大的锅炉输送热蒸汽过来呢?

他请我坐在一个靠窗的躺椅上，那种西洋式的躺椅，我在外国电影中看见过。他的家具都是洋玩意儿，那木头的香味和颜色与外面杨树、桦树的氛围很融洽。我透过木窗看远处，正好看见花丛，斜阳钻过植物的空隙爬过来。他的钢琴靠在墙边，他先给我端来咖啡和糕点，然后坐下弹琴。他并没有再唱那首歌，而是弹了很多复杂又美妙的音，我从来没有听过，我估计都是他写的，但我感觉那些音都是水滴，浇在我头上，我沐浴在音乐的浴缸里。我觉得我是光光的，灵魂和肉体都那么光洁，被他洒下的水滴洗净。那音乐既不冰冷，也不滚烫，而是和煦的，温存的，充满善意的。我不知不觉就困了，沉沉地睡去。等我醒来，太阳已经落山，天色还没有全黑，那最后的黄昏的亮光把玻璃窗上的某一格彩色投在我身上。我故意伸腕进入那一格光色，我又拿出我那一只玉蝉，翻弄到一个角度，看玉质中的流光。

我发现我身上盖着他的皮袄子，那种外面是皮里面是毛的大氅，好暖和，也好气派。

他过来，我蜷曲一下身子让出点边缘，他便坐下，与我靠得很近。他说："索性吃过饭再回去。小闩儿在做饭，他很有两手的，我保证你会喜欢他做的菜。"

那黑跟班原来叫小闩儿，是门闩的闩，他真的像一道门闩梗在我们中间。

这时，我什么都忘了，忘记自己是那电影中的主演，忘记我和野彤的日子，我只是一个少女，与我的年龄相称，好像在城里长大的正在读书的女孩儿，躲在邻居大哥哥家里玩，多待一会儿，多玩一会儿，恨不得天慢点黑，恨不得时光倒流到正午。

这会儿我才环视他的房间，除了那些透着古色的桌子、椅子，还有书架，满满地摞着书。我从来没见过那么多书！

"这都是你的书？"

"是啊。我没什么东西，尽是一些旧书，也都是别人不要的，我收来放在家里。"

"这些书你都看过？"

"大部分都看过。有的还看过好几遍。"

我忽然觉得他太了不起了。我可是一本都看不下来的。可以说，在这之前书是什么，为什么要看书，看书有什么用处，我昏昏然不知。书对于我来说，就是折磨，我想这世界铺排出那么多书，也是为了折磨人。因为工作职位太少的缘故，只好用书去磨人，选择人。然而你们看到了，我现在写这篇东西，全是看书的结果。从那天起，我仿佛掉入了书海，我的人生在护城河的树林木屋里拐了个弯儿。我现在的房子里，有比诗人更多的书，我不能做到像他那样几乎都读过，但我也每天阅读，每天写作。十七岁的小妮，男人是她的口粮；十七岁以后的小妮，男人和书都是她的口粮，或者说，书是主食，男人是一道道菜而已。

我忽然明白了，这里的温煦，是书里散发出来的，这就是人们说的书卷气。书卷气与玫瑰、兰花以及树木、晚霞融为一体。这个白净的大哥哥，他那么文雅，那么飘逸，他太美好了，以至于我不想露出我一点败相。我要在他面前成为没有瑕疵的美人。所以，我想让他抱抱，却不敢让他见我的身体。我的身体的破处怎可让他窥见？哦，如果他亲吻我我也是愿意的，再进一步我就慌了，我怀疑我的胸，怀疑我的腰臀以下，我怕那些地方不能入诗。什么是诗？

我忽然一下就明白了。

他将桌子上的覆板打开，又推动一些复杂的机关，撑起几个腿脚，一张大的餐桌就摆好了。小闩儿端上来浓汤、豆泥、野蕈炖肉、煎鱼和蔬菜沙拉，另外还有一些冷菜，鱼子、牛舌和盐渍的虾蟹。有开胃酒、红酒和烈酒，也有啤酒、蓝莓饮料和生水。他和小闩儿拿来烛台，点上蜡烛。这情形又和电影里远方的场景相似，与我去过的宴会和西餐厅全然不同。没有喧嚣，没有交头接耳，也没有故意夸耀的豪华氛围。他为我摆好一张椅子，优雅地请我先落座，他说客人不先坐下，他不能坐下。那晚，我就像一个公主一样，受到款待。我坐在那里，并没有众星捧月的热闹，却体会到尊贵，烛光和菜肴都散发出迷人的音乐。他好像知道我的局促和无知，从不用言语打断或纠正我，而是用邀请来提醒我——先吃冷菜，伴着开胃酒；再喝汤，切一片抹果酱的面包垫一下胃；然后是主菜，改红酒或烈酒；吃罢这些，小闩儿又从冰箱里拿出冰激凌；吃罢冰激凌还有热咖啡……凡这些，都是他用刀叉给我送到盘中，连饮料都是他先给我斟上。他看我开始吃，他才吃。小闩儿一言不发，大部分时间只顾埋头猛吃，只是偶尔听主人吩咐，也帮着切菜传菜。

这顿饭，我们足足吃了两个钟头。从傍晚七点吃到夜里九点。

"你每天吃饭都要那么长时间吗？"餐后，我端一杯红茶又坐回窗前的躺椅。

他用刀切开一支雪茄，点上，站在我边上，说："也不呢。今天你来了，招待客人。你喜欢我的音乐，我很高兴，开心极了。真的，难得这么开心。"

那雪茄的味道，闻起来像我小时候在山顶燃古树枝的香气，只有古树上掉下来的枝条才燃得出这样的气味。

屋里有点热，那饭菜的热气和相处间一见如故的热情催升了温度。

他说："我们去外边走走，你看看我周围的环境。"

他替我披上外罩，我们一起走出去散步。

我们来到树林边一片高地，上面有一截倒下的汉白玉断柱，正好有一盏路灯照着。我们就择那一处坐下。

"这是一件真正的古物，大概是元代的东西。这里原先可能在城墙下面有寺庙，像是一根廊柱。那时西洋的建筑与东方的亭台交合在一起，应该很有气势。"他说。

我在这秋夜的空气里，也不觉冷，浑身暖洋洋的。我靠到他身上，头碰到他脖颈。

"你的头发真好。又密又软，一点儿都不扎脖子。女人好头发像毯子，从不令人痒痒。"他伸手撩一下我垂下的几缕发丝。

我的手不知放在哪里好，满心等着他来抚一下。他既撩我的头发，我便捏住他手腕，假装不适要制止的样子。我说："你的手好白，比我的都白些。你吃仙果长大的吗？"

我这么说，又好像并不反感他撩我头发。他这便松开撩发的手，随我捏他的腕，一起落下在他腿上。果然，他攥我的手，他的指尖触到我的指腹。啊，这感受太舒服了，原来少男少女第一次摸到手是这样的感觉。心一下子就跳到嗓子眼，眼睛迷糊了，身子酥酥的，要融化了一般。

我不是那种曲里拐弯找借口掩饰羞涩的女孩儿，我忍不住说："抱抱我。我很害羞，抱一下会好点。"

于是他抱我，又闻我头发和脖颈。

我不行了，我知道他也不行了。可是我和他都是特别准点的人，准点会现实地想到一些阻隔。我想他抱得更紧，但我怕一步就走到底，怕他掀开我的衣服，碰到我那些不敢让他看的地方；他想他长久地留住我不合适，他答应过要把我送回家。但他是非常礼貌的君子，他不会先开口让我走，他一定要等到我先开口。我们的缘分在于彼此猜得透阻隔，又彼此在同一刻知道对方为难。

“我今天太高兴了。你对我真好，我也会对你好的。”这难道不是相爱的承诺吗？“这会儿天色不早了，我打扰你太久，你早点休息。下趟我再来，你教我读书好吗？”

说到这里，我难过得哭起来，我实在忍不住。我刚忍住纵情，却又忍不住难过。

他用袖子替我揩泪，我推开他，因为我以为这是打断我。我转身去哭，哭一阵又转回来扑向他，伏在他肩上哭。

“再让我哭一会儿我就走。以后再不会哭了。”

他搂紧我，我又推开他，我怕他的身子触到我胸。

这次我推开他，就一头扎进夜色，脱离开灯照，朝木屋走去。

他跟在我后面，快到屋门前，他喊小闩儿，叫他备车，让送我回去。

我回到家里已经十一点半，野彤也不问谁送我回来的。他只与我谈业务上的事：几个新合同让我过目，告知我眼下这部电视剧需要我参加相关宣传活动，等等。他又说起新的税务政策，说我们要补缴多少多少税，以及有些财务账不合格，面临罚款。我有些困倦，根本听不清他说的细节，心想你一手操办就得了，何必唠唠叨叨说个没完。实际上，后来我知道，我的腿还没跨进诗人的家门，我被诗人带走的消息已经传到他耳朵。用不着我的助理去告密，消息比我的助理的嘴要快多了，早就传到一切想要知道我行踪的人那里。野彤这么没完没了地说业务，怕是想提醒我他的价值，他的重要性。也许他早就算计到这一天会来临，只是来得那么快那么出乎他意料。

野彤那晚也无异样，只是像到时要进餐一般，掀开被子如同铺好餐巾，将我的腿推开，好比将我纳入他盘中。我却没有胃口，但我不能表现出厌恶，我心里皱着眉头，表面上强咽硬吞也得把这一餐吃完。那简直像嚼蜡一般！何时野彤与我胶黏在一道会是这般口味？我是天生的演员，我肯定我在他面前没有露出一丝破绽，我让他满足了，我却忽然要反胃。他从我身上跌下，倒头就呼呼大睡。我侧转头看他，不免又生恻隐之心。我怎么会这样呢？性爱不是爱么？性爱基于肉身，难道这时我的肉身和他的肉身都是假的么？难怪人家说肉欲是虚幻，灵魂才是真实。诗人与我之间是灵魂的交流吗？他对我好，我也答应对他好，这就是所谓恋爱吗？恋爱就是灵魂吗？一边是灵，一边是肉，我正在被撕裂。

然而，我对诗人没有灵魂以外的爱慕吗？我分明一觉睡醒就想到他，他的白净、飘逸、扑闪着火焰的眼睛，挥之不去。这是美色呀！他们说，眼睛大好色，嘴巴大贪吃。这两样我都占了，色与馋，谁说不是肉欲呢！

我等了一个星期，也没有得到诗人的任何消息。我坐立不安，心里翻江倒海的。我想，既说好的，我要去他那里读书，该是我主动去找他，而不应等他来召我。哪有让老师等学生的呢？也许他等我良久，不见我动静，心中已对我失望也没准。于是，我趁野彤去税务局办事的时机，独自一人下楼叫出租车。我戴上口罩，戴上大墨镜，将面貌遮得严实，尽量不让人认出我来。车载我往护城河那里去，很快就到了。我沿着我记忆中的路径，在树林里摸索。啊，只要是心中的路，哪怕只来过一回都难以忘记。我走到小木屋近处，看门虚掩着，便知道他在家。我恨不得一步就跨进去，又怕自己太唐突，便收敛起急迫的心，躲到窗前的树丛中。我向窗内望去，看见他静坐在椅子上摆弄一件乐器。那是一支银笛，有一截掉下来，好像插不进去了。他翻覆在试验，拿一把锉刀将管口的边缘锉去一些。我只注意他的手指，那触过我指腹的指尖，那里他也无数次触动琴键，让钻心的音符跳跃出来。原来音乐不只是一首首歌子，音乐是与心的暗角中的疼痛与欢愉连接在一起的，正好比心中有窍穴，一串音如白链飞来，恰好填满那个洞，稳稳地盘曲在里头。你心中有多少洞张开了，就能迎接多少这样的白链。他的手指就是挥舞白链的，他那夜触到我的指腹，我的手指就是琴键，我就是一架钢琴。我多么愿意做一架他的钢琴，为他释放所有的音乐！他指尖上软中有硬的茧，触碰我的娇弱，追着我的酥软，直到抽出我的脑髓。我喜欢他的茧划过我全身，我的全身要成为泥沼，让他深陷而不能自拔。

他放下他的银管。他起身，脱去他的外套和底衫，他露出上身，光光的，肌肤细腻得密不透风，在日光里好像一截玉屏风。他的肩很平很阔，他的肚腹紧紧的，凸显出几块肌肉，整个上身在腰部收束，形成一个倒三角。他那么年轻，散发着热气，令女孩儿奋不顾身想扎入他怀抱亲密。他踢掉他的皮鞋，他光脚在屋里转一圈，寻到一个铁盒子，打开，取出一支雪茄，用刀切开尾部，然后点燃，猛吸一口，便往楼上去。我想他不是去睡觉了，他莫非要去洗澡？我转到厨房外锅炉那边，因为上次我好像觑见一道铁梯，歪歪扭扭的，通向阁楼背面。我果然找到那铁梯，窄窄的，盘曲着上升。梯子扶手和个别蹬子都生锈了，既抓不牢，也踩不稳。我犹豫了一下，是上去还是放弃。我终于还是铁了心上去了。我踩一格，梯子就似乎扭动一下。我倒不怕梯子坏掉有危险，我怕那梯子摇摇晃晃会弄出响动。我非常小心，几乎是爬着摸到了梯顶。天哪，正好那里是阁楼的后门。门紧闭着，但门边有个小窗户，透过窗户可以看到盥洗室。果然，里面有浴缸，他已浸在缸内洗浴。肥皂泡遮盖了他一半的身子，只露出头和腿脚。他一边泡澡，一边吸着烟读一张报纸。他的腿脚伸出水面，架在浴缸的边缘。我看到了他的脚，那二脚趾特别长，他那里踩到我肯定特别疼，我情愿让他踩疼。他的大腿是有力的，他平时肯定做运动。因为身形瘦削，他的膝盖反而显得特别大，特别突出，我竟想到他的两个膝盖夹住我的腰，我会不会被他夹得腰断掉？他是一把剑，在水中淬火；他又是一把斧子，要砍下一根树枝；他也许是一把铁锤，我愿做一根银针，让他捶打成片。我从来没见过这样的男人身体，这是少年的身形，成熟男人的体魄。他表皮那么细洁，却掩不住他内里的器官发达。女人不能看到有力的事物，尤其在美好的外衣包裹下的力量，它会顿时让你丧失意志，腿脚发软，头脑发昏。我几乎不能自持，不知为何兴奋起来，那种野彤使尽全力才有的兴奋腾地一下升到我头顶。这只是看一看啊，我想，如果他拥我入怀，又深入到我体内，我的脑浆会不会迸出？

我跪倒在梯子上，我的手紧抓住扶手不放。我觉得我迷糊了，什么都看不清听不见，喉咙里抑不住发出声响。我也顾不得有谁会听见，我忍不住嘟囔着，不知是羞死人的词语，还是见不得人的咿呀。我好久才将从身体底部冒出来的声息吐露完，又好久才从朦胧中清醒过来。这太要不得了！我忽然意识到，我不能这样睡在露天的锈梯上，否则我也会生锈的，与这梯子锈结到一起。我不如逃吧，趁他还没有从浴缸里起来，趁他还没有察觉动静，赶紧逃离吧！

我就这样，急急地往下走，不想，我一脚踩空，滑跌到锅炉旁，头撞到铁门上，发出很大的声响。屋里的人被惊到了，小闩儿走出来，看见我躺倒在地上，就来搀扶我。

“这是咋地？没摔伤吧？”

“我没找到门，走错地方了……”我强忍着痛，支吾道。

他看我站不起来，就抓起我胳膊，拖拽着弄我进屋。

他试图拖我到躺椅上，我故意沉坠，让他拖不动。他只好罢手，转身去楼上告诉主人。

主人下来了，我看他潦草裹着浴衣，一边还拿着毛巾擦脸。他显然有些慌张，看我倒地不起，便来抱我。啊，我就是等着这一刻，这才是我想要的。一不做二不休，反正已经暴露，不如大方说主动来找他。我告诉他，我找不到门，在锅炉那边被铁梯子绊倒，可能崴脚了。他将我抱起，我搂着他的脖颈。他小心翼翼将我放在躺椅上，嘱咐小闩儿去拿药箱。我真的崴脚了，而且臀腰那里也撞得不轻。他给我的脚上药——这真是美妙时刻——我曾经怎想到过我的脚也有快意的，那里也有蜜穴，唯有你喜欢的人才可探得。

“还摔到哪里？”他一边问，一边伸手过来探寻伤处，“骨头没伤着吧？”

“没有呢。就脚上有一点。不碍事。”我这么说，是怕他碰到我臀部，我不想让他觉出这不是少女的臀部了。可是他不小心轻碰臀尖时，我惊叫了。那里疼得我要晕厥过去，我既坐不起来，也支不起身。

“不会摔坏脊梁骨了吧？要不去医院检查一下。”

“不要不要。没事的，让我缓缓，一会儿就好的。”

他转过去脸，对小闩儿说道：“你出去，别过来。”

小闩儿便识趣地走开。小闩儿一走，他二话不说，一把扯下我裤子。

“天哪，蹭掉这么大一块皮，还流血了，能不疼吗？”他看到我屁股了。

“我从小屁股就比别人大。你别盯在那里看。我不好意思。”

“我给你止血，上药，用纱布盖上。很快就好的。”

我感觉得到他的目光，因为他的目光如电，远远就能击中人。我肯定他只看着伤口，并没有往别处搜索。

为了哄我，可怜我，他说：“屁股大腰细才美呢，难怪你出众一些。”

既他看惯了，还称羡，我便放下心来，将伤处撅出来一些，用另半边屁股顶着椅子。

“如果我不是少女，你还会对我好吗？”人在伤痛中，有种全然碎裂的感觉；反正都碎成这个样子了，身心俱裂，还有什么可隐瞒的呢？

“你对我好，喜欢我的音乐，我心里很感激你。”

“只是感激吗？”

“我不敢。”

“你不敢什么？”

“我不敢深想。”

“啊，疼。”棉签触到伤口时有些重。

“这样还疼吗？这样不疼吧。”

“有点痒，说不清。再疼一下，轻轻疼一下。”

于是，他拿棉签蘸着药又碰一下。

“再疼一下。”

“不重么？”

“再重点，痛得好舒服。”

他碰一下，又放开一下，又碰一下。

我不断地说“再疼一下”“再疼一下”。在疼中，我们亲近起来，亲成一个身体的两个部分。

我有点受不住了，我感觉他也快不行了，我感谢那块皮掀开了，以至于我现在整个人被他掀开了。我用另一边身体的力量支撑起来，一把抱住他，对他说：“你不要嫌弃我。”

“你怎么那么多胡思乱想呢！”他的语音发痴，说着，托起我，让我可以舒适搂紧他的脖颈，非常小心地将我抱到楼上他的卧室。

他慢慢放我在他的床上，叫我俯卧在被褥中。他轻手褪尽我的衣衫，然后他脱掉浴衣，躺在我一侧。我们就这样，光光地，紧贴地，融为一体。

我原来想要完美，如今却是碎裂，碎成粉末，由他将我捏回原形。

回头我在他浴室的镜子里照见我自己，其实我不像我自己想的那么糟，除了我的屁股比先前大出一些，我的身体没有什么变化。那花瓣和花蕾还是娇嫩的，粉扑扑的，皮肤和头发都闪着光，眼睛也是水灵灵的。我想，一定有什么东西将我提升了，我心里那个洞没有了，我还是起初的我。

他是我的先生呢。我一辈子的福气都是从他开始的。天赋我异能，我得了一个高位；天又领他到我面前，教给我智慧，让我与高位相配。

他说：

“你看见那朵花了吗？它在风里摇曳，那是你先动了心，推着它动起来。女人总是先推动那能动人心魄的事物。这仅仅是害羞吗？不是的。这是安慰。你用点心、鲜花、美丽衣裳、明眸皓齿、可怜人的话来安慰我，你更用你光彩照人的方方面面来安慰观众，就是这个世上的人。你同时也是一种荣耀，荣耀爱你的人。那人荣耀真理。便娟兮美人，不渝兮君子。

“你挣很多钱么？你挣得比我多多了。你用你的天赋去挣钱么？我挣钱是为迎接天赋源源不断地到来。世上的钱有什么用呢？上天给你找来这些钱，都是为养着你的天赋的。他既先给你天赋，他能不为你找食吗？如果你心肠硬，耳朵闭塞，什么也听不进，非要折损天赋一点一点去换钱，那么，你必断送你自己。那就是为什么许多人江郎才尽，许多人人老珠黄的缘故。又有一些人，他自以为有天赋，却苦苦挣扎，得不到一点供养。小妮你如果只为寻求快乐，你是不会衰老的。你大可不必担心，快乐是青春的养料。人本该安享自己这一份。人生虚空，本无意义，我们在这世上都是寄居，一切都是租来养命的。寄居就是苟且。苟且偷生，多美啊！此生哪有恒产呢？就是那八百年前坚硬的汉白玉柱子不也倒了吗？人想恒产，超出了命运的界限，必要吃尽苦头的。人的意义不在这世上，就像你住店，那店里的东西你哪一样能带得走？但店里的设施、餐饮，你都可以享用。一世不过住店，从这一家到那一家。天天有店住，住得洁净，吃得饱足，这还不丰盛吗？

“所以，你是好命的，我也是好命的。命运让我遇见你，得你青睐，夫复何求！

（我想说，命运让我得到你，我才是真正好命。瞧你说话的样子那么优雅清奇，你的姿态飘逸，你的目光如炬，令我如沐春风。你就像是从书里走出来的仙子，沾着梅花，带着和风，有如玉的面色，有悠长的箫音。你即使不洗澡，闻起来也是香香的，就是我孩童时闻到的松香、花香和云香交织在一起的味道，它叫我活血，令我脉气充盈。我好像要飞起来了，我摇摇晃晃站不稳了。我多想张开我的手臂，化为双翼……啊，这么好，难道只有我一人享用吗？多少女子要拜倒在你脚下！你定是经过千锤百炼了，穿梭过万千花丛，你不会是情场老手吧！我恨不得一口咬死你，咬住不放。我恨恨地看你，爱也是一种恨。我咬得满口流血。啊，那是你的血，滴在我身上！）

“你说到你们乡下的野菜，那叫卷耳的植物。我喜欢这个名称。你就像一星卷耳，初生在旷野中，还没来得及命名。我以后就叫你卷耳吧。在你那里，一切都没有命名，你所知道的名称本该建立在先前的名称下，先前没有名称，之后得的别的事物的名称是站不住脚的，好比无根的草木，风一吹过来就飘散。你先得有第一个名称，就叫卷耳。我的卷耳，你把耳朵舒张开来，你要听所有你未曾听过的名称，这就是读书学习。读书并读不到真理，却可以获得一连串名称，用这些名称去将真理从虚幻中辨识出来。我的卷耳妹妹，你缺得太多了，实在太多了。

（知道这些名称又怎样？）

“这些名称也都是假相，有的人拿这些假相将自己裹起来，比不晓得这些名称更糟，那就是你平时常常看到的那些读书人。也有的人拿这些假相去靠近真理，去护卫自己，去保守自己的初心，就变得百毒不侵。读书后出名的，直不如那出名后读书的。你现在名气那么大，走在街上都不安全，你才是真正需要学习的，否则你承受不住，终要坍塌的。农村人来到城市，靠着天赋横冲直撞，大多都成了，可是他们中间大部分人不知城里的门道，又渐渐被门道害了，被挤出去，落回原地。然后就出卖天赋，一截一截卖掉，最后变得比贫困的还贫困。

（天赋也能用光耗尽的吗？）

“你还是原来的你吗？你为什么忧虑你的身体呢？上天给你一次生命，还能再给你一次么？人总是要死的，总是耗尽生命而死。有人给你本钱，因本钱多多的，你就用光这本钱么？你不晓得盈利，难道还不晓得保守么？如果你一直保守，就好比俭省，俭省的人只信自己，不信给予他造就他的。既俭省活命，就难以收获，只剩下收缩。北京人叫作‘抽抽’。

（所以啊，我来找你。你不记得我求你教我读书时哭了吗？你的卷耳哭了，因为认得你太幸运了，也因为在你面前她那么可怜。在这世上，我只相信你一个。）

“那些俭省的人，一点五分钱的事看得比命还重。不过就是一个塑料袋，它掉进河里了，它飘过高速公路，你紧追不舍要跳到河里去吗？你穿越马路要叫汽车撞死吗？你的命是老天爷给的。他应允你，连世界你都可以得到；他不应允你，就连这只塑料袋你都抓不牢。你现在站在一个行业的巅峰，你是自己得来的么？你没有看见那些比你用功得多的人还在门外巴望么？我可比你用功多了，我怎么不在你的高位上呢？你不要说我用功没有用，或许我的用功全都是为了你的到来。你可以把我用上啊！

（我真的觉得自己不配他，我情愿将我的美丽和荣耀都归给他。他怎么可以将他的所得都归给我呢？）

“我们这个行业叫艺术。用艺术去换房子汽车的，不是这块料；将汽车房子变卖掉，把一切贵重的变卖掉，还借钱负债来买艺术的，正是这块料。还有比艺术更贵重的，但当你将艺术也变卖掉去换最贵重的，你就得永生了。

（永生了，就永远和你在一起吗？）

“你说的是爱情。爱情是一件礼物，是上帝恩赐我们，安慰辛苦人生的。他喜欢你，才会给你。不喜欢你，纵你千般万般苦苦求索都得不来。如果我们真的相爱，那就证明上帝喜欢我们。他可怜我们，给我们别人所没有的。这是一个证明啊！证明我们不是这个风雨飘摇的世间无依无靠的人，我们是有莫大靠山的人，没有被遗弃，可以放心生活。上帝把爱情和艺术放到艰难人世间，来安慰苦身。你我既在艺术中，如今又再得爱情……噢，还有美人。美人也是安慰。

（你也是美人呢。你知道你给我的安慰有多么大吗？别人都在用我吃我，唯独你白白安慰我。）

“我们的故事没有人听，人们只关心苦苦挣扎的故事，人们都嫉妒天所眷顾的人。‘你们那么美好，那我们怎么办？’他们迷恋痛苦，迷恋奋斗。可是，他们奋斗的对象却是造他们给他们生命的那一位。天造我们，本是以我们召唤他们，他们却背道而驰。

（你再抱抱我吧，抱紧我，嵌到我肉里去，永不分开，这样会成为更有力的召唤。）

“总有人会松开拳头软下来的，为一抹晚霞哭泣，为半生劳苦的途中忽然遇见一只鸟儿而驻足。你的美丽是生下来以前就被决定的，这是关于美的全部知识，所以你日后要朝着全部知识的方向学习，来证明这莫大的恩宠；而另有一种学习是后来的，后来在人生中发现一点一滴，靠存在的需要而学习，这样的知识是零星的，不完整的。前者叫理想主义，后者叫经验主义。

（你说的是哲学吗？我竟然好像也听懂了！）

“我是古典主义者。尽管我用心学习许多信息许多现代当代的手法，但我总是朝着经典的方向去写作的。什么叫当代、后当代？就是人要自作主张，要作妖，白给的不要，非要自讨苦吃。这个时代快结束了，一个古典主义的时代即将来临。听起来这像是疯话，但事实正是这样，无可避免。

（难怪你的音乐那么动听。只有你的，才入我心。古典主义也是一种理想主义。）

“怎么说‘一种’呢？理想就是理想，没有这种那种。

（如果我只是那个村妞小妮，我怎么听得懂他说什么，也根本不想听他所说的一切。但我是成功的大明星，财富和知识在成功后滚滚向我涌来，这个世界的老到和奸猾包围我，见过常人中长者都未曾见过的世面，我想推都推不开。人的幸运在于成功，人的不幸也在于成功。像我这么成功，怎还逃脱得掉命运的追踪？上帝先造一件巨大的容器，只有海水才配盛在里面。）

“那么，我们开始吧。先倒第一滴水进去。”

我们就这样开始了。他给我买来一沓连环画，那种图下说明文字都注上拼音的小人书。悲惨的是，我连拼音都不会。于是，他每天教我拼音，教一点看一点小人书。我就像他的小孩，在他的窗台下沐浴夕阳，沐浴功课。然而，我的个子那么高了，我的屁股都不是少女的样子了，我把我的头发绾起来，结成一条粗粗长长的辫子，为了不让密密的头发散落下来；我俯身在地毯上，脸凑近那些图画和文字，我像一个失学的大龄的孩子，这才被大人找回家从头开始。我已经是个大姑娘了，还要让家长像对待一个小孩子一样抱起，坐在腿上翻看识字卡片。“你羞不羞？这么老大了，还与大哥哥睡一个被窝，屁股大得都遮不住了，还撒娇。你不害臊么？”他就这样一边拍我，一边与我调情。

十

我不是那种人前一套人后一手的人，既每日都去诗人那里读书（除了有戏拍，有活儿要干），我便把与诗人的交往一五一十地都告知野彤。

野彤说：“我早知道有这一天。我根本配不上你。小妮你受了我，是对我好。这辈子有那些日子我就知足了。你看我们以后是分开住，还是先住一段过渡？反正，你一个人睡卧室，我到别屋搭一个铺。你心里喜欢他，我不会挡道的。你本该有这样的爱人。我为你高兴。归你的就是你的，归我的就是我的。”

野彤说到做到，当晚就卷铺盖睡到别屋去了。尽管他丑，粗俗，但从此刻起，足见他也是一名君子。然而，我要感谢他，一生都感谢他。他为我开启青春肉体的秘密，他帮我在这一行站稳脚跟，其实，直到今天我都离不开他。

爱情的滋味和肉体的滋味是完全不一样的。没有诗人，我会撞死自己。如果不得不活下来，我会需要更大的肉体力量来填塞空虚。那都是野彤的初犁，他犁得那么深，那么透彻，就像一个人胃口开了，比量出进食和饕餮的差别。曾经沧海难为水。爱情是一道光，它照着你，你就变了，你由着它怎样都行；可是，当这光消散的时候，人就会被打回原形。我的原形就是好色而贪吃的，不得不承认，我深层的欲望无耻而野蛮。

我的两个哥哥，我这时不能不说他们。这已经是三年以后的事情了。那年我二十岁。当税务和公安来到我面前时，我完全傻了。我哪里知道这些年在我眼皮底下发生了那么多事！他们偷漏的税已经超出人们的想象，还有拆分合同，还有无底洞的欠债，甚至牵扯与贩毒集团的案子。而这些，大部分都归在我的名下，偷偷以我的名义在暗中发生。先不说这些事依法处置会有什么后果，单就消息捅出去，有谁稍微曝光其中一二件，我就身败名裂，再也无法立足文艺界了。野彤一身本事，此时也一筹莫展，不过，他并没有躲开，而是作为法人代表，替我去面对刑侦问话，被看押在拘留所。

我不想把这些告诉诗人，幸好那个时期他去奥地利了，他要在因斯布鲁克生活一年，与那里的歌剧团合作一本他写的歌剧。两年前我已搬到树林木屋，我和诗人生活在一起，那是些我这一生中最美的时光。我和他没有结婚，但生下一个男孩。孩子我送去给我妈带，我的两个乡下弟弟和后爷极喜欢他，简直将他看作小皇帝一般。诗人说我们等以后适合的时候再举行婚礼，说我那么年轻，不要夺走观众的梦，一个明星需要给人公众情人的念想。所以，外界并不知道我的恋爱和婚姻情况，只是有一些传闻而已。我出入公众场所，并没有诗人在我一边，还是野彤和我的助理陪伴着我。

那个女助理，终于嫁给了野彤。那是我撮合的。那时，我总想，野彤没有肉体怎么过，他丢了原先的家庭，又为成全我落为单身。正因为他使我深知肉的秘密，他的寂寞也成为我的寂寞。我的助理叫邝云琦，从一所理工大学毕业的，只是因为从小爱好文艺，在学校里的剧社排学生话剧，我们发招聘广告时自己找上门来，野彤看她做事仔细，摆弄办公系统很熟练，便将她留下。其实，她与文艺一点无关，人羞怯得连大声说话都不敢，仅仅是爱好，仅仅追梦而已。但她是个内秀也美丽的女子，只是总戴一副沉重的玳瑁架眼镜，遮掩了她仙白胜雪的身子。我是唯一仔细看过她，也专意留心她的人，我晓得她是一座火山，但凡划一根火柴点着，那喷出的火焰是无法想象的。她那么羞怯，又显得那么刻板，我们这个圈的人谁也不会去撩她，去开她那一扇门；野彤离了我后，一个人苦闷，常常被憋得连腰都直不起来。一边是油罐，另一边是火山，只消稍加推涌，给一次机会，必定炸飞到天上去。我扔给野彤一盒火柴，那时已很少人用火柴了，点烟都用打火机。野彤问这是什么意思。我说你还不明白吗，让你给云琦点一支烟。他说云琦又不抽烟，我说你傻呀，你点了她就抽了。这下他的眼中闪过一丝怪异，尽管稍纵即逝，但被我抓到了，我知道他懂了。只要他懂了，他一上手，哪个女人吃得消呢？于是，我趁机让野彤停车，正停在颐和园外原先御道的一片林子边。我一个人下车，给小闩儿打电话，让他来接我。

这事儿就这么成了。云琦从车上下来时，小闩儿还没到，我远远看见她几乎是从车上滚下来的，腿脚发软，一头秀发披散着，眼镜不知到哪里去了，她的端庄和拘谨已然全无，她躺倒在地上大喘气，直等着他的男人再来抱她。

人到这世上都是苦的，得点吃喝，得点肉身的欢娱，更幸运的再得着两情相好，一生便没有白过。一堵墙隔着，那是世道的阴冷，轻手推翻过去，始见命运本来的规划。这世界是舞台，这人生是性格，哪个舞台不是为了成全性格而搭的？那些道具、布景过于沉重，也有压垮性格的；借一点轻飘便捷的，假定一下，易如反掌，生命便活跃起来。那些可怜的人，看起来行头少，服化道简陋，倒是容易演出来；像我一上场就满台家伙什儿的，到头来换景换装不便，倒成了巨大的阻隔。

看我一路风顺的，麻烦要么不来，一来就是灭顶之灾！

我的那个后爷，还有后爷的两个崽儿，都比我亲爹的两个儿子要有出息。他们做的酒厂，这些年都已盈利，只是他们这些钱在我的产业面前是零头，全部变卖掉再加上既有的现金，都抵不掉罚款的几十分之一，更别说支付欠债。不过，我后爷那边与商界交往频繁，他的不少客户都是金融界的大佬。野彤从局子里出来后，便提到我后爷，说让后爷想想办法，筹集些资金来先应急。我后爷就介绍一个香港商人过来，他叫浦献安（这也是一个化名），是跨地产、金融和娱乐业的金主。这个人瘦瘦的，小小的，架一副窄镜片的眼镜，看人时总是从镜片上缘透出视线来扫眇。野彤、云琦和我请他吃饭，在北海那边一个亭子里排下一桌满汉全席。所谓吃饭，只不过是一个由头，这些沉陷在财富中的人谁会在意一顿饭？然而，这个姓浦的居然津津有味地吃，居然还评价说：“我就是爱喝这汤，只有一片白菜叶，熬汤的珍鲜都去掉，剩下汤清澈见底。好喝，好喝！”一餐饭，只谈珍馐，不谈正事。走时，他说：“最后，都是为吃这片叶子，其他再好的也都是垫底。”我的鼻子很灵，专能嗅到钱味儿。他的确是有钱的，有很多很多钱。钱可以令我兴奋，你们并不知道那真爱钱的和那爱由钱带来的虚荣的两者之间的差别。我是真爱钱的，挥霍让我头晕，让我高潮迭起。只是我已得到爱情，在爱情之中，钱的快感退居其次。如果没有诗人，我想，我会扑向姓浦的。我不是扑向男人，我是拜倒在真金实银之下。有人喜欢帅气，有人喜欢强壮，不，在我遇到爱情之前，我喜欢金钱。有一种女人是专为金钱生的，她无所谓对象的相貌、年龄和体魄，在她眼里，钱是至美、至力和青春。你们想不到吧，我就是这样的女人，我喜欢铜臭味儿，我嗅铜臭到体内感觉舒爽、清朗。人是生好的，一物降一物，专从这个层面讲，铜臭可以激发我生命的活力。然而爱情，并不是为一物与另一物设置的，爱情是殊恩，可以降下给任何人，人失掉爱情时乞求对象是无用的，唯祈求上帝才可得拯救。也就是说，你的男人不要你，你求他是没用的，你求上帝他或许会回心转意。那么，爱情，其实是不属于我的，我和诗人都是爱情的盛器，是爱情的木偶。属于我的，是钱财。这是人起初的性格，性格都是罪性，都是残缺或者过度，而信仰使罪性完败，结出纯洁的果子。只是人在世上，性格的种子穿越土石去结果要经历苦痛，上帝可怜这苦痛，降给人们爱情以慰苦身。追求钱财发乎性格，追求爱情也发乎性格，而得着钱财只是满足，得着爱情却是安慰。满足会令人更不满足，安慰令人服帖，令人宁静。于是，这时我面临最大的冲突，我的安慰的代价高过了我的承受。因为安慰并不是彻底的救赎，安慰只是救赎之路上的驿站。我要为我的性格偿付，也要为连着这性格的所有千丝万缕的爱恨情仇偿付，其中包括无法割断的血缘。我的两个兄弟，曾经与我一起落井受难的兄弟，我能看着我自己上来他们还在井底吗？难道我被推上一条舍弃我的安慰才能救赎我的性格的艰难之路么？命运为什么要这么安排呢？我抗争还是顺服？

感谢诗人！如果他不教我读书，我甚至不知有命运高悬头顶！诗人，我是你无知的卷耳，未曾命名之先来到你面前，有特异的品质，却不懂适合这品质的秩序。我的城里的哥哥教我一套，我的师父和野彤也教我一套，诗人又将文明社会的各样名目向我展示，我这才知道这些套路都是所谓伦理。人生下来好比种子，有美品的，也有劣质的，这是定好的，并不能更改。人不是被投进山林荒野的，不是与禽兽花卉为伍的，人是被投入人世的，今天说来就是社会，所以，那些隐士们是荒唐的，他们只不过护着种子不令其发芽而已。种子固然隐藏起来不受污秽涂染，但种子不遇水土，日久就要枯萎坏死；种子只有入尘见风才会生长，一路生根开花结实。当然，这个过程风吹日晒的，又钻脏过淤，少不得蒙灰受蔽。为此，伦理成为必需的知识，却不是什么哲学。哲学是人自傲的关于种子的解释。种子的秘密在造物主手中，人穷其一生也难窥见。那里面有天的序令和密码，并不交在人的手中。人被允许知道的，唯人伦而已。人伦比着天伦而呼应，人伦并不是自作主张。所谓师法自然，是学习自然的秩序，并不是逃到自然中等死。当今的人们，想逾越自然的秩序另外创设一套制度，以为人的制度可以完善，又要发狠扼住命运的咽喉，更改种子的优劣，一心为着解放，最终成为捆绑。诗人说，关于自然人还是社会人的讨论，是自我分裂，也是自我杀戮；人必然是自然的，只是造物主安排了人性由着社会的土壤而生长的途径，要自然的价值在社会中实现。他的这个观点，实际上说清了人的意义。人这一生，活的是性格，流淌的是性情，别的都是承载，如舞台，如航船，寄居于租屋，世界如盆我如栽。油灯下的性格是性格，霓虹灯下的性格也是性格，光照性格而已，却本性难移。一生轨迹不变，处境变换不停，是谓走马观花，如梦如电如泡影。入世者强调盆栽之泥，之水，之养分，之浇灌节奏与修剪条理，造泡影而不执迷泡影，认真却不流连。诗人说，美品须得良序而后果。序，就是命名的点连成一条线。所以，我生在哪个朝代是不重要的，栽在哪个盆中也是不重要的，人命天定，原本的种子里有线索，而这线索必须寻到对应的世间序线。因此，伦理是超越时间和具体的，是一种关系，就是说高低相对时，可以是高楼与矮屋，也可以是山冈与丘阜；雅俗观照时，可以是梅花与雏菊，也可以是蓝钻与琉璃。意象啊，我命为意，此世乃象。那么人的力量呢？人难道无所作为吗？人的力量是用来抵御外界的，不是用来对抗命运的。御风御寒御脏，人所学所用功，不过是找到一套伦理来壮大性命。所以，我的故事写门道，为的是性命。

这故事换一个景又怎样？人物关系不会变，事态发展不会变，结局还是一样的。

邝云琦说，她姑奶奶夫家的一个叔叔是命理天才，三岁就能言谶，五岁便开口说预言，如今碰上这些事，不妨去问问他，看他能说出啥究竟。我们便去找他，带去茶、酒、香烟和腊肉。野彤说，凡请教通灵的老师，一定要有供品献上，老天开他的眼，定是赏这口饭给他吃，问卜的人不能白得，这是规矩，否则会走厄运。

这人叫关居木，人称“关天眼”。他看上去形貌平平，没有什么奇特的地方，穿一件淡褐色的中山装，蹬一双圆头牛皮鞋，戴一副老花眼镜，整个人气质就像一个退休的机关小干部。说什么天眼呢，他眼花耳背，糊里糊涂的样子，说话潦草，应对不甚了了，只是一到问他前生来世的事时，才进入角色，似有神灵附体。

“问什么事呢？哪一位想问？”他漫不经心地扫我们一眼。

野彤说是我要问，他便让我伸手给他。

他摸一下我的手心，又翻过我手掌摸一下手背，道：“这妮子不是常人，妃后贵体，皇上身边的人呢。生在西边的山上，不鸣则已，一鸣惊人。十二年一次大运，之后又三年曲折，又有三十年发达。这是人中凤凰之命。只是……”

“只是什么？”云琦有点紧张。

“姑娘，方便让我摸一下背脊吗？”他向我招手。

我转身背对他。他从我脖子摸起，一直摸到腰下，道：“你莫不是中了冥界的阴毒，脊梁骨里有根冰柱。”

这话听着那么瘆人，好像我撞上鬼似的。

“你拿了不该拿的东西。”他似乎在琢磨，又似乎在我身上寻摸，“你脖子上戴着什么？那东西晃眼，能摘下来让我瞧瞧么？”

我脖子上戴着的正是那年从皇陵中拾到的玉蝉。天哪，可不是吗，这不就是冥界的东西吗？我赶紧摘下玉蝉递过去，他接下，来回摆弄，说：“果然是这个东西。这是皇帝贴身戴的，怎么到你手中？这是大墓里的明器，你从哪里弄来的？”

我于是将小时候掉到井底的事一五一十地告诉关天眼。

“我说呢！这东西于你，戴不得，又非戴不可。”

“咋讲呢？”野彤问道。

“小孩子摸到皇陵里的明器，受了阴毒，按命数，这会儿才发作起来；但玉器是神物，通天人地，牵连着地里的咒，也得着天上的福恩。这姑娘本来命里就贵气，又得着玉蝉助力，一路飞黄腾达。如果不戴这东西，也就嫁人嫁得好，一生衣食无忧，但戴了这东西就会名扬天下。只是命理深奥，人不能参透。得着也是天意。”关天眼说过来道过去，反正也没说清到底应该戴还是不戴。

“那我索性就不戴了。”我说，“不戴阴毒去得掉吗？”

“不戴自然就去掉了。”他说，“只是皇陵的东西动不得，动了，它必要追着你，不放过你。”

“那您的意思是，我还得原封不动放回去？”说到这儿我心里怕了。

“放回去可没有那么简单。”他迟疑一下，又看看那玉蝉，“我有点看不清了。我不是什么都看得到的。”

再问他，他就什么也不说了。

我们放下礼品，他照收不拒。我们从他家出来，一路上三人沉默不语。

回来后，我本想什么也不深究了，反正听一听而已，听过即罢，还能当真吗？可是，接下来几天，我整个人都不好了，我浑身发冷，我不得不摘下玉蝉放到柜子里，锁上，还罩上，但怕它钻出来又贴到我身上。可是，即使这样，也无济于事。我还是冷，冷得发抖，穿多少衣裳都不管用。

我冷得哭了，只好叫来野彤和两个哥哥，与他们商议着怎么把玉蝉放回去，放到原处去。

我们又来到裕陵附近的那口井边。这次，我们弄清楚了，这里是裕陵南边的另一个陵墓，叫庆陵。两个哥哥从草丛里翻出那把洛阳铲和那根铁扦，又将尼龙绳放下到井底，野彤和云琦在上面拽住绳，我和大哥二哥带着工具下去。我要把玉蝉放回原地，这就意味着我要再一次爬进盗墓洞。曾经我是小孩子的时候身子小，也柔软，进那个盗墓洞不是问题，如今估计要扩洞才能进得去。然而，我们下到井底后，却死活找不见那个洞了。于是，二哥就用铲子在原先有洞的井壁上凿，凿掉很多土，也不见洞口。大哥拿那根铁扦四处戳，有的地方紧，戳不动，有的地方松，一戳就进去很深。突然，大哥戳到一处硬东西，便来回换角度戳，戳一阵，他估摸着那东西好大，说是石板。于是，我们决定用铲子清理土层，让石板露出来。大约一晌工夫，那石板露出来了，原来是石门，两扇并在一起，中间严丝合缝。二哥说不如撬开，大哥阻止他，说墓门不是随便撬开就成的，弄不好里面有暗器。正踌躇时，我用手去推一下石门，不想松动了，那门朝外弹开，差一点把我们都撞倒。既开了，这倒是进还是不进呢？我们心里打鼓。二哥探头往里张望，居然看见有一丝光线透出来，像是灯光，又像是晨暮间的日光。

“这可见鬼了！里面是人是鬼？要不小妮你将玉蝉扔进去得了。”二哥说。

“扔不得，扔碎了也没准，得原样放回原处才行。”大哥说。

我壮起胆子，往前走一步，看也没什么暗器落下来，便说：“要不你们守住门口，顶住门，别让门合上，我一个人进去。我记得我捡玉的地方，我到那里一放下就回来。”

我说罢就往里走。刚走进去两步，那门就转动起来，哐的一声合上，将两个哥哥弹进来。他们转身去推那门，却怎么也推不开。就这样，我们三人被关在墓室里。我们只好相互搀扶着，摸索着往里走。

我们寻着光往前走。那光越来越亮，几乎就要照亮走道了。我们看见前面似乎有人，我们有点害怕，不知走前去，还是退回去。就在这时，有人从我们旁边过来，也不看我们，直往前走。走着走着，汇过来的人多起来，我们渐渐被人夹在一个队列中。这是一些太监，也有一些兵丁。太监走在中间，兵丁在两侧护卫，非常有秩序的样子。他们目光直视前方，互相也不言语，我们自是不敢与他们说话，也不得不随着他们往前走。道路越来越宽，并逼近一个拱门。拱门外天色阴沉，不明也不暗。等出了拱门，我们看见一片广场，有月台、栏杆和大殿。正要上月台时，我忽然发现两个哥哥不见了。我回头望去，见他们落在后面，两人都上了枷，有兵丁拿枪押着。我不知如何是好，想转身回去，又被人推搡着。有几个人过来把我托起，我不断回头看两个哥哥。他们也远远望着我，流着眼泪向我求救。

不一会儿，我升入大殿。殿里站满了人，都是宫女、太监和御林军的士兵。高台上，大匾额下，有宽大的香木椅，上面坐着的人是大君。啊，那人看似眼熟，在哪里见过的？举起我的人将我推送到大君面前，我这才看分明他的长相。这不是浦先生吗？浦先生怎么会端坐在这里做皇帝呢？我还没想明白，大君便开口说话：“你总算回来了。道是你去哪里了，一行人从北海回转，偏偏丢了你。太妃送来的八个美人，爷爷最看好你。来，快上来，坐在爷爷边上。”他居然是自称爷爷的，意思是万岁爷爷，这个跟电视剧里不一样呢。

他说话的声气、语调与浦先生一模一样，人也是瘦瘦小小的，尽管他披挂的袍子很宽很气派，仍然掩不住他的病弱相。

我不得不坐到他身边，但我心里没有恐慌，反而觉得这个位置正是我坐的。我在皇帝身边坐着，放眼望去，又瞥见我的两个哥哥，他们这会儿在远处的大柱子底下，在兵丁明晃晃的枪下蹲着。我忽然不知道我是谁了。既来到这里，与皇帝同坐朝堂，我该有个名分什么的。他们叫我什么呢？

“爷正等着你们人到齐了要加封呢。”浦先生（不，是皇帝）说话，“一等的都封皇贵妃，就从你开头，你是第一个，爷爷封你明妃，你长得白白净净，大眼睛会说话，像是高堂上的明珠。”

“爷爷您看见柱子下那两个戴枷的人么？那是我的兄长，您叫人开了枷锁，放他们过来吧。”我对皇帝这么说。

皇帝侧过身去，问侍立在一旁的文书。文书与皇帝说了许久。说罢，皇帝回转身子道：“你的兄长犯科，按律要送有司判罪。今日爷爷心绪好，又新得着你，祖例中也有赦免规矩，便释了他们，留在外苑放马吧。”

于是，两个兄长被解下枷锁，由人领了出去。

这是一个册封典礼，之后有大宴，君臣嫔妃同饮同乐。宴后，太监引我去一个小院，沐浴，更衣，熏香。随后，大君由宫女搀扶着临到。爷爷宽衣后，便入帐来拥我。我只是晕晕的，感觉薄薄的鸟翼覆着我，很细的暖流从尾椎涌上头顶，很快就消散了。我不知道发生了什么，只是瘫软在帐中，暖洋洋的，喉咙里有一根温热的细线，怎么咽也咽不下去。之后，皇帝每一次来都是这种感受，我仿佛退回到女婴的年纪，嗲嗲的，任其摆布，却毫无主张。我沉迷于这种享受，一整天不想从床上起来，整个房间整个院子都好像成为一张巨大的床，我只在上面爬，吃饭喝水都由人喂饲，前后排泄都由人用丝绢揩净。我但凡恣意解禁即可，无羞无臊，袒露在那里。我是一个器官，任由刺激，渗液，再刺激，再渗液。我的脑子空空的。我为什么要脑子呢？没有脑子，只有器官，多好啊！我本只是器官，我曾经读书的时候，非要令器官做脑子的功课，多么滑稽！原来被皇帝宠幸是这样一种体验，我生来本该被宠幸的么？我与宫闱融为一体，化为玉帛，融入香丸，离析为光色。每一道帷帐的褶子，每一道木板的缝隙里，都渗透我的体液。

皇帝说："明妃啊，你像一杯浓酒，喝到杯底却是稀淡的。爷爷追着你的馨香闻，闻啊闻，里边有一种味道让我停不下来，直闻到根底，倒是一股腥涩。"

我终成烊开的琥珀，将时间凝固。皇帝就是那珀中小虫，被我胶粘套牢，张翼伸足而停滞。

那日，皇帝俯在我身上，触到我胸前的玉蝉，问："这是爷爷儿时的玩物，曾经丢失了，怎么到你身上？是谁偷了去给你的？"

他这么问，我才想起自己何以到这里。我忽然醒来，终于知道我是要放下这东西到原处。那夜（实际上并分不清晨昏，在这里一切都是昏昏暗昧的，唯有灯照是明亮的），皇帝从我身上跌落后，就呼呼大睡，我的两个哥哥似乎算计好了，偏趁此时潜入房中。

二哥凑到我耳边轻声说："小妮，快走，没时间了。"

于是，我起身随他们走。离开前，大哥扯下我的玉蝉，放在皇帝枕边。

走出小院，我问："那玉蝉怎就不放回原处呢？"

"哪里去找原处？既是皇帝的，放在他枕边就算原处了。"大哥道。

我身体沉滞，走不动，大哥便背起我，就像小时候背着我走山路一样。等我醒来时，我们已经走在大路上。我回头看见庆陵的琉璃瓦在阳光下闪烁金光。我们真的是下到墓里，又从墓里出来的吗？我正琢磨着野彤和云琦在哪里，就看到一辆车朝我们开来，越靠近越慢，稳稳停在我们边上。车上下来两个人，正是野彤和云琦，他们像是约好的来接应我们。

似乎什么都没发生过，再没有人来找两个兄弟麻烦，所欠的债都免了，出入有毛病的账都平了，公司的业务一如既往，每一张合同都在有序地执行，一切看起来都那么平静。又确实什么都不是原来的样子了，树林的木屋被荒草埋没，门板倒下来，窗户斜挂在窗台上，灰尘布满在桌椅和书架上。我在客厅的躺椅上看见小闩儿留下的字条，上面写着：

“我随主人去了，他说要做世界巡演。我们暂时不会回来，你可以写信到这个地址：Borgwardstrasse 19 Winsen an der Luhe, Lower Saxony 21753DE Lower Saxony 21423　那边有收件人会转发给我们。祝好！”

门口的许多花已凋谢，几张石凳和那尊石槽还在。锅炉锈迹斑斑，那条歪歪扭扭通向阁楼的铁梯依旧。我顺着梯子上到顶端，那阁楼的后门紧闭着，我像初次上来时那样，透过门边的窗户朝里看，看见盥洗室里的浴缸，空空的，没有肥皂泡，缸底积满灰渍。会不会留下他的脚印？如果有一个脚趾的印子也好。他的第二脚趾特别长！他踩到我肯定特别疼，我让他踩过，从胸口进去，踩到心里。是啊，是啊，那脚趾的印记并没留在浴缸里，而是深深留在我心上。他即便走了，他的印记也是深深嵌在我肉里，有石膏浇进来，便会塑成他的形象。你们从外面看，看到我的模样；你们不晓得，我的皮下包裹着他的身形。多少个夜晚，我的脑浆迸出，洒了一地，洒在这木屋的周围。看哪，园子前后的草丛里星星点点的，分明都是白色的卷耳花，那就是我的脑浆。我的脑浆留在树林木屋，我的脑袋空空的，走向外界。

那年我二十岁，我写这篇东西时三十八岁。我的孩子已经长大，我把他接到京城。现在他十九岁了，可是我还是原来的模样，我必须是原来的模样，像诗人说的，做那不婚的公众的梦中人。人们不知我的经历，我怎可告诉他们我生下孩子？我说这是我弟弟。啊，我亲爱的小孩，他在人前就叫我姐姐。也有传闻说他实际上是我儿子。但是，传闻多好啊，那么不确定，似是而非。我们这行最需要的就是传闻，传着传着成为神话。公开的讯息怎能造就神话？神话就是传说中的传奇。

诗人就像一个走丢的亲人，失散多年后又回来了。然而，他与我再也没有树林木屋，我们的暖床本不是婚床，一切都被一条人生的大河隔开，我在此岸，他在彼岸，只有一样不可更改，那就是他是孩子的父亲，小孩子叫我姐姐，叫他爸爸。我随着小孩子也叫他爸爸，爸爸有一个大女儿，一个小儿子，那么妈妈呢？事实上是妈妈走丢了，或者从来就没有妈妈。一个女人，她可以是女婴，妹妹，姐姐，直至垂垂老矣成为尊者，女王，她的生命却被裁剪掉一截妈妈。这就是我这行的命运，得着恩福，也藏着残缺。

你们要我交代所有细节吗？要我合情合理地叙述前因后果吗？你们想错了，不是我记不清，也不是我故意隐瞒，而是你们逼迫我向命运挑战，这样的事实我是不会讲的。诗人怎样了？他是不是又有了新欢？他是一个渣男吗？我怎样？是不是我才是一个渣女，我图慕虚荣，爱财爱名胜过爱情？这是电视剧的版本，要知道，我至少是拍电影的。拍电影就吸风饮露，不食人间烟火吗？其实，不管是干什么的，什么有什么重要的呢？什么都是一样的，不过是淤泥、养分和水，不一样的是种子，是这种子开出的花结出的果。我要说的是种子和花果的事，你们想要知道的是土壤里的事。土壤就是社会，就是时代，而生命是借着社会和时代的生长。千万年以来，人去无踪，唯有性格留下来，叫人记住，动人心肠。

我是会唱歌的，你们可能忘记了。我如今唱一支诗人写下的歌，不是之前为电视剧写的，用来打动无聊观众和无知女演员的那种歌，是关于往日的歌，如今听着却是未来：

烟一样的树，云一样的路，
花一样的人，歌一样的舞。
冰一样的天，雪一样的地，
刀一样的月，火一样的日。

你带我走进一座花园，
花园里摆着几盆水仙。
你抬起手挥了一挥，
空气就变得尘埃不染。

风一样的车，梦一样的坡，
心一样的井，酒一样的河。

你带我走进一间空房，
空房的四壁洒满阳光。
我问你，这是不是我的家？
你看我的眼睛，充满悲伤。

霜一样的灯，魂一样的钟，
玉一样的海，雾一样的松。

你带我走进一片旷野，
旷野的草木把我们埋藏。

我为何一直就盯着前方？
难道它就是你消失的方向？

第三章　寂寥少年

一

他既给父亲写信，要父亲来接他，父亲便来接他。那是他与同桌的女孩在那个雪夜从永康路上走过的第二年，也是冬天；白天，江南的日头高照，但户外的风很大。父亲将自己的黑呢子大衣脱下来，交给他的外祖母，嘱咐改成他可以穿的大小样式。父亲说："天冷了，那边更冷，一个体面的男士要有一件像样的大衣。棉袄再厚都是透风的，只有纯羊毛的呢子大衣才能挡风。"

他穿上改好的大衣。那大衣改得很合身，看起来是专为他做的，尽管当时他才十岁，还没有长个，但这大衣让他看上去身材匀称，瘦削而挺立。他与父亲登上去远方的火车，他们站在车门口，行李很简单，一个大的旅行包和一个小箱子；他们向外祖母挥手，外祖母哭了。他想回避外祖母的眼泪，因为他内心责怪自己，是他想要与父母团聚的，那这就意味着是他抛下了外祖母，难道随着自己长大，他开始嫌弃又老又旧式的老太婆了吗？至少关于大衣，父亲说的是对的，他这会儿站在车门口，冷风不断袭来，可是他并不觉得冷，那种在上海的冬天里阴寒难忍、不得不缩头缩脑的紧张再也没有了。他直直地，放松地，心情愉快地站在那里，好像一切都是新的，从北火车站的站台开始，他有了人生新的起点。这边父亲意味着新，那边外祖母代表着旧。他想，那些没有父母亲照顾的孩子多么可怜，连羊毛大衣都没有穿过，他以前就是这样的孩子，原来，穿大衣的人和穿棉袄的人是那么不同！穿大衣的人是有信心的，是挺得起来的，是硬朗的，不是软绵绵的——看，原先他那件臃肿的棉袄令他唯唯诺诺，像一个受气包。当然，外祖母是疼爱他的，甚至溺爱他，可是这又有什么用呢？他得不到支撑，只能由着外祖母的绵软之心而塌陷，软弱加软弱等于更软弱，坚强加软弱可以胜过软弱。他需要武装，这件大衣就成为他第一件武装。与其说是责怪，不如说是恐惧，他恐惧外祖母的柔慈，至于责怪，他不过有一丝责怪自己的恐惧而已。他告诉自己，此去随着父亲强大起来，才好回来保护外祖母的柔慈。外祖母懂什么呢？她只会哭，一哭再哭。

出发的铃声打第二遍时，列车真的就缓缓移动了，从不动到动，起初是感觉不到的，列车的启动不同于汽车，那么平稳，那么宁静，渐渐加速，却不可掉头逆转。外祖母跟着火车走了几步，又试图跑起来追赶过来，然而，仅仅是平缓的移动，就彻底拉开了距离。他身后抛下的，岂止是外祖母，那是整整一个大城市，是童年和一半少年的全部时间。火车好像是他的窄长的房间，从一大片陆地中被切割、抽离、推送出去。

旅行令他兴奋，当火车驶离上海，一头扑进城外的田野时，他便把外祖母忘得一干二净。这是他头一次离开上海，头一次看见上海以外的天地。

不久，火车路过一个小隧道，远处还出现几个山丘。

“看，那是山。”

“这能算什么山呢，后天，你会看到真正的山，以后你就住在山上，你会想念平原的。”父亲说。

那时，火车的速度还是正常的，不像现在，人们在地上做着天上的梦。他们要去贵州省的遵义市。这趟火车的终点是重庆。火车从上海出发，经浙西入江西，过株洲往湘西去，然后经贵阳折向黔北，从黔北的遵义继续向北，到达终站。他们在遵义下车，那里只是一个中途停靠站，才停几分钟。这是沪昆线的一长段，加上川贵支线的一小段。铁轨贴着江之南岸一路往西延伸，几乎国家的东部和西部都经过了，也几乎可以说是横穿了一半国土。那么长的路，两千多公里，按时速一百二十公里，一路不停需要十七个小时，然而，列车在平原上，大多数情况也就每小时走八十公里，过了株洲往湘西进山以后，有时才只有三十公里的时速，而且还需要两个车头，一个在前拉，一个在后推，都是烧煤的蒸汽机车头，如果开着窗，从车头烟囱里飘出的煤灰，一会儿就将乘客的脸染黑了。从湘西开始，火车实际上是在爬山，一级一级，艰难地爬上去，丘陵，山地，几近笔直地爬，直至高原。它爬得气喘吁吁的，每进一里都那么不容易，每个坐车的人都感觉得到车的疲累，于是联想到曾经没有火车的年代，人要从江南的平地直爬到云贵的山顶，该是多么辛苦。

火车的动力已经尽力了。如此卖力，竭尽时代的最快速度，从上海到遵义，也需要两天三夜，或者三天两夜才行。

那些山，真的见过山的人才会说大山，并深切知道什么是大山，究竟有多大——你常常抬头望不见顶，望得你眼酸脖子疼，你常常以为过了此山就要露出别的地貌，可是接下来还是山；它们一座连着一座，一层叠着一层，左右前后都没有尽头；天往往只留出一线空隙，星月之光只能挤进来，白天的日头也多时被挡住，又突然云朵一群一群簇拥在你身旁，火车简直就是在天上架空飞行；路就是两山相夹的沟，叫作谷；谷里通常有河或者溪流，是水没有出路不得已择低处而行；人其实也这样，寻着水流的方向才能走出大山；如果非要逆势而行，那就只好开凿盘山的道路，要么就像建铁路的工程，生生打开大山的肚子，挖通一整座山，开出隧道，又架桥连接相邻的两山。

贵州的隧道实在太多了，最长的，火车要将近十分钟才走完。从怀化到贵阳，差不多一半的时间火车在隧道里行驶。隧道是漆黑的，于是，列车上的灯就都亮起来，出隧道也不关，反正一会儿又会冲入黑暗中。白天亮灯，为的是硬闯黑路。地狱恐怕就是这样，是地底下的隧道。人把山的肚子一层层打开，有多少人、多少工耗费在这里？他看着巨大的山体，那么硬的岩石构成的山体，又马上联想到自己的渺小，以及渺小而软弱的肉体。他无法想象小而软的人是怎么穿透大而硬的山的。在平原上的城市里，人似乎是主人，而人在如此境地，才体会到造物的浩瀚和自己作为被造的无奈。这里看起来什么都没有，田地不过是一小块山间平坳，有的还不及几个桌子大小，这么小的田土生出的粮食够一家人吃么？这里一小块，那里一丁点，这些都是山里人的饭碗，他们把饭碗端到险要之处，求窄窄的一线天落一点雨水下来，照几缕光线进来。人为什么要生活在这里？他想，人是怎么进到这里的，又想，这里的人怎样才出得去；如果跟着水流外出，那要走多长的路才抵达平原？那简直是令人绝望的旅行。

他回头想到，如果父母对他不好，他如何逃脱这般绵延不绝高耸连天的大山。他只有坐火车才能返回，可是如果弄不到钱买车票，靠双脚步行，这究竟要到哪一天才走得出去。

要多少智慧和科技才能打通山里与外界！人们值得为这里的人去与天然的地形抗争吗？除非这里藏着金玉珠宝，除非这里隐蔽着不可告人的秘密。大山的神秘就这样植入他的头脑。他进入了完全陌生的世界，他将经历全新未知的体验。

火车在一个叫凯里的地方停下来，那里下雪了，雪将整个城市和站台遮棚不及的地方都覆白了。有餐车推过来，父亲买了两份盒饭，有辣椒炒肉丝盖在米上。他起先看见辣椒害怕，在上海他从来没有吃过辣椒，不想，吃一口，味道极好，是他从来也没有尝过的鲜美。父亲说，肉含着一点辣味足够香，那些杂在肉里的辣椒小片对你来说太辣，可以挑出来扔掉，于是，父亲便开了车窗，顿时，一股寒气冲进车厢内。他便挑出辣椒末掷出车窗。其实，他真正要挑出的是肥肉。上海人炒肉片和肉丝，一般都选最好的肉，比如前臀尖，比如肩胛肉，那些部位几乎是不见肥肉的，都是非常滋润适口的瘦肉，餐车上的肉丝是用五花肉炒的，合着湘西和川贵的习惯。他一丝一丝挑拣，实在是大多肉丝都肥瘦相连，便咬一口瘦的，吐出一口肥的。他的这副吃相非常难看，令边上的旅客反感，他们都纷纷将谴责的目光投向父亲。可是，父亲装着看不见，旅客们也便作罢。这时，忽然有四条黑影从站台上蹿出，他扔出去的肥肉，悬在半空，未落地，就被黑影吞了。起先，他以为是恶狗，仔细看，居然是人，有头有脸，有手有脚，那黑色是破烂的衣衫，啊，几乎称不上衣衫，只是一些杂乱的布条挂在人身上。原来是四个小孩子，看上去年纪与他相仿，他们脚上穿的，根本算不上鞋，都是破洞露趾的兜子一样的东西。他们不冷吗？半赤着脚趾在雪地里，不怕脚被冻掉吗？他每掷一次，每有黑影蹿起，掷着掷着，他产生错觉，像是他手中有一根线提起他们，仿佛黑影因他而生，他停他们则停，他掷他们便跃，直到后来他一动念他们就起身，他们好像已经钻到他心里去了。啊，没有一丝肥肉会掉进雪地，每一丝肥肉在坠地前都已化在他们口中。他害怕了，手直哆嗦。他们看见他拿不稳饭盒，有个凶的就一把将饭盒抢走。这下，四条黑影混作一团，成为一摊墨水，在白雪铺地的站台上泼洒，简直就是一幅水墨画。父亲见状，便将车窗速速合上。

等车开出去一段，父亲说："你还挑三拣四，人家连你扔掉的东西都吃不起。那是肉呀，怕是他们一年都没有吃到过肉呢！"

"他们怎么知道我要扔出去肉呢？他们像是早就埋伏好的。"他有些不解。

"他们的鼻子已经训练得比狗还机敏，一开窗，他们就闻出肉味来。"

"他们受过什么训练？"

"饥饿。"

火车过了贵阳后，越过一条深堑，那是乌江。乌江之北就是遵义。

列车在遵义火车站才停几分钟，所以，父亲和他在一过江后就先提着行李来到车门边等着。列车员一开门，他们就最早下去。这里不过是一个水泥的站台，水泥的小房屋和一些水泥的栅栏构成的小火车站。这里没有下雪，但冷风飕飕，非常阴寒。他们到边门的出口处，交验了火车票，然后出站。站外凌乱不堪，有卖烤红薯的，有卖葵花籽的，还有三五成群扎堆的脚夫，四处传来吆喝声，那语调和气氛都是他不熟悉的。父亲让他站在一个台阶上，说不要动，他去找人。有个小孩子靠近他，穿着黑黑的外套，没有纽扣，只拿一根绳子系着，袖口破洞处露出一点棉花，他才吃准是一件棉衣。那小孩递给他一个玉米，像是从那件黑衣的口袋里掏出来的，用手捧着，也没有任何包装，他不解，小孩说卖呢，三分钱。他这时便想起在上海出门前外婆给过他一点零钱，共有五块，是一张两块的，一张一块的，两张五角的，还有八张一角的和四枚五分钱的硬币，他将这些钱放在大衣内兜里，当然，看起来那么脏那么不确定的玉米他是不会买的，他只装着不经心的样子用手拍一下胸口，感觉一下藏钱的位置，也不令对方看出来。他摆摆手，也不说话，他还不会说当地话，怕小孩子听出他是外来人。又来了几个小孩，有的拿来一捧瓜子，有的拿来一只苹果——那苹果震惊了他——小小的，只比一只核桃大一点，青青的，皮皱得像捏紧的纸团。他们这里的苹果都这么小，这么干吗？或者摘下来舍不得吃，一直放干了才拿出来？他见过凯里的流浪儿，他对类似的小孩儿有了点经验。他想走开，可是那些小孩缠住他，将他围起来。正此时，父亲回转来，还带来一个叔叔。那叔叔见状，一通大吼，将小孩子们驱散。这些小孩一边散开，一边嘴里骂骂咧咧的，一点都不示弱。那叔叔是过来帮忙提行李的，是父亲的朋友，也是上海迁去遵义的。叔叔在前面带路，他和父亲在后面紧随，一会儿就到大路旁。那里停着一辆大卡车，许多人都挤到卡车上。卡车的后板放下来，垂搭着，上面的人接过行李，父亲举着他推他给上面的人，然后自己爬上去。那个叔叔看没有人再上车了，就将后板收起，将钢销子拧紧。他喊一声："都拉牢了，立稳立好，我要发动了。"说罢，就去驾驶室。他是卡车司机。

"为什么不乘公共汽车？这里没有公共汽车吗？"他问父亲。

"公共汽车是有的，只在市里转，不去我们那边。"父亲道。

其实，那里的所谓公共汽车恨不得每小时才来一班，而且拥挤不堪，有的人甚至进不了车，就爬到车顶，抓着行李架坐在上面。车的线路往往很短，总是到不了你想去的地方。乘坐半截，走上半截，那已经是天大的好处了。

他只在电影里看过人们站在卡车上，他知道卡车不是用来运送人的，是装载货物的，如果不是因为战争、逃难或者贫困，没有人会选择卡车作为交通工具的。乘卡车当然对他是新鲜的，刺激的，他成为一个角色潜入电影镜头，身处那些可以成为故事的特殊境地，获得俗人没有的体验。上海，上海的那些无知没见识的小朋友，这会儿对他来说，就是俗人。可是，他也察觉到一丝窘困，难道从此他连公共汽车都没得乘了吗？这可是敞篷的大卡车，风呼呼地从耳边刮过，吹久了，头面麻木，真的一点都不舒服。其实他还不晓得，有敞篷卡车坐已经是高级待遇了，平日里，大家外出只好步行，有自行车的人在这边算是富豪呢！

他想，驾驶室肯定是个好地方，驾驶座边上的座位必然是宝座。什么样的人才能混到那里去坐坐？他做了一个决定，他要讨好那个司机叔叔，争取将来能坐到他身边。

卡车在市区的窄道上开得很慢，要避让行人，要穿过集市；有时还有驴车马车在路上，堵在前面，司机不得不耐心压住速度，跟在后面耗油。不过，所有市区的当地人都注视着卡车，望着上面的人，露出极羡慕的眼光。仿佛在说："他们是有单位的人，出来回去都有卡车坐。他们是不同的！"

马车对于他是一个重大的光亮，居然看见真的马，这在上海是不敢想象的。他喜欢马，曾去西郊动物园寻马，结果只看到斑马。斑马算什么马呀？斑马不是真正的马。他要看蒙古草原上的马，要看骑兵的马，要看拉着皇帝、拉着重要人物出行的马，或者北方山区装载大石头的马。这下真的看见了。这里的马正是运输石头、装载货物的马。

"我们可以骑马吗？"

"这些马不是用来骑的，是拉货的。"

"那么，可以搭乘马车吗？"

"车上装得那么满，你看看，哪有你的位置？"

可是，他真的看见车夫边上有空位，也看见有一辆马车后面伸出的板上坐着一个妇女和她的孩子。

他指给父亲看，说："他们不是坐在车上吗？"

“格额是阿贵，伊拉勿欢喜阿拉额，不会让阿拉乘的。”边上有个师傅一口上海话，插进来说。

“阿贵是啥额人？”他也说上海话。

“阿贵就是阿贵，就是贵州人呀。勠太土哦！”那个师傅露出鄙薄的神情，“侪是乡下人。侬要当心点，离伊拉远点。伊拉牢凶额，牢野蛮，会打人额。”

“格得不是市区吗？市区的人不是乡下人呀！”他还是有些没听懂。

“所以讲，叫阿贵呀。贵州乡下人、市里人，侪是阿贵呀！阿贵侪是一样额。”

可是，他们不也是在贵州生活吗？难道他们不算阿贵，是别样一种人么？他们既不在乡下，也不在市里，难道在一个别的地方吗？

他们果然在另一个地方。当卡车在某个路口一拐，他们就进入一片新区。这里是一些厂房和居住点的集合，有一条主干道贯穿，那道一截水泥路一截石子路，汽车行驶在上面，一会儿平稳，一会儿颠簸，好多地段都坑坑洼洼的，显然还没有修好。这个新区被叫作基地，是机械工业部下属的电器基地，不归遵义市管，直接由工业部管。所以，这到底算农村，还是算城市呢？这大概只能叫工业区吧。工业区是将上海的几个工厂整个移过来，只是人们无法移动大地，倘要是地也能搬过来，怕是这土地也是上海的土壤。这里的人说着上海话，吃着上海的饭菜，家里按上海的方式烹调，连食堂供应的也是上海餐饮。人们在基地住得越久，越向往上海的一切，饭菜之外，他们又要搞点心、冷饮、西洋小吃，各类吃客蠢蠢欲动，一门心思怂恿着基地领导开办铺子。卡车路过一个小门面，父亲指给他看，说：“这里在弄一家点心店，估计下星期就开张了，我可以带你来吃馄饨。”馄饨，在上海太司空见惯了，他难道来贵州是为了吃馄饨吗？有什么稀奇的！他初来乍到，自然体会不到在这里住久的人的心愿。

这边，马路两旁行人稀少，除了刚才父亲指示的那家点心店，还有一排陷在洼地里的铺子，红色的门，看着有点像上海的消防队，父亲说，那是供销社。供销社对面有一个窄小的门面，据说是卖菜的。整条路上再没有别的商店，这对于他来说，显得太荒凉了。上海的商店鳞次栉比，不论在哪个区，只要一上街，总是商店接着商店，琳琅满目的，吃的，用的，玩的，应有尽有。而且，上海的商店不是分类分片的，任何一条街道，餐饮、服装、游乐、邮政、医疗等配套完善，一应俱全，不出一公里，几乎什么事都能办到。所以，这里少有商店的街道，他是第一次见到。他又拍拍他的胸口，那些钱鼓鼓的，将他的内兜撑满。他心里问，难道这里是有钱也花不出去的地方吗？

汽车停靠在一个厂子的大门前，大家下车，很快就朝不同方向散去。空地上只剩下他和父亲。司机从驾驶座窗口伸出头，与他们打招呼作别，就将卡车开进厂子。父亲分配一下行李，他们就朝着家属区走去。他们从厂房围墙边的一条小道进去，道口有一户人家，几间泥屋，覆着乌瓦，竹篱笆圈起一个园子，整个陷在一个小坳里，道路顺着一个土坡向上延伸，几乎盘绕着这家人的屋顶展开。土坡上又有一片高地，在高地上有两栋新工房，外面围着红砖墙。砖墙的西侧，就是朝西的那栋工房下面，有巨大厚实的基座，是用花岗岩砌成的，道路从这边又顺坡而下，与下面主干道相接。所以，从一边上坡的路口可以进出，从另一边下坡的路口也可以进出。那户有园子的人家就在两栋工房前面的低地里，在住工房的人们的视线底下，他们的一举一动，可谓一览无遗。这户人家是当地人，他很诧异在基地的范围内，怎么会有阿贵住着。

工房向着这户人家的一面是朝北的，是有走廊的一面；另一面是朝南的，是居屋，向着大山。这座山叫凤凰山，是遵义市里唯一的山。翻山过去就是市区，山的这面就是基地。两栋工房被严密地圈在围墙里，从向南的窗户往外看，先看到墙内的一片防护坡，是用大石头砌的，基地人叫这类坡为“堡坎”，是用来防护山体滑坡的，他在来时的火车路上看见过；夏季雨水多时，公路和铁路两旁常有泥沙和岩石滚落下来，堡坎起到很好的防护作用。堡坎之上是窄道，紧紧贴着墙面，墙之外就不是基地的属地了，是当地人建的一个小水库。堡坎下面不直接临地，而是建了一道厚实的高台，台面与堡坎相接处是一缘台唇，依坡势蜿蜒横贯。二楼的人家，窗户正好对着那台唇，窗户与台唇之间不过隔着一二米的距离，所以，有人走在台唇上，是可以看见二楼人家屋里的，紧临处甚至可以一步跨过去。有人忘记带钥匙，倘窗没有关上，就跳进家里去。好在他们家住在三楼，正好高出那台唇，不至于叫人看见屋里的情形。为此，他还老大不满意，他恨不得做一次隔空跳跃，从堡坎那里跃入房内。

每日推窗可见堡坎，视线越过红墙直见高山，山上林木葱茏，雨天或见云绕，雪天银装素裹，春时山青花欲燃，秋季黄叶层层如金。这般美景，上海何处去寻？他觉得自己仿佛是住在免费的森林公园里，那大山激起他无穷的遐想，他一见到就发誓定要爬上去一次。他清醒而敏锐地发现，这里最有价值的就是山，除了山，并没有什么值得夸耀的，而关于山的秘密，他还懵懂不知，他决心揭开山的秘密，为他自己，也为日后回到上海可有谈资。

工房是依山临渠的，水渠边就是贯穿基地的主干道。整个遵义在群山包围中，是一个大的山坳，也叫坝子。坝子是群山中相对平整的局部平地，高原的人们多择坝子建城建村。遵义是个不小的坝子，但中间又有独立的凤凰山，山南为老城，山北为基地。

二

这里的学校是基地职工的子弟学校，也都是上海人的孩子在里面读书。大家主要讲上海话，但老师讲课用普通话，这点与上海的学校不一样，上海的学校老师是用上海话教课的，算术、语文、政治、常识、美术、音乐，都用上海话讲，甚至连英语课也讲上海话，一句英语，翻译过来是沪语，比如“Girls and boys look very pretty today”，老师翻译作“今朝女小顽跟男小人看上去卖相牢挺括”。面貌长相被说成是“卖相”，也就是说人长得漂亮都是为着要卖出去的。上海人是好做生意的人，连面孔都要看价格。这里不同，在这里，人们是羞涩的，尤其是新一代的孩子，从小在课堂里听北方话为基础的普通话，意识思维也就多少靠着点北方人。渐渐地，有两种语言在这一代孩子中间并行，一种是严肃庄重的普通话，一种是戏谑随意的上海话。做大事办公事说前者，徇私情谋勾当说后者。正好比西洋中世纪时拉丁语与本地民族语的区别。当然，贵州本地的遵义话就更微妙了。有个别老师是本地人，一般是家属，与上海人成亲嫁到基地的，也有个别学生是本地农民的孩子，都是因为征地之类的事加一些额外补偿才让他们入学的。那户在坡下小坳里的人家就有一个孩子与他同班，叫龚小军。说贵州话，一方面被看作土气，另一方面又被看作蛮横。基地的上海人是怕贵州人的。与贵州人相处，言语间稍不顺缘，即招致一顿拳脚。再说，上海人占了他们土地，又在他们土地上到处体现优越感，常有意无意地流露轻蔑，这必然使本地人心生嫉恨。嫉恨之下，安有和睦？本地人一边羡慕上海人，一边也使绊子叫你不好受。是故，阿贵也成为一种令人恐惧的不安全力量，那么，说贵州话也多少代表着一种威力。其实，真正的阿贵是怎样的，基地人大多并不了解。有的人在遵义生活了几十年，都实质上没到过遵义，错过了这边的美好和欢乐，只留在相当于外挂在上海机体上的一处变形的赘肉上做边缘的上海人。

然而，他是不同的。他与阿贵做成了朋友。

这里是春季班，他在上海是秋季班，这便差着半个学年。他来时是四年级上半学期，开春新学年，要么退回去重读四年级上半学期，要么不读下半学期直接读五年级。父亲认为上海的教学质量好过贵州，有信心让他直升五年级。于是，一开春，他就入了五年级一班。对他来说，上五年级，语文不是问题，因为那时他已经开始阅读文学作品；英语就吃亏了，他在上海的那个区，四年级就学英语了，而这里小学并没有英语课；算术有点难度，不过，他在开学前自己看了一下四年级下半学期的算术课本，将书里的习题都做了一遍。这样一来，即便跳级跃入五年级，他的成绩还是相当不错的。

这边读书，跟上海太不一样了。老师一本正经，一点幽默感都没有，成天讲规矩，讲纪律，功课上的要求反倒不严，家庭作业费不了半个小时就做完了。因为春季班的缘故，学龄限制入学比上海要晚些，同班同学岁数都比他大。这个年龄段上，大半岁一岁，往往有天壤之别，尤其是女孩子，那些发育早的，已经开始长个子。他看起来最矮小，被放在第一排，在上海，他是坐第四排第五排的，算是中等个子。坐第一排，意味着谁都比他高；上体育课时，排横列，他最靠边。这种压力，让他很不舒服。这导致游戏的时候，他不是被藐视的一个，就是被同情的一个。他是跟屁虫吗？他才不愿意跟在那些在偏远山区自以为是上海人的呆瓜后面跑。他要显示他的非凡，要在他们中间抢出风头。

他有铁壳的文具盒，上面有喜鹊和鲜花的彩绘；他有各种型号的中华牌铅笔，还有大块的厚实的大橡皮、小的水果糖味的香橡皮；他有英雄牌钢笔；他有折叠的铅笔刀，不锈钢的卷笔刀。这些，基地子弟学校的孩子都没有。他们的铅笔是软木做的，笔芯也不结实，稍一用力写就会断；他们没有铅笔盒，只是用一个布袋装笔；他们甚至没有橡皮，几个人相互借用一点可怜的橡皮屑；啊，钢笔那简直就是奢侈品，非到获奖时才能得到，他们是将钢笔当奖品的，而且还是当地产的铝合金外壳的那种，常常漏水，染得一手脏墨。可是令他恼火的是，他什么文具都比他们好，却不得不背跟他们一样的书包。他原先有一个帆布的挎包，淡淡的颜色，露出毛边，很质朴大方的款式，可是他忘记带来了，留在了上海，入学前父亲给他从供销社买了一个当地的书包——那能叫书包吗？就是一个薄薄的软布袋，垮垮的，拎不起形，背带就是一根细细的布绳，挎在身上就跟讨饭袋一般。他恨死这只布袋包了，那叫他整个人都失去了棱角，成为一个软蛋。

他的那些漂亮的衣服他是不敢穿的。一是学校的老师憎恶花色，认为那是生活糜烂的象征；二是显然这地方的人崇尚彪悍风，游戏也野一些。他的红蓝相间的毛衣，方格子的呢围巾，雪白显脚型的跑鞋，拴鞋带的锃亮的小皮鞋，不封领口的时髦衬衫，这些在这里都不合时宜，会让人看作是小开，也会叫人以为女气。他想做一个男子汉，在野地里可以随性狂奔，下课后与众人扭作一团在地上翻滚。这里的课间休息和放学后玩耍与上海全然不同，上海是分门别类的文体化娱乐项目，类似篮球、足球、羽毛球、乒乓球活动，这里就是孩子们自创的摔跤、角力、玻璃弹子、纸叠的刮片，或者就是玩自制的刀具、火药枪等。他体味出两地文武的差别，运动和打斗的差别，显然，在这个年龄，直接的较量更有吸引力。下课后，最常玩的是“斗鸡”，就是用手抓起一条腿，令另一条腿独立，然后跳着相撞，看谁把谁撞倒。他跟着基地的孩子们玩斗鸡的游戏，玩得不亦乐乎。

那些女孩子们——低年级的妹妹就像修剪整齐的花朵，几种常见的窗台花的样式，乖而不嗲，柔而不娇，要么幼稚，要么老实，很少有那动人的明媚；高年级的姐姐们喜欢穿制服军装，夏天偶尔穿裙子，也是一色的肥大款式，重重的，看上去像半截帷幔，与其说她们羞涩，不如说是木讷。倒是阿贵的姐姐妹妹们有些活力，个子小的玲珑妙趣，个子高的风情难掩，笑起来如阳光扫洒，生气时直就破口大骂，敢与男孩打斗，也不讳在大街上三五成群地嬉闹，既泼辣，又真挚；她们乡下的，与山野靠得近，直如花叶瓜果，鲜亮挺拔；她们城里的，与市井烟火牵连一气，动如脱兔，静似处子，灵巧而深情，热烈而直率。他多么讨厌基地那些塑料花一样的妹妹、机器零件一样的姐姐，蜡状的光泽，冷冰冰的颜色，他多么希望认识一个阿贵的女孩儿，听她滚烫的话语，受她明眸的光照。阿贵的世界，对一般基地人来说，是危险和野蛮，对他来说，正好比一部传奇而浪漫的电影。你可以把那些穿黑衣缠布绳的男孩看作流浪儿，也可以将他们看作莽汉英雄；你可以将那些乡里山间城中里巷的妹妹姐姐看作村妇野丫，也可以将她们看作山歌唱师、小家碧玉。

学校边上就是那个窄小的门面，所谓卖菜的，一年不见开门两三次。一开门，除了卖几筐萝卜，卖几捆干菜，再无别样东西出售。这家店铺对面就是供销社，社里有卖棉布的柜台，卖锅碗瓢盆的架子，卖油盐酱醋的缸子，还有一个橱窗里罗列着茅台酒，唯有茅台酒可随便买，并没有其他酒卖，香烟也没有，这些都要凭票供应，茅台酒售价高，一般人买不起，所以任人买。玩具是没有的，文具有一些，就是当地孩子用的粗制滥造的铅笔、钢笔。他的那个讨饭袋一样的书包，就是在这里买的。后来，他回到上海，总觉得可惜的是，为什么当时不买几瓶茅台酒带回来，说是贵，也才八块钱一瓶。八块钱在那时也不算少，但他常常口袋里有超过八块钱的零用钱，当然，这不是父母给的，是他自己弄来的。他总是有办法弄来一些钱。他一直不缺钱花。

也许是供销社和卖菜的铺子实在没有什么像样的东西卖，周围的农民就渐渐聚集过来，挑一些农产品到这边摆摊，有鸡鸭鹅，有鱼，有各样应季的蔬菜水果。水果不是上海水果店里摆着的，从全国各地运输来的五彩缤纷的种类繁多的那些，而是随着季节成熟的单调的几样，比如，暮春的樱桃，夏季的苹果、梨，入秋的一点山果，冬季就没有了。所谓苹果，就是他在火车站看见的，比核桃大不了多少的那种。当地的农民没有专门的水果种植行业，偶尔在门前种点枣树、梨树、樱树，也不灌溉、修剪、改良，只是靠老天赏赐，结多少得多少，不结也罢。鸡鸭鹅特别多，都是随机放养的，吃剩饭，吃野虫，一般留着取蛋，或者得病受伤用来补养身子的，多余的拿出来换钱。鱼则多得泛滥，当地人是不吃鱼的，听说上海人爱吃，就去捕来卖。最多的是鲫鱼，也有险滩深穴里的奇怪鱼种，甚至有时还能有娃娃鱼。最缺的是猪肉，猪养不起，要有充足粮食的地方才会养猪。养猪的地方才可以说有农业，否则都是吃老天爷直接给的，不算吃人收种饲养的。从古至今，亚洲不论哪国，渔猎采摘，不乏虾鳝鳅鳖，不缺桃李橘柚，或畜牧游走，逐水草而居，也多有牛羊驼马，却未必吃得到稻米小麦，未必常常吃得起猪肉。一个地方有无猪粮，是衡量天人关系的核心。人靠自己，就要养猪种粮；人靠上帝，就迁徙觅食。土地也是造化天赐的，人在土地上耕种，向土地讨食吃，这是古时早先定下的律令，是罪偿，偿够了，或有余，余则福至。地薄的，又不能迁徙，连罪偿都不足，就苦不堪言。贵州就是这样的地方。东亚、南亚有些部族区域也这样，吃鸡吃鱼虾是家常便饭，却总是吃不起猪肉。所以，这边吃肉也要凭票供应。既索性没肉吃，那基地人就用钱买鸡买鸭买鱼，恨不得天天吃这几样，来补充营养。

他一出校门就看见集市，他的钱终于有地方花。他喜欢吃樱桃，买好些樱桃，装满外罩的两个口袋，一路走一路吃，一个个樱桃核掉在身后，成为一行长长的逗号句号，同学老师要寻他，就顺着樱桃核跟进，到头了必寻得到他。他是出名的樱桃王。春季班开学不多久，樱桃就熟了，就有小贩担着筐子来卖，五分钱一大把，也不过秤，凭感觉抓，抓多了他拍你手，抓少了他添你几颗。那樱桃不是现在市面上的车厘子，不是日本的美国的俄罗斯的绛红色品种，而是本地的山樱树结出的黄黄的、泛淡红晕的果实，楚楚粒粒，也不甚大，若十几克拉的宝石，红的色泽最像鸽血红的红宝石，是冷色的红，红中尚存蓝色的记忆。口味就别提了，那简直是仙果的滋味，甘润芳醇的。甘，不是甜，甘的意思是心甘情愿，美的享受，畅然适意。甜不过是浅味，浮在表面，怎样都不入心脾。嗜甜是追求感觉，而寻甘则是呼应，呼应一方山水和人情，吃过就顺应了，顺了一时的运气，也顺了命定的性情。一粒樱桃，倘食之而甘美，则连上了这边姐姐妹妹的有情有笑，懂了她们的心思。

那家点心店开了不到两个月就关了。开得好好的，不知怎的就关了。等它关掉时，他倒想吃馄饨呢。他回想起刚到这里时，父亲说过“下星期”就开张，开张那天父亲带他和妹妹一起去吃过。那店卖大馄饨，也有小馄饨，他两种都尝了，是上海的味道，只不过极普通，皮子还不太好。

上海的大馄饨皮子很厚，小馄饨皮子也不薄。因馅儿藏得多，又有着实的肉在里面，要经得起在热汤里滚，滚不熟吃不得，滚熟就得有煮不烂的皮子。江南人可不是北方人眼中的纤弱花草，他们看着文秀，吃东西非硬实不入口。一只大馄饨，大如包子；一碗大馄饨，比十几只小包子还顶饿。大馄饨不算点心，一般是正餐，甚至是迎客过节的佳馐。

馄饨有很多讲究和学问，这是他后来才晓得的。首先，那馄饨本不叫馄饨，而是叫作交子，就是厚厚的皮子裹着馅儿，折过来一交合，就成了。北边的通古斯人来了，也想学，关键就是皮子弄不明白，结果，用擀面杖搓出一片厚面疙瘩，刮一点馅儿在上面，糊里糊涂地捏紧一团，也称作交子，又写作饺子，南人笑话他们，说他们混沌不清，囫囵咽下去，不成交子，倒成馄饨。他们不服，反过来将南人的交子说成馄饨，说自己那馄饨才是正宗交子。是故，如今真的饺子反倒被作馄饨，真的馄饨竟被称为饺子。至于小馄饨，前面说过了，分闽系和苏系的，前者皮薄如纸，几近透明，看得见里边的肉馅，后者稍厚一些，比大馄饨皮薄，又比前者厚，拿捏得当，要恰到好处。这些皮的用面、厚度、尺寸，都严格到毫厘，一点马虎不得，现如今都用机器切轧，这边基地没有设备，都靠人工揣摩着做，自然不到位。古法固然是人工的，可是古法怎还传得到这些在工业基地做工的阿姨妈妈呢？要说传下来，恐怕只在上海郊区青浦、川沙的老太太手里。

既皮子不对，那吃起来就不是这意思了。可是，半年多过去了，一直没有馄饨吃，他也思念起来，哪怕吃一碗皮子不对的，也好解解馋。只是想吃的时候，那店已关了。他路过那里，见门窗紧闭，这地方也不做别的用场，只空置着，以后也这样，一直空着。他百思不得其解，好好的，大家都想吃，怎就关停呢？那是时代的缘故，时代有很多人为的规矩和制度。他那时还小，不懂得个中原委。

零食，那就休想了。什么蛋糕、布丁、绿豆糕、万年青饼干、华夫饼干、话梅、桃板、五香豆、牛肉干、鸭胗肝、苔条麻花、鲜肉月饼、素鸡素鹅之类的，想都不要想！基地这一路上，连块糖都买不到，只有小贩手里应季的樱桃、李子、杏子、苹果、梨，他的钱真的花不出去！

而那个年龄的孩子，最需要的，就是零食和玩具。

他多么后悔来时没有带他的玩具来。他的铁皮驳壳枪、带塑料子弹的轻机枪、铝合金的飞机模型、上发条的小青蛙、各式各样涂满美丽图案的积木、夜光人偶、八音盒、成套的轨道机车……现在这些，都荒置在外婆家的床底下和五斗橱柜里，落满灰尘，因离了主人而憔悴，黯淡，干瘪下去。

噢，玩具还好，他的注意力被荒野的动植物和厂房里的机器吸引，正在转移到另一些事物上，或者他也可以另辟蹊径，玩一些上海的孩子从未见过的东西。难道原先那些从专业的玩具店里买来的玩具真的就那么好吗？他告诉自己，他正在经历他同龄的上海同学所未曾经历的事情。他们太文弱，他们也或许太狭隘。玩具只是静止的玩意儿，玩具是进入游戏世界的工具。仅仅是玩具，翻过来翻过去，越玩越旧，直到破损，那有什么意思呢？从玩具到游戏，从玩要到事件，进入自己开创的世界，这才是意义所在。他已经懂得追求意义，这是他人生最初的价值。

他第一次进入市区，是在他到达遵义的第二个月的某个星期天。那时，还是冬季。这边刚下过一场雪，路边到处是残雪和冰渍。父亲说，去市里看看吧，一家人都去，买一点什么吃，也买一点什么玩。

他们出了家属区的围墙，顺着高高的基座那边的下坡路出去，走到主干道上。这道向西伸展出去，还要走很长一段才到头。顶头处是湘江河，贯穿遵义整个老城，但一般基地人不走到顶头，而是在接近顶头处拐弯，抄一条近路，穿过专区医院，来到河的左岸，顺左岸的公路往南，到烈士陵园的广场，然后过桥到右岸。那桥是一座老桥，花岗岩石头砌的，很坚固，水流无论多么湍急，都难以撼动它。这是一座美丽的桥，红色的石头与绿色的水波交相辉映，色彩颇为明艳。右岸是老街，有好些明清时期留下的建筑：上门板的店铺，户户紧连的居家，个别新建的插进旧房子的石建筑；有卖劳动用品的商店，有五金陶瓷店、布店、灯烛店、饭馆、点心铺子、鞭炮烟花店、皮具店、药房。药房是最多的，但大部分都不卖西药，只卖草药和中药。他看见饭馆和点心铺子门口多有支着大镬子的，热气腾腾的，这令他流口水，也令他兴奋。可是，母亲说，不能进去吃饭，里边乌黑的，东西不是太辣，就是太脏。上海人自有一套，非常不愿意融合到外地的生活方式中去。说太辣还有些道理，这里人做菜，几乎样样都放辣椒；说太脏就没有道理，人家烹调方式不同，使用的许多食材你没有见过，端出来的小菜大菜搭配成你经验中未有的花样，这你就怕了，不敢尝试，这是狭隘，没有见识。父亲是个大胆的人，他随爷爷走过江湖，见过世面，于是与基地的人都不同，他常常下馆子去吃本地人的饭菜，所知自然比母亲要开阔。父亲说："饭不吃了，带小孩子去吃碗米皮吧。这里的米皮很有特色的，真的非常好吃。另外，羊肉粉也是别处吃不到的。"他一听羊肉粉就害怕了，上海人是很少吃羊肉的，嫌羊肉腥膻。上海人只吃洪长兴的涮羊肉，求一个北方的地道，家里是不做其他名堂的羊肉的。不过，七宝镇上有白切羊羔肉，那是从西周就传下来的吃法，这个，许多上海老法师还是很推崇的。他摇头说不吃羊肉粉，但米皮他不拒绝，准备试试。

他们走进一家米皮铺子，里面的确像母亲说的，昏暗阴沉，墙壁被烟熏得发黄发黑，地面是泥夯的，凹凸不平，桌子立在上面左右摇晃，另外，房子里有木柱子，有的嵌在墙壁里，有的伫立在空地上，但几乎每一根柱子都是斜的，因为房子依着地势而建，大多地方都是山坡。他看见倾斜的柱子，心生害怕，怕房子会倒。父亲好像看出他的担心，道："放心吧，这里的房子都这样，少有笔直的柱子。人道是，天无三日晴，地无三尺平，人无三分银。这就是贵州。"

米皮是用稻米磨成粉做的，原理与米粉一样。长江以南，自杭州往西，一进山，直到云南，这几千公里一路上的人就都吃米粉，但唯独遵义人吃米皮。米皮实际上就是宽宽薄薄的米粉皮子，一张张卷起来，然后按一寸宽的样子切下来。都是当天做的，不隔夜，很新鲜，有弹性，入口极有嚼劲。一般有两种吃法，一种是冷吃，一种是热吃。热吃就是将切好的米皮放在竹笊篱中过一下烫水，一入汤即起，不能烫久了，久了就糊了。不管冷吃热吃，都要放味重的佐料。吃米皮，佐料是关键，是用辣椒粉拌好姜泥蒜泥葱花和花生粉的底子，然后浇上烫油，油在碗里沸炸，生生将料底炸熟，店家将这样的料舀一勺在米皮上，再加上一点盐水和味精，吃客们自己拌匀，即可。他第一次吃，那简直辣得可以跳起来，但料味太吸引他了，贵州的辣与湖南四川的辣都不同，是焦香辣，凡焦的东西都护胃，还开胃。由着这开胃的引诱，渐渐地，不得不吃辣，吃着吃着也就顺应了。他喜欢热吃，觉得烫过的米皮和着佐料更顺口，还有些水溶在里面，成为一点鲜汤。吃过一次，欲罢不能，每每会想起，时不时就要来吃一碗。别说他之后回到上海想，即便远渡重洋后还是想。他以为，美味莫过于遵义米皮，而天下唯独遵义有，这怎叫他不想再回遵义呢?

吃罢米皮，他们一行人出来，在老街上向南走去。这天，他们从左岸过桥，到右岸的桥口时，看见一张告示。那里正是法院的所在地，这告示是对几个犯人的判决。首犯处以死刑，胁从犯有判十五年的，有判七年的。这是一个惊天大案：一个女孩子被一伙流氓拖入公厕，遭到轮奸；恶劣的是，她下身的生殖道和谷道间的隔膜被捅破，人被蹂躏得奄奄一息。这些文字他都看见了，枪决、轮奸、生殖器等等字眼重地震撼了他。他从上海的报纸、画报、连环画和课本上从来也没读到过这些。这是他第一次接触到关于罪恶的文书，第一次了解到男女之间恶行的具体。连初尝禁果的越界还没有，却上来就触及极限，这太残忍了，简直就是一闷棍。他长久地沉默，既想搞懂男女间为什么要关联到下体，又想弄明白枪决到底是怎么执行的。告示上说，那个女孩子只有十四岁。

这会儿他们走在向南的路上，他瞥见的每一个女孩似乎都是告示中的女孩。这里的女孩常常遭到强奸么？或者都有奸情？好在这些女孩是阿贵，他多少看她们异样，也就见怪不怪了。不过，他似乎看出一点不同，就是她们身上有股热情；你看她一眼，她并不躲，她会还你一眼，还常常含笑顾盼，倘不笑也带着善意的好奇。而这样的感觉，在基地和上海是没有的，基地和上海的女孩要么冷若冰霜，要么装宝可爱，一个个都像玩具似的。他开始对阿贵的姐姐妹妹产生兴趣，他那时还不知道，他是遇见了风情。

从那次去市区回来后，他除了喜欢零食、玩具，又平添了些许遐想，那就是去市里看一看女孩儿。他记得，那些老街的小巷中，总有一抹色彩，让他眼前一亮。那是一双明亮的眼睛，有时也会是裙子的一角，或者是那不经意露出来的雪白肩背。啊，阿贵妹妹的皮肤竟也那么白，白得令他惊慌！何以越惊慌越要看呢？看到心底拔不出来，在夜里的梦中浮现，挥之不去。

三

那个叫龚小军的，个子不高，块头却不小，墩墩的，手脚都粗短有力。龚也穿黑色的衣服，只是腰间不捆绳子。他总算看到他们上纽子的黑衣。那不是上海的塑料、胶木或者金属纽子，那是那种布做的纽结，套在襻里，外祖母的中式棉袄也是这么扣住的。他问龚小军，为什么贵州男孩都穿黑衣，龚说，这里布店只有两三种布卖，一种是黑的，给男人的，另一二种是花布，哪有男孩子穿花衣的？可是，他分明有一些花衬衫、花毛衣，听龚这么一说，他真不敢将他上海的衣服穿出来，甚至想一想都不敢了。

龚因个子矮，与他同坐第一排，可是，龚捣蛋，调皮，又课上小动作不断，老师将龚调到第二排；后来，随着龚闯祸、闹事，成绩一路下来，又被调到最后一排。这件事让他很不高兴，因为他看到了不公平。不是说好的，个子矮的要坐在前面么？凭什么龚那么矮小，因成绩不好就调到最后一排？他在课上举手，打断班主任老师讲课，提出这个问题。显然，基地的孩子大多过分木讷，是不会提这样的问题的，甚至连想都没有想过。他是上海来的，见过许多这里的孩子未曾见过的世面。他在这边的学校里，总是显得与众不同。老师怔住了，不知怎么回答才好。下课后，班主任老师找他谈话。他说，如果因为龚纪律有问题，那就按纪律原则处分，怎可以歧视同学呢！班主任就对他说，你回去问问你爸爸吧，看他什么意见。他的父亲是子弟学校的校长，在当地是学问最高的一位。于是，他回家与父亲谈龚的事，父亲说他是对的，但父亲说不便干涉班主任老师的决定，让他自己去与班主任老师沟通，靠自己的作为来改变现实。翌日，他上课时就坐到最后一排龚的边上，因那条课桌椅只有龚一人，边上空着。班主任问他何故不坐自己的位置，要坐到龚边上。他说，龚受到不公平待遇，其实就是全班人都遭受歧视了。这下，老师如鲠在喉，什么也说不出来，只好招招手，说，那都到前面来吧，都坐回原来的位置，以后不要提这件事了。

他们又坐回原座，两人顿时就成为好朋友。全班的同学也绽放出笑容，这次，他们似乎集体感觉到什么。这天，大家学习尤其卖力，气氛也比任何时候都要轻松。

清明节那天一大早，天刚亮透，忽然，龚在围墙外的大基座下面喊他，喊了很久他才听见。他走到过道上，蹲在水龙头边向下望，见龚穿戴整齐，斜挎着水壶，手里还提着一个袋子，不似平常要去上学的样子，看着像是要外出。

他喊："这么早你要去哪里？"

"你不知道今天有活动么？"龚答道，"老师组织大家去烈士陵园。"

"不上学了么？"

"通知说分散行动，到烈士陵园集合。已经有好多人出发了。"

"我怎不知道？"

"昨天放学时班长说的，你走得早，没有听见。"

他于是回屋与父亲说这事。父亲就取出家里的军用水壶，往里注满水，又给他两块钱，让他路上用。

他兴致勃勃到楼下，出了围墙，顺坡下到基座下面，与龚会合。

龚看他挎着水壶，又摸他书包是空瘪的，问："你不带些吃的东西么？"

"我带钱了。中饭我请你吃米皮。"他道。

这烈士陵园建在凤凰山南麓，顺基地的主干道出去，穿过专区医院，到湘江河左岸，就在花岗岩砌成的桥边，不过桥。陵园在山腰，顺石阶而上，大概要一百多级，仰望很气派，庄重而肃穆。石阶很宽，有二三十米的样子，走一段有一个平台，每个平台边还有古希腊式样的花坛，整个建筑都是花岗岩材料的，这般气势他在上海从未见过。这个地方吸引了他。又有两旁的苍松、杜鹃，松香与花香阵阵袭来，沁人心脾。真是好美、好开阔的一个去处！他真后悔，与父母去市里经过这里时为什么不来看看！

他与龚比赛，看谁跑得快，先到顶上。他跑不过龚，龚就像小猴子似的，一溜烟就跑到前面去了。等他到上面时，龚已坐在石凳子上歇息，一边喝水，一边吃烤玉米。他环顾四周，见许多市里学校的学生在墓碑前聚集，却一个基地学校的学生都未看见，便喘着气问道："同学都在哪里集合？"龚不答，掰半个玉米递给他。

"你莫不是骗我吧，没有这么玩的！"他发觉上当了。

"实话跟你说，我就是邀你出来玩。成天上课多憋闷！"

"天哪！我们这可是逃课旷课了！"

"这又怎样？"

"学校会给处分的。"

"这又怎样？"

"我跟着你学坏了，成为坏学生……"

"这又怎样？"

"……"

他说不出话来，觉得自己被蒙骗，被坑害了。

"你只说是我骗你出来玩，不就得了。"龚说。

"我是不做出卖朋友的勾当的。"

"你够义气，所以，我才想与你出来玩。"

"那我们玩一会儿就回去吧，还赶得上半天课。"

"逃都逃了，还回去做什么？不如一狠心，玩它个痛快。做事要干脆，一不做二不休。"

"那明天怎么说？"

"就说清明节要纪念烈士，我们就以为学校会安排的。反正，人家市里的学校都搞活动。"

"含糊其词？我懂了。"

“谁敢说我们纪念烈士有什么错？”

“你说得对。你是个聪明人。”

他们随后在陵园各处玩了好久，也爬到陵园后面的山上去俯瞰市区。他突发奇想，想弄来一大堆啤酒瓶，然后从陵园最上面滚下去，看瓶子顺着石阶蹦跳着碎裂。不过，他没有对龚说，他还不敢确定他的朋友的心思到底怎样。他是个外表瘦弱的孩子，内心却狂野，想象很大胆。他们在四周看见许多杜鹃花，花朵一丛丛簇拥，这里一片，那里一片，这令他兴奋。他可以随意采摘，在上海哪来这样的好事？上海的花是要买的，或者别人私家花园的和公园的都是禁采的，这里却是免费的，没有任何人来管你。他采来一些，折断过长的茎，装进书包里。龚说，这花还能吃呢。便做给他看。龚取下花瓣中间的花蕊，生生在嘴里嚼。他也跟着试一下，果然味甘气香。他们就这样吃了二三十朵，将花瓣散得一地都是。

这么玩着，不一会儿就临近晌午，两个人肚子饿了。他说好的要请龚吃米皮，于是，便领龚下山，到老街上父亲带他去过的那家店铺里坐下。龚说买一碗两人分着吃即可，他说那哪行呢，一碗都不够他自己一人吃的。他说米皮才一角五分一碗，买十碗才一元五角，他有两块钱呢。龚说，既如此，不如索性来十碗。他果真要了十碗。他一口气吃掉三碗，回头看龚，龚已吃掉五碗。最后两碗实在吃不下了，龚就向店家讨来一张老荷叶，包起来准备带回家。

“太好吃了。我要带回去给弟弟妹妹尝尝。”龚一边打着嗝，一边说。

“你以前没吃过吗？”

“没有呢。我们都吃苞谷。”

“不吃米？”

“过年时会吃一点。”

“你平时不会拿点零钱来吃么？”

“我们家没钱。我爸爸妈妈都很少分到钱。钱用来买灯油、盐和棉布。哪里会给小孩子零钱！”

他这才明白龚为什么一口气能吃五碗。原来这对龚来说比过年还丰盛。

他们走出米皮店，龚问他还剩多少钱，他说还有五角钱，龚说那太多了，可以再去买些好玩的东西。这便两人一起往丁字口方向去。

他们来到一家鞭炮店，那些手电筒大小的二脚踢没有引起他的兴趣。二脚踢太猛，玩起来不便，会引起家长和周围人的警惕。

他先看挂炮，发现这边的挂炮有很多种类，有一般的很细的，也有中等的稍粗的，最给劲的是电光炮，半截钢笔大小，他看见阿贵的孩子在街上放过，真的有电光闪耀，威力也挺大。（阿贵的小孩子很调皮，常常三五成群地堵在路口，见有基地上海人带着女孩子过来，就忽然往街中扔出一个炮仗，剧烈的响声总是把女孩吓哭，但男孩和大人却假装镇定自若，硬着头皮若无其事地坚挺着走过去。）这些挂炮是可以拆卸下来一枚一枚卖的，电光炮一枚才三分钱，他买了五枚。又见新奇的拉炮，即炮身两头有绳线，一拽就响。这东西他未曾见过，太稀奇了。拉炮便宜，一分钱一只，他买了二十只。这还剩下一角五分，他还左看右挑。

他看到了烟花。他以前是不知道烟花可以卖的，他只在节日的晚上见过市政的礼花，那是法定燃放的，上海市民是弄不到手的。

他看中烟花品种中的小坦克和魔术弹。

小坦克是硬纸壳做的，涂上军绿色，还装上了软木片的轮子，做得与真坦克很相似，一点火，坦克就自己开动起来，边走边开炮，直到开完炮自燃焚尽。这玩意要二角一辆，他想哪天他把外祖母给他的钱都拿来买坦克，那是五块钱，可以买二十五辆。啊，二十五辆坦克，布阵在两栋家属楼之间的空地上，叫二十五个小朋友来同时点燃，那可真有万炮齐鸣、排山倒海的气势呀！

他这么想一想都开心，觉得这天旷课没白旷。他心里很感激他的阿贵朋友。龚实在是太好了，带他进入这样一个天地，他兴奋得快要站不住了。

至于魔术弹，也太激动人心了。那是可手执燃放的，有三种规格，十发的、十五发的和二十发的。拿在手里，朝着夜空，一弹一弹射出去，那带着火焰尾巴的弹芯划着弧线扫过，这简直就是电影里大军进攻前发射信号弹的场面；另外，倘握在手中朝着目标喷射，也好比一支火焰枪，可以点燃枯草，也可以击穿塑料布、纱布和各样纸板；或者朝着人家窗户射击也很美妙，屋中之人受到惊吓尖叫起来，却找不到射击源。这太好了，他一定要存钱大大地买这样东西。

他不晓得，贵州的花炮是全国有名的，基地人倘得休假回上海，去时包总是空的，转来时都装得满满的，唯一准定可以让去时的包里有点内容的，拿得出手的，就是这烟花、炮仗。上海买不到这些名堂，上海只有二脚踢和普通挂炮卖。

然而此时，他只剩一角五分钱了，买一辆坦克不足，买一支魔术弹更不足。魔术弹最少发数的也得三角一支。龚说，算了吧，不如去吃点茶，他口渴了，刚才吃太多，又放很多料，辣住咸住了。

他们往回去的路上走，走到湘江河上那条红岩砌的桥上。在靠近左岸的桥头，有老妇人搭起一个凉棚，在那里卖茶。这边的茶很稀奇，一种是苦叶子和大麦粒熬的，颜色是深褐色的，还有几种是黄的、红的、绿的，当然也有纯澈的白水。褐色的二分钱一杯，红黄绿的要三分钱一杯，白水一分钱一杯。每个杯子上都盖着一块方的玻璃片，是为了防止灰尘落进杯子里去。他随父母进城路过这里时，早先就看见这个茶摊，对那些有颜色的水心生好奇。这会儿既来买水，他便要买有颜色的。老妇人告诉他，有颜色的水是甜水，带着果味的，有玫瑰味的、樱桃味的和桃子味的。他选了樱桃味的。他之所以想喝有颜色的水，是因为这些颜色令他联想到上海的冷饮，那些橘子水、果汁，他总以为有颜色的水是归于爽口饮料一类的。龚说，他喝褐色的茶水就行，他不喜欢那些花花绿绿的茶，说那些颜色都是放颜料染的。他们各自喝了三杯，正好一角五分钱。他无所谓染色还是不染色的，他自以为他喝下去的几杯味道还不错，甚至比上海的汽水还可口，有清香轻飏的甘洌之气，这是他以前没有尝过的。他又看见老妇人的摊位上有一种鸭蛋青的胶冻，有人来买，老妇人用一个钢刷刨几下，那胶冻就被刮下来，成为条状，放进碗里，再添上辣椒佐料。客人吃得很快，三下五下碗就见底了，连一点汤水料都不放过，吸溜就咽下去了。想必这东西也是美味。龚告诉他，这是凉粉，绿豆做的。他向老妇人问价，说是要一角钱一碗。这下一分钱都没有了，也就作罢。

他们顺左岸的路往回走。路边贴着山崖有石砌的水渠，渠中是山上淌下来的溪水。每隔几米就有一个方的蓄水池，池中水流缓慢，水质清澈。龚来到一个池边，蹲身下去，掬起水就喝。他阻拦龚，说生水喝不得。龚说，这是泉水，比基地的自来水要干净得多，并没有添加过净水粉。他听说是泉水，眼睛就发亮。他在电影里看见过行军的、探险的和远古的人喝泉水，泉水在许多文学作品中被描述成生命之源。这叫他稀奇又兴奋。他便也掬一捧喝，喝一捧又喝一捧。他这是第一次喝泉水。泉水真的不同于冷开水，泉水是活的，有说不出的丰富的细微的滋味，而冷开水是死的，喝在嘴里闷闷的，有时还带着煮水的铜吊的霉味。“啊，我喝到了泉水。泉水啊，这是真正的泉水！”他在心里这么感叹。他觉得这一天他得到了恩赐，他进入了童话和神话的世界。他想，这不是一件简单的事，这一定是命运的巧妙安排，让他认识龚小军，让他们一起旷课逃学，逃离无聊、乏味、刻板的生活。他又看见叶子和花瓣漂过来，显然那是从山上带下来的，这更使他确信无疑这是真正的山涧之水。

“这是雨水积在山顶流下来的吗？”他问。

“不是雨水，是地下冒出来的，好比井水。山上有山洞，洞里地下有水，一直有的，喝不干，打不尽的。”

“那什么时候你带我去看看山洞吧，我想看泉水的源头。”

“这个好办，哪天我们又逃课去看。你不怕处分吗？”

“那又怎样？”

两人会心地笑了。

他从水中撩起一片叶子，透过夕阳看叶子的脉络，他顿时看懂那些脉络就好比血管，叶子的血就是泉水。他想，人的血是哪一种泉水呢？人比叶子吃得多，米皮、凉茶、辣椒、盐，当然也有泉水。人吃进去的东西一定跟泉水一样洁净，可是，外界为什么那么脏呢？原来，吐出来的和排泄出来的都是脏的。人说那么多话，也都是吐出来的，人的话是脏的，好比他看见的告示里的那些名词，然而，叶子不言不语，叶子是洁净的。他由着泉水和泉水中漂浮的花叶，渐渐心里升起关于纯洁的律令。

他将水壶里的茶水和茶叶倒掉，满满装一壶泉水，他要带回去慢慢喝。他又捡起一片叶子。这是一片一半黄一半青绿的叶子。他来回翻覆看这片叶子，他细细地看每一处纹理和褶皱，并找不到任何污点和尘灰，只有时间的气味留在上面。时间是那么古远，任何人为的痕迹都被删去。那些博物馆里的标本、化石也是这样，只留有荒漠深处的印记，而绝无人迹的荒漠便是天地原初的样子。

他将那片叶子收进包里。

这一天，他仿佛遇见了自己。

他拆开两枚电光炮，将其中的火药倒出来。他发明一种甩炮，即用一个螺栓先旋进一个螺帽一半，然后填火药在螺帽里，又用另一个螺栓从另一头旋进螺帽，这样，两个螺栓将螺帽中的火药压紧，就成了。将这样的甩炮掷出去，坠地时不论哪一头落地，螺帽中的火药都会受到重力撞击，于是爆炸。要选大一些的螺丝，这样一方面抛坠时有足够的分量造成冲击，另一方面爆炸时火药的炸力不至于将螺丝炸开。两个螺栓，一个螺帽，只要火药充足，这个玩具可以一直玩下去。他的两枚电光炮中的火药，可以做六到七个甩炮。

他的这个发明是得启于枪管中撞针撞击子弹火台的原理。那天，民兵连长小王送给他一枚子弹。起初他不信这是真子弹，小王指给他看弹壳底部的圆火台，火台中心有一个凹坑，小王说，凡有凹坑的，就是射击过的，撞针撞击火台才有凹坑。小王从靶场捡回射击过的弹头和弹壳，然后复位卡紧。这枚子弹中没有火药，可的确是一枚真的子弹。

子弹太漂亮了，而且象征着杀伤力、能量和专业性。那红铜的弹头、黄铜的弹壳，在阳光下熠熠生辉，拿在手里沉甸甸的，非常着实。这于他而言，比一根小金条还值钱。他相信，他握有一颗子弹就会不同寻常。他再也不是弱小的男孩，他拥有武器的一部分，而那部分正是武器的灵魂。弹药是武器的灵魂！哪怕无药，却有冷冷的弹头；留在你骨节中摧残致伤的，难道不是弹头？射进你心脏夺命致死的，难道不是弹头？火药不过是推送弹头的火力而已，弹头才是主角！他是掌握灵魂的武士。当有大个子的男孩威吓他时，他可以从口袋里掏出子弹。谁会对子弹视而不见呢？谁会不害怕子弹的威力呢？

基地有很多厂子，也有很多各厂子的家属区。他住的地方是二厂的家属楼。从他住的家属楼的过道这边放眼望去，可见大片农田和一条水渠。水渠的南岸建有一个锯木车间，这是属于二厂的，因产品在这厂装箱，就需要制造木箱子，于是自己买木头、锯开木头，做成合适的板子。锯木车间主任姓戴，他家有一群孩子，娘也管不过来，常穿得脏兮兮的，读书成绩也不好，一个个不是昏昏的，就是笨笨的，唯有一个女孩儿生得洁白，才十一二岁就有十八九岁的个头，高挑，挺拔，骨线分明，面貌典雅，只是这么大了，还总有鼻涕擦不净，人给她一个绰号，叫“沓鼻涕”。沓鼻涕比他大一岁，因考试不及格，留级到他的班上。沓鼻涕太美了，他不忍心叫她这个绰号，他叫她贝拉。这是一个法语词，意思是美丽，他从法国文学作品中看来的。贝拉放学后，总爱到他家里来玩，来寻他的妹妹，也来听他父亲讲话。人以为她笨笨的，他不这么认为。他知道，凡是愿意来听他父亲讲话的，都是内秀的。或者那些世俗的经验贝拉没有，或者人以为机灵的那部分她尚未被唤醒。

他想玩拉炮想得发疯，于是他也忍不住像那些人一样利用贝拉的懵懂。他在门后拴好拉炮，又加长拉炮两头的线，在两张凳子底下拴一个，橱柜的门里也藏一个，水壶底下也埋一个，几乎所有想得到的地方他都拴上了拉炮。然后，他让妹妹去叫贝拉来。贝拉一推开门就扯响一个，吓得她直哆嗦。接着进屋后，贝拉坐在床沿。他叫贝拉坐凳子，于是，贝拉就去拉凳子，这下又响一个。就这么，不管贝拉动什么，就会有爆炸声，直到贝拉站在屋中间不敢动弹，连挪一步都不敢，抬一下手都不敢。她以为，甚至连空气里都埋藏着炸药。这令他开心极了，他的恶作剧成功了，演员完全按照剧本路线演绎，剧情严格按照预先设定的顺序发展。

他笑得前仰后翻，可是，贝拉哭了，起先是惊惧，随后明白受捉弄，心里感到受辱。这下，他也不好了，他不知怎的，也成为贝拉，被他自己捉弄了。他落荒而逃，躲避那个捉弄人的他，来到围墙外大基座地下的草坡，那里堆放着一些建房剩余的预制板，他钻到那些板交错搭成的空间里——那其实就是一个洞，直不起身子只能匍匐在其中的洞。

四

他在洞中发呆。

不一会儿，有响动，他感觉有东西移过来，转头一看，是小北。

小北不是上海人，她是东北来的，大连市里的孩子。基地也有一些其他省份来的家庭，他们有的是招工报名来的，也有的是厂子抽调技术骨干来的。小北的家是后者。她的爸爸是技术员，在某条生产线上不可或缺。小北家一共四口人，爸爸妈妈和她，还有一个弟弟。小北十岁，比他小一岁。这时候已是他来贵州第二年。

小北在低一个年级的班上，但他早就注意到小北了，因为这女孩儿说一口好听的北方话，清脆，明亮，大方，从不拖泥带水；又因为小北生得白净，让他想到北方的雪。这女孩儿与他住在同一幢家属楼里，常常上学放学不经意都会走到一起。小北常向他打听上海的事，对上海充满好奇。小北的妈妈生得也很出众，高挑的个头，喜欢穿风衣和大衣，走起路来很有派头。她妈妈很羡慕读书人，一遇他父亲就说话不停，总在半路上停在那里一说半个多钟头。小北的爸爸更是一表人才，六尺身躯，面膛金紫，声若洪钟。这样的父母，生出的女孩儿怎生不俏？

其实他挺愿意与小北玩的，只是他又怕别的男孩笑话他，为此总是远远躲着小北。北方女孩子与上海女小顽实在不同，要率真好多，爱就是爱，恨就是恨，难过了就哭，生气了就拉倒。小北也是这样，与他在路上走着，高兴了就搀手。这叫他如何是好，他哪里见过这份热络。他的经验中，女孩子总是娇乖扭捏的，不似这般主动。

这会儿小北爬过来倒是好，终究没有别人看见，只他们两个，热络一阵也无妨。

“我看见你一个人钻进洞，就下楼来找你。”小北爬到与他齐肩的位置说。

这时，他们挤在一起，贴得很紧。他闻到小北身上的香气。他确定不是香料的气味，而是她说话带出的口香，一点温软，一点淡雅，只有漂亮女孩儿身上才有这股味道。

“你别靠我这么近，让人看见不好。”他说。

小北没有回应他的话，而是挪动身子侧过来，这样，他们之间就有了一点空隙。

“你是女孩子，你不懂我们男孩玩的游戏。钻到这里不是为了捉迷藏，这是坑道，打仗用的。”

“那敢情好，多隐蔽啊！谁看得见我们呢？”

“我要走了，我不想与你在这里了。”

“那你抱我一下，抱一下才让你走。”

于是，他敷衍着伸手搂一下小北。

“没抱紧呢。”小北凑过来，脸贴到他肩上，“我们亲嘴好吗？”

他根本没想到小北会说这样的话，这简直就是电击，一闪将他击倒了。他说不出话，不知所措。

小北就来亲他，咬一下他的嘴唇。他也不反感，他晓得小北的嘴是甜的，香的。可是，他厥倒了，他的脑筋不够用，他空白了。

"你怎么不咬我呢？"小北不由自主地伸出舌尖舔到他牙齿。

他真想逃跑啊！可是他好像被某种力量钳制住了，动弹不得。

小北将一条腿缠到他身上，他伸手去推开，摸到自己裤兜里几颗糖。

他掏出一颗糖，说："我请你吃奶糖。这种奶糖可好吃了。"

他为小北剥开糖纸，将糖塞到小北嘴里，趁机往前一爬，就出了洞口。

他迅速站直，又装作漫不经心的样子，压低速度，晃荡着走开。一直走到家属楼大门口，他都不敢回头张望一眼。一进院子，他拔腿就跑，直跑到顶楼，顺着铁梯又上到屋顶，藏在水塔后面，气喘吁吁地，惊魂未定。

不能说他不晓得这是件什么事，但他以为这不是他这个年龄应该面对的事。这并不是来自道德的束缚，而是天性使然，正好比抽芽的种子是难以追赶花期的，它需要静候，需要长牢；如果与别株的花粉不期而遇，那就懵懵懂懂混过去，它自己不能提早醒来。认同抱一抱是合适的，是孩童间的友爱；认同亲一下嘴，就等于认同长大了。关键在于认同，并不在于亲嘴。小北是正经请求亲嘴的，这太可怕了，假如他接受了，那么，童年就结束了。这是一柄砍断童年的锋刃，刚才明晃晃在他眼前闪过。这并不是少男少女绮丽的春梦。

到厂庆日了，基地举办庆祝活动。

这年他十二岁。

主干道上汽车鱼贯行驶，速度很慢。所有车都结彩扎花，车上安置了锣鼓镲钹，乐手们玩得起劲，响声喧天。街道两旁和各处高地站满了人，人们沐浴更衣，将自己打扮得新洁光鲜。那是暮春季节，空气里洋溢着花蜜的气味，天的光色总有一层淡淡的红晕，叫人不饮而醉。

他挤在人群中张望，忽然看见那个司机，就是在火车站载他到基地的那人。司机姓程，大家叫他程师傅。他向前挤出去，走到大路上，见许多孩子扒着车窗或车身的木板站在驾驶室的脚蹬上，于是也凑过去，钻头觅缝地抢到一个位置。

他向车窗内喊道：“程叔叔，程叔叔，你还记得我吗？”

“记得记得。你从上海来，我去接你的。”程师傅说。

“我跟着你走一段，坐你的车可威风了。”

“你们那么多人站在外面，要注意安全。我尽量开慢一点。”

“程叔叔，这车是要去哪里呢？”

“就是游行，到处走，最后到哪里我也不晓得。反正跟着前面的车走。”

“我可以进驾驶室坐一会儿吗？坐到学校门口就下去。”

程师傅看他一眼，像是很严峻的眼光，突然又笑了，道：“那进来吧。”

他个头小，一下就爬进去了。边上几个孩子也想进去，可是身子太大，爬不进去。

程师傅呵斥：“下去！下去！别乱爬！”

那几个孩子这便停当。

坐在驾驶室，视野很开阔，他将前面的车和路两旁的人都看得一清二楚。这是他头一回坐在司机身旁，那感觉就好像他自己开车一样。天哪，这才真是节日呢！坐在最前面，领着后头一车人，多神气啊！在上海乘公共汽车，他也总是挪到最前一排，好看清司机操作机器；不能开车，但至少要靠近开车。那公共汽车上有一道栏杆，冷酷地将乘客与司机隔开；哪怕坐在最前面，也还是被明确限定为乘客。可是，这会儿不一样了，他坐在程师傅边上，身处驾驶室，他的位置被称作副驾驶座，副驾驶也是驾驶呢！他终于不算是乘客。他曾经跟外祖母隔壁的阿姨去坐公共汽车。那阿姨刚得到一份做售票员的工作，他随阿姨上班，从早起第一班车坐到黄昏收工。阿姨将售票座让给他坐，自己行走在车前车后，忙着卖票检票。那真是一个愉快的日子，他似乎也成了汽车上的工作人员，虽说没有坐到驾驶员身边，但也算做了一回管理者的副手。

这会儿他既坐在驾驶室，他便四下看路上的人事。忽然，他看见一个穿红衣的女孩横穿马路，后面有个男人追着。那男人追到路边，一脚猛踢那女孩，女孩简直就是飞出去了，一头撞倒在墙根。他细看发现，那女孩儿就是小北，那男人是她爸爸。小北起身，也不回头搭理她爸爸，直一路向前走，走到路中央，夹在车队中间。她是那么无助，又那么伤心，一切都被小北掠过，一切都是多余的，哪怕喧天的锣鼓，哪怕花团锦簇的车身，都成了她行进中抛下的眼泪。他想，这一天对小北来说不是节日，乃是哀日。这究竟是发生了什么？她犯了什么错要遭到她爸爸当众拳脚相加？

他对程师傅说，那个穿红衣的女孩太可怜了，我们载上她好吗。程师傅居然同意了。

在前面一厂路口，程师傅停下车，将他们那边的孩子都驱散，下车去接小北，说："你的朋友在车上呢，他请你上车。"

小北转头看见他，就上来了。

这下驾驶室里有三个人，程师傅，他，还有小北。小北坐在他们中间。随着汽车启动，女孩儿不哭了，很快将刚才的事忘掉。

他们就这样一路走一路闲聊。程师傅跟他们讲了很多出车到外地遇上的奇事，其中还包括一些荒诞的鬼故事。这么说着，汽车就开到火车站附近。程师傅说，看这架势，大队人马怕是要去六厂。六厂在火车站还要往北下去的一个山沟里，离他住的地方很远。程师傅有点担心，既出来那么远了，也无法返回，或再往前走，越来越远，万一晚了，家长们要担心。他便安慰程师傅，说跟家长说过的，随车队出去玩，最后会随车队回去的，家长同意的。程师傅又问小北的事，说小北是挨打跑出来的，她爷娘准是要寻她回去的，会不放心。他又说，这也无碍，到六厂可以打一个电话回去。这便不再议论这事。车过火车站，向北一路行驶，都是农田和村庄，自是无人再在路两旁看热闹，只听得见汽车发动机和车轮碾压石子路的声音。整个车队的速度快起来，程师傅亦专注开车，默不作声。于是，他和小北便困顿起来，在车上睡着了。

正如程师傅猜测的，等他们醒来，车队果然停在六厂。负责游行的领导发下话来，说夜饭就在六厂食堂吃，全车队夜宿六厂，明晨再返回。

食堂其实就是一个礼堂，前面是舞台，后面是一排窗口，平日里人们从窗口取食。窗口里面又有大伙房，厨师和服务员在那里工作。这天，食堂里排下二十几张大圆桌，一桌可围十二个人吃饭。菜肴非常丰盛，有猪蹄膀、牛羊肉、鸡鸭、河鱼等。他和小北也随着程师傅一道吃宴席。台上有人表演，有车队带过来的锣鼓节目，也有六厂的俱乐部预先排好的歌舞。一边看演出一边吃饭，任吃多少都无碍，真是快意。

“你不是钢琴弹得好么？”程师傅对他说，“那上边有一台大钢琴，没人弹，你去弹一下，为我们出出风头。”

他朝台上张望一眼，见上场口果然有一架三角钢琴。他是从小学钢琴的，跟外祖母生活时就学过，来到贵州父亲也安排他用子弟学校的音乐教室的钢琴练习。那时，基地大凡有活动，也总要让他在台上露一手。他是基地的神童，快乐钢琴王子。只是他从未到过六厂，六厂的人不认得他。

“小北跟我妹妹一起拜歌舞团的老师学习大提琴呢，让她与我一道上台表演吧。”他看一眼小北，他真的喜欢小北的样子，喜欢雪一样白的女孩儿与他合奏。

他早看见演歌舞的那群人边上有大小提琴诸等乐器，他猜到如果两个少年人登台助兴，大家一定是乐意的。

于是，程师傅将这事去说与六厂文艺队的人听，那边果然来了兴致，就安排他们上台做最后的压轴表演。

及至登台，两人刚坐稳，小北就拿弓子戳一下他，轻语道："C弦断了。"

"你拉哪首曲子？"他问。

"海顿的C大调终曲，就是很快的那个。我喜欢快的。"

"没事，你碰到C弦的音就翻上去。这首那根弦上的才几小节，不多。"

"你弹过钢琴谱吗？"

"没弹过，但我听过，记得。你拉就是了，我随机应变。你放心。"

这便开始了。曲子因速度快，现场演出很有气氛，尤其是上行的那段，小北越拉越快，越拉越有力，效果非常好。他紧盯着小北的左手，一遇往低音走，便给镶上边，即钢琴也附上相同的旋律，边伴奏，边加强，又不时穿插经过句。他简直是音乐天才，他完全记得这曲子的一切细节。

这天晚上，他们成为金童玉女，人们抬着他们游行，仿佛厂庆活动有了魂灵。

当人们放下他们以后，就纷纷去围着篝火跳舞，起哄，嬉闹。他们终于单独处在一起，在一株葡萄藤下，在水泥砌的花坛边的长椅上玩耍。小北站在长椅上，身子贴着廊柱，问他她是否长高了。他看女孩儿确是长高了，也比之前消瘦了。他仰躺在长椅上，看夜空里的星星。这边由于灯火昏暗，星星比上海要明灿许多。

玩一会儿，小北有些惆怅，耷拉着脑袋，在一旁坐下。

"也不知道我爹会咋想，这么久不见我回家，他会出来找我吗？我就是不回去，让他们找不到我，让他们后悔，伤心。”

“咳，小孩子都这么想过。”

“你爹揍你不？你也逃出来过吗？”

“我爸爸从来不打我。”

“那你怎么说小孩子都这么想呢？”

“我从书里看来的。”

“你真的厉害，看那么多书，知道那么多事，钢琴还弹得那么好。今晚演出全靠你，要不，这C弦崩了，咋整？”

“要给二厂那边打一个电话，我们跟程叔叔说好的。你不管家长怎么想，也得替程叔叔想想。”

“他醉得像烂泥似的，早把这事忘了。”

“我去寻刚才那个独唱的阿姨，那个阿姨我认识，她来过二厂，到我们家吃过饭。”

“你不许去找她，不许打电话！我要让我爹吃点苦头，他这么一脚踢我，也太过分了。”

“你究竟犯什么错，让他那么生气？”

“我那弟弟老翻我书包，文具盒里的铅笔我好不容易削好的，他一支一支拿出去画墙壁，每一支的头都让他戳断，我就揍了他，正让我爹瞅见，他就打我，揪我耳朵；我跑出来，他就追上来。”

“像我一样，有了妹妹，王子的生活就结束了。”

“就是嘛，他们太偏心！”

“头生的不好，我宁愿做小的。”

“还是头生的好，他们不在的时候，我就压住我弟弟。他敢对我不敬，我一个巴掌就甩得他趔趄。”

“你说话真好听，我们上海人说不来你那些话。有板有眼的，每件事情都有个说法。”

“我想回北方去了，去找我奶奶。我已经存了好多钱，还差一点就够买车票了。”

他多么希望小北再说亲嘴的话，可是，不管说到哪里，小北就是再不提亲嘴的事了。她只想逃回东北去。这是她最重要的主题。他原本的计划是，既与小北又有这机缘，他告诉自己也许应该确认什么，看看自己是否长大了，可以从头开始来认同他们的关系。他希望一步一步来。那真正美好的感情是需要一步一步到位的，不能省却一个章节，就好比交响曲的结构一样。他思忖着小北逃跑的计划，再次被女孩儿的大胆震撼。他想，是不是跟小北这样的女孩儿好，必须以冒险作为起点呢？

他问：“你还差多少钱？”

“我得买三张火车票，一张先买到重庆，然后到西安，从西安再买去大连的票。我还差十块钱。”

“我有八块，可以给你。你不会拒绝吧。”原先外祖母给他的五块他一直没有花，他又积攒了一点压岁钱，于是就有八块。他一直随身带着。他既这么说，就掏出来了。

“还差两块呢。”

“你莫不是现在就想去火车站？你不能再等等吗？等一等，再积两块并不难。”

“我恨不得明儿经过火车站时就走。”

他不说话，心里寻思着怎么替小北凑那两块钱。

正此时，那个独唱的阿姨出现了。阿姨来寻他，还错将小北当作他的妹妹。阿姨说，不要等那些大人散去，他们今日高兴，没日没夜的，或者闹到天明也未准，不如随她去家里先睡下。于是，他和小北就去到阿姨家里。阿姨让他们洗澡，洗毕就催他们上床。他与阿姨的儿子睡，小北与阿姨的女儿睡。

睡醒，第二天早晨，阿姨亲自下厨给他们下挂面吃，一人两个荷包蛋。吃毕，阿姨送他们去程师傅车上。昨夜阿姨来寻他们时，已跟车队的人打过招呼。当时，程师傅醉了，阿姨嘱咐另一名司机等程醒来后告知他。这时，车队一齐鸣喇叭，催促所有随车来的人上车。及至他找到程师傅的车，阿姨将一篮鸡蛋给他，要他路上吃，多下来的带回家，又拿出一个红包，裹上香柏叶，塞到他外衣口袋里。他当然不会拒绝。他本为两块钱愁断肠，不想得来全不费功夫。他肯定，阿姨的红包数额不会小于两块钱。

汽车出发了，刚拐出六厂厂门，他便迅即打开红包。啊，五块钱，足足五块钱，是一张整的钞票。他看过即放回口袋，也不与小北说。

等汽车到火车站附近，他对程师傅说，要下去买一点烤玉米带回家。程师傅便停下车。他与小北一起下车。

他们来到一个店铺前，转弯躲进边上的巷子。他掏出阿姨给的五块钱递给小北，说："给你。这下你的车钱足够了。正好还多出三块钱在路上买饭吃。你快走吧。"

小北接过钱，对他说："我会还给你的。以后加倍还给你。我现在走了，等我长大回来找你。你要等我回来。"

这话又把他灼伤了。这似乎不是他期盼的一步步的认同，并不是从第一步到第二步，而是最后一步。一个曲子才冒出一个音，怎就突然到曲终了呢？这是怎样一个曲子？这称得上是曲子吗？

他不敢看小北，只说："程叔叔还等着呢。我走了。"

他向小北挥挥手，既像是驱赶，又像是告别。

他回到车上，对程师傅说："小北遇见她爸爸，让我转话给你，说谢谢叔叔带她玩，她跟她爸爸回去了。"

"玉米呢？"程师傅问。

"还没烤熟，我等不及了。"他说着就流下了眼泪，他转过脸看车窗外边，不想让程师傅看出他难过。

他曾回避外祖母的眼泪，这下突然晓得什么叫离别。一切离别的眼泪都向他涌来。他这才看见刚才在巷子里的一幕，阳光从小北的头上过来，射向他，他逆光而视，只看到那雪白加重了阳光的亮度。他的心空了一截。他想，其实他最要好的朋友是小北，他们昨夜在台上融在一个曲子里，那么无间，那么暖洋洋的。那曲子的小节按照命运的节奏排列，无法违抗，也无须违抗。啊，现在他忽然懂了，那曲子正是一步一步的次序递进，他和小北的幸福哪怕再短暂，也全然无缺，只是在别人是一生，在他们却是几分钟。

家属楼是那种简易的工房，每个单元有四层，每层有两条走廊，每条走廊有三户人家，两条走廊中间是公厕，对着上下楼梯。那时许多房屋都不建卫生间，大家要用楼梯口的公厕。这公厕共用一条水道，中间以薄墙隔开，这样分成两间。在这边蹲坑，低头看水道，水面几乎可以反射那边的影像，那边情形也一样。

他住在靠东的那条走廊，靠西那条走廊顶头有一户人家有两个女孩儿，大的已经上高中，小的读初中，与他同级不同班。她们的母亲在外名声不怎么好，都说她轧姘头，不正经。那大女儿也风流，早早就交上不少男朋友。小的那个有些顽皮，似乎情窦未开，只是爱打扮，爱吃零食。仿佛这家的家风使然，一家中的女眷看着都花枝招展。

那小的女孩儿叫红微。

这时他十三岁，红微比他大半岁。

他去上厕所，有时就会遇见红微也去上厕所。第一回，她先一步进去，他有些犹豫，去留难断。既进去了，又难以回避水道里动静。厕所高处有窗，或明光射进来时，水道反光强烈，竟能朦胧看见倒影。他觑到裙角、屈曲的腿脚和之间模糊的黑影。他想看清楚，却看不明细。又他先进去了，红微也不迟疑，随后也进去。仿佛两人都不顾忌，又几乎并不排泄，仿佛又有顾忌，彼此害怕听到什么声响。憋一阵，憋得实在太久了，就有一方拉水箱，那模糊的影子便被冲乱。

他每等红微走开一阵，复回到厕所解决。有一次，他躲在廊门后窥见红微去而复归，他才晓得那女孩儿与他一般心思，也在那边看倒影呢。

他家中父母的床头有一个夜壶箱，里面藏着一些父亲的旧书：一本叫作《伐木者醒来吧》的诗集，几本批判考茨基、伯恩斯坦的小册子，还有瞿秋白的文集，最令他瞩目的，是厚厚一部《赤脚医生手册》，这里面有人体结构的许多插画。他翻看到女性的那些部位，他震惊了，他不想将女小顽的美好与她们的隐秘部位联系在一道，他怎么能想那雪白其实藏掖着乌黑呢？一副咄咄逼人的凶相，实在太可怕了！但他每次合上就又打开，打开又合上。他有点不确信那些图画，他甚至想，那是女人的死相，医学书是按照尸体来解剖的吧！死的女人才长出这个样子。

为此，倒影就更重要了，他要确证活人有另一番面貌。可是，他只能微微看见暗黑。他想，不过是投射的阴影吧，并不是具体的实在处。但不管怎样，即使搞不清楚也无所谓了，因为每遇此刻，他的心跳加速，他产生了快感，他激动难抑，悦怿不已。后来，他居然能感受到红微的兴奋，他们同频振动，意念能打通隔墙，一起呼吸，一起紧张，一起蹲久了疲累，直至起身拉水箱也几近合拍。他们像预先约好的一样，会同一个时间在楼梯口出现。他是看书烦了，就上厕所，那么，红微呢？她怎就知道他要上厕所了呢？

楼下辟出一间电视室，让居民们夜间可以聚在一起看电视。那时，电视机还没有普及，很少人家会有一台电视机，要是有，也只有九吋屏幕大小的。

电视室里的电视机很大，坐上三五十人，后排的都看得清。于是，大家一下班，未吃夜饭前就去排凳子、占座位。他往往去得最早，凳子放在第三排的中间。红微也来得早，一般就靠近他放凳子，一放就是三张，给她、姐姐和她妈妈预备的。那晚，有个新节目播出，到了放电视的时候，屋里挤满了人，黑压压一片。红微的姐姐来得晚，插进来，又将红微挤过来，直挤到他边上。影片播放到一半时，红微抬一下手捋头发，放下手时不慎碰到他的腿。可能观剧太专注，红微竟未将手移开。他感觉一股暖流直袭他头顶，他不知所措，到底是推开女孩儿的手呢，还是迎上去握一下？他屏住呼吸，身子往椅背上紧靠，或者希望他的位移可以提醒女孩儿。什么变化也没有，那只手还是停留在他腿上。他于是斗胆也将自己的手靠过去，他的肉微微碰到女孩儿的肉。红微似乎不察觉。他又伸过去一点，他的小指碰到她的小指，然后无名指也搭上去。他越来越大胆，他的中指索性勾了一下红微的食指。这下，女孩儿发现了，立即将手抽回去。哦，原来是误会，是看戏看得出神了，却并没有别的意味。后半场，他们尽量隔得远远的，泾渭分明，各自挺挺地坐在自己的位置上，目不转睛地只盯着屏幕看。

又一晚，还是看电视，红微依然紧挨着他坐。这次他也假装抬手，假装不经意垂手落在红微腿上。女孩儿没反应，任他的手搭在腿上。随着剧情发展，他的手也发展过去，渐近红微大腿内侧。他甚至大胆拧一下红微的腿。这下红微伸出手，却并未推开他，而是阻止他，又实际上停住他，留住他。他顺势捏一下红微的手，红微也捏他一下。这么着，两个人的手指最后绞在一道。以后每晚他们的手都绞在一道，直至屋里灯光一黑，节目刚开始，就迫不及待地相互握紧。再以后，就没有电视节目了，屏幕画面视而不见，剧情消散了，唯有少年人的激情荡漾和欲望幻想。他的手越过了裙子，他也抓红微的手贴近自己的火热处。红微的裙子越穿越短，为方便他手的徜徉，直到有一回居然里面没穿内裤。

然而尽管这样，已然恨不得转身出去就融为一体，但仍然相互无法认同，也不知认同。认同的藩篱高高耸立在他们中间，甚至不容透过网格互觑。认同是一回事，懵懂交织是一回事。他们在日常生活中照面、同行、游戏，与之前无异，似乎一切都没有发生过。日子分为昼夜，光天化日之下，漆黑一团之下，完全是两重人生。两个少年人，日日期盼黑暗，黑暗中算不上美好，却如干渴时的暴饮，只为平息肉体的风暴，让跃动的神经和偾张的血脉平息下来。

他晓得，这是一种见不得人的勾当，是没有承诺和支付的偷窃。相互偷窃也是偷窃。然而，那个年龄是难以彼此认同的，那个年龄在无法认同中必须经历萌发。萌发也是命运的伟工，是在人的意志尚未觉醒时的推力。所谓蛮荒就是这样，文明的认同有时过于漫长反而成为阻隔。那些野地里的人怎么生儿育女呢？谁教过他们？谁灌输给他们爱情的观念？爱情或是一件专给人的礼物，但爱情并不常常临到人身上，大部分人生在人类文明的辖制下非但挣扎不出爱情，反倒连原本的萌发也被遏制了。

爱情来自恩赐，而文明人的意愿怎与恩赐者的意愿合一呢？唯到合一时，才能成就。倘不合一，那么，只有生物共有的萌生和文明自主的拼凑，却无论如何都抵达不到爱情。萌生是一种罪性，发乎原初的过失，虽过失也得天恩存活，存活的代价是偿罪。绝大部分的人生都是还债，认罪服命的人或者呼喊，向天哀告，说实在太苦了，无以为继，于是才有了救赎。那些生来强悍的民族因强悍而夭折趋于无奈，而另一些生来卑微懦弱的人群心生幻想，多多的妄念令他们异想天开，往往只专意于自强不息，终究欠下更多的债而不能自拔。在后者那里，似乎从来没有救赎的命题。

半年后，电视室关闭了，因为许多人家买了电视机。他们的冒险到此为止，再寻不见别的可以遮盖行事的黑幕。与红微，哪怕进到这个地步，究竟不是与小北。他后来回顾人生，并不承认与红微是初恋。他的初恋被小北带走了。

他初中毕业后就回去上海，之后再见到红微是他大学三年级的时候。那年暑假，他回贵州看父母。他已是一个青年，与家人相处不比从前孩童时候了，父亲便借楼上的一个居室让他宿夜。这房间是贝拉家空出来放置杂物的。他夜里宿在那里，心思活跃起来，想到白天在楼道里与红微打过一个照面，看红微穿着一条西装短裤，很飒爽的样子。红微向他笑一下，他还没做出反应，女孩儿就一阵旋风似的跑下楼去。她长大了，她害羞起来。于是，他决定翌日再见着红微，要与她说话。

第二天下班的时候，他见红微从家属楼院门那边走进来，便下楼迎上去。

他说："红微，你好。你这是下班了吗？你不上学吗？你开始做工了？"

"读书不好，考不上学校，只好做工，还能做什么？"红微道。

"你有空随我走走吗？我们说说话。"

红微也不答，只是随着他出了大院，往锯木车间那边的野地走。

他们来到水渠边的草丛中，他发现阴处有折耳根，就拔出来，说："我第一次吃这东西时，差点晕过去。那气味太呛了，还好拌着辣椒，就多多吃辣椒，结果学会吃辣椒，越吃越多，吃了辣椒又想吃折耳根，这两种味道合在一起倒是叫人上瘾。"

"你在上海有很多好东西吃，怎还会看得上这类野菜？"红微道，"你是吃饱喝足了，来换口味的吧。"

"可能我挺贱的，在这边想上海，在上海又想这边。"

"我倒是想与你调换一下呢，可惜人各有命。"

"你做工吃力吗？"

"肯定比你读书轻松。天下最苦的是读书，我从小就认定了。

做工可以混，读书混不过去。”

他想，红微是个明白人。他们自然不会提往事，彼此似乎都试着从头开始，未必非要两情相悦，哪怕有一种正常交流，获得友善的相处，也好。可是，年轻人是急切而又冲动的，一旦开始，又进展平坦静好时，便又贪心向高坡走去。他们或者都愧疚，或者都难以面对前情，他们总想在可以认同的年纪用明确的认同来注解曾经的荒唐。这仿佛是说，啊，我们原本就有好感，我们现在倘相好，就证明原先也是出于有意。

“许多以前的同学与我也玩不来了，倒是你还愿意与我说几句真话。我晚上宿在贝拉家那间空房，我带来一些好看的杂志，有时装内容的，你愿意来看看吗？”他正式向红微发出邀约，这是幽会的请求。

“我明天下半天外出送配件，要是早送到，我就去你那里。”

红微答应了。

第二天下午，他在贝拉家的空房里等着。他预备好那些杂志，又摆放好糖果和饮品，他焦急的心燃尽五支香烟。接近三点的时候，有人敲门。他开门，果然是红微到了。

“你真的来得快。”其实他已经等得很空茫，直至见着人，空的心瞬间被填满。

“我走在半路上，交代给与我同去的，她说事情不复杂，我就抽身了。”红微坐在床沿，先就抓起一本杂志翻看。

“你随便穿一件都比画报上的人好看。你的这件工装很合身。”

“都是油气呢！”红微说着就把外套脱下，露出她粉红的小背心，肩头肉上的光于是显出来。

“我剥一块糖给你吃吧。”他剥开糖纸，红微伸过头去叼住糖，又伸手抓过糖纸，透过糖纸对着窗外看。

“这糖纸是我小时候最欢喜的，淡紫色的，衬出天空的另一种颜色。我一直想有一副这种色调的太阳镜。”红微的语气很迷幻。

“我下次从上海给你寄一副。如果你挑准杂志上衣服的款式，我也给你寄过来。”

“我怎么好拿你的东西。”

“怎么不好拿？我们是好朋友。”

这话红微爱听，因为她也是过来求认证的。

“你真的对我好吗？”红微认真起来。

他凝视着红微，不作答，竟凑上去吻一下女孩儿的鬓角。女孩儿猛回头，一把搂住他的脖颈。他们就这样开始亲吻，往事顿时开闸似地涌来，那曾经停住在火热处的手接续上少年时期的动力向更深处推进。那意思好像是说，我们早就熟络的，熟门熟路的，如今不过是久别重逢，还等什么呢？

她的背心被掀开，她倒在他的床上。

正当他们急不可耐地将饮欲解渴时，门被敲响了。敲门声很急，很重，他不得不问：“谁啊？”

“阿三。”一个女子的声音。

贝拉是老四，她姐姐人称阿三。

“什么事啊？”他接着问。

“我来拿一个脚盆。”

“我在睡午觉呢，等会儿来拿吧。”

“不行，我娘急着要用。我拿了就走。”

这便无法推却。红微套上背心，从床上起来。他将红微藏到窗帘后面，就去开门。

门一开，阿三并不去取脚盆，而是直喊道：“你给我出来！覅再藏了！我晓得你在呢，我看见你进来的。”接着向各处翻寻，很快就找到窗帘后面的红微。

“你个婊子！我就吃准你不做好事！”阿三拽出红微，上前给她一记耳光。

他急了，可是他并不能上前去揍阿三。他没搞清楚情况，不知为什么阿三要为难红微。

红微转身就逃出房间，阿三追上去，他也跟出去，却见走廊里、楼道上挤满了人，像是阿三预先就招呼来的，要坐实捉奸在床。

没有人理他，不管他如何阻拦，不管他说什么，来人似乎都视而不见、听而不闻。那些人只对红微拳脚相加，几乎就是群殴。

“我叫你偷，偷，偷！”

“今天抓你个现场！”

“不要脸的东西！就喜欢别人家老公！”

众人就这样一言骂一拳捶地将红微埋在底下。

直到有人说“今天撕烂你”时，红微猛地翻起身，冷冷地笑着，道：“你老公早就烂在我里面了。我把他都捏瘪了，玩得都不要玩了。不信你去掏出来看看？”

话出，空气霎时凝结，再没有一人出声。众人停歇在那里，直看着红微慢慢挺起，扬长而去。

此刻，他居然不想自己的尴尬，心中忽然冒出一句：“难道女工说话都是这么无遮盖的么？”

过后，他又觉得自己上当了，红微原来是这样的女人！

他父亲得知这事，只讲一句话：“你这是吃人家豆腐。”

小北也回来了，带着一个东北大汉。小北的父亲参加厂里的拔河比赛，用力过猛，突发脑出血，又心梗，一口气没回上来，立时暴毙。小北是回来奔丧的。他们父女俩，只因七年前那一脚踢，就再也没有见过。那时，小北乘火车逃走，大人们问到他，他只好和盘托出，实情相告。小北父亲立刻报警，又给大连的奶奶拍电报，忙得不可开交。正急得团团转，几天后，奶奶打来长途电话，说小北很好，不回贵州了，就在大连上学了。她父母这便只好作罢，任她在大连住着。

小北既带了汉子来，便再无缘见他，只对人说了一句话，道："像他，那才叫好呢！穿衣得体，有才有情。找男朋友得找这样的。"

有人把这话传给他听。这是他听到的小北的最后一句话。

五

二厂在篮球场一侧的空地上建起一幢办公楼，从山上俯瞰呈L型。长竖是主楼，短横是侧楼。主楼有五层，侧楼有四层，但侧楼顶上是一个晒台。从主楼最贴近侧楼的一个窗口望出去，仿佛晒台就在眼前，才一步之遥。

楼房刚建好，大部分房间都空着，他和几个小孩上到主楼五层去玩。那最大的一间正好贴着侧楼的晒台。他们在里面疯玩，跑到窗子边对着楼下街道上的行人大喊大叫，这么着还不过瘾，有人便逞能说，他可以从窗台上一跃到晒台上，说着就真的跃过去了。其他小孩看他过去，也纷纷随着跃过去。轮到他，他往楼底下看一眼，倒吸一口冷气，顿时腿脚发软，但别人都过去了，他不甘示弱，也鼓足勇气，双眼一闭就跳跃。幸好，他跳过去了，只是前脚跨到护墙上，后脚滑了一下，差点就失去平衡。他的心跳到嗓子眼，仿佛魂已经掉下去。他转身趴着护墙再看一眼下面，定在那里好一会儿才把掉下去的魂提上来。

当时，这事随着一群人又接着玩其他游戏也就过去了。

学校的教学楼也是一幢俯瞰呈L型的建筑，长竖那条有四层高，短横那边是三层，三层之上也是晒台。他和同学们也常常趁放学后四层空出来时去玩跳跃。

他们这么玩，已经有一段时间了。

四月的一天，那天是周日，下午，他去学校教室里取遗忘的铅笔盒。下楼的时候，他听见一片嘈杂的说话声。他朝传来声音的地方望去，见有三五个人围在一起，蹲在楼前的空地。那正是主楼与侧楼的夹角处。

他走近听见人说："这么高摔下来，一定摔坏了。"

"快背到医务室去看看。骨头断了吗？"

"他还能动。"

"痛吗？"

他见人们围着看的是一个大男孩，大概有十六七岁的样子。他认得这个孩子，叫大明，是留级生，考不上高中，一直在读初三都快两年了。大明个子高，脸却小，表情冷漠阴狠，有豺狼般的眼神，一副杀坯相。大明爱欺负人，他的帽子曾经被大明抢走。人们都躲着这小子，离他远远的。

他上前仔细辨认，看那躺在地上的真是大明么。大明那么凶，块头那么大，看着谁也打不赢他的样子，现在竟倒在地上爬不起来了么？这是摔得半死了么？是从晒台上摔下来的吗？他们几个人是一起玩的，也玩窗台跳跃到晒台的游戏。大明的腿那么长，照理一步就跨过去的，可是，别人都没掉下来，怎就偏偏大明掉下来了呢？

大明哼唧着，面部抽搐，本来脸就小，这下几乎都缩成一团了，整张脸就像一个捏紧的拳头。

他见大明像散了架似的瘫在地上，有一条腿从胫骨那里外翻出去，显然是折断了；又见人口角吐涎，面无血色，根本无力挣扎。

“医务室没人，今天休息。”一个男孩回转来说。

“那快叫人来拖他去医院吧。”又有人说。

这时，看门的校工过来，见状知事情不妙，就赶紧去拉黄鱼车。

黄鱼车拉来了，几个人费好大劲才把大明装上车。校工骑车，众人在后面推，一行人就往基地医院去。

他一路跟在后面，想看一个究竟。

基地医院离学校有很远的路，从一厂大门朝北有一条路向北伸出去，绕过许多小山冈，大概有六七里地。

他看见大明时，人已经摔下来有半个多小时了，校工又去寻车大概二十多分钟，这下去基地路上又花去将近一个小时，这样，到医院时已经磨蹭了两个多钟头。

基地医院急诊的大夫一看这情形就晓得情况严重，立即吊盐水，又调血浆，可是血库里没有血浆了，便征集来人的血，那个校工是O型血，他爽快地答应抽他的血。一起来的人都趴在诊疗室的窗户上向里看，看输血能不能令大明好起来。

终于，大明的父母赶来了。他母亲抱着他的头哭。大明脸上有了些血色，人苏醒过来，说：“妈妈，我想活下去，我不想死。”

医生们商量一阵，决意送他去大连医学院。这个大连医学院在火车站附近，是原先那个关东军医院，后来迁到遵义的。据说，那里的条件好，医生水平也高。医学院住院部的病房里每张床都配有羊毛毯，当地农民住进去，有的出院后顺手就把毯子带走，拿回家当宝贝藏起来，珍惜得不得了。

医生叫来护工将大明抬到担架上，他看见他们翻转大明的身体时把他那截断了的胫腿压到下面去了。他替大明疼了一下。

“医生啊，大好人啊，你们要救救小囡！”大明的母亲拽着医生的白大褂哭喊。

“他内脏破裂，大出血不止，我们这里做不了手术，快转去大连医学院，恐怕还有救。”医生说。

有人在边上插话道：“看是好起来了，人醒过来，还说话呢。”

那个献血的护工说：“怕是回光返照呢！我的血也救不了他。”

他在一旁替大明感谢那个护工。他想，怎么没人想起护工呢？护工是真正救大明的人，大明的家长应该感谢恩人才是。如果感谢救命的人，就会有生还的希望。谁在这个时候忘记救恩，谁就要倒霉的。

他看见大明的父母上了救护车，守在他们的小囡边上。车门被合上了，汽车旋即驶出基地医院。

那些和大明一起玩跳跃的孩子，那些路上跟来看热闹的，还有他，都被撇下在医院楼前的空地上。大家魂不守舍地逛荡着，又寻着进出的医生护士问关于内脏破裂的知识。究竟也问不出大明将死将活，便散去，垂头丧气地走原路回家。

翌日，是周一，他早早来到学校，一进门，便听见哭天喊地的声音。他寻声而去，到主楼和侧楼夹角的那一处，见许多人围着。他挤进去到中间，那正是大明摔下来的位置。大明的父亲叫来一帮人在挖地，说要在这里做一个坟墓埋葬大明。大明的母亲和几个女眷在一旁哭，边哭边说：“死在哪里就埋在哪里，你们赔我儿子的命！”

大明显然是死了。昨天他眼睁睁看见人如何奄奄一息，如何输血回过神来，如何几近要活了又摇摇欲坠；如今坐实了，手术没有成功，人死不能复生。死亡原来那么近，就在他身边，就在他同校的同学身上；那个曾经夺他帽子的人，他不是很凶很强壮吗？可是一摔下来就死了，内脏原来比外壳要脆弱得多！生命是脆弱的，而他是脆弱中的脆弱，居然也跟着一群不知脆弱的人去挑战生命的极限，去玩跳跃的游戏。那是跳跃生死的界限。生与死之间一定隔着什么，死的不能来，生的不能去，凡去的必是死的。那隔着的东西看来很薄，比窗户纸还薄。那么，活着太需要小心了，谁知何时何地不小心就碰破那纸呢？他是妹妹的哥哥，他是爸爸妈妈的孩子，他不想死，不想让他们像大明的亲人那么难过。那死的魂灵在阴界听到如此号啕会怎样呢？如果真有魂灵，那定然比号啕的人更难受。

可是他忽然听见有人说："他们家有三个女孩儿呢，只这么一个儿子。他娘恨不得死一个女儿，来换回儿子的命。"

啊，伤心是真的，伤心是假的。因为，如果大明的娘要杀掉女儿来挽留儿子，那么，她得多狠心啊！狠心不是伤心啊！狠心的人心已经死了！

他又想，大明死了，这是一个教训，如今想来，每一次跳跃都是向着死去的，每一次跳跃想想都那么后怕。他好像已经死过无数次。他下了决心，再也不做跳跃游戏，再也不做任何危险的事情。他要好好活着，要长寿。生活太美好了，即便有不如意，即便有时痛苦烦恼，都是活生生的，都是光亮的。死了就什么也没有了。他一边惧怕，一边又感受到巨大的幸福袭来。这幸福来自别人死的教训。别人作为他活下去的代价被支付了，他的生命变得尤为贵重起来。

那个周一，他相信，大明是为他死的。既如此，他一定是被命运看重的人。他会成为一个重要的人吗？他来到这个世上是肩负着使命的吗？他这么想去，渐渐变成一个有敬畏心的人。那一天，他分出贵贱，而区分贵贱的竟不是地位出身，而是有无惊惧，是否始终身陷惊惧。惊惧的人有福了，因为福气不来自人，福气乃是一种承受。

啊，有的人有使命，有的人为人的使命而存在，而使命来自惊惧，选择是从认识惊惧开始的。越惊惧越重要，越大胆越不重要，直至遭弃而废。那些在无知中没心没肺的快乐、狂妄、自觉理所应当的人原是被命运遗弃的人！

六

他得到一枚真的子弹，驳壳枪子弹，9毫米口径的，大的那种，弹头是圆的，铜包铅的。之前民兵连长小王给他的是7.62毫米口径的，比这个要小一点，而且内里没有火药。这次他得到的是一枚有火药的没有发射过的子弹，火台没有凹坑，是真正有杀伤力的武器的一部分。这颗子弹捏在手里沉甸甸的，在阳光下熠熠生辉，他几乎能闻到那特殊的铜和火药交杂在一起的味道。

这枚子弹是龚小军给他的。

龚有一回拿来几枚子弹壳，三八式步枪的那种大号弹壳，他感兴趣，龚就给他了。之后，他又问龚哪里得来的，龚说是他父亲打靶拾回来的。龚的父亲是民兵连长，是农村里的民兵连长，小王是工厂里的民兵连长。既如此，他想龚与他亲爹的距离总比他与小王的距离要近，那龚的民兵连长父亲就是真正的民兵连长，管他是农村的还是工厂的。于是，他向龚提出，他想要各种型号的子弹壳，步枪的，冲锋枪的，机枪的和手枪的，他愿意拿他的小人书换。他有整整一箱子小人书。他提出，一本换十枚。第一次换，龚拿来二十枚。第二、三次就只有十枚。以后，龚说看得快，要更多才好，不如两本换十枚。这是涨价了。又过一阵，龚开始挑剔内容，说不精彩的只能换五枚，精彩的可以换十枚。他也没意见，只关心得到再得到，只求型号多样化。龚的胃口越来越大，开始要系列书，一套完整的才换，单本的或不齐的便不要。他便给系列的，只是又提出要子弹夹、子弹匣。这些龚都满足他了。他一共得了两百多枚各类子弹壳，还得到两盘冲锋枪圆形弹匣和一个大的轻机枪矩形弹匣，另有几个普通的弹夹。他们两人在各自的爱好中不断升级。他那边小人书没有几本了，所剩的都用来铺设在箱子第一层，以掩盖下面的子弹壳，偶尔打开箱子时遮一下父母的眼睛。龚提出要《三国演义》的全套。他没有。龚说条件是给他一个真的手枪套和一枚未发射过的手枪子弹。他动心了，便回家纠缠父亲。父亲说市里的书店都没有卖的，只好托上海姑妈去买，再寄来。这便等。那时，去一封信要四五天，寄回一个包裹又要四五天，加上中间去买东西花的时间，或者最快也要十天才能得到包裹。

十天过去了，没有包裹来，却来了一封信。信中姑妈说，《三国演义》全套还没出齐，大部分店里也只有前面的或者中间的几本，问要不要。父亲说与他听，他不置可否，回答不上来。他又去与龚商量。龚说，既没有出齐，那已经出的都弄来也成，只是之后再出的给他续上就行，续上的是欠下的，不交换东西了。他说，这也算预支，既预支，索性先给东西吧。龚也不小气，立即就从家里偷了父亲的枪套和子弹给他。

他拿着这子弹，开心到忘我的地步，走在街上丢了自己，只剩下子弹。在放学回家的路上，他就是子弹，一枚子弹在街上滚动。这便引起人武部的白科长的注意。

那白科长尾随着他，跟他到僻静处，拦住他说："你手里拿着什么？"

他立即找回自己，将子弹揣到兜里，回应道："没有什么。"

"我明明看见你拿着一颗手枪子弹在玩。你哪里弄来的？"

"哦，那是弹壳，不算子弹。"

“我看见有弹头。你拿出来让我看看。”

“有弹头，里面没有火药。”

“给我看看。”

“没什么好看的。”

白科长再不说什么，直接伸手去掏他口袋。他敌不过白科长，子弹被搜走。不想，他猛地抓住白科长手，狠狠咬下去，白科长一声惊叫，子弹坠地。他拾起子弹撒腿就跑，白科长在后面追不上。

可是，白科长去找他母亲，说事情很严重，不可有一粒子弹落入危险，必须追讨回来。

“那又不是他的子弹，凭什么他来追讨？”他对母亲说。

“那这又是谁的子弹？”母亲问。

“我捡来的。”

“你哪里能捡来这样东西？”

“我去贵州人的靶场玩，在那里捡到的。”

“这还好，你终于说清是哪里来的。否则，我们会被带去问话。”

听到这话，他知道事情严重了，但他更确信子弹是真的，更珍贵子弹，不愿意交出去。

“你不交出去是肯定不行的。他拿你没办法，他可以管到我。”

“这会有什么后果？”

“处分，扣工资，或者开除。私藏武器弹药是违规的，甚至还可能坐牢。”

想到母亲会为他坐牢，他难过极了。他突然失声恸哭，他哭着把子弹交给母亲。

他开始感到可惜，一整套《三国演义》白白给出去了，问题是书还没到，到了要给龚，将来凑齐的还要给，这么长时间只给出却没有收获，这是什么事呀！

他需要一点安慰。

他将事情原原本本告诉龚，龚说那就等等，等再寻到子弹给他，不会再要他新的付出，又说请他吃好东西，算作补偿。

当天下午，龚就拿来补偿他的好东西。

那是一窝老鼠，刚刚生下来，通体纯赤，眼睛还未睁开，小得像一个个枣子。

“我娘守着老鼠窝好久了，昨天就说估计今天会生。一生下来，她就将母老鼠引开，一把就连窝端起。”龚用一块布包着这些幼鼠，这会儿小心展开给他看。

“这就是你说的好吃的东西么？你用这些来补偿我？这可是生的呀！要我拿回去给我妈妈煮熟吗？”

“不呢，生吃就行。”龚说着抓起一个就塞到嘴里。他甚至听到那幼鼠还在叽叽地叫，虽声极弱，却听得出惊惨。

“这可是活的呀！”

“生鲜活吃才够味。”龚又抓起一只递过来，“哦，我忘记了，我还带来佐料。”

龚从书包里掏出一个小袋子，解开，将佐料倒在书桌上。那是辣椒粉、胡椒粉、花生粉、盐和生蒜末。龚将一只幼鼠蘸蘸佐料，送到他嘴边。

他僵住了，既不敢推却，也不敢看一眼。他只说：“不不不，我不能吃。我吓死了……”

龚不理会这些，反倒更热心地往他嘴里塞。他紧闭双唇，死死不开启，嘴角被涂满了佐料粉末。他觉到自己像是被蘸了佐料的生肉，也要被吃掉。

他殊不知，当地人吃刚生下的鼠崽，正好比上海人吃深秋的大闸蟹，是一道极美的肴羞。

龚既撬不开他的嘴，便深感失落，心里不快起来。没有看上么？这么好的东西竟看不上？要么愚蠢，要么骄傲。

那个下午，他们不欢而散。

之后，龚虽与他同处一条课桌，却各自尽量扭过头去，几近背靠背地勉强坐在一起。他想，他吃亏大了，子弹被没收，小人书还要照约给龚，所谓补偿比受刑还遭罪，他这是怎么了？走上霉运的路了吗？他计算他从龚那里得到多少、失去多少。他轧不平这本账，心里闷闷不乐。他又变得孤独，他又想起那些大山。他曾经想，这里的大山非有秘密或者珍藏不可，他后来与龚相处，难道不是为了靠近大山？他要探究大山的底细，他不能白白来到这个地方。如果龚作为进山的通道已然阻断，那么，他就自己干，孤军作战未必一无所获。

这是临近四月的春天，他在午间来到堡坎上墙外的后山，那里有个小水库，积蓄着从山上流下的水。他顺着水库的管道向后山之上的高坡行去。他从来没有走过山路，不知道如何攀上山坡。他以为爬山就是向上奋力爬行，好比攀高，只是向上用力而已，殊不知山上也是有道的，也可以循道而上，如果寻到了上山的路，上山并不是他想象的那么吃力。他这时只懂顺着水库的管道向前，这样，他花费了很长的时间才爬上高坡，因为他是依着管道在梯田的边缘上绕圈。真正的大山是从高坡的上缘开始的——先是主干道那边相对平缓的坝子，然后是顺着上坡建造的堡坎，堡坎后面是一块平地（就是水库的所在），这好比一个平台，再往上是一个缓起的大高坡，农民在高坡上开垦出许多田地，到达高坡的最上面才实际上到了山脚下。这山高高耸起，布满苍松和各样乔木、灌木，密密匝匝，临到跟前，只见深邃无底。此间，他发现一条清晰的路，直伸到林子里。他顺路而上，一点也不吃力，只是脚下很滑，不慎就会跌倒；原来山路上覆满了松针和落叶，是往年从树上落下的。他拿树枝去挖一下落叶层，看见下面是黑黑的土，还闻到从来没有闻到过的深厚的腐殖物的气味，那并不腐臭，倒是透着重重的腥味和馨香。他不敢挖深，怕挖到鸟儿的尸体。他想，既有松针和树叶掉下来，指不定也有鸟儿老死落在土里。他喜欢腐殖层土质的味道，他不想因动物尸体的恶臭而破坏这美好。

他喜欢山里的味道，这是古时的味道，他因此懂得时间可以消去污秽。一个生命死了，血肉就腐烂了；烂透了，就成为粉末；风一吹，雨一冲，就没了。凡经过很长时间的，必然就干净了。山就是这样的，它是巨大的容器，它的泥沙岩石磨砺一切，它的野草和树木招聚风霜雨雪。有什么脏东西不在这里被消化了？风化，石化。古，就是一叶薄纸，去掉血污和赘重，剩下结构。腐肉意味着死，枯骨却昭示时间的痕迹。

他深切地感受到，那高坡的边缘和林子之间的界线是人间与天地的界线，越过这界线就出离了人的世界。

山路很滑，松针和落叶覆得满满的，显然，很少有人深入树林。既有路，必是有人踏出来的；或者那是古人，是旧时代的人，而如今人们只醉心于山下的生活。他有点失望，又充满好奇。他失望于爬山不是他从电影和书本里看来的那样，充满艰险，一不慎将坠入深渊，或一点行进的支点都没有，要披荆斩棘；他好奇的在于，居然有前人为他铺开一条可行的道路，与人间的道路并无异，哪怕有些滑，哪怕崎岖一些、曲折一些。如果只是这样，那么，山的神秘在哪里呢？啊，并不是谁都晓得这条路的。这是秘径，只有走过的人才晓得，只有得着指点的人才寻得到？那么，谁指点他呢？谁告诉他这条路的呢？他怎就一上来就踏上这条路的呢？也许这就是天意，就是命运的指点。倘如此，那么，他便不可以轻易将这秘径告诉他人，他要在心中严守秘密，这只属于他一人的道路要深藏心底。

他要发现更多的秘密来证明大山的价值。

他在一个拐弯处发现一块突起的石头，他在石头上坐一会儿，那是曾经的人以石为凳的体验——石头作为凳子当然与木的铁的凳子不同，后者太一般太平庸了！他转身发现石头与土壤相接的缝里有植物生出，啊，那是小松苗，就是一棵很小很小的松树。你们谁见过这么小的松树？只有一蓬松针，还没有分叉，原来边上的参天大松都是由这样的幼松长成的！他拔出一株，想带下山去，回家栽在盆里，再捡一些怪石回去，搭配在边上，那才是真正的盆景呢！当然，他不会告诉人从哪里得来这么可人的松苗。松苗定是大松上的松球里落下的松子萌发的。于是，他抬头寻松树上的松球。那些松球很小，还是青果，倒是地上有许多大的褐色的松球，已经绽开。他拾起一枚看，里面一粒松子都没有。是鸟儿啄去了么？还是纷纷脱落，掉进泥土了？他这会儿多想吃一粒松子啊！

他弯过一道又一道山路，他发现宽的地方有三尺多，窄的地方不足一尺，刚刚容下成年人的双脚；山路大部分是贴着山体盘旋而上的，只有小部分是直接沿着坡面上升的，原来早先前开路的人们是为了躲过陡坡，寻找相对平坦的地方行走。他不大满意这样的路径，因为这使得山路看起来不够险峻，也不够突兀，有时只不过与山下野地里的路相似。他对大山的幻想里有很多自我添加的成分，他放大了各类元素的属性，他希望大山足够神秘，足够凶险。他的想象中有野兽出没，有断壁悬崖，有猎人和陷阱，有奇草灵药，有龙潭虎穴，有宝藏神物……这是一种真正的浪漫主义，里面怀着对日常生活的深深不满。如果山不过是下面生活的延伸，是宿舍楼的后花园，那还有什么意思呢？他拿什么去对抗平庸与无聊呢？

他独自一人在山间行走，总觉得会忽然遇见什么。他其实内心非常恐惧，这证明他的信心很大，他的恐惧大过他的失望。他听到鸟鸣，听到风过树冠，也听到自己的脚步声，但当这些声音此起彼伏或者相互掺杂之时，他以为他听到了别的异常的响动——难道有狼嗥虎啸？难道有生活以外的野人出没？他看见一个脚印，在路旁湿泥上，那是真正的脚印，并不是鞋底的印迹，而是分明有足趾的形象，大趾抠得特别深，小趾淡淡的，仿佛上跷着，像是一步下去不慎踩空的样子，难道有人差一点在路旁滑跌吗？不管怎么说，这是人类的足印，是成年人的足印，不穿鞋子赤足的行者留下的。在他的印象中，这里的农民也是穿鞋的，几乎没有看见过光脚的。这令他异常满足，也更加好奇。他想要寻到这个人，也害怕在他心里没有充分准备好之前这人突然出现在眼前。他甚至立即小心谨慎起来，一切风吹草动都令他警觉。

他看到漫山遍野的杜鹃，这时正是这种花盛放的季节，红的、紫的、粉的和白的，松林下花团簇簇，散发着淡淡的香气，闻久了有饮酒后的昏醉感。这时，他并不想摘一朵，也不想与龚在一起时那样吃一些，因为他觉得满山的杜鹃都是他的，他拥有所有的花，这花简直就是为他一人开的，他何必像难得一见时那么急迫呢？他下山以后可以对人夸口，说花算什么，他知道一切花的秘密，并成为花的熟人，谁想要多少，他就可以给多少。人们将因他而免费得到这个春天所有的花。他终于从上海花园的禁锢阴影中走出来，原先那些在上海园林和私家花园中的花是被管起来的，而在这里，他与花的关系是自由的。他看见花叶是昂扬的，花茎是挺拔的，他第一次感受到有一种野力支撑着杜鹃。看哪，他发现枝条那么饱满，内里的汁液快要胀破流出来。原来活的花枝是这样的，它们向你证明你是杀不死它们的，倘你下手，甚至会有一个像龚一样的男孩从花枝里蹿出来，紧紧掐住你的脖子，令你摔倒。这就是花仙子吗？不要啊，花仙子太柔弱，不要这么说，这是所有野物的力士，是他敌不过的。他羡慕这样的力士，他知道他自己终究不会是他们。他要与野物的力士为友，好叫他获得特殊的支持，这样，他在平常生活中就是不平常的人，好像一个柔弱的书生在江湖上有路子，结交到一些绿林好汉，有强人的背景。当他对着众人说“我山里的朋友”时，他该有多豪气！

他也试图离开山路，下到丛林里去，看那样是不是就有想象中的历险。然而，他的脚一伸进丛林，就被荆棘、芒刺和蔓藤勾住，在他还没有迈出第二步之前，他清理这些麻烦甚至花掉十几分钟的时间。原来有一条山路是多么不容易，那要多少人多少步子去克服野草野枝的缠绕，或者前路还有坑洞，还有沼泽，不定有多少人跌倒、陷进去呢！这不是艰难的问题，这是强大的阻扰力量，是凭一己之力难以战胜的。可是，那些战争片中的丛林埋伏、漫山围捕搜罗又是怎么做成的呢？那只好凭运气了。他这么想着，也不愿意再迈出去一步了。因为，也许前面有好运等着他，也许前面又都是倒霉的各种难以猜测的名堂。他不愿意出离可控的范围去碰运气。

山的底部杂草为多；山的中部最险恶，腐殖层、高大的乔木、草叶底下走向不明的沟壑等等，太多的不确定因素纠集在那里，又有云雾和瘴气汇聚，阴森森的，不宜久留；再往上，山的高处靠近顶端那一截，植被稀疏一些，也矮一些，山石和泥土渐渐显露出来，看起来倒安全许多，也接近书本里画的那些有人行动的山景。他终于接近山顶，道路虽然陡峭，却因看得分明而信心倍增，哪怕不得不抓住向上的路中间突出的石头攀爬也不再害怕，只用力即可。

他终于攀上山顶。不想顶上并无多少平地，只有一线窄道；整条山脉好比长龙，所谓山顶就是逶迤的龙脊。他行走在龙脊上，一忽儿左边有点缓坡，一忽儿右边直落千丈。这种感觉又刺激又怵怖——他想大明从四楼摔下去就呜呼了，这边倘掉下去还不粉身碎骨啊？他揣摩了一下，决定朝东面走过去，因为他本是心血来潮要登山的，这时间已经接近上下午课，他须要朝学校的方向挪步。他相信神秘的山间道路一定是近道，电影和书里都这么说的，小路都是近路，大路都是远路。他告诉自己，他朝着东面走去，望见山下学校时再寻下山的路下去，这便定能比同学早到。

他走到电视发射塔附近，发现这里修了石阶，顺石阶一路下去，就可以到九厂，再顺九厂外的石子路下去就到了学校后门。

他进到课堂时，已经是下午第二节课了。这显然是大大地迟到了。他想，这次是因为不熟悉山路，在山上费了好多时间，如果之后走熟了，一定会比别人先到。之后，他每日午间都上山下山，他确实越来越早就到达学校，只是他一次比一次提早从家里出来。他要证明他的时间，也要证明山路是近路。这时间不是钟表限定的，这远近不是家与学校的距离，而是现实与他内心的距离。

他上的这座山，叫作凤凰山。他真的在山上看见过拖着长长的尾巴的飞禽，他认定必是凤凰。他还在山上看见过朝东的山脊旁某个洼地里的两座古墓，那碑文历历在目，只是他还看不懂上面的古字。墓身很大很高，掩映在榉树和檀树细碎的叶子下；离开山脊的路，顺向南的一个缓坡下来，像是一个浅浅的山谷，墓地就在那里。其实，这里是谷地的最高处，倘接着朝下面走，就进入一条深谷，一直可以通到火车站附近的东市。他也顺着山脊朝西走过一段，那里有一块巨石，石面非常平坦，他静静地坐在上面，可以看到山北之下所有的景色：主干道上的工厂、宿舍，远处的农田、水渠、河流、村庄以及一座座坝子里的小山丘；他看见那些卡车、马车小得跟火柴盒似的，行人就更小了，好比蝼蚁，有一次他居然集中目力看清贝拉的父亲从锯木车间里出来。太好了！如果有一架望远镜，他就可以在山上看清山下所有的细节，或者还能看到宿舍楼的屋里去。这巨石是他攀登后的休憩处，缓释他的疲劳，安顿他的激情和幻想。一个少年的心栖留在山石上，慢慢铺开，慢慢熨平，呼吸渐趋安稳，思绪如织物缜密而有序。云霞也栖落在上面，有一只长尾的飞禽停在他身旁。他就这么在煦风和暖光中瞌睡。这时，弦乐从四周植物的叶尖渗出，弥漫，分离成交织的声部将他的梦托起，并伸展到极远处，又提举到极高处。

山是他独享的一本书，他在醒时与梦中翻看。他所阅见的是他的课本中没有的，也是家中床头那个夜壶箱中没有的。上天是最直接的导师，亲领他看他前辈和同辈的许多人未曾见到的一切。他从穿过松针的风里辨清古人的面貌和丹炉的青烟，他跟随背篓里装着小孩儿的矮小的老妇人走到山脊的尽头（那是他在山中第一次遇见人），在那里，路突然断了，那妇人与孩儿也立时不见了，那是传说中的巫婆和神童吗？他也因口燥寻泉水，在大墓边上发现窄小深陷的水渠，他怀疑水是从墓穴里涌出的，这样的水他敢喝吗？他讨厌那个大门始终紧闭的电视塔，它高高在上是什么意思？谁给了它权力可以俯视众生？它以为它凌越绝顶看透了大山的秘密吗？人的手伸进大山的肚腹，那么肤浅、傲慢，而又苍白！他无数次在宿舍的电视室里看见屏幕上冒雪花，他暗暗发笑，那定是山神中断了发射信号，给它颜色看。

他一觉醒来，见有一位长者坐在他身边，静静地吸着旱烟，远眺西天。

他犹疑所见，老者却开口说话：“好睡呀！”

老者说话是当地口音，这给他一些真实感。

“我爬山累了，倒头就睡了。”他赶紧坐起，想遮盖什么，怕梦里的东西被老者看见。

他注意到老者穿一双旧的球鞋，人干瘦干瘦的，脚码也不大，合不上他曾在路旁看见的脚印。这令他有些失望。

“你不是山里的人？”他问。

“我是山下的人，我到山上转转，看林子。”

“这林子还需要看么？难道会有人偷树木？”

“倒是没有人偷树木，只是常有野猪、野鼠、黄鼠狼一类的东西出没，有时会咬树根、树干。”

这话叫他兴奋，他还没有遇见一头野兽呢。这么说来，山里果然还有野兽。

“这么大山，应该还有豹子、老虎吧。”

“自从修了铁路，火车呜呜叫，许多野兽都被吓跑了。虎，我从来没见过，也没听人说起过，但我小时候是有熊和豹子的。”

“我不相信火车可以吓跑它们。如果是这样，那为什么野猪和黄鼠狼没被吓跑呢？熊和豹子走了，为什么它们独独留下呢？”

老者回答不上他的问题，转而说其他：“你是山下厂里的孩子吧。”

他不敢正面回答，他晓得厂里人与乡里人处得不好，他只说他是老师的孩子，因为教书的人普遍得到尊敬。

“你识很多字，是读书人，你还问我这些？你该是知天知地的人。”

“我读的那些书，都是空话，不比在山里转转，还知道些真的。”

“山里有什么？哪里有城里的新鲜事多？”

老者这么一说，他就更失望了。他想，这里的农村人其实不能算真正的乡里人，他们才是叫火车给吓坏了，他们是城市神经的末梢，别看只是细微的须毫，却紧紧连着城市，连着喧嚣，他们比城里人更向往热闹，更怕寂寞。原来他听到看到的，农村人根本就不知道，所以，他们因自己的心愿而闭塞，而贫瘠，而厌弃。山，既不是城市，也不是农村，农村原是因城市而产生的说法，是城市的边缘，是还没有成为城市的城市。他坚信，人迹罕至的地方有深藏的秘密，那些从天而降的信息、世界本来的意思都汇聚在那里。这个老者不是他想象中的人，不是留下那个脚印的人，这个老者不过是替那些要进入城市的人侵犯大山的密探，正是要夺去大山的人。

于是，他起身走开，一直往西头去。

老者在他身后喊："那边没有路下山。"

他装作没有听见，继续朝西走去。这时，他心中甚是不快，觉得一天的愉悦都被这个老头破坏了。他顺着山路走，这路引他到山脊南边的谷地。原来他竟不知这里有一片树木葱茏的深谷，饱受着西边射过来的阳光，视野开阔，景色怡人。他看见有军人在谷中放马，那马高大得出奇，颜色纯正得令他震惊——白如雪花，赤如火焰，真是冰冷与炎热的交互，夏天与冬天和睦地相处在一道。老头不是说无路吗？所谓无路下山，只是无路通向厂区，却有路通向幽处，别有洞天！这忽然又成为他这时坏心情的弥补，哦，简直就是飞跃，翻开了新的一页。

他与山里的事物照面，渐渐认识它们，它们也渐渐认识他。

他对杜鹃花说："啊，明年我还会来，看第一朵花开放，直到最后一朵败落。"

他对大墓和水渠说："我定会解开你的谜底，也要寻到水的来源。"

他对那个脚印说："等我的脚足够大，我要合上你。"

还有那背着小孩儿的妇人走失的断路，还有拖着长尾的飞禽，还有松子、松针、松苗和松涛，还有那铺展他少年之心的巨石，他一一打了招呼，纷纷约下会面的时间。

后来他回去上海，又去到英国，也去过许多有山的地方，他始终惦记着他与大山的约会，也始终在别处的山上得到回应。这地上的山原本是同一座山，所有山脉都是连在一起的。这里的风信子，那里的野蔷薇，都与凤凰山的杜鹃花是亲戚；这里的松林与那里的松林归根结蒂，黑松、雪松、红松也都是一家；至于飞禽，天上飞过的鸟儿们彼此早就相互通报了，都认识他是它们共同的朋友；还有石头，从粗砾到细腻的宝玉美晶，一切悬崖与河滩上的地骨，都传递少年人平躺的身子的体温，都静静为他护身，都与他的骨肉密切相连。他结交谁有结交大地幸运呢？在一切文明的傲慢中，唯有向天地垂下头颅的人会受到保重，会获得最终的接纳。

七

“你骑过真的马吗？”

“为什么要骑？我们现在正坐在马车上，这不比骑马省力吗？”

“那是不一样的。坐马车实际是坐车，人在车上，但骑马是人在马上，人肉与马肉贴在一起，一起飞跑。”

“这很有意思吗？”

“当然！那时间，你就成为一匹马，一匹骏马。骏马就是千里马，万中挑一，是马的马。”

“你不是骑马，你是吹牛吧！你哪里见得到千里马？”

“我还真的就骑过千里马，第一次骑马就是千里马。”

“算了吧。你今天第一次坐马车还是我带你坐的呢！”

他和龚小军坐在马车后面，说着上面这些话。他们和好了。起因是龚那天下午说，村里有马车要运石头到桂花村去，那个车夫是龚家的亲戚，他们可以搭车去玩。

下午三点钟光景下课后，他们两人去到一厂门口，那里正对着去基地总部的路，龚说亲戚的马车一会儿会路过这里，他们便守在路口等车。果然，大约一刻钟以后，那马车来了。那是两匹马拉的板车，上面放满了花岗岩石块。一匹白马，一匹灰马。那是极小的马，却正是他到遵义时最早见过的马，如今忽然在他眼里小了，那是因为那次他在凤凰山谷中见了军人的马，还骑上军人的马。

那天，有个士兵喜欢他，与他说得来，就一把将他抱起，放到马鞍上。士兵告诉他，骑一会儿也无妨，如果他不害怕，士兵愿意也骑上去，在他后面抱住他一起在谷中策马跑几圈。他说他不仅不害怕，而且愿意骑在马上一直不下来。于是，士兵翻身上马，抱住他，稳住他，一蹬马肚子就飞驰出去。啊，那马实在是太高大了，有一米六还多，比他身子要高，那士兵的头也只刚刚过马背一点，士兵说这是苏联奥尔洛夫快步马，跑起来速度惊人。可不是吗？他几乎快看不到周围的景色了，不一会儿就到了山下，又不一会儿马返回来跑到了谷中山顶那里。天哪，这种感觉整个人被扔上扔下的，完全没了身子，只剩魂灵在飞跃。他想，倘不是士兵抱着他，他早就被马甩到天边去了。他起先没有准备好，觉得五脏六腑都被颠出来了，后来渐渐合上马的节奏，才体会到愉悦。原来骑马并不是任由马载你飞奔，而是与马一起飞奔，要知道何时跃起、何时俯冲，要懂得马的呼吸和张弛的机妙。跑过几圈后，他以为他学会骑马了，他大胆提出让他自己骑一下，不想士兵竟同意了。那马载着他一人时死活不肯快跑，他无论怎样蹬马肚子，马都只做一点小跑的样子。那马是有灵性的，知道他的主人喜欢小孩子，这小孩子是主人的朋友，它不忍伤害他。但不管怎么说，他骑过最好的战马了，还是一人独自驾驭的，从山顶冲到谷底，又从谷底返回来。军哨吹响了，军队集合，军人们纷纷骑上马，一起要回军营了。他与那个士兵告别，依依不舍。他们约好之后再会，军人说每星期一、四两天的下午他们会来。

这就是他第一次骑马的经历。这难道不算千里马吗？他听父亲说，古时候燕王想求千里马，得不到，有人搜来一副千里马的遗骨，燕王都珍贵得造起坛台来供奉。可是他竟有幸纵缰一驰，瞬间超越燕王。啊，这种感受是无法说与龚晓得的，曾经沧海难为水，骑过千里马的和没有骑过千里马的，是两种人生。他已然受过大山的指点，也已然由高贵品种的战马承负，他当然已经得蒙王子般的恩宠。那些孩子，不过只是普通课堂间教师的学生，而他是大山的学生，上天亲为他的导师，赐他战马躬屈的尊荣。他想，他是不是生来就与众不同呢？是的，他没有想错。然而，所谓尊贵，是不可与人分享的。真的尊贵是蒙恩者与赐恩者之间的秘密，是不会轻易令旁人看出的。你得着了，还不够吗？你为什么要叫人知道呢？难道恩典是别人眼中的福气么？你之所得是你自己的一份，你尽管好好享用罢了。这是蒙恩者全部的福气。这些，当时他还不懂，他只不断想叫人看见，并在别人看不见看不懂他时苦恼寂寞，有时甚至到危险的边缘，生出些许怨恨心，殊不知倘因此而忿忿不平，他的福气将要被赐恩者收回。既予，亦可夺，原不发乎己。

多年之后他才晓得那拉车的马叫作西南马，头大，身子矮小，善于翻山越岭，可驮重物，日行三四十公里山路，耐力极强，其中有一个品种就是贵州马，这与他在谷中骑的奥尔洛夫快步马完全不同。世间万物禀赋不同，万物万性，各具功用，就像他与龚也是不一样的，他们都是少年人，却是不可调换取代的。有些马驰骋疆场，有些马载物负重；有些人钟鸣鼎食，有些人食其力活命。这些都是造物起先就预备设定的，人伸其志而搏却难易宿命。所谓公义，就是各得其所，各享其份，却不是万物同性同格；这世间倘失去了差异和品秩，便是最大的不义。义是天地间的法则，却终究不是人的悖逆心使然的公正。那翠玉怎可被看作玻璃呢？那东施效颦如何被当作美妇呢？一切期望拉平高矮肥瘦、智愚贵贱的说法、主张、律矩不过是平添人世间更多的烦恼和妄念，却哪里有一桩事体实现了什么机会均等呢？

马拉着板车施施而行，间或排泄，粪便直就落在路上。马排粪时，尾巴会先翘起，然后粪将魄门撑开，团团溢出。这马粪也不臭，有焐熟的菜叶的味道，那是因为马只食草料，鲜的干的植物纤维而已，都是洁净的东西。它们的肚子好似炉灶，用体温焖烂所纳之物。刚落下的粪，湿湿的，还有一些体味，稍后干燥了，就只有草味。所以，马粪不是严格意义的污秽，而是一些被吸走营养的草渣，蒙古人拿来当燃料使，千里草原上，一俟饭点，毡帐上升起袅袅青烟，和着新草的馨香，反倒有一股沁人心脾的美味。

有时马会在排泄时停下来，停停走走，一副懒散拖沓的样子。一般车夫亦任其所为，等急了或重重抽上一鞭，马便识相地跑起来。这类负重驮物的马似乎生来就晓得自己一生都是吃苦，便也油滑一些，得自在时且自在，根本无所谓主人的喜恶。

那马鞭太帅了，细细的杆儿，顶头垂垂有弯，连着长长的皮绳，一鞭子抽下去，声音清脆嘹亮，传到很远，余音凄厉。接着就是急促零碎的蹄声，马儿奔跑起来；或者故意疯癫做坏，车夫就又拉紧缰绳，熟练地驾驭管控。

他们双双齐肩，并排坐在车后，那是绳子绑好石头后剩余的一点空隙，多是故意为搭乘的人留出的；车夫边上也有一个位置，那里有点高，也有点窄，一般会容一个大人坐下。他们喜欢后边的位置，这样向后看着渐渐与乘车前的地方拉远，仿佛与生活现实拉远，好晓得走出去多远，越远越好，越远越历险，越远越仙幻。

一厂大门对着的那条路，脱离了主干道，一直往北蜿蜒出去，马车顺着这道前行。他们二人坐在后面，后面的车身很低，低得他们的脚伸出去就可以触到地，有时他们故意脚贴地来磨鞋，或者拿木棍子在地上划出火星玩，车夫也觉不出阻力增加了，因为那花岗岩实在太重了。

这条道是在众多山冈中绕转伸展往北的，弯儿挺多，坡儿也挺多，一圈一圈，忽上忽下的，倒是曲折出许多风景来。他们看见典型的喀斯特地貌的山岚，那些怪异的巉岩旁的石楠，偶尔有黄鼠狼从洞中蹿出，也有灰头椋鸟驻留在电线杆上，一条不宽的河与公路并行，流转在崎岖坎坷的地的褶皱间。在到达基地总部以前，车夫勒马停车，将两匹马从轭下解出，牵着下坡到河边，令其食草饮水。他们于是也跟下来，在岸边戏耍。那岸布满了砾石，有些圆润，有些嶙峋，有大的礁石伫立河间，他们寻突出水面的石头做支点，又相互搭靠援手攀过去，然后坐在礁石上看急流。这河很深，像是嵌在巨石缝里的，水色苍黑，望不见下面的情形。那车夫说，水下有许多暗穴，通到大海，通到龙王宫，水源也不知在哪里，多少小孩子来游泳被吞吃了。车夫警告他们小心，不要玩疯了跌进水里，那就完蛋了。他们着实被这话吓住了，玩一会儿就从礁石上下来，去到岸边安全的地方翻石子玩。龚说，石下有各类带甲的活物，捉来吃是很鲜美的。他翻开一块大石头，见石下地面湿湿的，有许多不知名的爬行小动物，却不见什么带甲的生物。这时，龚在另一处说有大鳖，他凑过去看，还没看清是甲鱼还是乌龟，那东西就跑得无影了。又翻石头，又用树枝挖软泥里的洞，结果抓到几只河蟹。这令他想起在上海吃大闸蟹的光景，于是便想带回去。龚麻利地抓来一些细藤，将螃蟹捆得牢牢的，八跪二螯伸展不得。

马食饱饮足，车夫牵着它们回到公路上，将它们套进轭下，便扬鞭出发。

车很快就过了基地总部，绕到一座山冈后面。这里是他从来没有到过的地方，他忽然有一点不安，终于认识到离家很远了，这是要到陌生的地方去。说是桂花村，到底在哪里，还有多少路，都是未知。他感到茫然，心里空空的。龚不停与他说话，讲一些捉虫摘果的事，他也无心听，恍惚出神。他就这样，在一丝丝哀愁缠绕下睡着了。

待他醒来，车已穿行在一片古树林中，那些林木的枝头开满黄色的桂花，头顶是花，两旁是花，路上缀满落英，有许多枝条直就掠地拂面。他闻到花香，那是一种诱人生出食欲的气味，又好像哺人以甘醴，令神清气爽。行一程，碎花覆满车身，石上、人上、马鬃上都是一片金黄。那花雨不由分说地下起来，渐行渐浓，雨幕迷离，他们被深埋在下面，看不清彼此。那马儿走得气定神闲，蹄声缓缓，节节有序，宛若一段行弦，叫听着的人悠然自得。

这是一个什么奇妙地方？没来由地就身陷其中？他想着乐曲转折中的过渡，遗憾自己因瞌睡而错过那样的段落就一头栽入华彩的部分。

他们来到一个会堂前，村里的人就上前来卸车上的石头。他与龚便去村中一户人家，那家人是龚的远方亲戚，龚曾经与他父亲来过这家。所谓村，是一条溪涧，许多石屋随着水流绕行而建。溪水派生出许多细流，有的就钻进人家，从房屋中穿过。溪涧的两旁、村外和院子里都栽满桂花树，有的树有几百年的树龄，有的是新栽下的。村民代代栽下新树，树于是越来越密，远远近近，密密匝匝，将村子淹没了。这时候正是桂花盛放的季节，凡来此地的没有谁不说这是名副其实的桂花村。

那家有个老阿婆，矮小的个头，身子却矫健，走起路来像石杵戳地一样铿铿响。她来开门，见两个小娃儿便喜笑颜开。她领他们进屋，倒了桂花茶给他们吃。那桂花茶就是冲烊的糯米软糕撒上新桂花，吃起来淡淡的，香香的，开始并觉不出什么特别，竟越吃越想吃。阿婆去到灶头做点心，说一会儿端来给他们吃。

他们坐不住，去房内各处转，穿过一个过道，来到后院。那里有溪水从天井过，直伸到一间小屋。他们定睛看见溪水里的鱼儿，倘不细辨鱼脊，那鱼身的颜色几乎与水色一致，鱼似乎融在水里一般。他们盯紧那些鱼儿，随鱼儿游动进入小屋。溪水穿过小屋墙边的沟渠，从后门那里出去，归到屋外的水塘里去了。在屋里有一张窄窄的长条桌，一把旧的快要散架的椅子，还有一架一顶帐子罩着的木床。他们看见一幅画儿，依稀看得到一张人脸，是一个憔悴瘦弱的男人的形象。画纸原先显然是白的，但日久发黄，又落了尘埃，这便看上去灰蒙蒙的。

阿婆叫他们，声音洪亮，那响度叫他们有点害怕。他们像被镇住一般，不得不寻声又回到前院的堂屋。阿婆端来两碗水潽蛋，每碗有六只蛋，蛋上撒了桂花。这里似乎做什么都要撒一把桂花，桂花是这里的糖，吃桂花就是吃糖。他在自己家里吃蛋，最多也就两个，龚或者很少吃蛋，此间居然一人吃六只，他们有些诧异。前面说过，凡穷的地方，鸡鸭鹅其实不缺的，蛋更不缺，只是缺猪肉。这里比基地周围的农村还穷些，蛋是唯一可以拿来招待客人的好东西。阿婆说："吃吧吃吧，吃了好有些力气。"其实贫富是一种观念，天予人都是公平的，此缺彼足，在他看来，满村满路的桂花，比黄金还难得；从上海到遵义城到基地，他什么时候见过这么多桂花？他哪里会按外边人的想法想这里是穷地方呢。这时，身在花雨中的他，如同尽享荣华富贵。以不同的观念来理解世界，其实就是见识。他未必真的见过多少世面，但人们不愿意看的、看不见的，他都看了，看到眼里心里去了。

夜饭的时候，车夫也来到这家。阿婆做了好大一桌菜，有炖鹅，有辣椒炒鸡蛋，有各样野菜，也有桂花做的糍粑，甚至还有过年吃的腊肉，只是没有鱼，也没有鳅鳝虾鳖，这里的人与基地附近的农民一样，也是不吃河鲜的。他不解，看着那些随手可捞的鱼儿，心想送到嘴边的美味竟没人吃，太可惜了！饭是糯米、赤豆和苞谷和在一起蒸的。纯的糯米和大米这里是吃不起的，有杂粮吃就很不错了。不过，对于他来说，这么多好菜，吃些杂粮混煮的饭也挺新鲜的。桌上还有苞谷酒，纯澈如水，度数很高。车夫喝得酩酊大醉，龚也喝了不少，他随着他们也喝得摇摇晃晃。这便走不了，只好宿在阿婆家。

车夫去别家睡了，阿婆将他们两个小孩子安顿在后院有帐子的那间屋。这个村那时还没有通电，村民夜里点油灯，或者掌马灯。阿婆拿来一盏马灯，悬挂在帐子外的木架子上。他透过帐子，借着马灯，依稀又看见那画上的人。尽管那人憔悴瘦弱，面貌却和善，眼神也哀怜。他想，这是一个好人，应是阿婆的男人，可能早早就死了，阿婆叫人画下来，放在这里做纪念。他看着这画，心里觉得宁静，甚至也不担忧这么跑出来宿在陌生人家父母是否会着急。他就这么，在淡淡的暖黄的灯光笼罩下，渐渐睡去。这些可口的饭菜和纯净的酒水化作新鲜的血液在少年人的脉管中畅流无阻，南方秋夜爽利的空气此时暗暗潜入毛孔，好睡香甜，一夜无梦。

翌日起来，外面鸟雀欢鸣，太阳光柱穿过桂花树一道道罗列在窗外。阿婆又大声喊他们。他们来到堂前，桌上放着两碗桂花糯米汤圆。阿婆接待他们，是把留着过年吃的不多的糯米尽悉拿出来了。

他边吃汤圆边与阿婆说话："那屋里画像中的人是谁？"

"他叫穆宣明，是贵阳来的画师。那时候，有许多画师和学画画的后生到这边来，画村子，画溪上的石桥，只有他专画他自己。你见到的，就是他自己。"阿婆一边收拾采摘来的草药一边说这话。

"那叫自画像。"他说，"他们是来采风写生的。"

"人家入冬了都赶回去，唯独他不走，一直住在我这边，一直画他自己，画一张又撕掉一张，他不满意。到第二年，他说：'阿婆，我闻不到桂花香了，我快要成了。'他说这话第二天，人就没影了，他的样子就留在画上。"

"那他是不辞而别了。"

“不呢。他的行李和穿戴都在我屋里，还有书本和铅笔，一样没少，就是人不见了。”

阿婆说这话时，他也试着闻一闻桂花香，他觉得他居然也闻不出什么花香了，连碗里的桂花也尝不出味道了。这发生了什么呢？他又想，穆宣明消失的那年发生了什么呢？

他们吃罢汤圆，车夫就来接他们。阿婆与他们依依不舍，说了好些留恋的话，又再三嘱咐龚，说要他转告家人春节来玩来住。阿婆在门口向他们挥手的时候哭了，那情形与外祖母与他别离时一样。他心里很难过，初识的人竟如此深情，这一下子叫他懂得了缘分和人情。原来那些心中有仁爱的人总是有仁爱的，不论初识还是长久相处，而那些没有仁爱的人不管怎样长久地在一道也是冷冰冰的。仁爱不需要时间，因为没有什么比仁爱更长久的。

他们回转的路上，龚掏出一颗三八式步枪的子弹给他，是一颗火台没有被撞击过的原装子弹。龚说是从他父亲的步枪里退出的。

这是一次示好，龚主动与他修好，要回到从前的友爱中。

他想起他们来时在河边捉到的螃蟹，它们好好地被拴在板车下面。原来昨日卸车，车夫特地将它们藏好，没有弃掉。螃蟹吐着泡沫，显然还是活的。这时，石头卸掉了，车上空空的，他们可以平躺在车上，说笑着，一路仰头望着天空。

回到家里，他忐忑不安，父亲却没有责怪他。父亲说晓得他与龚乘马车出去了，因为一厂的锅炉房的铲煤工看见了。那铲煤工是贵州人，与龚家是一个村的，认识车夫，也知道车夫这趟是载石头去桂花村的。

他这便安心，在走廊上玩耍。他想起带回来的螃蟹，就解开细藤，将螃蟹扔到炉灶上的水壶里，因他想起外祖母有时隔水蒸螃蟹，也有时是直接在水里煮螃蟹。又掏出那枚三八式步枪的子弹，想象着子弹爆炸的威力。他也没有枪，也寻不到可以撞击火台的撞针，就直接将子弹反过来摔，朝地上摔，也朝墙上摔，希望摔出去的重力可以撞推火台。可是，这么摔了几次，竟不成功。他又将子弹直接放进火炉里，令弹头不朝着自己的方向。幸好这时父亲从屋里出来给炉子添煤，发现了子弹，用火钳将子弹钳出，翻转过来一看，是未射击过的子弹，脸一下煞白，惊得差点跌倒。父亲问他哪里得来的，为何有如此疯狂的念头扔进火炉里，这是要做什么呢，不怕把自己炸死么？他一句也答不上来。他晓得自己疯狂，可是疯狂的念头停不下来。

父亲这才与他谈话，叫他进屋坐下。他与父亲说了这趟出去的见闻。他说着他的一路经历，也把父亲带到那个花雨浓密的桂树林中。父亲感叹道：“与善人居，如入芝兰之室，久而不闻其香，即与之化矣。”他回想起那个画师穆宣明，又想起晨间自己闻不出花香的事，似乎懂了什么。

父亲这时喝着保温杯中的茶水，道：“这水怎就不对头呢？刚买的沱茶，按说味道清香，怎就有股腥气呢？”

八

这贵州深秋的夜里，风恬月朗，林中叶儿不忍离枝，江上无有波澜，工业和农业于谷中交织展开，寒鹊儿惊霜，已见一场大雪的来期。白的月光，白的霜，墙缝里析出的硝垢，石上风化的盐晶，一切都在渐渐转向白色，仿佛冷却就是一次白化的过程。烈士陵园的花岗岩台阶在月下白得留不住影儿，但凡有影儿落在上面都要照出原形，像是要立起来一样。那厂里的铁皮房子、大烟囱管子、摆在露天的钢材和机器都生出冷冷的白光，这些白光在山峰间的低地彼此相接，宛若一把沉没千年的古剑忽然开光，只见浮光从剑身上掠过，剑啸之声却入人梦中。

他被这剑啸惊醒，从床上坐起，推窗看外面的夜色。他翻窗出来，一跃落到堡坎边缘的台唇。他不晓得自己是怎么过来的，从三楼的窗口跳下，居然毫发无损。他攀到堡坎顶上的窄道，又翻越矮墙出去，到墙外的水库边，顺水管旁弯曲的道走到农田里。这夜他疾步如飞，从田间行到高坡，从坡顶进到森林，又翻越凤凰山，从士兵放马的谷中下来，直往城中走去。他来到烈士陵园下的广场，望一眼陵园那看不到头的石阶，便信步朝上。他听见那剑啸走远了，他这是寻声而来。在顶上平台的石碑前他坐下来，俯瞰山下湘江河两旁月光照射的城厢。啊，那剑在山北，剑声如何遁隐到山南？月缒白练，盘曲此间为江，或者也是另一柄冷剑？古书上说，剑有雌雄。山南工矿之剑与山北古城之剑，新剑与古剑在夜里碰擦么？

他从花岗岩石座边的泥地里拾来一些枯枝，掏出火柴点燃。他这是一边生火取暖，一边玩火。火苗暗弱，柴堆里冒出青烟，烟越来越浓，看似要把火压下去。这时，有一根粗疏的松枝伸进火堆，火势顿时猛起来。他定睛一看，依稀看见是一个少年人，起初只见淡淡的轮廓，像一个影儿，影后的树木、石碑都可以透射过来；随着火旺起来，人形便渐渐清朗，颜色也浓厚，填满充实了，甚至他都闻得到这人身上的气味。他与少年人打招呼，那少年人也不应，只是一味挑拨火头。待火势稳定了，暖意升起时，那少年人明明白白在眼前，于是开口道：“终于烧起来了。从未有人在夜里到这边点火。我已经睡了很久了。”

他又细看，见那人是个士兵，穿着军服，是旧时的那种，深青色的，有些地方已经洗得发白。士兵戴着八角帽，帽檐破了，帽子一边还有个大窟窿。这身打扮，与陵园里石雕上的人物很像。

他指着石雕群象问："你是他们中间的人么？"

那士兵抬头，顺着他指的方向看过去，说："哦，我看不清。他们太高大了。"

"你多大了？"

"现在是哪一年？"

他告诉士兵年月日。

士兵说："我躺下的时候十六岁半，是三九天，比这会儿要冷。"

"你的枪呢？"

"已经断了，在山顶的大石头那边。"士兵指向山谷的方向。那边，正是他躺过的巨石。

"你还有子弹吗？"

"我全打光了。"士兵有些神伤，又忽然道，"你有吃的吗？我好饿。"

他摸一下口袋，找到两颗太妃糖和半块巧克力。他递给士兵。士兵没有伸手接，而是让他扔进火堆。他便扔进去，火苗吞噬了糖和巧克力，冒出浓烈的香味。他看见士兵闭上眼睛猛吸那味，很陶醉的样子。

"你有子弹壳么？给我点子弹壳吧。"他想，至少士兵应该有些弹壳弹匣一类的东西。

"我要子弹壳做什么？我的子弹是用来射击的。打出去弹头，子弹壳就没用了。"

"我给你东西吃，你多少还我点什么。"

士兵怔一下，又突然懂了，于是脱下帽子，从帽子上摘下星徽递给他，道："这个给你，算作报答。"

他接过红星，在月光底下翻覆看。啊，这真是一颗漂亮的红星，沉甸甸的，漆水油润润的，跟他在别的地方看见的都不一样。这是一枚真正有力量的帽徽。

火快燃尽了，他便又去抱些枯叶和树枝来添上。

“你知道他们都去了哪里呢？”士兵问。

“谁？”

“部队。”

“我记得好像都北上了，后来又转到西边，朝云南方向去了。”

“你怎么知道的呢？”

“书上是这么写的。”

士兵无话，起身拍拍身上的灰尘，就走出篝火的光影，顺着石阶向山下走去。

他怕士兵离了阳气会在夜色中消散，便从火堆中拾起几根粗大的木棍做火把来为行路者照明。

他追过去，可是他追不上，只见士兵飞也似向下跑去，一会儿便无影无踪了。

这时，天像是要亮起来，他便只好回转。他想，他出来得太久了，他要回床接着睡觉。

等他醒来，不过清晨六点半钟。他感觉身下有一个硬物，并且有棱角戳痛了他。他伸手去摸，摸出一颗红星，就是他在夜间得着的，在月光下清晰可见漆水油润润的那颗。于是，他便相信夜间出去的事是真的，不是梦境。于是他又担心那个士兵的身形在天明时会坏掉，魂魄无依，流落在街头。他为士兵发愁。

中午他早早吃罢饭，急急就往山上赶。他带着一把花锄，把柄两尺多点的那种小锄头，他要到巨石那边去挖掘，看看士兵说的折断的枪是不是埋在石下某处。

他来到巨石边，一刻不停地就开挖，挖了有半个多钟头，刨出许多碎石和沙土，却不见任何枪械的迹象。他于是又换一边挖。他想战斗时，一定是守军朝着山下射击的，那么，东西应该在巨石靠内的那缘，不会在朝着山下的那边；另外，或许当时有坑道，应该寻石边有凹陷的地方挖。他确实看见石头边有隆起的土堆，从土堆到山脊的路之间依稀有浅坑。他便从这里挖下去，没几下就挖到几个大疙瘩。他将花锄反过来锤击那些疙瘩，一锤就裂开了，原来是一些生锈的弹壳干结在一道，外面还粘连着许多沙砾，无法剥离。这给了他许多信心，便继续深挖。不久，他就挖出一个大硬块，也是粘连着许多附着物，像是石灰岩。他猛击那硬块，一会儿就砸去外面包裹的风化物，露出里面的锈迹。果然是机械，是枪管的后半部分，有扳机和枪栓。可是正如士兵说的，枪断了，前半部分怎么也找不到，至于木制的枪柄、枪托之类的，早就腐烂无形了。他非常兴奋，他此间所得乃是真正的步枪零件，是钢铁的硬物，是有杀伐之力的。他将挖出的这件半残的遗物装进书包，带下山去。

他用了半天的时间，用大小不一的榔头、锉刀、钳子、镊子等工具，终于将这半截枪管收拾干净。他又寻出不同型号的砂皮来去锈，最后又找来一些机油涂抹一番。终于，带着枪栓、扳机的半截枪管亮亮地呈现出来。他把这件东西藏进他曾经装连环画的箱子，时不时又打开箱子来观望。他想，从这后座发射过无数子弹，是杀过无数人的武器，是参加过战争的，仿佛硝烟就在他眼前，炮声和枪声就在他耳畔。也许别人看不见也听不到，家属区的白天静得死寂，而他每打开箱子一次，战火就浓浓地袭来，就进入一次战斗。后来，等机油慢慢渗入枪管、锈迹全消之时，他竟然拉得动枪栓，也可以将那些他搜罗来的射过的子弹卡进去。这太给劲了！这简直就是玩真的！

他白天听说一件事，九厂的技术员的女儿——她与母亲住在遵义城里，就在火车站不远处的东城，因为他们是当地人；父亲是设计院推荐来的有特长的人才，这便到上海的厂来做工——这女孩儿被一群小流氓骗到火车上，他们要对她下手，她情急之下将厕所的门锁上，又打开窗子向车外呼喊，终于到贵阳车站时被人救下。这个事件的一些细节并未导向恐怖和危险，而是令他为这个女孩着迷。究竟她长得多动人，才叫这帮匪徒铤而走险呢？女孩儿叫凯妍，课间大家都在传说她的事，越说越神秘。她并不在子弟学校读书，她应该属于东城的某所学校。那天，有老师在过道里说闲话，说凯妍来找父亲，许多人见到了，女孩儿果然不一般，眸子里透着晕光。学生们闻此，下课后便也有意无意往九厂那边聚集，多少都惦记看一眼虎口脱险的传奇人物。

凯妍从坡上下来了，就是九厂与学校后门连接的那条道。没有人敢靠近她，之前靠近的，这会儿因她走来也散到一旁去了。就这样，她在众目睽睽下走去，穿过好奇、猜测和各样别有用心的视线森林，转弯朝东走上主干道。人们三五成群，这一堆，那一堆，看起来漫不经心地，实际上刨根追底地，尾随其后。她似乎也发现了异常，走走停停，有时忽然转身，眼神犀利地扫一下，人们居然下意识地退后半步。于是，她恶作剧般地，故意放慢脚步，故意拖拖沓沓，甚至买一瓶汽水，在永嘉厂那边路旁的一块石头上坐一下（这路有一边是贴着凤凰山东段的，有些山石会暴露在路旁）。她晓得在众人眼里她有看头，她的发丝招得来、拢得住风儿，风与她缠在一起，人就有了风姿，这便也作为新的风源，设定眼神，设定坐姿，设定回首的体态，其实就设定了吹出去的风的样子，人们受着她的风，身子摇摆，腿脚站不稳了。她莞尔，嘴角掠过一丝得意。

有些人没有耐心了，散了，但还是至少有三四堆人故作镇定地跟凯妍进到东城。那天，他是早早就散去，又偷偷摸回来尾随，直跟到最后的人。他走进一条窄窄的胡同，他看见女孩儿推开一扇生锈的铁门，跨上一圈盘旋的木楼梯——原来她住在这里，屋后就是凤凰山东头的一片柏树林；那里树木葱茏，植被似乎比他经过的山上的任何一处都要茂密。

夜里他在睡中见到那盘旋的木梯，凯妍走到一半，回头伏在扶手上，笑盈盈地看他，道："你一直跟随我，只有你跟到底，我心里晓得。你来吧，我们在公园里的剧场碰面。"

这分明是约会。

他醒来，坐起，望见窗外明月高悬。天气还是那么清朗，风儿平息，唯有嗡嗡的变压器的声响。他决意外出，依然翻窗跳跃到堡坎的台唇。他顺原路翻越凤凰山下到湘江河边。这次，他没有在烈士陵园的广场停留，而是跨过岩桥，往右岸走去。他记得桥头那卖茶的凉棚，那棚子还张着，只是深夜无人设摊。

他进到公园，寻到剧场。所谓剧场，就是在露天排成的石凳，半弧形的一道一道，从高向低，最低处是一个平台。场中空无一人，他并未见到凯妍。他往台上走去，渐起一束光追随他。待他站定，那光亮透，将他圈在其中。他不由得想演奏，可是没有钢琴。他便用手比画着，口里背诵着谱子。台上没有支点，他只好晃动着，游弋着，略陷醉态地空弹。他所到之处，总在那光圈里，他走脱不掉，被光牢牢圈限。他触摸空气，居然有触键的感觉，他分明听到琴音，而不再只是他的念叨。他这时被光照射，看不见台下的情形，这跟众人挤满，黑压压屏住呼吸听他弹奏的真实的音乐会无异。

他弹罢一曲，心念着台下掌声四起。并无声息。于是他自己鼓掌，嘴里还模仿着此起彼伏的哗哗声。他晃着脑袋，沉浸在欢呼中，并学着那声音由近至远、由强至弱。然而，那声音非但没有淡去，甚至中断不了，竟然真的从席间响起。他停下来，定神细听，他分明听见是掌声，真切地越来越响，甚至异常清脆。

“我等你很久了，你终于来了。”他听到一个女孩儿的声音，那是凯妍在说话吗？

他看不清下面，他问：“是你吗？你来了吗？”

“是我，我是凯妍。”

凯妍边说着就向台口走来，他瞥见一截雪白的胳膊伸进光里。他接住女孩儿的手，拉她进到光圈里。

“我约你来，是为了带你去看你好奇的事。我白天一直关注你，我背后长眼睛似的，看见你跟紧我。你那么隐蔽，又那么不依不饶，只有你一个跟我到家。这就说明你是有心人。你想知道我的事情，那就让我来告诉你。”

“那些人为什么独独将你骗到火车上。这件事里，你没有过错吗？”

“你的意思是我勾引了他们？白天你们那么多人看我，也是我勾引你们吧！可是，你们没有谁会对我下手呀？即便你跟我到家，你也没有做什么。所以，不是勾引的错，是那些人心歹。”

“你算是漂亮女孩儿吗？在这个市里，你算一般好看，还是特别好看的女孩儿呢？”

“你想认识最好看的女孩，或者大家公认算作漂亮的女孩。”

“你是吗？”

“你为什么要问我呢？你看不见吗？你不相信你自己的眼睛吗？你究竟是替自己看，还是为别人看呢？别人都说漂亮，你就以为漂亮吗？你不知道你遇见了谁，你也不知道我到这里来有多难。”

“你是从家里逃出来的吗？”

“我有点难过了。不是你认不出我，而是你认不清这件事。”

“这是件什么事呢？深夜在露天广场表演，只有一个观众。我的演奏，唯独你听。”

“许多人都喜欢的东西肯定是俗气的。”

“你不是令许多人喜欢的那个吗？”

“你错了。我是许多人害怕的，想要毁灭的。”

“所以，那些人才要对你下手。”

“你的音乐也是这样的。”

“我的音乐也会在某一天被堵进厕所里吗？我向谁求救呢？”

“如果你想越来越好，那么，鼓掌的人一定会越来越少。”

“这是什么道理呢？”

“好的，都在高处。有几个人能爬到高处呢？大家都晓得的事情一定是坏事，大家都去的地方一定是监牢。”

“你是在说秘密吗？只有秘密才贵重吗？”

“凡是公开的，怎会值钱呢？学堂里教的，都是冠冕堂皇的，哄哄人的。我妈妈告诉我要守身如玉，可是外人说要自由恋爱。我妈妈传给我做女人的秘密，我在哪一本书里都学不到。如果我人尽可夫，还有谁会迷恋我？事实是残酷的，但这并不意味着没有光明。光明是有代价的，人总想便宜得来。爱是昂贵的，不看重金钱的意思是指爱比金钱昂贵。”

“你的意思是你喜欢更多的钱。”

“财富。”

“所以，你到这里来很难。”

“你遇见我也很难。”

“如果你得不到贵重的，就退而求其次要一点好处。”

“那还能怎样呢？”

“从来没有人告诉我这些。”

“人们总是说一套做一套，那并不是因为他们虚伪，而是因为做起来太昂贵，只好相互欺骗，相安无事。这样，看起来很公平，人人都有机会。”

“‘知识就是力量’是一句空话。”

“大家都知道的，都学得来的，不是知识。”

“难怪我弹了那么多琴谱，看了那么多书，生活还是这样，一天天重复老样子。”

“可是你认识了我呀。”

“他们会说这是梦。”

“一个月挣三十块钱，怎么敢进金店去买金子呢？他们想一想都觉得是犯罪。”

“那些骗你上火车的人是强盗。强盗是有眼光的，也有胆量，只是不想支付。对吗？”

“嗯，你说出了我会上当的原因。”

他们这么说着，渐渐天亮了。

他们一起走出公园，见那个桥头的凉棚下老妇人在那里摆摊。他请凯妍吃一碗凉粉，他自己买了两个茶叶蛋。

这是确实的，并不是梦。他曾经与龚在这里吃过茶，也是这位老妇人，也卖这几样东西。

接下来的日子，他每夜与凯妍在一道。他们偶尔也来剧场，但更多的时候是去其他地方。凯妍带他去金鼎山，山脉在月下如蟠龙围绕。凯妍说，皇帝曾经也登临高峰，赞叹那些茅草花。他们于是伸出手臂，仰天摆动，学着茅草花在风中的样子摇曳。他牵着女孩儿的手上上下下地跑，这令他心满意足——多么美啊！多么惬意！他们没有轻亵的动作，他们只是手牵手的少男少女。他们不想分开，只此而已。

凯妍又领他去茅草铺，那里是枪决犯人的法场。白天当执刑时，远近百姓蜂拥而至，看枪声一响，犯人一命呜呼。凯妍说，临刑的犯人要捆紧裤管，怕他大小便失禁溢出来，许多犯人在枪响以前都已吓死，另外，子弹是要收费的，手枪子弹五角钱一颗，步枪子弹一块钱一枚。他问哪处是犯人倒下的地方，凯妍指给他看。他便下到那里去勘察，想寻到血迹，也想探探有没有弹壳或弹头。他什么也没寻见，似乎毙人的地方反而异常干净。他恐惧，但他又好奇，因为这座城市在他初来之时已将罪恶显露：那下身谷道和生殖道的隔膜被捅破的女孩，那些在告示中被判刑的歹徒，还有眼前的凯妍，她差一点也遭到强暴。暴力与美色的距离在这里是那么近，仿佛有暴力必有美色，美色几近于暴力。那么，在这处倒下的罪犯，也抵偿了美色，有多少罪犯就等于有多少美色，为此，必须是异常干净的，罪与美在这里相互抵消了。

他再次向凯妍伸出手，凯妍接住他的手。他从高处将女孩儿拉上来。他的这个行为意味着从罪中将美拉起吗？或者因为他是非暴力的，美即将在黎明前消散？美难道是依着罪而存活的吗？还有别的途径吗？

这座城市一直将美人深藏不露，仿佛没有死的代价是看不见她们的。他总是每次路过一些窄巷一瞥惊鸿，但当再侧脸回望时，已然空空如也。那些不经意瞥见的小家碧玉，曾经令他惊奇，难道这古旧、破落、蒙灰沾土的边远地方也有活脱脱的天香尤物么？啊，确确实实有的，甚至比大城市里的女孩儿要灿烂，往往绚丽到令人心碎的地步。从发现到期待，从期待到搜寻，他的魂渐渐被勾住，如今落定在凯妍身上。如果旧城是一件又厚又破、缝了补了的遮羞衣裳，那么，新妇则好比城的私处，要紧锁而幽闭的，怎好与他面对面、眸子对着眸子直勾勾地看呢？他忽然获得犯罪感，忽然确信眼前的美。夜色啊，再浓一点，浓一点；夜的光景啊，再长一点，长一点！因为，只有夜掩护了这一切，罪恶只在夜中得以存在。夜的黑证明凯妍的美真实不虚，但当白昼城市醒来之时，美妇是要被夺回去的。

凯妍不属于他，他只不过觑见了秘密。多年以后他知道，他得以与少女邂逅，得以牵手，都是有代价的。那代价是一种病，叫作梦游。

第四章　火车

一

这是从维也纳西站出发前往汉堡的火车。我的朋友京不特与我同行。他替我们两人买了卧铺的车票，这样，我们在穿越德奥的漫长旅途中可以睡一觉。

火车是傍晚发车的，要经圣珀尔腾、梅尔克、林茨，从帕绍入德国。我估计车未出奥地利国境，天就要擦黑。我们带了在维也纳提前做好的饭菜，准备天一黑就吃晚饭，吃饱歇一会儿就睡大觉，反正窗外黑漆漆一片，没有什么好看的；无须寂寞煎熬，只消蒙头寻梦，待一觉醒来，正好车抵汉堡。

在维也纳，我们住在德尼埃勒家，她是当地望族的后裔。她为了顺应我的习惯，竟然同意我在她的房子里随处抽烟，也摆出最好的银餐具来招待我。尽管她已经尽心尽意了，我可能还是吃不惯她的饭菜。于是，终于等到机会，我也获得理由说得出口，在我们离开前，我说我必须自己下厨为旅途准备饭盒。我去靠近郊外的集市买来新鲜的猪大排、四季豆和日本米。我用上海的方式拿刀背敲松肉排，又将之浸入酒中（当然我买不到绍兴黄酒，只好用格兰维特威士忌代替），再洒一点酱油（这是在越南人开的店里觅到的），和一点面粉，这样浸泡半个小时，起油锅，猛火炸，炸得两面略黄，夹出，将油倒掉；又起新锅，少许放一点油，炒葱姜（越南人店里有接近我们江南的小葱），再洒一罐啤酒，洒酱油，放一小勺糖，和为汤汁，待汤汁滚了，将炸好的大排放入，将近五分钟，收一收汤汁，就可以出锅了。这道菜，叫红烧大排，是上海人梦牵魂萦的佳肴。然后用一瓣大蒜头焖四季豆，一边还焖上米饭。待一切好了，找来两个瓶子装菜，又寻来一个钢精盒子装饭。我把菜和饭压得紧紧的，一是为了足量，二是为了保温。

一切收拾妥当，我们出门了。我表现出种种离别的恋恋不舍，却一心只想着夜饭可以饕餮一番，满足我的口味。

这下子列车上吃饱喝足了，便犯烟瘾。京不特说，这边火车不同国内的，车厢连接处是没有吸烟点的，倒是有些火车上有吸烟车厢。他让我去自寻。这是2005年隆冬，那时欧洲的火车上还真的有吸烟车厢。我从卧铺车厢出来，遇见列车员，问一下，得知吸烟车厢在后边，便往后走。走过七八个车厢，果然寻到了。这吸烟车厢与二等座无异，只是不吸烟的旅客不过来。他们的二等座也很大方，一间一间独立的包厢，每间与我们软卧车厢格局相当，只是座位分隔，却不是长条铺位，也没有上铺，但每个隔位的扶手可以掀起，掀起后也仿若铺位，任人躺下。令人惊喜的是，每间都有风机，揿一下电钮就转动起来。这让我尤其舒心，那就不必开门通风了，尽管抽，抽多少都无碍，反正风机会抽掉烟雾。我拿出那种上海市民极爱抽的壳子是灰底红字的红双喜牌香烟抽起来。这是我冒险带入欧盟的。按规定一人只能带一条。我在旅行箱里满满塞了十条。倘被海关查到，据说一条要罚一百欧元，那么九条就要罚九百欧元。老天保佑，我每次都成功带入，不藏不掖，大摇大摆、目不斜视地、旁若无人似的过海关。这就过来了！我那时一天三包的量，差不多四天一条（因为在那边许多场合都禁烟，有时每天吸不足三包），十条够我抽四十天的，再补充一点烟丝自卷，不得已也可以买几条红壳子Dunhill牌的烤烟补充一下，这样，在欧洲待上两个月不成问题。

这时已过圣诞，时节恰与阴历冬至相合，也即入了数九大冷天，外面大雪纷飞，积雪逾尺。看着银装素裹的原野，偶尔有小轿车艰难行驶，想那些不易的风雪黄昏中的投宿人，而车内暖洋洋的（欧洲人的暖气没的说，天下第一），又饱餐足食后，真的惬意非凡，心绪顺畅。房间里只我一人，像是专订包厢，我想怎么躺就怎么躺，铁制的烟缸大得像饭盒，凭多少烟头投进去都不嫌多。外边天色尚未全暗，远远近近的灯火渐起，又有玲珑巧致的洋房错落分布，好一派书中的童话世界在眼前真切地展开。大美如斯！

车快到林茨的时候，有人拉门，进来一个姑娘，长长的腿，穿着极短的皮裙，眼神迷离，看着总像是微笑的样子。她一屁股在我对面坐下，与我打个招呼，就掏出烟，问我借火。我起身坐直，打亮火机，她便凑过来接火。她的头发是淡金黄的，像那种14K黄金的颜色，更像是倾泻下来的啤酒。她身上有一股迷人的香草的气味，又有一种德奥地区的女人少有的羞怯。我有些惊异，想这边的女子也有这么标致的么。这简直就是一次经典的邂逅，无可挑剔的形貌，不由分说的直面，轻松，自然，大方，像《恺撒圆舞曲》的开头，由弱至强，由远至近，醉霞笼罩下来，渐渐浓郁。她为什么要进来呢？非进到我这间？边上不是有许多空的房间吗？或者按常理，旅途寂寞，她需要与人做伴，与人讲讲话。这就有些幸运了，那是她一开门或者就选择了我，至少我不令她讨厌，不令她反感。我不太了解奥地利的女子，只是曾经在地铁与奥航的空姐搭讪过，热情，从容，见过世面，不扭扭捏捏，但这位看着像是电影里的大明星，简直叫人眼前一亮。这是典型的奥地利女子么？

我与她攀谈起来，她说她不是当地人，是德国人，住在杜塞尔多夫，可是她原籍并不是那里，而是出生在贝尔格莱德。哦，那么，她不是日耳曼血统的，她是斯拉夫人，南斯拉夫人。这是我第一次接触斯拉夫女人，原来斯拉夫女人长得那么动人么？或者我从小印象中金发碧瞳的女人本是这样的，她应了我理想中先验的模样。这实在是太神奇了，她就这么坐下，这么与我无间无隙，一见如故。我倒有点怯生生的，不相信眼睛所看见的。一定有什么异常，或者有什么巧合！这不是随便就会遇见的人，也不是随处就能发生的事。

她那么友好，善谈，无拘无束。我的德语不怎么好，她显然也不会说汉语，我们只好用英语交谈。她说，她中学学过英语，几乎全忘光了，但与我说话竟都想起来了，甚至搜肠刮肚，挖空心思，将不会说的也说会了。她没有说假话，我确实感觉到她进来时表达生涩，说着说着，渐渐流畅起来。

“我是随我父母从贝尔格莱德迁过来的，大约九岁的时候到杜塞尔多夫，在那里上学，毕业。我记不得多少故乡的事情了。我只记得我们曾经开过水果店。”她说。

这不是那个娜塔莉亚·沃佳诺娃、被人称为娜娜的水果妹的经历吗？怎么没有星探发现她呢？她说她叫薇思拉，这是青春之神的名字。

她是1986年出生的，这时正好十九岁。她果然年轻，身上洋溢着青春的光色，指甲、发梢、皮肤和目光，都显得那么明媚。

“我在一家珠宝店干活，我不愿意去上大学。那有什么劲呢？那些从学院里毕业的人未必找到我这样的好工作。我喜欢漂亮的东西。”

“这么说来，你喜欢潮流时尚？”我接她的话问道。

“我就是时尚，人们都围着我，我需要去追时尚吗？这里的人都喜欢从俄国、拉脱维亚、立陶宛这些地方来的年轻女子，当然也包括从南斯拉夫来的姑娘。”

“你是塞尔维亚族，还是斯拉夫族？”

“我爸爸是塞尔维亚的，我妈妈是斯拉夫人。”

“你说的那些地方的人，怕是多少都有些斯拉夫血统。原来西方人迷恋斯拉夫种的女孩。”

“有钱人都喜欢我们。就是那些非常非常有钱的。”

“难怪娜娜，就是那个水果妹，会那么火！你比她要漂亮得多。你应该有很多有钱人追吧。”

“很多人都是到店里来看我的，假装是来看珠宝的。因为有我在那里，店里东西卖得很好。”

她真的像一颗祖母绿，既透明，又深邃。

她打破了我对欧洲风向标的认识。其实，在当代艺术之外，潮流艺术更吃香。在如今的欧洲，当代艺术式微，潮流艺术崛起。前者成为流浪汉、失意者和极端分子的小圈子，几乎堕为艺术难民营，而后者却不断聚集财富、资源和活力，其核心就是那些来自东欧大城市和工业锈带的年轻人。

她问我是做什么的，我说我是弄音乐和戏剧的。我其实真正着力的事是写作。我为了讨好年轻人，便讲一些做音乐的事。不想，她这一代人对乐队、先锋艺术和电影都不感冒，与国内的年轻人很不一样，她倒是喜欢阅读和旅行，偶尔也做园艺，热爱烹调。说实话，这正是我喜欢的。我在国内已经憋了好久，装着与他们合群，我实在是又讨厌摇滚乐又讨厌实验戏剧的人。谁会相信一个外界都称其为音乐家和导演的人从来不去看现场，也不去看一部“话剧”呢？我真的从来没有看过一部中国人所谓的话剧，但那时我已经上演了十部戏，这次来欧洲，也是为了做国际戏剧交流，为了我在维也纳成功的演出做讲座。德尼埃勒就是我那部戏的德语翻译，维也纳的评论界说，她的德语是最美丽最精致的德语。

“你的烟壳很漂亮。你可以送给我一个吗？”她突然注意到我的红双喜烟壳，视线投过来，定在我的手上。

“这个么？这是两个喜字写到一起，表示合欢。”我递给她烟壳，“我可以送一盒烟给你，你可以尝尝这种烟的味道。”

我送给她一盒未拆的，她当即就拆开，抽出一支点上。

“我喜欢这个味道，也喜欢这个合在一起的中国字。”她沉醉地吸食一口，道，“这个烟草很纯。”

我们聊得开心起来，她索性就坐到我这一边来。有一种亲密油然而生，我拍拍她肩膀，她竟抓我的手在她手心里。

这时，门又被拉开了，进来一个小伙子。

“哦，薇思拉，你走开那么久，你吸了多少烟！”他用德语说话，他应是地道的德国人。

“啊，这是我的男朋友，叫迪迪。”她仍然握着我的手，向我介绍她的男朋友。

“你认识新朋友了，你记住，早点回来睡觉。”迪迪道，同时也在我们边上坐下。

迪迪开始对我说英语。在欧洲，如果有人对你说英语，就是照顾你的意思，很像我们这里对外地人说普通话。他问我去向哪里，我告诉他说去终点站汉堡。他说他们要去杜塞尔多夫，是回家去。我当时竟然没有注意到汉堡和杜塞尔多夫是两个方向。

我们三人一起寒暄了几分钟，薇思拉拿出我给她的红双喜香烟向迪迪炫耀一番。迪迪没有碰那烟，只是看一眼，然后嘱咐薇思拉早点回他们的车厢，说罢起身就走了。

我特别想问薇思拉，她男朋友看她与我在一起那么热络不生气么，或者想问她，她既有男朋友，何以出来与陌生男子玩得那么有兴致。可是，话到嘴边又吞下去了，实在一个男人遇见貌美的女子心里多少有些贼意，想不经意越界捞点便宜。然而，起初我并不敢这么想，起初我甚至来不及清醒，为这场邂逅的真实性战战兢兢。

薇思拉这会儿反倒有些消沉，她从我身边走开，又回到她原先坐的位置上去了。她别转头，眼睛朝着窗外黑漆漆的夜。我猜出，大约她与男朋友闹别扭，故意走出来吸烟（她想迪迪一定会来找她的），甚至刚才故意与我热络，做给她男朋友看。这是幼妇常用的手段，找一个新的伴侣来气人。这对他们来说是平常事体，对我来说却是大事。女孩儿倘以这种方式气男朋友，一般会找两种男人，一种是比她男友强的，一种就是极丑的，要让男友生出恨心来。我是前者，还是后者呢？在此之前，我虽不以为我是极美的，但也绝不是极丑的，至少还有些端庄，难不成在薇思拉眼里，我是极美的么？我刚才定睛细看了，迪迪绝对是风流倜傥的英俊男子，是那种一般女孩儿看了走不动路的小子。而我当年已近不惑，我难道有哪样吸引美少女的绝处么？

“迪迪真是很好的男孩儿。”我与薇思拉搭话。

她回转来看我，眼睛又闪着那迷离的神态，显出起初的微笑模样，像是她一见我就笑。

她说：“迪迪对我很好。我们住在一起有两年了。他是我第一个男朋友。”

“你们吵架了？”

“每天都会吵一会儿。不过，没事的。”

她说着，脱下她的长皮靴，露出她修长的小腿。她的脚趾屈曲着，令脚背隆起来，就像跳芭蕾舞的女子绷脚的样子。这叫我看不得，令我想入非非。然而，我不敢坐过去，尽管我很想靠近她，尽管这时新的气氛甚至比她坐在我边上还要热莽些。

“你坐过来，”她向我伸手，“我与你说话很开心。”

我只好坐过去。但我想，她这是利用我么？我成为她与迪迪吵架的工具么？我又想，刚才还想揩油，还想入非非，这会儿难道还想得更多、想要一份纯粹么？

我真切地感觉到友好，一个小姑娘对成熟男人的友好，只不过这友好不经意地上升为依恋。我有什么值得她依恋的呢？我一定是身上有某些气质与她相融，令她忘乎所以。

这时，门又开了。还好，我们没有肌肤触碰，我只是坐在薇思拉身边，她的腿脚并没有放到我身上。

迪迪神色慌张，问我："你确定是去汉堡吗？"

"是的。"我说，"怎么了？"

"糟糕！那你完了！这车入了德国境内就断开了。你现在坐的这截是去杜塞尔多夫的。"

我急忙起身，走到过道上，一直向前走去，走到头，见门紧闭着，再也通不过去，前面是车头，与我刚才来时完全是两回事。这是一种变天的感觉，如梦初醒，当头一棒。

"我的那截呢？"我有点傻了。

"你的那截向北去汉堡了。"迪迪说。

"我的护照、钱包、行李都在前面。"

我们又回到刚才吸烟的房间坐下。

"没事的。你可以到杜塞尔多夫，与我们住在一起，然后再找回你的东西。"薇思拉劝慰我。

"我的朋友与我同行，他在前面的卧铺车厢里。"

"那更没事了。他会为你保管东西，你联系一下他，告诉他你的情况。"薇思拉又说。

"我的电话也在前面。"

"你可以用我的电话。"迪迪掏出他的手机。

天哪，我根本想不起京不特的电话号码，我只是输入手机，平时揿一下即可，哪里会去记住它。

我告诉迪迪我想不起来电话号码，这下只好瞪眼发愣。

“那就别想了，去我们家吧，与我们住几天再说。”薇思拉不断发出邀请，想让我去他们杜塞尔多夫的家。

这下，我真的有点懂了，薇思拉可能真的喜欢我。这要么说明我与她有缘，要么说明我原来是招漂亮姑娘喜欢的。

迪迪突然又急匆匆走了，撇下我和薇思拉在房里。

“太好了！你可以到我们家玩几天。我会带你去认识我的许多朋友。”薇思拉笑开了花，直勾勾盯着我看，像看一个中意的玩具一般。

这次她光着脚站起来，把我从座位上拉起，抱住我，亲一下我的耳鬓。

我搂住她的腰，拢进我的怀中，我的胸贴到她。她那里很硬，但我明显感觉到她的腿软了一下，我立即托住她，不令其下坠。这是沉下去要人一把扶住的姿态，这个时候整个抱起她，最好不过了。可是，我们听见门外的脚步。这次，我们迅速彼此推开，一起躲避。

躲避！已然证明了一切。

“好了，一切都解决了。”迪迪推门进来，身后还跟着一位列车员大姐，“火车现在还是同轨的，你那截在前面跑，这截跟在它后面，直到纽伦堡才分叉。”

“是的，不用担心。我查了，那截先到纽伦堡，要停五分钟，我们比它晚到两分钟，也就是说，你有三分钟时间换车。”大姐说道。这话像是为迪迪做专业证明，为我做可靠保证。

不过，大姐又说：“只是我查不到它停靠哪个站台。纽伦堡车站有十几个站台，如果你的那截停得离我们远，也有可能赶不上。”

“这太可怕了。如果跑过去没赶上，那怎么办？还不如就待在这车上，跟我们一起去杜塞尔多夫，反正你联系上你的朋友就好了。”薇思拉的担心越来越微妙。

这时，杜塞尔多夫于我而言，已经不是一个地名。杜塞尔多夫，多少未知的浪漫与你同在；杜塞尔多夫就像一支空酒杯，醉人的红酒正在倾满它；杜塞尔多夫，就是薇思拉，就是眼前这个貌美年轻的女子。

但如果我想不起京不特的电话号码，似乎也难以联系上他。我说出我的担心，大姐说，这个并不麻烦，她建议我倘不得不逗留杜塞尔多夫，可以去那里的车站查乘客购票记录，备注里应该有电话号码。这下我彻底放心了。我说：“杜塞尔多夫也不坏。要是真的那截车停得远，我不准备冒险跑过去，我不如去杜塞尔多夫。”

“你也可以在埃朗根、班贝格下车，在那里与你的朋友联系上，然后坐下一趟去汉堡的车。”迪迪显然不愿意我去杜塞尔多夫。

“迪迪，这很不好。外面下着大雪，夜里会冻坏这位先生的。”薇思拉有些生气，“再说，那些车站夜间查询服务可能停止了。我们怎么忍心让他一个人在候车室里等到天亮呢？”

埃朗根和班贝格是纽伦堡往北、朝汉堡方向去的下两个小站。

“车会准点到吗？”我问大姐。

“我们历来就是准点的，从来没有延误过。”大姐信心满满的。

是啊，德奥的列车是出了名的准点，说几时到就几时到，说几时启动就几时启动。

“那么，我试试也无妨，兴许能赶上呢。我以为，它不见得会停得很远。”我说。

“这是‘以为’，并不是事实。”大姐说，“要充分估计风险。”

迪迪又出去了，大姐也跟着他出去。他急得像热锅上的蚂蚁。

我的心震荡起来。将京不特抛下？这会儿他是在寻我呢，还是已经睡了，根本不知道我发生了什么？啊，随这个小女子去杜塞尔多夫，住到她家里，睡她睡过的床？我没有主张，我却因这错乱而兴奋。再错乱些，再错乱些，直到我身不由己，只好自然而然地去到杜塞尔多夫。

我看得出薇思拉心中窃喜，因为我越来越靠近杜塞尔多夫了。

迪迪好久没有回来。于是，我们这次静静地相互对视，终于彼此看清对方，也看清心底的意愿。我们紧拥在一起不放，深情地接吻。

我轻轻推开她，说："迪迪还会回来的。"

"不管他。"薇思拉不放开我，她凑上来又咬紧我。她的唇滚烫。我有些头脑发昏。

迪迪没有回来，长久地没有回来，我甚至觉得列车快到纽伦堡了。

她将手伸进我的衣衫，摸到我的皮带，我全线崩溃了，我只好任她摆布。

我们做了极危险的事情，直到我们平静下来，穿好衣服，摆正姿态，熨平心绪。

薇思拉回到我对面的座位，我倚着，半躺半坐着，就跟刚相遇时一样。我不知刚才车厢是不是因为我们的激情而摇晃，但此时，似乎车速慢下来，车身很稳，气氛也很恬静，像什么都没发生过一样。所有男人在冲动后总有那么一阵会生出厌弃感，我扪心自问，还愿意对薇思拉再生激情么。是啊，我于疲倦的最低点仰望她，她依然好比高处的神像，我想俯伏在她脚下。她呢？多数女人享受的是安慰、怜爱和关注，极少有女人也冲到顶点，然而薇思拉不同，我刚才明确感应到她飞起来了。女子倘飞起来，过后的感觉与男子是一样的，也会心生厌倦，也会不想再看那个男人了。她不想再看我了么？没有，她在向我笑呢，一直笑，一直笑。那是她的潮水退却得很慢吗？还是新涌的潮水再次向岸边缓缓袭来？反正，车厢里暖融融的，我和她会心地互望着，我们的心也暖融融的。她向我伸过手来，很远，又极力靠近。我也伸手过去。我们并不动身，只伸手，令指尖在靠近又靠不到之间延展。啊，就要靠到了，就要靠到了！这是爱越来越近、终究会实现的感觉。

迪迪又来了，这次他带来一群人。我紧张起来。这是不是要遭群殴的架势？我心里有鬼，以为别人是来捉鬼的。然而，我彻底想错了。迪迪带来的人是来帮我的。这些人是志愿者，他们愿意在列车到达纽伦堡时，为我奔向不同的站台寻那截去汉堡的列车。当谁找到时就喊我，我撒腿就朝喊我的人跑过去，这样可以少去我的周折，以确保在三分钟内登上我那趟车。迪迪为他们编号，这人是一站台，那人是二站台，他计算过，从这趟去杜塞尔多夫的列车停靠的站台到最远的站台来回可控在两分半钟内，而他们的车要停靠更长的时间，这足够每个人去而复返。于是，这个方案得到大家一致赞同，列车员大姐也无话可说，认为万无一失。那么，我的确不会登不上我那趟车了，也意味着杜塞尔多夫的旅行泡汤了。这令薇思拉很失望，不过，她也再说不出什么别的理由非要让我随她去杜塞尔多夫。她暗暗望着我。这目光，这会儿只有我和她能心领神会。

我留下我的电话号码，说："谢谢你，迪迪，这是我的电话，你们将来到北京，可以来找我。"

我这么对迪迪说着，却将写有电话号码的纸条递给了薇思拉。

这下我放心了，薇思拉也放心了。薇思拉知道，我跑不掉，她信心十足，她知道我已经被她俘虏。是啊，我怎能忘记刚才销魂的一刻？即便没有刚才的销魂，我难道能抵挡得住起初就让我怯生生又惊诧不已的邂逅吗？她是我的镜子，我面对她才第一次照见自己。我惊魂未定，我需要一遍又一遍地照见自己，慢慢地，细细地，沉静地再看自己，直到完全知道自己是怎么回事。

列车准点停靠纽伦堡车站，列车员大姐第一时间就打开车门，只见那些德国小伙子健步如飞地奔向预设要去的站台，大约三十秒不到，就有声音呼喊我，我朝着那声音飞跑过去。我登上了去汉堡的车，我在车门边回望，我看见薇思拉在那边的一个车窗后向我招手。我举起手，刚挥一挥，车就启动了。我的手势是一串弧线，她的手指不停地敲在玻璃窗上，她似乎接住了每一根我甩过去的线头，在纽伦堡的夜里织成罗网。

我回到卧铺车厢，京不特已经酣睡。

当我爬上我的铺位时，他被惊动了，含含糊糊地问："怎么了？发生什么了？"

难道我是带着震惊回来的吗？一个人经历大事，即便事情没有跟过来，难道受惊的魂魄露出来了么？

"没事。什么也没发生。"我回道，然后猛地将被子蒙住头，像要掖住那跳出来的魂。

我在被子里偷偷闻一下我的手，那指尖上还留有薇思拉的气味。薇思拉的气味是甜的，又淡淡地刺鼻，吸进肺里就呼不出来，只吸了又吸，停住又吸，攒够气力再吸，不知不觉由淡而浓，深入骨髓。

二

火车其实并不是什么新鲜事物，只是改了行车动力，用蒸汽机或电动机，将原先的人力和畜力置换了。

火车的美妙并不在速度和轨道，而在于那些布置舒适的房间在大地上行走起来。

最舒适的行走的房间当属蒙古人的斡耳朵，又译写作“斡鲁朵”，就是大的牙帐，大到宫殿规制的牙帐。草原部族，帐居旷野，徙转应时，概无城郭沟池宫室之固，遂其宫殿实为大毡帐，高车载之，牛马牵引，故斡耳朵亦有禁中之义。

那斡耳朵中，客座、卧榻、浴盆、厨灶、书房、起居间、游乐密室一应俱全，人处其间，几十头壮牛拉着这偌大的房子走，外面景色徐徐后移，比如今日的电影一直在窗前。人们想去哪里尽管去哪里，人们想歇哪里也随意歇哪里。在行走的房子里，相遇，成婚，生下几代人；妊娠，哺育，教养，放牧，征战，终老，一生都在平稳的行驶中。

又有中原皇帝的车舆和绅士的暖轿，大的里面设暖床，冬日里架火盆炭炉，亦设座椅，三五个人围而宴饮；或十几个轿夫抬着，或马匹合力拽拉，过平地，越原野，走村串巷，出入宫城，朝发彩云间，夜卧静江畔；穿芦被霜，迎风接雨，任春秋荏苒，凭岁月流逝，唯此间风流快活；与美妇拥衾，与高士阔谈，看尽外面炎凉曲折，留住里面安逸清雅；身心于此安顿，福寿于此绵生。那些细洁的人生就这样被淘炼出来！只是畜也苦，奴也苦，唤作苦力，替代昂贵的工价，易来人世间的甘美酣畅。

那英式的马车也好。车顶上有大行李架，车厢内有一等座、二等座、三等座，有的分区域，用隔板隔开，沙发、硬座、茶几、半卧的贵妃椅，车内有照明，车外有马灯，另配脚夫和马夫；除了贵族、乡绅的私家车，也在城乡间开辟公共路线，按时按地发车，百姓只消付足车资，即可乘坐。这就是交通的开始。

如今这火车，其实正是英式的马车发展出来的东西，只是发明了蒸汽机，不必再用牲口拖车。之后动力机的功率单位，也是用多少马力来计算，由此可见一斑。

到蒸汽机发明的前夜，实际上火车已然成熟，该有的都有了，硬件、体制、运营，全然具备。所谓“火”，并不关联到乘车人的享受，唯改了动力而已。

至于速度，如果不是为了赶路，要这么快又有什么意义呢？赶路，从某种意义上来说，就是赶命。慢一点有什么不好呢？你赶到生命的前头去，不过就是颠倒一下苦乐的位置罢了。

然而，机器动力替代了苦力、畜力，是否就免除了人的工价呢？君不见，茫茫大地上，为让火车跑起来，又用多少代价铺设了铁轨，又用多少物资去建设车站、架设电路？为此，又开设了多少学校来培养专业人员，又用了多少劳力来运营铁道公司？火车的代价远远大于马车，人们转移来转移去，始终无法消除必要的工价，只是又平添出更多的债务，将未来的能源和预备都提前支付了。

人的速度快了，一昼好比一年，一夜胜似一岁。如此这般，疾病也多起来，惆怅愈加深重难解，衰老也越来越快。

我只喜欢1900年到2000年的火车。这一百年的火车，尽管速度比马车快了，却并未因奔驰而疯狂。如今的高速火车，完全是一个密闭的空间，行驶中人们不能随意打开车窗，一旦发生故障，唯有坐以待毙。在以往的一百年中，外面的风雨可以吹进车厢，人们并未与自然隔绝，人们快速地受着各地的风的抚恤，第一个小时中是上海的风，第二个小时中就是浙江的风。那时，火车是用来拓展空间的，是解放束缚的，距离的束缚，风物的束缚，眼界的束缚，感知的束缚，等等；你可以与车上的人交往，也可以与车下站台上的人交往；在停靠车站的时间里，你一手朝窗外交钱，一手就得到推车的小贩递过来的炸鸡，如果发车铃响了，东西还没到手，车却启动了，小贩还可以拿着食物跟着缓起的车奔跑着追上来递给你（那时的人是讲信用的，既收取钱，便不会不交货）；或者他乡遇故知，车下的人也可当即决定上车与你同行，只消回头到设定的服务口去补一张票。而今时代的火车，是加强束缚的，人被困塞在限定的空间和时间里，不准抽烟，不准来回穿梭，不准生火造饭，甚至有些车里还要捆绑上安全带，简直就是套上禁闭的锁链。如果你仅仅因为求一点更快的速度而付出自由，将几个小时的正常生命支付出去，这还有什么意义呢？这是增值还是亏损呢？前一百年的火车是提升人的价值的，虽说也预支了未来；而新近的火车，即便更多地预支了未来，却一味贬值，甚至欠账。我们更快地抵达地理上的目的地，却更多地在强制的规定中丧失了人生的目的地。禁止，禁止，禁止，禁止携带动物，禁止携带食物，禁止携带锐器，禁止携带香水酒水，禁止使用这个，禁止使用那个；只可，只可，只可，只可购买车上餐饮，只可观看车上屏幕内容，只可各就各位，只可按既定模式调整坐卧状态，只可这样，只可那样。

我第一次乘火车，是我四岁那年，我母亲带我去江西。她在那边工作，她想带我在她身边。

那时的火车分作快车和慢车，快车停的车站少，慢车停的车站多。我记得我们乘的是快车。那时的快车时速也至多在90公里上下，一般情况下也就跑60—70公里的速度。

我们无须过夜，于是买的是硬座的票。硬座是真正的硬座，都是木制的座位，木制的餐板，连行李架也是木头的。我印象中似乎车窗也是木制的，不像后来改造成钢制的样子。那窗子很轻松就打开了，常常到了车站就全打开，或者行驶中也开一半，开一条缝，以让空气流通，也给车厢内的空间降温。餐板是行李架以外最重要的承载物品的地方，大的包裹都放到头顶上的行李架，小的、零落的物品就摆放在餐板上。人们在火车上忽然就聪明起来，似乎再多的东西都有办法堆在餐板上，茶缸、果篮、点心盒、皮包以及各样零零碎碎的随身携带物品。我们在餐板上放了茶叶蛋、几个罐头、母亲的茶杯和我的搪瓷碗，对面的阿姨也放了些类似的东西，只是她又带来好几串葡萄，堆得高高的，满满的，甚至在行驶中有几粒被震到地上，我的视线紧紧跟过去，感觉只要跟紧了，就可以滚到我的嘴里。那阿姨是母亲的同事，她与我们结伴同路。阿姨像是很喜欢我的样子，见我盯着葡萄看，就摘下一枝递给我。那枝上满满挂着硕果，够我吃一阵子的。她教我如何吐出籽，如何吐出壳。我吃几粒便夸赞好吃，吃完一枝又大呼太好吃，于是，阿姨不断摘下一枝又一枝给我，结果葡萄壳多起来，也堆到餐板上，看起来比葡萄还多。阿姨唱一支民谣给我听："笃笃笃，卖糖粥，三斤葡萄四斤壳。"我不解，又心领神会。不解于吃掉肉，壳何以分量重起来；领会于眼见着壳果然一层一层多起来。

我看见那些青壮、大叔、老伯总在茶缸里放一些茶叶，然后等着列车员来送水。列车员一般会拿一个壶嘴很长的大铜吊来，拎得高高的，令滚烫的水从嘴里注入那些茶缸，像是天上落下来的水。这景象常常迷住我。我盯着送水的列车员看，从车厢这头一直看到那头，有时偷偷从母亲身旁溜开，随着送水人去到别的车厢。我想，母亲知道了，一定会觉得很危险，可是，我心中更怕烫水，越怕越想看，跟得紧紧的，又站得远远的。也有推来水箱送水的，那就是拧开小水龙头，大家将茶缸凑过去，非常有秩序地一个个排着队接水。这时，我的兴趣在那种小水龙头，看水龙头的金属光泽，也看旋钮旋过去旋过来可控水量的大小。因着送水车的往来，便晓得车厢过道是可以行车的，于是又等待别的车过来。果然，又有售货车推来，糕点、酒水、日常用品等应有尽有。阿姨出于照顾我的好奇，当售货车推到我们座位边，就买一些可要可不要的牙刷牙膏，又给我买一些糖果。她晓得我要看付钱、找零钱，要看挑选商品，要看如何与售货员打交道。最叫我开心的是送餐车推过来的时刻，远远地就闻到饭菜香。焖透的卷心菜和炒烂的洋葱的气味，是最诱人的。那时列车上的饭菜做得极好，那些肉丸子、炒肉片、炒鸡蛋都是一流的，焖菜花和鱼香肉丝都是勾芡的，可惜鱼香肉丝那么香我却吃不得，因为里面放了辣椒。我执拗地一定要买一份尝尝，结果一入口就辣得哭出来了。后来，我就吃卷心菜和肉丸子，也钟情于一切勾芡的有汤汁的菜。啊，那真是太好吃了！又太有样子了！尤其是他们用一个个方方的铝盒子装饭，然后菜盖在饭上，买一份就把整个盒子给你，等吃完了又会有餐车的服务员来集中收盒子。母亲很慎重，总是说那些饭盒子那么多人用过，不卫生，而阿姨却说，都要进蒸箱的，那蒸箱不同于我们家里平常用的蒸笼，而是大型机械化的，高温消毒，什么细菌都蒸死了。阿姨说："蒸箱很大，里面一格一格一排一排的，几百份盒子装着米和水放进去，然后关上铁门，密封不透空气，用电热蒸汽循环蒸，一蒸最少一个小时，米蒸得那么透，能不好吃吗！"我相信阿姨的话。这便一到吃饭的时间，我就伸长脖子，急切盼望送餐车推过来。我会问："怎么还不来？还不来？我都等得饿死了！"

我二十岁那年，因为犯事，与一个朋友一起逃出去，乘火车转悠了许多地方，走过京广线，走过沪昆线。那个朋友叫阿峰，眯细眼睛，大块头。我们最喜欢吃沪昆线上的盒饭。那时，盒饭依旧还是用铝盒子装的，分几个档次，只是价钱涨了，比我小时候贵许多。我记得与母亲去江西那年，大概一角五分一盒，上等的至多三角一盒。这时已经两块一盒，五块一盒，京广线上甚至有十块一盒的。两块的是卷心菜和炒素，五块的是洋葱炒肉，京广线上十块的是鸡块和芥蓝。我最喜欢洋葱炒肉的，是湖南风味，猪油、辣椒、洋葱和五花肉片炒在一起，油油的，香喷喷的，一大勺盖在蒸米饭上。当时正值发育期，一盒根本不够吃，身上带的钱不多，那个阿峰一分钱也没有，每日都吃我的，我一买就要买两份，实在又舍不得给他吃。他吃着，还一路叫喊饿啊饿啊，埋怨不够吃。你请人吃一顿两顿也就罢了，你每日到点都请人吃，那种开销，那种支出，令你觉得花钱如流水，无底洞没有尽头。有一次我不开心了，跺跺脚，发恨心，说今日午餐分食几块饼干吧，到站后再去小馆子吃。于是，我借口上厕所朝前面车厢走去。在靠近餐车的那节的联结处，我便靠着车门等推车过来。一会儿送餐的推车就来了，我要了两份，快快地就吃光一份。刚开始吃第二份，阿峰就过来了，我问你怎过来了，他说也是去厕所。这便极尴尬，他明明看见我身边有一个空盒，又见我在吃第二盒。我急中生智，道："你这盒吹进了煤灰，送餐的走了，我也不好去追他换，就索性帮你捡脏。许多脏呢！我正尝尝，看还有没有，咽得下去么。"他也不疑心，夺过饭盒就扒拉。那时餐车是不发筷子的，只给铝勺，他一勺一勺飞快地扒拉，我明明看见他只寻肉吃，先吃光肉，再吃米饭，没菜了就扔下米饭不吃了。难怪他饿啊饿啊！之前他吃他的，我吃我的，我并不看他怎么吃。这会儿让我看见了，原来他吃我的，还专拣好的吃，一点没有落难吃苦的心态，只当吃瘟生的。这盒饭对于我，几近神圣。我是那么爱那种铝盒子，那么爱那种铝调羹，我会小心翼翼，用调羹挖出没有被汤汁浸润到的白米饭先吃掉，然后再吃有汤汁浸渍的米饭，再和着洋葱与一点肉吃饭，就是洋葱多肉少的比例，留下几块样子好块度大的肉最后吃；我谨慎使用调羹，不让它把盒子刮得呲啦响，盒中每一层氧化的颜色对我来说都是食物的保护层，每一个调羹的凹坑、每一条因过度使用而扭曲的线条都是食物味线的起伏；我甚至在餐前餐后从那机油、蒸汽火车的煤烟混合着餐车飘过来的洋葱猪油味中用力呼吸，以获得身处其境终得饱食的享受。啊，这种味道对我来说，就是火车的味道，火车经典的味道！而他，只会在用餐时将勺子伸进盒中碰得卡卡响，甚至吃罢后将勺子往盒中一扔，又将盒子往地上一掷——我明明看到那盒子被他捧得又多出一个凹坑！天哪！他太粗鲁了，他根本尝不出每一餐的美妙之处，他只是填塞肚腹，只是贪嗜荤腥。他就是一团肉，响应肉的召唤，以肉应肉，为肉而存在。我却不同——洋葱炒肉，我所欲也；米饭、饭盒，我所欲也；机车、送餐推车，我所欲也；火车的味道，火车的轰隆声，火车上的座位、乘客……这一切才是火车，我的火车生涯！若不可得兼，必选其一，因先已知贵，方可择取更贵。比对他，我气得要死，我决心之后的旅途不再为他费资，只给他饼干吃。我定意自己吃自己的，必须躲着他吃。他不配！然而，有些事情是很奇怪的，好像有一种铁律根植人心。但当你看见两个饭盒，又想着是两人双双落难出行，就觉出自己的不是。分明是两个，他一份，你一份，你如何可以占有他那一份？有时，人之所得，与谁付钱谁不付钱是无关的，好像天管着这事，天要你负责他的一份，另外你分明能听见一个声音，告诉你，你的一份也是来自天赐的。

列车上的广播也是吸引我的。如果在硬座车厢，那广播是关不掉的，只要播音，乘客不得不听。有时候是播送新闻，有时候是乘车须知，也有时候介绍经过地的历史、人文和习俗。我们阅读，哪怕博览群书，也未必都晓得那些名不见经传的小地方的风貌。所以，不管别人是怎么想的，我只按我的意愿热衷于听广播。当然，常常广播中也有说书，也有戏曲曲艺节目和流行歌曲。

这类东西被叫作群众艺术，我以前是没有太多意识的，即我不太去区分什么是群众的，什么不是群众的。我只对我感兴趣的东西倾注热情。然而，随着我年纪增长，我开始注意到这是审美问题，是一种价值取向。群艺类的东西是有共情共识的，而群众也不是固定不变的。比如，那些保留中世纪生活习惯的群众，对于自身处境比较明确，知道自己地位不高，以劳作谋生，便无心于社会事务，人生态度比较谦卑，他们保留着很好的欣赏机能，即也许不懂高雅的艺术，却不至于丢失欣赏下里巴人的情趣；而如今受过公共教育的群众（当然大家时兴称他们为小资或者中产阶级）则热衷于阶层、权利、社会责任的话题，他们断然无心去欣赏什么，却有意将一切鸡零狗碎都上升为理想。在后者看来，可以没有现实的成功，或者于现实中无须偿付，却定然自恃高贵的精神。所以，他们的庸俗是很可怕的，是充斥着绑架的暴力的。比方，欧美的流行音乐大多都是空话连篇的所谓追求、批判和揭露，而亚非拉的流行音乐则偏向消遣和娱乐。我是娱乐派，即可能我并不强调自己的地位和社会责任感，我热爱生活本身，有多少钱过多少钱的日子。我富足了，自然就欣赏富足者的艺术；我困塞了，就欣赏低廉一点的艺术。火车似乎天生就守着这个道理，铁路上的音乐并没有那么多令人绝望的挣扎状嘶吼，大多比较轻松，比较逗乐。如果都算是平庸，那么，我宁愿要没有理想的平庸。

火车是谦逊的，它容纳八方来客。如果是硬座，那么必须是实惠的；而如果是豪华车厢，也必然是享受的。如今的快速列车，什么都丢失了，至少这点谦逊还没有丢，还不至于在车上听到狰狞张狂的歌唱。

三

从第一次坐火车，到第二次，第三次，我开始知道越来越多关于火车的秘密。

既然有那么些名堂出现在车厢里，手推的送餐车，不断的广播，我便想寻那车的来源，以及那声音的出处。

我随着那送餐的人走，跟在他的车后面，看他究竟最后把车推向哪里，我竟一直跟到餐车。那里，先要过一个窄道，然后，豁然开朗，居然有一个像模像样的餐厅，与大街上的饭店无异，许多乘客坐在那里点菜、吃饭、饮酒。那里的餐板要宽一些，长一些，两旁的座位与硬座差不多，只是软一些，接近沙发的样子，被称作“软座”。一边是三人一排座，另一边是两人一排座；前者相对两排凑成六人一桌，后者则为四人一桌。车窗垂下两层帘子。一层是纱帘，可以透光的；还有一层是厚厚的绒帘，合上就看不见外面了。看他们吃着炒菜，打开啤酒，又望着窗外的风景，好不惬意！我纳闷，为什么每次他们带我上火车，到吃饭的时间不来这里吃呢？

我第一次发现车上有餐车是六岁那年，父亲的同事带我乘远途车。

终于我也在餐车择一个空位置坐下，那是我十七岁那年，那年我刚上大学一年级，与同学相约去乡下玩。我们一共三人出行，三人既坐下，其他人就不往我们这边凑，转而去寻别的空位。这里不是吃盒饭的地方，这里与外面餐厅一样有菜单，可以点自己喜欢的菜吃。我们乘的是沪昆线的火车，自然菜品都是南方风味的。我们要了烧鱼块、炒虾仁、酱爆鸡丁和洋葱炒肉——洋葱炒肉是必不可少的，它在我这里，一直是火车的气味，火车的煤烟味和着机油味与洋葱猪油味在一起，才是地道的火车气味！餐车的味道显然与盒饭不同。鱼虾之类不够新鲜，但入味深重，透着炖肉的熟香；鸡丁带着一股大料香，也有辣子在其间，却辣得适中；唯有洋葱炒肉与盒饭里的是一样的，只是更烫一些，是刚出锅的小炒，冒着一股子冲劲。一切都完美，唯独菜量极少，哪怕要双份也还是不足，似乎派菜的晓得你要了第二份，故意减量给你。不过，大凡火车上的饭菜，总是有一种不变的气质，你第一筷子下去就能吃出来。国中餐饮，有三个系统是常年不变的：铁道的，航空的和外事口的。铁道的醇厚，航空的鲜淡，外事口的浓烈。其实那鲜淡的，也是表面寡薄，吃进去就越吃越想吃，越吃越带劲。当然，我说的这些好口味都是过去，现在不论吃哪个系统的，都只剩抹布味。

我们还要了西红柿鸡蛋汤。我始终不晓得他们是怎么把鸡蛋花做得又薄又嫩的，可谓薄如蝉翼，漂浮在汤里，怎么也搅不烂。北方的火车上，鸡蛋汤是勾芡的，黄瓜和西红柿放在汤底，几乎不成汤，实在是一道羹而已，吃着无味，却到一餐收口的时候不得不用来糊一下嘴；南方的便是真正的鸡蛋汤，一般或者一碗汤至少要放两枚鸡蛋，着实的一张一张薄衣般的蛋皮，西红柿也炒烂成汁了，不会像北方的羹中生硬不化的那样。我自己回转家弄过无数次，没有一次成功的，不是太厚结块了，就是稀疏若肉松状。去请教那些大师傅，不是语焉不详，就是说得云里雾里，好似他们约定俗成不外传他人。曾经看过一个电影，一些兵抓来一批俘虏，说其中有伤员，要优待一下，于是做一碗鸡蛋汤给伤员吃，不想一名油滑的俘虏在一边使坏，故意撞翻了那碗鸡蛋汤，为此，惋惜，怒斥，直至剑拔弩张。这个情节严重鼓动了我对鸡蛋汤的幻想，一吃鸡蛋汤就想到它。看来，好的广告不是一味吹嘘，唯拍出人们的争夺、痛惜或欲念下的苦求不得才有吸引力。

在餐车前一节硬座车厢，总会设一个服务台，那是补票的地方。那时火车途经许多小站，是可以让一些旅客无票上车的，上车再补票也是合乎规矩的。另外，有些卧铺和软卧票开车后没有售出，也会有硬座的人过来加钱换票的。有很长一段时间，不是你有钱就可以买卧铺和软卧的，卧铺要单位的出差证明，软卧只售予处级以上的干部。如果没有那么多干部和出差人员买，列车启动后才向普通人开放。在这个补票的服务点边上，有个小房间，紧贴着与餐车相连的联结处，就是列车播音室。播音室很狭小，刚好放下简易的播音设备和一个半座位，即挤一挤可以坐下两个人。播音室除了播放节目、新闻、乘车须知等，有时也会帮助旅客解决一些疑难问题，比如寻人，比如有人生病时帮助寻找大夫。播音员一般是乘务员中声音甜美、形象也姣好的，或者他们认为，因为形象姣好，人也自信大方一些，说话会有表现力罢。但列车上的漂亮女生往往与飞机上的空姐不同，空姐总是长腿高个苗条的，接近时装模特的样子，而女列车员多半是小巧玲珑型的，有些体态还偏丰腴，鲜见细长型的，倘有个子高的，也总是大门板型的，看着像男人。可能铁道部门成立得比较早，那时的领导都喜欢小个子女人吧。女人太高，恐怕令老式的男人不舒服，觉得压他们气势；而那些门板型大块头的，或者他们并不作女人看，招上来是看中她们的力气，是当半个男人使的。

我们大学里有个教授，姓王，四十多岁的样子，就是一个喜欢女列车员的家伙。他穿扮入时，也不乏儒雅气质，每日头梳得很整齐，戴一副金丝边眼镜，皮鞋擦得锃亮，喜欢着西装，尤其是西装里配的羊绒衫，每日都换一件，颜色很别致，质地也精良。有一次，他正上课时，有个女的来寻他，直站在门外不进来，伫立在那里，不高的个头，却温婉窈窕，一直等到他下课。他领那个女的去学校招待所住下，又带她到食堂吃小灶的炒菜。我们都远远看着，知道那女人不是他夫人，看他们有情有笑的样子，就猜着那是风流韵事。与王教授同教研室的邹教授说，那个女的是他在软卧车厢勾搭来的。那时，教授享受的待遇与处级干部差不多，都是可以购买软卧车票的。那些日子，王教授一下课就去招待所找那个女的，吃过夜饭后也不急着回家，又躲进招待所与那女人盘桓。那个女人大概三十出头，但看上去顶多二十七八的样子，娇滴滴的，说话细声细气，那软绵绵的姿态，加上浑身要融化溢出来的凝脂，直叫见着的人都害羞。啊，那是一个真正漂亮的姐姐，令寂寞的男生想入非非，又令求偶心切的青年人嫉恨道貌岸然的老不正经的色鬼！王教授往往到深夜时分才回转，我们想，他竟忍心让这样漂亮的姐姐独守空房么？或者他有一个母老虎般的老婆，他不敢不回家，也或者他这边哄骗着细姨，那边又辜负着老实贤惠的发妻。众人这便生出不甘心，不甘心这样的好事落在老男人手里，定要看个究竟。

于是，夜间我们几个胆大的便去听墙根。

他们的房间正好在一层，窗子对着篮球场，正有一些冬青树和黄杨树掩隐。我们奇怪，他们为什么不住楼上的房间呢？那样，我们就没法聚集在窗下听屋里的动静了。而此间，无论什么细碎的声音都听得分明，只要我们大气不喘，别让他们发现。

他们果然就没有发现。

“你答应过的。这下为什么不肯？”

“你就想要这件事，你总不肯多陪我。”

“我一整天都在学校里陪你，这还不够么？”

“上次在车上你得着了，就回转没音信了。”

他们实际上是睡在被子里说这些话的。教授伏在那女的上面，手撑着床说话。那姐姐的身子也许已经光净，却不肯让教授进一步。啊，原来事情没有我们想得那么顺利，教授的胃口被姐姐吊得牢高。

“你来了快一个星期了。你说过的，就在今天。”

“看你急的！这么急，准没安好心。完事后你就做另外一个人去罢！你是典型的负心郎！”

“你看看你，又来了！我的身子和心都在你那里碎了，你想怎样撒花就怎样撒。我的心早就化了，还怎么负心！”

“你这张臭嘴！看我不撕裂你！”

“你那么对我凶，我吓得都不敢动了，这才聚起来的气力又泄了……哦，我要尿尿了，我先去撒了再来。很快的！”

“你只死猪！不许去！”

那女的果然拽着他，不许他出被窝。但教授实在忍不住，一把扯开姐姐的手，硬从被窝里出来，急急披上件浴衣就夺门而出。

那时，招待所的房间里还没有独立卫生间，要去过道里的公共卫生间方便。

这下教授走了，我们急得想骂人。不想，姐姐居然从被窝里坐起，可恨屋里暖黄的灯光太暗，我们什么都看不清，心却都跳到嗓子眼了。姐姐坐一会儿，又抓起床边的衣服穿上，又坐到梳妆台前穿戴整齐，一副想要出门的样子。这究竟发生了什么呢？她要走了吗？

王教授去得太久，恨不得有一刻钟光景。等他再来时，见姐姐枯坐在那里，他也愣了一下。

“你怎就起来了呢？”

“我不想睡了。我要出去走走。”

“那……”

那什么呀！任王教授怎么说，怎么劝，甚至都快跪下哀求了，姐姐就是不答应。

那夜，他们就这样不欢而散了。

小便，小便！尿真害人呀！我们一行往回转，彼此感叹道，说什么时候撒尿不行啊，偏偏要在这个时候！大家又相劝互诫，说切记啊，将来做重要事情前一定要将尿液排干净；或者哪怕憋着尿也不能放弃。都这时候了，憋一憋不行吗！

那时间太年轻，我们直是不解，何以一泡尿的光景，姐姐就改了主意？是冷静下来了？还是等不及，比教授还心切，结果被晾得败了兴？

这是学问啊，大学问啊！

有人说翌日接着去听墙根，然而，再无第二天的机会。第二天姐姐一早就走了。这一走就是数年，直到我博士毕业的那年她才又来。

那年，她不是一个人来的，她带来一个小男孩，五六岁的样子，在最好玩的年纪上。我们都知道，这男孩儿是王教授的孩子，但我们内心不免要问，究竟是哪一天姐姐得着的呢？是在那次他们分别之后么？难道王教授又去列车上与姐姐幽会么？或者在那天分别之前，就是我们听见他们说的，在前一次王教授得手了，转而没有音信了？不管怎样，这小孩定然是王教授的，因为他的脸与王教授像极了。

他们还是住在招待所，又一起到饭堂里来打饭。学校里谁也不说话，熟视无睹的样子，任他们开心相处，任他们团圆美满。

王教授是极喜欢这个男孩儿的，因为他原先只得着一个女儿，并没有儿子。姐姐看起来胖了许多，不再有青春年华的明媚。现在，她也是一个母亲了，做母亲的，总应得着社会的尊重。这次，再没有好事的人去听墙根，不只是因为他们不住在一层，而是大家对这样的既成事实保持距离。我们既不知道该如何称呼姐姐，也不知道怎么与她的小孩子打交道。

我后来离开了学院，听人说，又过了十多年，那个男孩儿一个人来到学院。那时，王教授已去世，姐姐不知怎样，反正没有人再见过她。男孩儿是一个人来的，不，他现在是一个大小伙子了。他依然住在招待所，一个人到饭堂去吃饭，一个人在校园里转悠，这里看看，那里停停。这里对我们来说是校园，对他来说，是他的家呀！

四

当我从餐车穿过软卧车厢时，我当时是震惊的。原来这里那么宽敞，过道上还有可以翻下来随意坐的凳子，每个包间都是独立的，有门可以锁上，内里有四个铺位。而硬座车厢挤满了人，一条三人座的位置常常挤着四五个人，过道和车厢联结处，甚至厕所外的水龙头台面上也都塞满了人。那次我乘坐一趟长途列车，被人群挤得几乎悬在半空，从株洲到鹰潭，一直这么悬着，过了七八个小时才稍稍站稳；鸡笼、箩筐、蛇皮袋，各样稀奇古怪的行李充斥所有空间，人与物被挤压得失去了界限，禽畜、食品、农作物与人并无区别，只要没有溢出车窗和车门，被牢牢限定在铁皮里，就可以被载走，被运行；经过许多站，往往只见被塞进来的人，未见挣脱出来下去的人，座位底下都是“铺位”，谁占着了就不起来。然而，非常不可思议的是，尽管已毫无缝隙，尽管已无立锥之地，但送餐和卖货的推车却能穿行，乘务员身手非凡，总有本事过去又过来。就是那次，我奋力挤到餐车用餐，结果无意间走错方向，第一次来到软卧车厢，才终于得见传说中的特殊区域。天哪！过道上一个人都没有，那些包间里是不是满员也未知。我翻下一个凳子，坐下望着窗外，多么惬意啊！此间并无任何喧闹、拥塞和挣扎！倘坐火车是这样的处境该多么美妙！当时正值中午，阳光很好，刺得我眼睛睁不开，我坐一会儿便困倦打盹。正入梦，被一个男列车员推醒，要我拿出车票验票，我给他看，他旋即变脸，说我是硬座的，怎可来此处，不由分说，就粗暴地将我赶出去。

这次过后，我逢人就打听火车上的事情，终于搞懂，除了硬座，还有硬卧软卧，甚至还有包厢和专列。软卧已经那么奢华了，那包厢和专列呢？该是皇宫般的享受吧！后来，我在电影里看见那些将军们在包厢里指挥作战，也看见一些领导乘坐专列外出巡视。我就想，不管怎样，我先要想办法弄到一张证明，去坐一趟软卧车厢。

火车本来是短途的，随着短途的铁道相互连接起来，则成为长途的；沙皇开疆拓土的野心，是史上最长的铁路的肇始。20世纪初，从俄国西部通向东方海滨的列车开通，经过此后数十年经营拓展，铁路线一直延伸到关内北京。现在有两条支线可以出境，一是东北的满洲里，二是内蒙古的二连浩特，都汇到蒙古以北的乌兰乌德，然后往北绕贝加尔湖，折西穿越西伯利亚，过乌拉尔山，涉伏尔加河，终抵莫斯科。这是革命后的终点，革命以前，这趟车一直要开到圣彼得堡。这条线被称作“西伯利亚大铁路”，横跨欧亚大陆八个时区，途中既见铺地如画之绿原，又入苍幕层层之茂林，晨曦下不释之冰峨峨，暮晖中清碧之水湛湛，此间千岩竞秀，转而万壑争流，忽见云蒸霞蔚，又遇大漠孤烟……一路行来，入白山黑水之地，船歌不绝，熊鹿出没，万顷良田披载大豆高粱，那金碧荧煌、文章闪灼的汗八里近在眼前。在帕斯捷尔纳克的书中，日瓦戈医生一家出逃去远东，走的也是这条路线，而更早以前，也可乌鲁思的长子西征的往返路线也大部与兹重叠。

最早的西伯利亚火车，是一列著名的豪华列车，有橡木板的车厢，有二十四小时不间断的供暖，有单间，套间，包厢，有时还挂上几节为特殊人物服务的专列，餐车供应早中晚餐和下午茶，另有浴室、酒吧和雪茄房。可以说，这是英国马车和蒙古斡耳朵的最完美结合，最惬意的享受。当然，革命以后，大概除了专列的规格不变，其他都简约了许多，而苏联之后，就完全是另一码事了，与前不可同日而语。

当火车彻底沦为交通工具之后，人们也沦为工具，沦为卖命、利益和虚无的工具。

中国的铁路，关内受英德影响，关外受俄国影响，但幅员辽阔，铁路线漫长，其京广、沪昆和陇海三线为南北东西主干，为此，长途运营成为主要模式，宿夜、餐饮于是沿袭欧陆的大致风格。也就是说，在高铁时代以前，那1900至2000年的火车黄金时代，我们与世界是同步的。

我终于乘上了软卧车厢，但我始终并没有弄到一张证明，因为我乘上的那年，已无须出示此类证明，普通人只要肯花钱，都可以乘坐了。

然而，我乘坐的这类软卧车厢，叫作高级软卧包厢，是两个铺位的，另有沙发，还有独立卫生间，摁一下响铃，餐车的服务员就会上门送菜单来让客人点餐，随后还送餐过来，餐后还负责撤盘、打扫桌面。这类高级软卧包厢并不是每趟列车上都有的，当时只开设在京沪线和京九线上，一般是上下两个铺位，也有一张大双人床铺位的房间，特别像宾馆的标准间和大床房。这种设有高级软卧包厢的火车，通常挂两节软卧车厢，一节就是普通四铺一间的那种，另一节才是高级款的，一般一节车厢上有十几个这样的包间。我当时并不知道有这类包间，是偶尔买到的票。其实，直到现在大部分人也不晓得。我想，铁路部门可能故意不推广，他们的意图仍然是留出一些特别的服务给特殊阶层人士。

那一次，我是从北京去上海，我选了那种上下铺位的。我的上铺一直空着，直到列车到达滁州车站时，发生了一件意想不到的事，才有人进了我的房间。不想，那进来的人，不止与我同屋这一程，而是同屋整整七年。

五

这是清晨七点的时候，列车停靠滁州车站的三站台。太阳光穿过月台的棚顶照见对面一半的长廊——火车正停在阴面。发车铃打响了，正此时我见一个女子从有阳光的那面朝我这边走来，不，是急急跑过来。我的窗开着，我清晰地瞥见阳光停在她腰间，但当她靠近车厢时，她的腰也把那截阳光整整地带过来了。那是她的青绿的小衫没有遮住肚子，那里露肉了。她的下身是厚厚的工装裤，穿一双布满泥浆的大球鞋，这与她上身短而紧身的弹力衫很不相称。她的白白的手搭在我的窗缘，啊，那也是几缕阳光落在那里！她根本就没有征得我的同意，身手敏捷地一把就翻上来。我被怔了一下，就那么会儿工夫，她已经进到我的房间，一屁股就坐定在沙发上。她刚坐下，车头猛地牵引，列车哐当一下就缓驶起来。

我都不知道说什么好，她竟先开口："我下车买个东西，不想车要开了，我前面车厢的门已经关上，只好借你这里先上来再说。"

哦，原来是这样！我心里暗暗称赞，她倒是个机灵女孩儿。

是的，应该是一个女孩儿。我定睛看她，大约十七八岁的样子，面庞也是阳光，凡露肉的地方都是阳光，白净无尘。她剪一个齐耳短发，短得有点不可思议。天哪，她的裤子和鞋上的泥一层一层的，还挂着茅草，细细的荆棘条！这哪是下车去买东西的样子，这分明像是从哪个工地或者哪处地洞里钻出来的样子。不过，她的面容姣好，眉眼乌黑漆亮，因肤白而更加凸显瞳光睫泽，既是突来的阳光，又带着一场光影交错的雨。

她好像猜到了我心中的狐疑，道："刚才从站台上滑下去，跌了一跤，爬上来就这副样子了。”

“你没有摔伤吧？”我有点担心，“东西也没买成？”

“没有。”这意思是既没摔伤，也没买成。

“你可以用我的卫生间，把身上的泥洗一洗。”

“你这里有卫生间？”

“是啊。”我打开卫生间的门，她朝里看了看，有点不相信，又分明实实在在看见了。

“那太好了。”她二话不说就进了卫生间，只将门撞一下，也并未反锁上。

其实，她还背着一个军用挎包，那包不大不小的，只是塞得满满的，背带和包缘上的针脚都散了，看着破破烂烂的，线头稀里哗啦往下垂着。

她将这包也带进去了。

等她出来时，列车已经上了南京长江大桥的引桥。这时正值夏天，我打开车窗，让凉风吹进来，车每掠过一根铁柱就轰隆一声，那气氛着实有点壮烈。她就是在这样的背景中再次映入我的眼帘：她换了件粉红色的小衫，穿一条极短的有好几层纱叠起来的短裙，不穿鞋，直就光着脚。

她坐在我铺位对面的沙发上，跷起腿，一双脚正对着我，道：“你吸烟吗？”

“你闻出这里的烟味了？如果你不喜欢，我不会点烟的。”我说。

“不，我是想讨一支烟抽。”

既这样，那太好了，我们可以一起燃烟抽。我给了她一支烟，并凑前去为她点着。

她猛猛抽一口，发出长长的、深深的吸食声，又沉沉地吐出吸过的烟雾。她简直就是陶醉在烟雾里！

“你看起来像个老手了。好久没抽了吗？”我问。

“至少三天没抽了。”

“你是北京站上来的吗？”

“是……哦，不，我是徐州上来的。”

她的脚趾泛浮着珠玉的光芒，我却不敢放眼欣赏，我躲躲闪闪的，又唯恐她吸完烟就告辞。不想，她吸完一支，又要一支。我索性从包中拿出完整的一盒递给她。她大概吸了三四支才稳定下来，这时火车已经开到铁桥上，正跨越长江，往江南驶去。列车掠过桥身的钢架时声音更响了，我不得不关上车窗。她放下脚，将脸贴近车窗，远远望着江中的洲渚。

“长江太宽阔了！”她说，“北方跟南方太不一样了。过了桥，就快到家了。”

“你要在南京站下车吗？”

“不，我要去上海。”

“你是上海人？”

“是的。”

“我也是上海人。只是现在在北京工作。”

“你是做什么的？”

“我是导演，也是做音乐的。”

“艺术家？”

“还算不上，混饭吃呢。”

“看来我们是一行的。我是演员，又是美术生。我从前在戏剧学院表演系，后来改专业考到北京的美术学院学油画。我拍过许多电影电视剧，我很小的时候就被导演选去拍戏了。”

“你在北京念书，怎么会从徐州上来呢？”

“我去那里写生。”

难怪搞得一身泥！可是，她不是说从站台上滑跌才溅一身泥吗？或者早先前上车时就脏乎乎了，又跌一跤，就更不堪了。

“你叫什么名字？”她问我。

我便告诉她。

“我晓得你。上个月报纸上还报道你在人艺演的戏。”她道，“不过，我之前几乎没有看过舞台剧，难怪我以前不知道你。”

“那么，你叫什么？我或者知道你，我是很关心电影和电视剧的。”

“我叫尚馨。”（原谅我不得不用一个化名，因为用真名关联出的事情太多了。）

我果然知道这个名字，不但知道，而且曾经很喜欢这个演员。她清纯而桀骜，眼睛里有难掩的热烈的光芒，形象出众，再远的镜头里都看得见她。而当她坐在我眼前，却真的一下子没认出来，因为她发型变了（那头齐耳短发太不适合她，我记得她以前是有一头齐腰长发的，她怎么舍得剪掉那么漂亮的头发呢），另外，她翻身跃入车厢时的迅猛以及她靠在沙发上将腿跷起的样子有点流里流气的，这叫我怎么也与那些她扮演过的青春少女形象对应不上。她后来是突然在荧屏上消失的，原来她去学美术了，这才解了我心里的疑惑。

“哎呀，是你啊！我曾经是很喜欢你的表演的，我收集过很多有你剧照的画报。”我真的很开心遇见她，认识她。

“我饿了。非常饿。你有吃的东西吗？”她忽然问道。

“这里可以点餐。”我便揿一下铃，“餐车的服务员听见铃响会送菜单过来。”

一会儿，服务员就来了。这时正是早餐时间，除了面条、包子、鸡蛋和咸菜，没有别的。她要了两份包子、一碗面和三个鸡蛋。天哪！她能吃那么多？

火车过了大桥，几分钟后就停靠在南京站。南京是个大站，车会停很长时间。这时，她点的东西送过来了，放了满满一桌子。她几近饕餮般的，风卷残云似的，就将盘中、碗中的食物掠空，又说：“可以再来两个鸡蛋吗？他们的蛋煎得极好。”

于是，我又叫来服务员，为她点了两个鸡蛋。

她这是怎么了？写生的生活那么苦么？像是几天没吃饭的样子；或者她深入到荒山野岭，蹲在不见人烟的地方？

车在南京站停了很久，比预定时间要长，大概四十分钟左右。我感觉气氛有点不对头，好几个站台上的人被清空了，而我们这边好像上来许多人，又有路过我这节车厢的旅客在说全车检票，又像是在找人寻物的样子。声音非常嘈杂，但似乎没有什么人来关心我这里，连乘务员都没有出现。

终于响铃了，火车又启动，缓缓驶离南京站。

这时，她躺在下铺睡着了。我估计她太累，又吃得太猛，扛不住了。

我不是一个伪君子，也不是色鬼，我无意趁她睡时尽情打量她的身体，但此间逼仄，她在铺上，我在沙发上，只要睁着眼睛，目光总会扫过敏感处。她的裙子太短，小衫也只盖住胸口，大凡翻身或侧卧，臀腰尽显眼前。她的皮肤像凝脂一般，主要是光泽，带着细芒，一刺一毫，密而不错，这很像是身子外罩着一层光晕。她不回她的车厢去了么？最好别回去。我是多么愿意她一直在这里！与她说话，如沐春风；看她入眠，心绪畅利。我那时是单身，我忽然生出念头，想她或者也没有寻到中意的人。她这副顽皮潦草的样子，虽形貌拔萃，也不似风情月思、不能自已的佻薄女子。我注意到一个细节，虽说那短裙、小衫透着时尚气息，却不是今年流行的款式，我记得那是三年前的潮流；还有她的军用帆布包，她换洗之前的穿戴，都不像混场面的那些女孩儿的行头。这真不像一个明星的派头。要么她决意退出艺人圈子，故意往美术生的路子上靠？

呵，不管怎样，如果她还是一个人，我打算试一试，因为她正是我理想中的目标。我曾经好几次恋爱都不欢而散，这次我能不能不只想恋爱，我是不是到了应该决定婚娶的时候？“众里寻他千百度，蓦然回首，那人却在灯火阑珊处。”我怎就想到这几句词？我的情绪禁不住伸开出去。我要一个家，我要她做我的妻子。不论她怎么想，我豁出去了，我全心全力爱她，哪怕被拒千里之外亦不弃，会怎样呢？即使走到那个地步我也不怕。她是不是太年轻了，许多事还没有经历，她不懂我？那也没关系，我可以等。我问我自己想好了吗？如果想好了，等她醒来就向她直白。这又怎样呢？害怕拒绝吗？被她拒绝没有面子吗？如果真的喜欢她，想令她做妻子，又管它什么面子呢！你至少要试一下——我就这么告诉自己，不觉已然认真起来。

等她醒来时，列车已出无锡站，正往苏州方向驶去。那无锡在太湖的这边，苏州就在太湖的那边。所以，火车不消多少时间就会抵达苏州，而从苏州再往上海去就只有一个多小时车程了。一个多小时，我要向她表白，从求爱到求婚？我望着她忽然醒来，忽然从惺忪转而热烈的眼睛，竟退缩了，什么也说不出口。

“哎呀，我睡着了……”她说，“我是不是在你这里太久了，实在麻烦你。快要到终点站了，我该回我的座位去了。”

“你的衣服还没有干，反正已经快到了，不如索性坐到底。”我刚才去卫生间看过一眼，她的工装裤洗得干干净净，平摊在水龙头边晾着，鞋也刷白了，立起来靠在门边。

“一会儿列车员会来换票吗？我在这里不合适。”那时车上是要换票的，即把车票换成一张卡，临下车前再换回来，好像就是为了避免硬座的旅客混入卧铺。

“没关系，反正你说是我朋友，过来坐坐的，一会儿一起下车。”我想，我什么也说不出口，至少要打听到她的住址或者弄到她的电话号码，于是接着问她，“那么，你下车有人来接吗？”

“没有人知道我回来，不会有人来接的。”

“要我送你回去吗？”

“那实在太麻烦你，不必的。我家离车站也不算远，在铜仁路，我乘地铁过去很方便的。”

“如果不介意，你能告诉我你的电话号码吗？”

“我没有电话。你给我电话号码吧，我以后到北京去寻你。下次你演戏，别忘记给我留一个角色，我也想登台演话剧呢。”

我这便将我的电话号码写给她（我当时没有多想她怎么会连电话都没有）。我想，我其实什么也没得逞，主动权在她那里，她想到找我才会打电话。我能做什么呢？我唯有等。那就等吧！

“在上海你会住多久？”我仍然不甘心。

“住三五天，一个星期，都不好说。”

“你有时间出来，我约你去看戏。我的一部戏正在美琪大戏院上演呢。”

“那倒是好，我很想看你的戏呢。你现在能定下时间吗？我们就约在戏院门口见。”

我想了想演出的日子，就断然定了一天，约她那天下午四点见面，我说：“我们四点钟在美琪大戏院门口见，先一起吃饭，然后看戏。”

“认识你真好，请吃饭，还可以免费看戏。”

“认识你我也开心，我一直喜欢你呢。见到真人更喜欢了。其实我一直想有一个你这样的女朋友……”天哪，我不知道是怎么说出这样一句话的！我终于还是说出口了。我唐突吗？只不过偶然在车上遇见人家，就那么快说出心底的想法，会不会令她嫌弃，令她以为我轻浮，把我当拈花惹草的人看？她也不是什么初涉这个圈子的人，她这么惊艳出色，什么事情没经过！

“我常常令人失望，我不像你看见的那么好。”

她这话是什么意思？这分明不是拒绝，这是诱敌深入么？

我该怎么回答？我觉得我在她面前搜肠刮肚，一句合适的话都寻不到。

“你是随便说说，逗我开心吧。我心领了，你是个好人。你晓得我喜欢听什么。”她停一会儿，看我不说话，又说这么一句。

“实际上……我很失败，一直没有人真心喜欢我。”我说到一半就停止，她直直地看着我，我看出她没有多想，便又说，“这样的话你听多了吧……”

“我不认为你会常常说这样的话的……”她好像害羞了，“你不是那种人。”

“我是导演，善于逢场作戏。你当我随便胡说吧。”

她将脸转向窗外，道：“我们怎么说到这里的？”

“因为这么突然，意想不到地遇见你。你是我向来就喜欢的演员，我有点头脑发昏，就当我是追星吧。”

“你很文雅，也很会说话，你像是真正的读书人。咳，读书人总是孤独的。”

“非常孤独。有过朋友，也有过伴侣，却没有说话的人。至今都是孤零零的，不像人家想的那样。”

“我二十四岁，你呢？”

“我三十一岁了。是不是你看我很老了？”

不过，我也没想到她已经二十四岁了，她看起来才十七八岁的样子。我又想了想她出道的时候，那些年我看见画报封面上有她的日子，这么算来，好像合得上年龄。

“不管怎么说，我会去看戏的。看一场戏也值得。”

说罢，她将两腿一伸，闭上眼睛，微微抬起脸庞。我愣了一下，然后就凑上去亲她。她旋即抱住我，滚烫地深入我口中。

她是那么热烈，如她饿时吃掉许多东西一样。我怎么有这种感觉呢？这是我求之不得又忽然得手时的错觉么？还是她真的释放了自己的渴望？我觉得她的热烈似乎不是针对我的，而是针对任何一个男人的。她的身体里究竟藏着什么？一个出色的演员难道有这么特别吗？我从来没有过这样的体验。

我不知道该怎么做，她却动起手脚。正此时，换票的列车员闯进来了，见此景又慌忙退出，用力敲几下门。

我们坐起。她衣衫不整，头发凌乱，蜷缩到铺位的一角。我拿出票递给列车员，列车员又问她，我连忙说："她是别的车厢的。"

"两人一起出来玩，都舍不得给女朋友买张软卧，你这个人怎么那么小气！"列车员睥睨我。

我也不应她，转而拉上了门。

列车员一走，她就起来，紧紧抓住我，一言不语，死盯着我看。她又重重地将我拉入她怀中。这是一不做二不休的情势。尽管只剩下三十分钟就要到站了，却也足够完成一生中最重要的事情。然而，整个过程，我没有感受到恋爱，我只感受到她的急迫，一种我从来也没有经历过的饥渴。我好似一条大江，而她要将我一饮而尽方痛快。这是生离死别的透心彻肺，虽然我没有诀别的经验，却也感受得到这种力量。这哪是开始，明明是终结！好像这次错过了，就再也没有下一次。临到高处，她发出了尖叫，幸好火车正过一座大仓库，发出隆隆的响声，掩盖了一切。我注意到，她的脚趾张开了，狠狠张开，张到几乎再收不拢的样子。我被她吸干了，长久地苍白，长久地坐不起来。我脑子空空的，什么都不知道了。她歪着头，微张着嘴，口水从她嘴中流出，掉到枕头上。她的双眼黯然失色。那惊人的阳光消散了，那光影交错的雨浇灭了。

六

一阵急迫的敲门声响起，伴随着尖利的哨声。我猛地睁开眼睛，这才意识到火车已经停靠上海站。旅客已经下车走光，我们还不晓得。我急急穿上衣裤，并推醒她，将裙子罩在她腿上。我刚扔过去裙子，门就被撞开了，进来两个女警察，一把将她翻过来，扭住她双臂，给她戴上铐子。一个警察喊道：“快给她穿上！”另一个迅即将裙子从她光着的双脚套上去。警察后面还跟着车上的乘警、乘务员和铁道部门的保卫人员。这时，窗外站台上排列着刑警，还有一辆白色的警车停着，警灯忽闪忽闪。

这是发生了什么？我甚至担心这一幕是我们刚才的私事引来的。难道我们犯法了？

不到一分钟时间，她就被带走了。房间里空空的，只剩下我一人，就是说并没有人来逮捕我。显然，警察不是冲着我们的私事来的。那究竟是为什么呢？

我正犹豫，一个乘警过来进到包间，对我说：“快收拾行李，跟我走。”

我不得不跟他下车。

站台上，女警察押她正要上警车，我从她身边擦过，她回头对我淡笑，神情还是那么醉醉的，轻声说：“男人真好！”说罢，就上去了。警笛突然鸣响，警车一路就朝出口处驶去。

乘警将我交给铁路局的公安，那名公安带我去站内派出所的办公室。

坐定后，那公安报了他的姓名和警号，然后开始问话。他姓瞿，之后我就一直叫他瞿同志。

“你们是怎么认识的？”瞿同志问。

我于是将从滁州车站遇见她直到刚才她被捕前的整个过程叙述了一遍。

“检查一下你的行李和随身物品，看看有失窃吗？”

我检查了一遍，慎重地回答说没有失窃。

“你给她钱了吗？”我一开始没有明白这话的意思。

“为什么要给她钱？”我反问道。

瞿同志用他不一般的犀利眼神盯着我看了一会儿，然后说：“的确，我们也没有从她身上搜到钱。看来，你们不会是那种交易。”

我顿时明白了。

瞿同志又问了一些他关心的问题，在确证我与她是陌路相识后，道：“她是逃犯，她并不是你所认识的那个尚馨。她的真名叫沈玟易。”

“她犯什么事被抓？”我问。

“她是诈骗犯，经济诈骗。这次被抓是越狱。”

“她是怎么个经济诈骗的呢？”

“与你无关的事不要问！另外，告诫你，外出旅行交友要慎重。不论是何种罪犯，在逃时非常危险，一切不可预计的危险行为都可能做出来。幸好你是安全的，财物也没有损失。你的情况了解清楚了。留下你的住址，联系方法，如有进一步情况，我们随时会联系你，要保证随叫随到。另外，也记一下我的电话号码，你发现什么情况或记起什么遗漏的事情也可以联系我。”

我在他递过来的纸上留下我北京和上海的住址、工作单位以及电话号码，同时也接过他递给我写有他电话号码的纸条。

瞿同志收拾好与我谈话的记录，说：“你可以走了。”

我还想向他打听一些沈玟易的事，但看他起身要走的架势，便欲言又止，只好离去。

七

诈骗犯，经济诈骗。沈玟易，而不是尚馨。越狱犯，与我邂逅又同床。

我曾经决意爱她，娶她为妻；她曾经是我的情人，尽管只有一个多小时。不，我不能说现在不爱她、放弃了求爱求婚的念头。不，一个多小时的情人也是真的情人。这件事没有过去，至少在弄清楚情况前没有过去。既没有过去，那就是正在进行中，在过程中。在没有得到切实结论的过程中的情人、求爱求婚对象。是的，她仍是我的爱人，莫名其妙的爱人。这时候，说爱人比较准确——我告诉自己。沈玟易，我的爱人。我不是猎艳求欢、转而抹净无情的人。她既与我接欢，我们一起为此走到生命的顶端，一起至性至情地将自己交给对方，哪怕只有一个多小时！那是被意外打断的，却不是我们彼此打断的。啊，我还没看见她张开的脚趾收拢呢！倘我就此罢手，我会后悔一生的！

我的爱人身陷囹圄，她遭难了。这才是事实！至于诈骗，越狱，这是在成为爱人之前。相爱是现在，犯罪是之前。我没有理由得出她对我犯罪的结论。如果说对我行骗，那就是她隐瞒了身份，她说她是尚馨。或者这也是情有可原的，她在逃亡中，她需要隐匿自己的身份，她没有安全感。

我现在该怎么办呢？当你的爱人遇难了，被锁在监狱中，你该怎么办呢？这还需要问吗？你要去救她，安慰她，帮助她。是的，我必须去看她，找到她。

于是，我拨响了瞿同志的电话。

在站内派出所的办公室，还是上次那个地方，我对瞿同志说：“你也看见了，我和她实际上是恋爱关系。我没有理由不过问她的情况。”

瞿同志沉吟良久，在窗户前踱步，最后开口说：“我可以理解这是怎么回事，一个多小时的相处也会产生感情的。你是认真的吗？”

“我没有必要与一个在押犯搞风流韵事。我是一个认真的人。”

“你们彼此严肃地确定了恋爱关系吗？”

“我认为是的。”

“什么叫‘认为’？”

“我对我自己的决定负责，但我认为她对我也是接受的。一个人在特殊情况下与恋人的关系如何得到保证，应该不能成为你们拒绝我去了解和发展这种关系的理由。”

“我请示一下上级和有关方面。”

他转身出门去了。大概有一个小时光景才回转。我估计他先是与他直接的领导对话了，然后又询问了劳改局方面。

“好吧，我可以告诉你她的通信地址。”他说，“因为根据规定，如果你的确是他的男友，那么，你在她在押期间保持与她的关系是有利于她服刑改造的。”

“我能去探望她吗？”

“这个……我不能向你保证。你先与她通信吧。你们的往来信件是会被监狱方面检查的，如果监狱方面认定了你们的关系，并且犯人也愿意你去看她，那么，你是可以去探望的。我只能帮你到此了，希望你能明白。”

显然，瞿同志说的是真话，他也竭力帮我了。于是，作为答谢，我拿出两张戏票给他，票的日期就是原先与沈玟易约好的那天。他并没有推辞，很高兴地接受了。

那天，看完戏后，我在剧院门口等他出来，然后邀请他到凯司令去坐坐。他是与他的妻子一起来的。

我们三人到凯司令的楼上，在靠着窗边的座位坐下。这不同于派出所的办公室，这里的气氛和状况适合我们比较私人化的交谈。

“那么，你给她写信了吗？”瞿同志问。

“我当天就写了，寄出去了。”我说，“估计现在她收到了。”

沈玟易在江苏大丰的一个女监服刑，从上海寄出去信，估计二三天就能收到。

“她可能会被关禁闭。逃跑可不是小事，按理可能还会再加刑。如果在禁闭期间，她是不会被允许看信件的。”

“她原先被判几年？”

“据我所知，她被判了三年。其实，她不逃跑的话，大概还有三个月就可以出来了。”

“那她为什么要越狱？发生了什么事？”

“这个我也不晓得。”瞿同志看出我的担心，又接着说，“其实，越狱与逃脱是两件事。越狱有暴动的，组织集体逃跑的，情况比较严重，量刑最高甚至可以判无期或死刑；但逃脱，情况就没那么严重，按刑法，脱逃罪，是指依法被关押的罪犯、被告人、犯罪嫌疑人，从羁押和改造场所逃走的行为。犯这罪的，处五年以下有期徒刑或者拘役。”

“五年？那也太长了吧。”

“你不要急。如果情况不算严重，她认罪态度也比较好的话，甚至可以只是拘役，也就是说，在她原本的刑期上再处以关禁闭就了事了。所以，你与她通信，有助于她安定情绪，配合认罪改造。”

“不是说禁闭期间不让她看信吗？”

这时，瞿夫人插话进来与瞿同志道：“你跟领导说说，说她男朋友会劝诫她的。”

“我又不是沈玟易的承办人，我去说这件事不太合适。”瞿同志有顾虑。

“你看他，对一个女孩子这么好，这简直就是书里的佳话嘛！君子成人之美啊！”瞿夫人又说，“你们一天到晚抓啊捕啊，也做点放人的事不行吗？得饶人处且饶人。”

这话像是触动了瞿同志。他想了想，说：“我看这样。你写一份报告，表示你愿意协助监狱方面改造她思想，稳定她情绪。我帮你转过去，看看那边什么态度。”

我想，这可能是瞿同志唯一能做到的了。于是，我就给监狱方面写了一封长信，表示愿意帮助沈玟易伏法，让她情绪稳定。

大概一个星期后，我接到一个电话，对方说是市局的刑警，要见面与我沟通一下，我便应承下来，约了时间地点。

我们在卢湾区新乐路的一个叫“草茵之梦”的咖啡馆见面。市局来了两个人。一个男的，是沈玟易案子的承办员；一个女的，是书记员。还有就是瞿同志也跟来了。

“情况是这样的。沈玟易尽管按罪量刑判了三年，但她那个案子的主犯还在逃。他们是一个经济诈骗团伙，领头的叫王烁，下面有五个年轻女子。我们已经捉获这五个女子，但王烁尚在境外。根据我们掌握的情况，只有沈玟易知道王烁的下落，可是不管我们用什么办法，她就是不肯交代。她这次逃跑，是因为听说王烁入境了。”承办员说。

“她怎么知道王烁入境的呢？”我问。

“她的同案犯有到期释放的，与她有通信。我们了解到，那个同案犯用暗语告知她王烁的近况。”

“你们去问过那个同案犯了吗？”

“当然。她如实交代了她知道的情况，但实际上，那个同案犯并不知道王烁在境内的具体行踪。”

“那沈玟易应该更不知道了。”

“她不知道跑什么呀？她显然是知道的。”

“她何以知道呢？”

“实话告诉你，沈玟易是王烁的情人。”

这话终于打击到我。原来她是有相好的！怪不得那天在车上，她与我在一起，给我一种感觉，总是带着对男人的渴求，而不全是对我的爱意。我记得她醉醉地上囚车前的话：“男人真好！”

瞿同志看出我心思的变化，道：“你还认为她与你是恋爱关系吗？”

“如果我跟她没有这种关系，你们何必来找我呢？我还有什么用呢？”我不知道自己说这话是什么意思，难道我现在需要他们来为我确信恋爱关系么？

“要是你都没有信心，这案子就难办了。”承办员说。

我真的已经不知道是怎么回事了。那个女的，她叫沈玟易，她长得与尚馨那么像，她的形象和神情是我读得懂的，如果没有错综复杂的案情掺和在里边，我相信，无论是她与我说过的话，还是她与我做的事，都肯定是发乎情义的。

“她接到我的信了吗？”我问。

那个女书记员从一叠文件里抽出一个信封，递给我，说：“她看过你的信了，给你回信了。她交给监狱的警察，他们没有投递，就直接转给我们了。”

我接过信看。她在信中写道：

“你真的还想见我吗？你已经晓得我所有的事情，你真的不在乎吗？”

凭这一句，我就知道，她不想放弃我。她的意思是，我不放弃她，她就不放弃我。

“原来你们是有备而来。”我卷起信，塞到自己兜里，“我相信你们的办案经验，也相信我自己的情感判断。这两样加起来，应该不必再讨论我和她的关系了。”

“那么，你愿意合作吗？愿意做她思想工作，把王烁交代出来吗？”

“你们实际上是想问我要不要这个女人。”

“是的。你果然名不虚传，是个聪明的艺术家。”承办员夸奖我一下。

“实话告诉你们，你们的犯人，是我深爱的恋人。我在火车上已经决定娶她做妻子了。我没有见过这么令我动心的女子。”

他们三人面面相觑，却也会心地笑了。

八

我向瞿同志打听了一下探监须知，主要就是我该带些什么东西，又向周围的朋友中有过探监经验的人问询其间窍门。终于，我晓得，带些香烟是最紧要的，还要带上好的肉罐头。这些东西既是犯人需要的，也是里外可以打通关节的硬通货。

她在江苏大丰的女监里。从上海汽车西站出发，摆渡到南通，然后一路北上，大概要十个小时车程。我记得我早晨六点上车的，抵达大丰农场场部已经是下午四点多钟。然后，我租了小摩托车，由当地的农民带着去到女子监狱。那个地方的人都晒得黑黑的，无论是监外的百姓，还是地里干活的女犯人，都是统一的颜色，与树木、泥土和在一道，如果不仔细分辨，你甚至看不到有人。所谓土洋之分，其实是村野与城廓的分别，一者融在土里，一者有楼宇拔地而起。难怪那次在滁州站初遇她时，她身上会有那么多土。可是，她的沾满泥土的衣裤下的皮肉却那么细洁，甚至比我在城中遇见的女子还要柔美。她是怎么做到的？难道她在狱中不下地干活吗？

我到达监狱接待处的时候，太阳已经西下，那些出工的女犯人正被警察带回收监。我有机会凑近看见她们的面容身形，啊，多数人都长得漂亮高挑，原来市里好看的女人都集中到这里来了！只不过风吹日晒的，皮肤黑黝黝的，多数还粗糙皴裂。我一下子疼惜起她们来，要知道她们来这里之前都是风流多情、妩媚卓尔的人中龙凤，这般吃苦受罪，之后还怎么还原到本来的美貌？那些女人，恶狠狠盯着我看，大有要把我吞下去的架势，虽说穿着、面色都暗灰沉滞，但眼神却明晃晃如刀子，直就插到你骨髓里。女人饥渴起来，比男人厉害得多，那是要肢解你的狠毒，是无处可逃的缠绕，是故常以毒蛇喻之，蛇吞大象，这是怎样一种吸力！我忽然对蛇蝎之类的动物生出难以名状的畏惧。难怪沈玟易当初给我那样一种感觉，那种要吃尽我骨头都不吐的阴狠。不过，想想也情有可原，她们曾经都是什么人！跟在屁股后面追的男人一群一群的，可是落难至此，别说男人，连公的雄的都见不到。

由此我心中不禁一震，她对我是真的吗？眼下是只死老虎，或许那次遇见别的男人也这副吃相，但等她出来后，日子渐渐温软起来，会不会旧病复发，水性杨花？

“我就知道是你来了。”沈玟易从我背后的门进来。

这里是接待处的会见室。一般情况是在大会见室见犯人，一条长桌，这边是家属，那边是犯人，周围还站着警察监督，集体会面。但这次，监狱方面给了我们特许，安排我和她在一间小房间见面。这里有一张桌子，还有两张木制的会客椅，椅子中间有茶几。显然，这恐怕不是会见室，而是会客室。

沈玟易后面跟着一个女警察，送她进来后，那女警察向我交代了几句简单的会见须知便退出房间，顺便还关上了门。

房间里只剩下我和她。

她说："你坐啊，坐下说话。"

我便坐下，坐在她对面。

"你是客人。到这里来也是做客。"她又说，并不坐下，而是去茶几上拿热水瓶给我倒一杯水。

我心里有点难过。因为她以待客之道对我，那就意味着这里是她家。她还是那么纯洁明亮的眼神，与初次相见时一样，可是，她是这里的囚徒，只好将监牢当作家的囚徒。

"你来了真好。他们从禁闭室把我放出来了。看来你的确有本事，大人物就是不一样。找到什么关系了吗？托过什么人照顾我么？"她倒完水后也坐下，坐在我对面。

"和你想得不一样。我谁也不认识，就是告诉他们我对你是认真的，然后，他们就允许我写信给你，也允许我来看你。"我说。

"那太好了。这说明他们是守规矩讲道理的。监狱是允许未婚夫来探访的。"

"你向他们承认我是你未婚夫吗？"

"我接到你信后就这么说了。"

"你愿意吗？"

"你不是都来了么。"

"我想告诉你，我会等你出来的。"

“我这次逃跑，如果按越狱判刑的话，还要再加刑的。”

“说实在的，你的承办员和我见过面了，把你的底细都告诉我了。”

“你什么都知道了？”

“是的，我什么都知道了。”

她没有马上接我的话。她低下头，沉默不语。

“我知道你不是尚馨，我也知道你为什么事被判刑的。但是，我没有改变主意，我当初在车上怎么想，现在还是怎么想。”

“我怕是改不好了。”

“你比尚馨好。”

她伸过手来抓住我，说：“我从来没有遇见一个人像你这么直白，这么不掩盖自己的。如果我说让你走，说你要后悔的，肯定不是我的真心话。我也不敢求你留下，求你再来看我，更不用说求你等我。我不想骗你。只是我的麻烦太大了，我也不知道该怎么好。”

这下轮到我说不出话了。我们双双无语，命运将我们领到悲伤的境地。

“那你先吃点肉吧。”我打开包，从里面拿出火腿罐头，就是自带开盒匙的那种，“你肯定好多天没吃肉了。”

当罐头打开后，她果然又露出在火车上饕餮的样子，很快就将一罐肉吃尽。我又打开香烟递给她，她爽心地足足抽了三支。

“这样不是很好吗？你能来一次算一次，给我一罐吃一罐，直到你后悔了，离开我了。”她很幼稚地朝着我笑，又很坚决地咽下一些话。

“你的男朋友呢？”我忍不住直接问她。

“他算不上我的男朋友，只是他曾经帮过我。我这个人是讲义气的。”

我不忍心再说多一点这件事，也无心按承办员的意思劝她交代，更不想说什么将功赎罪或者可以免掉逃跑加刑之类的话，我只是爱她，真的，越来越爱她，见到她更爱她，哪怕她把牢底坐穿！

我起身走到她那边，也不管监狱会见的规定，就抱住她，捧起她脸庞，吻她。

我说："你尽管坐这牢，我到底会一直来看你的。"

她从我嘴里忽然挣出来，狠狠咬一下我的耳朵，然后就推门出去，头也不回。

我把我带来的罐头和香烟交给警察，让转交给沈玫易，又拿出一条裙子，是当年夏天流行的那种。

那送她进屋的警察清点了物品，又看一下那条裙子，说："这裙子你拿回去吧，这里是不适合她穿的。"

"是因为下地干活不方便么？她可以回到监房里穿的。"我执意要留给她，哪怕她看一眼也好。

"不呢。她不下地干活。她在里面教书，教犯人读书。她是有文化的。只是这么漂亮的裙子不利于她改造。"

我有点没听懂这话，但我忽然放下心来，知道她与我看见的其他女囚不同，她因她的文化得到特殊待遇，她可以不用风吹日晒。这让我很开心。是的，我的女人不吃这份苦，会一直这么漂亮，这么白净。

"把裙子给她吧。或者她不穿，看一看也会令她有盼头，这应该有利于改造的。"

女警察不再坚持，终于将裙子收下。又道："香烟有点多。一般只准送两条。你带了十条来，远远超出我们的规定。"

我来前从有经验的人那里得知，香烟在狱中好比货币，可以用来打通各种关节。当然，也许警察不会私吞，但对于犯人来说，如果身边有香烟，当遇到过不去的事和需要疏通时，是可以起到作用的。比方，与伙房的犯人换一些吃的，或者打点一些凶狠的霸道的为难人的同囚。于是，我对那女警察说：“你应该晓得，我是领着任务来的。我做她思想工作，总要有些方便和手段的。她如果在里边过得好一点，也会生出希望。希望是她转变的关键。”

那个女警察多少知道一些案底，既由上面派来监督这次见面，也多少希望我的工作有些成效，这便香烟也被同意留下了。

九

十月，节日后的第一个星期天，我收到她给我的信，说让我准备去接她，她在下星期三刑满释放了。

在那次我去探访她以后，我们一直保持通信，其间我又去过三次看她，监狱方面几乎再也没有限制我带什么东西给她，我给她买了各样的皮鞋、球鞋、衣裤和化妆品。然而，我们在信里，在见面的时候，都未曾提起过她的案子。显然，事情按照她的承办员希望的方向发展，她配合了警方，那个叫王烁的人已经落网，而她的逃跑并未算作越狱，只做了十四天的禁闭处理。那么，她不仅没有加刑，还提前出狱了。

我在监狱的大门口等她，在高高的杨树下。当铁门打开时，我看见她远远地，那么渺小地从远处走来。那时，阳光太好了，照得满地发白。她就像那光的芯子，她穿着我给她买的新裙子，她的皮鞋是红亮的，她的袜子是洁白的，她浑身都带着阳光的气味，她是一个从学校刚毕业的女孩儿，正走向新的生活。

我把她抱紧在怀中，在苍穹的注视下，在自由的空气里拥吻。

是的，这份自由更像是我的自由，谁也夺不去！我的女人，终于等来了，在火车上初遇，在监禁中等待，我怎想得到我的爱人是一个骗子，又是一个囚徒，如今好似什么也没有发生过。

恋爱，恋爱，恋爱的力量是强大的，只要你真的相信它。我三十一岁，她二十四岁，她将做我的娇妻。

“你就这么空手出来的么？”我见她只有随身一只小皮包，并无其他的行李。

“我不空出两手，怎么抱你呢？”她又抱我，并跃起跳到我身上，双腿跨着我，“我昨天打包，都托邮政寄走了。”

“邮资好贵的，你怎么有钱？”

“我在里边做工三年，每月都有记账的。这些钱还不够我邮寄么？”

“我是想看你那只帆布包呢！还有你沾满泥浆的工装裤。”

“啊，那么脏的东西，我都扔掉了。”

“你怎么……”

她用嘴堵上我的嘴，又一会儿移开到我耳边说：“傻子！我骗你的。我晓得你喜欢，我也喜欢的。我都寄回去了。”

我们说着这些话，在高大的杨树下，在众目睽睽下。人们是喜欢我们结成良缘的。我看见那个女警察站在接待处的长廊上向我们招手，我也看见那些还没有出工，正在空地上集合的女囚投来的羡慕的眼光。只有那开小车的司机不耐烦了，他揌了几次喇叭，催我们上车。我是前一天夜里到达场部的，在那里的旅馆宿了一夜，这样，以便于我在她释放日的一早就赶来接她。

我对她说：“我租了一辆汽车，我们坐车到滁州，从那里再乘火车回家。还是上次那趟列车，那个房间。”

我特意提前买好的高包车票，要接续上次的邂逅。那一次被打断了，这一次一定要续上。

“这会儿都七点半了，怎么赶得上？”她问。

“是明天早上的。我们今天在滁州先过夜。”

从大丰到滁州要三百多公里，那时没有高速公路，行车要十个小时左右。这会儿出发，要傍晚才能抵达。

在车上，她望着外面途经的农田和小镇，说：“当时真不知道自己是怎么跑到滁州的。我走了三天，身上带的东西只够吃一天的。第二天我在一个农民家偷了一只鸡，跑到树林里拾了点柴火，挖了个坑，烤熟吃了。那味道别提有多鲜美了！我们再去寻一户农家弄只鸡来吃吧！”

于是，中饭的时候，我们进到泰州附近一个村子，停在一家农舍前，要人家宰鸡杀鹅，又搬出人家地窖里的粮食酒，准备大吃畅饮。那个司机太可怜了，这么好的菜，也不敢饮酒。沈玟易便劝他多少喝一碗，说不然会恨上我们的。那时，路上也管得不严，酒驾尚不入刑，只要别犯交规，几乎也没人来查你。司机这便小心翼翼抿一口。抿一口，吃一口菜。抿着吃着，结果就放开肚皮了。他一共饮下三碗。还好，那酒的度数不算高，再说我也适时让他打住，提醒他还要赶路，这便没有喝醉。

苏北地面上的人是很会做鹅的，切成块，与土豆炖在一起；鸡也做得特别香，都是二三年的老母鸡，这样的老鸡香味是入髓的。这一切，都用高压锅炖，否则时间来不及。在炖菜上来前，主人先炒了几样小菜给我们下酒：白油炒猪肝，鸡肫鹅肫同炒，红烧鲫鱼，大蒜鳝段。村口正好当天有杀猪人推来的小车卖肉，这家便买下一块猪肝，那鲫鱼和黄鳝都是生捕来的，野地上河塘沟渠里的活物。那时的人没有生意头脑，都是自给自足，多出来卖出去一点，搞点现钱补贴，像我们这样子去大吃大喝，主人是很开心的，反正也与我们一同吃喝，还收饭钱。

沈玟易显然不像之前我见她时那么饿了，这与我常带一些荤腥罐头补充她的餐饮有关。但这桌令我们外面人都羡慕的香鲜，自然也叫她刹不住。

当鹅肉和母鸡端上来时，她感叹："这是人吃的东西啊！"

她的头发已经长出许多，按监狱规定，释放前可以逐渐蓄发。她现在再也不是那尴尬的齐耳短发了，她的头发已经落到肩颈处，这令她看上去又小一些。这么个女孩儿，吃得停不下来，满嘴流油，那家人多少有些诧异。

"我们家菜真的烧得那么好么？还是这丫头肚皮饿坏了？"主人忍不住问道。

我也有些担心起来。我并不是担心她吃相不好，而是渐渐生出疑心，或者她本来就是一个馋鬼？看哪，她吃酒也很凶的，那司机一碗没喝尽，她已经下肚三碗了。这么能喝酒，莫不是馋酒？莫不是天生海量？要是生来就能喝，那么，定然也是会吃的。我还怕她吃穷我么？我只是怕倘不是因为关久了本来就能吃，一回家吃出个胖子来可怎么好。没准我这会儿看见她，是她身形最好的时候，在里面反倒减肥，出来了没有控制，身体万一长荒了便扫兴呢！

"咳，是饿的。要减肥，三天只吃两顿，这下前功尽弃了。"我只好这么说。

那司机是明细的，这时却也不反应，只又端起碗，与沈玟易碰一下，大喝一口。不过，他那劲头，好像有潜台词："你晓得什么！这种女的，是一般人么？她见过的世面你们见过么？"

从他喝酒的意思来看，他心底似乎是很服气坐牢的女人的。尤其他亲眼看见女人是怎么从大牢里走出来的，怎么脚下生风笑容可掬地走到我面前的，那些面色黝黑皮肤皴裂的女犯他也见了，可是这位居然细皮嫩肉的，居然像一个电影明星似的。

这时，沈玟易又举碗与司机碰一下，腰身一挺，面庞一仰，头发四扬开来——这一幕太像尚馨了，那笑声顺着脊梁骨落地的动静，似乎有一把银铃撒到地上了。

是啊，她是一个明星，比尚馨更像明星的明星。倘不是这样，能让我神魂颠倒地追到牢狱中去么？能让我发狠心等她牢底坐穿么？她吸引我，自然也吸引他人，许多他人。我又为她捏把汗，为夏天她逃出来时捏汗，这么引人注目的女生，别说逃跑，即使出来旅游也并不安全。她经历了多少凶险，才逃到我的车窗前的？才将那发白的光藏进车厢的？或者说，是藏了多久那明媚的光，才一下在我的眼前放开的？

一个人为另一个人过去的事情后怕，我简直就像一个守财奴，看紧她身上的每一处，就好比一遍又一遍数着囊中的钱，唯恐不慎丢失一枚。

在回去的车上，还是那个铺位号，那个房间，事后，她的双腿跷到台面上，我终于看见她那些玉趾收拢起来，自然放松地罗列着，那是两排宝珠在匣中的样子，而我，多么愿意是那匣中的锦缎，来为她垫脚。

她枕在我臂膀上，她落泪了。她说："我现在什么也没有了，我的全部都交给你了。我是一只贝壳，也是一片金叶子，你想叫我什么就是什么，你想怎么摆弄你的宝贝就怎样摆弄，你想怎么折叠就怎么折叠。我是你的，你要对我好，一直好下去。"

"你什么秘密都没有了，你就是我自己。我怎么对我自己，就怎么对你。你从里面出来，正好比我得到了释放。"

"你不怕我学不好，又去骗人吧！"

"你在我面前是透明的，这世界上没有透明的谎言，除非我想说谎。"

"这是真的吗？我以后不会说谎了？"

“反正，你说就是我说呢。我不是说谎的人，我爱你。爱一个人，可以等于另一个人。”

爱，真的临到了我们。这个世界上，除了爱，凡事物都是有限的。有限加有限是叠加，而无限加无限没有变量。她加我等于二，她的爱和我的爱是同一个爱。

十

她就这样嫁给了我，成为我第一个妻子。你们谁也不知道我第一个妻子原来是个女囚吧！然而，说是第一个，那是因为七年之后，这婚姻结束了。怎么结束了？常人的思想不过是两路，要么她又学坏了，要么我忍不住七年之痒移情别恋了，可是你们怎么想得到，我们分手，是因为她死了。这样的分手，叫诀别，一想起来就叫人断肠心碎。

她的父亲与母亲离婚，在她九岁那年去香港了。她母亲将她带回娘家，住在铜仁路的房子里。很久以前，铜仁路那边都是住的有身价的人，她母亲的父亲在民国时期原本是个军人，与外地的土匪也有些勾当，所以，新政权惩办了他。之后，她母亲的家族就衰落了，只剩下铜仁路的一套洋房二楼的两间房。她母亲是个娇小姐，什么事体都不会做，既离婚了，也没有来源，只好将一间屋子租出去赚点房钱。她是靠这点房钱养大的。她生得标致，机灵，不爱读书，却喜欢文艺，又没有门道，只好在生活里表演。她实在演得太好了，她的秘诀就是灵魂附体，即演一个人，不仅揣准那人的心理，简直就是摄取那人的魂魄，移植到自己的身体上。她如果不是因为案发被捕，尚馨的魂魄一直附在她身上，连尚馨的几位亲戚都没有识破她。她就是这样，与几个姐妹一起，为王烁行骗，用尚馨的名声获取许多资源。

我们婚后并不常在家里住，而是三天两头就去乘火车，买那样的高级软卧坐。后来，有这样软卧的线路多了，特快、直快上纷纷都有了，有去西安的、沈阳的，最远有到香港九龙或者到乌鲁木齐的，国际列车从北京到莫斯科的也有，我和她几乎都乘过。一般每次都是往返，先到某个终点，在那里住几天，再原路返回。坐一次国际列车，从北京到莫斯科，一直是我的理想旅程，但那时据说车上常有蒙面大盗出没，携女眷似乎很不安全，于是便作罢。为此，从北京站出发往九龙去的车，成为我们的重点。那趟车直接就停在红磡体育馆门口，例行的海关检查都在终点，非常简便。我们从北京往九龙，从九龙往上海，这两趟线都坐过；到北京就住我的房子，去上海就落脚在铜仁路。我把我在上海的旧屋给了她母亲，这样，铜仁路就只归我们住。当然，那间原本出租的房间也收回来了，再也不出租。

娶一个上海姑娘，一直是我的心愿；而一个曼妙、特别，甚至是有犯罪心理、实际上还真的入监出监的姑娘，是这种心愿之外的殊恩。我从她那里得来两份。她的秘密，她的深不可测，成为我不断深入又不断迷失，迷失了又探究，越寻不到底越要追寻的动力。啊，你们大凡没有亲历，谁能感受得到这种动力的魔性呢？那实在太有味了！我的整个身心都被她掏空，几乎二十四小时都被狂乱冲昏头脑，都在异常兴奋的状态里。我们好像一直在行进的列车中，即便回到北京和上海的家，也觉得房子在铁轨上摇晃。为了延续旅途的感觉，我甚至录制了行驶中车内的声效，在家中各处装上大小不一的扬声器，昼夜循环播放。我哪还有心思排戏！我没日没夜与她死缠着一道，她就是我的最佳演员，而剧本根本无须杜撰，她哪一秒不在戏中？

然而，这样的循环终于令我疲倦了。第七年的夏天，我突然病倒，肚子疼得死去活来，被送进医院，诊断说是急性肠炎，我的静脉里被插入针头。这是我第一次吊盐水，在上海，在那个闷热的酷暑里，天空积郁着雷雨，久久不下。吃药，打针，输液，昏昏欲睡（其实就是昏迷），醒来，她始终在我床头。我每一次醒来，都害怕她消失；我每一次入睡前，总要紧攥住她的手，生怕她走脱。她甚至连衣裳都没有换过，我却每一次醒来都看见一个不一样的她。她九岁，十二岁，二十四岁，三十五岁；又六岁，又十五岁，直到襁褓中的女婴……演员，小偷，骗子，囚犯，明星，女秘书，街头风流女郎……这是梦境么？还是我爱得太用力，把一生的艳遇都提前遇见了？

大概十四天左右，我出院了，只是我身子还很虚弱，东西也吃不进多少。这时，她接到一份电报，是从佩奇发来的。那是匈牙利的古城，她妈妈上个月出发去那里旅游。电报中说，她妈妈因为出去骑马，跌下来骨折了，那里医院条件不好，接骨后出现了感染，要她过去接回国。我当时连站起来多走几步都喘气，这下倒好，怎么陪沈玟易出远门呢？这便只好让她一个人去。

走前，她惴惴不安，大大不放心，买好食品塞满冰箱，把每天的换洗衣裳都罗列在春凳上，还搞来许多垃圾箱，装上袋，嘱咐好小时工每日来清洁一次，最重要的是，她告诫我："不管怎样，都不是什么大事，只要关好煤气。水漫金山也不可怕的，电器不切断电源也不要紧，但煤气泄漏是可以致命的。记住了！！"

安排好我独自一个人的生活，她叫上一辆出租车往虹桥机场去。我甚至连下楼都走不动，只好在窗前和她作别。我看见她穿着我给她买的那条短裙，挎着第一次见面的帆布包上车了。那出租车司机将她收拾出来的大皮箱放到后备厢里，她从副驾驶座的窗口伸出头朝我笑——谁知道，这是最后的光线，最后的暖白的、照亮黑处的太阳！她曾经将那样的光带进软卧车厢，她叫那光有了性别。

半个多月后，我没有等到她接她母亲回来，却收到一份来自佩奇的电报。电报是她母亲发的，说沈玟易病危，让我速往。

我什么都来不及想，便买了去布达佩斯的机票。当时去布达佩斯，没有直航，要在莫斯科转机。我接到电报的当天就去办各种签证手续，大概过了五天我得到入境和过境的许可，又在莫斯科候机耗费了半天，到达费里海吉机场后，我立即乘出租车去火车站，在那里最后一班去佩奇的火车已经驶离，这便不得不乘坐第二天一早的车，这样，我抵达佩奇时已经过去一个星期了。我按电报上的地址找到医院，可是医院的人说病人已亡故，家属也不知去向。我便去查死亡登记信息，看见上面留的是她母亲的签字，填写的临时地址是塞切尼广场边上的帕拉缇努斯酒店。亡者的姓名是沈玟易。

她死了？

她就这样将我抛下了？

连最后一句诀别的话都来不及讲！

我在帕拉缇努斯酒店二层的一个房间找到她母亲。

“她走了。”她母亲一见到我就哭起来。

看得出，她本想安慰我的，结果，她一哭，我竟去抱住她，安慰她。

我什么也说不出来，只是轻轻拍她肩膀。这是她唯一的女儿啊！也是我唯一的爱人啊！我们瞬间失去了我们的唯一，我们还有什么话好讲！

我终于说出话来：“她得什么病呢？”

“你知道的，就是那个老毛病，一出血就麻烦了。她替我去买蛋糕，我欢喜吃当地的烟囱蛋糕——当时我的腿伤刚拆线，还没有出院——她下楼时跑得快，从楼梯口跌下去，结果内出血了。接下来，就做手术。我倒是站起来了，她却倒下了。医生说，怎么也止不住血，内脏破裂。最后，一条腿感染，烂了，只好锯掉。即便这样也没有好转，没有脱险。我给你拍去电报，那时，她已经不行了，面孔肿得……眼眶周围都是瘀青，脑子里也出血了……她说，不要让你看见她这副样子，她要把好的样子留在你印象里；她说死了就死了，快点火化，说你看到灰总比看到血要好。”

我想起来了。她真的不能出血呢！那次我们在香港过海关，她拎的东西有点多，我也分不出手帮她，结果上车的时候我发现她的掌心全是血。她说糟了，怕是止不住血。车上医务室幸好有些白药，拿来勉强止住，但到了上海下车后又出血，不得不去华山医院看，医生说要住院，是希墨菲里阿病，非常危险。沈玟易说，她之前还有过两次，一次是九岁时乘公共汽车被车门夹住脚流血不止，还有一次就是初夜——当然，她的第一次不是给我的，她在我之前已经有过好几个男朋友——第一次下面出血，也止不住，治了半个月才好。所以，她不能出血，只要不出血，一切都好。当我晓得她有这样病时，才懂了监狱方面不安排她下地做工的原因：除去她有文化，恐怕首先考虑到的是风险。是啊，平时我们很小心的，就像布莱希特的诗句写的，哪怕天上落一滴雨都怕砸伤爱人；可是，久而久之，防护和担心就由习惯而麻木了。这次出门，就是没提醒她要注意磕碰，要注意不能出血！我多说一句多好呢！说你小心点，慢点，一定不要伤到皮肉。可是，我没有说，没有说，这就失去了你！你就像光一样不晓得怎样就来了，又像烟一样不晓得怎样就去了。你是一个影儿么？还是一阵风？我在你身子里经过的一切是真的么？还是我其实根本就没有触到过你，我只是看看电影而已？

我想得起来你亲我的感觉么？我想得起来你咬我耳朵的感觉么？我被你弄痛过、弄痒过、弄疲惫过么？啊，以前我也这么想过，可是只要一抱住你就可以证明一下，然而，如今怎样才能证明呢？你的血肉消散了，你妈妈捧出的一盒子灰，是你吗？你还不如一直出血不止，将血淌到我脚前，因为，血啊血啊，毕竟也是你！你想留好的样子在我印象里，印象算什么！什么不能成为印象？可是，沈玟易只有一个，沈玟易不是印象。如果是沈玟易的尸体，那也是真切的血肉，腐烂的血肉也是血肉。一切都会归结为印象的，而血肉不是印象！现在，那些看过的画片和电影，那些你在我眼前动静的姿态，哪一样不是同样的幻象呢？记住自己的亲爱与记住各样影子，其结果都是头脑中的印象。我怎么能接受我的最最亲爱最后只是留一个印象给我呢？

然而，自从沈玟易消散后，我不得不承认，万事万物恐怕都是幻象，甚至我自己也是不真实的。

那么，虚空的人还有什么意义呢？

我与她的灰独处。要知道，人死后火化了，火葬场是不会把所有的骨灰给你的，他们只是象征性地扫出一小堆，你也不知那是哪个部位。我不想叙述尸骨在焚尸炉里的样子，以及最后烧得怎样；我也不想描述她的灰是什么样子。但当我注视那些灰，我受到了震惊。我知道那一定是她的灰，因为我闻出一点淡淡的腥味。这是我熟悉的腥气，是年轻女子身上独有的味道。如果人死后只剩下印象，那么，这点特别的气味是否不那么虚幻？印象是没有气味的，所以，我只好追踪气味，回忆那气味在她鲜活时的味线。什么气味不会消散呢？那些花香，那些荤腥，不都消散了么？我哪怕用一个铁盒子把这些灰密封起来，将来也会消散的！如果我埋葬掉这些灰，那就什么也没有了，那就她的印象和气味只留在我的记忆中了，那就等我也消散的时候连我的记忆也消散了。我们都要消散，先消散的留在后消散的记忆中，后消散的最后连记忆也消散了。

我是那么爱她，曾经愿意等她把牢底坐穿，现在想来还不如她坐在牢里不要出来，出来竟瞬间不在了！

她在牢里总比在墓里强——我将她的骨灰带回上海，下葬的那天我这么想。

我与她之间有什么隔绝吗？不是隔着监狱的大墙，就是隔着生死的屏障吗？经书上说，罪的工价是死。爱，曾经拆除了我们的隔绝，为何死又来阻挡？是谁的罪过呢？是我与她彼此分摊了么？

第二年，她的坟头上长出了紫丁香。我知道，紫丁香不是她，而是借着她的灰殖改做了别的性情。

我想难过，却也难过不起来。

十一

回到2006年，就是那年2005年隆冬后的春天，我在北京。

四月天，开始飞杨花的日子，我在香山饭店的一个套间里与一家电影公司的策划人员谈剧本，忽然，我的手机里来了一条英语的信息。是她！就是薇思拉。她说她已经到北京了，住在一个叫“竹园宾馆”的地方。我告诉她，我会傍晚到她那里，与她一道吃晚饭。那时，我又回到单身生活，在沈玟易离去后，在我第二次婚姻之前。那么，薇思拉来真是太好了。她是一个人来的。她是逃出来玩一会儿，还是来寻我做我的女朋友呢？

那个竹园宾馆，原先是从一品大臣盛宣怀的宅子，在鼓楼北面的一条胡同里。这个院子虽不算大，但闹中取静；亭台楼阁，奇石水潭，亦应有尽有。这是各样花竞相争艳的时节，我一走进去就闻到香味，只是这些味道怎就牵出薇思拉留在我指尖的气息？我曾在纽伦堡与她分轨后回到我的那列车的铺位上，我钻进被窝，闻我的手指——薇思拉的气味是甜的，又淡淡地刺鼻，吸进肺里就呼不出来。如今这味道从肺的深处又泛浮出来，这证明我的急切么？还是有些东西活过来了？动物和植物在春天里都活跃起来。

她住在院子东头的一个小厢房里。这个院子不是典型的那种四四方方的样子，它的主屋在东头，现在那主屋作为这家旅店最顶尖的套房高价出租，但依着主厅有几间厢房，似乎价廉物美，既于静中更僻，又赏着主院里的玉兰和海棠。她是怎么知道这个好地方的呢？我在北京那么多年，竟从来没听说过这秘境。

我按照她给的门房号码寻到她的房间。门虚掩着，我进去时看见她斜靠在一架贵妃椅上，有服务员在帮她修趾甲。

她的出场每每都令我那么惊异，上次在火车上，这次在盛宣怀的宅子里，关于那个红双喜烟盒，关于享受中国式的美甲服务，这些都与我曾经的欧洲经验不符。我之前遇见的欧洲女子，大凡都是所谓智性的，有着各种主张和观念，行事独立，为人嚣张，其实也不过是几个山头的跟班，随着焦点人物和时兴的主义打转转。你在她们面前说话要小心了！说她漂亮她不高兴，道是男人中心者眼光中的漂亮；不论她长相，夸她有本事，她也不高兴，说女人就不能有本事么？怎么与她们相处呢？只好无性往来。然而，偷鸡摸狗的事她们真做得不少，无非换一种说法，或者说是可怜你，或者说这些都是身外之物，身外之恋。至于婚嫁，那一定是把你作得死去活来而后已。婚嫁几乎是爱情的死约，家庭几乎是爱情宗教的寺庙，生活简直就是爱情恐怖主义，但根底上总是嫌自己的男人不如谁谁谁，向你讨钱花叫作“借贷”，偶尔她在外头偷情，都是擦药，是为了你先伤害她而不得已做的治疗。其实国中女子也有一段时间与西国妇人无异，也流行这股风，搞得男人很紧张，说话行事惴惴不安，唯恐一词一音一举一动得罪她们。起早了说是不陪她，回家晚了说是在外有异心；吃东西得先紧着她，上下车要看她稳不稳当……大凡所有的细节都会关联到她重不重要、是否被忽视了，稍有不慎则被戴上“大男子主义”的高帽。这简直就没法过活了！在沈玟易之后，我处过几个女朋友，换汤不换药的，几乎都是这一套。

而薇思拉却不是这样的，似乎完全脱离了那套路径。

“你真的很不一样。是我不懂，还是你很特别呢？”我进到屋里，等做美甲的服务员走后，问道。

“你说我长得特别吗？”她起身，如那时在车上一样抽出我烟盒中的烟，我凑前为她点上。

“不是这个意思……”于是，我把我这些年接触到那些女人的烦恼讲出来，向她吐了一番苦水。

“啊，原来这样！你实在太可怜了！你们那个时候的女人都这样吗？这些早就过时了，我们现在不玩这些。”

“欧洲的女孩子都变了吗？”

“中国的女孩子现在也不玩这些。”

“你怎么知道呢？在我之外，你还有中国朋友吗？”

“有啊。认识你以后，我在线上交了许多中国朋友，有温州的，泉州的，上海的，还有不少镇子里和山区的。她们与我都很聊得来，只是语言有时会是障碍，其他没有什么不同。”

“你们聊些什么呢？”

“吃啊，穿啊，首饰珠宝啊，还有旅行，烹调，园艺。”

“你们不聊男人？”

“当然也会说到的。”

“那么，我们中国这些女孩子喜欢什么样的男人呢？”

“其实与我们那边差不多的。比方，大部分女孩一开始总是有个梦，好比女人是只苹果，男人是只梨，漂亮的苹果配漂亮的梨。之后，梦碎了，就改变主意，想找有本事的，或者趣味相投的，也有喜欢老实人的。”

“那你是觉得我很有本事吗？”

“我根本不了解你。但是我觉得你像那只梨。”

“迪迪更像一些吧。”

“迪迪不是我的梨，只是他太会缠人了。其实，我有点胆小，怕那些猛追猛打的。”

“这种人在我们这里被叫作流氓。”

“这个我懂。那就是我怕流氓。”

“我并没有意思要说迪迪是流氓。”

“无所谓的。我与他分手了。我逃跑了，逃到中国来了。”

天哪！她这是私奔投靠我了吗？如果迪迪追过来怎么办？不依不饶怎么办？上次我已经领教过他的韧劲了，非要把我弄回到汉堡的车上。他是有狠劲，也有无赖劲的，他不怕老婆跟别人睡，睡过了也非再要回去。这是扯不掉的橡皮膏。

“一只梨，那不就是少女起初的梦吗？”我又回到上面的话题，“我对你来说太老了，怎么做那只苹果的梨呢？”

“你怎么不问我为什么还在做梦呢？”

哇，这个问题有点厉害，我忽然体会到那所谓智性以外的深刻。

显然，薇思拉已经认识到少女最初的梦，也应该从那梦里醒来了，只是女人时醒时迷也是有的，可是要多大魅力才能叫一个醒过的女人再度迷失呢？又要多大魅力才能叫知道自己将迷失的女人宁肯迷失而不罢手呢？我听懂了，她是在跟我谈魅力。当一个女人是纯净的，出离观念和主义的，遵从自己需求的，那么，她真的就是一面镜子，可以将男人的原形照出来。我真的是那么有魅力的男子么？如果这是真的，那么就意味着我们初次在奥德列车上她对我是一见钟情。一个年过不惑的人，被一个青春女子一见钟情，这个感觉太令人振奋了！原本我是不认识自己的，我也随着那些讨厌的观念派女人去争学识、名利和地位，以为这些外在的东西才是我猎艳的资本。天哪，我要是早晓得这些该多好！我何必付出那么多、走那么多弯路、绕那么多圈子去铺垫人生呢？我忽然就晓得，那些所谓追求成功的人，那些亿万富翁们，不过只想得到美丽女子的青睐，他们拥有的不仅少得可怜，甚至往往是负资产。你看那些富可敌国的大佬，为了见一面薇思拉，看一看她娇嫩的容貌，甚至不惜每去一次珠宝店就买一颗大克拉的钻石；而我呢，我只要等着电话铃响，我只不过不经意地走到某个吸烟车厢吸烟，她就自己跑过来了；是她在添加我的财富，是她在抬高我的身价。因为，从此我晓得了，我或许是那些观念女人的眼中钉肉中刺，可我却是绝色小妹妹心之所向的中意郎君。人生原没有那么多外在的拖累的，都是因为起初天赋的不足，人就动了心思要抗拒命运的安排，要寻一些说法来填补缺陷，来改变天定的秩序。顺命的人有福了，不劳累，不挣扎。自从认识薇思拉以后，我决心下半辈子做一个顺命的人。

时代其实在薇思拉这代人这里转折了。新生一代年轻人其实已经识破各样主义的骗局，或者说天生就于此无感。那些东欧来的娜娜们，还有泉州福州各州的本地女孩儿，她们已经厌倦了大学教育，因为大学的教育体系发展到如今已然僵化，失掉了全部的趣味，而人怎能没有趣味呢？古话说，人无癖不可交，癖就是命根子呀！我所遭遇的人，不外乎两种家庭背景，要么是为了什么事业的，要么是为了生活本身的。那些事业们从来就是在主义和观念的操纵下存在的，他们把一切趣味都当作是奔向事业目的地途中的暂歇、佐料和业余调剂，他们先舍掉玩趣，再失去食欲，渐至性欲也归乎零，就跟死尸一般；而专注生活的人家却不同，他们早就看透了人生不过是男女之事，风头盛衰，而主义是有脑子的人歪曲天赋的手段，是没脑子的人轻信机会的异想天开，都是鄙薄懦弱之人的不甘心，不顺服，是铺排出来的硬着颈项的狰狞。是故，那些天生残缺而孱弱的人，倘并没有失掉与风流之人别苗头的心思，便会弄一种主义出来，便会倾尽全力拼搏，熬到肉枯血干时终于摸到一下漂亮小妹妹的手，那是他用一生赎出来的，怎比那风流哥哥只消一个眼神就有无数佳人倾倒！可怜的只是跟在这主义屁股后面的信徒，丢掉了本性中的优势，舍己之贵而趋人之贱，毕生都是亏本与欠账。

薇思拉是有个性的。什么是个性呢？就是与生俱来的底色，腴瘠厚薄，粗细荣枯，或娇羞，或勇武，或敏捷，或敦朴……天然有别，别致而相异，哪能仗着习俗和风向人造一种个性出来呢？如今，连个性都是人造的，还有什么他们不敢造作的！所以，这些年孩子们都讨厌上学堂，因为学堂里都是所谓“智性”的教育，令人僵化，制度化，格式化，而人恰恰最需要的是才情的教育，这样，人的底色才会浓重起来，人的天性中优势才会壮大起来。

薇思拉是时尚的，合乎潮流的，因为真的时尚并不是风尚，因为“凡事都有定期，天下万务都有定时：生有时，死有时；栽种有时，拔出所栽种的，也有时；杀戮有时，医治有时；拆毁有时，建造有时；哭有时，笑有时；哀恸有时，跳舞有时；抛掷石头有时，堆聚石头有时；怀抱有时，不怀抱有时；寻找有时，失落有时；保守有时，舍弃有时；撕裂有时，缝补有时；静默有时，言语有时；喜爱有时，恨恶有时；争战有时，和好有时”。风向发乎俗世之时，而有时是定时，命定之时。时尚是命运之神埋下的秘密动力引擎。薇思拉这一代青年人，顺着这世代的微妙启示而进退，她们告别了文化隔绝和意识形态的屏障，正从政治的人、经济的人、文化的人转身为美丽的人。美丽的人是正常的人，是遵从性情带领和生活需求的人，他们只有一个标准，那就是天道的标准，人伦的标准，而不是千奇百怪层出不穷的哲学或思想的标准。

自从认识薇思拉以后，我变得轻松起来，那些困扰我逼迫我的禁锢全然顿消，因为我终于发现我真实的愿望，而不再受制于外界的要求。我的愿望如此简明，又如此单纯——我喜欢静坐在某个屋檐下吸烟，我流连那些闹中取静的街道，我爱所有漂亮的妇人（唯漂亮而已，哪怕她背负重罪是个无期的囚犯），我沉迷于金的质地、玉的光泽、钻石的刚硬（它的光是硬的光，以绝对的刚硬来照澈黑暗，毫无商量的余地），我时不时读书，但我不喜欢读书，我只是在书中寻求呼应，也拄着书的拐杖行漫长人生的夜路，祈求唯一的真道择我做一件折光的器皿。

她们既是我的镜子，我固然也是她们的一面镜子。在我的镜子里，有一处深潭，就好比这竹园中怪石围绕的那个水潭。我见到那伦敦萨沃伊酒店不远处的夜店里凌晨四点散场出来的独立女子们纷纷沉陷下去，在最后的时分，有人举起自由的火炬、各种中性无性的非性玩器，又有人抓住一根极细的水草冒头呼吸……那唯爱情的理发师的情人纵身跳水了，光头女成为一张薄纸，所有塑料缒子、化纤缒子、丝绒缒子的战旗纷纷倾倒，不及裹尸，漂移到水潭岸边；那些颧骨高的，头发稀疏的，瞳孔浑浊的，上半身肥下半身短一截的，不爱红装爱武装的女人，统统死了！春雨临到竹园，透过水影和玻璃，漆皮和镶钻的面料不为遮羞反倒以羞为美地闪亮起来。那些从东欧的锈带来的年轻妹妹，曾经卖水果的，卖汽水的，卖琥珀的，纷纷占据园中的高处：有伫立枝头白若玉兰的，有掩映在树丛中探出海棠花骨朵的，也有从中国各地城镇中长大的漂亮妹妹们，她们没有标签和旗帜，裙子就是裙子，凉鞋就是凉鞋，首饰就是为了装扮的，臀乳就是为了欢爱和生育的。美，揭露了什么，反映了什么，歌颂了什么吗？美就是美，没有含义。它本来就是一种滋味，食而甘畅，神赐以安慰饥渴与苦痛。倘有战旗，必是鏖战而后美如画，岂有鲜花装点战旗以掩饰流血的！

这园子在下午的光景里蘸着雨水而明润，我与薇思拉同枕这宁静，其间快活自是不表。

瞧，那些女人死了，我们得以解放，得以幸存，总算可以安安稳稳睡一觉了。

十二

已经是2012年的初春了。我接到雅加达一个戏剧协会的邀请，说是去参加一个亚洲的什么戏剧论坛；想到在南国此时天气暖和，可躲避北国的凌厉朔风，我便欣然只身前往。不想，飞机落地后，那边的气候岂是暖和，简直就是酷热。我在出机场以前，将身上穿的毛衫、外套都脱个干净，却又因没有预备专门的夏装，只得穿着内衣和秋裤走出海关。那来接应我的穆先生（他是当地的华人）瞅见我这身打扮，不禁笑出声来。穆先生说，这边的热不是国中的人可以想象的，哪怕闽广的热在这里都算是风凉。于是，他带我到机场候机大厅的旅游商店去随便买了一件短褂和一条短裤，只是那里没有凉鞋卖，我只得依旧穿着我从北京穿来的厚皮鞋。即使换成这身，已然脱无可脱，再脱就要剥皮了，我仍然被推开玻璃大门后的第一股热浪击败。天哪，还是初春就这般难熬，倘到了伏天该怎么办！

我后悔了。还是朔风好，冻一冻，人脑子清醒，可闷热潮湿，却可以把人煨熟。我为什么要参加这个屁论坛？能论出个什么金果来？不过是一些吃饱饭、没创作能力、只会要嘴皮子的大爷们的胡言乱语。每天都有一个会，晚上还要在室外参加什么沙龙、篝火晚会。草木固然葱茏，蚊子却也尤为肥壮。结果，那些天，整个就成了我的抗暑抗虫大奋战。雅加达也没有什么好玩的地方，这个城市简直就可以称作公路城市，一圈一圈的公路在城中盘旋，从一个点到另一个点全得靠坐车，商店与商店的间隔距离远远超出想象。逛街基本是不可能的，都是高楼，一排连着一排，如果没有向导，你根本找不到任何娱乐场所和购物点。在这样的绿化包围的现代建筑群以外，全是贫民窟。穷人住的地方，几乎连一条平整的石子路都没有，全是中世纪水平的坑坑洼洼的泥道，不下雨的时候扬灰，下雨天则到处都是泥洼水塘。

会议要开五天，到第三天我就受不了了。我送给穆先生一条大熊猫香烟贿赂他，要他想办法寻借口让我逃掉。其实，他也烦这个会议，见我有意溜号，乐得就顺水推舟。他跟主持人说我得了绞肠痧，要去急诊吊盐水。主持人闻此色变，只问我买没买保险。穆先生让他放心，说相关问题他都会搞定，交由他负责即可。

这便终于逃脱出来。

我问在这地方可以去哪里玩一玩，让我添点见识。穆先生说，要么去巽他喀拉帕港看海，要么坐一趟火车去万隆吃地道的南洋菜。我想了想，坐在港口看无尽的海，对着天空发呆，会有什么意思呢？不如乘火车，这南洋的火车我还没坐过呢！于是，我们下午三点左右在甘比尔火车站乘上去万隆的火车出发了。

他们的火车与我们旧时的火车相仿，有硬座、软座、包厢、餐车，铁皮包裹的那种，车窗可以由旅客随意开闭，这令我很满意。还有新奇处，即车道是窄轨的，比我们的尺寸要收拢一些。我乘过世界上大部分种类的火车，窄轨的还是第一次坐。说是窄轨，车厢可并不窄，只是行驶起来速度要慢一点，车身多一些摇晃，轮子在铁轨上摩擦和机械撞击的声音大一些。这反倒令我兴奋，我已多年未乘过真正的火车了。这才算得上真的火车——笨重的，钢铁的，喘着粗气的，然而在车厢内坐定或行走又是平稳安全的，地上的一切文明被承载在运行中的硬壳里，外面却是花鸟鱼虫，大地近在咫尺，又远在天涯。我们买了包厢座。一个包厢可坐四个人，但只有我们两人坐在里边，另两个位置始终空着。一路上的风景自不必说，那古穆的森林层层叠叠，陡峭的山崖伸入谷底，还有生锈的铁桥边站在护墩上的男孩女孩，他们几近贴着车身，直向我们招手，我甚至听见他们的童歌——“比比布，比比布……”

看够了风光，我便起身往别的车厢去，看看硬座、软座和餐车什么样。

硬座车厢里人也不多，但明显看着都是穷人，有携带农作物和家禽上车的小贩，有失意的酒鬼，有奶孩子的胖妇人，有手脚都瘦得干枯的老人……

软座那边多是打开笔记本电脑不辍工作的白领，一式样的白球鞋，一式样的写着英语字母的T恤衫，所不同的只是，有戴眼镜的和不戴眼镜的，这些都与国中高铁上的男女雷同。

餐车里的味道是诱人的。有各种香叶的味道，咖喱的味道，咖啡的味道，烤肉和炸鱼的味道，这些味道都与国中混杂着机油和洋葱味的列车气味迥异，这叫我开心，畅快，因为丰富的味道意味着这是满载生活的列车，而不只是单纯的交通工具。

列车过了勿加泗，又走将近一个小时，快到吃饭的时候，我与穆先生便去餐车。餐车还没有其他客人来，仅我们两人，车窗几乎都是打开的，坐在里面很透气。我要了一个印尼炒饭，一盘烤猪颈肉，还有一瓶万隆的啤酒。我们等了大约半个小时，饭菜才上来。这边的印尼炒饭和我们闽广一带的大相径庭，吃过这边的印尼炒饭你才晓得为什么要有印尼炒饭。好的食品让你吃着直呼上瘾，再多也不嫌胀肚子。穆先生劝我少吃点，说这点小意思就将我击败，一忽儿下车，怎么还吃得下地道的南洋美食。于是，我一口喝掉半杯啤酒，借酒水压一压，忍一忍。

列车在茨坎佩停的时间长些，因为从这里车要转折到南线上去，可能机务上有许多交接。这个站看上去很老旧，站台很多，当时，日头已经西斜，快要落山，太阳光穿过月台的棚顶照见对面一半的长廊——火车正停在阴面。这个场景很熟悉，我一时记不起来在哪里见过。我伸头到车窗外张望，见一个女子从有阳光的那面朝我这边走来，不，快接近我时她突然往后面的车厢跑去。我清晰地瞥见阳光停在她腰间，但当她靠近车厢时，她的腰也把那截阳光整整地带过去了。那是她的青绿的小衫没有遮住肚子，那里露肉了。她的白白的手搭在后面车厢的某个窗缘，啊，那也是几缕阳光落在那里！她身手敏捷地一把就翻上去。我怔了一下，我记起来了，那是多年前在滁州车站见过的一幕。那是清晨七点，这是傍晚接近七点时分。朝霞和晚霞是同样惊人的么？如果忽略阳光射来的方向，晨光与暮色是同一种光色吗？我愣愣地站起身，直就往后面的车厢走去，然而，我走到车厢联接处，却被一道禁闭的门挡住。我透过门上的窗子向里看，只见一堵雕花的木屏风横在眼前，后面什么也看不到，屏风边上留出一条窄窄的甬道，地上铺着厚厚的考究的波斯地毯。我推门，根本推不开，想是里面反锁上了。我悻悻然回来，坐下，心中茫然若失。

“你去哪里了？”穆先生有点看不懂我。

“哦，我遇见一个熟人，去后面看看。不想那里走不通，门锁上了。”

“我没看见你遇上谁呀？”

“我刚才伸头出去看，见月台上有人爬上车。那人我认识。”

“后面还有车厢吗？我帮你去打听一下。”

穆先生起身离开座位，朝后面的车厢走去。

只见穆先生与餐车顶头的服务生交谈起来。似乎他很吃惊的样子，每从服务生那里得到一点信息便瞪大眼睛，直至他与服务生打着手势耳语。

大概十来分钟左右，他回来了。

他说：“简直不敢相信，这车后面挂了专列，是马来丁加奴王室的人包下的，一共有三节。第一节是客厅，第二节是主人卧室，第三节是随从卧室。他们怕是去万隆开会的，也可能是去度假。我问不出是王室的什么人，可能是亲王，也可能是王子，或者国王的什么重要亲戚。马来是个很特别的国家，有九个王室，太多国王、王子、公主和爵爷，都很有钱，他们各王室轮流执政……”

他向我说了许多马来王室的事，有的是他本来就知道的，有的或许就是刚才打探到的。

“我看见有个女人刚才爬进了车厢，就是你说的客厅那一节。她翻身上去的……”我只关心那个女子。

“你确定你看见有人扒车了？怎么会呢？按说王室成员出动，警戒级别是很高的，怎么能让人随便爬进车厢呢？”

“我分明看见她从对面站台跑过来，先是向我们餐车这边来的，走近了突然就朝后面走去。”

“你确定那人是你认识的？”

我恨不得说那就是我老婆。可是，突然，我的脑子里有个声音提醒我，说沈玟易已经死了。是啊，她死了，怎能死而复生，又到茨坎佩来？不过是长得有些相像吧！

“应该是认识的，也许与我认识的人长得像吧。”我只好这么敷衍。

正这么说着，忽然那头的门打开了，进来几个高大的绅士。服务生立即朝我们走来，压低身子，与穆先生私语几句。

穆先生等服务生走后，对我说："这是王室的几个随从，过来吃饭，要我们与他们保持距离，不要打扰他们。"

"他们专列里没有餐车吗？"

"他们这是短途，好像就没有挂特殊的餐车。说是就用这车上的餐车。一会儿大人物也过来吃，那时恐怕就要清场了。"

他话还没说完，我就看见那女子也从专列那边走出来。她随便找了个位置就坐下，那几个绅士模样的人立马起身向她行礼。那女子大概离我五六排座位，坐得并不算远。这下我终于看清了——我怎么说呢！她的容貌和举止令我熟悉得直接就可以上去拍拍她肩膀，我可以抱她，亲她，可以完全不必再走一遍恋爱的千山万水。她就是沈玟易啊！还会是谁？我甚至看清她已经换上的新凉鞋中露出的玉趾！那片片如宝石的趾甲，那粒粒如珠玉的趾头，哪一片哪一粒没有擦过我的肌肤，没有踏遍我的全身？望之如数家珍，念之了然入怀。她从包里拿出烟盒，从盒中取出香烟，正好比从我递给她的烟盒中抽取，只是她的烟盒是金子的，镶满蓝宝石、红宝石和钻石；她甚至也跷起脚，放在餐桌上，对着我，跟那次火车跨越南京长江大桥时一样。我能做什么呢？我只好一直盯着她看！她注意到我的视线。谁会注意不到这穿越生死的凌厉视线呢？她朝我莞尔，那么大方，那么礼貌，却显然不认得我一样。我的心被猛烈撞击了一下。我看得懂的，是的，她与我陌生，她并不认得我。这神情是装不出来的。可她，分明就是沈玟易呀！

"玟玟，玟玟……是你吗？"我终于喊出她的爱称。

她身子朝前略倾，做出纳闷犹疑的样子。她是听不懂我的话么？她放下她的脚，回头向那几个绅士招手，其中一个走到她身边，半跪着听她说话。她指一下我，又吩咐那绅士几句。

那绅士走到我身边，礼貌地问我："先生，您有什么事吗？殿下以为您在向她打招呼。”（我没有听懂，他转向穆先生，穆先生翻译给我听。）

殿下？那她是公主，王妃，还是太子妃呢？沈玟易殿下？

“我……我以为她是……哦，可能我认错人了。”这倒令我尴尬起来，我对穆先生说。

穆先生于是对那个绅士说了好长一番话，那个绅士笑笑，然后回去告诉殿下。

之后，就什么也没有了。殿下只是朝着车窗外看，一直很耐心地等着她的晚餐，而我不管怎么再盯着她看，用穿越生死的力气看，她终究再也没有接我的目光。

车过普哇加达，几名服务生和一班警员进到餐车，开始清场，像是王族的人都要过来吃饭了。于是，我和穆先生不得不走。我一边朝自己的车厢退去，一边连连回头张望她。她也起身退回专列去了，走时，我看清她提起包，那正是一个帆布包！我想返回去追上她，可是，一名警员用宽大的臂膀死死拦住我。

不多久，列车抵达终点。我不想离开站台，不想这么毫无结果就出站。我垂头丧气，心中纠结。

“我们到了。还是快点出站吧。”穆先生说，“专列上的人恐怕一时不会下车，他们有许多规矩的，即便下车，也有很大的阵仗来护卫，你看不到她的。”

“我必须弄清楚这是怎么回事。”我站在原地不肯走。

“一个熟人至于让你这么心事重重么？”

正说着，忽然前面来了许多人，有警察、保安和车队，里三层外三层的，把其他旅客推得远远的。但王室的人在护卫中很快就从另一个出口出去了，大家根本来不及看热闹，等回过神来，专列那边的站台上已然空荡。

我和穆先生在车站的一家咖啡店坐下，我不得已告诉他我与沈玫易的往事。

“这么说来，她没死，她跑了。”穆先生像一名侦探小说家一样梳理情节，“显然，你是上当受骗了。她母亲与她是一伙的。这是她们早就设定的计谋。”

我多么愿意他的推断是真的。

“可是，她应该是死了。不，她真的死了。”我说。

穆先生停了一会儿，又说：“既然这样，我的意思是说，既然你认定她死了，那么，还惆怅什么呢？那个刚才你看见的女人是别人家的女人，王室的女人。你算一算时间和年纪吧。当时，你认识你的夫人时她二十四岁，她亡故时是你们第七年，应该是三十一岁，而那个殿下似乎才十八九岁的样子。”

“咳，我初见我夫人时，她看上去也只有十八九岁的样子。”

“可是，事情已经过去八年了。”

是啊，他替我算出了年月。我的玫玫，沈玫易，你已经离开我八年了。

“我听人说，过几年这个世界就会出现一个和你一模一样的人。”穆先生这是在安慰我吗？

我难过起来。我的爱人，她变成另外一个人了么？或者另外一个人被预设好要按照她的样子来替代她，补上因她逝去而留下的缺口么？我又想起了尚馨，沈玫易与尚馨长得可谓一模一样，这正应验了穆先生听来的话么？难道上帝不会让这个形象缺失么？一直有这个形象，一直有。这么说来，我的爱人，真的只是一具皮囊，一个幻影而已。

穆先生通过他在万隆的富豪朋友订到了在一片幽静的森林中的

酒店。那是城市中的森林，闹市中的桃园。这个酒店叫作“石榴花别墅”。

穆先生是一个路路通，他在万隆有很好的人脉。他找到他的一个朋友，那是当地的一个精干的女记者，是巽他族与华裔的混血，叫赛娅。赛娅来到我们的住处，与我们一起喝下午茶。

“事实上，那个女子是王室的一家公司找来的秘书。她是华人，听说是出生在广东的。”赛娅用生硬的汉语对我说。实际上尽管她母亲是华裔家族的，她的母语并不是汉语。

赛娅似乎什么都知道，她非常肯定地告诉我，她是印尼记者中唯一晓得马来王室内幕的人，因为去年她为一个丁加奴的文化旅游项目刚刚采访过王室许多重要级别的人。

“这么说来，她应该会说汉语。”我说。

“当然。可能会说广东话，不一定会说曼达林。”她还是按照以往西洋人的说法，将国中的官话叫作“曼达林”。

“你不是会说曼达林么？”

“我是后来跟一个瑞典的汉学家学的，大概学了一年多时间，在他开的语言班上学的。我可以肯定她会说广东话，但像很多南洋的华人一样，一般不会说曼达林。”

“你知道她叫什么名字吗？”

“我其实不知道她的姓名。他们都叫她香儿。这不像是一个中国名字，可能是他们私下这么称呼她。”

“可是，我在火车上听到随从称她殿下。”我望一眼穆先生，因为所谓“殿下”是他们用马来语说出的，是穆先生翻译给我听的。实际上，印尼的官话和马来语是同一种语言，身在印尼的穆先生听那些随从说马来语自是不会有障碍的。穆先生点一下头，表示我说的是实情。

“是吗？”赛娅很惊诧，“香儿现在不是秘书了？才一年时间，她就做了王妃？太子妃？这太不可思议了！难道我再见到她也要称她殿下了？那时，许多事情都是她介绍给我知道的。”

“我不解的是，为什么在茨坎佩车站她不是从车门登上火车的，而是翻窗爬进去的？尊为殿下的她至于扒火车吗？”我于是将在茨坎佩车站目睹的一幕细细讲给赛娅听。

“那我可以肯定，你见到的人确实是香儿。”赛娅听过这故事，反倒坦然笑了，“她不是贵族，她做事常常不在规矩里。我也领教过她的怪异……behavior（她找不到汉语的词，就塞进来这样一个英语词）。估计她到车站的小铺里去买什么王室不许吃的零食了。又偷着跑回来，不想让人发现。”

“你的意思是，她做了王室的什么人的小老婆了。也许是王子的小老婆？”我急切地问道。

“这个我真的不知道。这是新发生的事，我知道的都是以前的事。”赛娅摊开手，又耸一下肩，像欧美人那样，“另外，先生，我纠正你。这不能说是小老婆，这是嫔妃制度，很严肃的事情。他们是信伊斯兰教的，他们有他们很特别的规矩。这些规矩都是传统的，非常高贵的。”

我不感兴趣这个话题。我只是想，如果是沈玟易，她愿意遵守某种严格的宗教教规么。我是了解我的玟玟的。如果是她，今年应该有三十九岁了。我已两鬓泛灰，她依然青葱如故吗？

我再问，也问不出什么了。而赛娅却对中国传统戏曲感兴趣，不断探究这方面的问题。我想，她是想通过我来结识国中的剧院机构，获得去中国的邀请吧。

事情到这里应该是断线了。可是，诡谲的后续又发生了。我再次见到了沈玟易，哦，不，是香儿，是殿下。

穆先生找到的这个石榴花别墅是一处特别的酒店。在万隆，有许多清真酒店，但这处是隐秘而奢侈的下榻处，而且清真餐也做得甚好。不想，王室的人就过来吃饭了。

那里有廊柱环绕的水池，周围摆放了餐桌，看上去有阿尔罕布拉宫的气氛。那日傍晚，我和穆先生早早来到水池旁，寻一个照得着余晖的地方坐下。不一会儿，从高台侧边的大理石台阶上就下来一群人。有侍者过来与穆先生说话，穆先生指指我，又指指他自己，然后，侍者就躬身行礼，从我们这桌走开了。

“丁加奴的人专门订了这里，来吃饭了。”穆先生说。

“我们可以坐在这里吗？”我有些担心会被驱离。

“可以啊。那侍者就是来询问我们的情况的。我告诉他你是艺术家，我们在印尼参加一个会议，这是我们的假期，所以到万隆来休息一下。他听过就不再多说什么。他的意思是，按规矩都要清场的，他已经劝走好几桌，但我们是酒店优待的客人。”

“你的关系硬呗。”

“我还没提到我的关系他就许可我们留下了。这里的人也是很尊重艺术家的，对有才情的人总是网开一面的。”

王室的人在我们不远处坐下。这次他们似乎没有带许多随从来，没有搞得戒备森严的样子。或许这个地方足够隐秘，也足够安全，他们预先应该都打听过，检查过了；或许为了不让王室的人扫兴，安保力量尽量布置在远离主人视线的地方了。

我看见香儿了。她背对我坐在长廊的外侧，背影在逆光的阴影里。我只看她，看她的打扮，看她的举止。我快不行了，但凡看见她，我的眼泪就止不住流下来。我能做什么呢？我的爱人，我的爱人，她近在咫尺！她没有看见我，但她身边的男人看见我了。他是王子？王爷？还是王室的别的什么宗亲？那个男人大概五十多岁的样子，比我年长些。他发现我在看香儿，他向我投过来亲切的微笑，像是在打招呼。他又凑过去对香儿说什么，香儿这便回转头看我。她一见我就笑，她认出了我。她只认出这是火车上遇见过的人。我看得懂这神情，这并不是认出她的故人的意思。

有个随从过来，礼貌地请我们过去与他们同桌。穆先生看我一眼，像是征求我的意见。我并没有回给他什么表情，我起身径直就走到香儿边上。穆先生迅速就跟过来了。

我们坐定。我坐在香儿边上，穆先生坐在我边上。

男主人非常热情，似乎他很欣赏别人欣赏他的女人。他说了很多话，穆先生只挑选其中一些翻译给我听。

我转向香儿，我用上海话直呼玟玟，直呼沈玟易，又直呼尚馨。

我说："侬真额勿认得我了？"

她那么疑惑，又那么友好。她不得已摇摇头，露出疑惑的表情。她开始说广东话，我能听懂一些。她的意思是，她听说我是演戏的，她很喜欢看戏。

我彻底绷不住了，我哭出声来。穆先生愣住了，他拍拍我，像是安慰我，又正欲开口向男主人做解释。我在桌底下一把抓住他手，紧紧摁一下。他懂了，便说些笑话，结果全桌的人都笑了。我也只好止住眼泪，跟着极不情愿地笑起来。

"啊，殿下，你太美了。你长得像中国的一个明星。"我对香儿说。

穆先生将我这话翻译给在座的人听。大家都露出惊异而兴奋的表情。

我看殿下的那只帆布包。我可以肯定，这包就是沈玟易的那只包。这包，她从不离手。我记得那次在铜仁路，她穿着我给她买的那条短裙，挎着第一次见面的帆布包上车去机场。可是，这会儿不论我说什么，不论我抑制不住说上海话还是那些我们曾经熟悉的词语，总绕不到曾经的场景。人还是那个人，事儿已经全然不是那些事儿。人是物非！这时候用“人是物非”来描述我所面对的，再准确不过了。问题是，我和这人竟隔着千山万水，上海和万隆的千山万水，地位的千山万水，生和死的千山万水。如果人和人隔得那么远，那真的或许就不是那个人了。香儿与玟玟是一个样子，玟玟与尚馨是一个样子，可是香儿不是玟玟，玟玟不是尚馨。我忽然想起古书上的一句话：“玟琁隐曜，美玉韬光。”我的玟，她不是死了，她藏起来了。

朝霞和晚霞是同样惊人的。如果忽略阳光射来的方向，晨光与暮色是同一种光色。

来日可追

LAI RI KE ZHUI

下卷

张广天 著

四川文艺出版社

第三辑

这些影儿都挡了一下时光

金虎撑

那个淀山湖的菱儿，她家有一门亲戚是在江湾镇的。这江湾镇如今归了虹口区，之前是一个独立的乡镇，与五角场和大闸北相邻，在下海滩的正北面，以前在租界以外，属民国政府的辖区。菱儿的祖上都是江湾镇上的人，到了她爷爷那辈，因战乱分离，战后，她爷爷就流落到淀山湖一带。她爷爷的兄长那族如今依然生活在江湾。这一系是行医的，在江湾镇上非常有名。上海旧时大多厉害的医生都出自江湾，妇科蔡小香，喉科马逢伯，儿科侯焕如，内外科朱振元、顾文田、徐起之。菱儿的爷爷是杂科大家，即什么都治，什么都有一手。她爷爷名叫郭云亭，江湖人称白头翁。这白头翁是一味药，专治血痢的，只是郭云亭治病多用白头翁，并有一套说法，且疗效非凡，故当地人给他这个名号。

这白头翁，实乃北地生长野草，叶似芍药，茎头放紫花，若木槿，大者如鸡子，白毛寸余，正似白头老翁，故名。又有称之为老翁须、白头公、野丈人、胡王使者。其根可入药。药书上记载，性寒味苦，入血分，可疗毒痢、血痢。所谓血痢，即拉肚子，粪中见脓血者。一般大夫，也就按药书指导，用以治痢疾，但郭云亭却有妙用，用以治跌打损伤，治小儿神昏不醒，治妇人赤带、产后恶露不净，甚至治症瘕、瘰疬、毒疮、疣痣、咽喉病、各样出血症等，当近时肿瘤病多发，亦用以抗癌，消除结块，几乎包治百病，令人匪夷所思。当然，别人用不来，唯郭大夫用起来得心应手。

他这一手一直是家族秘传，传给儿子，又传给孙子。郭云亭的孙子名叫郭寄农，人称少白头。他继传祖道，亦是白头翁一路。少白头是菱儿的再从兄，就是她堂伯父的儿子，但平常人家哪有张嘴闭口这么文绉绉称呼的，于是，就称呼堂兄，堂哥，简约一点，也就直呼哥哥。前面讲过，菱儿与叶栩生一起考到南京读大学。后来，这两人私处久了，女孩儿怀上孩子，因未毕业，在校生不能成婚，便做意打掉。谁想打掉胎儿后，女孩儿月事紊乱，常一月中来好几次，沥沥不净，实在苦恼，只好去寻医吃药打针。一番下来，什么激素、什么抗生素用了一大堆，也不见好。栩生为此亦一筹莫展。一日，栩生往夫子庙去，想请个护身符来为菱儿辟邪去脏，在摊位上看见有卖草药的。那卖药的人摆出一盆花，紫艳艳的，花瓣上还生出毛茸茸的白毫，透着日光出奇好看。栩生便问道，这是什么花，卖药的答是白头翁。栩生心中顿时一亮，就想到菱儿的堂兄少白头。他急急往回转，说有救了，怎就没想到去江湾镇找堂兄治病呢？他可是遐迩望重的大名医啊，甚至比祖上白头翁还技高一筹呢！菱儿一想，说是啊，这事找堂兄才好呢，又得善治，又在家族中私密不外扬，必守口如瓶。这便择周末周日双双往上海江湾镇去。

少白头可不是简单地规规矩矩受教私学的小囡，他打小在药房里帮衬做伙计，也跟着父亲摆弄针灸铜人，岐黄之学耳濡目染，心思却飞到老远，什么量子力学，什么计算机编程，什么生化研究，样样都热衷。所以，到他考大学时，他选择了上海第一医学院临床专业，本科毕业后获得柏林夏里特医学院的奖学金，去那里攻读硕士学位，之后又去牛津大学学习分子生物学的临床应用，获博士学位。然而，他回国后却谢绝了许多大医院和名校的聘请，反倒回到江湾镇来继承他父亲的中医诊所。对于医学，不得不说，他是有发言权的。

他说：

“不要没事总是论中医西医。医学不仅是科学，也是一桩社会事业，归根结底是事业。世界有那么多民族，有那么多不同生活方式中的人要面对生老病死，大家对健康的态度是很不一样的，也就是说健康观医学观是不同的。你们说的西医，其实只是诸多医学中的一种，它依靠科学和技术的基础获得了长足的发展。这个所谓的西医，严格地说，是实验医学，即在实证科学的理念上去研究医疗。什么是实证科学？就是经验主义。英国是经验主义的大本营。我就是在英国学通经验主义的。这再往深处说，是一个哲学问题。哲学是西洋人的东西，笼统地说，有两个思路，就是理想主义和经验主义。前者讲先验，后者讲经验。什么是先验？就是本来就有的，天设地造的真理，从公理作为起点，去分析推导，以至得出许多结论。什么是经验？就是体验，通过人为的方式来经历，来触摸、感受、分辨、归类、整理，最后验证。验证，验证，不验无以证。然而实证主义者可以假设，大胆假设，小心求证。问题是人之所验所证是有限的，不能囊括一切。我的解剖学老师告诉我，说目前我们对人体所知不及人体实际情况的千分之一。那我就问他，我们学到的东西作不作数，他说，了解一下罢了，而且其中假设的成分还不少。我们解剖学考试就是抄一遍，抄几处学生感兴趣并觉得重要的内容。我的牛津搞临床应用的导师米歇尔说，或者有一千种病，去医院是第一千零一种病，我能治愈的不过七八种而已。他可是鼎鼎有名的大家，比那些满口‘妙手回春’薪酬丰厚的高手牛多了。他不是谦虚，他只是说出了实验医学的实情，怀疑，怀疑之怀疑，起于疑，未必止于信。

“至于中医，西洋人称之为‘传统中国医药学’。这么看起来，是一种民族医学。这只是描述了它的现象。如果深究，即便按西理去察，亦宜归入先验主义医学。因为，它并不是通过经验得来的，它是听说来的。有一个叫岐伯的人与黄帝对话，一问一答，遂成《素问》《灵枢》，即《黄帝内经》。黄帝听岐伯说，岐伯又听谁说呢？国人敬祖，其实是追溯祖源。祖之祖是谁呢？这是一条通神之路。就像平行线的公理，你去问谁？天地分阴阳，事物分五行，你又去问谁呢？先验主义者告诉你，一切公理是万念之源，由此推导出各种原理。是故，中医是理想主义的医学，它不是经验的，它的经验在人类之先，这话的意思就是，如果它有经验，那必是神的经验。当然，那其实不是经验，而是天道的具体呈现，人起初只能听懂这些。神的垂示通过祖先代代传下来，促成人们去验证，而这类验证被叫作见证，即人为地去见证太初之道的真实无虚。中医是有医理的，只是理在先，验在后，恰与实验医学相反，实验医学是验在前，理在后，验之前并无理，只有假设。有一种说法，意思是中医都是一些经验的积累，并无道理可寻，只是靠验方，重效用。这种说法是从实证主义的立场出发的，它首先不得不承认中医的有效性，又企图按照实证主义的思路来要求中医朝验后成理的方向发展。可是，人家早就有理了，何苦验而造理？验证在中医看来，只是见证起初之理而已。我从中医学院的中医医学史上看见，说穴位和经络是怎么发现的，是古代劳动人民宝贵的生产劳动经验的积累和总结—— 一个原始人，劳作一天，腰酸背痛地躺下，不小心卧倒在一块篝火刚刚熄灭后的烫石头上，于是‘阿’一下，这便称作‘阿是穴’，然后，不知不觉地，过了几天，肚子痛好了；类似的事情在别的劳动人民身上也发生了，阿是穴多了，原始的劳动人民就奔走相告，把碰到哪里又某种病痛好了的经验联系起来，那么穴穴相连就是经络。你信么？反正，我不信，不管按实证主义的思维还是按理想主义的理路，我都不信。所以，我不去上中医学院，我跟我爷学，我爷跟他爷学，爷跟爷的爷学，爷的爷的爷的爷，一直追上去，就是太初之道。所以，我们的知识观是追溯从前，信奉记载，而实证主义是向着当下和后来，路径完全不同。我们相信本来大于一切，他们相信后来超过从前。而本来又是人之初的古心，你我他都一心，此心非心愿，指的是天道序令。这就是心学，其认知方法是内观。世界上一切先验主义都是内观之学，一切经验主义都是外求之学。内学和外学，前者抵达无限，后者以有限为无限。1+1=1，这个公式你能相信吗？如果1代表有限，你断然不能相信；如果1是无限，那么无限加无限不还是无限么？

“这个世界如果是无限的，那么可知吗？可知一部分，似是而非，今日所知，明日就被否定了。有个哲学家叫黑格尔，他是整个德国哲学的集大成者，也可以说是整个哲学的中流砥柱。他的意思，即一切可知可求，由哲学来解释一切，不但前面的历史是有规律的，甚至未来也是在规律中的，未来也要由人来安排，未来甚至成为过去可知历史的一部分。未来在可知论者那里也成了历史。而实际上，我们从哪里来的，人都没有搞清楚，人怎就可知一切呢？我不是不可知论者，我是必知论者。世界有很多盲区，人，若行黑路，有高于我们的力量在引领我们，是这至高的力量告诉我们，令我们必然看清。从未知到有知，是一个发现的过程，发现本来就存在的道理。天地或毁灭，但天之道不由人废存，哪怕一笔一画都不会少去。医学是这个长存之道的一个方面，岐黄问答传给我们，知在先，行在后，行而见证知，无论如何行都越不出知的边界，所行必与所知相合，这就是知行合一，如孙悟空一个筋斗十万八千里，仍然翻不出如来之掌。中医也说研究，但这个研究是发现，而不是发明；是还原，而不是创造。是故夫子言，‘信而好古，述而不作’，这个‘古’不是时间的久远，而是‘初’的意思，太初有道。人怎么能创造呢？人除了追述神意，别无作为。我无意深究哲学问题，我只讲中医。反正，中医体现了这样的认识。”

这江湾镇之所以叫江湾，原是太湖水自吴淞江由此入海。入海处因淤泥渐积，河道弯曲分叉，故吴淞江至此名虬江，“虬江十八湾，弯弯到江湾”。宋时，虬江有一段叫走马塘的地方，即古书上记载吴越王钱镠所凿之钱溪，韩世忠曾在此操练水军。为备水军粮草，一干人便驻此扎寨，斯为江湾肇始。明时，河道淤积严重，朝廷下令疏浚黄浦，使黄浦畅通，携吴淞之水入海，此即史上“黄浦夺淞”。于是，吴淞江之虬江走马塘一带河道愈窄，河水趋静，支叉益众。吴淞江初时江面宽阔，水势浩荡，有面阔九里之谓，有诗为证：“吴淞之水震泽来，波涛浩瀚走鸣雷”，而明之后，则沦为黄浦江支流。走马塘一支向东，流入江湾镇内，今名江湾市河。凡市民皆居塘河两岸，开肆立坊，生意盎然。邑人周兆渔有诗赞：“走马塘边走，寒云澹放晴。千畦腾水气，万叶战秋声。林鸟语谁解，岸花开不名。竹桥潮半没，难觅于陂行。”市中曾有李园、周园、就圃、涉成园等。郭云亭祖上买了涉成园旧址的土地，修新舍，直扩建到市河岸边。传说郭家行医十几代，最早是游方郎中，执虎撑沿街诊脉，不知何时定居江湾。有金虎撑传世至少白头，此处按下不表，后续会专门说到。

唐宋元以来，江湾人烟渐稠，直至阜盛。明倭寇来犯，全境毁废，幸存保宁寺一处，后人绕此生聚，复为镇。清时，长毛与外国洋枪队激战，入江湾，又遭重创。迨至民国，日军入侵，于江湾登陆，街市又遭兵燹，民人纷纷逃入租界。战后百姓归返，工商士农复聚，之后太平数十年至今。

白头翁郭云亭的精舍，前店后园，坐堂诊疾在药店里，当着街面，一家人起居生活在后面园子里，闹中取静。这精舍名叫灵兰园，药铺叫作灵兰堂，皆取自《素问》中黄帝藏经于灵兰之室典故。子曰："与善人居，如入芝兰之室，久而不闻其香，即与之化矣；与不善人居，如入鲍鱼之肆，久而不闻其臭，亦与之化矣。"灵兰园后门对着韶嘉桥，这桥是一座廊桥，在走马塘上，路人遇雨而止，歇停其间，或有文人骚客专喜择雨天于此听雨观水塘，烫浑酒，开食盒，三杯两盏，偎栏自热。韶，美也；嘉，善也。美善之桥，度人良缘。镇民们说，灵兰堂的医药灵光的，前门吃了，后门得好果子。遂多有人无风无雨时亦光顾廊桥，说是避得风雨，亦避得邪祟。有贫户中人，无钱买药问医，多来廊桥避秽，取草纸一张，写上疾患病痛，谓"苦不堪言，苦不堪言"，再折成纸船，抛入走马塘中，令随波送远，所谓"送瘟神"。亦有良人双双幽会于桥上，男自此岸往，女从彼岸来，二人会聚桥中，执手相拥，喜事必成。说韶华，即青春时光；说嘉人，乃是意中之人。于青春大好时光中遇见意中人，不可辜负。人生短暂，美好瞬逝，此间停留，令光阴慢走，一瞬拖延咏长，则如时如日如月如岁。如今，江湾镇上的古迹大多荡然无存，唯留下这座韶嘉桥，只因历朝历代那些盼望的心层叠凝结于此，并不由着俗尘淹没，并不随着风雨拂散。

菱儿与栩生乘火车自宁来沪，又转长途车抵达江湾。菱儿记得，曾经她小时候来过一次江湾，那是她母亲寻少白头父亲看病，带她一道来的。那时的江湾很安静，蛙鸣虫啁，阳光度叶穿花，落在街沿如画如字，好比一幅幅山水，又形同一行行诗句，而这时的江湾已然喧闹起来，汽车喇叭声、各地口音的叫卖、无线电广播的歌乐交织在一起，与上海市里的气氛非常相似。他们按着地址寻了半晌，也不见灵兰堂标志。栩生说，你那堂哥那么有名气，何不问问路人。于是问人，一问就知道，说向前；又问，又有人一指，说向东。这么一问一指，东转西绕的，最终来到了韶嘉桥。菱儿并不晓得，其实这桥正对着灵兰园的后门，因为她初次来的时候，那园子已经被充公，郭家只分到依着药堂的那几间屋，也就是说，原先的灵兰园已不复存在，只剩下前面的灵兰堂了。他们在桥上坐了一会儿，说此地真美，这便也承蒙了韶嘉的姻缘之福，得了命运的眷顾。

菱儿幼时记忆中的江湾，只剩得这一处。新的事物将旧的地盘围拢，一圈一圈，渐渐收紧，直将往昔浓缩为一点，而这点则成为精神，裹了包浆，透出熟润的光泽，正好比一件古玉，一片碎瓷。他们也是这样的一双人儿，作为古树上逢春必放的梅红，接续着祖宗的年纪，在这时年轻着。

总算寻到少白头，那已是午后两点多光景。他们在灵兰堂里坐着，配药的小伙计说先生睡午觉，不好打扰，要等他自然醒来。这便等，直等到日头偏西，才听到堂后有人哼着小曲儿过来。伙计连忙上前接应，道是先生的妹子来了。

少白头望着菱儿打量一番，居然认出来了，笑道：

“真是难得，妹妹已出落得冰雪皎洁，这才上门来认亲么？”

“我小时候就来过了，怕是哥哥记不得了。”菱儿听见好话，有些害羞。

“哪能记不得呢！那年，你是随叔婶来看病的。我记得你欢喜吃酒酿圆子，吃一碗，又要一碗。我看你也像糯米丸子，白白的，软绵绵的。这是想起什么了，好比喜鹊临门。”

菱儿从栩生手里拿过包，从包里拿出一个方盒子递给少白头。那盒子里装的是雨花石，唯独南京有这样剔透晶莹的奇石。少白头拣起一个看，又透着斜阳的光照，甚是喜欢，道：“天花乱坠，天花乱坠啊！云光说法，感动上天，落花如雨，花雨坠地而成宝石。妹妹将这么珍稀的礼物带来，想是有什么大事要我办么？”

“也没有什么大事……只是身体不适，想从哥哥这里抓几服药吃……”这便将身体状况述说一番。

“看看我这堂叔家的人，不生病就不晓得亲戚，一生病才想起我们家。上次是生病来的，一晃十几年。要说病也不是坏事，我们医家吃的都是病饭，天下人倘不生病，我都快要饿死了。殓师盼人死，医家盼人病。你看看我吃的这碗饭！我是盼着你多病呢，还是盼着你无恙呢？你若无恙无疾，怕是这辈子老死不相往来，再也见不着仙人般的妹妹呢！”

“哥哥说话里外都是机锋，难怪做成一代名医呢！”

“好了，闲话不表。既然妹妹来了，还带来俊俏后生，稀得贵客呢！哥哥请你们吃茶。三观堂那边有个茶室，开在庭院里，是个极雅去处。吃罢回转来吃夜饭，你嫂子做的酱油大蹄膀，十足有味，不吃必后悔。”

少白头说罢，便跨出大门槛，二人只好随后而出。

此时正值阳春，江南各处姹紫嫣红，三人行在市河岸边，如入画境；四散的花香袭人，缕缕钻衣浸肤，走一趟回来，宛若洗一遍花浴。

回到灵兰堂，已是黄昏。嫂子果然做好酱油蹄膀，还炖熟芦花鸡，煨透火腿干贝，焖烂鲜肉团鱼块，又炒猪肚、猪腰，弄出不少鱼虾河鲜菜，在堂后屋舍里摆了满满一圆桌。

几人坐下，少白头给栩生、菱儿斟上老白酒。这老白酒是糯米酿制的。糯米蒸熟，拌上酒药，待发酵后淋上井水，去糟，沉淀，即成。这是宋以前老汉人的古法，不似蒙古通古斯带来的烧酒做法，度数不高，后劲很足。

少白头道：“既来之，则安之，多住些日子再去，吃够你嫂子的佳馐美酒，吃了睡，睡了吃，醉在春风里不醒才好。这样的节气不饮亦醉，所谓春风沉醉。一年也就一回。”

“不呢，今日来，已是请了假，明朝礼拜天，最迟夜里要回转，礼拜一要上课的。”菱儿答。

“上课有什么紧要的？不都是混混么？我给你开张病假条，我的诊所是与国家合营的，病假证明作数的。”

“还是回转的好，不好麻烦哥哥嫂子。”栩生插话进来。

“小兄弟，你学的什么专业？”少白头问。

“我们在一个系一个专业，学基础数学的。”栩生说。

“你喜欢吗？”少白头诧异，扫视一下栩生和菱儿，“这可是纯理论学科。”

“喜欢不喜欢，总要有学上。如今考大学那么难，能上一个就不错了。”栩生想起曾经是怎么填志愿的，“我为了与菱儿在一道，就选一个不高不低的学堂。”

“我们又没有约定说好的。瞎话！”菱儿这么说，心里却有些甜蜜。

“为了谈恋爱？那何必考学呢！”少白头不解，“或者为了求职？你们那个专业有什么好的职位呢？除非你真的深入研究数学，做出点成绩来。”

“我看我是做不出什么成绩的。不过，我和你妹妹考试都不错，每年都是前几名。不管怎么说，将来分配多少起点作用，哪怕留在学校里也好，大不了去中学当数学老师，如果去当中学老师，但求在同一所学校里，至少在同一个城市里。”栩生实话实说。

“我说嘛，我也没看错。这便混混即可。既不是朝着做学问去的，何苦认真？认真去达到心想的目的便是了。混得不出问题其实是最难的，也是一种专业。我帮你们开假条，你们就在这里住下。能两人在一道，不正是你们的目的么？花间醉醽醁，好不快活！”少白头举杯，一桌人齐饮。

这么说一番，也就放下心来。一晚上吃酒，吃肉，相互间说些好话，图口腹之美。美则畅，血气畅达，心意亦甘顺。

接下来，今日吃酒，明日吃酒，越吃越陶然，看病的事竟只字不提。江南人喜欢和睦，倘风调雨顺，又饱暖无虞，则乐而忘返，甚至乐而拒忧，人若是，家若是，国亦若是。南国的朝代，往往只留一席酒，一张床，一个美人，一片幽园便足矣，哪怕兵刃相见，直抵门庭，只要这春宴不被打扰，任你江山改姓，也不过当作一场热闹罢了。

某日清晨，菱儿与栩生洗漱完毕，来到堂上。

菱儿与堂兄说："哥哥，昨夜我梦里听到一些声响，被惊醒，醒来那声音还在，一直响到天明。"

"什么声音？"少白头问，"什么不祥的声音把妹妹惊醒？"

"好像是铃鼓的声响，又没有铃鼓那么清脆，又有点像乐队里沙球的动静。"

"你确定么？"

"我也听见了。"伙计说。

那伙计睡在伙房边上的一间小屋里，离菱儿睡的客房不远。

少白头问栩生："你听见了么？"

"我睡得死呢，什么也没听见。"

少白头凝神不语。他是见多识广的人，城府亦深。他似乎嗅到了什么。

翌日，少白头也说听见那声响，断断续续的，像有人摇铎。他相信自己的听力，不以为那是幻觉。

这日下午，众人坐在园中紫薇树下吃茶，又传来那细细碎碎的铎声，众人便寻声而去。那声并不间断，仿佛召唤着一干人。他们贴着墙往前走，步入草丛。草丛接草丛，又接芦苇，芦苇接树林，林子愈深愈密。走了二十多分钟，仍不见底。

“这就奇怪了！”少白头驻足，拦住大家，“原本公私合营时，这园子砌了一堵墙，墙那边的房子公家赎买去分给居民了，我们这边只留下两进院子、几间小屋，剩下的园子在墙这边并不大，也就一个三角花园的平方，怎就走不到头呢？我从来没有贴着墙走过，难道还有这么深的野地？”

那声响连续不断，这时又分明更响，像是众人已经靠近声源了。

“不如走近看看。又有什么可怕的呢？”栩生拨开少白头的手，径直往前。众人不知如何是好，只停在原地看他究竟。

栩生顺着墙面折弯过去，大家看不到他身影。一会儿传来他的话音：“快过来，过来，我看到一口井。”

于是，众人急步向前，果然看见墙面折过去的地方有一个小亭子，亭子里有一口井。那声音正是从井中传出的。

这个亭子半陷在地中，四根柱子断了一根，亭盖朝断柱那边倾斜，却并未倒下，只是亭子上有一块匾落在地上。少白头将那匾翻过来看，见上面刻着四字：“净水源亭”。

他道：“这亭子听我爷说起过，说从前煎药都取亭中井下之水，只是没见过，他也没带我们来过。”

那井是一块整石，中间开了很窄的洞，一个水桶放不下去，只容得下一个陶罐的器量。

那亭子是衰破的样子，盖顶上的瓦片掉了一半。那井上生满了青苔，还有一些极细的蔓藤。这显然是古物了，此处也显然久久无人光顾。

少白头朝井底看，见已无水干涸，然而那声响却不停，像是有人一直在摇碎锞子。

“这就奇怪了！会有人在底下么？”少白头回头望众人。

众人怖怯，纷纷退后。

“看来，这园子深了！明朝我去请工人来，搬开井口，下去寻摸一番。”说罢，少白头即朝来路返转。

请来的工人将井口搬开，露出洞穴，大约有一个大方凳子宽，于是放下悬梯，容得一人下去。他们清除井底的淤泥，翻找到一个铁箱子。少白头付了工钱，打发那些工人走，将箱子挪到堂上，当着菱儿、栩生和伙计的面打开。

这箱子很沉，是因为包裹了铁皮，内里是乌木的，经了岁月也不烂。箱子里都是一些书，有《玉匮集》《病源》《庆历青囊书》《重订傅徵君女科》《汪氏医方集解》等。少白头说：“许多都是失传的医书，而女科与医方乃清代著作，只是这两个抄本比较全，有些内容目前市面上的刊本中没有。另外，《庆历青囊书》应该是宋代庆历年的抄本，抄的是华佗所著《青囊书》，这可是宝贝，陈寿的《三国志》里提到过，后来就没有踪影了。”

这就说明，这些东西最早也是清代埋下去的。为什么要装在密不透风的匣子里深埋呢？或者是因为兵燹，或者是有秘籍不想外传。

这些书保存完好，几乎没有受潮，只是纸张泛黄变薄，翻起来要十分小心才好。

几个人在忙乎怎么安放这些书籍，菱儿在一旁想盖好箱子，却怎么也合不拢，发现有一个杯口大的环卡在盖子下。她将那环掏出来，沉甸甸的，黄澄澄的，一动便有声响，淅沥淅沥的，与他们听见的动静一样，只是声音没有那么大。

“看！这是什么东西？”菱儿将那环递给少白头看。

少白头接过环，来回翻看，又左右摇晃，只听得那声音越来越响，越来越清晰。他忽然怔住，长久凝视，一言不发。

“这到底是什么东西？哥哥，你应该晓得的。”菱儿在一边拉扯少白头，又摇动他，直把他摇醒。

“咳，说来话长。这东西叫虎撑。这件是纯金做的，少见的。听我爷说，我们祖上有这件宝贝，是御赐的，说是我的哪位祖先治好过皇子的急病。”少白头终于开口。

“这金子掂着也就一百多克，按目前一百来块钱一克，不过一万五六千元，最多算个万元户。皇上也太小气了吧，就给这么点东西！”栩生从少白头手中拿过金虎撑掂一下分量后说。

“它是用来做什么的？”菱儿望着金虎撑，有些疑惑。

“其实，它算是一种摇铃，好比沿街叫卖的响器。过去游方郎中从一地流转到另一地，摇着虎撑，有病需治的人家就会将他请进去。”少白头说道，“这东西很有来历呢！孙思邈曾经在山中遇见老虎，那虎并不伤他，反而目露哀求之光。他凑前去看，那虎张着嘴，合不拢，原是有一根兽骨卡在它的喉咙里。正好，他药箱里有一个铜环，他便拿铜环塞进虎嘴，立起来撑住它的上下颚，好防止虎口闭合咬伤自己。就这样，他从虎口中拔出那根兽骨，救了老虎。后世的人由此迷信铜环的魔力，就做出这个叫虎撑的东西，在里面又放进碎锞子，摇晃发出声响。所以，虎撑也叫药铃，一以用来叫卖，二以表明自己是孙思邈弟子。”

“这个孙思邈那么厉害，什么来头？”菱儿把堂兄的话当说书听。

“你怎么学历史的？你们的历史教科书中没有写进孙思邈吗？他是唐代的大医家，《千金药方》《唐新本草》都出自他手。世人称他为药王。”少白头打开话匣子，滔滔不绝，“至于虎撑，可不要小看；至于游方郎中，也不要轻薄。我们郭氏就是做游方郎中起家的。我听爷说，以前沿街叫卖的，有八不语，比方，卖鸡毛掸子的，不能叫‘大掸子’，这成了‘胆子大’，太不雅；修脚的也不好大声喊，看病的更不能触人霉头，只好用响器提醒。这虎撑用起来是这样的，食指、中指插入环中，拇指在外圈晃，控制节奏快慢、声音大小。”

少白头说着，演示一番。铃儿响起，声振堂中。

又道：“如何晃铃，也特有讲究。刚入门的郎中，只可将虎撑放在胸前位置摇；有点本事的，可齐肩位置摇；倘医术高人一等，可举过头顶摇。路人望见摇铃位置，便晓得郎中水平。古时候人做事不欺，是怎样就怎样，先就亮明底牌。不过，不管什么水平的郎中，凡过药铺药堂，不可摇铃，因卖药的地方，里面都供着孙思邈牌位，若摇铃，便是欺师灭祖，卖药的可没收郎中的药铃。这是规矩，非守而不可。”

“原来古人将药堂看作圣殿呢！”栩生感叹。

“人有病，都是罪孽所致，不放软怎行？罪是欠账，本要赎价偿还，但上天赐下草药，用以解脱众生疾苦，一草一木皆安慰，得药如得神助。看病不是医家有能耐，乃是人神间中介。得病的人有求，伏罪伏病，看病的人给药才有效。不是你们所想的，药以对症，一物降一物，全赖医药家发明创造。归根结底，医学是安慰的事业，借着药物安慰人。哪有比安慰更大的力量呢？这个世界上最美最善最大的事情就是安慰。懂得安慰，渴求安慰的人有福了！”少白头从栩生手里拿回虎撑，“所以，在这里也不能随便摇。在堂上要敬虔，要洁净，说话办事都要谨慎。头上三尺有神明！”

“这金虎撑这么说来真是一个大宝贝，只是我们的祖先究竟替皇子治好了什么病呢？”菱儿又追问到金虎撑的来历。

“我听爷说过，想来也不是传说，治愈那病是符合医理的。”少白头放慢声气，从头说起，“那皇子在府库里玩耍，抓来一把钉子揣到口袋里，觉得钉子奇妙，拿来探深探浅，结果探到自己嘴里，不慎吞下去了。这便急坏了皇家的人，寻御医来看，说取不出来，未准要戳破肠子的，十分凶险。有个尚书，说京城里住着个郎中，姓郭，百姓都说他有些奇本事，不如召进宫来试试。皇上见太医院的人一筹莫展，便答应了。那个姓郭的郎中，便是我们的祖先。那时，他从河南游方到京城，到处看病，住了有半年了，名气传出去，人品也被大家夸赞。他到得皇子面前，皇子肚痛，扭曲在床上。他叫人取来磁石，碾成粉，又让人蒸煮糯米，将磁石粉拌在糯米里，然后哄劝皇子吃下去。这么吃，吃了大概三顿，皇子肚子也不痛了，只是转失气，觉得肚胀。第二天早上出恭，出来一团黑泥一样的东西，掰开看，里面有一根钉子。"

"哦，原来这样。真是聪明的办法！这是用了磁粉吸铁的原理。每粒糯米都沾上了磁粉，都被钉子吸过去，包裹住铁钉，就成了保护层，这就伤不到肠胃了。"栩生在一旁惊赞。

"虎撑我见过不少，有铜的，铁的，钢精的，端的没见过金的。书上也没有记载的。这看来是唯一的金虎撑。"伙计插话进来，"这事太奇妙，我也是第一次听先生说，真值得收进名家医案呢！先生这回得到这件宝贝，乃实至名归，大喜临门，该高高举过头顶摇一摇。百世一系的名门，名不虚传啊！"

"那它怎就不摇自响呢？"菱儿疑惑，"在井里自己就响起来，谁在下面摇它呢？是它自己有灵性么？"

少白头愣愣地盯住那金虎撑看，沉默不语。众人亦不语。堂上气氛顿时冰冷凝固。

突然，少白头踱步走到门口，昂首望天，喃喃自语："有什么喜事！我思忖着，这是不祥的兆头啊！"

吃也吃过了，玩也玩好了，菱儿和栩生这便要回宁去上学了。

走前，菱儿问堂兄："我这病，哥哥给一服什么药吃？"

"不必吃药了，妹妹已然好了。"

“怎就好了呢？”

“每日里，嫂嫂都在你的午后羹里放了莲子、菖蒲、桂圆和白头翁。妹妹那一碗与别人的都不同。你且安心回转，下个月经水外必不见红。”

“我这究竟是什么病？”

“女子二七，天癸至，故有月水，此乃天道。既为天道，何来天外之水？必是病水，实为赤带。女科病，大凡经带胎产。经病不外乎越前滞后，崩、漏、涩、凝；而带者，素为白润，病为腥黄、稀薄、干涸、脓赤。若产后失调，脾胃虚弱，必生湿邪，又肝郁气滞，生出热毒，湿热蕴积，于是带赤。常人不知，以为经水。健脾化湿即可瘥。白头翁化湿毒，又入血分，其性下沉，专攻下体疾病，用来治女科湿毒所致带下病，有奇效。往后你小心察验，带稀必是虚，黄则热，赤则湿热相搏，清淡则寒凉。天理精深而质朴，充其内而见于外。一切都是有征兆的，见微知著。又说这虎撑，它是不会随便响的，也是一个征兆。”

“这是什么征兆呢？”

“药铃警世，必有大疫。”

菱儿去后，次年初春，上海甲型病毒性肝炎流行，一时全城陷入紧张，盖有三十多万人被染。

2002年初秋，金虎撑又自摇，当年11月起，非典型肺炎盛行。

2019年冬，金虎撑又响，年终新冠病毒降临。

少白头郭寄农著有《证论概要》《药法大义》传世。

在《药法大义》中，他写道：

“药如诗，诗言志。所谓志，非志愿，乃情志之志，志述之志。若在情志之志，为阳，为生气，为理法，按性味归经分类；若在志述之志，在追溯本源，所谓本草。处方用药如作诗，兴观群怨，以比拟，象征，隐喻，比对，观照，合力，疏泄。病因情而生，若释家言‘情识’，世情纷杂，剪不断，理还乱，非由志不可复原。每一味药好比字词，由天垂象而寓意。参对术，归合地，硫磺畏朴硝，乌头反贝母，君臣佐使，构架严缜。

“用药如用兵，诱敌深入，引蛇出洞，围点打援，声东击西，四面楚歌，以逸待劳，以暗袭明，埋伏突袭……不战以屈人之兵乃上上策，所谓不治已病治未病。或试投药，若引敌出动，以察敌情，此乃先治后诊，按西学的说法，叫‘治疗性诊断’。遇疑难杂症，须辨明主次；又轻重缓急，须先缓急。大病重病，久疾沉疴，须积小胜而得大胜。凡此种种，视病如敌，兵法即药法。

“古时药字写作‘藥’，草下樂。樂亦丝竹金革所奏，使人欢乐。使人乐畅之草，是为药。食乐声则愈。古人视药为可食之礼乐。是故，药因性味而得名，因名而见人之愿心。人之愿心祷于神天，祈神垂听，悦纳而蒙恩。药名如词藻，人借此向神天诉苦，向上天求饶。比方白头翁，又名奈何草、野丈人、胡王使者，声声如泣，字字求告，这里面都寄托着病人和医家的祈愿。古人言，医者意也。《素问》记：‘谨察五脏六腑，一逆一从，阴阳表里，雌雄之纪，藏之心意，合于心精。’医学，归根结蒂，是心意。倘人心与天意合，则病去，不合则不去。医者受神之托，行走世间，救死扶伤，病者信医如信神，信则灵，不信则不灵，医家吃的乃是天赐之粮；反之，为医者，若恃才傲物、欺世盗名，必失天眷，由着自己能耐，唯利是图，轻薄鲁莽，怎敌病魔施虐？”

独鳞汤

叶栩生父亲一系是青口人。

在上海公平路码头一带，曾经住着许多青口人，被叫作青口帮。青口是赣榆下面的一个镇，这镇有许多人在明清的时候出来跑码头，有的经商，有的入会道门，也有的出来做厨子。栩生的曾祖父就是做厨子的。大约光绪十六年之后，他就在北京的王府里做铛头。

叶栩生的曾祖父在兄弟中排行第三，人称叶老三。叶老三的拿手好戏是独鳞汤。所谓独鳞汤，即拿一片鱼鳞熬制高汤。上佳之品取自黄河鲤。古书上说："洛鲤伊鲂，贵如牛羊。"黄河鲤，金鳞赤尾，常见三尺之大，太白诗云："黄河三尺鲤，本在孟津居，点额不成龙，归来伴凡鱼。"这就是鱼化龙的典故。叶老三用鳞，非三尺之大而不取，若偶得五尺，则为神品。取鱼身上至大一枚，若盏口，若杯口，又金光灿灿若金锁片，先以玉泉山甘冽之水浸泡，撒入矿盐一勺，半个时辰后取出，复入葱姜水，以杀腥，之后入沸水焯，直至鳞片微卷，捞起；置砂锅，选鲜姜圆葱，盛满清水煮沸，待水中渗出葱姜色，将微卷鳞片投入，滴入烧酒半勺，武火散酒气，迨尽，覆盖转文火；如此焖炖过夜，守锅若守夜，视水稀稠而控，不令其涸。汤成，白若雪膏，捞出葱姜，唯剩鳞片于其中。金鳞玉汤，灯下有宝光四溢，堪为绝馔。入口夺众味，虽山珍海异不及之。府中女眷有厌食者，得此一盅，便开胃啖饭，一碗复一碗，白饭淋汤即可，余馐尽弃。

河鱼之鳞，活血消滞。

与木耳、菠菜同吃，入血分，既活血，又止血；凡出血病，必有瘀血堵塞血脉，致离经之血外溢，故止血之本在活血，去经脉中瘀血，则鲜血复归脉中流畅，所谓去瘀生新。独鳞汤由是可治吐血、漏下、跌打损伤诸证。

与菘菜、山药同吃，入气分，可消滞胀，诸如肚胀、胸满、岔气；亦可治浮肿、毒蛊、异物阻络、鲠在喉中；鲠者，鳞者，鱼之骨甲，一里一外，同气相投，故以甲寻骨，若手足相连有情，若动情相劝而去。

叶老三烹独鳞汤，素为高汤，于炒、炖、煎、煨别样菜肴时加入一勺以提鲜；倘上桌直就喝汤，便稍添菘菜汁以稀释。

只是有一回，这汤做了药汤。

那是光绪二十年秋，当时清廷与日本人打仗，为保护奉天祖陵，王爷随军前往关外，后又随战事突变而增援旅顺，在土城子遭炮击，中了弹片，深入到腿骨中。王爷被人抬回来时，奄奄一息。皇帝命太医来诊，亦无济于事；又说有俄国大夫可以开刀取弹片，俄医来，割开股肉，也寻不见弹片，只好又将伤口缝起来。既诸医药无效，只好躺着等死。等死的每日里，叶老三调制独鳞汤奉上。王爷也只吃得进这独鳞汤。然而，奇迹就这么发生了。吃了三个月的独鳞汤，直至来年开春，王爷的伤口开始流脓，像是有东西要鼓出来。太医来看，说是托毒排脓征象，必是服了什么药，异物被药力推出来了。于是，用刀割开股肉，果然见弹片已自往外出，赫然于皮下。如是，则夹出弹片，再缝合伤口，敷七厘散以调养，经旬而愈。

这便是鲤鳞活血消滞又排除异物的效用。

王爷既痊愈，便唤叶老三到跟前，说："人道是，宰相府里七品官，你在我贝勒爷府里，官也不看小。你在我府上做事，工钱赏钱从不亏待你，这回你替我治好创伤，再赏你什么，你也看不上。我这里有美妇，名唤玉菱儿，乃是上年圣母皇太后为土城子一战褒奖予我暖脚的，江南杭城选来的，年岁不过二八，从未入房侍寝，只在老太太身边走动，我如今将她赏赐你，你带下去做你的新妇，与你成亲，可好？"

叶老三不想有这等好事，自然是千恩万谢。这便领了玉菱儿下去，择一吉日，敲锣打鼓地成亲入洞房了。玉菱儿也自是高兴，于王爷身旁做姬妾，固然享受荣华富贵，却端的不如将青春付予英俊后生，再者二人地位般配，形貌般配，情投意合，天设地造，直是金玉良缘。

这是甲午年的事。可惜，好景不长。十来年后，宣统三年，皇帝逊位，大清一大家子都散了。说是一大家子，那是因为旧时，国不知有民，民不知有国，只是大家族护着小家门，庶民之户随着贵胄大户挣饭吃，敬神敬天，做工营生，都要寄托皇帝。皇家是最大的家族。既皇家散了，皇家的亲戚家哪有不散的？

贝勒爷收拾好行李，卖掉房产和田地，准备往东京去了。走前，关照叶老三和玉菱儿，说："这么些年来，你们虽说做些服侍我的事，我也却视如己出，待你们儿女一般。如今，皇家落到这个地步，大伙儿也不得不各奔前程。我也与你寻不到接替的人家，索性予你些薄资，你也别瞅不上，当作盘缠，或当作本钱，回老家开个铺子谋生罢！"

其实，主子给下的钱财不少，当值二三十两黄金。

那年，叶老三刚过不惑之岁，玉菱儿不及四八。这两口子告别王府，并未往青口老家去，而是听一个同乡说上海那边有青口帮，便投帮入会往上海公平路码头那边去了。

栩生的爷爷是在上海生的，出生时已是民国二年。叶老三在北京时就先得过两个儿子，所以，到了栩生爷爷，依然是老三。栩生的父亲是1938年生的，那时，日本人还没进入租界，直到民国三十年冬，日军全面占领上海，栩生的爷爷便带着一家子去到青口老家避难。栩生的父亲在青口一直长到七岁时，日本人投降，这才又回到上海。

关于青口和独鳞汤，栩生的父亲在人前夸耀说："我们那地方也不是一般的土地，早先前都住着殷商的遗民，本是商王的贵族封地，叫作郯国，现在有个郯城就在附近。郯国地方虽小，影响却很大。知道郯子么？就是郯国的国君，他是圣人之师，孔夫子向他请教，中国人的精神都得自他的学问。听说过鹿乳奉亲么？就是郯子的故事。他母亲得了目疾，要吃鹿乳才能好，郯子不忍心射鹿，便披着鹿皮到山林间扮鹿，久而久之，渐与鹿相处熟了，鹿群便不避他，由他挤奶。某日猎人把他当作猎物射杀，差点一箭被射死，幸好躲过了，人才知道这件事。殷商的祖先有伊尹，著有《汤液经法》，一直传到郯子。我爷爷做的独鳞汤，就是传自郯子。我们家也算是圣君之后呢！"

到了叶栩生，关于独鳞汤，其实已经语焉不详，只是说常听父亲说起祖上的事，大约就是黄鱼汤吧。

但是有一点很奇妙，即叶老三的媳妇，栩生的曾祖母叫玉菱儿，栩生的女人叫菱儿，似乎时光流逝，逝却了一个"玉"字。

玉菱儿是一件神物，而菱儿只是一样果子。

郯国是一个国，郯城是一座城。

郯子是一个王，叶老三是一名厨房里的铛头。

两个读书人

我大学的同屋，睡在我下铺，他有个表哥，是星星美展时的活跃分子，我们一年级下半学期，听说表哥要来上海办讲座，我的同屋便拉我去听。

那是在虹口公园附近外语学院里的一个小教室，只容得下三四十个人坐，来人却不到一半。这首先就令我很失望，因为在这以前，大凡什么名人讲座，往往都会被安排在大教室、演讲厅，总是人头攒动，过道也通常挤满听众，甚至有进不来的人还趴在窗口外、爬到窗框边来张望。这下才一二十个人，大部分看起来还神情古怪，没几个学生模样的，像是社会人士，不知从哪些角落突然冒出来的。

我们早到了几分钟，我的同屋与那些古怪的人打招呼，他似乎与他们很熟。他将我介绍给他们。这个是诗人，那个是画家，好像都很有来头。然而，他们的穿着与举止却总是这里那里不对头，很不入流。我真的没有瞧上他们，只敷衍地点点头，都懒得握手，能飘过则飘过。

一会儿，表哥到了，大家起身鼓掌，投去敬仰的目光。又一会儿，表哥开讲。说实话，我根本就对他说的那些无兴趣。他的确是在说一些与文学和艺术有关的事，却大部分都是与谁认识，在哪里办展览，以及那样的见面和展览多么重要，多么划时代，而这一切与我理解的文学与艺术实在大相径庭。我后来才知道，这些其实是生意，是策展经，是功名道。

在讲座的后半部分，是提问。有一个表情彷徨、身形嶙峋的青年站起来提问，他戴一顶灰色的鸭舌帽，穿一件绛紫色的灯芯绒夹克，看起来就像一团没有揉紧的纸被挂在垃圾箱的边缘上，仿佛有一股难闻的味道。然而，众人并没有像我那样嫌弃他，反而纷纷投去钦羡的眼光，那眼光甚至比投给表哥的还热切一些。我的同屋凑过来低语："他叫阿毛，是我们上海的大诗人，名气比我表哥还大呢！回头散会了我向他介绍你，让你们做朋友。"我一脸犯难，这是非要与这股难闻的味道靠近么？我当天如何也逃不掉么？

我终究没有逃掉，我被我的同屋热情地拉到阿毛面前，阿毛那时正在与一个女诗人聊天，我是被生硬地插进去的。不想，阿毛坦然地向我伸出手，我也只好与他握手，相握的手于是把女诗人挡开。

同屋说："他是我们学院的才子，很早就写诗了。"

"你喜欢哪些诗人？"阿毛问我。

我便说一些我喜欢的诗人。

"你要看一下奥顿，也要读读艾略特，他的《荒原》很重要，算是意象派的代表作……"阿毛就这样打开了话匣子，向我介绍一些当时很热门的翻译诗作。

说实话，我的诗歌创作都是来自恋爱冲动的，或者有许多是自恋，也有一些是流连我所陶醉的时光和处境，我并不关心别人写什么、怎么写，更不懂诗的控诉、抱怨和冷眼相看。也许，有一些人是宇宙的局外人，而我并不是，我是局中人，尽管我并不热衷于社会的进步，我却是人伦的局中人。这点我很晚才知道的，当时并不懂。当时是一个存在主义盛行的时代，他们好像都醒了，唯有我是醉了的，独醉着拖时代的后腿。我所醉心的美好是那么陈旧，总是只停留在徐汇区、静安区和卢湾区的几条有梧桐树的街道上，那些墙面斑驳的咖啡馆，那些忽然从弄堂里趿拉着凉鞋闪一下光亮的少女，还有玫瑰花清淡的芬芳和断断续续的琴声；如果我站着，我有我心中所依靠的邮筒或者窗棂；如果我坐一会儿，我一定会选择某个有遮雨亭盖的台阶；无论吃喝玩乐，总要按照起初与我内心呼应的场景、格式和次序。上海人说，这是一种疙瘩的人。我就是那么疙瘩，那么难弄。

我当时想，也许阿毛也有一种疙瘩，他是生活的马虎人，是文学的疙瘩人，他的文学是不是有一种路道，我还是新手，并不上路？

阿毛有兄长的慷慨，抑或也是一种人前的好强，反正，他邀我和我的同屋去下馆子吃饭。他在外语学院门口拦下一辆计程车，我们一起坐车从虹口到苏州河南。按说河南有许多好吃的馆子，阿毛偏偏带我们到一条类似棋盘纵横交错中的小弄堂里去寻觅。最后，我们落座在南市一家叫“笃悠悠”的小餐馆里。阿毛叫了一盘田螺塞肉，一碗炒素，一碟油炸花生米，还有一镬子猪尾巴细粉汤，酒水要的是光明牌啤酒。

这田螺塞肉，螺边的青苔尚未洗净；这炒素，豆腐干都是掉渣的；油炸花生米一半带着霉味；更不用说猪尾巴汤，尾巴上毛都没有剃干净。我看着犯难，一筷子都下不去，又盛情难却，只好不停喝啤酒。

阿毛见状，道：“吃菜，吃菜！哪有吃酒不吃菜的！覅客气，与我一起，大碗喝酒，大块吃肉，才好。”

于是，我拣几粒花生米入口。阿毛索性夹断半根猪尾巴放到我面前。这下，我差点吐出来。我心想，这大诗人生活也太不讲究了，绕半天就是为寻这么一个腌臜的店家么？倘要是为了省钱，不如去吃一碗小馄饨。但我又觉得，恐怕是我没眼界，太小市民，过于热衷享乐，却未必晓得做事业的门道。

“洋人吃牛尾，牛尾可是贵族佳肴。我们吃猪尾，汉人以猪为贵。以前，这些猪耳、猪尾之类的，都要献牲给祖宗吃的。”阿毛说。

啊，我真的不想当祖宗，我不如当小囡，吃奶糕都好过这半条猪尾巴！

不过，我以为我没有白来吃这一顿，因为，桌上阿毛讲了许多事，什么随机写作的垮掉的一代，什么被秘密枪毙的曼德尔施塔姆，什么被判作社会寄生虫的布罗茨基，还有什么杜甫年轻时候如何追着李白又被李白嫌弃，以至于说到他自己作为地下诗人如何重要，帝国主义国家竟愿意拿一座小岛来换他出去，而他执意爱国，学习帕斯捷尔纳克，虽得诺贝尔奖金，亦恳求苏俄不要逐他出境，实不忍离开生之养之的伟大俄罗斯。

“什么叫老卵？这才是老卵！不要贪图荣华权势，要有竹林七贤的风骨，富贵威武，不屈不淫，唯独守住家国与诗文。这才是至富至贵！”

阿毛这么说着，我的激情不知怎的也荡漾起来。我深深负疚，觉得自己小布尔乔亚，低级趣味。倘若要改，不如从此刻改起，先吃掉这半根猪尾巴！

阿毛的意思是我们这些毛孩子没有根底，不在南市这样的屋檐下活过，只在上只角法式洋房里住着，必然贫血，必然肤浅。

我不愿意被别人看作是肤浅的人。这么说来，要成为一个厉害的诗人，首先要寻苦吃？将苦中的甜尝出来，有朝一日待诺奖送来，才有定力拒绝？我当时觉得，我灵魂被洗涤了，我要摆脱好吃好穿的坏习惯，我终有一天会从万般苦中尝出特别的甜头来。或者，那时我也按下另一种阴谋，即已知生活的懂经，也要学会事业的懂经，到时候两相不误，革命和反革命的两手都有，好将阿毛那样的诗人比下去。

结账的时候，阿毛付了八块钱。他说他这天刚拿到稿费，一共三十九块，三十块付计程车费了，八块请客吃饭，留下一块坐公共汽车回转。他告诉我，要学李白，不要学杜甫，千金散尽还复来，倘日后得稿费，也要请朋友大吃大喝。

尽管我听进阿毛桌上的一番阔论，但我也实在不能以为这餐算作是大吃大喝。日后，倘我得了稿费——当然，首先我已在阿毛的阔论教导下成为重要的诗人——那么，我至少要请朋友去红房子西菜馆吃一顿的。

阿毛的确算是一个读书人。他家里的书，从门口过道上摆起，一直摆到他床头，古今中外，聚帙近万，尤其翻译书多，思潮书多，丛书系列书多。你去他家，他高谈阔论，说着说着随便从书架上取出一本，总寻得到印证他说法的章句。他没有考上大学，也不去做工，主要靠给出版社誊写稿子为生。这也是因为他父亲的缘故。他父亲是文化局的一个干部，专管戏曲方面的业务，文化口子上的单位很熟，儿子一心想当作家，他到处为儿子谋出路，只是没有出版社愿意给一个正式编辑的职位，便拾点临工来做；诗稿倒是偶尔被接受一些，这样多少也收到一点稿费。这类家庭，我以往几乎没有接触过，管教很严，抽烟喝酒都是不许的，花钱也控制得紧，恨不得一分钱掰做两分钱来用；小孩子的玩具都须有说法，比方买一个航模，必是为了拓展兴趣，买一点花鸟，是为了当标本来理解生物学，哪怕得一个手电，也要搞清楚电学原理，学会自制蓄电池。行为上要求没有道德毛病，玩趣上指着丰富见闻，吃喝上为了学会俭省，结交上强调志同道合。那么，生活呢？享乐呢？那都是不正经的低级趣味，要排斥，要抵制。

阿毛爹说：“电视机、收音机、唱机、录音机是要买的，不要舍不得花钱，这些东西可以接受信息，广开眼界。自行车、手表也是要有的，有助于工作、效率和把握时间。时间就是金钱。书，那是多多益善，因为，知识就是力量，知识是人类最高的财富。”

阿毛爹说：“衣服有几件换洗的就行，皮衣、呢子大衣未必要有，有棉袄穿暖即可。咖啡壶、茶具、工艺品、家具、补品、营养剂、陈设、金银玉器，统统不需要，这些都是消费品，愈少愈简单愈好。要买有生产力的东西！要买可以产生价值的东西！字画是可以有一些的，那可以陶冶性情。”

他们家米面油买最便宜的，蔬菜鱼肉买打折的（水果是不吃的，代以蔬菜和维生素片即足），零食是绝对禁止的，猫狗动物是禁绝入室的。按说，他父母双职工，在那时条件是不错的，只是他们信奉钱和时间是用来学习和进步的，不能投入到消遣和消耗中去。譬如与人约会，并不可以为了赏景为了私聊而闲坐，必须为了做事和相互学习，为了开启智慧，为了增进友谊，反正是为了有所“收获”。一切都为了事业，仿佛之外的人生都不是什么收获，都是浪费和折损。

他们在追求意义，建设意义，大踏步地奋进在朝气蓬勃的充满意义的人生之路上。

但那究竟是什么意义呢？

有一件事，总是令阿毛的父亲闷闷不乐，那就是他的儿子没有考上大学。当发下通知书的时候，没有阿毛的份，老子便一个人坐在阳台上吸烟，一支接一支。他是从来不抽烟的，也舍不得买，如果买，也一定是过年过节送礼。他一直怀疑评卷的老师有问题，或者卷子搞错了，为此，他通了许多关系去查卷子，结果是白纸黑字，历历分明，就是阿毛不到分数线。他又逼阿毛去高考复习班，在青浦大农村一个镇上，是封闭式管理，进去就出不来了，半年回来一趟。就这么，第二年考，阿毛还是没有考上。他喃喃自语道："不应该啊！数理化语文外语政治，我的孩儿一样也不缺，外加课外读物，课外习题，别人学过的他都学了，别人没学的他也学了，怎么偏偏他考不上呢？"他实在不晓得，阿毛偏偏就将别人没学的拿去答题了。阿毛唯恐自己知道得不多，总是以多晓得一些作为高人一筹的法宝。这便不符合教学规范，也不符合教学目的，于是总是要被扣分。

老子不得不对小子说："考不上就考不上了。三百六十行，行行出状元。你既喜欢弄文学，就一心写作吧。你写出来好的作品，我来帮你推荐。我不相信没有人赏识真正的才华。那些应试教育，看来真的有问题。"

老子终于因为爱儿子而改变了对体制的态度。爱，历来是认识的源泉；爱，使人开明。智慧都是发乎爱的。其实，并没有爱以外的智慧。只是爱不是一处的，不是自私的，是故圣人教导人们要厚爱，要博爱，因为，当爱深阔时，智慧也便深阔。倘只在一点上有爱，爱的心意不坚，那么，这点以外仍是由暗黑包围着的。

阿毛的诗里，充满各样信息。那时，盛行意象派诗歌。所谓意象，往往不是我们传统所认为的那样，意象仿佛需要摆脱固有的符号，需要由新生事物和陌生事物构成，比如地质学的、气象学的、政治经济的、大文化的、时尚的、艺术史的、性学的、生物学的、生物化学的，等等。他们不写牡丹、桃李、平湖秋月、鸥鹭忘机，竹子和梅花是要相当排斥的，他们的诗中写"我愿做白垩纪的被子"，"风信子弹拨那哭泣的琉特琴"，"世界啊，你的G点总是深藏于众生的集体无意识中"……而阿毛的诗比这缭乱得多，他写道："我憎恶一，憎恶长枪党、盖世太保和索马里割礼"，"他们面对幻影，却无力面对亚斯塔路从天鹅蛋中再生"，"H不含中子，我爱H，愿世界没有中子弹”，“在香榭丽舍大街，少女的形象如法贝勒的彩蛋被敲碎”，“孟子大腹便便，你以为他吃得多？不，他满肚子男盗女娼”，“琐罗亚斯德诞生于大鹏金翅鸟，这个秘密我只告诉你一个人”。我一时被他的句子惊倒，好像他为我打开外面的世界。原来诗可以这样写！

“把不可入诗的入诗。”他说，“宋人提倡的。你看，何以宋词与唐诗不同？自宋以降，新鲜玩意儿多了，骚客们都拿来作诗。诗已然不同以往。如今，我们正面临一个更急遽变化的时代，思想和物质大爆炸，碎片向我们滚滚涌来。”

然后，他吟咏伟人的诗：“‘高天滚滚寒流急，大地微微暖气吹。’‘四海翻腾云水怒，五洲震荡风雷激。’我们作诗的，再不能闭塞在园林楼阁中吟风弄月了！”

他又说：“语言被历史污染了，我们要矫枉过正，要洗净语言的尘埃。”

“怎么洗？”我问。

“浮想联翩，思绪万千，骄阳似火，晴空万里……其实什么也没有说，这就是肮脏词汇；你的眼睛像天上的星星，你起伏的曲线令我情绪波动，你是真善美的化身……这些也都是空话。反正，你书里读来的，街上听来的，老人口传的，都被污亵了。我们要创建新的语言！”

“我一时不会说话了。”

“那就对了，你开始了。”

“不能还原既有的语言吗？让那些话名副其实，让语言和事实相等。这样不行吗？”

我当时觉得自己的提问很幼稚，可是，我至今才明白，其实，我的这话他听不懂，无感，他热心于新的空话。

他非常悲愤，他以为悲愤出诗人，而我受到的教育是悲愤伤诗情。我实在难以做到二十四小时一直在悲愤中，一直悲愤上头，我大部分时间是喜乐的，这样，在他和他的同志们看来，我是肤浅的，幼稚的，可笑的。他的那套思想资源发乎于对存在的发现，只是那存在于宇宙的外人意识在国中置换为门道与门外汉的外人意识，或者更多的人认为是体制外与体制内的外人意识，城乡的脱离，伦理与道德的误会。如果你在城市、伦理、体制与门道中占一个，你就难以全然建立这样一种外人意识。当然，强烈的外人意识所形成的洪流也常常模糊和逼迫局中人的自我意识。那种本来就把命运托付祖宗和天子的人，一旦失去被托付者的庇护，的确首先就不在存在与宇宙的关系中，只专意于现实的幻影间的里外关系。人们挣扎，抓狂，怒吼，狼奔豕突，依赖肉欲和肉欲不旺盛而趋利避害的势利，并拿一切别的文明的律法和制度作为牵强附会的备注。“看，他们何以自由？”“看，他们何以富裕？”“他们拒绝了命运的辖制，照样没死，活得好好的，我们为什么要受辖制？”在这里，辖制的主语变了。这就是他们的全部的思想资源。他们常嘲笑不以罗马希腊经马首是瞻的为民科，然而，如今即使按照罗马希腊经来看，他们曾经的思想资源才是民科，以本土的社会关系的局中与局外来对应人的存在与命运关系的民科。其实，社会问题并不是存在主义的问题，社会问题是政治经济学的问题。再说，民科又怎么了？宇宙间发生的最大的事情，是叫牧羊人、渔夫、税吏看见的，并未叫史官、王者和大学士看见，一切有权势和地位的，在后来的几千年中只是为民间的小人作见证，而先信的竟是捕快和太监。至高的力量赐下科学和典章原是为了给民间的知识做垫脚石的。历史证明，庙堂是江湖的注脚。

啊，不幸的是，我的这些同代人，他们的寿命都很长，他们的后代都很少，有的几乎断子绝孙，以至于这套三脚猫西学延续到今天都聒噪不休。他们曾经为忆苦思甜的老生常谈而吃足苦头，不想，如今比他们人数少的年轻一辈也被他们的三脚猫半吊子叨叨搞得胃肠痉挛。一种听一听都令人作呕的冷饭馊饭，炒了又炒，整整炒了几十年，已然成为他们养老的救命稻草。

我不是一个非西必中的人，我只关心地道，关心原理。事出必有因，做什么都不能凭着一厢情愿。

然而，究竟阿毛不是完全的局外人。这也正是他的矛盾，他的痛苦，以及他的不幸。

在这个城市，那些安逸而精明的小市民，怎么会没事去弄文艺呢？文艺在他们看来，要么是家族的职业，要么就是高妙的天才作为，倘日常生活中不得不文艺，这文艺不过是修养和装点。唯有在各样既存的安排好的职分中没份的，才去搞文艺，而那样的文艺，直如要饭的沿街卖唱，直如乱力怪神以博取眼球关注，本质上是讨一口饭吃，是不可能有所作为的，也不可能取代家传的和天才的地位。所以，中心区的人家，一般不会有人去从事文艺行业，因为获得许可证、入场券非常非常难，那守门的都是近亲关系户。所谓文艺体制，是由血缘维系的。如果你在血缘里，你的水平很平庸，也无所谓，因为，这只是有荣耀的工作，是行业的荣耀，是必须存在的。

像阿毛这样的，子承父业的人家，在中心区是凤毛麟角。阿毛的问题是，他不平庸，倘平庸，他就可以谋得一个位置了。他要出头，那么体制中的人就以为他不是疯了，就是居心叵测。那么，自然，他的朋友就少了，那些子弟们看他就是一个异类。可是，做文艺的，怎能没有交流呢？于是，他就向苏州河北去找，找到那些被认为是地下文学圈的朋友。这样的圈层，以前叫作民间团体，兴趣小组，只是这些年苏俄的地下文人纷纷在欧美影响下转正，甚至步入所谓国际文坛的殿堂，于是乎，地下慢慢升值，渐有头脸，只是这个城市的文艺人噤若寒蝉，谈虎色变，故意别转头去看不见，想冷处理，以无视自欺，直当作无有。

而阿毛，因与局中的出身摆脱不掉干系，便显得尴尬，左右不是。一方面，他与河北的几个诗人谈得很投机，一方面他又不甘心只在他们群里有热度，哪怕让他做他们的领袖，他也不称心。这便转眼于觅求天才。他想，或者城中也有不在体系里的天才会冒出。他自己不就是天才吗？他并不是由于他父亲的缘故而显出文学的能力，那么，那些父母一辈不是做文艺工作的家庭里，难道一个像他那样的天才都不会脱颖而出吗？他遇见了我，他以为我或者是。我当初并不知道，我这个在他面前不得其道的人，其实是他心中看重的人。如果我能跟他玩到一起，他会觉得他有了呼应，也会觉得他的事业有了影响。这就是他为什么喜欢我、看好我的原因。

他父亲是在绍兴路上的洋楼里上班的，他也是经常进出绍兴路那些出版社的诗人，而我就住在不远处的一条街上。在上海有过深入经历的人，一定会听说过绍兴路，那里几乎就是文艺殿堂的代名词。多少出版社如今搬迁到新的园区，办公条件都大大改善了，那些出版人却依旧怀恋绍兴路上透过梧桐叶的碎阳，宁静的街道，粉刷得典雅的外墙，和路上咖啡店、点心店飘出的诱人馨香。阿毛如今可以带上我，时不时去绍兴路走一走，寻一爿店家坐一坐，看看黑胶唱片，翻阅一下善本古籍，或哪怕只去出版社食堂吃一只油墩子。这份带着殖民主义情调和江南旧文人雅气的个中滋味，就好比一种文化的特供，他以为，只能与我分享，只我拎得清，闸北和宝山那边的诗友体会不到。

在上海，搞文艺有多难！搞出名堂来，难上加难！许多外来的文艺青年，总以为凭着才情可以闯荡世界，上海算什么？不也是一个地方么？他们实在不晓得，你可以在哪里哪里怎样怎样，上海人却不认你，不买账，你根本入不了他们的法眼。上海人只认经典，认地道，即使现当代艺术，也要经典了才认可。上海承认了，仿佛就是历史承认了，不仅是国际承认。国际承认又怎样？上海人晓得，国际上也有一些逆流，一些不入流，一些稍纵即逝的昙花。他们不认为你举着文艺的旗帜就可以写进艺术史，他们认为这太难了，人间道上的事他们都见过，有谁比得上他们钻透各样门道的？你与他们一样，也是卑微的俗人，怎就你连玻璃糖纸都要当作宝贝藏起来的会成为重要的诗人呢？

“上海，你是进不来的。”他们拒绝不被历史承认的人。然而，历史？历史是百年之后的事！你怎能做到在当下活在历史中呢？你或者有本事面面俱到、万宝全书，给足他们面子，他们因你而添加荣耀，或者会把你推进历史。这样的人，甚至，如果，即使不是上海本地人，他们也会寻出蛛丝马迹，说你祖上至少有一半上海背景。然后喟叹：“啧啧，难怪呢！”

对于本地的或者外来的想要自立门户的艺术家，倘没有家传，没有来路，他心中必说：“小瘪三，覅睬伊！人要混得多少差，才去搞艺术呀！”你不搞艺术还好，一搞艺术，在上海人那里就露出马脚来。艺术，仿佛就是穷塞的代名词，是不正经、脑子坏忒了的明证。

上只角，好端端的，有吃有喝有人生，谁会去写诗呢？而我竟去写了。我每日要面对多少挑剔的眼光、恨不得剥光我衣服到一丝不剩的地步，还令他们找不出毛病，才好弱弱地说，我是诗人。我正是这么小心翼翼又顽强不息地努力着的，从弱弱地说，到肯定地说，直到坦然无忌、理所当然地说。诸君不信去查一查，大凡如今在体制外市面上混的，说自己是上海文艺家的，有谁是出自上只角的？他们为数不多的几个，不是松江的，就是宝山的，上海人并不真心认为那是上海的。

这点，阿毛是懂的。所以，当我的同屋神情自然地向他介绍我时，他眼前一亮。

暮春时节，《萌芽》杂志社在文艺会堂搞了一个沙龙，那自是中心区的子弟们弄的。阿毛定当会被邀请去的，他那回也带了我去，并频频向主持人介绍我的诗作。那天，花园里的玫瑰花都开了，酒红的，淡紫粉红的，明黄的，一片一片的。到下午三点的时候，玫瑰总在这个时候开始泄露真气，越到晚间越刺鼻。他们咖啡馆里调的鸡尾酒很特别，好像与玫瑰的芳醇很融洽，如果喝一杯，你会觉得是把整个花园的玫瑰汁喝下去了。这时候，又有一个女孩儿从廊上穿过，她也带来一种芬芳，这气味隐隐的，却很长远，即使她走到长廊的尽头也飘过来。我和阿毛坐在临草坪的钢窗一旁，这时间正好是沙龙活动的间歇，我们各要一份饮料，在那里坐一会儿。那个女孩儿是舞蹈学校的，她是被邀请来跳一支舞的，为朗诵会助兴。她们来了一群人，只有她最显眼。她的白色的贴身背心和深蓝色的弹力休闲夹克令她显得很干净。干净的面庞，热烈的眉眼，举手投足都与在场的人无关，却连连投射过来光芒，不经意间就会被撩一下。那些掩藏着深重欲望的光线，常常在一切合乎情理的动静中浮现，你可以说什么也没变，但真的又星星点点，像指间的首饰，一忽儿晃一下，一忽儿又没有，令有所不同。

活动结束后，我与阿毛走在街上。他神情沮丧，一脸愁闷。我问怎么了，难道今天他不满意自己的表现吗？他旁顾左右而言他。就这样，我们走了很长一段，也照例寻地方吃一顿饭。然后，我送他到公共汽车站，这时已经很晚。他突然说："我不行了。我的魂魄丢了。"

然后，他问我看见那个跳舞的女孩儿了吗。哦，我一下就懂了。那女孩儿确实有些神采，但是，在这个深藏高人的城市里，美人比比皆是，那些从弄堂里忽然出来买一瓶酒，忽然出来倒垃圾的少女，有得是神采奕奕的尤物。不至于吧？一个帝国主义国家愿意拿一座小岛来换的地下诗人，不至于被这样一个舞蹈生迷醉吧？我心想，她比与她同来的几个同学要出色，可是，在舞蹈这行里，她最多是群舞排在第二排中间的，并不是排在第一排中间的。美色这样东西，是不能比较的。不比还好，比一比太令人绝望。那绝色的，真叫不忍直视，你会觉得一辈子与她无关。

好吧！就算是撞见了一盏不省油的灯，诗人不能自持，搞一点风流韵事也不过分。

接下来的事，就是找到她，找到这个跳舞的女孩。阿毛一筹莫展，我说你去问杂志社的外联部大姐呀，活动邀请外客都是她联络的，她肯定有那女孩的姓名和联系办法。阿毛不敢去问，不好意思，也怕大姐对他有看法。我说，那你带我去认识大姐，我来帮你问。一般这样的大姐都贪小便宜，你送她一点小礼物，她乐得成全你。不过，钱要阿毛出。既然魂魄都丢了，出钱阿毛自然不在话下。我们在淮海路上的工艺品商店买了一支仿翡翠的绿玻璃胸针，看起来水透水透的，我猜大姐一定会喜欢。

阿毛寻到大姐，将我介绍给她，说了一大堆好话，诸如我如何有才如何不一般。大姐一头雾水，不知我们来意，最后说，发作品她可没门路，下次活动可以邀请我。一说到活动，我干脆就实话实说了，把事情原委从头到尾说一遍。我说阿毛害羞，没胆跟女孩打招呼，只好来求大姐。说着，我拿出那支胸针，打开礼盒，放在大姐面前的桌子上。大姐只瞟了一眼，就赶紧挪开视线，忽然笑眯眯地对阿毛说："阿毛，这可是好事呀！成人之美的事，我哪能不帮忙？再讲，你爸爸与我有交情。他可是个大好人，谁都晓得的。哦哟，侬岁数嘎大了，是要寻一个女朋友额。一句闲话，包在我身上。"

阿毛羞得想寻个地洞钻进去，不知如何回大姐话，直说我瞎三话四，匆忙起身上厕所。我趁机就将胸针推近前去，道："大姐看起来比实际年龄少多了，一天到夜忙工作，也没时间打扮。这支胸针牢配侬肤色，戴起来看看，真好看！"我这么忽悠着，大姐不得不戴上胸针，果然很适合她。

那时，电话是不方便的，只好人直接去。阿毛拖着我，去舞蹈学校寻那女孩。她叫邵沛霖，是从武汉艺校来的。

我们寻到女生宿舍楼，人说吃饭时间她应去食堂了。这便转到食堂里寻。密密麻麻的人群，挤在一起排队，抢座位，进进出出。我一看就心凉了，阿毛居然一眼看见了她。

"她在那里呢！"阿毛指给我看。

她正在一个打饭的窗口前，快要排到她了。

我们耐心等她打好饭菜，端着碗盆寻到座位，然后走过去在她边上坐下。

我替阿毛开腔，道："你好，邵沛霖。我们上次在文艺会堂朗诵，见过你跳舞。这是阿毛，就是那次朗诵《石膏是固定悲伤的》的作者。杂志社外联部的大姐给我们你的联系办法，我们觉得打电话太麻烦，就直接过来找你了。"

这样的开场白，谁能拒绝呢？于是，三人就说起话来。邵沛霖觉得是吃饭时间，便问我们吃过饭没有。我说没有吃呢。她便盛情请我们吃。阿毛自告奋勇要去买，我说，不如吃邵沛霖的，她这次请客，下次阿毛请。

交情都是请出来的。

阿毛与邵沛霖去窗口排队，我故意坐在座位上不动。他们排了好长时间，回转时，阿毛恨不得将饭菜抱个满怀，那样子实在狼狈。

我们开始吃的时候，阿毛与邵沛霖还是那么生疏。我猜，这家伙一定是空话连篇，大喷诗与艺术的崇高，或者就是掉书袋，讲了一大堆信息和名词，这会让女孩子很尴尬，也很烦闷的，尤其让跳舞的女孩摸不着头脑。

又轮到我东拉西扯，把话题扯回到某个兴趣点。不想，我说到阿毛家世时，女孩眼睛亮了一下。我便有点晓得她的口味。

吃罢饭，我们三人在学校的公共花园找地方坐下。我趁机就溜走了。走前，我说："下次，我们去阿毛家玩吧。他爸爸认识许多重要的艺术家，舞蹈界也很熟悉的，恐怕能为你引荐几个好老师。另外，我们既然做朋友，就不要称呼得那么正式，叫得随便一点，气氛会轻松些。人家都叫你什么？"

"你们就叫我沛沛吧。"她倒是很大方。

他们两人，这就认识了，开始交往。

在那些呆鹅般的读书人之间，常流传这样的话，说女孩子不喜欢一本正经，不喜欢人生啊学问啊这些严肃话题，要风趣，要学会逗她们乐。其实，这是知其一不知其二。哪里只是风趣那么简单？你自己没有趣味，没有享乐的基础，你从哪里瞎编出来情趣呢？你晓得她想买一双今年春季流行的黄靴子吗？你知道她其实特别馋嘴、不想好好吃饭、尽想一个下午吃零食吗？你能陪她一整天照镜子、换衣裳、寻场景给她拍照吗？她喜欢一条街一条街找时装店、喜欢一头钻进试衣间里一件一件没完没了地试衣服，而你有耐心等她，看她，给她建议，又婉转而实在地点评吗？而学艺术的女孩子本身就是一件作品，你愿意长久地消耗时间来创作她吗？当然，更有那喜欢暴力的，喜欢挥霍的暴力、喜欢奇迹的暴力、喜欢突袭的暴力的。这些，你想都没想过，只想便宜的捷径，只想因你的一点粗劣的噱头而尽快得手。你会得手吗？会的。你会得到一些平庸的女人，一些自己估价不高的女人，一些居心叵测、深藏不可告人目的的女人。你得不到好女人，得不到优秀作品。一些好女人是天赐的仙人，你前世修得多好才能白白得到！另一些好女人如璞如珠，你一眼能看透么？你不衡量一下你的水平和能力，你是相马的伯乐吗？你有能力磨石见性、揭壳露光、如切如琢、钤玉镶珠么？你甘愿为她全然付出么？你自己尚且贱如草芥，却心存幻想，想着哪怕寒室拙荆至少崇你如君，你想多了！司马相如和卓文君的故事不是神话，可是你得是那块料啊！巴勃鲁·聂鲁达在他的十四行情诗中写道，“因为在我们忧患的一生，爱只不过是高过其他浪花的一道浪花”，“只有你的清澄将虚无抵退”。这是什么意思呢？多少人读懂这些诗句？这意思是说，哪怕舍弃与她的爱，却只为她的存在！难怪他的情诗是卓越的，无人可比的。哪个女子为此不欢心呢？哪个女子不为如此吟咏的诗人而纵身一跃呢？即便只享受一天一夜，也真正在爱情里了。

男人匍匐下来，才与大地拉平，才得着大地的力量；或者你守身如玉，不为外界所惑，始终危坐云端，虽威武富贵不能屈，也可得众女子仰视。

女人倘得不到爱情，转而追求名分、尊严、保障；也有因得不到爱情而求名利的，以名利作为垫脚石去高攀地位。她需要得宠，无法得宠则得敬爱。从女人这边看，一个得到敬爱的女人该多失败！不得宠也就罢了，即使孤苦伶仃尚可得垂怜；而敬爱算什么？敬爱是一副镜框，里面套着遗像。

得到爱情的女人，是可以不惜一切的。

阿毛告诉我，他约上沛沛去逛淮海路了。他给沛沛买了一条红底白点的手绢。

我问他：“她没有拒绝吗？”

“没有。”他露出满足的眼神。

“天哪，这么长一条淮海路，这么多琳琅满目的橱窗，你竟只买一条手绢送她，你好意思么？”

“我怕买贵的东西她不肯收。‘投我以木瓜，报之以琼琚。匪报也，永以为好也！’手绢不过是寄托，寄托我的情意。”

“她真该拒绝。我要是她，就扔在你脸上。我不懂她为什么不拒绝。”

“那说明她对我有意。”

“你晓得么？女人为什么接受男人的礼物？要么出于贪心，要么永以为好。你相信她第一次与你约会，就决定永以为好么？反正，我不信。既不是永以为好，难道贪图你一方手帕吗？简直是笑话。我看不懂。”

“这需要你懂么？”

才刚约一次，就抛弃我了，仿佛我用完了，可以过河拆桥？他也真太幼稚了。

“我等着她报你以琼琚。”我说。

“她家也不是什么有钱人。”

无趣！如此不解风情中事！

接下来发生的事情，完全出乎意料。阿毛叫我看不懂，邵沛霖也叫我看不懂。

我终于也有诗作发表在《萌芽》杂志上。我得到一点稿费，也不算少，因为他们发的是我的组诗，有些长度，一百五十行左右。那时，按行结算稿费，一行约莫有一块五的价钱，这样，加起来我得了二百多元。在那时，一个月得一百元算高工资了，二百元就是发了一笔小财。我当然要约请阿毛去吃饭。

我选了天津路上一个叫“gossip”的私人饭馆。我只约了他一人。因为，他想与我谈邵沛霖的事。

这家私人饭馆菜做得很好，是传了三代的，几样经典的菜都是老板亲自下厨，厨子只能在一旁当下手的。雪菜墨鱼、生炒腰花、盐煎鲜带鱼、青椒肚片，都是拿手绝活。另外，馆子里二楼有靠窗临街的座位，天顶压得低低的，在一个转角处，十分幽静。我要了三瓶绍兴黄酒，我们平分，一人吃了一斤半。

在江南吃饭，吃菜饮酒是第一的，不为吃油水，不为吃香辣，只为着甘美。美这个字，起先用来示意滋味好，滋味令人顺口，令人酣畅。关键在“畅”字上。一口菜下去，一口酒覆浇，口腹中稳稳的，一切忧愁、惊惶烟消云散，随之骨节百骸松快，经络血脉畅达，肉身顿感爽利。这种感觉，我在其他地方从来没有获得过。江南人这手做菜功夫，别地方是学不来的。他们热衷吃，研究吃的顶端，直好比瘾君子的去处。在北方，吃得好便昏沉沉的；在西国，吃得香便油腻腻的。都是俗血俗骨，上不得台面的。哪有什么爽利！这种爽利，叫人渐生喜悦，直至轻飘飘起来。圣人道，食色性也。即色上欠缺，吃食的花样可以弥补；又秀色可餐，真正的美色是令人回归口味上的甘畅的。美，原来是吃的，后来是看的，究竟看也要看到吃的原始感觉上去，与吃得爽利对应上了，才称得上大美。所以，江南人好吃。反正，睡也是为了一佛升天二佛出世，那么，吃能领你欲死欲仙，尚且还更本质更入髓，何不以食代色?

我们就这样，上一个热炒，紧着下筷，痛饮满杯；再上一个热炒，又急箸略空，无半点犹疑。这么，三四盘菜吃下来，五六碗大酒下去，心中块垒被浇灭，渐入忘忧之境，于是乎施展出些许江湖气概，又抖擞出几番风月情怀。上海人说，这叫作“骨头轻”。

诸君看客，如此这般老式上海菜，这种叫人梦牵魂萦的忘忧享受，眼下已然不多了。天津路上还有几家，只是要不了几年也要打烊了。如今的吃食，五湖四海汇集，多半为了果腹，有点颜色和排场的，也只为着骗口味，酸甜苦辣，遮盖食材腐败。什么米其林、其米林的，吃个概念，哲学上说起来，都是异化。人没了吃的享受，眼睛看见的，也就没了根底，人生得自天福的本分乐子也就消失殆尽。人生有什么意义呢？倘人生本无意义，人的本分中快乐怎可不守？人不要他本分中的快乐，夫复何求？啊，人成为定义，成为社会的概念，此一说，彼一说，概念否定概念，结果有人说，自打神死了之后，这下人也被玩死了。

“那么，你们进展到哪一步了？”我吃歇一轮，放下筷子，问道。

“什么哪一步？”阿毛不解。

“就是说，抱了吗？亲了吗？有进一步肌肤之亲吗？”

“光天化日之下，荡荡马路，怎可非礼？”

“天哪，至今你们没有单独在一起？在某个房间处一会儿？”

“那是有的。上个礼拜跟她去浦东。她舅舅在那边开一个五金店，租下一套房子住。舅舅正好外出去进货，房间里空着，她说去帮舅舅搞卫生，就把我约去了。”

“这倒是好借口。小妮子心计绵密。孤男寡女终于独处一室。这下你有什么作为呢？”

“我们谈得很好。先是搞卫生，后来她下厨房做菜，我在一旁打下手。当然，这些无聊的琐事并拦不住我们谈话。我跟她讲邓肯、皮娜·鲍什、格洛托夫斯基，讲傩戏、跳大神、变脸。我们谈得很投机。”

“然后呢？”

“然后就是吃饭。她喝了不少红酒，喝得醉醺醺的。”

“你还会灌酒呢，真不简单。”

“不，是她自己要喝的。她灌我呢！”

“这下气氛恰到好处。”

“是啊，我们聊得更透更深了。我告诉她，如果她真想在舞蹈上有成就，首先要加强文学功底，最核心的是要懂诗，一个有诗意的舞者会是与众不同的。眼下的舞蹈，再出名的，也不过是晚会形式的延伸。一个晚会思维的舞蹈作品，哪怕变成独舞，也还是晚会。舞蹈不以跳的人多少来划分高低。”

“说完舞蹈干什么呢？”

“我给她放录像。我去之前听说那里有录像带放映机，就带去几盘。有帕蒂·斯密思和光头女的现场演唱会。她需要音乐的养料，尤其是摇滚乐的知识。”

“这些多少也会激发情欲吧？”

“这些是不够的。光被摇滚乐的本能解放震撼也太简单了。这个时代是艺术家们希望通过感官的解放来达到道德上的全面胜利。资产阶级旧道德把人禁锢得太深。要知道，在五月风暴之前，法国大学的女生是不可以穿裤子的。”

“不穿裤子，光屁股吗？”

“穿裙子。只有穿裙子才符合中产阶级道德。”

“你没有买裙子给她吗？这时候换上裙子该多好啊！”

“我说这些，是为了让她关心历史，要找到艺术革命的历史动因，返回到文艺复兴，了解最初的解放动机。”

“哇，这太长了，简单梳理一下恐怕都要三四个钟头吧。”

“是啊，我们聊文艺复兴，又聊攻打巴士底监狱，以及第三等级的政治诉求……”

“一个晚上就这么白白过去了？”

“不，最后我们看了大岛渚的电影？”

“哪一部？”

“《青春残酷物语》。”

“看完天都亮了吧！”

“这下倒尴尬了。到了该睡觉的时候。总要睡一会儿的。”

“你不想和她一起睡吗？”

“和女人睡是一回事，可是，钟情于爱人是另一回事。”

“也就是说，从邓肯到《青春残酷物语》，一个通宵，你们什么也没干。你们之间连亲吻都没有，算什么！”

“我试着靠近她，想抱她。她推开我，说我真有耐心，又说她累了，必须睡觉了。”

“她被你折磨一个晚上，能不累吗？好吧，终于要睡了，你们怎么睡？”

“她睡沙发，把床让给我睡。她一躺下就睡着了。”

“然后呢？”

“醒来已是下午了。她说她误了课，要赶紧回学校。”

“这就完了？”

“没完呢。我想下个星期约她去听‘四只耳朵’的地下音乐会。”

“我看，不会有下一次了。事情叫你弄砸了！”

然而，我又想错了。非但阿毛的作为我看不懂，接下来邵沛霖的做法我也蒙了。

事情很简单，也很突然。十月份过节的时候，邵沛霖将阿毛带去武汉，在她自己的闺房里把事情办了。阿毛是被她的一个吻堵住，然后全身抽搐，全面缴械。女孩坐在他身上，领他云里雾里。他从高端摔下来，摔得粉碎，又自我拼接起来。

阿毛说，他花了整整三天才将自己拼好，还有许多碎片掉落在女孩房间的床铺上。他没有机会去捡，他几乎已经不是从前的自己。他怀疑他堕落了。

他们回转的时候，在火车上，女孩对他说：“我带你去我家，你什么时候带我去你家？”

应该说，尽管女孩提出的条件落入俗套，但毕竟两人合欢，也算恋爱谈成了。只是这会儿阿毛居然不依不饶地向我打听初夜，打听见红。我心想，你不是总说自己是情场老手吗？总是在每次我显然发现你不谙此道时辩解说自己是另辟蹊径吗？还不断躲着你老子放映一些香艳的外国电影给我看，时不时中间暂停点评连连，天马行空，妙语连珠，头头是道吗？又把《金瓶梅》的插图版全本、《灯草和尚》、《素女经》搬来对我进行性启蒙吗？可是，这会儿为什么要问我呢？我知道多少呀！我也还是个涉世不深的生涩幼崽呀！

他担心沛沛不是第一次。其实，不是第一次又怎样呢？关键问题是她喜欢你么，真的喜欢你么，你感受到她热烈的、不弃的爱了么。

他终于换掉他穿了七八年的猪皮皮鞋，买一双牛皮的，还要我陪他去买剃须刀、剃须膏，买皮夹克和羊绒衫。我说你个大诗人，见多识广的，要我这个徐汇区的小囡去替你掌眼不掉价么。他又道，前几天顺便走过新乐路一家时装店，给沛沛买了一条裙子，沛沛说之前还以为他不修边幅不懂经，没想到买了今年最潮的一款，他道，他是研究现当代艺术的，看的，体验过的，不晓得比小市民中的时髦人多多少，平时只是不弄而已，真弄起来，搞点时尚潮流算什么，小菜一碟！

“既如此，你自己去解决好了，何苦拖上我！”我说。

“我这也是耳提面命，厕上马上枕上都不放过你。审美是点滴积累，古人说，要学诗，诗意尽在诗外。你不随我去，将来你要后悔的。”他振振有词。

一件事情被演绎到这个地步，一个人言谈举措荒唐到这个地步，仿佛就入了一流的剧情，我倒是由此开窍了，我心里不由笑出声来。我开始真心喜欢阿毛了。他迂腐得太好玩了。我好像发现了一些什么，开始懂得人的悲剧。

城市古老的门道是幽深的，错综复杂的，但这门道是靠着起源而发达的，由是一世一朝，应运而生，应时推移出位，生生不息。

这源头即是人文。

天垂象以示天文地理，在人间则成人文。万物有伦序，都比着太初之道。道的显现，有品有秩，渐渐深化、细化。没有哪样人伦是无中生有的，是人所造作出来的。倘人入世深久而忘乎所以，生出违逆的规矩来，必受天惩。天道与人伦是因果关系，而不是平起平坐可以平衡折中的。女人有女人的位置，可是她的丈夫若欺负她，破了这位置，不给她立足，女人必要反抗，只是反抗不等于破除男女固有的关系。奴隶反抗主人，是因为主人不在主奴人伦中而得到应许的，所以，革命是回归太初之道，却不是新造别道出来。

城市是各样门道汇集驻留之地，天南地北的伦理于此交错、融合并生长。城市之外，是人间与非人间的过渡地带。在那里，天的秩序不容挑战，洪荒而高远，人们似乎还没有将天理读懂，没有将天文译作人文。人伦在乡村是生涩的，简单的，平面的。在乡间生活的人，更多的是自律，是对自己的道德要求，而并不多与人打交道的规则。古话说，化外之人，即在教化之外的族群。教化是什么呢？就是以文化人，就是文化。这个文化与Culture不是一个意思，Culture是耕作、培育的意思，引申为生活方式，而文化是特指以文化人的生活方式，更接近昌明的意思。在中文里，文化更接近Civilization的意思，在一个聚居地上有开明的成果。一切儒家的文献典章都指出，未文化之人为野蛮人。而文化，其核心就是人伦之理，俗话所谓门道和经理，上海人于是有懂经不懂经一说。

然而，文化是事情的表象，却不是根底。夏尚忠，殷尚质，周尚文。文是忠质的彰显，也是忠质的结果。若以文之象而盖万事万物，则得其表，而未知其里。故夫子有文质彬彬一说。自周以降，崇文重礼，渐与经理去远，繁文缛节积盛，将义理埋没。皇帝举贤，又后来推行科举，农人以为读书可知天下事，读书为万般上品，结果误入歧途。文化者，在夏商先有神化，就是借着玉与上天交通，是以玉质为保障的玉化。文化是玉化的成果。玉化是秘学，文化是显学。掌握秘学的人以显学化人，以御天下。说白了，文书是给百姓看的，是通俗化讲义，读书人全部吃下去，信以为真，是要吃亏的，是一开头就被限制住的。我写给你看的，都是叫你知道的；我不写给你看的，才是保守的机枢。

人间的财富不以金银和权印衡量，恰是以伦理估价。一本书上的伦理，大约是指示，是入世的纲领，而书背后的事实却要参透，要领悟。有句话说："你懂的。"这话太深奥，太缠磨人了。书上不是已经写了么？难不成还有写不出来的？是的。平民官员和贵族官员端的不一样，前者都是按图索骥，而后者却心领神会。掌印的以为摁下去就是权力，你摁一个试试？连左右答应、衙役都不搭理你。可是有人分明手里不握着印把子，只稍微点个头，就乌泱乌泱一大片人随着忙上忙下。那是因为他有人脉吗？有资源吗？都不是。那是因为他懂道道，知道做什么事该到哪里寻什么人，而什么人又有什么最根本的需要。所以，京城里的人说话，叫作"钱能解决的都是小问题"，意思是有了道道，才需要花钱。看，这就是懂经胜过万贯家财。底层上来的官和乡僻之地考上来的读书人，缺的不是人脉，缺的不是资产，缺的正是门道。那个开会坐在最后面的，一俟拍板，人们的眼光纷纷不由自主地投向他。他不需要印把子，那起先有印把子的，要不了多久，就会乖乖递给他，作揖抬着轿子请他主政。官不是任命下来的，官是要人请出来的。

当女人成为一个社会的价值标准时，倘不懂男女交往之道，一样是孤苦无告；万般讨好，求之不得。才华，金钱，官位，卖相，都难动她芳心，门道中的女人必嗤之以鼻，视如敝屣。阿毛掉书袋又怎样？阿毛口若悬河、才情横溢又怎样？这些场面上的盛装怎骗得过精明入髓的冰雪女子？又有一种，不知如何与女人相好，只专意抬高自己，贬低女人，说女人坏话，鲁莽冒犯女人，以期引起她注意，实乃拙劣之极的手段。女人也有这样的，吃不到葡萄说葡萄酸，明明心里羡慕那个男子，却做出相反的丑恶的事来。这些都是不明就里的粗劣莽荒白丁，一丝没有得到这方面的教化；家里不传，社会上不闻，非常可怜的。常有人说，谁谁谁条件那么好，怎终究单身呢？他不是挑三拣四，而是没得挑，一点入门的经道都不懂，直绕着那城墙外转一生。

按理来说，阿毛就这样转悠一辈子吧！然而，命运做了别样安排，令我们这世上平淡一生的人看不懂，吃不透。

沛沛去过阿毛家以后，就变作另外一个人。她似是有恃无恐，开始管教起阿毛。这原是因为阿毛的爹爹喜欢她，看她中意。老子喜欢她，自不是喜欢她的颜色身形，而是沛沛应了老子心目中媳妇的样子：懂礼貌，看山水，专业中在一流的学校，又是跳芭蕾的一流学校，这多么有面子，既说得出口，又拿得出手，哪一个跳芭蕾的不是艺术殿堂的象征呢？至少在现当代的国人眼中是这样的；然而，如果她又是一个芭蕾明星，这就更美妙了，更能说明他儿子有本事，儿子做诗人叫高处不胜寒，而诗人的价值由着芭蕾明星在通俗的层面上体现为价格，那真是风光无限啊！这是几世祖宗修来的大牌坊呢？往往是一个有权有势有钱有本事的人才搬得动呀！

老子既然相中了，就开始发力，到处推荐这个将来的媳妇。而这正中邵沛霖的下怀。她是从外乡来的，一个名不见经传的普通家庭出来的。这一行的路并不好走，一般不是有传承，就是有血缘，倘一般人进去，非得业务好过十倍。她知道自己只有中等水平（不过，这已是她能力的极限，她非常拼命地走到现在这里），如果她没有接上名门，也没有进入世家，她的前途还不如家乡的一名形体教员。现在好了，她即将进入一个文艺世家，也借着世家的人脉会得到名师提点。那么，她的男人呢？她的男人在她的眼中还差着距离。她需要先走一步，捷足先登，然后回过头来提携男人。为了将来的事业，为了她雄心勃勃的计划，她当然一刻也不能放松，必须立即修理这尚不够格的男人。

沛沛心中的格到底是什么呢？

阿毛来找我，这次不是在南市屋檐下的餐馆，也不是在哪一个活动上，而是到我们家楼顶晒台上。

他说："恐怕以后我们见面的机会少了。"

"怎么了？你要外出么？"

"也算是一种外出吧。沛沛说，不让我跟你玩，也让我远离北边那些诗人。"

"找着媳妇了，才几天呀？就气管炎发作么？"

"她说那些诗人土气，邪气，不入正道，于我不利，又说你太华丽，过于倜傥，才子作风，也是偏门。可是，又不断提点我，要多看看你，多学你的言谈举止。"

"这是什么路数？"

"怕我跟你学坏呗。怕我有朝一日生出花心。"

"我在她眼里是一个花心的人么？"

"是的。她说你不老实，寻你这样的男人管不住。"

"那你怎么就算外出呢？"

"将来远离老朋友的圈子，这就算外出了；另外，沛沛约上我一起去南斯拉夫留学。那里有一所芭蕾舞学校接受了她的入学申请。”

“学芭蕾舞不去苏联，不去法国，去南斯拉夫？再说了，才几天不见，她怎就开始往国际发展了？”

“我们家老头子经常出国，文联与舞协有很多国际活动也是一起的，他与那边一个舞蹈家熟悉，就把沛沛的材料寄过去了。据说今年两边学院有交换生。”

“这是公然开后门呀！”

“沛沛的老师也竭力推荐呢。”

“反正，在我看来，都是动过手脚的。”

这场谈话很沉闷。不是不开心，也不是有矛盾，而是说着说着悲从中来，仿佛是话别，与兄弟告别，与青春告别。

“那么，你走了？”他下楼的时候，我没有跟下去，而是在楼梯口与他说话。

“走了。”

“下次见面要很长时间了吧？”

“如果我们出国了，你来送送我们吧！”

“我还是现在就跟你说再见更好。如果你哪天回来了，我会去接你。”

“那么，再见了。”

“再见。”

这一别，竟三十年。

三十年里，为了我的趣味和爱好，也为了我的迷茫和错乱，我南上北下去了许多地方。前面我说过了，我第一个妻子沈玟易是火车上认识的，后来死了，然后就遇见薇思拉，然后就又结婚，结婚又离婚，现在是单身。我从一个诗歌青年做成一个吟唱诗人，又写电影音乐，之后做当代戏剧，这会儿又做回诗人，已经快成为中老年诗人了。一个知名的艺术大学请我去做教授，带研究生，我便去了。

我在上海住进一套陈旧的法式楼房，门前带一个园子，在武康路一带。因为我的父母岁数大了，我要回上海照顾他们。这些年，我一般在北京住半年，又到上海住半年。

我的一个做美学的学生认识一位尊贵的老先生，他是曾经某个高级干部的秘书。老先生也喜欢文艺理论，便在丁香花园设宴请我和我的学生吃饭聊天。那次，老先生非常神秘地说，他还请来一个客人，是一个才子，在文艺和国际政经方面颇有建树。一会儿，神秘的客人到了，西装革履，头发梳得锃光瓦亮 。客人带来一个女人，看着很典雅，大概三十出头，比客人要小二十来岁的样子。那女人显然不是他的妻子或者他的情人，而是一种场面上的人，仅仅陪客人来坐坐，助兴谈话。老先生将客人和女人介绍给我，说客人叫黄乔治，在上海大学教国际政治，女人叫芬娜，是某个画廊的策展人。

黄乔治很善谈，他说，他在德国认识了一个朋友，叫乔治，是卡拉乔治维奇家族的第三继承人和艾玛努尔王朝费拉拉公爵的独生女的儿子；因与乔治的交情，另外乔治说他是黄种人里的贵族，于是改名叫黄乔治。他对东欧文学和俄国的历史非常有研究，但凡说起，必有常人所不及之亮点。

那天，我们谈了很多，关于德波边境小镇穆斯考，关于Luciano Ventrone，以及哈耶克，赫鲁晓夫。然而，我关心的俄国金器、法贝热和西伯利亚、东欧小城里出来的新鲜模特，他却所知甚少。我觉得，这个世界上的人，真正苦痛的是寂寞与无聊，真正享受的也是寂寞与无聊，而将寂寞上升为孤独，将无聊上升为意义，是存在主义者的妄念；人们在孤独与意义的无尽追逐中变得面目可憎，骄傲自大，以至于失去了安宁，变得一息不争斗便一秒无以生存。当然，我的谈话被彻底冷落，尤其不讨芬娜的欢心。最后，出于礼貌，黄乔治说哪天是否可以在我的戏里扮演一个角色，他说他自己其实是一个很好的演员。

啊，人们在近些年的接触中，仿佛只需要一个标签，一个头衔。我是戏剧家，一名导演，这对所有与我擦肩而过的人就足够了。至于我想什么，喜欢和厌恶什么，或者我性情中究竟是什么样的人，竟无关紧要。

人们从闭塞到开放，从一点信息到信息爆炸，从追逐热点到唯恐不够热不够烫，已然再无别的话题。我曾几何时不是也这样过吗？我的戏剧还不够热闹吗？我看见那些礼花、掌声和唾沫在夜空中瞬间飞起，又顿时落下、消散，这究竟构成什么意义呢？我只沉沉地感受到我岁数大了，血脉渐堵，精神头也不如从前了。我依然陶醉于美色，依然热衷于美物美器，但我已经平静下来，不受欲望操纵，我获得了摆弄和玩味的身心。原来时间是自己定义的，原来生命是藏着空间的。从四十岁到五十岁是十年，但这个时间下有无数层面的空间，你尽管不能每一处都触及，却可以多择几处往返，由此成为二十年、三十年、四十年。

就这么，那天，我们吃饭吃了将近三个钟头，直至离开的时候，我们彼此都没有认出对方。那个黄乔治就是阿毛呀！而所谓戏剧家导演，就是我呀！

然而，那天我们却没有认出来，直到他给我发短信，邀请我去永康路上的 Miss & Unmiss 酒馆里见面。

这样的酒吧如雨后春笋般在上海各条马路上蹿出来，不似以前那些俄国逃难贵族开的，而多是一些来闯上海滩的游手好闲的白人小青年开的。他们在本国拿救济金，到上海来居然可以谋到在大学里做语言学教授的职位，也有给跨国公司当暗探的，跑销售的；他们刚来时，并不晓得上海人将他们看成是天国来的天使，起先还谨小慎微，后来越发放肆，真的做起文化和精神的导师，然后一传十，十传百的，那边街巷里坊的落魄青年纷至沓来，以至于上海看起来像一处国际大跳蚤市场。可是，新近的上海人，管这种局面叫作国际性大都市。然而，上海的老太太和老先生还是有些操守的，当他们的女儿不小心与这样的洋瘪三谈上恋爱后，便用看贼的眼光打量他们，道："你在那边是靠什么生活的？"自然，在他们还没有蜂拥而来的前十年，上海人的收入尚不高，那白邋遢就毫不掩饰地说："再怎样，我的救济金都有八千块！"可是，老太太和老先生还是摆摆手，哪怕他们的女儿只赚月薪三千，也看得出救济金是什么名堂。他们倒不是嫌钱多钱少，也未必真的需要什么铁饭碗，他们很明细，什么样的人是浪荡子，是难民。我听一位在管弦乐团拉大提琴的老乐手说当代艺术，道："美其名曰创新，实际上是艺术难民，没有门槛，消除界限，以便于抱团取暖。"实在太精辟了！一切后现代艺术理论不过是给艺术难民开脱，好听的名词和拗口的概念一打一打的，其实都是为了掩饰各种荒腔走板，各种能力低下。反正，我如今是古典主义者，我也在进步进步进进步的途中被迷惑过，但终究知道，此一时彼一时，万事万物都有时，这一时已到了退步的时代。不是唯有进步是正义的，有时候人需要退回到起初的样子里去。我特别庆幸，我几乎与同时代的人无关，倘偶尔并行，也根本上是平行世界的隔绝。

这回，我们一坐下来，就感觉似曾相识。我看见他久违的笑容，有些生锈的笑容，便大胆试问："你不会是阿毛吧？"

"我正是阿毛。你是……"于是，他也认出了我。

哎呀，有些东西是不变的。那次，因为老先生、芬娜和我的学生在场，他和我都掩藏起来。可是，这回是两个人面对面。有什么可以在面对面中隐藏的呢?

这便问起几十年中的变化。我说了结婚又离婚，离婚又结婚。我说，你还好吧，沛沛应该一直与你在一起的，那个芬娜我一看就知道是来过过场面的。

“一言难尽啊！”阿毛打开话匣子，“我没留住她。她走了。我们先是到南斯拉夫，她进了芭蕾学校，我为了陪读，先去一所语言学校学习。她一路通达，毕业后不多久就成了南斯拉夫国家芭蕾舞艺术团的首席。她说：‘阿毛，一个艺术家的男人不应该是个保姆，你应该去挣一个学位。’我这便去考莫斯科的俄国戏剧专业，我在模范艺术剧院戏剧艺术学院得了学士学位，之后我就回到她身边。那时，她已经迁居德国，在汉堡国家歌剧院芭蕾舞团当演员。当然，那个剧院要求太高了，她排不到前列，只是普通演员。可是，她又说，如果我能认识一些政要，会对她的前途有帮助，这便怂恿我去学国际政治。为了她，我有什么话说呢?你是知道的，原先我最差的就是外语，这下拿出吃奶的力气，凭借我一向对西方文史哲的热情，我居然学会了七八种语言，俄语，德语，英语，波兰语，捷克语……我凭实力考进了洪堡大学，在那里拿了硕士学位和博士学位。我再次回到她身边，我说，这么长时间了，我们结婚吧。她说我太迂腐，说做艺术这个行业，尤其是女生，必须永远保持公众情人的角色，要给人幻想，结婚就一切都完了。然而，我说，皮娜和莫妮卡（那是她的同事，是汉堡杰出的芭蕾艺术家）都早早结婚了，也不见影响到她们的事业。她说，她们算什么！她要去伦敦西区搞音乐剧，说音乐剧才是当今最厉害的艺术形式，芭蕾已经死了。如果芭蕾已经死了，我们为什么要来欧洲呢?我们不是为了芭蕾的理想不惜一切到这里来的吗?我想不通，与她争执起来。要知道，我并不是脾气特别好的人，我之前顺从她，是因为与她志同道合，如果谁背离了起初的志向，那么，我也是善于斗争的。”

“我可以肯定，你善于斗争，但结果是失败。”

“你说对了。我失败了！她卷起铺盖行李，头也不回地就走了。我默默追踪到汉堡火车站，我离她远远的，注视她，看她的一举一动。我没有想到的是，那个叫艾瑞克的男演员与她同行。是的，她甩了我，可能早就移情别恋，我一直蒙在鼓里。”

“她其实早就可以甩掉你，为什么一直到这个时候？按说，你得了博士学位，不算飞黄腾达，也至少可以给她一些脸面，并对她有点用了。”

阿毛无语。他说不上来。我也不能说知道个中原委，但我是晓得邵沛霖这样的女人的。女人没有不追求爱情的，但妄念多又贪婪的，大凡吃过一次亏，被某个轻浮男孩甩了，就心生怨念，就看不起天赋的品质，嫌上天给少了，转而要去寻外在的世上的名目，以为那些名目将自己装点起来，就会有力量，就可以报复天下男子。邵也是经过风流倜傥的，或许深深被此伤害，也就变得比别的女人更懂，更敏感。她晓得她在情场上不是拔尖的，便觑着细节又挣着虚荣匍匐前行。她唯恐一处不是，被人瞧不起，她又想得到至大的力量在人前炫耀。这便依傍势力，热衷于权钱和功名。那些脂粉气一身的女人，谁不是这样呢？骑驴找马，慢慢攀爬上升。阿毛对她来说，是头老驴，用尽了自然是要扔掉的。而阿毛至今不清醒，看不透，以为自己不行，够不上明星艺术家。我们这边吃文艺饭的女生都是这样的，从来没把读书人放在眼里。她们认为读再多书不过是学个手艺，手艺人能怎样？她们盼着得宠，希望得着大能者的支撑。不过，我想，之后邵的日子不会好过，她的那个艾瑞克即便是头驴，也不会像阿毛那么好支使的。在那个世界，原本艺术要么是手艺，要么是理想，要么是乐趣，与我们古时候差不多，绝不会像今天一样，成为国人的牌坊，只是近些年民权运动，把门槛降低了，艺术也成为超市的廉价商品。艺术在西人那里得到过特殊的尊重，都是因为那边的信仰传统看重天赋和性情，往根底上说，就是看重天赐的品质；而在我们这里，当一些观念和主张盛行之后，则被当作旌旗被举得老高，实在是因为其间出名的必与财富与权力有瓜葛，是看重人的作为，在女人来说，她们以美貌去赌博，贱卖至尊的天赋，混迹一个黑社会江湖。我也在想，难道邵沛霖有朝一日得到她需要的名望后不想恋爱吗？我晓得，她不懂理想，可是，她终究连梦想也破灭了么？

“我不写诗了。我在一所学校教国际政治。”我这么想着，阿毛突然说话，“不是不想写，突然诗意全无，什么也写不出了。我曾经因信息少而写不出，现在被满脑子政治经济学堵住了。我要释放，释放！我现在真的需要疯癫！给我一个角色吧！我是莫斯科模范艺术剧院戏剧艺术学院的高才生，我是一个好演员！你让我上台，我也许做好一个演员才能理解沛沛，才能知道自己失败在哪里！”

原来诗意全无，走丢了！男人失去诗意，这是一个好回答，正指着女人失去恋爱。如果邵沛霖如愿以偿，我可以肯定，她一定再想不起那年在文艺会堂的玫瑰香了。那时，她饱含隐隐的芳绚，她是一点光，星星点点，像指间的首饰，一忽儿晃一下，一忽儿又没有，令有所不同。

“咳，一个文艺世家出来的大诗人，玩不过一个外地艺校的三流舞蹈生！白相人不读书，读书人不会白相，上海人的经道被你丢光了！”

“你这么说上海，我可不同意。你是狭隘的。”阿毛忽然把话题转过来，“上海是一个大海，海纳百川，俄国的，美国的，古典的，科技的，红白黑道，应有尽有。它之所以是中国最厉害的城市，正在于它对世界的包容。没有什么地道的上海一说。请不要分别城里的和城外的，不要有那种地域歧视。我的父亲是南下干部，我的母亲家里是洋行的经理，我们又吃大蒜，又喝咖啡，两种气味交织在一起，上升为百味人生。你看看现在，与我们小时候大不同了，什么LV、PRADA、CHANEL、HERMES，什么没有？什么萨拉美、Marsala、Mousaka、Kebapche，想吃尽吃！再看艺术方面，潮流的，观念的，科技数字的，经典的，本土的，反叛的，另类的，各显神通。这是一个新天地，我们老了，跟不上了。”

“那红房子西菜馆还做得出原先的味道吗？那些点心铺子花样一个比一个多，还是原先的意思吗？那些做中装棉袄、做西装、做旗袍的红帮裁缝的手艺呢？我要走的街道的那些树枝已经被封蜡了，那些树下的女孩子目光也呆滞了……这不是我认识的上海。一些没有来历的人，将我们小时候的回忆当作符号在便宜出售……当然罗，对你来说，吃什么不是吃，穿什么不是穿，有吃有穿就很好了。你完全不懂曾经的品质，你只在意花样和热闹。”

“你不要说了。如果说到过去，我感叹的是人情不复了。我怀恋那些在文艺沙龙里以诗会友的时光……”

“我也感叹时光流逝。但我感叹的几乎与你没有交集。我说的上海不是一个地方，而是一种规矩。你喜欢混杂，而规矩是不容混杂的，它是挑剔的。”

“你的那个规矩我至今不懂。”

“所以，你始终不懂经。”

“那到底是什么呢？这么些年你也不直说！”

“那就是毫无意义。”

“听不懂，完全听不懂！怎么能没有意义呢？人生不就是追求意义么？”

“你是一个追逐热度的人，热度在哪里，你就在哪里，而热度，是商人抬价的手段，是一种用虚空的概念聚人气的运作。你不是一直在追求吗？你追求到了吗？你如今想做一名演员，究竟是为追求意义，还是为追求演艺界的门道呢？”

他停了一会儿，说：“我好像有点懂了。”

我看着他，觉得他并不像是远道归来的，而我倒像是阔别难回的。之前，这个城市有一套怡然自得的活法，后来进来许多高尚的、纯洁的、目不斜视的、追求意义的人，并将自以为是的意义凌驾在自得其乐的人头上，他们以良心自居，相互还厮杀无休，谁也不服谁，结果，城市不但毫无意义，甚至毫无意思。

我其实不懂什么意义，年轻时候与追求意义的人扎堆，也仅仅是拿那些意义当道具。我是一个追求意思的人，我是一个享乐主义者，享受天允的此生的本分。

啊，在这个世界上，不享乐，还做什么呢！

我爱《传道书》，爱听所罗门的歌，所罗门的歌是歌中之歌。

仙女与神童

在珊瑚海的海底，生活着一种神龟，叫作玳瑁。玳瑁其实不是普通的海龟，而是龟中之神。它没有四足，却有四鳍，能像船桨一样划水。玳瑁吃水中的海绵，而大部分海绵是有毒的。它无惧各种毒素，甚至连玻璃都可以消化。背甲共十三片，有红的、琥珀的、黑褐的颜色交错在一起，发出如玉的光泽。这些甲片百毒不侵，甚至寒冷的湿气和雨雾都难以渗透进去。所有的毒虫和水汽都害怕这样的甲片，如果这甲片靠近水面，水会自动向两边分开。南中国海的渔民外出打鱼，在船上放一只玳瑁，一船的人都不得风湿病。

玳瑁的身子很大，常常有五尺多长；寿命也很长，一般可以活到一千多岁。它们中间一只最大的，大概有一叶舢板那么大，背负着神童向北游去。

神童唱着歌：

江洋湖海辽阔深幽，
我寻不到朋辈和对手。
我深感寂寞，

我是寂寞的死囚！

我呼无应，我唱无和，
我的眼泪白白流走；
我行无伴，我言无对，
我的欢笑空荡而枯朽。

天上的鸟儿比翼双飞，
水中的鱼儿成群遨游，
为什么我形单影只？
为什么我漂泊不休？

玳瑁发出沉重的声息，这是它的语言，只有神童能够领会。

玳瑁的话里说到孤独："如果只是寂寞，你不觉得幸福吗？寂寞的人是得到保守的，你未见那些孤独的人！你大概不晓得寂寞和孤独有什么不同。孤独的人是骄傲的，贪婪的。他们不想受命运的辖制，以为自己拥有这个世界的意义。他们离开宇宙，说是为了重新认识宇宙，给宇宙新的价值；然而，他们在宇宙中是空虚的，他们转而又自感悲凉，说没有人懂得他们。这就是贪婪。一个人拒绝至高者，他或许有这份自由，但他要自己偿付，首先就是偿付孤独的重价。他难道不知道这价是他承受不起的吗？寂寞的人就不一样了。寂寞的人是坚守命运法则的人，在命运中悲欢离合，进退得失。聪明的童子啊，你是寂寞的人，因你的时候未到，你的良人未至。现在你晓得孤独了吧！孤独的人是被遗弃的，却自命不凡。"

神童的歌继续唱道：

我生来就被注定的寂寞，
在它的背面有丰盛的欢乐。
静默和寂寥，
之后将有爱的风暴狂作。

聪明是顺服吗？
智慧的人不受迷惑。
我明晓我前行的路线，
总是指向我来时的承诺。

我快要失去耐心了，
我受赐的福分藏在哪个角落？
我的意志快要凋零了，
难道我必须承受消磨？

玳瑁又发出喘息，好像潮汐的声音：“你没有听说古时的诗章吗——你当默然依靠神，耐心等候他，不要因那道路通达的和那恶谋成就的心怀不平—— 一切都有定时，你万不可说，我要等到何时，等到肌肤失去光泽，等到头发稀疏牙齿松动，即便等到那时，该属于你的光烛自会点燃。然而，即便是寂寞，难道没有福分吗？天下四方的人都羡慕我千岁寿数，我的秘密就是等候与耐心。如果命定的时刻和地点你不晓得，你究竟急迫地要奔向哪里呢？如果你的心律和行为慢下来，那么生命的节奏就慢下来，你将获得更长的时间。时间是由着自由意志限定的。有许多事情在你来之前预备好了，你一时要做两三样事情么？你为何不能一件一件做呢？你做完了先前预备下的所有事情，你的生命就终结了。你不如慢慢做，一点一点做，尽量让自己活得久一些。每一分钟都要好好享受啊！每一件事情底下都有许多细节和秘密。你与其往远处去，不如在一时的深处上用力。在一时中，有无限的空间。这样，寂寞的寂寞，不也很有意思么？”

神童的歌声慢下来：

我追逐远方的事物，
不如沉入事物的远方。
究竟是远方更远，
还是事物更深广？

寂寞的寂寞到底是什么？
啊，每一步原来有一万个毫米长！
所有的宏大加起来也是单元，
单元底下有无尽的单元数量。

等候的意思原不是静止，
等候是为了深奥丰壮。
我是年幼的童子么？
我怎顿时拥有千年时光！

我所知道的是这一时，
我所无知的是前方；
我在此一时尽兴尽情，
这一时足以妙趣坐享。

神龟接应这些话，又说：“人就是人，龟就是龟，并不是一个定义。没有一只龟会给自己定义，但人因为得到自由意志，便滥用这个殊恩，他们的灵魂常常受到恶魔的诱惑，背转过去假装看不到神明的光亮。这是昏昧。哪有什么无由无端的人！他们竟问来处、去处，问是谁是什么。天有九重，地有十八层，每一阶都有恒定的秩序，这本是公义的平衡，创世的法则，人却要抹平拉平阶位，争取一种叫作平等的境界。聪明的童子，等候你的是清丽的仙女，天道保守你不遇见村妇和花娘，在你遇见仙子之前你寂寞无伴。寂寞，是何等大的恩典！它令你守身如玉，令你洁白无瑕。然而，你有的，别人也有么？他说他要得你有的一切，他要努力精进，而命运是残酷的，又是最大的仁爱，它以铁律框限，令人不得逾越。人是无法通过努力来改变秩序的，人反对某个秩序只能在有人破坏秩序时。你的马弁你要善待他，他应得他该得到的一份；倘你虐待他，他可以对抗你；然而，即使他对抗你，他不能取代你。看，我的职分就是叫你驾驭我，我们不能置换。我能将你在此抛下吗？你倘贪图我的寿数，我或觊觎你的聪明，这会是一种公平吗？那高的在低的之上，那贵的比贱的值钱，正是公义所在。”

神童感叹道：

原来那面目可憎的，
都是张口称义的虚幻。
哪有什么这样那样的人，
人就是人，人不是概念。

啊，如果我在这里得不到，
我在那里也必空手而返。
祭拜别家鬼神，

都是谄媚和嫉怨！

我当静静在这黑沉的大海上体验，
我一路唱一路行一路看；
倘我为着一个目标奔走，
我的活气将被省略多半。

“概念是编出来的，写下来的，你轻轻一擦就没有了。这样的人已经死了，死了又死，起初之道却没有少去一点一画。神说：‘天地要废去，我的话却不能废去。’”那活过一千年的神龟玳瑁这样见证道。

他们来到南中国海的曾母暗沙，在那里，有仙女在等待。神龟将神童托付给仙女，并允许神童从它背甲上摘下一块作纪念。神童得了那玳瑁甲，当作一块牌子悬在腰间。

仙女展开双翼，背负着神童继续远行。他们朝北飞去，向着日本海的方向。日本岛上有悬崖，绝壁穿空，壁上生满了青苔，正如歌中所唱：“碎砾垒岩兮，巨岩生青苔。”他们飞上绝壁，又从壁上下到另一面，进入一片森林。那森林里的树木茂密，有些树粗壮，大如中原的高塔。仙女带神童去往一株已经选好的大树，那树芯被凿空，里面屋室俨然，分作九层，有旋梯可上下；日用座椅、床榻、箱笼、摆设齐全；又有窗门开在树壁上。

神童甚为诧异，问：“这是你的居所吗？”

“不，这是为我们预备好的住处。”仙女放下神童，领他入室，踏着木梯上楼。

神童注意到仙女的翅膀，翅根与背脊相连的部位是粉红色的，整张羽翼的颜色如同海底的砗磲，白皙而透出内里由稀渐深的鲜活血色。他想，这是真的从身子里长出来的肉翅，而不是什么机械器具。然而，但当仙女放下他，就收拢起翅膀，那翅膀便缩回到肩胛里，隐藏到肌肤下面去了。这时，仙女的身形就像人间的少女一样，只是举止轻盈，如同她的眉眼轻飏，谈笑间，往来间，如流风回雪。

仙女向他伸手，他不敢靠近，不敢触碰。他总是紧随在后面，却远近隔开，仿佛差着时空。而仙女身上隐约的香气阵阵袭来，她回眸的神态一点也不陌生，他不晓得为什么仙女看他像熟人一般。他想起刚才骑在仙女身上，他的身体紧贴仙女的背脊，她的骨骼清奇而柔滑，他只是端坐着，急转俯冲时又不得不抱牢，他们已然紧密在一起过，但那不是男女的肌肤之亲，那是仙俗两界的接触，是仙人搭救俗人。他是被搭救了么？他曾经多么想在人间遇见这样一个女孩儿，哪怕这里差一点，那里少一点，如果真的长成这样，他倒是要却步的。现在，他正在却步，那是理想中的女孩儿，怎会是真的呢？理想不是梦想，理想是出自神天的预设，而梦想只是愿望而已。人总是错把梦想当理想，不知梦是人的结局，而理是神的恩赐。谁不想闪亮一下呢？而一瞬的闪亮，底下要沉积多少暗黑的火药！如果有人没有沉积火药而忽然亮了，那是运气突降。有心人可以比量出价值，神决意要给你的，原来如此重价；无心人只贪念所得，连沉积火药都未曾想过，他那么廉价地想一个好的结局，他也只该有廉价的所得。

他和她之间其实是什么距离也没有的，在树楼里有一种气氛包围他们，令二者合一，只不过是同一个人的雌雄两体而已。

她那么美，可是流露的情态却是与他相知已久的样子。他不得不接受相知的事实，却依然无法接受她的美。这么美，对于他来说，是陌生的，是空洞的。这令他自卑，又令他漠然。漠然是因为他以为这样的美必是与他无关的。

仙女已经走上去好几阶，他在后面跟不上，仙女于是返回来接应他。这次，仙女伸手抓住了他的手。他耳畔顿时响起一支歌，那音律似曾相识，每一拍都应在他心上。他记不住声腔，却不由自主地也和在乐曲中。他可以肯定，他未曾在外界听过这曲子，但他又可以肯定，这是他心中存久的歌子。他又看见仙女随着曲子起舞，她的舞姿就是壁画中和浮雕上的那种，只是这些被凝固的形态复活了，竟然活跃在眼前，而且他是她的舞伴，与她融洽在一道，两两相得益彰。他忽然明白君王为什么宴饮时一定要有舞人助兴，原来舞蹈不是一些炫目的曲线，而是柔曼中含着弹性，与一把利剑一样，刚柔浑然，有阳日临照之昼象，也有阴润浸被之夜象，视之则百脉疏通，气力复原。至美的体验原是这样的：舞者动人，摇人心旌，推人气血，欲触而不及，欲避而不离。

仙女是有力的活体！挺拔而催人与她一起神俊。

仙女的妙音和丰姿绵绵不绝，起初是握住他的手，不想却进到升天的境界。

他不知道他是怎样来到了明堂，那里早就摆下了丰盛的筵席。他看不到别人，席上只有仙女和他。那明堂的平台伸展出去，在巨木的外围，高高地被托到树冠的边缘，有皎皎月轮悬挂在一旁。那月轮贴得与他们那么近，大得像一片大地竖立起来，其光照明亮，覆盖了整座森林，影儿都被抛向事物的背后。与白昼之光不同的是，这是清冷而宁静的光照。月光照进明堂，堂上的屏风覆满了莹白的纸，那几案和靠榻上包裹着精金。神童久久睁不开眼。仙女告诉他，金的光芒是神的光芒，不论你在哪里，总是金子在看你，而不是你看金子，但是，相称的人，终有一天会看清金子。他们吃酒吃菜，仙女笑盈盈地端视神童。神童觉得酒注百骸，血贯百脉，浑身通透。

“我怎就来到这里呢？怎就与你同吃同坐同玩呢？”神童问

仙女。

“你本该来这里的。我一直在等你。我今天终于等到你。”仙女说。

“你活了很久吗？”其实神童想问的是，你是活的吗。

“按俗世算法，我要比你小很多。但实际上我几百岁也未准，谁管它呢！”

“我也活了那么久吗？”神童忽然沉思，忽然哀伤起来，“是啊！我经历了太多的事！”

“你的事情就是你的岁数。现在这里不会有什么事了，只有中意的人儿一直相好。”

“我能对你好吗？”其实神童想问的是，我配得上你吗，你真的看得上我吗，你是属于我的吗。

“我一刻也不能离开你。”

仙女将神童的脸捧在手里，就像呵护一颗纯美的珠子。

神童心里很难过，他告诉仙女他起先的遭遇。

他说：“我的祖母视我如明珠，然而她死了，我一个人飘落到世上。我曾经想做一名水手，要随着航船行遍各地，看外面的世界。可是，我被船上的人抛进了大海。后来我去当一名武士，我深入剑锋、血槽和淬火的冰水，我向剑学习严酷和自律。我由驰骋疆场的将军的手刺入敌人的心脏，却被温暖的血融化了。于是，我转身去做一名诗人，从诗意中获取玉帛的秘密。那是通灵的途径，上可达天，下可入地狱。那些病痛的、犯罪的、残废的、孤苦无告的人聚集在地狱的门口，我顿时心生怜悯，坠入他们中间。我成为一个流浪者，尝尽各样苦痛，遭受种种屈辱。我发誓做一名救世者，要做浊世中的义人。啊，我不是向肉欲的力量投降的人！所有的苦味我都能当甘甜咽下。我愿意铺展在地上，成为众人践踏的地毯。我承受那赤足受伤的悲哀人的血迹，我面目全非，我遍体鳞伤。我鄙视自恃清高的人，我沉入地狱来阻挡地狱之门。然而我这样的人也会跌倒，明明坠到深渊之底，何来躺下后的跌倒？那日，我遇见一个贫家女子，她正往市场的路上去换灯油，我竟欺侮她，与她行淫，事后将秽物藏匿起来，又沉沉俯倒，继续匍匐在地。我看见她的穷塞的父亲向我走来，我让他干枯的双脚从我身上迈过。我是难抵秀色呢，还是渴望爱情？我在那些追求解放、向着我的路上靠近的独立女子中寻找同路人，可是，她们面目狰狞，粉拳紧握，她们中间最丑的都奚落我，似乎看穿我隐秘的败劣。我为什么又来到妓院呢？我希望妓女安慰我痛楚的心吗？其实，连妓女都讪笑我，她们说我连男人都不是。我于是发狠，我说我英雄本色，你们都看不清，我放低自己深入地狱，本是为了拯救众生，我倘蓦然跃起，我将如何高大，以至于你们仰望都不见我顶！你们哪一个流着脓淌着血从我身上走过的人配得上我的崇高呢？我不如成为一个暴君，用鞭子和刀戟来奴役你们！一念生，一念死。正是那一念，我的身心彻底软塌下来。我认出了那怜悯之心，原不发自于我，那是从天而降的纯净之风吹入我身。我哪有什么怜悯！我只是那顽劣的、可笑的、卑鄙的孩童，在往市场的幽径拦截那更弱小的女孩儿。我记起祖母告诉我，我生下时不足分量，脑壳上有许多瘪洞，我从来就打不过一切我的同辈人。只有我的祖母可怜我。然而我的祖母在遇到我之前竟是一个狠心人。她一生中只对我一个人好过。我终于晓得天意，那是老天让祖母的心温软。凡人所行的，都是卑劣；凡那怜悯所到之处，都出乎圣灵。我尽管低微，却是躺不下的；那令我躺下，深入地狱的，是创造我的手。这么想着，我就游向大海，在珊瑚海那里遇见了神龟……”

“啊，原来是这样的。你太可怜了，你吃了那么些苦。”仙女落泪了。

“不，我不要你可怜我！怎么能用可怜来形容我的壮举！尽管我失败了，我的所作所为却是高价的！世间一切胜利的英雄，哪一个不是从落难之境出发的呢？”神童感到羞愤难当，他对仙女生气了。

“连妓女都看不起你，怎么说是高价的呢？”

“那么，你是更看不起我的了。你这一切都是为了戏弄我么？”

神童感到沮丧，他看面前的一切顿时黯然失色。

“你的心还是那么硬。那神圣的灵光为什么不能长驻在你心里？”仙女感叹道。

他实在不懂仙女可怜他什么。他确实软塌下来了，可是他时迷时醒，他总不甘心他曾经的努力付诸东流。

“你受了那么多苦，可是你那么弱小。”仙女道出她的疼痛，“我是试想替你去受一遍那些苦，我觉得我难尝这样的苦，肉身是承受不起这样的苦的。然而，你竟过来了。可见，经书上说的不虚，神是不至于让我们承受不起的。只是我又不明白，为什么要叫你吃这么些苦。”

“咳，我是那么糟糕！”神童又软下来。

“你是那么俊美，那么聪明，你一点也不糟糕。你是我遇见的最好的人，你的每一处都那么合我心意。你的身子那么匀称，你的手指动一动就撩拨我的心弦。你白得就像一座玉屏风，你虽吃过那么多苦，却有甜美的气味散发出来。”

“你那么好看，竟对我说这样的话！你不是骗我的么？”

仙女俯下身子，用脸贴着神童的脚踝。她的鼻尖顺着神童的胫骨向上搜寻，要找出她闻到的香气的源头。

神童按住她的头，怕她深入，又弯腰托起她的脸庞，轻轻吻一下她的睫毛。他感受到她的拥抱、轻抚和呼吸，每一下都像是触电了，越轻柔，越受电击。他从来没有从别的女人那里得到过这样的感受。他想，他的邪恶亵渎了她。他想，她的圣洁覆盖了他。

他们每日尝珍馐，看美景，携手行走在森林里。仙女每出行常行礼，微屈膝，含笑致意。神童以为她多识草木禽兽，或遇同界精灵，实则神童看不见一国的人，因他这时尚不知他的位格，他不晓得命运交给他什么，他仍然远谋近虑，忧心忡忡。

他对仙女说："你认识的，都是化外之事，却不认得一个典籍中的字。让我来教你认字吧。这样，你会晓得你在空间和时间上的位置，你会心明眼亮。"

"我不认得它们，它们认得我就行了。"

"啊，这是蒙昧，是粗鄙。我不愿意与我做伴的美人是一个村妇。你不知那些先贤们用字写下来的诗章有多美丽，人怎可没有诗意呢？"

他实在不知道，仙女本身就是诗，是诗神。

"如果我认字令你愉快，那就认一些吧。"仙女莞尔致谢，就像她出门上辇时朝身边点头那样。

"那真太好了！一个绝色美人又才识卓异，就太完美了。"

这是神童的心愿，仙女想让他如愿以偿。于是，神童做了她俗世的老师。

神童将史书上的事都画成连环画，在画下写简明的文字，还每字注音，以这样的课本来教仙女读书。

仙女有健壮而纤美的身体，她是舞神，也是诗神，她行走如疾风，站立时挺拔如旌旗。这时，她面对书本却像女童。她一笔一画书写，勾点无误；她一声一韵照本宣读，道字不正，娇喘萦萦。

神童道："我从哪里捡回来一个野人，这么大了，还要读小女孩儿读的书。"

他视其腰脊，明明流溢出滑润的雌性，此间问她话，却只剩幼稚的应对。这叫神童生出怜惜，也生出羞耻；恰是越羞耻，越不能罢。但凡她说错，他必对她瞪眼，凶过了，又万般讨好，引她欢心，复缠绵在一道，难解难分。

“啊，这么大的姑娘了，那么有力气，使劲起来我都赢不了你，竟还不识字，要我从头教起。不知羞！羞死了！费尽我养女的心思呢！”他说着这话，抱紧她，翻覆拍拍她，两两交股而眠。

神童的本事在于过目不忘，一目十行。他记住他读过的所有书，并一一把它们默写出来。他一日写一本，或三日五日写一本，并用丝线将纸页装订成册。他们将树屋的顶层用作书房，那些由神童编纂好的书都放在顶层的书架上。书架高高的，往往取一本书要搬来梯子，爬上去，费老大劲才寻得到。然而，仙女似乎不用爬梯子，但凡她知道书名，那书就会下来，出现在她的手中。神童诧异，仙女说，有的是人可以使唤，他们就是服侍我们的。神童满屋子巡视，却不见人影。

一日，仙女读到《临江驿潇湘夜雨》，忽有所感，道：“我见潇湘二字，仿佛从前认得，想起我的身世。”

“莫不是戏中人与你有缘？”

“那倒不是。妾身原是湘江边上长沙城里俗人家女儿。母亲看我生得漂亮，就将我送到京城歌舞坊中学艺。她是希望我靠着才艺挣钱，好将我当作摇钱树。我在歌舞坊中吃尽了苦，也学会了名利场上的虚荣，沾上脂粉气。然而在那条路上，即使本事和形貌都不及我半个脚趾的人都出头露面了，我却一直站在侧幕条，立壁角，成为众人漠视的那一名。那时，我实在不知那是神对我的保守，令我不在浊世中失足。我从歌舞坊出来后，找不到事做，有风月场所的人欺骗我进去做舞娘，让我跪在客人面前服务。我便逃离出来。那些日子，我常常吃不饱饭，要捡别人吃剩的碗里的东西果腹。我也不敢去做普通的工，那些地方的老板会对年轻女子生出邪念。那时，有人拉我去参加选美，看起来是一种竞赛，实际上那是替富人猎艳的肮脏交易。在那个正要被人吞吃掉的晚上，我遇见了一个姐姐，她为我打开客房的后门，告诉我不要坐电梯，直走那消防通道的楼梯，一直向上走，不要回头。我想一直向上走会走向哪里呢？难道要通到天上去吗？那里会有生路吗？姐姐与我换了衣裳，站在我身后向我挥手，我一边与她告别一边走向楼梯。原来她是仙人，她将我从黑暗中赎出来。我按她的吩咐一路朝上走——那是多长的梯子呀！我几乎走到半夜还没有走到尽头，一直走到走不动了，就爬，用尽气力爬……当我爬到顶上，推开门时，我看见了星空。好像有巨大的潮水的声音从天而降，我分辨出那是歌声，像天使的合唱。我在这合唱的歌声中睡去。等我醒来的时候，我就成了现在这个样子，我的肩膀上生出了肉翅。“

“那个姐姐应该是天使。天使虽然属灵，但有时也会有人形。书上记载过许多天使以人的面貌出现在我们周围的事。可是，你是俗人呀，俗人怎么会长出肉翅呢？我没有听说过俗人可以进阶为天使的事。”

“我不愿成为天使。天使的行为要自己承担的，他们不能得救。”

“然而，在人全部得救之后，人会胜过天使，那些远古的堕天使也会得救。”

“我怎会是堕天使呢？”

“我听说过，也有一些特别的人，他们身负神天的使命。他们有些长得很普通，也有些有类天使的面貌。远古时候，神的儿子与人中美貌的女子生下英武的人。有些人是有天使血统的，希腊人叫他们半人半神，就是那些英雄。我们并不知道我们祖上的血脉的秘密。”

“那个姐姐给我指的路唤醒了我身上天使的记忆？”

“你能给我看看你的肉翅吗？”

于是，仙女转过身子，露出肩背。神童抚摸她的肩胛，那里渐渐隆起，直至伸出大翼。神童抓住翅根，仙女便呆滞了。他们彼此的身体里都起了变化，就是越来越兴奋。可是，他们并不知发生了什么，只是越兴奋越靠紧，紧紧贴在一起，直到融为一体。

仙女转过脸看神童，面颊绯红，眼带醉意，那神态是金子融化的样子，神童也只好由着化意坠入其中，烊在滚热的金汤中。

太阳与那竖起的有大地那么大的月轮不一样，它远远的，像一盏明灯，照耀树屋中的一摊金水。

仙女与神童于不意间尝到了甜头，于是便常常化作金水在地上漫溢，有时候将楼板灼出洞来，金水流到楼下的地板上。他们冷却凝固后就会分离成雌雄双体，但他们在根底上是雌雄双面的同体。他们常常要修补被金水烫坏的洞。那些洞越来越多，有些被反复修补，以至于已经看不出原来的地板样子了。

仙女原本是为讨好神童才学字的，但当学字难的时候，她便怯步。她也是非常聪明的，她把她的聪明用在怎么逃过神童的教训上。

她说她头痛，神童便想出医治头痛的办法；她又说她视物昏花，眼睛不好使，神童也调制出冰片水来为她洗目。反正，她一切关于身体不适的借口，神童都用严谨而有效的办法堵住了。

她又东拉西扯，经常扮做好学的样子问天地间稀奇古怪的事情，神童每作答必为她深究其理，甚至连无花果为什么好吃这样的问题神童都会系统地讲到植物学和人体生理的差异，而只要一进深，仙女便哈欠连天，直至打瞌睡闭上眼睛。

神童动之以情晓之以理，用了一切的手段围追堵截，将仙女可以偷懒、钻空子的所有路径都翦灭。仙女这便索性翻脸，将书本掷于地上，一把抓起神童，将他背起，展翅直飞到天空上。她一言不发，直是飞，盘旋，俯冲，做出一副要死要活的样子。

他们飞到那峭壁的顶上。这时，神童说：“你不停下来，我就跳下去，让尖顶把我戳破。”

仙女不回应，只一味向尖顶俯冲过去。不想，神童一松手，果然就跳下去，直直地朝尖顶坠落。

啊，这真的是打算殒命玉碎了，这是真的！神童下坠的姿势是头朝下的，眼看他的头顶就要触到山尖了，这下仙女心软了，一个翻转就飞到他下面去，用翅膀将他接住。

他们停在峭壁之巅。仙女说：“好吧，你赢了。我不能没有你。如果没有你，我是多么可怜！我是为了我自己，不想让自己特别可怜，才依了你。”

神童一听就笑了，说：“不管怎么样，你肯了就好。我只是为了让你识字。”

“哪怕死了也要识字吗？”

“死了也要。”

就这样，仙女为了她的爱，狠下心来读书。天下其实没有难事，都是心之所向。心力是最大的，倘人的志愿坚毅了，没有什么是不可动摇的。

“我之所以不愿意识字，那是源于我的劣根性。上古的时候，神的儿子们见人的女子美貌，就娶人的女儿为妻，结果就生下那些半人半神的英武的人。这些人被常人称为英雄，他们很骄傲，因为他们得的天赋较常人多。如今，人类中间还有一些这样的血脉蔓延。我或者就是有这样的传承。可是，这是不讨神欢心的，那时的洪水就是要灭绝这些人。我现在明白了，我必须在人间受到一个世俗老师的教导，学习人是怎么获得智慧的。人的智慧有两个来源：

一是从人的付出中进阶，二是蒙神之恩得到神启。如果我以第一种方式付出，那么，我就是匍匐下来顺服了，顺服的人是蒙爱的，才有得恩赐的机会。”仙女这么说的时候，果然获得了非凡的能力。她从此不但美貌，不但可以展翅升天入地，也顿时间读通了人间所有语文的典籍，甚至掌握了各样美妙的乐器。

她说：“我是琴鼓，受天捶震。”

“你终于成为一件美器，盛满从天而降的甘露。”神童满意地看着仙女，“人得天赋，成为天器，乃是存在的最大价值。”

“为此，我们会得到福报吗？”

“我们在一起同工就是福报啊！”神童喟叹道，“我所经历的与你所付出的，现在等价了。作为属乎血气的，我们必经债偿。我们总不能经受我们承受不起的，然而如果我们受了天工，我们总要先受那承受得起的全部。”

“我是不是得的太多，比你得的多？”

“我计量着，我得的更多。你的美貌是我不配得的，但命运令你做我的学生，我支付了亏欠的，于是得了信心。你成为我的勋章，终于荣耀了我。这是一个明证，见证我被器重，我的用处。感谢神眷顾我，差你辅佐我，荣耀我，安慰我。”

他们这时刚刚晓得做盛器的使命，他们夸耀自己得宠蒙恩的福气。然而，他们另有本分中的福气，比他们想象的多得多。

夜幕降临，巨大的月轮将湖水覆盖，折射出银光。仙女弄笛，行走在廊桥上。这桥横跨在湖上，从这边的树屋通向那边的城堡。仙女身着蓝丝长袍，风徐徐将袍子扬起，童子紧随其后，像一匹俊逸的白马。仙女善治音律，写下许多乐章，并奏出许多妙音。

晨曦中，旭日曈曈，从海的东方升起，照着植被，华光苒苒，映射到神童的白衣之上。他不再编纂他记忆中的书册，而是著述他的所闻所见、所验所思。他的所著，像肉芽生长一样，在他的身后渐渐隆起。仙女这时看起来就像一只仙鹤，静立一旁。

他们以音以文叙述，述而不作。因为经书中记载着一切真理，却不是一切见证。他们要做的是，丰富见证。见证就是叙述，叙述是忠实的还原。没有生造的叙述，因为世界本不是我们生造的。一切事物都是太初之道的催生，道外无事，道外无物；人所记述的，都是性情的滤镜渲染的原事原物。然而，性情之美，是上天的礼物，是此生的有限归向永生的无限的壮丽。

“那么，我们做这些，谁来听，谁来读呢？”仙女问。

“其实，除了我们晓得的、认得的眼睛和耳朵之外，还有许多我们不曾认识的耳目，他们以我们难以想象的方式在听，在读。”神童道，“时间是一些切片，或者说都是人限定的。会有很多不同时间里的人与我们呼应，这并不等于他们在我们面前。我面前有你就足够了。”

仙女听他这话，心里很高兴。

神童又说：“艺文是这个世界上最珍贵的财富。它们包括：诗章，音乐，舞蹈，绘画，雕塑，珠玉，美器。人做工得来金钱，总不抵牲畜、大屋、美食；牲畜、大屋、美食又不抵良田疆土，良田疆土又不抵美人俊童，美人俊童又不抵艺文。艺文好比重价的珠子。圣子论到天国，说：‘天国又好像买卖人，寻找好珠子；遇见一颗重价的珠子，就去变卖他一切所有的，买了这颗珠子。’这是一本实际账，而不是精神与物质的对立，不是没有物质之贵反倒持有精神之贵的虚言。所以，既地上的事物在这本账里，那么，纵使权势、重兵和钱财便都没有那重价的珠子强盛，更难比天国的无敌。你我得了垂爱，在一起积攒人间最贵重的财富，在地上，还有什么比我们更有力的呢？”

“人说，艺文如瓷玉，不慎则坠碎。”

“可是，你不见千万年历史中，多少权柄与兵刃为兹而兴，为兹而聚散？”

“啊，那最娇弱的原是最强硬的！”

“天有品秩，那身在低处的，怎能数算高处的价位？自有人在穷塞时，拿了美貌、身体、艺文去换饼充饥的。守得住的守，守不住的，连本钱都丢光。艺文不是饭碗，是所有饭碗供奉的珍瑰。”

“如今的世上，人们拿着艺文去谋生，那是因为信了贱价的偶像吧！真神的祭品是艺文。”

“艺文的馨香，是上达至高之巅的，是取悦上天的。如果丢失了这样的馨香，遑论什么诗意呢！诗意是艺文之魂，是向着至尊的升华。”

“所以，悦人的，媚人的，都不属于艺文，乃是人超出本分的僭越。”

“在远古的时候，人祭祀后，可以享用祭品。艺文作为最高的献祭，在贡献后，人也被应允享用。好比酒，敬神后人才可以喝。如果酒是为神酿的，怎可粗劣？”

“那么，巫术和科技呢？”

“它们是法术，是中介，是货币和凭证，并不是财富本身，以它们，才可衡量艺文的价值。没有它们的显明的效果，如何丈量艺文的浩瀚、坚硬和不可磨灭呢？它们如同砥砺，来证明磨艺而不灭。它们又如同鞭策，敲醒那愚昧不化的人。人的颈项强硬，唯力士可屈曲，而巫术与科技之力，远大于力士；人喟叹己力不如，于是甘做它们的奴仆，而它们归服的，恰是艺文的大美。”

一日，神童午睡中闻琴歌，闻而有所见，见砾石中玉璞，见大鼋中明珠，翕如，参差，复吞咽溪泉，又彻体遍生丝竹，迩牵心动，遐激雷应，侔于神鬼。神童醍醐灌顶，想自己就成了这曲子，忽然认出这是初心中圣音。神童顿时坐起，琴歌戛然而止。

神童寻出卧室，在书房见到仙女立在窗前，并不见琴鼓乐器，便问："刚才我听到圣音，也看到奇象，是你在操弄么？"

"是我。"仙女道。

"怎不见琴瑟鼓钹？"

"啊，我是与窗外浮云、飘叶与虫豸嬉戏。"

"这怎就成乐成象呢？"

"乐有节律、公母子女声、腔调、器质、结构、视像。我喜欢公母子女的和音，寻一个音律中的音，来团四周的天音，鸟的音，花卉的音，空气的音，甚至噪音，这音就出离音律，变得活分起来。所有原先本来的音都不是人为分辨之后的律音，而是有生命的，这就是先人说的天籁。我的情趣令我钻研进去某一方面，由点及面，我就做成了。"

"我有些迷糊了。你所做的，应是音乐很深奥的事情，你怎一蹴而就呢？如果没有长久的钻研和修炼是达不到的。"

"可是我达到了。而且我不是按部就班达到的。"

"你得了神启？"

"准确地说，我只是按照自己的情趣在流露。"

"流露？"

流露之说惊到了神童。他想，他记了那么多，学了那么多，前面总是高山仰止，他何时想过流露？流露就是应着初心的振动，可是，人的初心被世道蒙蔽了，所学大多是染脏，越学越脏，难得有学到可以拂尽尘埃的地步。可是仙女做到了。她是怎么做到的呢？

"我不识字多年，也从不看字，甚至讨厌看字。这本身出乎我的傲娇，但实际也得了保守。"仙女看出神童的疑惑，便讲出自己的体验，"天保守我的天使性格，保守我的机敏，保守我的判断，一旦开始学字读书，我似乎晓得什么是应该学的，什么是假话空话套话，所以，也许正因为这个，我学得快一些。”

神童听这话，顿时觉悟了。他忽然明白，那些可怕的高山是世道限定的高度，他初心本有的高度被他埋没了。他想，倘若他按照他起初就被赋予的尺子来量他面对的已知和未知，他将看到另一番天地——那高不可攀的或许就低下了，那轻如草芥的或者就可畏了。

这就是仙女给他的启示。被学的和学的，竟是后者提点了前者。啊，人先武而后文，所进却比先文而后武的人快！他于是一步由文跨入武，浑身解数好像都发力了。

“既是初心圣音，怎又张弄神鬼声势呢？”神童忽又想到此。

“一切神鬼都与人一样，都在至高者之下。神鬼出乎人，血气的极限即为精气神，其屈而不伸则为鬼。你抄写的书中就是这么说的。人、神、鬼在同一个时间的不同空间里，又在相同空间的不同时间下。我都看得见。”

“我看不见。”

神童一脸紧张，显得痴傻。仙女笑了，抱住他的头，道：“这么俊的书生，我是从哪里捡来的呢？你为什么那么可爱，那么叫我称心如意？上天待我太好了，把你送到我跟前。”

仙女又闻神童的头发、耳根和身体各处。

“闻什么呢？”神童躲开。

仙女凑上去不放过他，轻语道：“臭臭的，奶香奶臭的，只有小孩儿才有的味道。”

“那你还闻它做什么？”

“君子之道，文武齐备，一张一弛，其臭如兰如麝。”

仙女每日都要盛赞神童的俊美、才识和体味，这让神童渐渐复苏，终于看清自己原本的样子。原来他真的是那么健美的，虽说他生下来弱小，脑壳上骨头软，皮肉陷进去，但他是好种子，在荆棘丛中发芽长大，终于成为参天大树。他这才晓得那些丑女、妒妇，那些心比天高命如纸薄的丫鬟们何以总是与他作对，她们是吃不到葡萄说葡萄酸。

神童从仙女那里得到明证。他命里是一个王子。

他们用膳的时候，总是有几十样菜铺排在桌上。仙女往往从每盘中挑几样自己爱吃的，其余就不管了。

神童问："我们也就吃得掉一两样，何必每餐都那么丰盛？这不都浪费了吗？"

仙女道："我们取我们所需的，剩下的其他人会吃的，他们吃不掉就倒掉。"

"哪里有什么其他人呢？"神童举目四望，他什么其他人都看不见，"倒掉太糟蹋了。要知道，四海之内还有许多人饿肚子呢！那满世界流浪的众人中，有一个就是我。"

"人是有命的。有的人撑死，有的人饿死。你拿撑死的食物分给将要饿死的人，并未得到应许。你没听过'朱门酒肉臭，路有冻死骨'吗？人是靠节俭得以长久活命的么？倘地里不生五谷，你有什么吃的呢？你在仓廪中积蓄谷物，如果没有什么力量来禁忌、看护，难道粮食不会被虫蛀掏空么？一路生，一路死，这都是预先就定好的。圣人说：富贵不可求，若可求，即使执鞭驾车，我也去做。人究竟靠什么活下来？经上说，是靠神的话。神的话亘古不变。上天愿添加你的，你逃都逃不掉；上天要夺走的，你舍命也留不住。节俭的人都是小信的，他以为靠他己力可以发达。这就是有的人富了还要富、有的人穷了更穷的缘故。"仙女把神童教给她的书都当面还回去了。

“那些为富不仁的怎么说呢？”

“人取其自愿所需，并每每充足，这就够了，就是极阔绰的。人总不好有贪念，贪图财物就是膜拜财物，只看见财物，看不见财物的来源。”

“人唯取悦那生出财物的，才有长久的富足。纵情享用其被应允的事物，实乃信靠。”神童若有所悟。他的视线清晰一些，仿佛看见一些他曾经看不见的事物。

有误入地界的日本的农人常常看见：一头花豹在前，一匹狮子在后，狮子俯伏在花豹后面，渐渐连接为一体，难舍难分，成为豹头狮尾的一种瑞兽。农人叫它谛听，说谛听有九气，即灵气、神气、福气、财气、锐气、运气、朝气、力气和骨气，其实这是在同一时间不同空间的显像。在神童和仙女的地界上，他们是融化的金水。在远远的日光照射下，仙女目光痴滞，露出醉态，无言，无声，只一路沉醉下去，直至将神童也醉化其中。那金水折射出的光越来越有气焰，直照得周围的万物都黯然失色。终于有一天，当金水冷却凝固后，神童看清了原先看不到的事物——这是一个王国，他正是这国的君主，他统辖几百个食邑，有成千上万的士工农商兵各色人等；他们住的树楼实际是一座宫殿，周围连着巨石垒砌的城堡。他的天眼顿时开了，他由着化入仙女的身体而获得智慧的提升，获得所缺之补。金汤的融化使他们借着彼此的优势成长，直到神童也能以金子的属性看外界的一切。

仲秋的第二夜，月轮比之前还大，把他们的卧房照得明亮如白昼。

仙女对神童说：“还有一地是赐给我们的，在江南的一座岛上。我们在这里的日子过得太久了，应该往江南去。那里的日子到了，我们的宫殿已经启封。”

他们如今是连成一体的谛听，豹头狮尾，起卧、行走，都是一体，只有做工时才分开。为此，当他们分体时，仙女的肉翅退化了，那翅根埋藏进肩胛里，与常人的女子无异。

他们合体来到海边，望着茫茫大海，不知如何渡过。

仙女说：“你不是有神龟留给你的甲片吗？我听说，玳瑁的壳是可以劈开水面的，天下一切的水汽、雾气都害怕玳瑁壳，东方的民人是用它来驱露辟湿的。”

于是，神童拿出那片玳瑁甲，向海水一扬，海水立即就向两边分开，露出海底一道沙径。谛听从沙径上爬过，海水成为平面高高竖起在两旁。他们一经过，身后的海水就合拢，前面依然是劈开的样子。就这样，他们来到江南河岸边上的一座岛。

那岛没有名字，他们给那岛命名，叫沄岛。沄的意思是波涛滚滚，因为岛的四周常有波浪涌起，像海水筑起的高墙围护，使周边岛上的民人和经过的航船上的旅人看不见他们。他们既给新地一个名字，就也给故地一个名字，那在日本海上他们曾经居住的地方，被叫作青苑，因比着新地沄岛，故地在东方，东方属木，在色为青。

在沄岛的时光，仙女一刻也不能离开神童，她看他哪里都好，每一根发丝都好比金线。他们做什么呢？按照世人的见解，他们什么都不消做，他们只享乐，在禁地坐王和后的位置，有许多用人围着他们转。然而，他们领的是圣工，在世人的眼中并看不见这是一份工。

在沄岛的日子里，仙女为神童从民间选来许多美妇，让那些如花似玉的女子每日围着他转。神童与她们嬉乐时常常惴惴不安，仙女看出他的犹豫，便说：“不要在男女间挣扎意义，爱情是一种意义，而得到一个女人就好像得到一件宝贝，人视你若珍宝，这难道还不够吗？还要什么爱情做墓碑呢？爱情是有的，也是真实不虚的，但爱情发自上天的意义，是人够不到的。一枚甘果揭示了什么？鞭挞了什么？甘果就是甘果，有将将可以入口的，有鲜美滋润无比的，有令你一时愉悦的，也有令你尝之难以释怀的，偏偏没有高尚的和邪恶的，终归不是什么神圣的意义。你若喜欢它，就生出一种联系，民间叫作缘分，却不是什么情感的束缚。东方人自古有品鉴的学问，诗画的品鉴，珠玉的品鉴，人物的品鉴，却不深究情感，不企图把握和控制情感。男女投缘，有本分中快活，有些人得不到这个，看不见这个，转而去寻意义来弥补，也其实并不热衷于意义，其终不过是愈发狰狞和无尽苦痛。古时候亚伯兰带着他的妻子撒莱往埃及去，亚伯兰怕妻子貌美而有人加害于他，便对妻子说，只说是他的妹子。法老见撒莱美艳，果然将她占取，以为是亚伯兰妹子，便不杀亚伯兰，反而添加许多财物与他。后来，法老因这事遭了天降之祸，就晓得撒莱是亚伯兰的女人，便责怪亚伯兰，说你做的是什么事，就又将撒莱还给亚伯兰。这夫妇于是破镜重圆。这事以后，难道他们就不过下去了么？尊至人的始祖母尚且如此，我等后人何求什么名目上的忠贞、纯洁呢？那将爱情定义为至上的神明的做法，岂不是将人捆绑在战车上吗？爱情不是神，它之所以神圣，是得于神的恩赐，是人的挣扎得不来的。”

神童贵为君王，君王有君王的格位和本分，他必享尽荣华富贵。人尽皆有罪之身，所有在世的劳作都难以偿还起初欠下的罪债，然而，造物主从不令人背负不起，总按照不同人不同命运的位置来安排悲欢；有的人在这处偿还，有的人在那处偿还，毕生都是偿还，只是既偿还不尽，便都有安慰，人倘顺了命的预设，便减轻、缓释许多苦痛，得了本分中快活。

神童说：“我曾经流落于世间，是一名无助强盗；既无助了，还要强硬着做劫掠的事。我能抢到什么呢？那做马弁的，还有一份弁当，我却连一碗粥都抢不到。殊不知，我本是君主的命，但当松开拳头，任命运摆布，居然享尽人间美妇与美味，只是人们如今追逐的并不属于我，人所强要的我连一分都得不着。这就是为什么沄岛和青苑以外的人以及曾经的我都看不见的缘故啊！”

神童记起所罗门的智慧警告：

“我所见为善为美的，就是人在神赐他一生的日子吃喝，享受日光之下劳碌得来的好处；因为这是他的分。神赐人资财丰富，使他能以吃用，能取自己的分，在他劳碌中喜乐；这乃是神的恩赐。

“我就称赞快乐，原来人在日光之下，莫强如吃喝快乐；因为他在日光之下，神赐他一生的年日，要从劳碌中，时常享受所得的。

“你只管去欢欢喜喜吃你的饭；心中快乐喝你的酒；因为神已经悦纳你的作为。你的衣服当时常洁白；你头上也不要缺少膏油。在你一生虚空的年日，就是神赐你在日光之下虚空的年日，当同你所爱的妻，快活度日；因为那是你生前，在日光之下劳碌的事上所得的分。”

王在堂上，郁郁不乐，面前摆着御厨用心做的盛馔，却一点胃口也没有。御厨问他哪里做得不好，王说，他想起他流落的日子，想吃饱一餐马弁的弁当，只是总不够吃，吃不尽兴。于是，御厨又问什么是马弁的弁当，王说，在饭盒里将米饭压得实实的，加一勺酱肉，再淋上肉汁，还有一个煎鸡蛋，配着不多的几片青菜。御厨便下去做了一份端上来，王接过来急急地扒拉几口，却不是他记忆中的口味。王叹气，扔下饭盒。下一餐，御厨又做弁当，王依然不满意。御厨一共做了四次弁当，不是肉味不香，就是鸡蛋煎得不对，王甚至埋怨，说恐怕连装饭的盒子都不对，木头的？硬纸的？钢精的？反正，王越吃越不顺心，直到愁眉苦脸。

一日王化装成马弁，从马厩里牵了马出来，走到他管辖的一个城镇中。他寻到客栈，在门口等候旅人雇马。他的运气不错，从早上到正午，有四五个客人用马。这便挣了许多硬币，其中还有一枚银角子。他看见一个马夫蹲在客栈的门口吃弁当，盒子里装得满满的，远远就闻到香气，便走上去问哪里买。那个马夫告诉他，客栈的食肆有卖的。他找到食肆，买了一份，果然味道甚佳，比他从前吃过的还好；饭粒那么饱满，肉汁浓稠润滑，极令人饱足，吃罢满嘴油油的。他于是又买一份。他想，以前吃完整的一份都是奢望，如今定当吃一份再加一份。他吃罢第二份，还觉不够，又买了第三份。这便吃得撑住了，居然生出恶心感。他昏昏的，正要入睡，那个蹲在门口吃饭的马夫突然近前来行礼，单膝下跪在他身旁，说："陛下，您何苦来吃马弁的饭菜呢？您是要了解下人的疾苦么？"

王吓了一跳，想面前的马夫怎么认出他来，于是示意马夫免礼，问："你如何认得我呢？"

"春耕大礼祭天的时候，您与王后同辇，从街市上行过，百姓们幸睹圣容。再说，那些银圆和银角子上都有您的头像。"

"原来是这样。"王说，"我只是想念弁当了。我曾经也做过苦工。这弁当端的可口。弁当地道起来比山珍海味不差。"

"陛下是吃腻了御膳，想换换口味吧。"

"我吃伤了，现在走不动了。"

"人，各得其所，如今显然这一份已经不归您了。"

"这么说来，民间无所谓疾苦，你们的苦和你们的乐是相称的。而我将再也没有我原先的分，我现在的苦也要与现在的乐相称。"

王这么说着，肚里感觉便好一些，也站得起来了，便去牵来马，将马赐给马夫，又将所剩的硬币也统统给出去。他一路走，一路脱掉马弁的衣服，一件一件扔在地上，几近光赤着身子朝禁中的方向走去。那马夫跟在后面，一件一件衣服捡起来，披挂在自己身上。

王问王后："为什么我见天下美妇总嫁给丑人，而天下美男子总被妒妇围着？人说阅人无数，这岂不是反倒被无数人阅了，吃亏吃尽了么？"

王后说："那都是因为美妇与美男子骄傲的缘故。"

"骄傲就必与丑陋相伴么？"

"人生得俊美，总是别人追在后面，心里不计较也不盘算，得来便宜，不想这是恩典，于是失掉谦卑心，结果那满心算计的就将他围住。丑人多算计，知道自己亏欠，反倒得了便宜。"

"这么说，岂不是算计的好过坦荡的么？你我难不成是因机关算尽才结成一对的？"

"你我是命运的引领走到一起的，先得着了，又得着了，得着命运始终的眷顾。但未必先得着俊美的也得着别样的好处。那些生下来就是人中卓异的，倘若谦卑，倘若服软，便得神天喜悦，得长久的保守和随时随地的庇佑。"

"那傲骄的看别人都不如自己，似乎就自以为是，就轻视他人也轻视先前得来的卓异吧。他挥霍本钱，越用越少，以至于最后萎败。"

"他们看不起那些追逐他们的人，结果被追逐的人俘获。"

"那你我不曾骄傲过吗？"

"你我虽得卓异之身，却不以卓异自居。你我钦慕他人的卓异，感叹这卓异来自上天，敬爱卓异如同敬爱上天，甚至能从凡人的平常中寻出美来。舞者的身段固然美丽，难道做工的粗手不受光照么？从丑态中捉出美来，驾驭美，而不是做美的奴隶。"

"这是美之神啊！"

“天下事物都交在人的手里，只管驾驭驱使，却不可执迷俯伏，不可由着事物带领着走。”

“原来人实在是要做主的，做事物之主，却不可替天做主。”

“诚然如是。”

这是2022年的暮春，上海。街道上寂静异常，没有机械和人群的喧嚣，唯有鸟儿、虫子比以往活跃，花儿也尽兴绽放，从篱笆和铁栅中伸出，成为路边的花墙。人们因为疫情的缘故，都守在家中，足不出户。列夫得到一张出行许可证，一个人来到外面。他从老介福绸缎店那里拐到南京东路上，他一直朝东走去，向着外滩的方向。街路上只有他一个人，那些岩石砌成的高墙如故，灯柱如故，熟悉的店牌和橱窗如故，只是不见人影，唯独他一个人踽踽独行。他在马路中间立定，又坐下，索性张开四肢仰躺着。他看见天上的行云，高高的，缓缓地飘移，仿佛他的思想和意念跑到空中去了。他长久地凝视，又长久地由近至远地追随，直看得分不清脑海与云海，竟沉沉地睡去。

他就这样在南京东路的马路最中间睡着了。

等他醒来，已是傍晚时分，暮色改了行云的洁白，成为酒红的玫瑰色。他有些恍惚，想不起身在何处。他想，他怎么会一个人睡在马路上？周围的房子和路牌如同沉浸在酒池中；如果这是一个酒瓶，他莫不是不慎坠到瓶底的一介虫子么？他懒懒地坐起来，路边的玻璃窗将红光折射到他脸上。他一时被晃眼，什么也看不清。他肯定自己醉了，不是酒醉，乃是色醉。他闻着空气中熟悉的味道，那玫瑰和月季的馨香，还带着暖煦的风的抚慰，这是他童年时的记忆，在郊外的旷地上或花园深处的草坪上才有的体验。这令他记起季节，记起那不在岁月框定中却在四季轮回中的时间，也就是说，年龄倒像是骗局，节奏和季节的结构才是真实。多久了，没有这样的感受！这又有什么重要呢？管它多久了，只要暮春再来，就是幸福。他的胸腔完全打开了，任煦风和色彩填满；他的四肢和身体完全舒展了，让脉络中的血气彻底贯通。这是醉，也是醒，是酣畅而柔软，是熨帖而陶然。

他摇摇晃晃，颠头播脑，酥痒轻佻地，笑语不歇地，也不知与谁在讲话。他爬上和平饭店的一个拱窗，坐在岩石的窗台上，忽然唱起歌来。

有女子听闻歌唱，寻着歌声走来。女子原先在外滩那边的花丛里，这时出来穿过马路朝列夫这边靠近。她穿一袭淡蓝碎花的裙子，腿和臂都露在外面，好像轻风吹来一样，列夫一时没有看见。列夫只顾着唱，声音越来越大，直至他辨出歌声中有另一个声部，才知道有别人与他一起在咏叹，于是他戛然而止，那轻盈的声部却还在持续。他确信这是女人的声音，便定睛看眼前这个女子。啊，原来他们是认识的。那女孩儿就是薇拉，罗薇，那年在希思罗机场分别，就再也没见过。

“我认出是你呢，罗薇。”

“我也认出是你呢。”女小顽笑盈盈地说话，“我以为你把我忘记了，我一直没有收到你的音讯。”

这时，列夫从窗台上下来，他拉着罗薇的手，两人一起穿过马路，向外滩的堤岸上走去。他们并肩坐在长椅上，看东边的天际。这个暮春，整座城市的空荡像是为他们预留的，为他们搭成一个旷世未有的舞台。

“我想起来了，顺着这江外出，入到长江，在长江的出海口那里有一座沄岛，再往外出去，大约几百海里，是青苑。我和你一直住在沄岛和青苑。”女小顽的头靠在列夫的肩上。

“怎么我们又在这里相遇呢？”

“生命在相同时间的不同空间里，也在不同时间的相同空间里。”

“我们原来真的是仙女和神童呢！”说着，列夫摸到了那片玳瑁甲片。

他摘下甲片，将它抛到江中。因为，连接他们的是神龟，分开他们的也必是神龟。

飞英台玉碎

张嫣儿的妈妈名叫褚聚云，褚家世代住在桃源路和寿宁路一带，就是现在靠近西藏路淮海路那个地方。那里原是老上海城的西郭，有许多河浜环绕，河上有许多桥，现在还留下名字的有八仙桥、南阳桥和褚家桥。据说，褚家桥有两座。一座叫南褚家桥，一座叫北褚家桥。两桥之间就是褚家大院。褚聚云家就在桃源路上，就是原先南褚家桥的位置，按说那里也是原先褚家留下的房子，只是后来分家、转让，又财产重新分配，脉络上追溯起来有点含糊不清了。

她的祖先中出过一个了不得的人物，叫褚士宝。这个褚士宝生在万历四十二年，历经万历、泰昌、天启、崇祯、弘光、顺治几个皇帝，从明朝一直活到清朝。褚姓者，原为殷商贵胄，后迁入宋，在宋为褚师，就是市令，今天人叫作城管。姓褚的人家原本都是管理市场上的商贩的。褚士宝祖上从北方迁徙到上海，家境富裕，是大户人家。既家产丰足，得子便锦衣玉食，嬉玩与读书任由小囡。不想褚士宝生得聪慧，以读书为乐，这便不及二八年岁，把经书与野书都看过无数。只是弱冠之年，他生一场大病，险些丢了性命。

于是，帐中先生赐他表字，叫复生。

复生筋骨纤柔，血气不旺，行似弱柳，坐如绵纸，他父母异常担忧，总寻些滋补的药品与他吃。先生却道：“不碍。倘书读透了，心性通达，与天地贯通，必得天佑，身体慢慢会健壮起来的。”家人这便不阻拦他读书，随着他的性子，由着他钻进故纸堆。

转眼到了崇祯十六年，复生二十九岁。他已娶妻，并生下二子一女。他依然多病，身子孱弱，看上去病恹恹的。此时，国中不太平，贼寇四起，奴变连连，社稷动荡。上海县城也一日不比一日，来往的闲人、流民日渐增多，也有一些恶少越发横行跋扈，扰乱本地清宁。有强人名张擎者，外号独骨，虎额熊背，力举百钧，几乎无人可敌，与县丞、巡检、皂隶过从甚密，官痞勾结一气，无恶不作。

西郭有飞甍楼，是大客栈，也是大饭庄，凡南来北往之客至，多择宿于此，又城郭内外民人亦喜聚谈宴饮其间，故时常宾客盈门，座无虚席。有山西客商贾荥隆携妾婢仆役数人居栈中留云轩多日，白天外出办货游览，夜里归来吃酒听戏，过得顺顺当当，满心惬意，大有乐不思蜀，无意返乡之情。

昆班的承头从留云轩出来时赞叹：“未曾见识如此美劭之妇人，怎生出落得恁么标致！那凝香女班的头牌都不及她一半。她那双眸子，在座席中朝台上这么一扫，那演戏的端的就输给看戏的。不知是台下看台上，还是台上看台下。真可谓妙人神品！”

时昆班兴盛，郡邑大夫宴款不敢不用，豪门富贾亦趋仿效慕；所谓凝香，是天启以来姑苏城中大红大紫的私家女班，其台柱唤作乔韵武，江阴大族振之先生为一睹芳容，不惜一掷包银千两。承头如是口无遮拦，以韵武比晋人之妾，切愕失态。

那飞甍楼里跑堂的说："那山西客的女眷仆婢，个个生得水灵，贴身的小娘最为显眼，走起路来好比几尺白练卷在风里，不经意回头，惊花乱眼的，满树的桃红碎落了一地。"

这话不知怎的，就传到独骨的耳里。

这个独骨，住在南城，家境本也算殷实，爷娘留下的资财不薄，只是他嗜赌如命，好色好斗，生生把家底败空。既无家底，便生出歹念，占人田地、作坊。因膂力过人，又攀上衙内巡检，便越发跋扈起来，占了刘家寡妇子女和几爿布店，又寻衅滋事，逼死福乐衣被场的东家，将产业霸到自己名下。只是恶习难改，日进抵不上夜出，再多银子也撑不住他挥霍。于是，又沦为贪官打手，做那催逼苛捐杂税的勾当。时朝廷派下德符先生，新任上海知县，替换了原先的章光岳。光岳之子琉卞，不学无术，作恶多端，其父纵之不拘，及至强霸恣妄。独骨与琉卞好，常收罗美妇供章氏父子聚麀，以得庇护，好拖欠债务，巧取豪夺以为继。新知县德符是一名清官，然光岳虽卸任，其势焰遮天，依旧笼罩县城。独骨之流，仗着靠山，有恃无恐，根本不把德符先生放在眼里。独骨积恶累累，举债无数，麻烦事一桩接一桩，正愁如何摆脱，这下听说富商贾荥隆美妾传闻，便生出奸计。

仲春时节，将近春分，上海人有吃春菜的习惯。因春分那日，阴阳相半，昼夜均，寒暑平，国有大典，天子祭日，士民不得擅祀，是故，百姓都择选前几日聚会，以规避春分那日。自二月十五月圆以来，城中郭外民人或于家中设宴，或往酒楼聚餐。十六那日，飞甍楼热闹非常，楼上楼下，庭院阁榭，到处坐满了客人。有飞英台半入水中，于楼侧河道旁，甚为别致。唯此处幽静，特辟作尊客雅席。此间草长莺飞，柳岸青青。贾荥隆的小娘要看花赏景，便怂恿主子到这边来吃饭。这便主子与小娘、几个使女侍婢围坐一桌，紧挨着临水的栏杆。台的中央另有两桌，台与楼相接的长廊上亦有一桌。此时近暮，这几张桌子尚无人用膳。问店家，店家道，都订出去了，一歇便有人来，倘求清净，怕是只好回轩中园亭摆桌。小娘本是寻着花莺而来，怎肯再回转内院，于是便将就坐定，即使一歇人来，也不回避了。那时的女眷通常不抛头露面，仅灯会庙会节庆盛典，偶不得已，方出入来去。这春分时节，算一个典日，一行人出来坐坐，染受些市井烟火气氛，也在情理之中。

几人用过茶，吃罢几样点心，又要了甜羹润口，这才上菜。先上来茶叶炒的河虾仁，鲍汁淋的素鹅，春笋煸的酱肉，一条清蒸鳊鱼。就着这几样菜，三杯两盏薄酒下肚，众人皆飘逸起来。这边吃饭，与晋中着实不同，是要吃到惬意甘畅，吃到快活如仙的境地，好比男女接欢的酥软，无所谓饱足，只求舒展陶醉，于是乎，一轮吃歇又来一轮，每轮都翻着花样，凭你如何吃亦不撑胀，总有新鲜又覆了旧味，似是浅尝，浅尝复浅尝，滋味由脾胃入到肝肠，吃得人精神焕发。

正酣美中，台中二桌和廊间一桌来了人。来人正是独骨与章家父子。独骨与巡检带着几个人坐在台中，光岳与琉卞领着随从坐在廊上。栏杆那边，贾荥隆与女眷们正吃得尽兴，竟不在意忽然来了外人。那光岳与琉卞，色眯眯直往小娘身上看，看得心痒痒，恨不得移步上手，将小娘那件花衫脱下来。琉卞唤来独骨，道："果然美物，何不速夹来碗中令我尝鲜，还拖沓什么！"那独骨既领命，便毫不迟疑，直就趋前走到栏杆边，一把抓住小娘的手。小娘何曾见过这样勾当，脸一涨红，糯糯道："你做甚？"随即抽回手，执箸朝独骨脸上劈去，正好似她平日里打奴才一般。独骨霸道惯了，别说女人，即便五大三粗的丈夫受他一击也未必敢还手，于是，一掌打过去，直打小娘后颈，并不掴脸，为的是替主子留着净颜。这时，侍婢们见有人打小娘，纷纷立起，拿瓷盏锡壶一股脑儿朝独骨头上掷去。这北地妇人率性天真，与江南女子婉转隐忍大不同，喜则笑，怒则嗔，刀来刀对，水来土掩，毫不犹豫。巡检一干人见势，蜂拥而上，不管三七二十一，连拖带拽的，将小娘和使女弄到廊上。贾荥隆尚未回过味来，已被一皂隶举起，扔进河中。他在河中惊呼救命，翻腾几下，便沉下去了。这一喊，惊动了楼上楼下的食客，人纷纷朝飞英台这边看来，才晓得出事了。

本地的客人只看着，并无人出声，亦无人干预；只几个北方的来客，大呼小叫，又有人下楼叱责，不想都被独骨一众人抓举起来，抛到河里。那北人多是旱鸭子，不会游水，掉下河去，扑腾几下，就都淹死了。

上海县城里，无人不晓得光岳的厉害，无人不躲着琉卞和独骨这伙人。飞甍楼店家与独骨里应外合，但凡有外埠来的俏丽女子，便通报独骨，独骨即领着琉卞父子过来，强嬉他人妻女。飞甍楼里有专供章氏父子聚麀的密室，坊间传曰谓“豹房”。本地人因怕章氏，少有人携女眷到飞甍楼，即便不得不来，也故意令妇人装扮得蓬头垢面。

这会儿，巡检、皂隶与打手，不管小娘和几个使女侍婢怎么呼叫，执意将她们拖到豹房。那豹房设在二楼，门窗封得极严实。即便这样，客人们还是听到了号啕。那声音，听过一次的人，一生都难以忘记：悲凄，长嘶，告饶和放弃交织在一道，令人闻之心惊肉跳。又传来重物和瓷器坠落的声响，似是几个妇人不屈，歹人得手后复跃身反抗，于是，一个个被从窗口抛下来。小娘落到水里，另外几个掉入巷子中。有人听见独骨喊：“不服就弄死你！马踏过去，车压过去，看你还跳腾！”就这样，马车从巷子东头驶向西头，又从西头返回东头，来回滚轧，生生将几个妇人碾得骨断筋裂，香殒魂散。

那日，复生也在楼中，亲睹这一幕。事发之时，他疾书一纸，让身边家僮去报官。德符先生接纸，拍案惊起，随即掷下令牌，命快班衙役出动。然而，他催了三次，都没有人动身，直至夜幕降临时，典史碍于面子，才凑齐三五个捕快过去。那些捕快，不是来立案捉人的，而是半路上接了琉卞那伙人的银子，到场来清洗血渍、毁尸灭迹的。翌日清晨，巷子里的住户推门只见一摊摊积水，那些碎骨肉酱、断钗破裙，早就不知所终。等德符先生亲临现场时，一切都那么安详宁静，似乎昨夜歌舞升平，今旦莺啼花飞，万事大吉的样子。提店家和周边民人来问，一问三不知，皆语焉不详，草草搪塞过去。

先生怒不可遏，又提琉卞和张擎。二人姗姗来迟，登堂之时，高睨阔步，根本不把县官放在眼里。

“光天化日之下，奸杀良家妾婢，强夺商客性命，无法无天，令人发指。”德符先生斥道。

“坊间传扬，先生德高望重，爱民如子，怎就恶言无凭，血口喷人呢？”独骨张擎反问。

“有状纸递至官厅，告汝等恶人行凶。字字见血，句句确真。”德符亮出状纸，令主簿当堂念诵。

念罢，琉卞道：“这是说书的吧，说得有鼻子有眼的，像真有这么回事。你也不想想，我乃官家子弟，历来循规蹈矩，怎做得出如此暴虐勾当？还将家父扯进去，无耻之尤！”

“你父子二人常聚麀豹房，谁人不知？衣冠禽兽，人伦丧尽！”德符虽手上无凭据，然心中明了，故意在堂上张扬出来，想先发制人，敲山震虎。如此，百姓受正气鼓舞，明晓总算有知县秉公执义，或真就有人站出来指证。

“你好生做你的父母官，不要多管闲事。这事情纵然说到松江府、南直隶，哪怕说到圣上面前，都是笑话。谁能相信这张无端状纸？好好的清白丈夫，就被一纸空文诬陷了不成？我尚未听说过无凭无据就立案提人来审的。走，我们走！”琉卞说罢，就拖着独骨走了。

德符先生再未发一言，直就看着他们大摇大摆走出县衙。

话说这位德符先生，并不是一个简单的人。他姓彭，名长宜，当朝御史宗孟之子，崇祯癸未年进士，遂授上海知县。迨上任，一扫前弊，署中器用、服食，皆于市中平买，或自家乡运来，丝毫不扰民间。日用汲泉，例有水夫供给。公曰：“水夫，亦吾民也，何故而日索其汲？”乃计担而酬之值。时川沙奴变，众人攻围焚劫主家，吴中抚道发兵击杀，数百兵屯海上，滥诛不已。长宜闻此，单车之乡，安抚百姓已定，乃申台司，请撤兵。逢大旱年，忧心忡忡，驾小舟遍入村落，察其成灾者，请命于上，得蠲赋，邑中莫不感泣。只是桩桩件件，无不亲力亲为，实因新任奈何不得腐旧，那光岳将县内上下看得紧紧的，密密匝匝，水泄不通，德符虽受命朝廷，竟连身边主簿都使唤不动。上海县中，都是光岳的人。德符朝令，光岳之徒夕必改之。阳奉阴违，偷梁换柱，推诿拖沓，无所不用其极。反正，你说东，他必将你换成西。

不日，飞英台之事不胫而走，传至松江府，传至南直隶，一直传到圣上耳中。帝曰：“自登基以来，未尝闻事惊怖若是。命督察院差御史、巡按下去，清吏治，肃官邪。此案责令三司会审。”不料，御史一行人未入上海城门，即被敲锣打鼓，迎去秋霞圃，说是接风，实乃软禁。明末四海之内，群枭四起，藩王、腐吏、豪门、恶奴、叛军，各执其政，帝虽素来俭克，心怀整饬上下之决意，然大势已去，回天无力。小小一个上海县，一个卸任知县，置君命王法若罔闻，御差下来的人，都敢糊弄嬉戏，软硬兼施，令无功而返。

这光天化日之下，众目昭彰之前，奸杀妇人，溺死客商，驱车马裂尸灭迹，事关十几条性命，就这么不了了之吗？

三月，清明过后，德符先生涉江，之川沙。那川沙不比上海城，尝有奴变，吴中发兵滥杀无辜，德符先生亲往调停，赤手空拳，以儒生口舌之力请退驻军；又逢灾年，乘木舟来往河浜汊港，亲察灾情，呈请直隶蠲赋。遂深得民心，村舍百姓无不爱戴之至。此次下乡，先生意在招募青壮，对峙旧衙门中衙役、皂隶、甲兵，以期除暴安良。

迨返回，舟至西岸，见复生立于渡口。

复生见先生道："先生苦心孤诣，欲凿取清流以涤污浊，实乃英明举措，长久之计。然独骨之流猖獗，飞英台一案令举国心寒，非雷霆威震，难息民怨。独骨一伙，一日不除，上海城暗无天日。既王法难继，便只好依天道行事。今学生愿以绵薄之力，为民除害。特禀告不瞒。古有壮士一去兮不复返，今有书生意气还一方清明。"

言罢，转身退入雾中。此日，值清明雨季，上海县烟雨蒙蒙，十步外不见景物人形。

复生归来，嘱家僮备笔墨，拟帖数十，请约县中名士、豪门、长老，并独骨、琉卞、光岳等，于三月初七会聚飞甍楼，借名曰"迎西斗星君"。西斗星君纪名护身，时人颇看重，又褚家为大户，择吉日招宴宾朋，款待乡亲，亦在情理中。遂无人猜疑，纷纷前往。

初七日晌午，众人齐聚飞甍楼二楼，复生开言道：

"诸位乡亲元老，实不相瞒，飞英台奸杀案，实在是我手书状纸告到官厅的。鄙人当日亦在场，亲睹暴行，历历在目。是可忍孰不可忍！明人不做暗事，今日宣扬出来，是为讨一个公道，也为与歹人比试身手，令其伏罪。”

全场顿时鸦雀无声，众人凝住呼吸，大气不敢出。

复生坐下，唤道：“张擎，你过来。”

独骨便走到复生面前。

复生斟酒，递杯与他，又道：“吃酒，莫拘谨。我吃甚，你吃甚，并无毒下在酒菜中。”

独骨便随着复生吃起来。众人见二人杯来杯去的，望着也无甚大事，便松懈下来，饮酒吃菜。

此间，桌面上觞酒豆肉，热气腾腾，厅堂里悉悉索索，并无人言语。众人是被“比试身手”一句蒙住了。谁人不晓褚家公子身子单薄，半口气的活死人，今日居然摆下大宴，公然宣称要与强人比高低，还抖落出写状纸的事，还说要讨公道，这不是分明寻死么？且看后面怎么敷衍！

独骨吃到饱足，酒酣，便开口放言：“本来，你是死定的。就凭你说写状纸一事，就死无葬身之地。想这酒菜丰盛，吃得爷快心快意，也就当你说胡话罢。”

复生又敬他一杯，对曰：“无须多言，此杯送你一程。”

“你晓得我的力气有多大么？”独骨夸勇，起立阔步，攘臂作势，“这圆桌我一手擎起来，上面的杯盘不移，汤酒不洒。”

复生伸手，徐以箸点其胸，曰：“你就不能坐下来说话么？”

话音落，只见独骨默然，静静坐下。此后垂头丧气，一言不发，少顷辞去。

琉卞见独骨退去，觉得离奇，径直走过来，一把将复生抓起。只见复生轻手将其推开，复抚其颈，道：“何苦择绝路而行？”

琉卞步态沉重，转回本座。一歇，面色如铁，起身离去。

光岳闻出事情不妙，以为必有蹊跷，忽然挥手唤身边手下匆匆退场。

歹人一去，众乡亲活跃起来。有人问："这帮平日里恁嚣张，怎的今日衰废若此？"

"此二贼若稍显罪疚，我或饶其性命。今正如诸位所见，作孽到头不罢休，那就休怪我不客气了。"复生此言，语惊四座，众人将信将疑，面面相觑。

翌日，南阳桥街坊一带盛传，谓独骨走到桥亭上忽然仆倒气绝，亲见者云其全身上下，色青如靛。又有邻里说，章府夜间哭声震天，那琉下一入卧房，便七窍流血而亡。

这下，复生的名声传出去了，松江南北、浦江两岸皆称其为"江南第一义士"，所谓"身怀绝技，武功盖世，深藏而不露"。

德符先生于官邸中召见复生，问："壮士为民除害，一扫尘埃，玉宇澄清。敢问平素看似弱不禁风一介书生，何来深藏不露之绝技？"

"实不相瞒，在下生来孱弱，见不得水，吹不得风；弱冠之年，生一场大病，险些丢掉性命。有幸得福于设帐先生，与我药酒，扶我残躯，故得赐表字'复生'。我这位先生乃高丽人，曾是伯龙先生麾下高手。伯龙死，入中原，隐姓埋名，设馆授徒为生。只教些大学中庸，未曾教人拳技刀法。先生怜我身薄骨软，遂暗中授我内家之术，即不使明劲，专主虚空中得力。识十二经络，奇经八脉，三百六十五穴，知气血流注，察魂魄所在，寻要害而下手。先生云：'角力者，一山高过一山，此间龙，彼处豸，此所谓人力也。天何言哉？四时行焉，百物生焉。人力可大乎天力？人强则自强，何须天力助之？得天力者，非虚空之身，伏服之心而不可。汝性柔，气血虚淡，可受之。'这便学虚功。虚之又虚，直至虚空。

天力寻虚而入，无敌不克。我每出手，必元气泄空之时，唯目不转睛，追踪对手机枢关节，由天力引我四体而发，每必中无失。”复生道。

“壮士神武！不想，神武者文，文弱而生强武。”

“非我强盛，天行健也。人畏强势，一势强过一势；既仗势，何不仗至强？人若伏服神天，必得玄真。玄真至强。太初有道，道自有永在。天下事物或废，唯道不坏。”

“闻此，茅塞顿开。”德符作揖，又问，“君既亲睹恶行，何不当时出手制止？何必手书状纸密告官府？”

“天授权于天子，朝政纲纪皆由兹而生。后生一介平民，耕读齐家乃本分中事，见有不法，则报官，岂可干预乾坤？”

“何以又出手？”

“吾尝闻子厚言：‘为天地立心，为生民立命，为往圣继绝学，为万世开太平。’吾不与也。天生地，地生万物，人固由天公出，安可狂言‘替天行道’？官承君命，君受天命，倘天下王道不行，上土下日，有能者或可仗义行事，非此，莫可妄动。吾夜得一梦，见晋人妾，含悲耸怆，于街中掇仆婢碎骨，欲完其尸。此景令悲从中来，不能自已。”

“复生心地磊落，危行言逊，明贵贱品秩，识己身所处，真乃义士也！”

甲申年，闯王黄来儿陷京师，上自缢于煤山。四月，摄政王入关，不日，进京。福王监国南京，改元弘光。多铎挥师出潼关，经商丘，前锋直逼泗州、扬州，金陵告急。时兵部招募兵勇，传书与上海县，急召复生往南京，授伏波营游击将军。复生隐，与毕昆阳、武君卿居佘山遂高园不出；武功传王圣蕃、池天荣，天荣又传浙江提督乔照；其拳谱二种及治伤药酒方，世犹有藏之者。

北兵下金陵，安抚使将至，德符闭门，海盐同乡人急扶之偕归。公徒步出郭，百姓仓卒追送者，不可胜数，授以骑乘之，赠以赆不纳，阖县如失慈母。其后大兵入浙，抵海盐，公曰：“吾为令不能与城俱亡，悔之无及，今日犹得死于故主之土。”遂不食而卒。顺治中，上海邑人慕公不置，肖像奉祠于城隍之东偏。

监啸

上海县衙内有古牢，建于天启年间，有地牢、水牢、死牢。监房壁上摩刻狴犴。狴犴者，似虎，有威力，故立于狱门。

狱中空地辟建狱神庙，供奉亚檣。亚檣者，生时为粤中增城县狱卒。某年岁末，狱中重犯号哭不止，声闻于外。檣问其故，某曰："岁朝将临，素人阖家团聚，吾等各有父母妻子，不能相见，且系重犯，势不可出，是以悲耳。"檣思忖良久，道："不如释尔等去，迨正月二日齐来赴狱。尔俱不来，我应死；尔来而或失一人，我亦死；尔人人来，我至寿尽亦死。等死耳，何如行此善事而死也。"明年初二日，前囚陆续返，而按名呼入，不少一人。檣笑曰："善哉！"遂趺坐而逝。人濯其体而加漆，封入匣中，肉身经久不坏，存于狱中。凡有冤疾时疫，祷无不应，尊之曰"亚檣爷"。

光岳任上，牢中拘押囚犯千人有余，往往纵横十尺之监房有五十余人，其状可怖。及至德符公为邑令时，仍无力改善。某夜，公于堂上阅牍，忽传来嘶鸣，继而有狞笑，有狂呼，旋即人声鼎沸，若狼群互噬，猛虎入人群。众狱卒纷纷外窜，出而转身，以石柱抵狱门。囚犯奋不顾身，探首伸颈，纵夹于木栅间亦不弃，血流如注；又触柱而死者无数，气尽前紧攥栅外狱卒袍衫。此情此景，愈演愈烈，直如地震海啸，久不能息。黎明，声渐弱，唯余低泣与痛吟。狱卒启门，见监房内外囚犯横躺竖卧，死过半，伤逾数百，或肢折，或骨裂，有死者牙关紧闭，啮残耳断指，未及吞下。扫视牢中狱内，一片狼藉。

公问主簿："此囚徒作乱乎？"

主簿对曰："非也。此所谓监啸。盖狱神震怒。"

"狱神何故震怒？"

"盖素日里监牢中欺压、互虐、饥馁、刑罚、斗殴，诸等苦痛积压良久，怨毒之气无处发，众囚求告亚禮爷，亚禮爷入某人梦中，往往一人先发，速传十，传百，一发不可收拾。"

"此乃不得已而宣泄，纵天王老子亦垂怜。吾尝闻条侯亚夫绝吴楚后路时，吴师欲战，条侯坚壁不肯战。时条侯军中夜惊，内相攻击，扰乱至帐下，亚夫坚卧不起，任将卒喧嚣撕打，久久泄愤乃复定。此所谓营啸也。人有苦，无处诉，天必留有一路。"

钥匙在窗前的阳光里

从天山新村出来，已经下午一点。前夜与京不特及几个诗人畅谈，一直谈到凌晨。子夜时分，肚子饿，几人分吃了几个烤焦的黑乎乎的面饼，某人戏谑说是一条黑大腿的切片。睡下不多久天就亮了，想起身，实在太倦，又入睡了。这么着，挨到中午才懒懒起床。已经错过了上午的课，忽又想起福州路那个书店答应今天有我要的《癌病房》到店。这便往福州路去。路上换乘49路，直坐到终点站，就是江西路九江路圣三一堂那里。

从书店拿了书，在福州路上一家饺子馆吃一大盘饺子。那里的饺子是纯肉馅儿的。只有上海会有纯肉馅儿的饺子，内里既无葱姜，也无蔬菜，只是浸渍过葱姜水的纯肉，一点腥气也没有，还拌着肉冻；我那时年轻，一下子能吃半斤，三十个，往往还觉得不够。吃罢，气爽，就往南京路溜达，想到星火日夜店买几包香烟和零食。

夜里没睡好，精神恍惚，看满街的人头，都像在电影里升降机的俯拍下。忽然，镜头就冲到日夜店的门口——两个女孩在街沿吃零食。一个红发，一个金发。金发的坐在路边消防栓上，腰里捆着她的牛仔衫。这景象也太电影了。如果不是她们手中的五香豆包装，我还以为在伦敦。这不是我在小说中看到的西洋女子，却是我在纪录片和电视新闻里常见的不良少女。我路过她们，那红发女孩儿一抬头，正好与我的眼光相遇，便莞尔示好。这是对路人的友好，很大方，本是人生下来就有的，却在那时的上海女孩儿中少见。我一下子不知如何回应，便脱口说出一句德语："Berg und Tal kommen nicht zusammen, wohl aber die Menschen（山与谷不相遇，人却相遇）."那红发的对金发的说："Dieser Mann kann Deutsch sprechen（这人会说德语）."那金发的瞥我一眼，居然不好意思起来，朝红发的笑笑，低声说了什么，是那种女孩儿回避男人的扭捏，这倒是很像本地的闺中私语。

我不知所措，正准备离开。那金发的叫住我，说汉语："你是德语系的学生吗？"

"不是。我是医学院的学生。"我回道。

"你去过德国吗？"

"没有。我自己学了一点。"

"我们是海德堡来的。她叫奈勒，我叫阿妮妲。"金发的指着红发的说，"我们是复旦大学的，交换生。刚来一年。"

"那你们的汉语比我的德语好多了。"事实上，她们除了口音怪怪的，的确表达还不错。

"我们在海德堡已经先学过两年了。"红发的奈勒说。

"你是上海本地人吗？"阿妮妲问。

"当然。"

"你教我们上海话吧。"阿妮妲收起她的五香豆，又从腰间解下她的外套穿上，"现在就教一句。"

我想了一下，便说："Eo si gang biese（我是戆瘪三）."又解释道，"这话的意思是表示友好，是上海最近时兴的。"

她们信以为真，极严肃地与我确准读音，并反复练习，还记写下来。

我恨不得捧腹大笑，却非忍住不可，一脸平淡，又领她们念了几遍。

我要走了。我们互留了地址和通讯方式。

我扬长而去，终于在和平饭店门口笑出声来。一想到她们面对街上的行人用“戆瘪三”打招呼时路人的惊悚反应，我忍俊不禁，直笑到坐在地上站不起来。人们觉得我是疯子，也竟有人来搀扶我，问我需要帮助吗，我说：“没事，没事，只是太好笑了，想想就好笑。”

我原本想去戏剧学院学创作，艺考通过了，可是，我父亲的朋友当时在戏剧学院当系主任，他专门来找我，告诉我这届是定向培养，毕业后会分到西安人艺去。父亲得知，便不同意我去。上海人是不想去外地的，这好像是禁忌，仿佛去外地就是服苦役，就是坐牢。既然这路绝了，那我就随父亲的意愿。他想让我上医学院，我便考医学院。然而，我是喜欢诗歌的，也喜欢文学的各样形式。所以，我在医学院并不用心，大量时间都用来读文学书，写我自己想写的诗文。我通过阿毛结识许多主流外的诗人，与他们有些往来；我也通过学院的业余文艺团体认识许多其他文科类学校诗社的成员。那是一个诗社林立的年月，哪个单位都有一二个诗社。诗，一夜间成为人生的意义和寄托；至于诗与文学的关系，其实比没有诗社的年代要更疏离。人们以诗为荣，为脸面，为幌子，为诱饵，为凶器，为阶梯，偏偏不以诗为诗。人们在诗社里混几年，大比在一个大学混几年强。一首诗，或让你得到几个女人，或让你捞得一官半职，最不济，也可以四处蹭饭吃，扮演一个江湖名士。可是，我不愿意这样啊！但我深感寂寞，我需要读诗、听诗和谈论诗歌的朋友。于是，我总在课余，甚至干脆逃课，也要尽量多结识那些与诗相关的人。

我认识一个人，住在湖南路上，是一个画家。他叫胥燕平。他原先是机电厂的维修工，他找医生朋友做了假证明，病休在家。他这么做的原因，完全是因为他的北京的堂兄弟。他的堂兄作画作诗，混得有头有脸的，既有青年人捧，又有女性朋友追。堂兄不是作协和美协的人，只是一个社会闲散人员，却获得比体制内有职有官的人更多的荣誉。这叫他心动，叫他羡慕。他便怯生生地向堂兄讨教取经。堂兄说，你何不画画呢？如今的画再不是造型和构图那些名堂了，如今的画与涂鸦无异，是人的主观认识，想什么就画什么，值钱就值在打破旧规旧法。堂兄还给他看几位新近在北京画廊里出足风头的画家的展品图册，面授机宜。胥燕平由是眼睛发亮，他似乎懂了，不上美术学院也可以做大师。这是一个旧的美术学院崩塌的时代，而新的美术学院正等着没有上过学的人去创建。“第一个创建学院的人，怎么可能是从学院毕业的呢？是先有瓦萨里，还是先有迪亚诺学院呢？”这些话，他听得特别清楚，也记得特别牢。他以为他掌握了成圣的秘密。他就这样开始学画。先在纸上，后来就画到布上。他不算有才的，但他很努力，直到他自以为他的主观认识充分表达出来了，就去参展，就去投稿给美术杂志。当然，这些都落空了。于是，他又去拜访堂兄。堂兄这次索性带他去认识许多混得风生水起的名家。他发现，如果仅仅以“主观认识”和天赋才情论事，他比他们强得多（自然他是晓得自己几斤几两的，他并不是什么天才）。与前人比，他完全不是那回事，可与当时的人比，他也看出他们比他平庸得多。那么，问题出在哪里呢？

问题就出在潮流上。那些外国机构的工作人员在北京有他们的审美需求，而这需求是当今西方的潮流。那么，既有需求，就会有人去满足这需求。那些在北京本地的文艺爱好者纷纷进入这片市场，并且因从这片市场中得到的好处转回来影响体制内的艺术家。

看起来是冲突，实际上本地原先获得地位的艺术家没有自信，内心开始动摇，或者说，更愿意倾向于驻京外交工作人员的趣味。这就形成了一种服务于外交官的趣味。而外交官通过媒体介绍艺术信息，就自然把他们的作品和经历带到西方去了。有个在国际上获奖的导演说过一句真心话："你们看我似乎在国际上很风光，实际情况不是这样的，我在那里只是一个小角色，靠侧幕条站的。不是我的东西有多好，只是他们开大会需要一票。我是他们少数民族的代表。我代表偏远地方的边民支持他们的审美。这也是他们宣示海内一统。"那么，既是边民，门槛自然就降低了，有时甚至低到业余以下的水平。东西怎么样显然已经不重要，而是有空位得找个人站。站在那里就行了，按照要求穿戴成人家想象中的东方艺术家的样子，站在那里发言表态就足够了。

所以，问题不是绘画本身，而是怎么作为代表被选中。

那时，正好有个画展在五角场那边办，胥燕平就邀请我去。我正有意跟他学画画，我的目的不是成为画家，也不是有多爱好视觉表现，而是希望懂点绘画，可以与他交流。他是愿意听我谈文学的，我也应该愿意听他讲他那套。我们就坐公共汽车一起去，去以前我约了奈勒和阿妮妲，那个地方离她们学校近。

到了画展上，并未见那两个女孩儿，于是我和胥就开始看画。我们一边看，胥一边给我讲。他主要讲色彩，也讲一些拼贴的窍门。他说色彩感是天生的，如果色彩感好，那么入门就很快，很容易令人产生好感，也很唬人。我想，其实这点我早就明白，我孩提时候画儿童画就使的这招。从大厅转向小厅的过道上，我们遇见了奈勒和阿妮妲，她们与我说几句德语，又说几句英语，才说回汉语。她们对我很生气，因为她们终于懂了我教给她们的第一句上海话，并为此出尽洋相。我忍不住又笑了，我越笑她们越生气，但我忽然觉得她们的生气实际上是一种快乐，她们对我的恶作剧饶有兴趣，因为奈勒甚至上手掐住我脖子，勒令我再教几句得劲的话，以便她们出去挣回面子。我这便只好真心教点切口给她们，诸如大兴（假冒）、肮三（恶心）、坍招势（丢人）、划翎子（暗示）、啜饥（吃）、小刁模子（矮小身坯）、坍板（差劲）等。当她们确信这不是害她们时，那学得可起劲了。我说："勿会再弄怂那勒（不会再戏弄你们了）。"这就又学一个词，弄怂。按说，胥比我晓得更多俚语、暗语和切口，但要从西语中寻对应的词才玩得起这个游戏，这对他是破天荒的事，因为，他一句外国话都不懂。

回转时，胥在车上阴沉着脸，一言不发，直到下车时，才开口："你必须教我外语。我教你画画，你教我外语，这样才公平。我还会多给你，每次你来上课，我都请你吃点心。这样总可以了吧？"

"你这么大年纪了，记忆力也不好，舌头也僵硬，学什么外语呢！"

"我拼了也要学会。学会外语，像今天那样跟外国女人玩，太扎劲了！"

"你不会想娶洋老婆吧？"

"讲不定的。"

他长得黑黑的，年纪都过三十了，身子矮墩墩的，标准的"小刁模子"，这不是癞蛤蟆想吃天鹅肉么？奈勒和阿妮妲，不管哪一个，尽管算不上标致，于他而言，都是白雪公主级的。我那时觉得他疯了，神经搭错了。但转念一想，教他还有点心吃，那就随便教几句混混事吧。

可是，谁能想到呢，就是这个黑黑的、矮墩墩的小刁模子，在那年的圣诞节聚会后，对我说，他与阿妮妲恋爱了。我淡然地笑笑，祝贺他，然而内心里的脚跟差点就没站稳——天哪，这是一件什么事呢！阿妮妲绝不会因为他“有才”而动心，也绝不会因为审美差异而差到看不出他其貌不扬；难道是他有某种神力令女子遂顺？或者真的，阿妮妲以为胥很爱她，被爱感动了？如果是这样，胥燕平该有多邪恶！他为了自己的目的，不择手段，不惜欺骗单纯的女人的情感。事情发展到后来，看起来真的就是邪恶。夏天，阿妮妲在复旦的学业结束了，胥燕平告诉我他要与阿妮妲一起去海德堡，他们要结婚了。他说：“要不了多久，我就是一名德国画家了。”

他真的够拼的。他每次请我吃的点心都足以让我撑得要吐出来，而每次课程上他那捋不顺的舌头几乎是将每个音节舔进肚里去的。不到半年时间，他就基本可以说英语，也学了不少德语词汇，反正，这些，用来与阿妮妲相拥相亲、翻滚在一起，应该是足够了。

那个圣诞节，在胥燕平告诉我恋爱的事情后——当时我们是在她们宿舍的楼梯拐角下告别的——奈勒走过来与我拥抱。我忽然觉得她依依不舍的，好像我们四个人在一起相处，要有什么结论似的。她亲一下我的脸颊，我也还了礼。可是，我刚要撤腿，她又上来抱我。这次，她亲了一下我的脖颈。我脸刷一下就红了。为了躲避，也为了浇灭脸上的烫，我一步就跨出宿舍楼门，潜入冰凉的夜中。那夜中正有雪花飘落，积淀在我的脚下，使我多少得到点可以被埋没的期待。

那两位好了，并不意味着这两位也要成一对儿。尤其是那两位是那么好的，这叫我避之不及，唯恐自己被魔障，也进入为了某个目的而好的好。当然，真实的原因是我不喜欢奈勒，她看上去蠢蠢的，又有些粗蛮。不过，我们的相处依然是美好的，充满了各样的彼此好奇和恶作剧，也出离了城市的喧嚣，将环境中被污染的花园重新在交往嬉戏的时间线上涤清。

不过，那夜我也交了好运，在聚会上，我认识了瑞妮和阿曼妲。瑞妮是德国人，也是从海德堡来的，但阿曼妲是墨西哥人，她是从莫斯科那边的大学交换来的。那时，她们大概十八九岁的样子，我比她们小些，十七岁，因为我是从十年制的中小学毕业的。瑞妮修长，白净，淡菊黄的头发，眼睛是浅灰绿的，穿得涕涕沓沓的，脏脏的球鞋，扎得凌乱的发髻，破洞的牛仔衣，但这些都掩不住她坚挺的体态和幽隐的暗香；阿曼妲简直就是诡谲的美人，她祖上应该是西班牙人和印第安人的混血种，她的皮肤在不同的光照下有不同的变化，这令我想到史书上的那块玉，说是“岁星之精，坠于荆山，化而为玉，侧而视之色碧，正而视之色白”。啊，我这个喜新厌旧的家伙，我遇见新人，眼前一亮，腿脚一软，心意领着眼光，日不转睛，始终围着她们转，早就把旧朋友抛到九霄云外。从宿舍楼出来后，我满脑子都是她们。这次轮到我沉默寡言了，在车上，无论胥燕平怎么兴奋地谈他的未来，我都没有响应，我只沉浸在瑞妮与阿曼妲的光影中。那就好像一段夜曲，虽然她们的穿着那么破碎相，但她们的胴体里散发出的青春气息正应上我内心的浪漫。我认出她们是典雅的少女，是从歌德、普希金和拉马丁的诗中走出来的人。她们和我一样，在这个喧闹的世界上，也需要潮流的符号装点一下门面而已。

二年级上半年的期末考试临近了，我不得不收心回到医学书籍上，下午没课的时候赶紧找空教室复习。那个星期四的下午，我正看着《药理学》，突然有人来告诉我，说复旦大学的女生来找我，声称是我的朋友。我实在想不起我在复旦大学认识什么女生，便心怀好奇，随那告知我的人走出教室，顺着他指的方向寻视。哦，我远远看见了她们，是她们，瑞妮和阿曼妲，当然，外国女生也是女生。她们正在一间教室一间教室找，扒着门上的小窗往里看。我正欲迎上去，却顿觉不妥。我看见这两人手里拿着那种廉价的包装袋，里面装着咸翻天的榨菜。她们居然买榨菜来当零食吃，伸手捅到袋子里拎几根出来，又昂起脖子放到嘴里，湿答答的，不时还有汁水淋到衣衫上。这副吃相太难看了！再说穿得几乎跟乞丐似的，乱糟糟的头发，脏兮兮的短裙。我竟然看见瑞妮上身穿着宽大不合身的厚厚的黑呢子大衣，下身穿着斜纹布的超短裙。她不冷吗？上海的三九天难道不是冬天吗？这就是认识我的、来找我的复旦大学女生吗？我有点害臊了，含糊不清地对那来告知我的人说，大概错了，我不认识她们。直到那个人不置可否地走了，从楼梯拐角那里消失了，我才迅即跑过去，一把拉着她们走出教学楼。那简直就是逃离，像是逃离作案现场。

终于，我们来到校外的街上，找到一片有长椅的花园。

“你们就买这种东西当零食吃吗？”我问。

“挺好吃的。”阿曼妲说，“我们就喜欢吃榨菜。”

“这是用来下饭的，咸得要死，辣得要死。”我往后靠靠，尽量躲着那榨菜的气味。

“我们那边吃的比这辣多了。”阿曼妲这么说着，我倒是想起墨西哥人也是吃辣的，按植物学史的记载，辣椒本是那边印第安人先栽种的。

我注意到瑞妮的腿。我不得不看到那双腿，就这么光光地在大冬天露在外面，太惹人注目了。可是，这一次，我居然被这双腿打动了，不知为什么，忽然觉得那么美，尤其在黑呢子大衣的映衬下，显得更加粉白又孤傲。

我本想批评她们的穿着。但这下我被击溃了，我反而觉得本地女孩儿不敢穿，穿得太土气。我渐渐琢磨出她们那身打扮的潮气，邋邋遢遢的，不粉饰，也不矫情，反而落落大方，显出肉身天然的丽质。我又回想奈勒和阿妮妲的打扮，看着也闲散，却与她们差了一截。显然，这两个与那两个玩的不是一个圈子。

我们就在花园里逛啊玩啊，又到居民区的空地晒太阳。晚饭时分，我请她们吃百叶结包肉、炒蹄筋和蹄膀汤。瑞妮说，德国人也喜欢吃蹄膀，猪肉是主要的肉食，有肉糜，肉丸子，还吃猪内脏，肝泥做得极好。她说，将来要请我去德国尝尝那些，一点不比上海的差，是另一种风味的猪肉烹调。因说到猪肉，瑞妮讲，她一直关心日耳曼人族源的问题。她以为民族学家和人类学家都出于白人中心主义，故意将日耳曼人的来历说得含糊不清，其实从他们的迁徙路线来看，日耳曼人很可能是从北边极地下来的，而那边的原住民从顶上向四周分布下来，一支到欧洲，一支到美洲，还有一支伸下到亚洲，现在看起来相距很远，那是因为地球是圆的，顺着弧线下来就远了。她这话的意思，或者就是说我们是同族起源，都是黄种人。她还提出证据，说爱斯基摩人就是留在北极圈原地没有迁徙的初民。我当时觉得她完全是胡诌，因为我一点人类学的知识都没有。我问她，何以长得跟我不一样。她说，那是日耳曼人混杂了凯尔特人的血，我们印象中典型的欧罗巴人，其实是凯尔特人的相貌。她继续说，人类学发展到今天，已经侧重于生活方式；都是吃猪肉的，与吃牛羊肉的完全不同。我想，她大概是吃开心了吧，我绝不愿意相信她是黄种人的后裔。她那么典型的黄发碧瞳，还有露在外面的白净的美腿，这对我来说是真正遥远的异相；那个年龄的少年多么向往异国情调，她却与我攀亲戚！不过，从男孩的心情来说，我又有一点窃喜，因为这也可以理解为套近乎，算是对我示好。好吧，这晚，不论是日耳曼人，汉人，还是有印第安血统的墨西哥人，都寻到在北极的冰窖里互相取暖的感觉了。我们是曾经迫于极地寒冷气候不得不下到欧洲、亚洲和美洲的一家人，今夜围着一张桌子团聚了。

我把医学又忘记了，这下满脑子都是瑞妮。我对她萌生好奇，难以抑制的好奇，我想探究她涕涕沓沓的服饰下的秘密。至于阿曼妲，她的绮丽而变幻莫测的美，对我来说，太重口味了，我有点害怕。要知道，那时我才十七岁，我的情欲尚犹单薄。

瑞妮说，中国春节的时候，外国留学生也放假，她要去重庆玩，阿曼妲准备回墨西哥城。

等到她要走的前一天，我接到她的电话。那时，一般人家是没有电话的，有人找你只好打公用电话。在弄堂口，有一处电话间，一个阿姨负责接听，然后在一张纸条上写下来电人姓名，又一个阿姨负责按照这纸条去喊接听人。放假了，我回家住，常常睡到很晚。那天，楼下呼喊的阿姨把我从睡中喊醒。我心里直骂她，又骂那不识相的来电人。可谁知这是瑞妮的电话呢？电话中她说她想买一点东西在旅途中吃用，问我能不能陪她逛街。她主动来找我，那太好了，我心中暗喜。

我们约在和平饭店门口见面。她一个人来的。她说阿曼妲已经走了，去墨西哥了。那天，瑞妮穿一件坦克棉袄，估计是在城隍庙地摊或者劳保用品商店买的，就是陆军曾经的冬装。那棉袄的扣子她没扣上，敞开着，晃荡在她的肩上。她的肩很宽，一字型的，穿什么都像一面旗帜，掠着风，一副摧枯拉朽的样子；下身还是一条短裙，不过这次换了一条双层的淡绿纱裙，更薄了，一侧身，后面微微翘起来，接住许多过路人的目光。我本想开口嘘寒问暖，又觉得太无聊，便不开口说短裙的事，但我由衷地内心怜香惜玉，一把就拉她进了饭店。饭店里的暖气很好，春天的温度。她一进来就脱掉坦克棉袄，搭在手上。她里面穿的是背心，露出肚脐眼的那种。我太想打量她的身体了，又不好意思，眼睛反而转向别处，一歇也不看她。我们到咖啡厅里坐下。她说她请我，因为上次是我请她们的。

上来咖啡、奶和糖果。那盛咖啡的壶特别好看，是银质的，大概有八成银，想是旧社会时候留下的，我祖父那代人用过的。

我喝苦咖啡，不加奶和糖，瑞妮也一样。

我说："这咖啡壶太漂亮了，银光闪闪的，边缘和缝隙里带一点黑，光气十足。"

"你那么喜欢，我就帮你偷走。"她笑眯眯地说。

"开玩笑！被抓住可不得了。"

"趁他们不注意。"

"那还不如我自己偷呢。"

"你不行，你被抓住了要坐牢。我是外国人，可以蒙混过关。"

喝罢咖啡，她果然旁若无人地就将壶裹进她的坦克棉袄，然后另一只手挽着我，与我贴得很紧，就走了。

在过道上，我碰到了她的身子，几乎感受到她的心跳。她又侧过脸与我亲一下，亲在我眼睛上。所有人的注意力都集中到我们身上，看洋妞与上海小青年谈恋爱。

就这样，我们大摇大摆走出和平饭店，又往西过了一条街，就是初遇奈勒和阿妮姐的地方，这才把壶拿出来。我们几乎跳跃起来。成功了！我得到了银咖啡壶，那么大一只，真正的老银子。我也趁热亲一下瑞妮。我亲一下她的鼻尖，翘翘的小鼻尖，并顺势贴一下她的唇。她别过脸去，又轻轻推开我。这是拒绝吗？原来我们尚未是谈恋爱的一双。我正恍惚中，银咖啡壶哐当掉在地上，过路的行人看见拾起来。我接过那壶，递给我的人投给我一个尴尬却不乏好意的眼光。我倒没什么，瑞妮反而不好意思起来。她的反应就跟江南女子一样，忽觉在大庭广众之下有些忘乎所以。我本想外国女孩直白些，想单刀直入，这便似乎也碰了钉子。

她没有那个意思么？可是显然她对我很好，竟冒险为我偷银咖啡壶，为我乐而乐。这难道不是欢喜我么？

那日，我们买了东西，一起吃饭，也一起去溜冰。她对带着四个小轮子的溜冰鞋特别感兴趣，我于是找到卢湾区的一个溜冰场，带她去见识一下。我会溜一些，她从来没试过带轮子的溜冰鞋，可是她试几下就玩转了，在场子里飞扬起来。我喜欢溜冰场，至少我能牵着她的手，感受她的体温。我常常跌倒，她便来扶我，一次也没有把我抛下。她那么温文，以至于我把她对我的照顾理解为友情。她是一个姐姐呢！

第二天我去送她，在北火车站。那时，外国人有一个专门的通道，不用排队，从车站广场的西门进去。我从来没走过那个门，因她我也被勉强同意走一次。我们很快就寻到她那趟车停靠的站台。她买了普通卧铺。我说我真想与她一起去旅行，要不就上车不下来，一会儿再去补票。她说我不在她的计划中，这样突然改变主意，她会不安。

“那你就这么把我抛下走了吗？”我故意试探。

“你是临时决定，你并没有想好。”她说，“再说，你何必来送我呢？我自己都能应付。我只是去旅行，并没有什么困难。”

我心想，你这么没有风情吗？这不是显然我对你有意么，你还看不出来。要么她在那边约了什么人，或者她委婉地拒绝我。

接下来就无话，直等铃响。铃长久不响。她在车上，我在车下。她忙着布置她的行李，并没有我想象中她靠着窗与我挥手的告别场面。

铃终于响了，她一回头看见我还在站台上，有些诧异，问：“你怎么还不走呢？”

“我看着车开了才好走……”我有点受伤，我想我这句话都没有说清楚。

终于，车开了，她这时倒靠近窗，站着向我挥挥手。我真想撒腿就跑，但既已处于那种送别的仪式中，就只好站在那里站到底。

我是自作主张非要送给人家一个仪式吗？把仪式当作一件礼物去讨好人家？人家不需要，也不懂个中好处吧。再说，那仪式真的有什么好处么？

春季开学了，瑞妮又约我到城中见面。我们去襄阳公园，坐在高高的法国梧桐树下的长椅上。我拿给她看我的诗集。那时我有一册厚厚的绛红色皮子的笔记本，里面写满了诗句，从我十五岁开始写的，都在里面。我的字迹潦草，加上外国人也不太看得懂汉字，我只好念给她听。他们多是来学汉语的，却很少掌握中文，就是说听说读写，听说还行，读写几乎学不会，这是一种旧时能说会道但无法使用文字、无法进入文献典籍的文盲状态。瑞妮始终不理解，为什么我们不用拼音记录语言呢。

我的诗显得野心勃勃，愤怒，鞭挞，批判，当然也有垂头丧气、失落、渴望、沉醉和癖好。她说她喜欢沉醉和癖好的部分，不喜欢愤怒。我说为什么呢，世态炎凉，人心不古，我的批判是深刻的。

“你们过得那么好，有什么可抱怨的？你们没有什么需要改变的。”她问我，那么理所当然地就说出这些话。

我非常震惊，我完全不懂她在说什么。那时，对西方的向往在我们这里是常态，简直真的相信外国的月亮比中国圆。我完全不懂对远方的向往才是人类共同的梦。如果中国不是她的梦想，她为什么要来呢？可是，如果西方不是我的梦想，我为什么要与她交往呢？她是把我当古人了，但她也说她喜欢上海，喜欢上海有西方的背景，这背景好像辞书，叫她借着可以更好地接近古人。多年以后我才晓得，她之所以接近我，与我接近她是同理。她也对我好奇，而我是她见过的唯一活着的懂得西方事物的古人。她吸引我的地方，绝不是那身嬉皮士的打扮，却恰是我发现的这身涕涕沓沓的衣裳遮盖不住的香艳肌骨，乱蓬蓬的发髻改不了的淡菊花色发质，那种我想象中维多利亚时代英国庄园主的女儿，或者维克多·雨果笔下的珂赛特，沃尔夫冈·冯·歌德笔下的甘泪卿。我们是乘着彼此不同文明的船在渡河，在靠近，抵达，却不是妙龄少男少女在逾越天然的屏障、物种的藩篱。其实，胥燕平去到德国也很不快活。他写信来，抱怨那边的人不理解他，甚至讨厌他。中国一直是很令西方人向往的，可是当时的中国人却渐渐令人不愉快。因为不管他们真实地还是添油加醋地描绘中国的现实，都毁灭了西方人对唐诗宋词的梦。没有西方人愿意听到中国的阴暗面，就像我们大部分人都不愿意相信纽约街上常常上演杀人越货的惊悚剧，尤其是西方的左翼人士和前卫艺术家们，东方的诗意往往是对西方残酷现实的少有的现世安慰，你们过去的人却说不是那么回事，这太扫兴，也太不凑趣了。

我想，我的诗可能给瑞妮的感觉也是这样的。当然，这是我现在这么想，那时我根本不懂，也根本不想理会瑞妮的话。我听她口无遮拦的赞美，有那么几分钟里，我甚至把她当一个疯婆子看，我已然看不见她的白皙，她的风韵，她完完全全、从里到外都是那身乞丐装，她就是乞丐本身，浑身挂着吃剩的食物的馊气。我猜想，他们家在那边是吃救济金的吧，她和阿曼姐都是一帮到中国来混的穷外国人吧。当然，其实那时我连西方福利社会的救济金究竟是什么概念也全然无知。

女人和男人究竟是不一样的生物。男人会执理不放，女人受理的影响，却归根结底不那么较真，说一会儿就放过了。现在想起来，尽管故事不那么圆满，但在那些岁月里，瑞妮得到的实在比我多。我和她相距遥远，但却不是地理和历史的遥远，而是性情的遥远。她是一朵淡黄菊花，我是一株杨柳。事物的远方要比远方的事物远得多。

那天瑞妮走后，我很郁闷。天下起细雨，春寒料峭。我躲进威海路一家咖啡店，我要了加薄荷的鸡尾酒，靠着电暖器取暖。外面那么冷，冻杀行路人，而我在暖房里饮酒，我的血管中的血流在酒精的推动下舒畅起来。多么酥软，多么惬意！我想忘掉那淡黄菊花，我眼睛直盯着酒杯里的薄荷绿。我从书包中翻找我的笔记本，我涌起几句诗，想尽快记下来。可是，我的绛红封面的本子找不到了。我明明记得我在公园的长椅上念完诗后，妥妥地放回书包里的。可是可是，它真的不见了。在路上，我根本没机会打开书包，它怎就不胫而走呢？是瑞妮拿走了吗？她为什么要拿走？她在我不知情的情况下拿走不就是偷窃吗？她会偷走我的诗集么？或者路上有小偷将手伸进包里。小偷会偷一本诗集么？小偷也许以为这是一个沉沉的皮夹子，得手后发现是一个本子，顺手就扔了。反正，突然间那些诗句纷纷逃离了，离我而去。它们会不会在将来的日子里散落进各地的文学杂志？我以后遇见它们也不认识了。这些可是我从十五岁开始点滴记录的，是一个可怜的少年人的结晶，一头雄麝的香脐子。它们今夜被人摘走了。想到此，我很伤心。我甚至觉得顿时间我一无所有了，我成了一片苍白、枯干、脆碎的树叶。我一下子沉到生命的最低谷。我都没有力气站起来走出咖啡馆。我独得的暖意和我过往日子里美好的记忆一并消失了，在短短的几分钟里就消失殆尽。我好像从来都没有来过，我是空虚的。命运为什么令我空虚呢？我断定，这是命运的惩罚，命运中诗神与我过不去，她们并不喜欢我。那晚，我就是一片树叶，连树叶都不是，只剩下叶子的经络，随着冷风被吹到街上，一直吹到学校宿舍床铺上的被窝中。在被子下面，我是扁的，细的。被子平平地铺在床上，一点都不隆起。

六月里，我去复旦找瑞妮。这是我第一次去，我想看看她的宿舍，她住的地方。

那天，我下公共汽车后，突然下雨了。雨很大，路边商铺的门口挤满了躲雨的人，我不想和他们挤在一起，于是就任雨水浇淋，一路向校园走去。我好不容易找到留学生宿舍，瑞妮下楼来接我，见我淋得落汤鸡似的，急急就领我上去。她那一层是女生楼层，并没有男厕所，她就带我进女厕所去擦身。我瞥见几个隔断里有女生在用厕所，我有些尴尬。瑞妮说，没事的，尽管脱去湿衣裳擦干身子。我犹犹豫豫，她上手就帮我脱，脱得只剩一条内裤。我起先是觉得闯入禁地不妥，这下是不情愿让别的女人看见我身子。我的身子单薄，却没有毛病。我常常在解剖课上被老师唤到讲台前做活体标本。那是因为我的身段比例好，有些隆突还比较典型。我这下感受到那些瞟过来的眼光，我甚至怀疑瑞妮是否拿我炫耀。她用棉巾替我擦拭，所有凹陷、缝隙都擦到了，耳后，腋下，肚脐眼，直擦到腿间，这时她稍微退缩一下，说："好了，进屋去。"

我便逃进她的房间。

她是一个人住的，她们有的同学两人一间，一般是根据她们意愿分配的。她让我除去内裤，我有点懵，但还是照做了。她居然就上手给我擦下身，我起了反应，我不想令身体有变化，可是实在忍不住，谁能面对那些玉指、面对妙龄少女忍住不动呢？我动手去抱她。

她说："你想要吗？真的想吗？"

我点头，并说不出话。

她将我推开，我立不稳，一屁股就坐到床沿。

她说："把脚擦干净。"

刚才我是脱了鞋光脚去厕所的，脚上沾了水和灰尘。

她擦完我的脚，直就站在我面前脱去衣衫。然后，她跃入我怀中，撑平我的肩膀，将我压在她身下。

她的窗帘没有合上，她的录音机里正播放着ABBA乐队的一首歌。

她就这样开始了。

事后，我们在床上躺了很久。

她问："有什么不一样吗？"

我被她问住了。原来她晓得我的好奇，她故意满足了我的好奇。

"你很温柔。"我说，"没想到你那么温柔。"

"你想象中我是牲口吗？"

"谁不想所有女人在那一刻成为野兽。"

"那么，我令你失望了。"

"不，瑞妮，我爱你。"（我这说的是人话么！）

"你自己都不相信。"

"那你为什么给我？"

"你太想要了。"

"好吧，我们从现在开始，这并不晚。"

她侧过身子，俯在我上面来亲我。她的吻是委婉的，屈曲的，令我心生怜悯。我怎么会像一个大哥哥一样忽然疼爱她呢？这不是我起初想得到的。不过，我也有猎获。我终于晓得，她的花园里盛开的都是淡黄菊花，上下左右都是一个颜色。我原先是害怕女人的毛发的，尤其是黑色的，完全阻断了我对纯洁的向往。而瑞妮令我的心终于落下，我可以不被强烈的反差色震惊。仅从颜色上来说，她真的是温柔的，比我之前的女友要温柔得多。

暮秋，她写信给我，约我几天后去复旦。她说来了个大家伙，我必须见识见识。

约定的那天，我便去了。

我们先在留学生食堂草草吃过中饭，瑞妮就急急拉着我去一座小楼。门口聚集了很多人，但都是外国人，学校里派出许多管理人员，在那里一个个辨认身份，意思是中国学生和教员不能入内。瑞妮牵着我的手，一直牵到她腰间。她又玩和平饭店那套，希望别人看见我俩亲热的样子。门卫转过头去，故意避开我们不看。我这就进去了，没有人过问我的身份。

“什么情况？戒备森严的！”我问。

“金斯堡来了。”瑞妮压低嗓音。

“谁？”那时我还不晓得金斯堡是谁。

“就是Beats的那个大佬。”

其实Beats是什么我也不知道。我当时的艺术史知识只停留在象征主义、阿克梅派和未来主义那些时期。我怎晓得这个Beats原来是影响过瑞妮父母一代的狠货色呢？对于瑞妮这一代人来说，他的影响也未削减，就像我这一代对样板戏还是有深刻的记忆一样。那其实是美国革命派的头头来了。后来我才知道，这个Beats在中文里译做“垮掉的一代”，是美国上世纪50年代嬉皮士的肇端。

他叫艾伦·金斯堡。他已经先在那里了，在一个典型的中国小课堂里站着，双手撑着讲台，身后是黑板。这像是我中学里的一间教室，最多只能坐下三四十个人。来人纷纷落座，坐满了就不再放人进来。那个金斯堡，是个大胡子，看上去五十多岁的样子。他并不看那些陆续进来的人，只是低着头看着讲台。讲台上有几页纸，而已。

等人坐满了，他才开始。他先讲了一点在北方的事，不过是他的所见所闻，什么毛驴拉车，什么油炸甜圈，什么屋檐下堆积的大白菜、胡萝卜等等。听他说起来，好像北方是另一个国度，完全与我的认识不同。当然，那时我还没去过北方。接着他又讲惠特曼、艾略特、威廉·卡洛斯·威廉斯和斯奈德，他好像要贯穿起一条线索，让听讲的人了解美国的诗歌传统。然后，他开始朗诵。他的朗诵非常特别，他从他外套的硕大口袋里拿出两块岩石敲击起来，一会儿又从讲台底下拿出一架微型手风琴拉起来。进来的时候，我实在没有看见什么手风琴。原来，他是预先藏好在讲台下面的。他的这副又唱又呼的样子，在我看来，简直就是一场戏剧表演。不过我被这手风琴打动了。小小的，大概只有我的书包的大小，褐色的，仿佛上面沾着泥灰和咖啡渍，显得那么老旧，声音却凄厉而明亮，听着像哀鸣，有刀光剑影在闪动；他将风箱拉开，拉得很长，一直拉到不能拉为止，声音在最后掉了一地，如同玻璃碎渣，将我刺痛。我记得他朗诵的那首诗叫《加州超市》。那时，国中并无超市，我一点也不懂这是什么。这难道是一种市场，还是一种大型商店？顾客可以随便取货吗？这不就是按需分配的社会最高阶段了吗？但是我听到“惠特曼，不到一小时就要关门了，今夜，你的胡子指向何方”，这下，我懂了，这就好比我把李白带到浦江渡轮上，与他一道发牢骚。这真的是一种对待传统，将现今与传统接续上的方式。

一个多小时后，他要完了。他开始让听众提问。

有个日本女生问他：“你为什么写诗呢？是什么叫你欲罢不能？”

他推推他的眼镜，又有一搭无一搭地扣上他外套的纽扣，然后，慢条斯理地说：“我写诗因为我妈是诗人；我写诗因为我发了菩萨的宏愿，啊，我是个太坏的学生，修行很不用功；我写诗因为我不必教条主义，不必将世界扛在肩头；我写诗因为西藏的上师说‘事物和象征一体’；我写诗因为我看见上海街上的少女敏感而有诗意，但她的梦中却浮现洛杉矶电影里过气的明星；我写诗因为俄国诗人马雅可夫斯基和叶赛宁自杀了，需要后面的人顶上，说话；……当然，还有一个重要原因，那就是，我的基因与染色体爱上了年轻的男人而不是年轻的女人。”

他说这话时瞥了我一眼。我心一紧，什么也听不到了。

接下来，直到人散去，我什么也没听见。

瑞妮拉着我走向讲台。她拿出一本诗集，可能就是大胡子写的，要他在上面签名。

他一边签着，一边与我说话：“你是上海本地人吗？”

“是的。”我不想骗他，“我也写诗。”

“是吗？”他抬眼惊诧地看我，“你能翻译几句给我听吗？当然，如果直接读原文更好。”

“我的诗集刚刚丢了，我什么也想不起来了。不过，我可以为你读一首别人的诗。”

我开始读：

松下问童子，言师采药去。
只在此山中，云深不知处。

我翻译给他听，尽量把诗意保留住。

他听完居然哭了，说：“这山也太远了，看都看不见。”

我和瑞妮站在一边，也不知如何是好，只能等着他哭完。

他用袖子抹一抹眼泪，突然问：“你认识北岛吗？”

我说我不认识。

他又问：“你觉得他怎样？他知道这座山吗？”

我懂他的意思了，可是那时，我还不知道怎么回答。

“你愿意随我去美国吗？”

“美国比那座山还远吗？”

“不，美国是另一座山。你应该去看看，就像我应该来这里看看。我做梦都想到中国来。你没有远方的梦吗？”

“我喜欢你刚才说的那个超市，还有惠特曼的胡子指向哪里。”

我还有话想对他讲，可是瑞妮又来拉我，而学校方面的接待人员也上前打断我们的谈话。

他一下又被人包围了。但他从人群的头顶伸出手，递给我一张纸条。纸条上写着他在纽约的地址和电话。

从讲座的小楼出来后，瑞妮就急急往前走，把我甩在后头。

我追上去与她说话，她也不理睬。我去牵她手，她恨恨地将我推开。

我问：“怎么了？哪里又得罪你了？”

“你随那个老头去美国好了，我再不想见到你！”她这么扔给我一句。

“我随他去美国有什么不好？我想去看看呢。”

“你没听见他说他只喜欢男孩吗？”

瑞妮这么说，把我怔住了。原来这不是一句诗，而是他的倾向。他果然是这样的么？我在这天之前根本不知道他是谁，当然也想不到这回事。我被他吟唱的气氛打动，也被一些似是而非的诗句打动。我多么希望成为一个诗人，像他一样的诗人，倜傥，自由，纵情放歌，欲唱则唱，欲诵则诵。他是我见到过的真正的诗人。我晓得，诗不是美文，也不是装点，诗是一种精神头，是活出神气的人才与之相配的。当然，我回想起他的一瞥，那叫我心紧的一瞥。

“如果你去了美国，你就完了。你会成为他的玩物。”瑞妮忽然停步，转身严厉地看着我。

“我们才刚刚开始，我怎么会想别人呢，再说……”我不想失去瑞妮，我喜欢她裙下的霜柱，我喜欢深入她淡黄菊花的花园。

“我即使去美国，我也不会与他怎样。”

"你还不死心！"

那天，除了拌嘴还是拌嘴，怎么也好不起来了。我只好离开。我想过后再安慰她。这会儿她正在气头上。

然而，之后我们见面就吵架，甚至还彼此动手打架。啊，这个糟老头，我为什么要认识你呢？你大大地坏了我的好事！

瑞妮，其实我们没有分手，但相爱的时刻总是在分手的时刻到来。也许再给我们几个月，事情就不是这样的。然而接下来，发生了特别的事，这事不在这本书的话题里，在此就不专门展开了。因这事，我离开了上海，整整两年十个月。我为此几乎与所有人都失去了联络，与瑞妮，与阿曼姐，与胥燕平，与大部分其他朋友。

直到期满，我返回上海。那时的上海与我去它之前已经完全两样。我看不惯那些少年都削一个香港头，也看不惯那些少女纷纷穿上蠢笨的运动鞋，我也听不惯发廊里传来的生愣加上爵士鼓的甜腻歌曲，还有商店的柜台和橱窗，已经不是曾经那风雪黄昏中闪着暖黄光色的样子……哦，对了，终于有了超市，我终于晓得超市并不是按需分配的高级社会阶段的场所，超市任你随意选物，结果刺激你更多的消费。

一天晚上，我走进静安区的一家超市，走过一排一排货架，有个人影闪过，他的身形似曾相识。我退回到那一排，我定睛细看。是他，是艾伦！我想起他在加州的超市遇见加西亚·洛尔迦，遇见华特·惠特曼，我确准，我一定遇见了他。

"嗨，艾伦，你好吗？"我向他打招呼。

他在西瓜旁做什么？他翻看猪肋排，拿起一扇在自己胸前比画。

"嗨，你好。你知道是谁杀的猪？"他问我。

"这个，说实在的，并不紧要。反正总有人杀猪，杀猪的比我们付出的要多，他替我们承担杀生的罪过。”

“在亚美利加的夜空下，我口袋里只有两块钱；在上海的夜空下，我口袋里也只有两块钱。”

“看看两块钱能买些什么，卷心菜，莴笋，一斤苹果，或者两斤荠菜。我们这里的荠菜很好吃，有肉的厚味，蔬菜也可以替代肉给你的享受。”

“原本你们没有那么多菜，都是萨拉森人带来的，也有回纥人传过来的。我记得你们后汉时代的书上记载，你们大凡只有几种野菜，荠菜好像也是其中一种。”

“我们不只是汉人，我们身上流着蒙古人和通古斯人的血，我们追溯族源，其实头上是鲜卑人。”这时我已经读了人类学的书，比之前要明了许多。

他买了几只西红柿和一瓶橘子水。我们一起走出超市，来到上海的夜空下。

“你怎么不待在纽约，到上海来了呢？”我问他，“我记得上次见你的时候你说，他们怕你跑到上海的街上，松下裤子往地上一坐就开腔唱你的诗。”

“我常来常往，我以前也来过。我母亲是苏联迷，也是中国迷。她在我很小的时候就带我来过，当然，庞德、艾略特这些先师也从他们的书中带我走小道。我一般都是偷偷来，偷偷去。我是借助诗歌秘径的偷渡人。”

“现在这里已经变了很多，再也没有你写的夜里唱着歌给自己鼓劲的做工人。人们喜欢去洗浴中心，喜欢夜店，人们在摆脱劳作，学习用投资挣钱。这跟纽约已经差不多了，你为什么还要来？”

我们有些沮丧，一道坐在静安寺门口的台阶上，看着天边的月亮，那朦胧不清像蒙上塑料包装袋的月亮。艾伦要寻的东西与我留恋的可能不太一样，但都是逝去的东西。他曾经担心他死后会转世成为一个呆板的工人，在河北省路边碎石，冻得瑟瑟发抖。但是我知道，他喜欢这里，喜欢工人、农民和穷学生。他是像阳早和寒春那样的美国人，能够进入到这里的骨髓深处；在他们看来，在美国的铁路上和农场里吃的苦与在这里吃的苦是同样的苦。而我留恋的与他不一样，我留恋那些做工人的歌声，也留恋支撑这些艰苦的巧妙的食物；我不是害怕吃苦，我是由着吃苦而尝出对苦痛的安慰；于是，我也留恋上海街道上以前那些没有被规整过的树木，留恋殖民主义时期的洋房，走音的提琴，蹩脚的水彩画，以及弄堂里忽然闪现的有雪足霜腿、明眸皓齿的少女。他与苦是长在一起的，他要靠逃避苦去穿一会儿华服，闻一闻金钱的味道来增强意志；而我是从苦中挤出蜜汁的人，我需要苦来增强蜜汁丰富的甘味。

我告诉他："我失恋了。我的女朋友就是那天叫你签名的那位。她叫瑞妮，可能回海德堡了，也可能回转利兹大学继续读硕士去了。"

"啊，那个白白的小女人，我有印象。你喜欢那么苍白的女人吗？"

"你不觉得白是一种纯净吗？"

"白是自认为纯净的颜色，其实很狭隘。不过，也不能一概而论。比方说，你也很白。"

我的白难道与瑞妮的白不一样吗？男人的白与女人的白不一样吗？古书上说，色白性淫。这个我挺信的，我始终被白折磨，困扰。不过，我不想接艾伦的词，我晓得他不怀好意。这点瑞妮早就警告我了。我不想成为他的玩物，但也并不意味着我想以令别人成为我的玩物而尊大。

我们赶上末班公交车，我领他去定海路一带的工棚吃夜宵。尽管那时我还没找到工作，但我的口袋里不止两块钱，在上海的夜空下，我的口袋里有多过十个两块钱。

“架梁（指眼镜架在鼻梁上，是底层人的切口）蛮有噱头，带老外来吃夜宵。格么侬英格里希翻得牢赞（翻，不是指翻译，是指翻嘴皮子）……”那些摆摊的摊主一边给我们炒几样菜，一边叨叨着。

“格么外国人哪能到阿拉格的来额？勠是洋瘪三哦！”又有一位阿姨插话道。

“架梁看上去细皮嫩肉额，外国赤佬奥灶来（奥灶的意思是邋遢、萎靡、脏兮兮），大概是远洋轮上额水手。格么架梁弄勿好把伊掀后盖哦！”

我被这些人这些话弄得极为尴尬，他们东一句西一句，一半猜测，一半揶揄，毫无遮盖地评头论足，那言语将我的裤子都扒下来了。艾伦却喜欢这样的气氛，不断用几个生硬的汉语词与人打招呼，套近乎，把摊位上的吃客们和里外穿梭的干活人逗得前仰后翻。

那些裹了面包粉在油锅里炸的猪排胜过他曾经看见的麻花甜圈。

工人们吃油爆虾和烫毛蚶不见得有他想象的那么苦。

少女们的拖鞋兜不住像雪糕一样的大腿滴下奶油。

还有肥肠……草头肥肠……那特殊的气味……我从来不吃那东西，艾伦却吃得津津有味。

他是一个污秽自己也污秽别人的人。他从污秽中驾驭并羞辱美令他的诗升华么？这或许是他写诗的根本原因。

我在那些少女身上做的事都很干净吗？瑞妮与我赤身裸体抱在一起的时候分明是沉陷，而不是升华。或者我对升华理解得太肤浅。升华是相对的。升华是对任何一种具体的抽象。升华在臭气相投中欢快得死去活来。升华要一起认罪到底，要突破有限的边界。

事物的形而上叫作理，情感的形而上叫作美。亚里士多德估计就是这个意思。他的《诗学》是《形而上学》的情感翻版。悲剧需要震撼，震撼才能净化。如果没有脏的具体，何来净的抽象？

定海路是上海的边界。人们说的苦大仇深，不是展览会上的泥塑，也不是电影里的造型。苦大仇深像油锅一样，把生肉烫得翻滚出花儿来。你看见花开了吗？不是带刺的玫瑰的生味，而是油香扑鼻的熟味。你不是死了，而是熟了，成为一道佳肴。

纽约应该就是这个样子，纽约的花是恶之花。如果从保定到北京，在中世纪遗留的简陋和苦寒中忍受、同情并抒发，怎可与上海的下只角与上只角的对照产生的震撼相比？艾伦需要一个洗浴中心，需要一个夜宴的高级场所。在那里，他遇见有钱人，一个做袜子生意的老女人，向她点头哈腰，围着她转，让老女人为他一掷千金——他的赞助有多少都是从袜子里掏出来的！这时他向他的同行挤眼睛，挤挤眼睛而已，以为别人与他会心。这个过程让他释放，如同交合的巅峰那一刻；然后回到布鲁克林区和皇后区的贫民窟，向卷发的贫家少年人寻求安慰，在他幼小的瘦臀上铺开稿纸，痛苦，忍受痛苦，理解痛苦，与痛苦交织，成为痛苦本身，由此生出对权威的蔑视和憎恶，又由此全身心软塌下来，接悲悯入驻内心，哭泣，哭泣，长久的哭泣，泪滴与泪痕染成长诗。

“走吧，艾伦。人家在看长颈鹿和黑猩猩呢！”我付完钱，拉起他就走，“对于绝望的人，我们是无关痛痒的。你的憎恶和悲悯是无力的，不值钱的，被嘲笑的。他们会说：‘如果你真想帮我们，你认识衙门里的大法官吗？你跟我们在一起算什么！你吃的不也是我们这口锅里的饭么？你说什么？要揭露黑暗和不公？呵，秀才的文章敌得过兵勇的刀枪吗？’他们被强势吓倒了，他们不会相信软弱是一种力量。所以，你恨恨的样子有什么好呢？你悲悯，可是你又不真的相信悲悯从软弱得胜的大能。你也是唯物主义者，顶多算作存在主义者。存在正是无聊的力量的较量。他们那么较量，你这么较量而已。你不相信上帝，你相信人的作为。中国和美国的烟都让你一样地咳嗽，中国和美国的苦也都让你一样地吞咽。我知道你不是殖民主义者，不是帝国主义者，你真的对我们很好，愿意与我们同甘苦共患难。可是，正像你说的，‘两个苹果生于同一根树枝，却在上个月各自消失在市场’。回家吧，艾伦，上海明天就赶上纽约了。你先消失在市场，接下来就是我。你忍得住的那份苦再不会有了。”

“所以，为了这里还有与纽约不一样的日子，你打算赶紧过起来。你不愿意随我去美国了。”

“是的。我不想去那鬼地方。”

我们乘坐私人的黑船横跨出海口的江，去向横沙岛。风很大，吹来一股腥味，艾伦与这气味融合得很好，我从他身上闻到熟悉的汗臭味和塑料鞋的酸味。他简直就与同船的夜归的民工一样，一日的劳工未得到工价，却只剩下酸腐和疲惫。他是可以属于这里的，而且已经坦然属于这里。他是犹太人，是雅各家的孩子，可是，这又怎样呢？按照典籍的记载，我们谁不是从伊甸园出来的呢？我们都是这个世界的被放逐者。所不同的是，雅各与神角力，胜出神。雅各是神造的，这一点无法胜出。在被造的问题上，我们与雅各家族是一样的命运。所以，没有存在会先于本质。存在就是可怜，必须可怜，必蒙怜恤。人这一生是无法出乎怜恤的，这正是仁爱的无限大力，也是人的悲剧。依人的能力，我们除了掩盖，并做不到摆脱同样的气味。我们臭味相投。我们不相互可怜，不彼此相爱，还有什么出路！

船到江心的时候起风浪了，浪头打到甲板上。我们伸腿坐在船舱外，浪花一瞬就将我们打湿。

“看，有人履海而行！”我说，“我们跳船吧，我们随他而行，从海面上走过去。”

“傻子，你不记得这是江吗？哪来的什么海！”艾伦不屑地看我一眼。

“海都能走过去，还过不去江么？”

“你射完箭再画靶子。”

“事实上只有一个靶子，所有箭射出去都会落在这一个靶子里。”

“那我们为什么要活着？”

“因为我们不信箭会落在靶子里，就像现在你不信我们可以从水上走过去。”

“那你走过去吧。”

“我害怕。”我向他靠拢，蜷缩在他肩下，“那么你呢？”

他搂住我，这是他最乐意的，甚至他真的就不害怕了：“我不害怕。我有你，这就足够了。我可以保护你。”

我推开他，与他保持距离：“我更加害怕了。”

我想，这样的害怕是否可令我不再有那样的害怕。我试着站起来，风浪将船摇得很晃，我一站起来就倒下了。我又爬起来，一把抓住栏杆，我试图跨过栏杆跃入水中。艾伦一把搂住我的腰，将我拽到甲板上，并死死摁住我，令我无法移动。

“你要做什么？”我惊恐万分。

“我要摁住你，不让你落水。”

就这样，他一直摁住我，直到渡船靠岸。

我们进到横沙岛的腹地。那里是一片一片阔大的稻田。它们连在一起，望过去好比巨大的旷野。千古的野气并未随着稻谷生长而消散，在这个夜里由着雾和露水上升，将我们笼罩。

艾伦说：“这里让我想起纽瓦克，我的老家。那里曾是罪犯的避难所，后来建起的许多楼房都压不住原先的戾气。”

“人们总想有法外之地。天神可怜犯罪的人。因我们都是罪人。人只憎恨罪过，而神却宽恕罪过。”

“所以，我靠着佛经、祈祷书和几种致幻的草药来同情我自己和众生。”

“你想用人的方法再造一个造物主么？你搞一个大杂烩，会有什么结果？蒙古的大汗也这么搞过，结果沉没在沙漠里。他欠下的，现在正由我们来赎。”

“你不知道我其实是自虐的人。我害怕女人，我跟继母长大的，我的母亲离我们而去。”

“就是跟后娘在一起生活。难道你是小白菜吗？”我哼哼《小白菜》的调子给他听。他居然听哭了。

“事情比这个糟糕得多。哪怕我找到我母亲了……怎么说呢？她是一个更令我伤心的女人。你那休克的双眼，你那脑叶切除的双眼，你那离婚的双眼，你那中风的双眼，你那孤寂的双眼。你那双眼，你那双眼！别了，你那缀满鲜花的死去的双眼……”他忽然诵诗，好像是他那首《祈祷》中的诗句。那是他为悼念母亲写的诗。可是，这些诗句我记不得了，我只记得那句——“钥匙在窗前的阳光里，在窗栅里，钥匙在阳光下。”

“钥匙在窗前的阳光下，不在我这里，艾伦。”我说，“我是上天眷顾的人，却不是诗神喜欢的人。我掌握诗的秘密，远远在诗的远方注视诗的一举一动。”

“你也注视我么？注视我的一举一动？”

“艾伦，我不会随你去纽约的。我会在这里，一直在这里，在这里注视你。也许这里将来跟纽约一样了，但总还需要一些时间。这些时间够我过完一生的了。”

“你是上海人吗？是真的上海人吗？”

“我是上海人。有芦苇野气的上海，半个工业，半个商业，几叶古书，青团，模仿洛杉矶过气的明星，说上海以外都是乡下，娇媚的女孩儿从街上走过，发霉的烟草，酒香的猪肉，不伦不类的外滩……这样的上海，就是这样促狭而纠缠我的上海。没有人喜欢我，或者有人喜欢我我不识相的上海。”

“你终于是我认识的上海，可你为什么迷恋那个德国小姑娘呢？”

“你所认识的上海就是会包含迷恋德国小姑娘。我就是喜欢她。我想她了。是她指给我看唐朝的月亮和白居易的坏脾气。我的脾气也很坏。坏脾气都是因为身体不好。没有什么大道理和文明的橱窗。人和人是有隔膜的，但那不是别的什么隔膜，恰是最基本的物种的隔膜。你的到来想要消除这层隔膜，你唱着惠特曼的诗，说‘我是肉体的诗人，也是灵魂的诗人’，其实灵魂也是肉体，是更高的肉体。还有一个诗人说，‘世界上最可怜的两个民族，犹太人没有祖国，中国人没有灵魂’，显然，他既不懂祖国，也不懂灵魂。他把祖国当成信仰，却把信仰当作灵魂。灵魂就是哪天你那看得见的肉身坏了，你那看不见的肉身会注视我。我可以保证，你的灵魂来看我时，我能认出来。你借用阶级消除物种的隔膜，你像个小偷一样，你藏进阶级的队伍，我认不出你。正是因为你和我不同，我们才有交情。如果我和你一样，为什么要做朋友？哦，对了，你喜欢我的身体，我不喜欢你。这就够了，足够美好了。因为这是不同。你忘记写下这行了，你写诗是因为不同，因为拒绝。”

“原来Imagine唱的都是你不喜欢的事物。”

“你不是说‘我写诗是受到青春盎然的披头士音乐渐渐成了老歌的启发’吗？巴别塔坍塌了，再造一座吗？”

“在这个世界上，奉献了一切，花儿已疯了，没有建成乌托邦，在松树下闭眼，在地球上做过舞娘，在孤寂里受到抚慰……看来这不只是内奥米·金斯堡，我的母亲。”

“我们上海人说，作孽啊，罪过啊，意思是同情，可怜。你喜欢我，我不喜欢你，我看你作孽；我喜欢瑞妮，可是瑞妮走了，我作孽！你个糟老头，穿着快要断襻儿的破凉鞋，身上还有狐臭味，你不作孽吗？如果有人喜欢你，就足够美好；如果有人讨厌你，也足够美好。人能喜欢和讨厌，都足够美好。”

这年的冬至，就是我回到上海的这年，那天我病恹恹躺在床上，直到中午十一点多都起不来。我想，我的肝可能坏了。我到处找工作，没有地方要我。我甚至想下乡去做一名乡村教师。我想我可能已经把路走绝。我很郁闷，我除了蒙头睡觉我还能做什么？

突然听见楼下有人叫我。那时我住在黄陂南路的一条弄堂里，一个后楼的亭子间，窗子正对着弄堂。我不想搭理那个声音。但那是一个女人的声音，并且发音怪怪的。有哪个女人没事来找我呢？那怪怪的声音始终拔不高，在需要喊上去的仄声上拐不上去，很吃力的样子。谁会这么喊我的名字？我在被窝里偷偷学她的发音，不禁笑起来。笑着笑着我似乎明白了，这不是洋人学中国话的腔调吗？啊，是她！难道是她！

我猛地蹿起来，扒着窗户向下看。是她！但不是她！那仰头喊我的女人是阿曼妲。Amanda的意思是被人爱。她简直就是妖精，她的皮肤在不同的光照下颜色是不同的。这会儿看起来是金色的。我以前看不懂她，或者说我以前太偏执太幼稚，我只看得懂白净，也或者说我受不了太强的刺激，我有点害怕她，躲着她。不管怎么说，她来了，她是瑞妮的朋友，曾经我们三人有过一起上学的经历。

我应了她，她看见我的窗户，她很快就找到门上来了，一上来就钻进我的被窝。她下身光着腿，冻得瑟瑟发抖，她钻进来取暖。

就这样，我们并排坐在床上说话。

“原来你们真的也很冷。为什么非要露大腿呢？”我又想起瑞妮在大冬天穿短裙的样子。

她金色的纤腿，像两行直白的诗句，在短裙下表露：“美是深刻的，思想是肤浅的。”

我没听清是她的嘴在说话，还是她的腿在说，但我听懂她的意思了。原先我真的不懂，为了灵魂和思想的深刻绞尽脑汁。什么思想不是为了抵达美？既美，何苦再思想呢！思想是留给丑货修补不足的手段。

我依然感觉有点受不起她的妖冶，但这么亲热地坐着，是因为曾经做过玩伴，并没有顾忌。

自然要说起瑞妮，自然也要问我这些年的境况。说瑞妮回到利兹读书去了，毕业后也不知去向。说我自己迷恋艾伦的岩石和手风琴开始学吉他，也将写在纸上的诗句唱出来。

这便弹吉他给她听。她还是伸腿在被窝里。我起来坐在她对面将我的诗唱与她听。

“呵，你进步了。”她像一个老师那样点评学生，“这让我想起弗拉基米尔·维索斯基。”

“谁是维索斯基？”

当时这里没有人听说过维索斯基。她便滔滔不绝大谈维索斯基。然后又说北京的事，说北京这些年非常活跃，如果我想唱歌，应该去北京。她说她找到了工作，在墨西哥使馆做事。她说她现在有钱了，想吃多少包榨菜就吃多少包。我笑得直不起腰。

我被维索斯基的故事和北京的热闹吸引了，居然渐渐忘记瑞妮。

我问：“你有维索斯基的磁带吗？”

“当然有，但都在北京。你来北京吧。”

我被她说得心动。

我又问："你怎么到上海来呢？"

"我要到复旦做一个学历公证，顺便来找找你看，不想就找到了。"

"我身无分文，北京也不认识人，住在哪里？吃在哪里？"

"你可以先住在我那里，没钱可以先借给你一些。"

"你住在大使馆，我进去住合适吗？"

"有什么不合适？我说了算。"

"我的意思是，我不会有麻烦吗？"

"你想多了。北京不比上海。再说，我们使馆是受欢迎的。"

我真的想得很多，想得脑子都乱了。可是我决定了，我随她去北京吧！我已无路可走，不去北京去哪里呢？

我带她下楼到弄堂口去吃生煎馒头。我们弄堂口的生煎馒头做得极好，是一个劳改释放回来的男人与一个寡妇开的摊位。那男人很健壮，做事也勤快，一日到夜都在忙。那女人有一个女儿，生得很漂亮，大概十六七岁的样子。我喜欢看到她，为了看她总在下午她放学的时候去吃一客生煎馒头。这会儿我带阿曼妲去吃，也便无心看她。那天她正好在，她套上围裙也帮着干活。她在偷看阿曼妲，或许她觉得阿曼妲的长相不可思议。因为阿曼妲，她也偷看我几眼。我觉得自己顿时在邻里有了面子。

阿曼妲伸出她的腿，太阳正好照过来，金晃晃的，落了一地金粉。生煎馒头也烤得金黄金黄的，那肉冻渗出来贴在锅底也是焦黄焦黄的。对于阿曼妲来说，滋味是黄金；对于我来说，颜色是黄金。

我忽然有种感觉，"有芦苇野气的上海，半个工业，半个商业，几叶古书，青团，模仿洛杉矶过气的明星，说上海以外都是乡下，娇媚的女孩儿从街上走过，发霉的烟草，酒香的猪肉，不伦不类的外滩……这样的上海，就是这样促狭而纠缠我的上海。没有人喜欢我，或者有人喜欢我我不识相的上海"，就是我对艾伦说的那个上海，我要走了，要离开它了。

阿曼姐要赶火车，走之前她给我两本书。一本是曼德尔施塔姆的*Hope Against Hope*，一本是冈察洛夫的《奥勃洛莫夫》。前一本是英译本，我可以看；后一本是俄语原版的，我只能翻翻看样子。她好像早已确定能找到我。我知道她给我这两本书是有深意的。

这是腊月严冬的夜晚，我和阿曼姐躺在墨西哥使馆里她房间的大床上。录音机里播放着维索斯基的歌，他的嗓音那么雄浑，那些俄语的辅音被他唱得那么有弹跳力；冷月照在窗外喀麦隆使馆的空地上。我的手伸向那堆金子，那是阿塔瓦尔帕隐藏起来的金子，我只需要一枚金币。阿曼姐说："你可以全部取走，只是你要告诉我你真的愿意。在金子以外才是我。有人曾经取走了金子，却背信弃义杀了我。"她说的是西班牙人与阿塔瓦尔帕的故事。她是灵敏的，而且有神机妙算。我真的只取了其中一枚。取时，她说："你的手干净吗？你刚才抓过桌上的一枚橄榄吃。"她借着月光，来回翻看我的手指。我不容她这么一直看，我急于探囊取物。金子藏在深穴中，金光散发在她的体表。"你真的想要吗？如果真的想，那也没什么。"她又说。我有点害怕她的话，我不敢全部取走，我只取其中一枚。当我得手后，她为一枚金币哭了。

维索斯基唱完了，冷月的声音显出来，它沙沙响，落在地上积为白雪，渐渐将喀麦隆使馆的空地填满。那年，北京地面上的雪很厚，但都是冷月，月光坠地，夜久渐为雪。

第二天起床，我对阿曼姐说我要走了。我带着她那枚金币走了。那枚金币是受了魔法的，那些太阳教的人不是从地里挖出金子，而是收集阳光。月光落地成雪，阳光落地成金。金子的光是太阳神的目光，这光一直注视我，将光后的一切事物挡住，挡住了艾伦，挡住了瑞妮，挡住了上海。我把阿曼姐的金币融化了，铸成卡洛斯8埃斯库多金币；又融化了，铸成戒指；又融化了，铸成钥匙……可是，那光依然凝视着我。

啊，钥匙在窗前的阳光里！

2008年秋，我去慕尼黑，在伊萨尔河旁的Gasteig剧院工作。那边附近有个很好的餐馆，还保留着南德老克勒的滋味。我常常在傍晚的时候过去吃一条烤鳟鱼。我记得那是九月初的一个星期五，大概六七点钟的样子，我吃完饭结账，服务生拿来账单，还有一个本子。天哪，绛红色封面的笔记本！我问他："哪儿来的？谁给你的？"他说是刚才有一位女士交给他的，并嘱咐把这本子给我。我问女士是谁，他说不认识，并没有留下姓名，只说等我结账的时候给我。我又问他女士长什么样，他说，高高瘦瘦的，银灰色的头发，戴一副薄边眼镜。她不是淡黄菊花色的头发吗？她也老了。

这本子原是她拿走的，如今又归还我了。

我翻开本子看，那些久违而遗忘的诗句纷纷向我涌来。起初，这是些深蓝色墨水的笔画，这时已然显出海蓝宝的颜色，在餐厅暖黄的灯下闪烁。从十五岁到十八岁，一个可怜的少年人的结晶，一头雄麝的香脐子。我翻看时，闻到了自己的气味。这气味很重要，它是我的根底。阿曼妲的意思是被爱的人，瑞妮的意思是再生的，活泼的。

我翻到最后一页，上面写着："钥匙在窗前的阳光里。我的小马驹，钥匙而已，并不是门，你试着打开门。"

这句不是我写上去的，是黑色墨水的字迹，像她那涕涕沓沓的黑色呢子大衣上掉下的丝绒，卷曲，卷曲，卷曲着一直拖到句号。

我拿出我的金钥匙，它突然失去了凝视我的目光，变得普通，却是那淡黄菊花的色泽，温柔，娇怯，消融在瑞妮的花园里。

罗薇的表哥话有点多

“侬不会用剪刀修头发啊？侬啥地方来额？现在啥人侪出来剃头，要死快了！以前扬州师傅好不用电动额就不用，非用不可额才用。手剪额有腔势，毛刺刺额，一些朝外头，一些稍稍翘起来，留几缕短额，伸出来几缕长额。长额只好一点点，风吹过来微微有飘额动态，不好真额飘起来，飘起来么变成飘带了，以为侬戴顶海军帽，乃么出洋相了！

“真额不会用剪刀修？格么只好一根一根修，修到半夜里也要修好，勠怪我不客气！修勿好我不走额，困勒格得。勿付拨侬钞票是正常额，勿问侬赔就不错了。

“一点香港人剪头，真叫难看煞！两面削高就算了，后头，头颈杆也削高，高到头顶快了，看上去瘪三一样，还以为时髦。格种头型侪是渔民头，阿公阿仔相，牢戳气额。

“烫头发么，勿好烫焦额，也勠弄得来硬邦邦，生发油一瓶一瓶倒上去，乃么走到外头，太阳一晒，答答滴，像只油淋鸡。

“女人么，更加讲究了。小姑娘身材挺括，格么长发飘飘牢好看。要直，勿好卷；非要卷，只好下头靠近发梢卷一点，要做大卷。想做小细卷，索嘎从上到下，从里到外，彻底卷一遍，一只一只小卷，密密麻麻，要经得起细看，要考究。老阿姨么就难弄了。矮胖型额，剪短头发，最好覅烫；烫，也只烫一点点，摆点噱头；真要是烫得花里胡哨，高出半只头，真叫难看啊！恶心啊！老话讲，贵人不顶重发。头发嘎高，叫作贱骨头。人一点点高，像只皮球，上头再堆一只大煤球，会得好看伐？老女人瘦刮刮，照老法盘髻最灵光；屋里有家底额，弄一根玉簪插上去，玉光泛出来，好像落勒地上有声音，覅太清爽、太高雅哦！或者剪齐耳，覅烫，笔笔直，也蛮有气质、蛮有风度。头发白了，白有白额好处。最好是雪雪白，一根黑额也呒没，看上去有钻石额光气，像戴了一顶王冠；最怕一半白，一半黑，银灰色，脏兮兮额，像呒没汰头一样，交关难看。格么现在小鲜肉小美女染头发，年纪轻轻，发质嘎好，染啥头发！老年人染才对，尤其是银灰色龌龊相额，染一头金发，跟一色白额比，看啥人有腔调。”

“哦哟，格双皮鞋漂亮额！尖头额，一点点跟垫起来。跟不好高，男人穿高跟，让人家笑煞忒，以为侬呒没身高，小样，勿来赛额。

“侬讲啥？买过三十双了？三十双算啥！侬呒没听讲，伊梅尔达额鞋子有几千双么？穿鞋子当然是为了走路，但不只是走路。按现在额社会，大家侪开汽车，走路额辰光、地方少之又少，一双鞋子足够了！格么做啥鞋店不关门？每年还上架嘎许多新鞋子？穿鞋子是风格！啥？打扮？要漂亮？侬太肤浅了！迭额叫风格。穿鞋子是为了风格。人做啥要风格？嘎许多人，人海茫茫，一不小心跌进去，伽姆妈到啥地方去寻侬？还寻得到伐？风格就是性格，就是性格额表达。光有性格还勿来赛，要表现出来，标识出来，让别人认出来。我性格丰富，风格自然就少不得。啥人像侬，自家性格还没寻到！侬么，算了！穿穿义乌小商品市场额旅游鞋算了。

“侬一天到夜舍不得吃，舍不得穿，舍不得用，钞票存下来做啥？买房子？房子是啥？砖头，钢筋，水泥，住两年折旧了，卖出去跌价了。为了买房子，日节不过了？吃咸菜，吃方便面，还有啥人生？结棍么，索嘎买了房子还大吃大喝，穿金戴银。迭额才叫有钞票，富人家。侬来赛伐？叫我去赚钞票，由侬去掼拨开发商，脑子坏忒了，覅忒戆噢！为了点房子，一夜回到旧社会，等贷款还清了，皮肤也皱了，心力也衰竭了，骨头也疏松了，啥人还要侬？侬现在连一盒子雪花膏也舍不得买了！我看侬以前读大学拿助学金额辰光，也呒没现在迭能捉襟。反正，我覅买房子，我租房子住，全上海所有房型我侪住一遍，想住啥地方就住啥地方。侬吃方便面，我吃大排面，阿拉两个人分开吃。侬勿穿，勿打扮，搞得像灰姑娘一样，覅怪我外头寻名堂！

“节约？我从来呒没看到过靠节约发财额。节约侪是买门面。一个人一辈子欢喜门面，不欢喜身体，不欢喜适意，活勒盖做啥？死死忒么好了！伢屋里厢额人就是欢喜门面，欢喜面子，像壳子一样，空心额。我屏了多少年了，勿讲，蛮够意思了。今朝讲拨侬听听，不只是出气，是真心闲话，明人不做暗事。侬有本事房子带到棺材里去，反正我覅，我情愿困大马路额。

“实力！晓得伐？要凭实力做事体，有啥实力做啥事体。两块洋钿实力买点心吃，两千万实力买游艇。一共五百块，到处钻头觅缝撑门面，东挪西借，拆东墙补西墙，预先消费人生，拿根绳子自己头颈杆套套牢。我跟侬一道套牢？想想清爽，覅拎不清！反正，我是实力派。”

“小舅子上个礼拜来，送我一副金丝边眼镜，18K黄金额。要讲金子么，实实在在真金无欺，格么式样实在不敢恭维。我拿出来拨侬看看。诺，侬看，方框方得来像格子一样，戴上去乃么眼睛也不圆了，像打过马赛克一样。格么哪能戴？掼忒么可惜，金子撬下来去卖，值几只铜钿？再看看镜片，树脂额，辰光长了侪磨毛忒，世界模模糊糊，人生朦朦胧胧。人家民国辰光老法师额镜片侪是水晶磨额，只有水晶镜片才配得上金丝边。我是恶阴煞了。人家是好心，讨好我，拍我马屁，我么心里实在勿欢喜。嘎土，像郊县加工厂烊金子烊出来额么叱，两边镜脚还高低不平，要死快了，我戴出去被人家笑煞特！所以讲，下趟叫伊覅送么叱。我最讨厌人家送礼，一百样么叱，九十九样不称心，还要满面孔堆笑谢人家，回转头掼忒么不是，用起来吃起来么又恶心。侪是场面上额事体，呒没实际好处。我迭额人欢喜实惠，不讲究假文章。我不送人么叱，要送起来侪是硬货，真金实银。上年春天送㑚爹爹樱桃，侪是我叫人家贵州人到山里厢去一只一只摘额，侪是黄皮小樱桃，哪能像现在店里卖额，红彤彤火辣辣额，比李子还大，一口咬下去甜得人喉咙痛。格种么叱还叫樱桃啊？卖相噱头一只鼎，实际上是变种货色，一点樱桃味道也呒没。现在送礼侪送格种虚头滑脑额空心汤团，格么索嘎画两只樱桃么好了！场面，门面，脸面，三碗面，想便宜买品位，做梦！

“晓得伐？告诉侬一条真理。便宜额侪是假额，贵额有一半是假额。前半句说明人侪勿戆，覅自作聪明；后半句说明人心叵测，心黑起来墨墨黑。

“要出去了。今朝会一个大客户，约好勒湖心亭茶馆店吃茶。我大衣呢？……短大衣哪能穿？格种场面短大衣穿起来像小刁模子，要有点派头才好。我深蓝色羊绒大衣呢？勿是格件！格件颜色忒淡，春天辰光难班穿穿还可以。现在深秋了，颜色要庄重点，叫作肃穆，秋气肃杀；格么也勿好老气横秋，要尊贵，有距离感，像克什米尔矢车菊蓝宝石额颜色。伊格辰光，阿拉娘带我去扯布头，来勒北京路友谊商店对面外贸公司开额呢子店，就是外滩伊面得，扯回来自己设计花样，自己裁剪，按照英国美国杂志额样式做。呢子是英国进口额，名堂勠忒多噢，厚呢子，薄呢子，羊毛呢子，羊绒呢子，还有颜色，还有织法，斜纹还是直纹，直接关系到视觉感受，差一点点也不来赛。比方讲，咖啡色额，要厚额纯羊毛才好，要直纹格子，交错起来一深一浅，浅颜色线头勿好发白，太白晃眼睛，夺人眼目，变成墙布了，死板板。阿拉娘，我从小伊忒我做大衣，我大衣交交关，人长高了不合身了，侪卖到旧货店去了。侬勿要以为旧衣裳呒没人要，要看啥个旧衣裳。像倗现在买点花色，买点跟风廉价货，格么是不值铜钿额。从前有钞票人家，一定要有貂皮大衣，牛羊皮夹克衫，还有呢子大衣，呢子外套，呢子长裤，迭额叫硬货，买回来夯底子，底子夯牢了再买花头。底子衣裳看起来规规矩矩，实际上是财富，就好比基础工业。你看英国王室，啥人会像倗现在小鬼头穿额。倗只会买牛仔裤，T恤衫，扯块布头左披右戴，便宜白相个性，讲到底么，侪是叵罗货。正经么叱，哪怕薄衫，吊带，质地必须到位，不是丝绸额，就是薄羊绒额，天冷天热侪好穿。衣裳也是家底，是硬通货，要买好额，到位额，就是质地好，样子流传一百年不过时额。穿三天追风额垃圾货哪能好要？韩国人么叱最坍般，才是表面文章骗骗人额；日本人也不来赛，搁落老底子侪嫌贬东洋货。东洋货就是假货烂货额代名词。东洋人学西洋人，摆摆样子额，侪是纸头花样，烧拨死人额，蹩脚煞！

“发财有秘密，也有规律路线。侬一天到夜节俭，格个舍不得买，伊个舍不得吃，钞票看见侬也要恨煞侬。多看多试，确定到位了，大手笔，眼睛也不要眨，一把拿下。迭额叫眼光。钞票格样么叱，牢势利眼，看侬一掷千金，勿拿伊当么叱，倒是乖乖跟侬跑。侬穿高级大衣，皮夹克，皮靴子，格么还好冷天里马路上走三十里五十里伐？不管哪能，至少叫一部黄包车、三轮车，最标配额，来一部机动小轿车。好么叱也有灵气额，伊拉为了自家匹配，自家适意，会得忒侬去招财额。衣裳舍得买，汽车舍得买，房子舍得买，黄金白银自然就来了。规格上去了，眼界开阔了，机会和资源就看到了，理解不同，财富就聚拢。覅只认得铜板，看勿出其他形式额钞票。眼光狭窄，人家有财富也勿拨侬看，勿叫侬晓得。第一次买贵额么吪，是一只登喜路黄金打火机，全球限量五十只，侪是有名有姓额大佬买额。我走出店门口，拿出来点一根香烟，勿是讲人家投过来羡慕额眼光，而是拎得清额朋友为侬让路，看得清山水额服务生带侬进VIP包厢。从此，为了格只打火机，香烟牌子要调忒，大衣要调忒，车子要调忒。侬自家额眼睛瞄着额么吪跟从前侪勿一样了。侬既瞄着消费品，也瞄着生产力，结果对能力、才情、相貌、资历、性格额价值侪重新估价一遍，结果发现钞票只是财富中最小额一部分。我做生意侪靠眼光，判断，下狠心，快出手，否则格家珠宝店我哪能做十几年？珠宝道理更加深，忒侬讲不清爽额。勿讲了！”

“重要额闲话再讲一遍：便宜额侪是假额，贵额有一半是假额。老兄，勿瞒侬讲，我额么吪，呒没一样是便宜额。格么我有假么吪伐？难讲额。做人品德靠做出来额，么吪真假靠业务水平，靠眼力。我做人再正宗，水平勿来赛，也要吃药额。嘎许多年，侬从我格得请回去额么吪，旁边人哪能讲？有的是同行，同行有闲话伐？同行最多讲，么吪灵额，同样么吪伊便宜拨侬。侬敢要伐？侬也试过了，冷暖自知。我勿好私底下对人家说三话四。侬自己掂分量。珠宝格样么吪，多看少买。覅贪便宜。买回去一大堆，结果钞票用忒勿少，值铜钿额一样也呒没。买贵勿买贱。贵额总归要升值，历史额曲线摆勒伊面得；贱额，现在贱，老早贱，将来也贱。便宜买来，白白浪费钞票，结果出于节俭，终于亏空。好么吪，哪怕比市场价高出些许，两三年后拉平，五六年后翻倍，几十年下来看勿懂了，成为宝贝。迭额叫养，也是真正额投资。投资勿是今朝出三角，明朝赚一角；投资是本钿下狠心拿出来，还要付出耐心、细心慢慢养，慢慢等，要养得起等得起，碰着困难辰光勿好头脑发昏卖忒，勿好中途而废，看啥人屏得牢，屏到最后。历史也是迭能，老祖宗传下来额么叱屏牢勿拆忒，最终成为国之魂。有啥么叱比魂灵值钞票呢？假使想要便宜，索嘎便宜到底。侬看格只湖心亭紫砂壶，卖二百块，我准备买一把。为啥体？宜兴原矿朱泥，还有伐？再则老底子做出来额现在卖几钿？我要么靠自家眼力淘一把极品，要么索嘎买最便宜额大路货。湖心亭招待客人侪用格把，日常用品，至少不是大兴货。

“我忒侬选三克拉红宝石，鸽血红就覅想了。首先要保证无烧，呒没热处理，完全天然原石切割；另外形制要好，要滴刮剌圆，勿好椭圆，勿好随形；圆的么叱最费料，嘎大一块要磨忒多少再周正？透度、净度要好，受光折射、漫射要好，所谓火彩；开面也重要额，克拉只是分量，分量足，开面一点点，看上去跟一克拉大小差不多，格么为啥还要买三克拉？格颗你自己看看，开面交关有卖相，镶得好，看上去有四克拉。

“先覅讲价钿，先看么叱。欢喜伐？勿欢喜还拨我，覅紧额。看中了谈价钿。我也不会一口价，多少来回匀匀是可以额。我肯定想赚钞票。嘎卖力寻到好么叱，不为赚钞票为啥？格么侬也想少出点，实惠点，得高品质，还正常额。勿瞒侬讲，我额优势就是贵，以贵保质，以贵不可取代，再也寻不到第二颗一样额。另外，拿回去后悔了，还拨我，原价我收回。但是，我要高倍放大镜检查，要技术师验证，保证呒没掉包，保证原样无损。迭额过程是需要辰光、走流程额。我先关照好，闲话讲勒前头。

“啥？又讲鸽血红！格种标准式样，再到鸽血红，侬晓得价钿要翻几倍？是几何平方立方式增长！求颜色正，红色调里透点冷，只有缅甸抹谷有这种色调，伊拉叫作‘红色中有蓝色额记忆’。懂经朋友啥人为了鸽血红一种标准去花冤枉铜钿！从前皇室权杖、皇冠上也勿是侪镶鸽血红额。只求正色，求火焰，讲究产地。白相宝石，千万覅听化学物理格一套，所谓氧化铝侪是一样的，格么蛋白质也是一样额，侬做啥要吃鱼虾、牛羊肉？吃蛋白粉么好了！宝石额产地意味着血统，血统要纯正高贵，勿好野路子，私生子。蓝宝石么克什米尔最好，红宝石么印度额、缅甸额最好。现在啥地方去寻克什米尔额，印度额？老早封矿停产了。想要克什米尔蓝宝石，只好到老古董上去拆下来，19世纪以前额老古董。我忒侬做好GRS、古柏林两张证书。为啥做迭两张？因为有产地标注，有热处理说明。迭额是彩色宝石最关键额证明。白相彩宝，一定要记牢。”

“我难过煞了！翻过来勿是，翻过去也勿是。生点毛病哪能嘎难过！幸好薇薇侬来了，只有侬晓得阿哥要吃啥。伽阿嫂笨来，样样么叱烧勿好。我也勿是疙瘩，我只是想吃碗面，伊左烧右烧烧出来勿对。

“啥面？就是小辰光连环画里看到额，侦察兵生毛病了，炊事班老阿公送去一碗面，上头摆两只蛋。要卷子面，手擀面、切面侪勿对额。格么伽阿嫂端上来额面烂糊答答，上头摆两只白煤蛋。伊一点灵性也呒没。人家肯定是荷包蛋，画出来勿漂亮，只好圆滚滚画得像白煤蛋额样子。乃么伊再烧一碗，端上来真就是扁忒忒两只荷包蛋。我是烦人额，又要荷包蛋口味，又要圆滚滚白煤蛋样子，是难弄额。格么我生毛病了，难班生额呀！

“勿过，侬来了就好了，我晓得妹妹有本事想出办法来。“

“格么辛苦侬了。侬真正是冰雪聪明！乃么对了，侬也真想得出额，白煠蛋再摆到大油镬子里氽氽，辣辣黄，一点点焦。面汤也好额，猪油香葱清汤；面条一根一根分得煞勒丝清，一点也勿硬，一点也勿烂；量也正好，几口吃得光额样子，多了吃勿忒，少么吊胃口。妹妹真来赛，侬今朝要是勿来，我要难过煞了！

“端只架子来，我要坐勒床上吃。勿是伊只，伊只伽阿嫂买来的铝合金廉价货，摇摇晃晃，摆勿稳额。我雪茄房里有一只檀木做额，老式架子……就是迭只，就是迭只。哎，摆摆好，再过来点，靠近我胸口。还有一只餐盘，面碗摆勒里头，筷子也摆进去。端过来。筷子尖尖头覅对勒我，对勒我风水勿好额。湿纸巾也拿一包过来，一歇我吃起来要揩揩嘴巴额。

“侬真讨人欢喜，坐勒旁边看我吃，还讲嘎许多好闲话，侪讲到我心里厢去。是额呀，乃么格碗面看上去跟连环画里厢一模一样了。侬讲侬蹲勒英国额辰光想煞忒了，吃勿到，弄碗方便面装装样子，真罪过啊！侬迭能讲，我么吃起来更加津津有味了。”

“早上爬起来勿好马上吃么叱额。人额五脏六腑就好比湖泊，血管就好比河浜，夜里困觉额辰光，河浜退潮，血侪回到内脏里去了。格么早上头起来，湖泊涨潮，血再慢慢点涌到血管里来。血还没上来，吃么叱压力大，所以先覅吃，等回血了，脑子清爽了，血管充盈了，再吃。

“早饭么少吃点，干额稀额侪要有点。关键是清爽，勿好油答答额，最多来一根油条，要么一只煎饼，勿好大油大荤额；泡饭或者粥要清爽，勿好皮蛋、鸡肉格些荤额么叱摆进去。过泡饭么，定规要配小酱瓜，什锦菜、煎黄鱼鲞也是好额，只好吃一点点，一丝一丁，过一大口泡饭。咸鱼大口大口吃，瘪三相，几世呒没吃过荤腥阿是？穷凶极恶！过夜额旧菜一只也勿好要，热过也勿来赛额，统通倒忒！早饭就是一句闲话：要清爽！清爽么就是为了汰肠胃，一扫宿食气味。

“侬静心下来，慢慢体味，一碗粥也是牢好吃额。米汤水绿莹莹额，米粒烊开一半，入口即化。要深入米香。深入米香也是一桩本事。侬有能力吃出米香额层次伐？是陈米还是新米？是籼米还是粳米？北方米还是南方米？粥汤是护胃额。侬吃过肚子伐？肚子么就是猪猡额胃，有额地方肉头厚，有额地方肉头薄，里外两张膜夹了一点点肉。人额胃还是跌能，胃好么，肉头厚。吃粥养胃额，养得来肉头厚。厚的肉头么勿怕硬横额么叱下去，生冷，生猛，海货，山货，老酒，侪勿怕，侪消化得忒。人额胃，就像石磨，要磨得动食物，磨得粉粉碎。

“再讲咸菜，咸菜勿好太咸，比平常菜咸一点最好；腌制额辰光覅超过一个礼拜。一口粥，一口菜。苏北人的酱小黄瓜最好吃，伊拉是跟北京旗人学来额。旗人贵族没落了，乃么排场勿好少，也要排出八只菜，一种咸菜也要摆八只碗。呒没荤菜吃，吃黄瓜里最嫩额，还没长熟就摘下来——格额还算派头，格点最后额派头还是要摆额。

“侬覅看勿起吃粥，生毛病额辰光只吃得进粥。格额说明啥？说明定规粥是最补养人额。

“啥额？侬讲古代隐士吃一辈子粥，伊拉身体勿好？一辈子身体勿好，只吃得进粥？身体勿好才去隐修？侬额思维真是煞根额！

“勿过么，只有粥可以吃一辈子，吃勿厌额，吃勿坏额。吃粥，认真吃，讲究吃，吃进去，吃出味道来，吃出享受来，是一种本事，也是一种福气。至少，高血脂，高血压，心脏病，侪呒没。身体交关好。侬想想，人家要吃一辈子来，会得勿好吃伐？肯定清雅又适口额。

“今早阿哥请妹妹吃粥，也算妹妹陪阿哥吃。阿哥生毛病刚刚好，现在是吃勿进别样么叱，搁落粥好得来顶忒了；乃么告诫自家，勠好了伤疤忘记痛，下趟呒没毛病额辰光也多吃清淡，少吃大鱼大肉。妹妹更加要记牢，清淡点吃，身条好；小姑娘要水灵，要清爽，身上要保留体香，啥额麻辣龙虾、海底捞少吃，吃了长狐臭，浑身黏答答，皮肤毛孔粗大，一点噱头势也呒没了。

“啥额‘早上要吃饱，中上要吃好，夜到要吃少’，我顶勿相信格套。做啥早上要吃饱？侬到宾馆酒店去看看，早上免费早餐，一点外国人拼命吃，一盆接一盆，吃勿落还要吃。做啥？伊吃足止乃么一整天勿吃了。迭额是苦命，苦命做工人额路道。夜到做啥少吃？一额是省钞票，一额是早点困，明朝要早起，又要出去奔忙，格么肚皮里还有食呒没消化忒，哪能困得着？有钞票人么夜到唱歌，跳舞，夜总会，酒吧，沙龙，还要白相女人，身体要交关好，食物要充足，要有能量，要白相得动。所以么，有钞票人夜到一顿饭定规要吃饱吃好，甚至还要吃夜点心。勿吃夜宵，肚皮里空，困不着额。穷人困觉，肚皮里有么叱，困勿着，因为伊勿是困觉，是抢辰光，要马上困过去，好早点爬起来；富人困觉是白相，前戏后戏，里厢额戏，多了！有得搞了！所以么肚皮勿好空。早上一顿么，倒是要吃得少，要慢慢较醒过来，要慢吞吞收作自家，剃胡须，修面，打扮，着装……等脑子清醒了，血液回升了，乃么到吃中饭辰光了。中饭要吃好，格点一样额，勿过外国赤佬大多数中饭勿吃额，拖到下半天，所谓下午茶，吃两块饼干骗骗自家胃。作孽额！中饭吃得好，关键是味道要好。迭额辰光胃醒来了，要善待肠胃，要安慰伊，宝贝伊。格么最差一块红烧大排总归要吃额，像日本人么至少要来一客蒲烧鳗鱼；有条件么，清炒河虾仁，三虾面，或者二样炒菜，一盘冷菜，一砂锅炖菜，火腿炖老鸭，黄豆炖脚爪，侪勿错额。讲究点么，下半天再吃一趟点心，馄饨，小笼馒头，锅贴，两面黄，蟹壳黄，油豆腐细粉汤，牛肉汤，春卷……上海人点心名堂勠忒多哦！勿过西洋点心也勿错额，凯司令，老大昌，德大，还有现在名目繁多额新派快餐店，啥额米其林一套，吃伊拉点心倒也有风格额。重点是咖啡，覅上伊拉当，啥额美式，摩卡，侪是混日节骗人的。好咖啡跟好茶叶一样额，是称黄金卖额。一杯非洲名咖，现场手磨，银咖啡壶现烧，卖侬一两黄金一杯，一点也勿过分。

“夜饭么应该像宴会，冷菜，热炒，煨炖，侪勿好少额。冷菜么有熏鱼、烤麸、白切肚子、酱鸭，花头透来；热炒么要有虾仁、蹄筋、茭白毛豆肉丝、鸡丁、鱼丁，要腔势浓；煨炖么我欢喜吃干贝火腿、三鲜汤、菌菇炖排骨、粉皮炖鱼头，另外清蒸白丝鱼、雪菜黄鱼、鲜鲥鱼，我也欢喜额。乃么，老酒也要搭点额。茅台太飘，我一般吃点汾酒、五粮液；黄酒也有讲究额，枫泾额好，五加皮最正宗，要烫热，勿好摆话梅、姜丝，现在外头饭店里勿晓得啥额辰光弄出迭种名堂。吃酒么味道一定要纯正，哪能好甜蜜蜜呢？甜酒骗口味，多吃后劲覅忒大，保证昏过去。我勿欢喜吃甜酒。格点洋酒好额，干红干白，吃口适中，好像呒没糖分额样子。

“烧酒香勒外头，黄酒香勒里厢。北方人不明就里，以为黄酒是茶汤，实在黄酒是和血脉额，吃下去通血管，祛瘀血，来得额养身体。

“吃白酒么一定要小酒盅，吃黄酒么一定要瓷碗盏，不同额盛器，滋味勿一样额，感觉心情也勿一样额，装错杯子，忒扫兴，我吃勿下去额。吃洋酒么只好玻璃杯，不但吃酒味，还要吃颜色。洋酒讲究色香一体。

“威士忌是苏格兰黄酒，实质上是最正宗额西洋老酒，我来得额欢喜。下半天吃好点心，花园里走走，靠勒窗门口寻只座位，来一杯，要平脚杯，厚底玻璃额，透过快要落山额太阳光，再闻闻玫瑰花额味道，人生大享受啊！各种花侪会改变酒味道额。热天么玉兰花，秋天么金桂花，初春么腊梅花，花香里也有醇味，融进威士忌，像引子一样额。一叶知秋，一花一世界。

“侬讲我吃中式勿吃西式？侬真是额，勿懂经。㑚阿哥啥额三关六码头呒没闯过？西餐吃法现在上海基本寻勿着正宗地方了，实际上欧陆也一年勿如一年，侪跟美国人学快餐，学瘦身减肥吃兔子草，又粗俗又罪过。人作孽点也呒啥关系，关键是作孽人要出风头，偏偏要讲伊拉额路道是时尚，是顶级。十三点！

“西餐么，冷盆、热汤、主菜、甜食，一道一道程序牢严格，光光吃酒水就要好几种：开胃酒、冷饮、热饮、烈酒、葡萄酒、可可饮料、水果饮料、咖啡，侪根据不同程序配勒菜上。一顿饭吃三四额钟头，牢正常。现在么人奔忙，有廿分钟吃饭不得了了，拉里坐得牢！正宗法国菜、德系菜、斯拉夫菜，侪灵光额，现在呒没了，侪变成简餐，食品也存在主义了。更加覅讲食材了，统统侪是化学添加剂、抗生素、激素、防腐剂夯上去，番茄、橘子、香莴笋、黄瓜，侪一只味道。搁落毛病多呀，脾胃胰脏侪吃坏忒了，到处是糖尿病。

“下趟阿哥自家烧一桌西餐拨侬吃。侬吃吃看，啥叫正宗。现在马路上侪大兴额，Tink，Weanila，Bionifiction，M&P，名字好听来，讲起来个性来，侪是骗子。洋骗子，乡下骗子，白相概念，一点也勿实惠。上海人勿好骗额，一辈子讲究质地，空心汤团啥人要吃！啥额气氛，灯光，垃圾爵士乐，轧勒餐厅里擦擦肩胛，啥人买账！上海人讲究地道。啥额叫地道？

“地道么才叫有文化。伊拉讲上海人排外。瞎三话四！上海人不排外，排假，排低级，排勿到位，排山寨。侬有本事到位，勿怪侬非洲来额，大西洋底来额，侪算侬贵客上宾。侬覅偷鸡摸狗，浑水摸鱼，粗制滥造，拿点大兴货来招摇撞骗，群众额眼睛是雪亮额！

“江南人一般来讲，是勿吃羊肉额，勿过，七宝镇上有羊羔肉做得牢赞。嘎怕羊肉膻气额人，到止蒙古也大块吃羊肉。做啥晓得伐？因为地道。伊面得额羊吃大自然青草，侪是草香气，一点也勿膻；到止山西、河北就勿来赛了，同样是羊，味道差得勿是一星半点。到北京么要吃炸酱面、京酱肉丝、水饺；水饺一定要吃白菜猪肉芯子额，其他侪叫花样经，勿正宗额。上海人实质上啥额侪吃，根本勿挑剔，包容性来得额强，只是讲究地道而已。侬讲大蒜总归勿吃额？侬戆勒！首先，江南菜烧海鱼、炒嫩鸡块，侪要摆大蒜额，炒红米线菜也要摆额，只勿过是熟蒜头，生蒜基本上勿吃额。有人来碗阳春面摆大蒜伐？红烧猪排里厢有大蒜伐？红烧肉摆大蒜伐？格叫要配套，要合适。格么侬到陕西，吃伊拉油泼面好呒没大蒜伐？要看情况额呀！反正，只要地道，哪怕非洲人烤猩猩肉也是美味。勿过，对我来讲，也有禁忌额。我样样地道么叱侪愿意尝试，偏偏广东菜勿吃额。我有额朋友，蹲勒外国几十年，哪怕困难到只有面包干屑屑头吃，也勿吃广东菜。伊讲，生猛海鲜，侪烧勿熟，美其名曰吃鲜，实质上是呒没厨艺，烧菜只会摆点蚝油，摆点沙爹酱，一股沤味道，咽不下去。伊讲，有一趟伊回国开贸易交流会，只好住勒广州，吃勒一额号头广东菜，结果会议结束到北方去，甚至伊平常从来勿吃额卤煮火烧味道也胜过仙味了，淡榔头更加是宝贝煞了，一顿吃三只。伊是饿煞勿吃广东菜。格么现在做啥粤菜嘎流行？哼哼，哪能讲呢？侬样样么叱呒没吃过，一天到夜搧菜爿爿，突然之间看到活蹦乱跳一只野猪罗，哪怕还呒没杀忒，侬牙齿也啃上去了。再讲前头几年开放，香港人吃香来，骄傲来，觉着自家是上等华人，格么伊拉额菜好像也勿得了了。侪是追风，被人家带了跑。洋盘！寿头！

“上海人随便到啥地方，一夜天醒来就变成当地人，还要教当地人做当地人。搁落上海人才叫真正额外地人。我格种讲法新鲜伐？侬听过伐？哪能讲呢，就是上海人讲究地道，迭根地道额神经比啥人侪厉害。到止山西吃刀削面，定规要摆醋额，勿摆醋算啥额刀削面！到止俄罗斯么，吃荤腥么，定规要一盘酸黄瓜额，呒没酸黄瓜哪能算吃俄国大菜！到北京要住四合院，追求现代风么也要住苏式宿舍楼，墙头要厚，楼层要低，格么最好秋天去，看一片红叶，看一片金黄银杏叶；到朝鲜侬好勿吃冷面伐？烤肉倒勿一定非要吃，冷面泡菜是定规要吃额；到止伦敦，Savoy饭店要住额，门口头waiter小费要拨额，要准备好一英镑硬币，覅小看迭种角子，里厢多少含点黄金额。抠抠缩缩哪能来赛，算啥额绅士！现在格点中产、商务、主管，年薪听上去好来，勿得了来，实际上一杯红茶也舍不得买，小费啥意思？伊想也呒没想着过。格种人么，英国人叫伊拉瘪三，Punk。现在小青年觉着朋克结棍煞了，牢有风头。啥额是朋克，就是Punk呀，瘪三！

"一额时代，野路子额声音要听额，底层额闲话要让伊拉发泄出来额。但是，文明不是靠迭些，迭额叫'礼失求诸野'，野究竟勿是礼。权宜之计，晓得伐？过去就过去了。归根结底是礼，礼就是门道，要懂经，要克勒。还有交关人，以为恶习是性格。恶习就是恶习，随便到啥额社会也混勿长额；呒没文化终归是呒没文化。靠野路子闯世界，可以一时，勿可以一世额。以为流氓阿飞不可一世，真正是做梦。历史上从来是流氓阿飞死勒读书人手里厢。"

"吃么叱嘴巴勿好出声音，出声音么吃相难看。小口小口吃若是勿过瘾头，格么就大口大口吃。大口吃么，要有水平额呀！么叱塞进嘴巴里，哪能咬紧、含牢，哪能勿开口只勒里厢动，迭额么要从小练习额。筷子么勿好对勒人，像是要尖人家吃忒人家一样，交关勿礼貌；也勿好戳勒饭碗里，乃么像戳勒坟墩头上一样，吃祭饭，邪气勿吉利额。我讲格些，勿是讲必须规规矩矩，必须谨小慎微，我额意思是人要敏感，身上额穴道要打开，要听得见外头额声音。物物之间，天人之间，是要有呼应额，要对得牢。迭额勿是板面孔，教训人。迭额是校路子。校啥路子？对应宇宙法则，叫作合适与相称。丫头穿一件貂皮大衣荡马路，格像啥样子？穿一身西装领带买勿起合适伐？格种侪需要校路子，路子校对了么，侪是自由。老夫子讲，‘从心所欲不逾矩’，就是格额道理。所以讲，台子上吃饭，也勿必一定要静声雅气，也可以狂荡勿羁，可以一醉方休。格么要看啥额环境，跟啥人一道吃饭，自家性情适合伐，身体吃得消伐。侬勿是横刀立马、潇洒倜傥额模子，侬去轧闹忙，适过小丑一样。

“人勿要做勿属于自家额事体。自由，奔放，上天入地，要凭天赋跟本事额。以为乱来就是解放，真正罪过来，呒没见过世面。

“侬晓得伐？老底子么，做官人家，读书人家，日节好过。后来么，做官人家，读书人家，最穷。为啥体？因为，伊拉后头格点赤佬讲究奋斗，要改变命运，乃么屋里厢样样事体要追求有目的，有意义。买双鞋子，也要讲出受到啥额启发，得到啥额收获。迭种人家么，吃也没吃过，穿也没穿过，白相额名堂一点也勿懂，马路上额世面一点也没见过。侬勿相信，侬去看看。大凡规定好额事体，伊拉马马虎虎还可以做到六十分；大凡让伊自由发挥额，乃么戆忒了，水准覅忒差哦，基本上跟伊拉屋里厢吃额用额廉价货一种档次。钞票勿是存了银行里舍勿得用叫钞票，月饼么也勿是园得来发霉再拿出来吃叫吃月饼。一额人袋袋里只有三十块，再借三十块，来拨小囡买点心吃，买一箩筐苹果，吃十只，掼忒十只，格么才叫富裕。小市民屋里，舍得用，舍得吃，舍得享受，脱底棺材，硬碰碰比做官读书人家富裕！财富是拿来用额。用着了么，才叫发财；呒没用着么，侪是恶趣空。

“老底子读书人家侪是白相人，现在么，白相人家侪勿读书。呒没名堂，呒没素质，勿懂经，戆答答，读啥额书！还真以为读书是为了赚钞票，为了混资格，为了改变命运？头拨门轧扁忒了！搁落伊拉书读勿好，侪读到下水道去了。就算读到做官，也一副瘪三相。读书只会放大侬额基础，基础勿来赛，越读越放大侬额勿来赛。读书是改勿忒劣根性额。读点书就以为自家勿得了，会当凌绝顶了，出来扎台型，做梦！

“还有些艺术家，衣裳也勿会穿，上身西装，下身运动裤，头上草帽，脚底板皮鞋；好勿容易出点钞票买名牌，结果一件衣裳上侪是LV标志，领头上，前胸后背，侪是LV，恶心伐？唯恐人家勿晓得伊买得起LV。格种人还好意思出来做行会领导，好意思来勒电视里教人家审美，勠面孔！

“艺术格样么叱，勿是讲侬考几张文凭就够得着额。要么侬是天才，要么就是几代人倾全国之力撑起来额。学院是用来普及额，顶多培养粉丝，是教勿出艺术家额。还学院派来！呒没本事么只好介牢学院牌子。侬记牢，有真本事额人，从来勿讲自家出处额。北京人讲，是骡子是马，遛一个瞧瞧！”

“薇薇啊，侬寻额人灵光额。伊阿是叫列夫？我呒没记错忒，伊叫列夫。人家讲伊岁数大，岁数大哪能呢？俪脾气相投，蹲勒一道开心，呒没比迭额更加合适额。我做啥欢喜伊？伊迭额人低调，有品，谦虚；吃额，用额，住额，样样正宗。俪旧年止来勒永嘉路买额一套花园小洋房，有眼光。现在格种单元房、公寓房跟火葬场铁板格子一样，买转来做啥？还有所谓豪华装修大别墅，勠忒难看！啥额先进材料，啥额小区绿化，啥额厨卫现代化，侪是虚额，空心额。还有一批人，到郊区去买独栋，以为擸着便宜了。郊区好去阿？水电煤勿稳定，呒保障，村里厢讲拉忒侬就拉忒侬，乃么蚊子、苍蝇、壁虎、蟑螂，杀也杀勿光，看去来好像住勒森林里，投身勒大自然怀抱，大自然多少结棍，侬吃得消伐？伊发起火来，吞忒侬像吞忒一只虫。我看伊拉一点小资作家，幻想到森林里去结一张吊床，讲迭种享受么是人间天堂。伊想多了。侬去结一张试试看，先勿讲碰着豹子、棕熊、老虎，先就毒蚊子咬煞侬，三分钟侬也撑勿下来。像新疆额尔齐斯河，热天嘎每立方米蚊子好达到一千七百只。想勒好，现实覅忒残酷哦！

“顶顶好额地方么，还是市区里厢，要闹中取静，要隔了玻璃窗看绿化。冰箱要有额，汽车要有额，网络要覆盖额，卫星电视要接得到额，空调、热水汀、煤气、电话侪要齐全，享受现代化基础设施，另外出门也要方便，交通、商店、餐厅，各种白相额地方不出三公里，乃么再讲究面积、结构、僻静、格调，格额才叫克勒，派头。断命额，要死快了，跑到乡下头跟猔牲为伍，还好意思跳出来扎台型，真是呒没见过世面，勿知天高地厚！人家懂经朋友背后头笑煞伊，刮刮老面皮。

“侬看看人家一百多年前造额房子，墙面砖头好几层，地基夯到直直下头，七八级地震根本勿怕。流行的新房子，一套比一套新，三年勿到又过时了；一幢房子一百年过来还挺立勿到，辰光已经证明一切。所以讲，要追求流传，勿要追求流行。侬覅以为阿哥勿懂额，音乐也是迭能，要写流传额么叱，勿好戆答答追流行。流行勿过三分钟，就被人家覆盖忒。侬看看现在网红、热搜，再大额事体也勿过三分钟热度。普金要掼原子弹，马斯克炒作星链，有啥了勿起，侪是掼浪头，覅讲一百年，明年还有啥人记得伊拉！侬听过一句老话伐——‘树小房新画不古，一看就是内务府’。内务府么老底子交关混差事额人，一夜天暴发了，就买一套四合院，乃么，树也是移过来额，图画也是仿古额新品，装装门面，充充胖子，呒没根底额。侬再看看伽屋里只园子，一堵一堵玫瑰墙，老樟树起码八十年朝上，还有紫薇、桂花、橘子树，侪是老底子种下去额，进去闻味道，侪是花香以外额木头香。光有花香是不够额，里头要透出树芯子额气味。格额就叫作古色古香。

“列夫么年纪是稍微大点，大点么宠侬呀，当侬小妹妹，样样地方让侬，百依百顺，多少好！总归是有啥事体侬发脾气，发嗲，任性，伊两只耳朵被侬拎勒亥，被侬操纵，迭额是伊必须付额代价，啥人叫伊欢喜嫩额，欢喜卖相好额呢！

“格么伊是过来人，教会侬多少老克勒额名堂，侬少走多少弯路。出门哪能整理行李，哪能打包，用啥额皮箱；住店住啥额位置，啥额档次，啥额传统；穿衣裳么穿啥额质地、款式、风格，侬看伊拨侬打扮得多少神气，多少青春潮流，又勿失格位。侬自从认得伊以来，路子侪被伊校过，春风化雨，润物细无声。我估计香面孔也是伊教侬额。阿哥伊趟到俚屋里去，正好碰着。对勿起，格种事体我当侬面讲牢勿合适，只是我伊趟止碰着，心里厢受刺激了，俚阿嫂嘎许多年从来勿会香面孔香出魂灵来。伊木墩墩额，像完成任务一样。

“平常看起来勿动声色，要紧辰光一跃千里。静若处子，动似脱兔。现在人反额。啥原因？样样缺乏。缺知识么抖知识，缺钞票么抖钞票，缺颜色么涂面描眉，美容，整容，一张面孔弄得来像建筑工地。手浪厢沉甸甸，身体里满罗罗，自会走路、讲闲话慢吞吞额；样样么叱，到手一点点，心里厢额愿望勿等于实在拥有，格么想想而已，跟牢自家额想象飘，搁落轻飘飘，骨头轻，到处摆阔、抖书袋、穿得花枝招展。卖相灵光额小姑娘，气定神闲，看上去呒啥啥，看进去魂飞魄散。”

“罗薇啊，侬快点来。出事体了，我手机快呒没电了，电话里讲勿清爽。俚孃孃出事体了。

“出啥事体？命呒没了。伊住勒华山路，我一个礼拜去看伊一趟。今朝早上我过去，门敲勿开，窗门关勒牢紧。后来喊居委会额人过来，老头子用肩胛撞开额。进去么看到孃孃困勒床上，老早断气了，人也臭忒了。头颈杆上一条丝巾缚勒牢紧，一只鞋子套勒脚上，一只鞋子落勒地板上，下身裤子脱光了。格么是被人家害死额！伊七十多岁了，一个人住，真正是作孽啊！嘎大年纪还被人家非礼！�牲啊！猔牲也做勿出格种事体！

“侬快点来！阿哥搪勿牢了……”

“伽孃孃是阿拉爷额偏房，小阿拉爷三十岁。民国三十七年被阿拉爷看中，从新仙林歌厅接回来，伊额辰光孃孃只有十六岁。格么大娘勿开心，第两年解放辰光就跑路到外国去了。乃么阿拉爷跟伽孃孃两额人蹲勒内地。直到七十年代，我生出来，有政策放一批人去香港，老头子滑稽伐？已经七十几岁了，伊要出去继承遗产，伽孃孃勿肯跟伊去，就一额人留下来抚养我。伊额辰光伽孃孃也四十多岁了。我是伊拉老年得子，阿拉爷讲，伊到香港去为我守牢钞票，以后再转拨我。伊倒是呒没瞎讲，我么后头来侪靠格笔钞票当本钿开始做生意。呒没格点家底，做啥额珠宝古董生意呢！老头子死忒以后呢，我拿勒钞票，一面做生意，一面照顾伽孃孃。伊额辰光，我格点本钿勿得了，比现在一额亿购买力大得多，广东路文物商店，一块明朝羊脂玉子刚牌，顶多三百块，格种好么叱，侬想想看，现在摆勒商店柜台上开价几钿？我也是趁机穷买了，买了交交关。闲话讲回来，阿哥药也吃了勿少，人家看起来我败家，实质上我药吃多了眼力长出来，才有今朝额局面。

“伽孃孃是疙瘩人，格额看勿惯，伊额看勿惯，挑剔得勿得了。伊吃肉馒头，定规要吃乔家栅的；伊讲大壶春额生煎馒头勿好吃，里厢摆酱油，摆酱油还算啥额生煎馒头！每日下半天三点多钟要出去一趟，淮海路上走走，格得买点西点吃吃，伊得买点糕点带回去，路过绸缎店么总要扯几两丝绸，要新上市额，讲库存丝绸么勿灵额，已经花忒，穿几天就要烊忒，一把屑屑头；再么眼镜店去掰掰眼镜架，珠宝店去买只戒指；最后乘一部三轮车回转去。乃么现在呒没三轮车，轿车司机也不拨吃香烟，就索嘎荡马路，慢慢点走回来。上海有勿少迭样子额老太太，侪是旧社会有钞票人家包养额情妇、小老婆。老了么一般侪独身，捏紧一点私房铜钿，抱勒一套享受经，自家独自消磨辰光，一年一年老下去，像树叶一样落下来，飘勒马路上，一直到呒没踪影。随便啥人，想叫伊拉改忒迭种活法，想也覅想！随便啥额运动来了，侬运动侬额，伊过伊额，过去辰光像捻线头一样，一根一根捻，侪是伊拉老头子老底子带伊白相过额名堂。伊白相过额，吃过额，看过额，佛侪勿晓得，侪勿懂额。伊水深了，深勿见底。

“本来么，佛孃孃一家头慢慢较腾伐腾伐，有的好捻出花头来，格么自从我讨新妇，寻了佛阿嫂，孃孃左右看勿惯，里外寻勿适意，只好分开住。现在想想，勿分开多少好呢，还好多活两年！

“像佛孃孃格种老太太侪勿是一般人物。佛阿嫂讲，伊额辰光伊读医学院，来勒病房实习，一天止查病房，碰着一个老太太，好像是支气管哮喘，主任医生要伊脱忒上衣，光出上半身做叩诊，老太太一看，嘎许多人围过来，有女学生，也有男小顽，心里咯噔一记，咯噔也就一秒钟辰光，接下来隔手就全部脱光，佛要看就看好了，一点也勿坍台，身体雪雪白，像牛奶一样额，胸么来得额挺括，奶奶头直直像两只指节骨指勒前头。伊做啥脱光面孔也勿红？伊晓得自家身体漂亮呀！勿敢脱额人么，要么难为情，呒没见过世面，要么就是忒难看，心里厢呒没自信。老太婆结棍额！佛阿嫂讲，伊八十岁了，上身看上去像小姑娘一样额，甚至比小姑娘还要弹眼露睛。伊讲，真勿晓得男小顽哪能吃得消，最后勿是老太太面孔红，最后是格点男小顽搪勿牢了，头侪别过去。我对伊讲，侬懂点啥，人家迭额叫本钿，叫卖相，就是靠迭额花牢男人额。女人么，身体最重要。覅相信啥额才学啊、气质啊、独立啊迭些虚名堂，呒没好身体么只好钻营其他路子。另外，一只嘴巴馋勿怕额，怕就怕肚皮里厢空，一心要吃到昏过去、坍下来，乃么胖得来像只皮球一样，还有啥资本呢！

“迭额才叫惊艳呢！我想想我自家要是在场，也要昏过去额。一股冲动上来，倒呒没啥；勿敢深想呀，想想人家八十岁还嘎嫩，格么人家十八岁辰光要漂亮到啥额地步？好女人实质上阿拉呒没看见过，呒没眼福；阿拉所谓额好看，弄勿好来勒老底子算丑货色！

“‘逝者如斯夫’，美人侪凋零了。

“格天大礼，侬看见孃孃遗容了。好看伐？像困着了一样。我跟伽阿嫂去送遗体额辰光，忒伊汰身体额师傅讲，伊忒死人汰了半辈子尸体了，从来呒没看见嘎白嘎清爽额身体。伊讲，按照做伊拉格行额老法道分析，迭额是贵相，预示死者额后人会发达。迭种辰光，我还想啥发达勿发达，我眼泪水一记头落下来了。我吃勿消啊，勿晓得做啥心里嘎难过。伊嘎清爽，嘎好看，做人也地道周正，哪能会碰着格种事体？哪能会死于非命？格只猔牲我一定要寻到伊！一定勿会放过伊！

“羞辱啊！呒没比格额更加大额羞辱了！侮辱阿拉娘就是侮辱我呀！

“人来勒迭额世界上是有位置额，预先设定额，侬勿好去偷去抢，去翻转自家额位置额。漂亮额么叱是有代价额，勿属于侬终归勿属于侬，暴力占有也是恶趣空。一块玉，侬勿付铜钿去抢，伊自家就碎忒了，或者化作一只鸟飞忒了。

“伽孃孃就像一块玉一样，飞忒了。”

“薇薇啊，侬电话哪能一直打勿通？侬阿是勒地铁里……阿哥告诉侬，破案了，凶手寻到了。侬想得到伐？迭额人我认得伊额，也勿算认得，算是晓得伊额。十几年前，格额人刚刚到华山路工作，一日止办公事到佛孃孃屋里厢，问了交关问题，刨根究底打听佛孃孃旧社会来勒舞厅里额事体，走额辰光突然之间抱牢佛孃孃香面孔。迭只�牲廿几岁三十岁勿到，衣冠禽兽，老年人也勿放过。佛孃孃挣脱出来，拨伊一只耳光。迭桩事体孃孃告诉我，我就写材料反映到伊拉单位去了。石沉大海，呒没回应。前些日节，格只猔牲又上门来了，伊额意思是伊要升迁了，自家心虚，怕佛孃孃声张出去以前额事体。孃孃讲，过去就过去了，快点滚。孃孃大概讲闲话声音响点，伊吓煞忒了，就下毒手，拿一根丝巾缚牢孃孃头颈杆，活生生闷煞忒。乃么人死忒了，还勿罢休，又索嘎非礼尸体。侬讲讲看，真正残酷啊！勿是人啊！

“格么出人命事体大了，警察来调查，问到我。我突然之间想到之前写过额举报材料，就提供格条线索。办案额警官倒是有几把身手额，顺藤摸瓜，就摸到格只瘪三。乃么关伊起来审讯，一问侪倒出来，事体就迭能水落石出了。

“结果哪能？现在还呒没结果。检察院准备起诉。警官告诉我，案子嘎恶劣，估计要枪毙。

“咳，人也勿好忒漂亮。像佛孃孃格能，人家邻居讲拨我听，讲伊到医院看毛病，医生捏牢伊只手勿放；到银行存钞票，柜台上营业员钞票算错忒。漂亮有漂亮额好处、甜头，格么也有坏处、凶险。啥人想得到，老太婆也会被人家劫色！倒霉伐？作孽伐？就算杀忒格只猔牲有啥用？佛孃孃还会得醒转来伐？还哪能还伊身体清白？

“我心里闷忒了。阿拉屋里厢额人，历来规规矩矩，清清白白，哪能突然之间遭此厄运？想勿通，窝煞了。

“要么佛孃孃忒高调了？穿衣打扮忒斐了？格么人生得漂亮，总勿见得非要弄点煤灰挞勒面孔上，来存心丑化自家！”

“薇薇啊，侬真是忒贴心了，拎只饭盒子来。我就是想吃格种铝盒头装额饭。我一直想上班额辰光，一到吃饭钟点，有人拎只饭盒子忒我送饭。一格一格额，有焖菜，有汤，饭上头盖浇头，覅忒嗲哦！我坐勒店里厢，今生第一趟享受到有人送饭。伽阿嫂一天到夜科研、临床，自家吃饭还搞勿定，啥辰光想得到忒我送饭。

“哦哟，让我看看，里厢有点啥么叱。红烧豆腐，绿豆芽，荷包蛋，蒸火腿肉，番茄洋山芋汤，灵额，一只鼎！我宁可坐勒迭得吃盒头饭，也覅去吃啥额宴会。现在格些宴会么，侪是拨饿死鬼吃额。食材一塌糊涂，烹调么更加覅讲了，侪是拼图拼颜色，么叱生冷，根本呒没烧熟；咸货水里厢勿泡额，直直就摆进蒸笼、摆进汤，咸得侬跳起来！所谓海鲜，腥气得来，侬吃止，自家也变成一条鱼了。

“我是覅去吃宴会额，一听到有人来请宴会，头也晕了，吓煞了。宴会么讲究起来要烧煞人额，呒没真正额大菜师傅烧一天一夜，哪能端得上来！好像上辈子也呒没吃过一样，现在社会上格点饿死鬼去趟宴会了勿得了，真正吃货么是关起门来，拉紧窗帘，闷声不响吃独食额。

“我今朝开心煞了！本来么只好吃外卖，吃微波炉转出来额半生勿熟额冷饭头。要是每日有人忒我送格些么叱，我夜里困梦头里也要笑出声来。

“吃官家宴、吃场面饭么侪是瘪三，懂经额人么吃私家菜额。

“侬嘎贴心，阿哥必须有回报。等忒些我吃好了，带侬去荡马路，陪侬去买衣裳。天下第一幸事，就是陪漂亮妹妹买漂亮衣裳。”

“我勿吃力额，来得额有劲。迭得有沙发坐，还有免费矿泉水，销售员小妹妹牢拎得清，一看阿拉就是想买么叱额人，特许我吃一根香烟。就凭伊格样眼光，我今朝非要付铜钿额！

“有种嘎男人么粗得来，一天到夜就想扒分。带伊去吃，呒心思吃；带伊去白相，无精打采。要是叫伊陪女人买么叱，伊坐勒门口头困着了。多少呒没情趣！迭额天下么，有空有雅兴陪漂亮妹妹出来买衣裳么是最最享受额事体。侬拿拨勒列夫额好处今朝也分一份拨我，阿哥多少开心，侬勿晓得。我坐勒迭得，看侬拣来拣去，进去出来，每一样侪穿拨我看，听我点评，我骨头轻煞了，头晕陶陶，人轻飘飘，像吃止兴奋剂一样，心跳加速，瞳孔放大……格种感觉我勿好意思再讲下去。反正，适意煞了，到顶了。

“侬讲太贵了，舍勿得用我钞票？侬真是额，哪能嘎勿凑兴！钞票么就是拿来用额呀，要用到刀口上。啥额是刀口？讨漂亮女人开心，花漂亮女人白相，格么最贵了。我还是格句闲话，便宜额侪是假额，贵额有一半是假额。上来就贪便宜，就勿肯冲一记，格么还有一半机会啥地方来？

“侬覅看格种款式新乐路上还有，价钿少一半，格么质地、色面、光气，一样伐？侬看看一样么，侬洋盘了，勿是路道上人了。侬应该味道一闻就闻出来了，派派侬还是伦敦蹲了嘎许多年数了，格点差别也看勿出？啥体大品牌就是贵，斩侬呒没商量？人家实质上根本勿斩侬。一线设计师是搞艺术，勿是搞功能，遮羞蔽体满足温饱。格么迭种设计师要花多少钞票培养得出？巴洛克、洛可可、古典主义、浪漫主义、结构主义、抽象派，轻奢极奢再复古，一路走来，基本上就是所有文明成果，所有人类财富；再讲又要花多少钞票请得起？即使请来做，一生有几趟出手会成功，会精彩？侬今朝碰着格件么算侬掼着了，真额叫做额角头碰到天花板了。侬覅看伊格只价钿辣手额，我实在告诉侬，伊卖出去十件也勿赚钞票。为啥？伊赚啥钞票？一家百年老店，一只百年老品牌，广告起码做一百年，还要持续做下去。艺术品勿是赚价钿额，艺术是最高额金融。名气出去了，品质牢靠了，档次就上去了。上去了，就下勿来，全社会就有义务去供养伊。

“侬再穿起来，侬自家对勒镜子照照。侬穿伊衣裳，伊额档次就变成侬额档次。

“赞额！花头浓额！

“迭额就是证明。首先证明侬配得上，证明侬生来就是第一线额身胚。适意伐？伊忒侬发现侬自家，忒侬抬到侬本来额位置，告诉侬，薇薇啊，侬是王妃、公主。

“格么侬穿勒漂亮我扎劲来，今朝从上到下阿哥包忒了。皮鞋也要有一双额，裤子、袜子、头饰、包，侪要买齐。

“我平常只当侬好看，嗲妹妹，呒没想到侬嘎穿得出，嘎有派头。新衣裳穿起来赛过明星，惊艳！值得额！做啥有种男人一掷千金？伊碰着了呀，碰着稀世珍宝勿花铜钿哪能来赛？是额，是挥霍。只要对路，值得，挥霍是人生魂灵身体额最高潮！闲话要讲回来，又有种男人做啥小家败气？格么伊呒没碰着好女人呀！黄脸婆也想挖男人皮夹子，也想每日拖勒男人陪伊买衣裳，格么迭能想想，我也小气来，会得越来越抠，甚至于问伊讨钞票用。

“漂亮女人叫人心甘情愿，越买越想买，买得麻袋空空还要借钞票买，最后索嘎偷抢侪来了，铤而走险，孤注一掷。大品牌也是迭额道理。要高档，要好，要让人家心甘情愿掏腰包。成功额艺术品就是珍宝，无价之宝，心甘情愿，到顶了，一生额终结。好到钞票自家坐勿牢，自家会得从侬袋袋里跳出来。

“我做珠宝生意也体验过到顶额感觉。么叱好到一定程度，人家抢也来勿及，勿怪多少铜钿掼进去侪勿眨眼睛，有辰光命也搭进去。”

我和你们他们

我，在这书里，不是所有的我。我有时老年，有时少年，有时不同年纪于同一个时间一起出现。这话并不是虚构的意思。我还是我，一直是我。

我之所以这样，是为了出离时间。现实中的我为时间束缚，其实并不是真实中的我。我以这样的方式还原叙事，令叙事走向叙述。

我是研究叙述学的。这门学问在之前被叙事者玩坏了。他们分不清叙事与叙述，在拼写的语言中两者并没有分别的语词。他们错把叙述当叙事，是为了获得叙述的权力，为了强调不同阶层的人以不同立场来看待人事。所以，叙事是主观的，片面的，带着情绪和怨忿的。结果，众说纷纭后，一切人事都裂为碎片，难以重圆。我这么说，并不是想确立叙述的客观性。这个世界没有绝对的客观，只有相对。因此，只有叙事的叙事才可能接近叙述。

这部书还有一个重要的倾向，就是涉及伦理。丹麦的克尔凯郭尔认为，从审美的人到伦理的人再到宗教的人，是一个升阶过程。我以为他说的接近事实。但我与他不同的地方在于，我认为伦理的总和是审美，审美的总和是信仰。另外，我是反过来的，我看见信仰发自起初的先验，是起初预设好的，人世只不过是见证，是发现。从上到下是本质，而从下到上是归正之途。我们的筋斗无法翻出如来佛之手。我们倾己一生所发现的，并不是抽象的名头，而是事实。因此，我是唯实论者。

由于这样的认识，我在书里还不断强调远方的事物与事物的远方的不同。事物的远方是对一件事的追溯，因为事物在世间被遮蔽得太久太厚，人们不管是以事物对事物，还是就事物探究事物，都是为了抵达事物原初的根底。既如此，当距离被缩短拉近之后，当人们触及世界的边缘之后，已然走投无路，却不如转身回到出处，由人的出处而深入身边的事物，这条路更远，有更奇妙的风景。对于先验唯实论者而言，奔向投射者的旅行才是真正浪漫的。于是，一次回溯的旅程看起来是向着遥远的过往，其实是通向未来。这就是本书书名的来历。你们舍弃的，以为是过往的，在我看来是通向将来的码头、车站，我记述它们的点滴，连接点滴而成轮廓，是故来日可追。

啊，我是个理想主义者！理想主义有什么不好呢？理想主义者相信投射的本源，相信大于我们的主宰，这必然不会落空。理想不是梦想。梦想是虚幻的，是假象。如若我和你们、他们是投射的幻相，那么，这些幻象的梦境怎会真实呢？

另外，我热爱汉字。汉字原本是没有读音的（或者说读音是不固定的），它是义符，它拒绝信息的交互，它以交错复杂的笔画保守深邃的密学。每一个汉字都是天垂之象的盛器，都是可以抵达本义的舟载。汉字发明出来，就是为了阻隔，为了保守天机，为了将一部分人拒之门外。而不谙这层意思，却借着这字形去寻读音，借着读音去获得信息，直不如拼写字母来得直接。声音只是信息，并无意义，而借着字形来追慕声音，就好比隔着两重幕帘来探听，这信息也便似是而非，张冠李戴。如果不回到义符的阅读，不在义符与口语的不得已字形化书写中矛盾，那么，本书形同废纸，因本书无关乎指南、技法、消遣、抒怨，以及人生的意义。投射者的意义是绝对的，而投射的幻影只有相对的意义。以相对的意义为绝对，是毫无意义的；以相对的意义指向绝对，是不可逆转的命运。

庸常生活中的人们不能理解字的神圣，与字渐行渐远，直到迷恋声音和图像，并以为字就是另外一种图像，这是一场衰败。识字的人越来越多，与识字的人很少却以字晓义，是截然不同的。前者以玉为矶，焚琴煮鹤，只为道听途说。图像就是图像，是一种具体；而字是意象，意象是承载意义的图像，是具体和抽象的并存。

我写这样一本书，将近尾声时，难不成忽然兴起，要教人怎样读这本书么？富足人看书是为了趣味，做工人看书是为了得知识、求方便，而不上不下的人看书乃是为了追求此间意义。事物是差着等级次序的，并不差着对立意见的相左。这便是先人何以重伦理而不重哲学的缘故。伦理是比着天序而化的关系，却不是抹去天道品秩的人道，所谓江江河河，花花草草，君君臣臣，父父子子。这个我在叙事诗《玉孤志》中讲过。一言蔽之，此间意义是你永远搞不懂的，人不可虚妄傲骄，自以为是。人，软一点好，不要骨头太硬。

所以，我的书为软弱人而著，做心软的人的期盼。

我和翟隽逸、列夫是毕禄中学出来的，尤佳也是毕禄中学的，我认识他们，与他们有交情，但我不认识叶栩生，他是葵之中学的，关于他的事都是从尤佳和尤佳的朋友那里听来的。还有小黑皮和陆铭的事，那是另外一个可能在你们阅读中已经被忘记的人告诉我的。他就是第一辑中在襄阳公园闪过一下的阿四，那个潜入薇拉阿姨房间偷银烟盒与舞衣的男小顽。

我是怎么认识阿四的呢？

那是那年我在伦敦，在俄侨居住的区域的一个中国餐厅吃饭，吃完饭我出来打车，正有一个亚洲面孔的司机把车开到我面前。我一上车，司机就跟我说上海话。我说你怎么知道我是上海人呢，他说他闻一下气味就知道，他说天底下只有上海人到外国不改习俗，走路、问路、张望人的眼神、穿戴、喜好依然是上海的一套。而且他还断定我是卢湾、徐汇一带出来的。我问你怎么猜得那么准，他说不是猜的，是听口音，上海各区说话都有微妙的差异，不是老上海不知个中味道。这就一路讲开了，一直讲到毕禄中学，讲到他曾经认识两个毕禄中学的学生，这就与前头写的故事合上了。他还是那句话："叫我阿四好了。"不同的只是，他现在是有身份国籍的良民，不是杨树浦那一带动不动就进宫的小混子。

既遇同乡，我也便生出念头，索性请阿四帮我做事，以后就多多在要紧的事上用他开车。

我的烟瘾大，英伦如今几乎所有的公共场所、交通工具里都不准吸烟，倒是坐阿四的车随便吸，他也吸。我外出长途更需要吸烟，这便去利物浦，去爱丁堡，去因弗内斯，去斑戈，都乘阿四的车。路程漫长，我们用来聊天，越谈越深。

阿四成年前有一半时间是在宫内度过的，及至成年，也常常进进出出。他最后一次进去，是因为打了水产市场上的城管，把人家腰子踢伤了。但这件事倒是成了他的转折点，他由此交上好运。因为，他打城管，是出于抱不平，为一个卖大闸蟹的兄弟出手。这兄弟很讲义气，阿四既为他坐牢，他便供养阿四，常常去探监，送吃送穿。阿四出来那年，这兄弟因在阳澄湖大闸蟹的股份中获益，发了不小一笔财。兄弟愿意出资挺阿四一把。阿四说，不如移民去英国。阿四想去英国，也不是无端说一句瞎话，他是寒心了。原先他进去以前有一个女朋友，他待那个女人甚好，可那个女的一俟他坐牢转头就投入一个赌徒的怀抱。阿四出来后，寻到那个赌徒家，使出溜门撬锁的看家功夫，潜入室内，砸了家电、家具，出一口恶气。奇怪的是，这事并没让他吃官司，办案的民警居然同情他，放过了他。似乎官司的厄运自此就远离了阿四，这事之后，他再也没撞上牢狱之灾。

阿四对上海女人绝望，萌生去寻外国女人的念头，这便说要去英国。那个卖大闸蟹发财的兄弟说，小剋司，他搞定。

阿四于是就到了伦敦，走正规流程，学英语，学技术，做正当职业，获取居住证，又慢慢转正，入了英国籍。

阿四说，他之所以做出租司机这行，是因为每天有许多世界各地的移民要抵达伦敦，火车站、飞机场，到处都有入境的新面孔，他们中间大部分人突然来到新世界，眼前一抹黑，什么都不知道，尤其是这些人中间的女人，如果是单身的，独自来的，几乎完全是无助的。这成了他猎艳的机会。尤其是从东欧那些地方来的年轻女子，抱着到T台、摄影棚、西区音乐剧剧场来闯世界的梦，浑身都是激情，满脑子都是幻想。那些捷克、波兰、南斯拉夫、匈牙利，以及波罗的海沿岸拉脱维亚和立陶宛来的，不乏绝色尤物，从十六岁到三十岁，全是妙龄女郎，她们都是计划经济工业锈带出来谋生的新一代，除了相貌和肉体，一无所有，甚至连语言都不通。她们的盘算就是先落脚，然后寻觅保护伞，进而追逐大佬，从一个男人到另一个男人。他愿意成为她们首站的落脚点，他愿意把自己建设成一家旅馆，迎接四方来客。因为有足够的量，他便获得机会去挑选最好的质。他说，他经历过的女人都是白人中身材比例最好的那些，她们中间有不少人在几个月半年之后就会在公众媒体亮相。

“那相貌越是清纯的，心底越是简单。简单的清纯，简单的实际。你可以把女人神化，也可以把她鬼化。你稍微抬她一点，她就顺杆爬；你要是一锤子砸到底，不把她当回事，她反倒来劲。”阿四说，“你爱她，会得到她，又失去她；你恨她，会得到她，又会失去她。反正都是得到又失去，不如恨她。恨她，最后失去她，你会好受些。所以，我选择恨她们。你可以带来几个，然后挑剔其中几个，最后叫她们滚，她们会求你留下她们，你就留下她们，这时候她们就任你虐待。她们互相在一起比的时候，会越比越低；她们一个人面对你的时候，会越来越有自信，直到爬到你头上去。如果她们离开你出去混，走一步跌一跤，爬一格落下三格，那么，她们又会回来寻你，哪怕只在你这里混一顿比萨吃，也愿意陪你睡到天亮。如果她们中间有人混好了，你偶尔再遇见她，就有分寸地要挟她吓唬她一下，她甚至会甩给你一笔不小数额的钱，因为她要洗白，要做贵妇人，她不愿意她以前的经历哪怕有一点点沾上她。

“这些女人，最漂亮的要数从拉脱维亚来的。”阿四接着说，“所谓漂亮，其实不是硬件有多好。我认识一个拉脱维亚的女人，年岁不小了，大概有三十岁了。我叫她罗萨林，其实她现在不叫这个名字了。我首先被她的眼睛迷惑了，那是一双剥光男人衣服的眼睛，你根本拦不住，挡不住，只好任由这双眼睛透视。后来我才注意到她的样子，她相貌平平，肤色黝黑，而且又矮又胖，圆滚滚的，像只小肉球。但是，她太漂亮了！她一走，我的屋子顿时就暗下来；她一来，伦敦这倒霉的天气也突然转晴了。就有这么神奇，你可能不相信。我可以介绍你认识她，你一见着她，定会同意我的说法的。她后来嫁给一个银行家，我不能说出他的名字，这个银行家太有名了，但罗萨林一直与我保持关系，她会偷偷来住几天，她不能没有我，我也不能没有她。从某一方面说，她是我真正的女人。一双眼睛，一扫阴云，瞬间提升全身指标。知道为什么吗？这就是漂亮的秘密。漂亮其实是一种趣味，而不是什么简单的生理外表。说到这个层面，我就不跟你谈什么端庄、秀丽这一套菜鸟级的认识了。人要有趣味，就像吃臭豆腐一样，闻起来是臭的，吃起来是香的。男女之间也是这样，那叫探险，往险处进深，直到边界。

你怕吗？你越怕越想进深，你是因为害怕而掉进去的。所以，上来就得手，关键在你的手伸过去伸到哪里，你伸到她想得到的地方，你就没戏了，她心里早有准备。你必须伸到她想不到的地方，惊到她，叫她怕死了才行。一次怕，两次少一点怕，三次就成了一点点诱惑，第四次就可以谈交易了。你给她好处，还领她冒险，纯净的女人都不会错失这样的机会的。”

“你的手到底伸向哪里了？”我好奇地问。

“没有固定的地方，因人而异。”他说，“罗萨林是先冒犯我的，她只不过用她的眼睛从上到下扫我一下。这个就比较难办，她是过来人，去过许多危险的地方，我不露一手根本没戏。我拧了一下她腰上的肉，拧得狠狠的，直到她尖叫，她就瘫下来了，向我翻着死鱼眼，口吐白沫。我把车开到路边的隔离带，就直接办事了。”

“在你看来，漂亮是一种非常规？”

“你也可以这么说。在吃东西上，你不会把追求危险的口味叫下流，可是，在女人身上，你就会用道德评判标准看她们。人在社会中，是不可能不讲道德的，女人更需要矜持。可是好女人会把特别的口味藏在最深的秘密地方，厉害的男人就是要看得到这个地方，并欣赏这个地方，然后有手段在一分钟里拎出来。一个女人漂亮还是不漂亮，与年纪、相貌关系不大，只要她藏着这点秘密不丢，哪怕老到六十岁，还是漂亮的。女人可怜在她向名分和契约投降了，这就好比吃独食的向食堂投降了。女人喜欢骂坏男人，臭男人，实在是因为那男人揪住了她的坏她的臭，还拎出来在她面前摇晃，递到她眼前让她细看，送到她鼻子底下让她一遍一遍闻。她需要两个男人，一个是拿出去给人看的，一个是自己关起门来偷偷享用的。如果二合一自然好，但事情总不会那么圆满。我这个臭男人坏男人成为她们另一个秘密丈夫。”

“那你艳福不浅呢。你究竟做了几个女人的秘密丈夫？”

“感谢东欧混乱吧！现在这里几乎成了东欧女人的天下。原先你们知识分子追捧的潮流都凉了，娇艳的肉体、巨额挥霍、白痴一样的新潮成为大趋势。资本热衷于青春。因为资本老了，想借这些女孩子的身体还阳。这些女孩子累了就到我这里来休息。不，准确地说，是休养。有多少呢？不好说。反正源源不断。”

阿四领我去他家。他家在西敏市一处老宅的角落，像是以前用人住的房子，空间很逼仄，园子倒是挺大，是原先大院后面的小院。

他的房间就像一张复杂的床，地上的床，座椅上的床和床上的床。我不知道是坐下来好，还是躺下来好，结果我只好用胳膊肘撑在地上斜倚着，有时翻个身想挪动一下，几乎就是在爬。

“你们爬着过日子吗？”

“也不完全是。有时我们到院子里晒太阳，淋雨。”

“院子里能干什么呢？光天化日之下。”

“我有个帐篷，必要的时候就支在院子里。不过，帐篷是遮不住声音的。还好，邻居大多是老太太，耳朵都不大好。”

我想，老太太曾经也是年轻的女人。

阿四给我看录像，那是他在室内床尾的柱子上藏着的镜头拍摄的。他也没有剪辑过，一段一段的，很冗长。我看了几段，我发现那些女人都穿同一条裙子，裙子看上去很脏，底色是白的，仿佛越白越脏，上面挂着许多污渍。我突然被惊住了，这不是一件舞衣吗？难道就是他小时候从薇拉阿姨房里偷出来污亵的那件舞衣吗？从圣彼得堡的维拉·特雷弗洛娃剧院到上海的电影片场，从贝拉身上到薇拉身上，又随着阿四到杨浦的阁楼，到伦敦的小黑屋……那些被他先下手截胡的女人都穿过，她们难不成在阿四眼里是同一个人？或者说，阿四必须让她们成为同一个人，一个跳舞的女人？我的眼睛有些模糊，我竟然渐渐把舞衣看成五彩的了，我忘记了它穿在舞者身上的样子，它开始吸引我，令我怦然心动。

“我能看看那件舞衣吗？”我按捺不住，脱口而出。

没想到阿四居然同意了。他拿出那件舞衣。那已经不是一件普通的舞衣，他一抖开，就有浓烈的气味扑鼻而来。这是我熟悉的青春的味道，却发乎斑斑污渍。我伸手去摸一下，阿四突然板脸，给我一拳。我踉跄倒地，我被击晕了。

“你看看可以。你不能动。它是活的。”他放下舞衣，伸手搀起我，“对不起，我出手重了。”

我爬起来，眼睛盯着舞衣看，我终于看出，那些污渍，每一点后面都有阿四要拽住舞衣的抓痕，他怕它飞走了，怕它变成一个空洞的概念。我顿时明白，我原是不懂舞蹈的，或者我渐渐失去了看懂舞蹈的能力，我看了那么多舞剧却不是升华这种艺术，而是令它真空化。

那些工业锈带来的女孩是很纯净的，她们的眼睛里没有什么所谓文化的内容，你却不能看进去，看一会儿就崩塌了。她们只是身体的纯净，而身体的纯净是最深邃的，因为纯净发乎糟粕，没有糟粕的纯净是死亡。

第四辑

你

停在房屋过道上的灵魂啊，
你起来起来，
这里不是你停留的地方，
你随着你的身体离开吧！

停在房顶上的魂灵啊，
你下来下来，
你要小心翼翼的，
不要摔倒，
我扶你下来，
走到台阶的时候要看清，
一格，两格，还有一格，
啊，终于到地了！

停在糖果罐子边上的幽灵啊，
你不要馋嘴，不要贪心，
你一生吃的零食已经够了，
另外我们会挑拣你喜欢的糖儿果儿给你带去，
你黄泉路上不能空手而去，
放心好了，我们会预备好的。

停在花园青梅树下的魂魄啊，

我看见你了，
你快快起来吧，
这里潮湿阴暗，
还有刚施的肥，还有虫蚁，
你是你妈妈的宝贝啊，
我们要搀你起来洗干净，
原样可爱的，还给你妈妈。

停在靠椅上的精灵啊，
你不要睡着，
报纸看罢了，
书也读完了，
一生中人间要看的字要写的字都尽了，
不要好奇，不要贪心，
我们给你擦擦亮。
你是明亮的，是属阳的，
你是伸展的，有神灵的样子，
你将来是一个神仙，
你不会阴郁沉滞去做一个鬼。
做神仙好啊，
你还可以帮助那些不识字的人，
做一名字神。

啊，厨房里没有灵魂，
那个地方你长久不去了；
厕所里也没有灵魂，
你可以排泄的都排泄了，

你撇下的肉身是干干净净的，
那么祥瑞，为了光照儿女们日后的生活；
楼上和地下室也没有灵魂，
你活着的时候担心肉身跌倒，
你从来不去的。

好了，家里四周都查过了，
你的灵魂准备好了吗？
你要上路了，
我们为你鸣锣，
一记锣音一闪亮，
敲一记亮一记，
为你照亮黄泉路。
此去要走好，
此去要安息，
永久安息，
等待末日，
到那时，我们再相见，
那时是另一个天地，
你愿望的公义会来到。

二

你就这样死了。
你倒下去，怎么搀扶也起不来，
你喘气，好像心要冒出来，

果然就冒出来，
像一缕青烟，
升上去，顶到天花板。
你的孩子们救的是心脏，
而不是心灵。
心灵在天花板那里发笑，
笑我们无济于事。
一会儿，殓尸的人就来了，
拿着黄色的塑料袋把你套进去，
准确地讲，那不是你，
你依然在屋里。
原先你居住在身体里，
此时你游弋在外面。
就像秋风扫落叶，
我看见过园丁将落叶扫进塑料袋，
你用旧了的身体也进了塑料袋。
我们找不到你，
我们只好以为你的尸体就是你，
目送你被拖走，
在初春的雨夜里。
“外面落雨了，
你要走好啊！
一个人路上要当心。”
你就这么死了。

死了就是一片落叶。
落叶还清爽，

分量也轻，
而尸体要发臭，
搬起来沉重，
处理尸体那么麻烦。

死不是肉体倒下了，
死是肉体和灵魂分开了。
人一直活着，
怎么想得到灵魂瞬间与肉体分开，两不相干？

没有了，
人就这样没有了。
存在需要那么多时日，
消失不过一秒，
比烟雾消失还要快。
所以，死是重大的，
与它对立的是全部的生。

说生是灵魂也是不对的，
生是灵魂被摁进肉体。
肉体起初是泥，
造物主吹一口气就活起来了。
灵魂是一口气，一阵风，
不来自人，
不属于人，
却管辖着人。

灵魂应该叫净风。

我们终于看见你的软弱，
不仅软弱，简直就是无用，
在没有那口气的时候完全是废物。
我们于是想到自己，
自己原是不确定的，
甚至无法确定下一刻。
我们强硬什么呢?
我们能做的只有摊开手，
等待吹气的呼召。

春夜的雨好美好美，
它不是来安慰人的，
它是来做死亡的注解的。
它来提醒我们，
死亡是永恒的反面，
死亡是具体的。

具体都是一种过失，
就是错失，谬误，罪孽，
罪的工价乃是死。

二

然而，我错故我在。

认错比改错还重要。
活人因具体而活着，
既错的事实追不回来，
纵偿还也改不了已然的事实。
于是需要救赎，
靠具体以外的力量救赎，
先向拯救者认错，
认错的人得救赎。

三

你，有两个你在你身体里。
一个强硬，
我见你像猛虎一样蹿出来扑向子弟学校的校长；
另一个软弱，
你同情芝兰的身世，跟她结婚。
同情啊，就是同心。

我捧着你的灰椋，
因我是你的长子。
这盒子为什么越来越沉？
一路上我汗流浃背，
我觉得你是故意的，
故意让自己重起来。
这时，你的灵魂附着在你的灰里，

你想让我不堪重负，
想让我在众人面前跌倒。
你有什么不满意吗？
你烧成灰了，还那么强硬？
我一直是拗不过你的，
我从小就被你压着，
你像巨石一样碾压我，
令我在你的盛威之下屈曲。
然而我一想到如果你被人群殴，被人揍扁，
我的眼泪就会落成一场雨——
我是软的，你是硬的，
如果你倒下，我该有多软！
那时我还不懂，
人类的父亲因为换了一个位格出现，
竟被人类群殴致死，
这形成了一种力量，
绝对的力量，
战无不胜。

现在你落在墓穴里，
是我把你放下去的，
我嘱咐你不许出来，
哪里也不要去，
不要像你生前那样四处张望，四处游荡；
你要安息，
灵魂是必要安息的；
不要学那些转世的、不安分的灵魂去寻机投胎，

不论投多少次胎，
不论有多么不甘心，
你们能强硬到哪里呢？
我知道你不是他们，
但你耳根软，
总要受他们影响。
现在你也没有耳朵了，
硬的软的耳朵都与你无关了，
我也不知道灵魂是怎么听信他人的。

人死要安息，
这是顺服。
灵魂飘在外面会饿死的，
灵魂附着在尸体上，
哪怕几代之后没有人来祭奠并不会死，
只是安眠了。
安眠的灵魂等待末日，
那日，
活着的和已死的都要被审判，
唯有死去的灵魂没有机会。
审判是机会，
是复活的机会。
既一切罪被一人承担了，
这就是许诺，
复活的许诺。

我是决定要等到那一刻的，

你也等，好吗？
你真的不想与我再见么？
到那时，我们被宽恕，
又要重逢。
如今，
我们四个人一起出来，
坐在船上，
其中有一个掉进水里，
只剩下三个了。
这事想想就令人伤心。
我们是一起出来的呀！
独独你没了。

我们不如记你的坏，
不记你的好，
尤其在芝兰面前要多说你的坏话，
这样，我们和她就都不会太难过。
我们不能让她因为想起你难过而随着你去，
你不能拖她下水。
我已经感觉到你下沉的力气，
你刚才故意越来越重，
就是想把我们坠到你那里去。
不，我不会上当的，
我不会由着悲伤被你欺骗。
不是我贪恋生，
生有什么好的呢？
其实我对外界非常厌倦，

我所喜欢的日子被他们统统过坏了，
比方文学，
哪里还有什么文学！
当有学生问我文学，
我竟然泣不成声。
文学被他们玩坏了！
我之所以要活着，
因为我不仅是你的儿子，
我的工没有做完，
我甚至连学堂都还没有毕业。
我依然懵懂，
我生来是那么衰败，
长成了才渐渐醒来。
为此，我打定主意，
多想你的坏处，
不受你牵引。
我真的不爱你，
希望你的灵魂也不要爱我，
忘记我，
只淡淡地，
越来越淡地，
像一盏孤灯，
慢慢暗淡下去。

好了，
我们在这里告别了。
七七四十九，这个定例还作数吗？

我们不会烧纸、鸣锣，搞得乌烟瘴气，
这类迷信活动我们要远离。
但是，我们会在每个第七天为你祈祷，
祈求你灵魂安息，
愿你像一盏将熄的灯，
每七天暗下去一点，
直至熄火。

四

一只猫跟在妹妹的汽车后面。
车停在车库里，
那猫还不愿意离开，
又爬到车窗前，
赶都赶不走。

那天下午，
你忽然别转头对着窗外说话，
你面露微笑，非常亲切，
你望见了谁？
你姐姐来找你说话吗？
她去年就撒手尘寰，
她死了也不放过你吗？
她的魂惦记你，
你们自以为是这世上最亲的人。
这一幕，芝兰看见了。

你们背着芝兰，
在她后面说她坏话。
这事由来已久。

那个雨夜的第二天，
天放晴了，
我的外甥看见一只蝴蝶粘在阳台的花枝上不走。
那么高的楼，
十九层，
你都飞得上去么？
啊，灵魂，
轻似尘埃，
有什么高处它不能攀越？
你那么放心不下你的女儿吗？
不是说好了多告诉你一些麻烦事，
让你不断操心，
操心便放不下心，
这样你可以活久一点。
如今死都死了，
还有什么放心不下的？
死人不放心还有什么用！
好好地死吧，
死就是解脱，
一切都放下了。
灵魂不肯安静是可怕的，
你不要去搅扰别人的生活。

你望着窗外说话，
这是一个征兆。

那猫跟随人，
也是一个征兆。
凡猫莫名其妙地出现，
都不是好事，
总预示着有人要死。
怕死的人远离猫吧！

这些征兆预示了你的死期。
人死黄泉难扶起。
药物和科技是无用的。
如果命不该死，
一块无花果饼就治愈了希西家的病。

你的死期到了，
我们有什么办法呢？
你女儿说，你得了福气。
因为那日是正月十六，
阴历年正好过完，
你的儿女都在你身边为你送行，
而你只不过仆倒，
仆倒就过去了，
一点苦痛都没有。

你的女婿抬你的尸体到床上安放时说：
“将来我能这样死掉该多好啊！”

五

你和我都是暂居的，
你是因，我是果，
但你是上一个因的果，
我是下一个果的因。
我们因果相连，
命运令我们看到几代人绵延。
这只是所有因果连绵中很小的一段。

既是暂居，还说什么呢！
说什么永恒的刻骨铭心的至死不渝的话呢！
不过是相处间彼此好一点罢了。
我做你的儿子，
你对我好一点；
你做我的父亲，
我对你好一点。

此时我不想说什么好处，
因为我悲伤，
悲伤已经囊括了一切的好处。
我要记下你的坏处，你的衰败，你的不堪，
并顺着因果担负你的不是，

来到圣座前全部认下来，
求得宽恕和赎免。

我一路走，一路感到沉重，
就像捧你的灰榇时那么沉重。
是的，我这下忽然明白，
原来那正是你卸下担子的时候；
在步入墓穴前，
你把坏处都卸给了我，
难怪越来越沉。
你一生的不是难道还不沉么？
现在，这些都归了我，
我要揭发出来，
揭发你就是揭发我。

六

啊，为什么你的学生在背后说你，
把你的名字念成“死熊”的读音？
这叫我难受极了。
你不是很有声誉的教师么？
怎么会是死熊？
你究竟做了什么，
让他们这么讪笑你，
还正好让我听见了？

我没有脸见你的学生，
当他们含笑向我走来时，
我躲了，
藏在柱子后面等他们走远。
他们哈哈大笑，
不断咒你，
因为可以放声咒你，没有顾忌，
他们很开心。

那些男孩子为什么戴上袖箍，
蜂拥而上将你反剪缚起？
你究竟做了什么？
你跟你的女学生要好了吗？
你偷了他们的梦中情人？
还是你只是偏袒女生，讨好女生？
这是你最初从大学毕业去学校教书的年月。
后来我看见那个葵之中学的英语老师，
一个风流的老头，
他在乘上一辆三轮车前被几个男孩围攻，
他屁股上受了一刀，
鲜血直流。
三轮车夫把他送去医院。
不过，这已不是戴袖箍的年月，
这是师道尊严的日子。
那个老头与一个女生要好，
那个女生的年纪正好做他的女儿。

看来你没有做什么过分的事情。
可是，我转而又不甘愿你那么没出息，
你不如做了什么，
不如得手，
没吃到羊肉竟惹一身羊骚臭，
这多不值当！

如果有女学生爱你，
我会觉得荣耀；
如果你索性犯罪了，
我也不得不认你。

这算是迫害吗？
有人到家门口贴大字报，
有人闯进家门抄家，
就为了这么点捕风捉影的事，
你说你受迫害了？
你逃跑了，
逃离上海，
去支援内地建设。
你是这样到内地山区的，
许多人都是逃避运动去山区的，
他们还要敲锣打鼓，
仿佛做出壮举的样子。
难怪你把爷爷留给你的石库门房子送给同学，
换一所重庆南路的灶壁间，
那屋子终日不见阳光，

在湿漉漉的水龙头边上，
窗户对着北面，
只听得见风声和雨声。

我发现你胆小如鼠。
当然，之前我因为瘦小也胆怯，
我打不过班上大多数男孩，
可是大凡有谁力气比我小一点点，
我也学着欺负我的人的样子欺负他。
如果你真的胆小如鼠，
我就放心了。
我是你的儿子，
我可以怪给你。
然而，你在危急时刻又常常出手不凡。
我满一周岁的时候，
你们推着婴儿车带我去公园，
有人来偷车上的轴承轮子，
你一拳就把他打倒。
他翻身起来还击，
你死死抱住他，
两人在地上打滚。

你看起来其实并不胆小，
至少比我强多了。
你好像也并不是在生活中大胆、在规制面前胆小，
你不是奋起与校长抗争吗？
哦，那年，

有人提名让你做十几家厂矿的头头，
你竟然为了要见你的老情人开溜了！
你请假去上海，
你逾期不归，
没有解释，没有理由，
就是旷工了。
你为此失去这个机会，
我们都怪你，说你傻；
其实，芝兰不怪你，
芝兰是借这件事怪你不忠；
甚至都不是怪你不忠，
而是怨你糊涂——
那女人曾经抛弃你，
如今没有着落，
又来勾引你。
你什么也没得到，
她倒是得到了你送去的杜仲。

你这个人是运气不好么?
你情场失意，官场失利，
甚至专业也不怎样。
你教书教得好么?
你不过是在一群半瓶子醋的子弟学校教员中冒尖，
因为他们太差，才显出你的好来。
面对他们的水平，
你连备课都不需要，
你张嘴随便讲讲就可以了。

可是师范学院来调你去当讲师，
你为什么不去呢？
芝兰晓得你，
说你是不敢去。
我并不懂这些，
我想你不去做讲师，
就失去了当教授的机会。
倘你当了教授，
我不就是教授的儿子么？
我为此会顺利进入文学圈，
早早发表作品。

你本是一个诗人，
你也是一个好演员，
你也不乏做一个导演的才华。
你做什么中学教员呢？
教书是另外一个行当，
也需要非常非常努力的。
可是，你马马虎虎，囫囵吞枣，稀里马哈的，
你以其昏昏使人昭昭，
不，你以其昏昏使人昏昏，
你并不要求别人比你清楚，
你倒是以其昏昏使我昭昭。
我为什么必须昭昭呢？
你为什么可以放过他们却不放过我呢？
你不晓得他们在你背后说你是死熊么？

七

你把我放在桌子上，
让我说些什么，
我就说些什么：
又令我手舞足蹈，
我就转动身子。
不要以为我小就什么都不懂，
我知道你们都喝了酒，
都兴致勃勃，
我不论做什么都令你们兴奋，尖叫，
我就故意做一些你们想不到的事，
比如从一个人的肩头跨到另一个人的肩头，
又亲谁的耳朵，
又对谁说一番悄悄话——
那是我的逻辑中的语词，
你们虽然不懂，却开怀大笑。
我的嗓音清亮，
随便喊一声就传到屋外，
我喊，你们跟着欢呼，
这就搅扰了邻居的清梦，
有人来敲门，
愤怒的骂声不绝于耳。
那些人都是你的狐朋狗友，
那天晚上你们豪饮达旦。

我是你的一枚勋章吗？
你别在胸前到处给人看。
至少在妹妹到来之前，
我想，是的，
我的亲和、乖巧、伶俐、讨人欢喜让你很有脸面。
你有一个儿子，
尽管很弱小，
却带得出手，上得了台面。
为此，我跟着你经历了不少酒席，
在酒席上吃过不少肉。
我记得我那时只吃肥肉不吃瘦肉，
瘦肉统统给你吃。
我现在想起来，
直骂自己堕落，
怎么那么没品呢？
专挑肥肉吃！
我原来是吃大肥肉的小孩吗？
想想都令我油腻，恶心，想反胃。
我也由此学会喝酒，
从用筷子蘸着一点一点吮，
到一小口一小口抿，
我觉得酒太好喝了，
喝过就有点疯，
可以癫狂，可以放声大笑。
他们要看我喝醉，
你居然同意了，

给我一杯，
再给我一杯，
我就开花了，
势不可挡地放光，放歌，放出疯狂的灵魂。
那么小的身子里放出的灵魂并不小，
与之后长大、壮实、病痛时的灵魂一样大，
同一个灵魂，
博得众人关注。
我晓得我是你们的中心，
你们的眼光和精神被我拎过来扔过去，
你们被我控制，碾压，
被恶作剧的灵魂戏弄。
然而你，
至少在那些年里，你任我飞舞，
我从来没有感受到你的压力，
你原本也是柔情的，也是娇惯我的。

你们也疯狂！
那年月是否疯狂是唯一的快乐？
你们因我而更加疯狂吗？
你们在崇明岛的稻田里纵火，
说是篝火晚会，
结果把稻秸全燃了，
一片火海。
农民来追，
你们四下逃散。
我记得是一个女人背着我逃跑，

而不是你。

八

你不是来找我的，
你是来找她的。
你看见她，
焦虑的神情就消散了。
你的眼睛里放光，
你领那女人和我躲进稻草垛。
外面火光冲天，
有人喊捉贼，
我们不敢出声，
我们是贼吗？

我们在草垛里藏了一夜，
刚开始的时候我没有睡着，
我假装闭上眼睛，
我实际上在听所有动静。
那时候芝兰在哪里呢？
我想不起来了。

我看见你的手帕从栏杆外面掉下去，
一直掉到江心。
那轮船太大了，
我觉得自己也要随着手帕掉下去了。

那是你为我擦鼻涕的手帕，
你一早就狠心拧我的鼻子，
用这手帕胡乱擦我。
我断定这是一方脏手帕，
天晓得它擦过什么！
给那个女人擦眼泪、擦口水？
擦她的下身？

轮船渡江回到上海的岸边。

我们为什么要去崇明岛呢？
那个地方那么冷，都是风，
风把你吹得绞起来，
像一根粗绳，
我牵扯你，
却松不开你，
直到走进家门都松不开。

在大衣橱顶上有一块巧克力，
这“一块”不是你们想的那种“一块”，
它足有一只火腿那么大，
浓黑的，
被裹在厚厚的牛皮纸里。
你踩着凳子，够到它，
我看见黄色的牛皮纸下露出黑色，
你掰一块给我。
那味道我终生难忘，

是没有糖的那种纯巧克力，
一点甜味也没有，
全是巧克力的味道，
我不记得它有苦味。
可是可是，
你只给我吃过那么一小块，
顶多两块，
后来它就不翼而飞了。
我一直朝大衣橱顶上看，
我以为它还在，
肯定在，
却真的不在了。
它去哪里了呢?
我不愿意想它被你吃掉了，
我也不相信那是你吃掉的。
反正，这么大，这么大，
却没有了。

还有那块饼干，
那是我自己靠讨好邻居阿姨得来的，
你却让我拿一只钢精锅来，
在锅里盛满水，
将饼干放在水上。
你叫我自己去端一张板凳，
叫我站上去，
面对钢精锅里的饼干，
看它浮在水面上，

渐渐在水里化掉，
直至烊开，沉到水底。
你晓得吗，
那岂是饼干化掉，
那是我的心化掉了！

我不能吃邻居阿姨的饼干么？
我不能自己去觅食么？
我非要吃你给我的东西么？
那么，你的东西呢？
再问问你，那块巧克力呢？
我那么想它，
我是你的儿子，
你一定比我更想它。
我会告诉芝兰的，
她不在的时候你做的所有事情我都会告诉她的。
你不要以为我小就不懂，
我都记得很清楚，
我全部记牢在心里了。

你太馋了！
你只想吃好东西，
常常偷吃，
常常变着法儿弄到手。
每天发下来的饼干，
你说光吃饼干有什么意思，
你要让我吃到月亮，树木，花朵，

甚至是自行车……
这个太吸引我了。
你拿着我的饼干咬，
咬成月亮的样子，自行车的样子，
再还给我，
说，是了，你可以吃月亮和自行车了。
我惊异，反复看像不像月亮，
是不是与真的自行车接近。
哦，又当玩具，又当点心，
我甚至舍不得吃，
要把这些形象保留下来。
芝兰生气了，
说没有这样骗小孩东西的。
我这才醒过味儿来。
原来你是骗子，
占取我应有的份。
什么月亮、树木、花朵和自行车，
都是掩盖抢劫的幻象啊！
世界也是这样，也是这样，
理念、宏图、术语、新名词，
梦境、远方、旗帜、乌托邦，
同出一辙！

你太馋了！
领我去公共浴室洗澡，
说洗澡不是重点，
重点是在大堂的椅子上躺卧，

那时可以吃话梅，吃糖果，
喝一杯饮料。
然而对我来说，
一只话梅咬两下，吞下皮肉就只剩下核了，
你说不是这么吃法，
要先含住，吸食滋味，
等它软了，才咬一点点肉，
然后喝一口水，
这时气味芳醇，弥漫在口中……
这么吃法，
即便吃完一个，也口留余香，
久久不会散去。
这是你爹教给你的吃法，
你爹是一个大流氓，
按你姐姐老公的说法，
他是旧社会的渣滓。

九

旧社会的渣滓！
这意思是说资本家军阀买办拿摩温狗腿子都比他强些，
再坏的人都有个身份，
而渣滓没有身份，
渣滓就是渣滓。

你爹抽大烟，卖大烟，

截走私船，黑吃黑，
在旧上海的黑道上财运亨通。
你跟着他去赌场，
一个晚上赢来几十个金镯子，
从腕上箍到臂膀；
你们吃香的喝辣的，
上海滩没有你们没吃过的名店；
你们家床头床尾的柱子里藏满了银圆，
所有家具都有暗板暗箱，
里面尽是偷来、抢来、诈来的不义之财，
有麻将牌大小的小黄鱼，
有尺牍大小的大黄鱼，
还有砖头大小的大金砖。

你们家有三个孩子，
一个漂亮的姐姐，
一个虎头虎脑的你，
还有一个伶俐的小妹妹。
可是小妹妹太可惜了，
冬日里一锅滚烫的三鲜汤端进屋，
不想撞开门的时候打翻了，
滚滚倾入她的领口，
将脊柱烫伤，
送医院也救不回来，
就这么生生给烫死了。
之后你总是告诫我们，
端汤上来的时候要喊：

“汤来了，汤来了！”
我被你说得胆战心惊的，
我每看到滚汤就以为那是杀人的金汤，
一把烧化的剑；
一俟汤在桌上放稳了，
便暗自庆幸：
啊，我没有死。
喝一次汤，躲过一次劫。

你爹在永安公司楼上勾搭拉丝杯，
你爹可怜那些做工的人，
但似乎专门只接济女工。
不过，我们家老房子的那条街上，
谁都记得你爹，谁都念他好。
你爹在日占时期做马达生意，
从台湾岛买来五十多只马达，
渡海到岸上被日本人没收，
老虎凳，辣椒水，
想得出的罪都受了，
把他当抗日分子，
以为他运输马达是为了建兵工厂。
后来日本人问不出结果，
将他放了。
从此，他便咳嗽咳嗽，
一直不好。
日本占领租界后，
你爹带你们逃难，

一路上千金散尽。
日本人撤离后，
他回来白手起家，
他弄个柏油桶做葱油饼，
你一说起你爹的葱油饼口水不自禁地掉下来。
你爹太会赚钱了，
你太馋了！

你爹带你去下海庙看杂耍，
那杂耍的家伙用铁棍击打自己，
展示他的肉棍比铁棍强硬，
外号张铁棍。
这件事震惊了你，
你禁不住要想起来，
要说给别人听。
你想探究肉的极限。
可是，再硬的铁都胜不出圣洁之灵。

你爹在新社会还抽大烟，
在自家楼上开一个秘密烟馆。
这时候你爹的兄长审时度势，
已经当了水上稽查队长。
你爹不识时务，
锒铛入狱。

那是一个中秋节，
傍晚时分你沿着江堤往回走，

推门进家只闻哭声，
不幸降临到你面前。
于是，你害怕中秋节，
这天不是团圆，乃是离散。
月亮在这天没有全圆，
那一缘缺角正是你。

可怕，可怕，太可怕了！
人被抓走太可怕了！
就这么被抓走了，消失得无影无踪。
然而你真怕了吗？
你还是那么颈项硬，
你从来也没改掉你的坏脾气。
如果一个人一直怕，
每分钟都怕，
他的本能就要挑战这种怕，
或者干脆故意去追踪这种怕，
企图与这种怕决一死战。
那本能在你身体里说话，
说，拼了，大不了一死。
你就是凭着这心思扑向子弟学校的校长，
你终于找到机会决斗。
然而，他怕了，
他的双膝一软，跪倒在你面前。

我怕吗？
我几乎害怕所有事情，

我是胆小鬼，
但我从你那里知道，
死是战胜恐惧的底线。

我多久才知道还有比死更大的力量呢！

你娘死了。
你爹活着回来了。
他被改造成一名劳动者。
他到厂里去做活，
他有支气管炎。
他终于不用偷偷摸摸去见永安公司勾搭来的拉丝杯，
他一有空就去金山，
他们有情终成眷属。
金山有芦苇，
那芦苇飞不脱芦根，
却一心做出飞翔的姿态。
已是深秋，
我被送到那里，
交给那支拉丝杯。
我什么都不记得了，
也许她恶待我，
也许因为我出生不久，太小了。
我所有的记忆都是从金山回来之后的，
我的阳光，我的糕点。
但我记得芦苇，
还有芦根的味道。

上海强大的工业穿不透芦苇，
如果芦苇再过来几公分，
就会埋葬这城市的灯火。

多么野的力量！
不信你试试，
那文明敢停步一刻吗？
上海之外几公里，
尽是洪荒的力量，
带着新石器的锋芒，
比许多外地要外得多，
外到面目全非的地步。

十

急迫的人是存在主义者，
急迫的人是罪人。
你为什么那么急呢？
你越老越急，
你的腿脚不灵便，
你的肌肉日渐萎缩，
你的视线模糊，
你的皮肉氧化，
即使蹭掉老大一块都不自知，
你还有什么令你那么急呢？

人无远虑必有近忧，
还是一天的事情一天当，
这两句都是先贤的话，
我们听哪一句呢？
终究是你能做到的都做了，
你做不到的你交给老天爷；
却怎能想得到你的头发，
每一根都被数算了，
你的毫毛，
每一须都在掌管中。
你教给我的，
都是自负盈亏的伎俩，
焉知天下还有白白得到的恩典！
既白得，何必急迫呢？
急迫的人是存在主义者。

我知道，
你的病治不好，
这病也在我身上。
这世间有医学，
那是命运中的安慰罢了。
倘命里得了应允，
病去原本不是出乎医药。

你因一次感冒就水肿，
肿得像皮囊一般，
送你去医院，急诊都不敢收你。

我在电子透视仪中看见你心脏搏动，
心肌强有力，好像青年人的一样，
又见那血管，洁净而无杂染。
那么有力，那么健康，
我知道，你死不掉。

可是水是从哪里来的呢？
或者你还是那么健壮，
或者你运气好，
居然水肿在ICU病房里就退下去了。

你懒得动啊，
你一步都不想走，
心思又那么急迫，
早早不知飞到哪里去了。
我编造许多谎言，
说你女儿过得不好，
她家里麻烦一大堆，
想以此来令你不安、焦虑，
你一直偏爱她，
你果然就相信我的杜撰，
你放心不下，
存在者只好以存在计算，
盈亏才是你存活的依据。

你都那么不堪了，
还舍不得将自己交出去，

芝兰劝你读那神默示的话，
你说那有什么用！

你偷偷买了许多莫名其妙的药，
那些在手机上被吹得顶上天的花花新品，
还有各种理疗器械，
各种轮椅，
甚至想买一副担架。
你还贪小便宜，
逼着芝兰带你去参加各种营销会推广会，
打折，免费试用，礼品打包，
噢，你不亦乐乎！
那药物说明书上让你吃一颗，
你加量吃两颗，三颗，
你背着我们吃过治低血糖的药再吃降血糖的药，
正的来几天，反的又来几天，
听听这个医生说这样，
又听听那个医生说那样，
你都快成实验医学的牺牲品了。
你是小白鼠吗？
你实在是老虎的根性，
总想多快好省，
一把药压住所有不适，
你在与命定的寿数抗争。

与其说我受不了你，
不如说你受不了我。

你要离开我，
你要骗芝兰与你一道回转，
这样你好全面控制芝兰，
你知道她拿你没办法，
你知道她心软，
什么都会依着你。

好吧，
你们回转去，
你们自己过，
倘再肿起来，
我决心不闻不问。

你果然就再肿起来，
这次你没那么好运，
芝兰说那医生有问题，治不好他。
我们看了你的病历，看了医生的处理方案，
医生没有问题。
可是，你就是好不了，
你先水肿，
然后水退了就消瘦，
瘦到只剩皮包骨头，
根本从病床上起不来。
你夜里在床上喊啊喊，
你俨然丧掉了意识，只会喊芝兰。
芝兰说，这便要死了，
死也让他死在家里吧。

芝兰的话，穿过千里夜空，叫我听见了。
她那么愿意让你活，
记住，是她，不是我，
我为了她，要帮帮她。
记住，是帮她，而不是帮你。
我接你回来，
我祈求天降一种药来治你。
这药于是就到我面前，
你吃一天好一天，
你居然就真的长肉了，
有气力了，
站起来了，
颤颤巍巍可以走路了。
我对你说，这下好了，从此信命吧。
你默默点点头。
我告诉你，是为了芝兰，不是为了你。
你假装没有听见。

之后，我又描绘蓝图。
我晓得你的心飞到老远的地方去了，
那么，我们就去远方。
多远呢？
东北，西北，
阿尔泰山以西，
再远点，
乌拉尔山以西，
过顿河，过东欧平原，

好吧，索性到大陆尽头，
越过英吉利海峡，
我们去伦敦！
够远吗？
你点点头，
但将信将疑。
我说，肯定了，必须的，
一个八十多岁的人去伦敦玩，
就这么定了。

为了去伦敦，
你要走路，
要锻炼，
甚至要下蹲，站起，
像年轻人一样舒展筋骨，
让韧带柔软有弹性。
为了去伦敦，
你照做了。
每日做，每日做，
直到带你去做签证，
啊，我真不知道使馆的人是怎么想的，
居然给你一年半的签证，
甚至不要任何保险任何健康证明！
那是因为我的履历吗？
因为我有良好的出入境史吗？
我不晓得，
反正你可以成行了。

这下你相信了，坚信了，
于是健康状况顿时好转，
能蹲，能站直，能连续快步行走半个小时，
航站楼里从出境口到登机口，
那么长的路，你也不要电动车，
你可以自己走。
去伦敦！
你以为是你自己走到伦敦的？
壮游啊！

十一

那些士兵一夜之间消失了，
他们丢盔弃甲逃走了，
街上的垃圾桶里装满了被扔下的枪支弹药，
这是1949年5月的上海。
许多人捡到了枪，
你也去捡，
你没有捡到枪，
你捡到了子弹，
长的短的子弹，
还有弹匣，武装带。

新政权的士兵来了，
那浓眉大眼的哥哥做了你的姐夫。

他的盒子枪挂在大厅的衣帽架上，
你偷了他的枪拿去学校里玩。
“你们有么？”
你在同学面前炫耀。
这支枪指过日本兵，
指过土匪、民团，
也指过你的姐姐。
这位哥哥不会谈恋爱，
他跟你姐姐吵架，
就掏出这把枪。

你爬到房顶上，
觑见隔壁的女人与偷来的小白脸寻欢。
你听见那女人在床上娇呼：
“爷叔，爷叔，你怎么那么好！”
女人管那小白脸叫爷叔，
这时间她就忽然小了么？
宁愿做晚辈么？
宁愿跪下来求饶么？
那小白脸的家伙被你看见了，
你被吓得不轻，
差一点从房顶坠下去。
你不能理解，
你一直追问：
一把钢枪，
一把肉枪，
究竟哪一把更有力？

你太能吃了，
妹妹说你是只垃圾桶，
什么都可以往里装，
我们的剩饭，
学校的剩饭，
饭店的剩饭……
你吃那么多做什么？
有那么几年，
你胖得气喘吁吁。

那些年你不愿意当老师，
你去厂里当采购员。
你采购个屁呀！
你是拿着出差费可以住旅店可以下馆子。
你在学校里待腻了，
你要去四处走走，
你一个人游山玩水，自得其乐，
你一直是你妈妈顽劣的小孩子。

你的体格是强壮的，
所以你强硬，
你相信自己。
我的体格是孱弱的，
我那么渺小卑微，
我不相信自己。

我如今一走路，
听到的是你的脚步。
啊，不要这样，
为什么我的步子越来越像你？
那是你老态的步子，
我也已经垂老了么？
你越来越能吃，
我越来越不能吃。
这个很好，
这就不是你。

我是一个可怜人，
难道你就不是吗？
你体格好，
那么好不也瞬间仆倒了吗？
你躺在棺材里的身躯还是那么大，
他们是怎么把你放进去的？
把你运到焚尸炉要多少人抬？
你的重量全是尸体的重量么？
如果灵魂逸去了，
这是净重。
如果肉身是灵魂的殿堂，
这是一座大堂。

但是我知道，我知道，
你不是随肉身下坠的人，
你不是亚当，

你说撇下就撇下了，
你的勇敢是玩真的，
大不了就扔掉这肉身。
你也恐惧，
怖极而生勇；
你一天到晚怕死，
怕得烦了索性就死。
你究竟与那些人不同，
那些人是旧人，
到饭点缺一口吃可以在高速公路上横冲直撞，
命也不要了；
平时说得好好的，
什么高尚什么良心似乎都代表了，
就是缺不得他一口，
一口决生死。
而你不是这样的，
你有吃就吃，
没有也就算了。

十二

那虎在森林的水边饮水，
有松果忽然坠下惊到它。
那松果是我，
那虎是你。

你虎视眈眈，
你阔步行来，
你一掌拍下去，
那果儿弹跳到草尖，
草叶相互支棱着，
像是拱手托起那果子。
你想，这是你的精魂吗?
虎毙精魂入地化为虎魄，
就是琥珀，
却不是松果。
我不是你的精魂，
那个日子你正强壮，
离死还很远。
你的掌重似铁锤，
却击不碎果儿，
它被你拍过来拍过去，
始终夹在草叶中，
阳光穿过草叶，
我是一团火，
燃起你胸中的烈火。
我作为你的玩具太小了，
却始终随着你，
今后的日子里，
我粘在你的虎须间，
有时也隐在你的斑纹中，
你几乎看不见我，
却知道我在你身上。

我从火车上下来，
一个人在通往出口的地道旁踯躅，
我关注事物的样子好比事物本身。
一个男人突然跑到我面前，
蹲下身子，惊异地看着我，
他高喊我的名字，
又高高把我举起。
我那么小，
小得他可以把我叼在嘴里，
小得检票员全然忽视我。

其实我一回头就认出了你，
我故意不应你，
我们分开太久了，
以至于需要时间来再次相认。
离别又重逢，
怎么能轻易认出来？
我们之间隔着几千里，
隔着许多年，
火车的伟力和速度算什么！
它运输我的身体到你面前，
却无法运输我的心。
那果儿掉下来，
心却还在树冠瞻视远方。
果儿虽小，
本在高处，

我比你看得远。
我怎就落入草中?
幸好你是一只虎，
你没有叫我给蛇鼠果腹。

我要感谢你，
你始终让我完好如初，
保守从树上掉下来的样子。

人生算什么呢?
人生真的那么重要么?
我看得比你远是因为命里的安排，
却不是什么胸怀大志的野心。
如果仅就人生而言，
哪怕是一分钟，一个时辰，
哪怕你突发奇想对我好一点!
都是细碎的好，细碎的不好，
难不成你们真的以为有一贯的好、有你们主张的义么?
那好事都是发乎良心，
良心不是你的，
良心是你的我的他的一心。
当良心充满你时，
你就会好一点。

你不过是要骑一下木马，
骑一会儿，再多骑一会儿，
你的母亲顺从你，

她对你瞬间好一点。
你之后有什么伟业要做吗？
你还是期待有人对你好一点，
好一点，这难挨的日子就没有那么苦。
你以为在此世间你还能得到别的什么吗？
那长久的田土、财产和名望都随风飞散，
那昨日与你爱得死去活来的人已卧他人床榻，
伤心莫过于此，
做父子的也会反目成仇。
最后的日子对你好一点，
你记住的就是最后的日子，
前面的人生都忽略了，
那最后的日子也许最重要。
好的给你吃，
软的给你卧，
带你去伦敦玩，
看白金汉宫门外维多利亚王君临天下的雕像，
陪你说几句爱听的话，
为突然腹泻的你擦屎；
你在威尔顿地吉拿敦街的酒馆的厕所里屎尿横流……
所有这些，
不过是另一种骑木马，
你还是你妈妈的宝贝，
人之所求，大抵如是。

人是一时一刻的，
今日这样并不意味着明日也这样。

没有恒久的，
我们在地上不过暂居。
既暂居，暂时好就够了。
我念你好，
其实哪有什么义和德的捆绑？
誓言都是谎言，
契约都是空文。
一同乘船渡河，
在船上好一点就可以了。
倘若做父母的还不如同渡的，
说什么父子母子呢！

人的情义不来自先验，
除非上天恩赐。
人的情义都是经验的，
一缕，一缬，一盏，
夹在书页中，放在抽屉里，
沉积在记忆的深处。

人记好只记得住得着的，
并记不住任何名义。

十三

你有一件黑毛呢大衣，
你把它剪了，

让芝兰改裁一下给我穿。
你是慷慨的人，
小时候与小朋友分享，
大了与同事分享，
这会儿也与儿子分享。
常常你根本不为自己着想，
子路说他要拿他的大衣出来与朋友分享，
夫子说他做不到，
可是，你做得到。
我思忖你不是出于道德，
乃是性情潇洒，
诗人气质，
一挥手的冲动。
不过，好在你事后也不后悔，
你为别人得着而称心。

所谓诗人，又叫骚客，
都是学着《离骚》的体裁吟咏，
离骚的骚，意思是牢骚。
你不同意这个解释，
你说骚是骚动，
心里的情感搁不住，
要寻隙奔涌出来，
是风情，而不是牢骚。
你的祖宗是北人，
北人端的与南人不同，
南人有牢骚，

北人追风情。
为了追这样风情，
你四处结交，
结果糊里糊涂，
误入一个颠覆组织。
那个承办员对我说：
“想当年，你爹的态度比你好，
他比你配合。”
我说什么好呢？
你那么倒霉；
转而想想自己落网怕得要死，
结果实在还比你大胆些；
我都这副屃样了，
还不如你配合，
你得有多配合！
我真不敢深想。

诗情啊诗情，
它总是那么不规矩，
不合世俗的规矩。
所以，你为什么教给我诗歌呢？
我一错再错，错得你提心吊胆，
这都要怪你，
我是你教出来的。

既这样，
你把我交给诗就好了，

还做什么稳稳当当的梦？
你死前三天还感叹：
“你要是一直在医院里就好了！
这会儿该当院长了吧，
我的病也方便治了。”
不，对于诗，你半途而废，
而我一路走到黑。

我又想起那件大衣，
穿在我身上的小大衣。
既改给我穿，
就要改得合身，
为什么不大不小的，
让我穿着怪怪的，
时常走快了还要踩到衣角？
你们是怕我还要长个儿吧，
想让我多穿几年。
你就是这样的，
犹犹豫豫的，
因小失大的，
没有用尽气力就中途而废。
你很潇洒，诗情满满的，
却虎头蛇尾，善始恶终。
如果你气力不够，
就瘫下来认输服软，
然而你一叶障目，
假装看不见。

你总是信心满满的，
结果又放弃，放弃……
我中毒太深，
我比你轴，
我会真信这回事，
把路走绝，
走绝了反而又走通。
咳，事实上，我是一个软蛋，
身软心软，便信得紧，
不像你，魁伟而丰盛，
到处碰运气，
每每试身手。

我被承办员教训后改了许多，
我之前难说没有你那样的毛病，
我之后抓牢一件事情就不放手，
彻彻底底弄清楚才罢休。
我知道承办员是被派来提点我的，
我没有与他们为敌，
他们是改装打扮的使者，
为要棒喝我的懵懂。
我终于知道人们是怎么看你的，
这并不是档案里的评语，
而是与你打交道后的结论。
你敷衍，你稀里糊涂，
你本可以咬咬牙就过去的，
却两腿一蹬，撒手人寰。

你就是这样死去的，
你不肯小心翼翼护着你的灯，
那灯火幽明间有大风吹来，
你稍微挡一挡不行吗？
这事也能敷衍吗？
你敷衍了，
一切终结了。

我不愿意像你，
你如今是我的教训，
凡事与你不一样，
就会好一点，上升一点，
为此，连我的敌人都避让我一些，
他们因我的沉着而网开一面。

我幸亏没有像你一样！

可我是狮子，
我不是虎，
我喜欢炫丽、堂皇和浪漫，
那松果里存着狮子的心，
狮子的心是柔软的，
狮子倡导善败不亡。

我拿你没有办法，
然而我不能依了你，
所以，狮子的心也是冰冷的。

十四

那些日子，
你的同学都去背猪猡，
就是到校外给人补课，
这可以挣不少钱。
你的那个姓王的同学住在浦东，
他是背猪猡大王，
他在家里设下酒宴，
请你和我去吃酒；
有团鱼、黄鳝和鸡鸭，
我们吃得好不开心。
回来的路上我责备你，
说你何不也去背猪猡，
这样的话，我们家日日吃酒宴。
你道是猪猡难背，
要帮学生解那些变态的难题。
于是乎我想，
你教书教得不怎样，
连那些难题都解不了，
你怎么会被人称做好老师？
显然你一知半解，
显然你在混日子。
可是，你究竟是好老师，
那些工读学校出来的孩子，

多年以后还来看你，
找你诉说心头烦恼。

那年你的姐夫通过关系把你弄回上海，
你被安置在川沙的工读学校做教师。
你相信那些孩子没有罪恶，
孩子嘛，不过是孩子，
调皮一点而已，
怎会是罪犯？
你想到了我，
我也是孩子，
我也调皮
（我调皮得差点将一所农舍烧毁，
我调皮得将农民果园的李子摘光）。
你夜间不上锁，
不想将孩子们囚禁，
然而他们觉得你心慈手软，
偏偏就利用你的信任逃跑了，
全体逃跑了。
这事震惊了公安，
抓捕的警车呼啸着奔向四野。
然而警车没有抓回一个人，
所有人却在第二天早晨回来了。
问他们怎就又回转，
他们说不能令你倒霉，
他们不忍心令你替他们背黑锅。
这事反倒帮了你，

上面说你这么没手段，这么昏聩，
不适合在这个岗位，
于是调你去普通中学。

啊，看，
你终于熬出头了，
你终于称心如意地做了上海的普通教师，
与你曾经不得不逃离前一样。
你回来了，
复原如初了，
终于可以吃你馋得流口水的点心了。

这么看来，
你还是一个好老师，
一个真正的好老师。

既这样，
不去背猪猡就不去背猪猡，
我心里依然为你存着骄傲。
既这样，
你有些不懂就有些不懂吧，
反正你以其昏昏使人昏昏，
自己不懂也原谅别人不懂，
这点倒像夫子精神；
不过，你比夫子或者还好些，
倘自己昭昭处，
也未必非令人亦昭昭。

你说读书苦，
也读不明白的，
没有人可以全明白的，
一点不明白和许多不明白都是不明白，
何以非要明白呢？
你成了那全知的黑格尔的反面，
那黑格尔说，
历史是规律，
甚至未来也是规律，
这话的意思是未来也要弄成历史。
黑啊，那家伙真的很黑！
你早早就是存在主义者了，
你倒是有操守，
一直恪守存在的切片和虚无。
人是切片的人生，
你很无奈。

然而，你是一个好诗人，
真正有才情的诗人。

好诗人又怎样呢？
那时，据说野无遗贤，
一切诗人都是法定的，
你既未被法定，
你就不是诗人，
你可以作为诗歌爱好者存在，
为单位和居民区的各样庆祝活动写点什么。

黑板报，书信，工作总结，决心书，倡议书，
呵，这些地方是留给你的；
如果你爱去群艺馆，工人俱乐部，
那么，那里也有不少民间活动业余活动空间。
你自然晓得你不算法定艺术家，
你实在憋不住，不得不流连在那些空间。
我是在那些地方认识你的，
你作诗，又朗诵，演出，
就像歌德时代的戏剧，
诗人是戏剧的魂。
那时候没有编剧一说，
编剧和剧作家是多么以后的事，
在诗人时代，这几乎难以想象。
故事是编出来的吗？
不，曾经故事即往事，
由诗人吟咏出来并作为证词。
有诗为证，有诗为证！
你们听过这话吗？
诗是可以作证的。
一件事说出来未必有人信，
然而附加一首诗就信服了。
倘无天允，何德何能为证？
只有作证的诗才是一首真的诗。
你还是这样的诗人，
未失诗人本色，
你保留诗人古老而神秘的技艺。

吟咏你的诗吗?
那有什么意义呢?
你最好的诗就是我,
我就是诗。
所以,我不是诗人,
我一直远远看着诗,把握着诗,
我拥有诗,
却由你承担诗的苦价。
这苦价包括你的失意,
你奔涌推出诗句的精血,
还有为此虚头滑脑、投机取巧、蒙混过关、自作聪明的恶习。
我幸好不是你,
我都看见了,
命运令我窥见你的不堪,
原是为了保守我,
加给我恩典,
让我出乎你而不是你。

你只对诗真诚,
你不对诗以外的别的什么真诚。
这是诗人的代价。
而我由此学会了真诚,
我常常甚至真诚过头,
陷入到地上的种种主张中不能自拔。
你是个铁定的存在主义者,
而我误入逻各斯中心主义以为真理在握,
我是个没有智慧的人,

我长久以来就是个蠢货！

诗意的栖居，
你们真的懂吗？
你盯着那半老徐娘看，
把她看回少女时代；
你酒不够时，以肉为酒，
你肉不够时，以酒为肉。
你与她在一起，
缱绻至巅：
如果是禽鸟，
那么此时羽毛都掉落了；
如果是龙，这刻鳞甲都张开了。
颤抖，尴尬，无处安放。
她便柔情安慰你，
令你渐渐安静下来。
这并不是禅意，
不是忘我之境，
而是存在之大，
存在于神意之外力图神圣。
存在能神圣吗？
性情之人忘乎所以，
以性之有限比那心之无限。
这就是海德格尔的诗意，
也几近你的诗意。
你够猛力，
冲刺的时候我看你如何跌倒，

如何失了臂膀依然拥抱，
如何残了腿脚不停奔跑。
然而，本来只是一失足，
这下整个落入冰窟。
我在一旁笑出声来，
我递给你手的时候你慌忙接住，
你瞬时虚无了。

如今我也“诗意地栖居”，
但我害怕，
我惴惴不安，
我如履薄冰。
我是亲眼看着你掉下去过的，
我还敢莽撞么？
不过，我不能忘记，
是你把我从假真理中唤醒的，
醒来的我既不复入偏执亦顿知性情之卑。
我是你残存的诗句，
这就够了，相当好了，
我求什么神圣呢！
你付过钱的东西，
我享用就可以了。
所以，我不是诗人，
我是等待诗意临到的人。

十五

我怀揣你残存的诗句，
行走在晚霞栖落的广场，
徘徊在王府井大街和淮海路的橱窗外，
那些娟丽而深情的少女与我相伴，
穿花度叶的微芒聚为舞台的光柱，
音乐尾随而至，
每一秒都是反生活，
每一天，每一年，甚至一生都需要化缘，
化缘来供养那些诗句。
这就好像圣人被褐怀玉，
为了玉，千金散尽，负债累累。
啊，这玉是如此的贵重，
贵重得竟换不来一张饼，
贵重到时时饥肠辘辘。

我的愚蠢叫我守住它，
只好守住它，
哪怕乞讨，哪怕流浪。
然而我因它长久润泽而得智慧，
我在四十岁的某一天在街上遇见它，
却不是在怀中；
我认出它在我幼年时见过的肌肤，
认出那种内含的光泽，

那要迸射出来却无法刺破边界的光泽；
因边界和表面也有光，
光包围着光。

如果认出那些诗句，
那么诗句就是不一样的，
非凡的，充满信心的。
诗句不是诗人，
诗句是天允的结晶，
如麝之麝香，
如蚌之珍珠，
如海中之盐。
诗句由诗人出产，
却是上天的馈赠，
令人声上达天听，
传天意至万方万邦。

我曾经路过北太平庄献血站，
三次想进去卖掉它，
终于没有卖掉它，
终究有一种神力禁止我卖掉它，
走哪一扇门都是堵住的，
行哪一条路都是不通的。

如今我深知诗句的伟力，
你须要认出它，
它必认同你。

被诗认出的人是得胜者，
先就已胜的人，
何惧这世上的势力！
有五饼二鱼放在你面前，
你取之不竭，用之不尽。
你的困塞皆因盲瞽，
不识既有之能，
转而膜拜低能，
低得曾向一张饼跪拜。
倘有至宝于怀中，
那宝比你有见识，
是它守着你，
而绝非你守着它，
它岂能做一张饼的交易？
除非你神憎鬼厌，它弃你而去，
除非那持饼的人讨得它的欢喜。

我啊我，
我是被那些诗句眷顾的人，
幸好它捆住我，
将我紧锁在襁褓里，
仅仅是因为我太笨，
笨得令那些诗句哭笑不得。
而你，诗人，
我终于晓得你是被诗句逃避的人，
它们纷纷从你那里逃离，
落在我头上。

那是落英缤纷的壮丽景象。

是的，这是财富，
非常现实的真切的财富，
控制着人类金融和经济活动的财富。
当一些钱管住另一些钱的时候，
人才知道钱的用处。
所以，你实在留下了饫渥的遗产，
你用你的英俊、性情、病痛和敷衍支付过了。

十六

你姐夫说你是大呆，
他是个骄傲的人，
他身躯高大健壮，
他声如洪钟，相貌堂堂。
你姐姐婉嫕如饴，双瞳剪水，
你面目清朗，不怒自威，
你们都是遗传了你们爹爹的俊美。
这是一个漂亮的家族。
电影公司迁去台湾时要带你姐姐走，
你姐姐害怕水银灯，害怕片场的喧闹，
她不愿意去。
你姐姐是小家碧玉。
她心中的愿望是才子配佳人，
可是偏偏来了山东大汉，来了关公。

啊，这是英雄配美人！
可是，英雄又怎样？
英雄本是为才子打江山，
飞鸟尽，良弓藏，
武夫于和平岁月里像是多余的人。
谁叫你爹爹不识时务呢？
他倘不去服役，
家里怎就轻易答应这门亲事呢？

你姐夫看不得你每天吃小点心：
生煎馒头，排骨年糕，油豆腐细粉汤，
他有个杂粮馒头吃就屁颠屁颠了，
他哪里看得懂上海少爷的那些名堂！
你姐姐曾经私下对我说：
“你姑父两角钱买一包猪头肉，
外加一瓶土烧，
吃得开心得晕过去。
牢泥腥，覅睬伊！”
你姐夫听说八路军开设造酒厂，
为了每天有酒喝去参军。
他是诸城县人，
他与那几个风云人物是同乡。
你姐夫喝醉了也能杀鬼子，
一膀子抡甩五六个不是问题；
你姐夫中弹了还能站起来，
子弹穿过他的肌肉不过是一阵邪风，
敌人见他不倒先已破胆丢魂。

你姐夫的枪伤我看过，
在小腿上，结疤像一枚铜钱。
你姐夫从来就是冲锋陷阵一马当先，
然而到了苏州河南岸他改了心思，
他的脚步比别人慢一点，
他紧缩高大的身躯比别人矮一点。
他对我说：
“我不能死啊，
上海太好了，
我要活着进城看一看。
你看，我活下来了，
不然怎么讨得你姑妈，
又怎么见到你？”
但是，他常常失眠，
他想，他的同志在他前头倒下了，
他们没有看见上海妹妹，
他们牺牲了，
简直就是为他牺牲了。

你爱你姐姐，
你不喜欢你姐夫，
你甚至骂他是暴君。
他的声音很大，
一吼整幢楼都颤抖；
他的权力也不小，
整个中百公司都要听他指挥。
然而，他是多余的，

人们在暗地里笑话他。
你觉得他像一根木棍插入你们的领地，
倘没有他，一切该多好啊！
然而，倘没有他，
你和你姐姐孤零零的，
在新社会怎么生存下去！

他们终于有了头胎，
那是一个清秀乖巧的男孩。
他们请来阿姨照顾男孩，
那男孩只是哭啊哭啊，
哭得惨兮兮，
哭得一家人心碎。
他们看见男孩左手的拇指一天比一天红肿，
猜是拇指受伤了，
便送去医院检查。
不是皮肉损，
也不是骨折，
原来是一圈头发丝卡进肉里，
紧紧地绑牢指骨。
这是谁干的？
组织上派人来调查，
查出阿姨是从江苏农村逃出的地主婆，
阶级敌人险恶用心，实施卑鄙的阶级报复！
你在一旁哂笑，
说什么阶级敌人，
哪怕贫下中农也受不了这气！

平素做人不好，待人不厚道，
人家把气出在孩子头上。

你姐夫由此更不喜欢你，
更把你看低，
断定你没有政治觉悟，没有头脑，
铁板钉钉是一个大呆。

你们互相看不起，
你骂他小农经济，
他骂你思想落后。
可是你姐姐，
与他同枕共眠，
生米煮成熟饭，
日久竟也生出情爱。
你认为你姐姐是被强迫的，
即使做出错事也是因为他的缘故。
你爹咳嗽，咳嗽，咳嗽，
医生给他开一种进口药，
每日都花费不少。
你爹没有钱买药，
去找你姐姐要钱，
你姐姐不给他，
芝兰却偷偷给他。
你姐姐也开始认为她爹是旧社会渣滓么？
这么割肉揪心的问题你别转头去假装看不见，
你又开始敷衍，

你不敢深想，
你聪明过人，
知道这是一个灵魂拷问。
既是残酷的拷问，
常人如何经受得住？
不如不想，不如存活，
活命而已，
这就是存在。

说实话，你姐夫并不像你以为的那么一无是处，
他常常比你姐姐实诚。
你姐姐把家里用旧的电风扇卖给你，
还管你要新电风扇的价钱；
你姐姐把一台组装的电视机卖给芝兰的弟弟，
还谎称那是原装进口的。
你姐夫却揭开事情的真相，说：
“思瑛啊，做人不能这样。”
你姐姐最恨你姐夫的几个兄弟，
因为他们常常带来你姐夫原先老相好的消息，
说小英莲如何如何，
如何守着姐夫他娘，照顾他娘。
你姐姐索性把婆婆接到上海，
尽管她连婆婆吃饭的样子都嫌弃。
你姐姐学做官太太，
走到哪里都要炫耀你姐夫那点小官位。
其实你姐夫本可以青云直上，
不就是贪恋你姐姐也开始学小市民习气！

你姐夫的部下都当上封疆大吏了，
你姐夫还在商业局不重要的位置上混饭吃。
谁不知道你姐姐漂亮呀！
那些身经百战的勇士们有哪一个不羡慕你姐夫的！
为了见一面思瑛，
谁都找借口请他们夫妇吃饭。
为此，你姐夫也就心满意足了，
值啊！仗没有白打，
枪子没有白挨。
但是你姐夫不改农民的本性，
老实巴交，坦诚磊落，
只是小气，一分钱掰开当两分钱使，
只要不花他的钱，
走遍天下学雷锋。
你嫌他土，你嫌他一毛不拔，
大凡有什么不是，
你总是责怪你姐夫，
姐姐永远是最好的。
可是芝兰和我，
渐渐就看明白了，
姐夫真的不错，
常常还很仗义，
妹妹单位分房子，
姐姐一句话都不说，
全是姐夫跑去寻关系，
他说这事他不能不管。

他是英雄，
你也并不是死熊，
他们说你是死熊，
深深伤害了我。

可是你不出来做些事情来证明你不是死熊，
你看上去越来越像头死熊。
你退休了去找一个差事混混，
居然去波特曼的洗浴中心给人挂衣服，
芝兰想不通，
说你何不写写东西，
这么好的晚年时光不用起来。
你说那浴室是免费吃饭的，
还发许多优惠券，许多购物卡。
你老来怎么那么贪便宜，
你曾经不是骂你姐夫一毛不拔吗？
你抠抠唆唆，甚至还不如你姐夫。
然而你女儿借钱给别人，
不是一百两百，
而是一借四十万，
人家还不出，
芝兰快要跳脚了，
你说没关系没关系，
人家有困难，
谁没有困难呢？
谁总有窘境走不出的时候，
不要逼人，

就这样吧，
顺其自然。

我也不理解你。

不过我记得你说过：
“任他去，
任他接待他的朋友像接待兄弟一样，
人家也这么待他，
他就是靠这么做才过来的。”

我要谢谢你，
在这事上你是理解我的。

我从两岁开始，
见到你姐姐就哭。
我是一个多么喜欢美人的人，
却不想见到她，
不愿意去她家。
她家阴森森的，
在延安路靠近外滩的一座旧楼里，
那是原先英国人贸易公司的货栈，
窗口被前面一幢建筑的墙挡着，
一点阳光都照不进来，
终年阴冷、潮湿。
他们家没有零食，没有玩具，
哦，不，

有一套精致的景德镇小瓷器，
是给小孩子过家家的那种，
我见过一次，
那是表姐的玩具，
只她一个人可以玩，
她上面的两个哥哥看都不能看，
表姐却拿出来给我看过一眼。
你姐夫唯独喜欢表姐，
头胎和二胎的哥哥像是小狗小猫，扔扔甩甩。
老奶奶，就是你姐夫的娘，
算是对我好的，
我一去她就拿出山东大馒头，
她说，那可是白面馒头，
可我就是不要吃什么白面馒头，
里面没有馅儿，
干巴巴的，怎么吃！
我只是一片一片撕下馒头皮，
凑合着吃一点来熬时间。
你知道吗？
在这么可怕、阴森、不见光又没有吃没有玩的地方，
我因为爱你而长时间地忍受，
你知道吗？
我曾想，你逼迫我了吗？
你没有逼迫我，
你只是说你姐姐多么好多么好，
多么希望见着我，
倒是芝兰逼迫我，

她因为爱你而爱你之所爱，
有一次我坚意不去，
她竟拽着我的头往墙上撞，
直撞出血来。
爱啊，
多么可怕的爱！
多少次我勉强随你去，
不也是因为爱吗？

一切都因为你，
因为爱你，
你把我们一家领入黑洞。

可这是你的家呀！
命里我们做了你的人，
我们有什么办法呢？

思瑛是喜欢我的。
我不知道她对你怎样，
是口里说说，
还是多少有些感情，
反正我知道她喜欢我。
但她既看不上芝兰，
也看不上妹妹。
她总会想看见我，
三天五天不见我就要来电话；
如果我去，

她就会给我一角、两角、五角零花钱，
最多一次给过两块。
可是我哭丧着脸对她，
一丝笑容也没有，
甚至懒得表演一下。
她说：
“你怎么看见我就哭呢？
你从两岁开始哭起，
要哭到几时呢？
我会把你吃掉么？”
我心想，
我讨厌你，讨厌你，讨厌你！
然而，我后来去北京，
她给我买了皮靴、鸭绒衫，
还赞助我路费。
哦，是的，妹妹也给了我钱。
这件事我记得她，
所以，她老了，我也去看她，
这时候我没有板着脸，
我让她看见我的笑容。
她为她的孩子叹气，
说他们比得上我三分之一她就满足了。
她实际上喜欢我这样的孩子，
喜欢他弟弟生的孩子，
却并不喜欢她弟弟。
这样的心思根底，
实际上是不喜欢她的男人，

不喜欢那种，
嫌那种是坏种。

她是骄傲的女人，
跟你一样，
颈项强硬，
本着美丽家族的血脉，
本着精明父亲的脾性，
看不起所有人，
对她男人那些勇士朋友们不屑一顾。

她总是叹息她的男人和你的女人都衰了一截，
一者下嫁，二者贱娶。
我或者是这个衰败的家族唯一的安慰。

十七

我看见你从洞穴中漂浮出来，
那是你的魂灵，
你似乎还在呻吟你的病痛，
你喊芝兰的名字，
这时候是你无助的声音，
又好似你与芝兰的秘密需要这样的声音唤醒。
你是随着水漂出来的，
那洞穴有水汩汩而出。
你喊：

“芝兰啊芝兰，
你怎就忘记我了呢？
我和你，有一辆小三轮车就足够了。
我们一起开一家店，
不受人管，不受气。
我们一道去吧，
不给儿女添麻烦。”
可是，你忘记了吗？
你在家里坐不住，
硬逼着芝兰骑三轮车载你出去玩，
她身子太小，
带不动重重的你，
一转弯，撞在一棵树上，
人仰车翻，
她差一点撞死，
你却埋怨她。

不过，我现在想起这事，
又看见你惊惧的魂漂移在水上，
我的心软了。
我看见过你们走在玻璃窗后的长廊上，
外面是夜色，
那长廊却灯火通明，
你苍老，芝兰也苍老，
你们好像从小就是朋友，
只有芝兰是你的朋友。
你怎么死后才认出活生生的她？

你现在认出她已经晚了，
我不会让她跟你去的。
你再作孽，也只好这样了，
我的心又硬了，
可是朝着芝兰的一面是软的。

你们是很可怜的老人，
可是所有可怜的老人都是从不可怜过来的，
坏人也会老的，
老人是很少有变得更坏的。

芝兰总是说，
她是为了孩子才找一个读书人，
她要你教我们读书。
我很小的时候你就关我禁闭，
拿一张小凳子让我坐着，
两手摆在膝头，目光正视前方，
要深思，要反省，
最后还要说出过错的缘由以及不再犯错的措施。
那时我才三岁。
你给我设定许多禁忌，
给我训诫，
最毒的是，
你遍察我的心思，
于言行之前先诛心，
你把我的路堵得死死的，
让我无处藏身，无缝可钻，

只好在你的规矩中生长。
有那么几次，
我不能令你称心，
你就不让我睡觉；
那次我桡骨骨折才第十天，
我指力不足以压琴，
你就用尺子打我手，
哪里疼就打哪里。
芝兰看不过去了，
说你是为出气才对我严厉。
我听进去了，
这话正打中我心里的要害。
说什么为了我学到本事，
都是为了你在单位不顺心就迁怒于我！
我听到你的学生骂你死熊就难过，
但你对我怎样呢？
如果是为了学本事，
那妹妹学大提琴你怎么就不同样对待她呢？
你是偏心，
太明显了，
谁看不出来呢？
你想她嫁一个好人家，
吃吃喝喝，成天玩乐，
你说女孩子何以要这么苦呢。

你哪里想得到啊，
你教我的这些一粒米都没带来，

我是靠自学的手艺吃饭的。
你哪里想得到呢?
你教我的这些成为极贵重的珍藏,
需要我用一生做工来奉养。

你和那个护士的事情没有人知道,
如果不是我学你样做坏事,我也不知道。
那阵子芝兰到上海来照顾我们,
你一个人留在山区上班,
你送来一个孩子,
托付给芝兰。
这是一个少女,
与我们住在一起,
她要考上海的学校。
她搭一张行军床,
睡在一边,
我的手伸过去,
可以握到她的手。
我们每夜谈得很晚,
都是些令少年人好奇的奇闻轶事,
也互相安慰,试图理解对方,
渐渐地手就握在一起,
手指交缠,难分难解。
你和她妈妈过从甚密,
一起做饭,一起听唱片,
她看见的都告诉我了,
她没看见的我也猜到了。

我的手伸进了她的被窝，
我抓到我不该抓的地方，
她打断了我，拒绝了我。
白天她对着我哭，
说如果再这样，她就走了，
谁也找不到她。
我害怕了，收敛了。
我很败颓，我想我不如你。
你做成了，而我却不得手。

我和你都瞒着芝兰，
瞒着妹妹，
我和你都不是东西！

那是一个人人都想学坏的年代，
唯恐自己学得不够坏。
我本没有那么坏，
我拗着自己的性情艰难学坏，
而你本来就那么坏，
所以你根本不晓得那些想学坏又学不成的人的苦。

一个天生的存在主义者，
从来就没有相信过宏大叙事。
你真的不傻，
你姐夫怎么说你是大呆呢？
如果你是大呆，
他就是老呆了。

你从洞穴里漂浮出来，
所有的水都是你的眼泪，
你的声音哭哭啼啼，
你的灵魂在哀泣，
你在寻芝兰，
你觉得只有与芝兰在一起才放心。

我挡住了芝兰，
令你的魂魄寻不见，
我晓得，再坚持一会儿你就会暗灭，
你会重新回到洞穴里，
那里冰冷、阴湿、死寂。

如果应了你，
那就是一起死；
如果不应你，
那么我们还有快乐，
尽管那是失去你的快乐，
残缺的快乐。

十八

你告诉我那些历史以来伟大人物的话未必都是正确的，
他们就没有错吗？
你教我分辨学校、监狱，

指给我看人和机器的差别。
我受你的影响开始用怀疑的眼光看这个世界，
我的确比你愚笨，
我不认为是我的时代与你的时代不同，
而是我根性上顽拙，
那或许是芝兰家族的血脉。

你的想象力是惊人的，
你穿破机械的轰鸣，
穿破晨曦，
穿破自行车铃声的罗网，
含笑向我走来；
你的身后任它是城市或者乡村都无关紧要，
我不认为你是充耳不闻，
有时你并不糊涂，
只要你身体好，兴致高昂，
当然，你常常试图令自己情绪饱满。
你是诗的发动机，
你只写最初的几行，
因为你是情感的诗人，
你并没有活到看清情感不是诗的全部的时候。
你是彻底的人道主义者，
你相信科技和知识令人开明，
其实你是那些革命者忠实的学生。

你告诉我纯洁的道理。
你说那无伴奏童声合唱是残缺，

因为机体活着的部分只有一点点，
便只能感知一点点；
那牛背上的孩童只摘得到一片柳叶，
啊，柳叶是多么清纯；
那矮墙边的村妇只望得到村头，
啊，世界也就这么局促。
大部分机体麻木，
痛域很低，
痒域、爱域、恨域都很低；
女孩儿歪一下头浅笑，
剪一个齐耳短发，
这是他唯一的青春记忆，
于是，这样的长相被认定为唯一的美。
你吃过白煮蛋、咸鸭蛋，
渐渐接受松花蛋；
你吃过嫩豆腐、老豆腐，
渐渐想吃酱豆腐、油豆腐和臭豆腐；
你吃肉吃腻了，
翻出种种花样，
结果要吃高汤熬白菜。
那齐耳短发的是清汤加菜叶，
那秋波荡漾的才是高汤白菜。
纯洁有起初的，
也有回归的，
唯独不可能是残存的。
麻木啊，
大部分机体在慵懒和苦役中麻木，

面无表情，目光呆滞……
能把面瘫当作冷酷么?
能将闭塞当作无染么?

“你要小心，
千万莫把麻木当纯洁!
你要警惕，
千万别将愚钝当善良！”

野人不是粗人，
粗鄙是因为捆绑和囚禁，
万般压制、盘剥后，
只有一二处还有活气，
你让我当心这样的人，
这是死亡，
好比至清之水。

死亡就是那无伴奏童声合唱，
那不是圣洁的妙音，
那是牲祭的一副人肉肠子，
远离它吧，
堵上耳朵!

“安全?
如果安全是自我捆绑，
安全就是死亡。
生，是险境，

不入险境无所谓生，
不入险境也无所谓美。”
你说。

“君子不立危墙之下。”
你又说。
你看出我是冒险家，
是亡命徒，
我尚未学会在险境中壮大。

你是人道主义者，
这让我想起一本书——
《存在主义是一种人道主义》。
人道就是按人的道理来，
而不是按天的道理来。
人的悲悯，人的同情，
人的自由，人的主张。
人说，我既是神之子，
必有长成之日，
人之长成不就是自立为神么？
就像我要脱离你，
你也想脱离父神。
然而，那悲悯、同情不出自你，
你的自由总有边界，
你的主张并不是真理。
你依然同情，
同情那些做苦工的、被遗弃的、受压迫的，

同情芝兰，也同情你姐姐的次子，你的小外甥，
他偷窃，再偷窃，被关进监牢，
人们厌弃他，
他父亲厌弃他，
你却收留他。
你说他是受压迫，
有黑暗逼近他，
你看不见他的罪错，
难不成你看见了却宽恕了他?
谁予你赦免他人的权柄?
那些流浪的、饥寒交迫的、被追被捕的，
都在你那里得到一餐一席，
你为他们开门，
向他们展开臂膀。
你是那肉身成道的人么?
你的悲悯发乎你的肉身么?

那女孩爱上了不爱读书的人，
他瘦弱、调皮、鬼机灵；
那女孩的母亲是寡妇，
她不愿意女儿跟上不爱读书的人。
你可怜那寡妇，
替她做主，
东奔西跑，围追堵截，
就是为了拆散一对恋人。
那女孩高挑而丰腴，
情欲的膏泽流淌全身，

你拦住她与那小子好，
你怎拦得住她又去找另外的男子！
她后来被一个流氓缠住，
不得脱身，
以致最后怀上那流氓的种。
你说你同情，你悲悯，
你可怜那寡妇，
怎不可怜青春少艾？
你是人道主义者，
人道主义的同情就是这样的，
成全这个，毁了那个，
结果毁了所有。

你自我主张，
就是说你自诩神圣。
人怎么能神圣呢？
不过，八百多年来，
不止你一人，
多少人一夜间自诩神圣！
怜悯是临到你的，
却不是你临到他人的，
所以，你并无怜悯，
你的怜悯形同杀戮。

这方面我也向你学，
可是我学得不怎么样，
一做起来就充满矛盾，

冲突使我半途而废。

良心遍及宇宙，
每个良心都是无限，
一加一等于一，
无限加无限等于无限。
这个数式在人道之外。
人并没有良心，
良心都是天赋的，
人只会弄脏弄坏良心。

所以，算了吧，
说什么自由！
你的自由不过是性情要舒畅，
发怒就一直发怒，
嬉笑就一直嬉笑，
孤独就一直孤独。
神天赐人以自由意志，
然而悲剧是人终不能彻底沉沦。
夫子说，有朝一日，
人将从心所欲不逾矩，
也就是人的意志终于与天的意志合一。
人想越出天外，
那是不可能的；
有限的生命，
怎能挑战无限？
人是由无限引领的有限，

你如何将那引领者误认为是自己呢？
自由是人道的约定么？
说好了我们都是自由人？
你试试看，
不付工价如何拿走面包？
你偷那面包，抢那面包，
你被罚做苦役。
苦役是偷抢的工价，
罪是死的工价。

死，拦住了自由，
谁能不死呢？

你不是愚昧人，
你不至于不付工价，
你甚至常常讪笑那些异想天开的人，
只是你心存侥幸，
你故意装傻。

你是个滑头的人，
你太不老实。

十九

在那些没有手机的日子里，
一切都显得平静。

你与芝兰结伴去你们童年熟悉的地方，
你家乡的海湾、沙地和集镇，
也去探访芝兰的故地，
去寻找她可怜的父亲的尸骨，
缓步进入她的回忆，她的曾未破散的家。

而我在千里之外的燕地，
那地方叫作北京，
也曾被叫作北平，汗八里，
那里曾是世界之都。

我终于出离你的手，
我的命运和道路由不得我，
更由不得你。
难道你的命运由得了你么？

你得了一种病，
你所有的舒适顿时消散。
你嘴馋，想吃，
吃了也不痛快；
你想睡一个好觉，
常常半夜就醒来，
醒来再也无法入睡；
你见每个春季都有花裙子飘扬起来，
可你力不从心；
你也想过按芝兰说的写下脑海里的诗句，
但写几句就放下了。

总是开头几句，
你的一生仿佛就是开头几句。
你寻药问医，
每个医生都束手无策，
每味药物都无济于事。
你付出了一点耐心，
你准备等科学的进展。
你总是相信科学，
比迷信更迷信科学。
科学医好了头痛，
可脚又痛起来，
医好了脚痛，
手上又长了疥疮……
科学啊，
扶起东墙西墙又倒，
它好像是人间的窗户纸，
糊一下，苟且一阵就破了。
然而，不是说科学是人类伟大的壮举么？
只要把科学挂在嘴上仿佛就是真理。
你未曾见有多少人以科学的名义在大行杀戮呢？
击毙老人孩童的枪械是科学，
广岛的蘑菇云也是科学，
活体摘取脏器让衰老的色鬼获得精力也是科学，
注射迷魂药强奸少女也是科学，
改造种子令食物败坏也是科学……
我说太多科学的坏处不念它的好么？
那么，电灯是它带来的，

风驰电掣的火车也是科学，
还有数字化和互联网，
还有电视电影和录音，
这些是技术，
但这技术是科学的果实。
既然科学有益处也有坏处，
至少它不可能是绝对真理，
它是一样普通事物，
与你我肉身一样，
也有成住坏空，
归根结底是幻象。

你也是幻相，
你是天上之父的投影，
在人间成为一个比喻或象征，
你不是真正的父，
我也不是真正的子。

在那些忽然手机普及的年月，
病是恩赐。
我们曾经因为闭塞、木讷、老实而吃了不少亏，
而如今因为光怪陆离、五花八门也鬼迷了心窍。
知识啊，它不因你知道多少！
智慧啊，它的核心是光照！
你里头的灯暗了，
你的双眼就昏暗。

幸好你生病了，
病得走不上几步路，
否则这花花世界必将你带跑，
我们在成年之后会失去父亲，
尽管那只是投影，
我们将失去影子，
四口之家的造影将失去一角！
当然，如今你死了，
这影子也消散了，
可是，这是不一样的，
这是预设好的退场时间。

所以，感谢病痛吧，
常常病痛是恩典，
是抵偿罪过的最小代价。
病痛令人无能，
无能怎就一定是坏事呢？
你们哪一点能耐是出乎自己呢？
倘无天赋，人何以堪？
当然，我这一套你不爱听，
仿佛听了就失去你此生的意义。
此生，
有吃就吃，有用就用，
你真以为是你聪明、奋力争取来的么？
我做过比你多得多的事，
经过比你凶险得多的曲折，
你自己也说了，

嘲讽我比你行，
而我告诉你我无能，
超乎你想象的无能。
我说在一个幼儿园，
有个男孩弱小，
唯一比他弱小的是一个女孩，
他们每天坐在角落里躲避众人，
只有他们互为慰藉。
那男孩的话只有那女孩听，
那女孩愿意与他做伴。
有一天，别的小孩举着板凳群殴这个男孩，
那女孩那么弱小了，是最弱小的，
她竟举起板凳保护那男孩，
而那男孩不但没有反击众人，
居然转身举起板凳打那女孩。
我告诉你，
那男孩就是我。
可这样的人，
日后得到了救赎，
得到了能力、才情、智慧和别样种种恩典，
以至于你不得不承认他比你行，
你的嘲讽不过是小信的执拗。

我的见证于你无用么？
我是个可怜的软骨头，
我凭什么比你行呢？
你怎不想想！

你那么倔，
不如多多生病，
让病痛来拯救你的灵魂吧！

二十

你是你们家族最特别的人，
你与他们都不一样。
他们没有一个讨人喜欢的，
当然，也许不包括你爹。
我对你爹的记忆很淡薄了，
因为我满两岁那年他死了。
我只记得他穿黑色的呢子大衣，
风雪黄昏时突然回家，
把雪花带进家门，
有一瓣飘到我枕边。
他一抖大衣，
结果后面没有人给他接住，
那大衣掉在地上。
（他还以为是旧社会呢。）
他走近摇篮，
他对我笑，
他的眼睛里有火光。
但他不是芝兰家的人，
芝兰家的祖辈都是软弱的人，
他精明强干，

他的爱是掠物，
我好像他的战利品。
一定的，你有一部分像他，
但我猜想也许你更多地方像你妈妈。
你是你妈妈的宝贝，
你妈妈说是爱听戏，
是一名票友，
她两耳不闻窗外事，
她遇事一筹莫展，
只会发愁，发愁。
你姐姐也是她生的，
你姐姐却钻头觅缝，鬼头鬼脑。
你的伯父、大姑、小姑以及他们家里的人，
都靠近你姐姐的路数，
只是不及你姐姐滑头。
我十七岁那年，
你带我去见你爹的旧相好，
她也算你的小妈了，
你让我叫他奶奶。
奶奶说我跟你爹长得神似，
说你不如你爹，
说我超过了你爹。
我心里不高兴，
我不想成为你爹，
在我看来，他是一个市侩。
我知道我是谁，
我不是你们家里的人，

我不是从你们家那路上走来的，
但我知道我是你的人，
你是你们家旁出的斜枝。
于是，我躲开你们家的人，
从性格和举止上都远离他们，
唯恐沾染一点点。
你姐姐说，
大家都在学堂里读书，
她读起来怎就那么难，
你读起来就跟玩似的。
你们家的灵活脑袋叫你用在了读书上，
或者也不尽然，
只是伸发出你的想象力，
成为最初的几行诗。
他们是利，你是诗。
你要感恩上天把我赐给你，
为你续写下面的诗篇。
这是预备，
不是从我开始的，
而是起初就设下的，
像是埋伏，
气若游丝，步线行针。

我是终点么？
我不是，
我有一个儿子。
我之后的事我怎么知道呢？

但我现在做的事也在埋伏中，
我被埋伏，
有朝一日成为结果的树，
立在河边，
立在大庭广众之前。
我所显现的是一种荣耀，
因为人有的我有，
人所没有的也添加给我。

我不是来荣耀你的，
因你心中并不予我长子的待遇，
你偏爱妹妹。
但妹妹是最爱我的，
她始终以我为兄长，
诸事都礼让我，
诸事都为我担忧，
诸事都依靠我。

你是自由的人，
难道我不是吗？
但你并不深想何以你的自由被我限制。
那并不只因你老了，
而是我大大胜出你，
我所依傍的是至高力量，
却不是你，
从有人骂你是死熊那天我就摆脱了你。
你以为我有什么大能，

你却不想我生出来就远远不如你。
按说我是糟糕的，
你是优越的，
直至我瞥见你垂死的裸身，
我都惊叹你壮伟的身躯。
幸好你不是他们，
不是你们唯利是图的一家人，
你的俊美、大力和聪颖用来接济人，
有多少吃苦受逼迫的得到你的安慰！
你是自由的人，
你为奴役开锁，
你同情芝兰的身世，
你根底上与劳动者为伍才安心。
我不是为你撰写赞辞，
我只是暗自庆幸你没有下坠，
你与人的始祖分道扬镳，
你至少一直在上升，上升……
你只是倔强，强硬，
你被世事迷惑，
你心有不甘，
因你的同情不是出于无限，
乃是出于无限之果，
你要求补偿。
你浪漫而情深，
你终于得到一点补偿，
那全部来自我的补偿，
来自无限应允在我身上的有限。

我留不住你，
是你自己剪断命运的线索，
你最终与命运翻脸，
你不想在有限中得补偿，
你说既如此不如毁灭。
你自己熄了那灯火，
你很生气，
以至于断气。

你会绕道，
你会躲避，
你会装作什么也没看见，
你却从来不屈曲，不低头。
我与你正好相反，
我会直面，
我也会低头，
我知道人生不过白驹过隙，
我逢场作戏，
我不认为自己有多么重要。
这世间的事哪一件不是相对的呢?
科学来到这个世界之初就声称它是疑，
却不是信，
我们难道就是信么?
你我都是投影，
世界只是幕布，
所以，我相信，
我们有真实的主体，

并不在这个世上，
我终将与你再见，
终将再做父子。

我衷心感谢你，
叫我懂得了自由，
却并未向自由投降。
人做人的奴隶也就罢了，
人怎可再做自由的奴隶？

正是自由令你盎然生气，
正是自由让你顷刻断气。
不自由，毋宁死，
难道自由的地盘那么小么？

自由的人是高贵的，
但生命却由不得你，
你动不动用生命威胁人，
你竟不知道生命不出乎你么？
生命怎能如此便宜！
生命的代价是最高财富，
富可敌国，
我们得了生命已然得了世界。

做一个朴素的人吧，
大多数时候你正是这样的，
为此，你终于活到现在，

在高寿的年龄上逝去。
朴素是更大的自由，
朴素的人蔑视强暴，
他的信心强大，
信心比性情更有力，
移山履海，
甚至获得永生。

你说，
当为秋霜，不为槛羊。
可你是烈火，
不到秋天就已燃烧殆尽。
秋霜是寒冷的，
噙着悲伤，
并不夺眶而出。
它在积蓄力量，
从春生到夏长，
一直到冬天凝为冰雪。
雪有花的姿容，
还有零度的中正；
冰有水晶的剔透，
更有剑刃的利棱。
自由是第三态，
由汽而水而冰，
却从不改变其性。

二十一

你的姐夫死了，
死前他喊：
“思瑛啊，给我穿一条短裤，
我总不能光屁股去见阎王。”
他的话形同悲鸣。
他遭到保姆的虐待，
他是一个战士，
曾为保姆那样的人战斗，
到头来却要受保姆那样的人的气。
他大小便失禁，
保姆不愿替他净身，
用脏话羞辱他。
他到底做过什么坏事要遭此报应？
他在沙场上杀人太多么？

随后，你的姐姐也死了，
她肚子里长了一个瘤，
有脸盆那么大，
医生将它取出来，
其实不取出来还能活几年，
一取出来没几天就咽气了。
有些平衡是不能打破的，
人一味想要好，

不知道不好不坏、苟延残喘也是生命。

你姐姐耐不住寂寞，
即便去了那里也不想形单影只，
她要拉着你一同去，
这样，你就去了，
你去与她做伴。

你们在同一个火葬场火化，
你们大礼的吊唁厅都是同一个，
她先一步，你紧随其后。

人要什么，天就给什么，
这不？你如愿以偿。
人常常莫辨人之所要与己之所需，
人总是按照社会的要求讨要，
得不到就说苍天负他。
人这一生那么难，
难在分不清自己与他人。

人本来是自己，
活着活着就成为别人。

你还好，
终于回到你自己，
你本来就喜欢你姐姐。
而我，

本来就讨厌她。

妹妹送你到焚尸炉前，
我没有去。
她害怕，
我给她一块玉做护身，
事后她将那块玉还给我，
完璧归赵。

谁愿意爱鬼魂呢？
你爱鬼魂，
所以你去了阴间。

妹妹是爱生命的，
她爱孩子，
她要为孩子做很多事。

我们都害怕死，
我们是那些不肯离开幕布的影子，
我们知道此生是暂居，
暂居的人唯有守住本分。
做一个本分的人，
我知道你们都笑话我，
你们难道不知道出离本分就是阴间么？
存在是一种虚无，
虚无就是那阴间。
因为所谓存在不承认自己是影子，

存在者以为存在创造了存在。
而影子作为幻相至少与主体以光连接，
光是阳间，
阳间并不虚无。

啊，那些草药是无用的，
它们其实就是蔬菜，
吃了好好一点，
坏也坏不到哪里去。
人是那么无奈，
靠着草药寄托一点希望，
于是软弱和谦逊的人有福了，
这样的哀告上天听见了，
可怜你们，病就好了。
啊，那些化学药物是有用的，
那是人自己凭借聪明搞出来的，
只是用处非常有限，
另外还有副作用。
所谓副作用其实就是罪偿，
是逃避病痛遭到的追逼，
这里痛好了，那里痛得更甚。
自负盈亏的人盲目而骄傲，
自负盈亏的人不得怜悯，
所以，归根结底那些药是毒害。

大卫说，
我们是暂居者，

他素来以造物主的律例为诗；
我们谁不是暂居者？
我们以造物主的律例为药。

所有病都是违逆，
所有死都是罪孽。
人是守不住律例的，
人只好甘认病、甘认死。

甘，是一种甜味，
以病和死为甜，
你的心便有所安顿。
心啊，心力是无限的，
顺着心的主张，
你或得契机愈合。

我也病了，
这里不舒服，
那里不舒服，
是我罪错犯多了么？
还是我得到恩典，
罚我以病，
代替别样灾祸？
连皇城的西北角都有缺口，
人怎能不留点缺口呢？
倘我只是生些病而得安稳，
那是多大的福气！

我匍匐感恩，
满心欢喜。

二十二

你教我唐诗，
也教我文献典章和野史，
你找来名角的琴师教我京戏，
还有所谓国学的方方面面，
阴阳五行，方术图谶……
然而我读不懂，
深究也查不出所以然，
当然，其实你也一知半解。

有人说上面从头到尾歪歪斜斜只写了两个字——
吃人！
我被吓着了，
与周围的人一起，
逼迫自己必须懂一点点。
顺着吃人的思路再回溯一遍，
依然似懂非懂。

你说，
祖宗啊祖宗！
在那些祭日和节日，
你总要我们跪拜，

然而我不是有心跪拜，
我大多数时候是被吓倒了。
这不是鬼魅吗？
我们活着的人何以向神鬼乞怜呢？

我看不见祖宗，
认不得祖宗，
我也不喜欢祖宗，
我喜欢园子里玫瑰花的气味，
我喜欢小妹妹露肩的花衫；
我一头扎入青春时，
我常常忧虑自身无力承受鲜活的丰盛。
我收起了玩具，
我沉湎于脂粉。
美人与祖宗哪个好？
这还用问么！

我一路追寻神圣的美貌，
她们的芳踪，
她们的泽淖；
从校园到里弄，
从上海到北京，
从诗歌到音乐，
从化妆间到檀香木阳台；
我在斯德哥尔摩的街头徘徊，
我在奥丁剧院外的旷野上陷入肥草的海洋，
我辨认蓝莓和刺莓的根茎，

我用洋甘菊茶抵御感冒，
我忽然在哈尔德庄园的荒丘仰望夜空，
啊，那唐朝的冷月竟然高悬头顶！

我终于晓得自己的不堪，
我不喜欢祖宗，
难道祖宗喜欢我么？
祖宗客居异乡，
宁愿与茹毛饮血之辈畅饮，
那样的人进取，
固然他们离了父母要自主，
难道不因此而看清自己虚无么？
我跟在那些以吃人为解释的人后面，
他们跟在自主而认清虚无的人后面，
我们所有的子孙都祭拜别家鬼神，
我们的祖宗不如做别家的祖宗。

我终于在万神殿的门口偶遇孔子，
在霍尔斯特布罗和因斯布鲁克的钟声里听闻韶乐武乐，
我拍下来，录下来，
拿回来与你分享，
你一脸懵懂，
毫无触动。

为什么在今天，
离家的路竟通往故乡？
那些山水被电缆捆绑，

那些诗文成为买办的笑柄，
你也淡忘了，
我几乎忘光，
一转身却在字母中认出第一个方块字。
那是被抢掠去的么？
抢掠去的如今摆放在博物馆和圣殿，
无论如何它们被保存下来了。
这里的塔被雷电劈做两半，
这里的祖屋和城墙为工业让路，
我是被你这样不伦不类的蹩脚的殖民主义读书人养大的，
你怪诞，
我更怪诞。
啊，不是我们遗弃了祖宗，
是祖宗遗弃了我们，
躲着我们，
怕了我们。
他们的灵魂迁徙他乡，
在那里受到善待。

你谈什么哲学呢！
你不晓得我们祖先因为谦逊只说伦理么？
他乡的哲学也已濒临死亡，
他们只剩下语言，
语焉不详。
人能做什么呢？
你能奋袂竭力让自己的寿数添加一天么？
人所可及的不过是门道，交道，

在光所投照的幕布上来来往往。
你可以有些本事，
你也可以执守本初，
在此之上你需要伦理，
人伦比着天伦叫你扩展暂居的空间。

你望着窗外的梅树问我真理，
你怎么还不死心呢？
你的真理丢了，
你想再寻一样真理。
一种真理取代另一种真理，
这样的鬼话你真的相信么？
如果真理能换来换去，
错了再错，
这还叫真理么？
你又说什么相对真理，
此世间什么不是相对的呢？
你怎么不想我是你的儿子无法相对呢？
你是谁的儿子？
你爹又是谁的儿子？
我们从哪里被投射到此间的幕布？

梅花落了又开了，
你的青春逝去再不回还。

你常常为英雄感叹，
也常常自责无能为力而原谅他人。

你看，
你也有清醒的时候。
是故，掌灯吧，
夜色已降临，
我把酒给你烫暖了，
还有你爱吃的明虾，鲥鱼，
我对你好一点，
你也对我好一点，
尽管转瞬即逝，
也就这样了，
还能怎样呢？
这还不够么？
所有丽词、情义、高瞻远瞩，
不过只有这么一丁支点，
这才不枉此生同舟。

爱，是具体的，
倘若永恒，
并不出乎你我。

二十三

一个男孩是不能没有玩具的。

我儿子六岁的时候与我一起去上海，
我们在街上走着，

他对我说：
“爸爸，如果街上只有教堂和玩具店就好了。”

还有一次在一家玩具店，
他要买硕大的蝙蝠侠模型，
那家伙比我身子还高，
他妈妈不愿意给他买，
却又劝不住他，
我便与他耳语，
我说：
“妈妈说了，买这个，以后其他玩具就不买了。
一个小孩子怎么能再也没有别的玩具了呢？
这太可怜了！”
于是，他转瞬就同意不买了。
他妈妈很诧异，
问我说了什么？
我没有告诉她。

你给我买玩具了吗？
我记得没有。
我的玩具都是外祖母外祖父买的，
我小时候与他们在上海，
上海才有玩具店。
我后来去内地，
内地没有玩具店。
不过，你教我玩蛐蛐，
玩蝈蝈，玩蚂蚱，

玩蝌蚪，玩青蛙；
你也教我玩轴承，
玩钢和铜的各样零件；
花木也是你带我看的，
那些边缘有锯齿的草叶，
那些可吃的浆果，
都是你教我辨识的；
还有纸，
你教我叠纸船，
有篷盖的宽舟和没有篷盖的扁舟，
还有官帽和王冠，
甚至驴马鸟兽……
当然，武器也是你教我使用的，
弹壳，弹匣，望远镜，武装带和匕首。
我一直想拥有一把匕首，
那刀鞘镶七彩宝石的匕首，
就像内地土著人随身佩戴的那种。
从这条思路伸展出去，
我获得源源不断的玩具，
以及因这些玩具带来的无穷无尽的麻烦。
你将所有麻烦都买了，
这价格远远高于上海的玩具。

我偷摘了农民的李子，
你买了整棵李树；
我踩坏了一个女生的橘子，
结果你赔了一筐柑子

（啊，那橘子还是别人欺负她摔在地上的，
我跟上去踩一脚）；
我爬到车间的仓库去寻钢珠，
保卫科拍下脚印与所有人比对，
而我是穿着你的鞋去的；
我的兴趣渐渐发展为搜寻宝藏，
我目光扫过所有坟头，
恨不得一一掘开，
幸好我力不从心，
否则你要买多少坟地！

你生我养我真的不容易，
我就好像一个炸雷随时会爆炸，
你枕戈待旦，心惊肉跳。

我也给你带来过荣誉：
我的琴奏得好，歌也唱得好，
在每个节日的晚会上我风头十足；
我的作文充满想象力，
我在那个地区的比赛中常常获奖；
我的英语好到老师都嫉恨我，
害怕我坐在课堂里时时给她纠错……
就这么渐渐长大，
渐渐在学校里名列前茅。
然而事情急转直下，
我重重地摔倒在地上，
被放逐荒野。

啊，写到这里我忽然泪如雨下，
我说不下去了，
似乎我不能再说你不好，
因为在那些岁月里，
你没有抛弃我，
只有你做了我的依傍，
你为最失败的孩子担心，
你竟忘记你最疼爱的女儿。
我差一点毁灭了你，
可是你在梦中见到雏鸟挣脱你手而展翅，
你告诉我说，那鸟越来越大，
直至成为鸿鹄。
你又在恍惚中听到我清越的歌声，
你不知道是你进入梦中还是那歌声把你唤醒。
那些担惊受怕的日子真不好过，
难为你了！

你是来接我的，
你和芝兰分出身上的血肉来接我，
谁想接到这么大祸害！
你们的生活被我打乱了，
你们却始终不晓得这一切究竟为了什么。
我也不知道，
我也不想令你们操心，
当然，我晓得，
我不是为你们而来。
我是你们的小孩，

很糟糕的小孩，
我想，
我做谁的小孩都是很糟糕的小孩，
甚至做谁的男人做谁的朋友都是很糟糕的。
所以，不要捆绑我，
不要用情义、道德和利益捆绑我。
我也不乞求你们的爱，
也无所谓你们如何看待我，
我似乎难以情愿，
我的情愿常常被击碎。

我知道你病得难受，
可你看我的眼神分明在说我病了。
这些年，
你一直把我当病人看待，
或者把我当那个写日记的狂人，
丧心病狂的人。
你只是不断告诫自己，
我是你的孩子，
自己的孩子终究是好的。

你在报纸的缝隙里寻找我的名字，
后来又在手机搜索引擎中找我的信息，
那些被玩坏了的描述令你茫然。
我三头六臂么？
我口出狂言么？
我被说成是维也纳的戏剧小丑，

也被赞为一座时代的丰碑，
我活了二百七十多岁，
我也刚刚出道程门立雪，
我甚至是个女的，
也甚至当了一名星探……
我已无话可说，
只是慵懒地斜倚在沙发上，
时不时起身为你调节室内温度。

晚饭的时候，
你意味深长地看着我，
欲言又止。
如果你问话，
那么，得到的回答比媒体传闻更荒唐。

你注视着每一个登门拜访的客人，
你希望他们之中有我的贵人，
可是，事实上我差不多做了他们所有人的贵人，
他们总是来拿点什么东西走，
我却得不到他们什么东西。
我告诉你，
我没有什么朋友，
我只有女人。
女人是记恩的，
滴水之恩，涌泉相报。
如果说这些年有什么改变，
那就是我对女人好一点了，

我开始相信她们。
哦，不，
其实是需要玩伴，
她们愿意陪我玩，
而男人们志向远大，
都有宏伟的事业，
都拿宏伟的事业来麻烦我。

电话铃一遍一遍响，
我无动于衷，
我看见你的魂灵逸出来凑近电话，
我冷冷地逼视它，
它只好退回你的身子。
我记得你曾跟我说起远大志向，
现在我可以回答你了，
我说事业比荒淫无耻得多。

我告诉所有人，
我只是喜欢恶作剧，
我是个出来玩玩的人，
可是，所有人都狐疑地警觉地望着我。
这是真的，
真的，
我玩玩而已，
并没有什么意义。

没有意义却很有意思，

很有意思就是不好意思。

二十四

你说，君子豹变。
这话的意思是人生下来模糊不清，
瘦小、柔弱、肉乎乎的一团，
可是长成后皮毛顺滑，
斑点蔚炳。
我就是这样的，
可我算不上君子，
但肯定也不是伪君子，
我是玩客，
拜倒在石榴裙下，
听玲珑之音，
看流光之色。

如果不是为了追逐美人，
我不会让自己长高，
也不会健壮，
更不会博闻强识。
我因好色而好德，
在恋爱的路上孜孜不倦。

你说，
野人献曝，

那没有见识的人自以为身处绝顶。
我晓得你同情那些劳苦的人，
就像同情芝兰一样，
可是你看不得卑微的人自命不凡。
你说他们是阿污。
阿污是些做好事的人，
因没有能力做坏事才做好事。
然而连坏事都没有能力做，
怎做得了好事?
阿污满心都是好事，
满嘴都是好事，
仿佛只有他们是干净的人。
恐怕最早是做坏事的倡导做好事，
为了打消穷人对富人家珠玉的惦记;
他们晓得道德捆绑比绳索的捆绑持久，
是故贫苦的人得势后也解不开道德的绳索。
那些一边解不开一边又自夸地叫作阿污。

你说我那一本正经的语文老师是阿污，
她其实有过一个一表人才的丈夫，
却因运动而离婚，
在内地与一名锅炉工再婚;
运动结束了，
她又去找前夫，
可是人家不原谅她;
她被锅炉工揍了一顿，
有一只眼睛出血了。

你说那丑得不可方物的物理老师是阿污，
他儿子比他还丑，
抱在手上路人避之不及，
这么丑了还要为难学生，
自己解不出的题要让学生解。

你说舅舅是阿污，
与你走在乡间的路上不看不闻，
却要比赛速度，
看谁先跑到前面的高坡；
他迷恋强壮的体魄，
迷恋口号和标语。

你说某个大佬是阿污，
不洗脸不刷牙，
吃有沤味的大肥肉，
手上沾着油气去摸女秘书绸缎般的身体。

你说那些工宣队头头是阿污，
只会关起门打牌喝酒，
欺负女工，低级趣味，
转身却对着下面人耀武扬威。

你看不惯那些讨价还价的人，
你哂笑那些坚持要毛票却不认识金银的同事，
你在校务会议上嘲笑厉声读白字的校长，

你明明看见那老实的看门人一夜之间变成了白狗，
还有那个造反派领袖，
纵身一跃，
跳到集装箱上对着群众口沫横飞，
可他连话都说不清，
只会挥舞手臂胡乱比画，
还有咆哮，
喷着浓烈的蒜味咆哮。

你不理解为什么那么多阿污当道，
我却与你看法不同，
我以为如果哪个单位阿污还受到尊重，
那么，至少某些主张没有白费。
看大洋彼岸不也是这样吗？
那些嬉皮士们玩得不亦乐乎！
还有朋克，
朋克的意思就是阿污。
阿污怎么了？
你们那些死去的贵人贤人圣人，
如果这下从坟墓里爬出来，
睁开眼看看吧，
当惊世界殊！
眼下连朋克都赛博了，
听说过么？
如今艺术和审美都是比着阿污去的，
如果都是英雄和美人，
那他们怎么办？

他们何日出头？

阿污没什么不好，
阿污就是阿污，
却不是什么道德制高点，
更不是什么全人类的完人。
你们对阿污不好，
阿污污一下你们又怎样？

我认识一个人，
他道成肉身，
却没有一个可靠的人为他作证，
他的朋友是渔夫、税吏、江湖郎中，
见到他施神迹的人是残废、窃贼和妓女，
见证他降世的是名不见经传的牧羊人。
记载他生平和言行的书是由阿污们写的，
最初信靠他的人是太监、捕快和异教徒，
然而，出卖他并迫害他的也是阿污，
阿污打他左脸，他让出右脸来让他们打，
他是被阿污们群殴致死的，
他比阿污还要软弱，
他于此间最大的软弱成就了全能。

他的徒弟被预言在鸡叫之前三次不认他，
徒弟坚辞不信，
说不认谁也不会不认他的主，
可事实就是这样，

他在众人面前矢口否认他是主人的追随者。
阿污记不清账，
阿污吃饱了就忘记饥饿，
阿污有什么信义可言！

天下有哪一样事情由阿污言之凿凿记下来？
倘不是灵魂被震出窍，
什么事情能令阿污深信不疑？
他死而复生，
真切地出现在他们面前，
站在他们中间，
那被钉子刺穿的手掌上还留有孔洞，
有人伸手去探，
手指竟然穿过去了。

天底下的大君、长老、德高望重的师长，
还有封疆大吏、一手遮天的霸主，
都随着阿污相信了，
所谓历史和哲学伏服在他脚下，
他受难的标记从沙漠直到地极。

真理从最卑微的地方透出光来，
投射在我们这些影子身上。
影是黑，光是亮。

我和你都是影儿，
我和你不够污么？

我可以这样说你，
那是因为我们本着起初的伦理，
而有人失去这样的伦理久矣，
所以他们寸步难行。
他们尴尬，扭曲，
以至于丑陋不堪，
或者干脆认贼作父。
他们只是希望有一个看着别人脸色而有面子的父亲。
他们为此不敢爱，
没有爱。
而我，
尽管有一个阿污的父亲，
我爱他。
我也阿污。
阿污爱阿污，
阿污不是主要的，
主要的是爱。
那至爱的与阿污为友，
他的到来和复活只让阿污见证，
他不为义人来。
他为阿污来。

我满篇的告白，
诉尽了我的不满。
可是我认真想过了，
X先生Y女士，

再美满，
我也不愿意生在他们家里。
我们四个人，
你，芝兰，妹妹和我，
我们占据幕布的一角，
按预设的剧情造型、行动，
相爱，友好，
彼此怜惜，
现在有一个走了，
好比落水难挽，
我们心里太难过了，
曾经一起出来玩，
现在少了一个。

2021年1月至2023年2月于上海、广州、北京